ALEXANDRA JONES

Die Wunder des Himmels

Ins Deutsche übertragen von
Gabi Reichart

BASTEI
LÜBBE

BASTEI LÜBBE TASCHENBUCH
Band 14 695

1. Auflage: April 2002

Vollständige Taschenbuchausgabe

Bastei Lübbe Taschenbücher ist ein Imprint
der Verlagsgruppe Lübbe

Deutsche Erstveröffentlichung
Titel der englischen Originalausgabe: *Fields of Romance*

Umschlaggestaltung: Gisela Kullowatz
Titelbild: Bavaria
Satz: hanseatenSatz-bremen, Bremen
Druck und Verarbeitung: Elsnerdruck, Berlin
Printed in Germany
ISBN 3-404-14695-6

Sie finden uns im Internet unter
http://www.luebbe.de

Der Preis dieses Bandes versteht sich einschließlich
der gesetzlichen Mehrwertsteuer.

›Wenn du träumen kannst - ohne Träumer zu werden;
Wenn du nachdenken kannst - ohne ein Grübler zu werden;
Wenn du mit Triumph und Unglück umgehen kannst
Und beide gleichermaßen als Schwindler erkennst:
Wenn du es ertragen kannst, dass die Wahrheit, die du gesprochen,
Von Schurken verdreht wird, um Toren in die Falle zu locken,
Oder zusehen musst, wie die Dinge, die dein Leben bedeuten, zerstört werden,
Und du sie mit gebeugtem Rücken und letzter Kraft baust wieder auf:
(...)
Dann ist dein die Erde mit allem Guten.‹

aus ›If ...‹ von RUDYARD KIPLING

Waterloo Road, *London*

1. Kapitel

Wenn Träume wahr werden könnten, würde sie von einem mit Diamanten und Perlen besetzten Diadem träumen, mit passender Halskette, Ohrringen und Armband, so zart und wunderschön wie die Eisblumen, die Väterchen Frost auf alle Fenster der Waterloo Road gezaubert hatte.

Sie würde die Straße in einem wunderschönen Kleid mit einer langen Schleppe hinunterschweben, vorbei an den Häusern von Tante Martha und Dot Fennel. Sie würde *echte* Juwelen tragen, nicht diesen farbenprächtigen Klunker aus den Weihnachtsknallbonbons, die Joan und Pam, Dot und Tante Martha so gerne mochten. Dann würde sie unter den neidischen Blicken der gesamten Nachbarschaft in das schickste Auto, das man sich vorstellen kann, steigen, ohne im Geringsten auf Tante Martha zu achten, die zu Mama sagen würde: »Deine Irene leidet unter Größenwahn, Lorn, genauso wie Miss Lily mit ihrem Kurzwarenladen.«

Irene hörte das Zuschlagen einer Haustür weiter unten in der Waterloo Road und dachte, Hilfe, da kommt sie!

Tante Martha Mannering verließ das Haus Nr. 27 und überquerte die Straße. Sie trug, wie immer im Winter, ihren schwarzen Strohhut mit der breiten flachen Krempe, der im Sommer gegen ihren weißen Strohhut ausgetauscht wurde. Der Hut war Tante Marthas Markenzeichen, sodass jeder auf dem Markt von Poplar sie als *die* Dame kannte, der der Obst- und Gemüsestand gehörte.

Tante Martha hatte im Jahr 1908 einen gewissen Ruhm erlangt. Sie organisierte eine Abordnung von Obst- und Gemüsehändlern sowie Gastwirten aus Poplar, die zusammen mit den Farmern aus Kent und Hertfordshire zum Parlament marschierten, um ein Gesuch gegen den Import von ausländischem Hopfen zu überreichen. Tante Martha hatte in der ersten Reihe gestanden; als Transparent trug sie einen alten Hopfensack mit dem Slogan »Kosten £6, Wert £3« auf der einen Seite und dem Slogan »Von Engländern gepflückt, nicht von Chinesen«, auf der anderen Seite.

Sie nannten sie die Mrs. Pankhurst vom Markt in Poplar.

In Wahrheit war Tante Martha vor allem besorgt, auf ihren jährlichen ›Hopfenurlaub‹, der ihr zudem noch viel Geld einbrachte, verzichten zu müssen. Wenn die Hopfenpflanzer aus Kent das Geschäft aufgeben würden, würde Tante Martha ihre Bezugsquelle verlieren, denn im Laufe der Jahre hatte sie trotz der starken Konkurrenz des berühmten Marktes in Covent Garden gute Kontakte mit den Farmern geknüpft und gute Verträge abgeschlossen.

Tante Marthas Obst- und Gemüsestand war für seine gute Qualität bekannt. Die Äpfel wurden handpoliert, bis sie glänzten; die Birnen war perfekt geformt und weder zu fest noch zu weich; die Kartoffeln waren sauber (Tante Martha wog niemals Erde mit) und hatten keine hässlichen Augen; die Tomaten waren dick, leuchtend rot und ohne Risse; die Zwiebeln waren frisch und gesund; der Sellerie war wohlschmeckend und nicht faserig; Kletterbohnen und Erbsen schmeckten zuckersüß und waren von perfekter Farbe, und die Kohlköpfe und der Blumenkohl waren schön genug, um einen Preis bei einem Gartenbauwettbewerb zu gewinnen. In der Tat hätte Tante Marthas gesamter Stand einen Preis verdient. Tante Martha war eine Perfektionistin.

Sowohl in Tante Marthas Familie als auch in der Familie ihrer Schwester Lorna gab es Zwillinge. Peggy und Percy, die jüngsten von Tante Marthas Brut, waren richtige Nervensägen. Sie spielten gerade fröhlich mit bunten Reifen auf dem rutschigen Pflaster.

Über ihren breiten Schultern trug Tante Martha ihr eigenes Weihnachtsgeschenk, ein warmes Schultertuch aus Wolle. An ihrem Arm ein Korb mit Äpfeln aus Kent, die sie seit Oktober kühl und dunkel in Zeitungspapier eingewickelt aufbewahrt hatte. Die Äpfel waren genauso gut wie an dem Tag, an dem sie von Tante Martha selbst ausgewählt und gepflückt worden waren.

Über den Äpfeln, sorgfältig mit einem Geschirrtuch zugedeckt, befand sich ein großer selbst gebackener Früchtekuchen, den es später bei Lorna zum Weihnachtstee geben sollte.

Tante Martha ging zu Irene, die keinen Mantel trug und zitternd das mit Eis überzogene Fenster des Wohnzimmers anstarrte. Irene passte nirgendwo hin. Zu groß und zu schlaksig für ein Mädchen, seufzte Tante Martha verzweifelt. Irene wirkte manchmal wie ein geistig zurückgebliebener Clown. »Du holst dir noch den Tod da draußen, Irene Druce! Was tust du da?«

»Mama hat mich gebeten, das Fenster zu putzen, damit sie hinausschauen kann. Heute soll alles wie aus dem Ei gepellt aussehen.«

»Dann mach endlich weiter, Mädchen!«, bellte Tante Martha wie ein Hauptfeldwebel. Peg quengelte, weil sie einen Apfel haben wollte, und Perce schlitterte auf einer gefrorenen Pfütze. Die Reifen lagen vergessen im Rinnstein; Percy rutschte aus, fiel mit dem Ellenbogen auf den Randstein und fing ebenfalls an zu quengeln.

»Geschieht dir recht, Perce!«, sagte seine Mutter und wandte sich wieder an Irene. »Ist deine Mama da?«

»'türlich. Sie hat mich ja gerade zum Fensterputzen rausgeschickt.«

»Sei nicht so vorlaut, Irene. Schließlich geht deine Mama um diese Zeit manchmal zur Kirche.«

»Diesmal hat sie eben keine Zeit. Außerdem ist ihr morgens immer schlecht, und sie ist nicht besonders gut gelaunt«, erwiderte Irene mürrisch. Ihre Tante brachte sie immer wieder dazu, sich von ihrer schlechtesten Seite zu zeigen – sogar an Weihnachten.

»Ich kann verstehen, warum deine Eltern von deiner Art die Nase voll haben, Mädchen«, entgegnete Tante Martha und musterte die glotzende Irene von oben bis unten. »Los, tauch deinen Schwamm ins Wasser und schrubbe! ... obwohl Schrubben wahrscheinlich unter deiner Würde ist. Komm, gib mir den Schwamm.« Tante Martha stellte ihren Korb auf dem Pflaster ab, schnappte Irene den schmutzigen Schwamm aus der Hand, tauchte ihn in die heiße Seifenlauge, drückte ihn aus und klatschte ihn dampfend gegen die Scheibe.

Die hauchzarten Frostblumen, in denen sich das Sonnenlicht fing, lösten sich sofort auf. Irene dachte, dass es eine Schande war, die von Väterchen Frost über Nacht erstellten Kunstwerke mit heißer Seifenlauge zu zerstören, vor allem, weil es wieder keine weiße Weihnacht gab. Die Hoffnung auf Schnee konnte man getrost aufgeben, denn der Himmel war strahlend blau, keine Spur von schweren, bleiernen Schneewolken.

Mrs. Fennel aus dem Haus gegenüber schob die untere Hälfte ihres Schlafzimmerfensters nach oben und schrie quer über die Straße, sodass die ganze Nachbarschaft sie hören konnte: »Frohe Weihnachten, Martha. Hast du also endlich das Schultertuch bekommen. Glück gehabt, dass kein anderer ein Auge drauf geworfen hatte! Es lag ja schon seit Ewigkeiten in Miss Lilys Schaufenster.«

»Niemand hier konnte es sich leisten, Dorothy Fennel!«, erwiderte Tante Martha würdevoll. »Irene hat ein gutes Wort für mich eingelegt; sie arbeitet ja samstags bei Miss Lily. Das Tuch ist ein Geschenk meiner lieben Familie. Frohe Weihnachten für dich und deine Familie, Dot. Deine Familie hat dir wohl nur 'nen Haufen Ärger geschenkt an diesem wunderschönen Weihnachtsmorgen, oder?«

»Da hast du verdammt Recht, Martha. Sie haben sich alle Keuchhusten eingefangen.«

»Ich komm' später mal vorbei, Dot, und bring' euch ein paar Äpfel mit, wenn ich Lorn ein frohes Weihnachtsfest gewünscht habe. Gehst du später in die Kirche?«

»Nö, *so* religiös sind wir auch wieder nicht. Außerdem sind ja alle krank. Ich hol' den Sherry, den Joe bei der Tombola auf der letzten Herbstausstellung in Kent gewonnen hat.«

»Wie du weißt, Dot, trinke ich nicht. Aber weil Weihnachten ist, könnte ich einen kleinen Sherry vertragen.«

Irene fand es ziemlich peinlich, wie Tante Martha und Dot Fennel lautstark ihre Klatschgeschichten quer über die Waterloo Road austauschten. Zum Glück benahm sich Mama nicht wie ein gewöhnliches Fischweib. Mama strahlte Würde und Klasse aus - weiß der Himmel wieso, mit einer Schwester wie Tante Martha!

»Bis später dann, Martha. Wir müssen noch für die Hopfenernte im nächsten Jahr planen, vergiss das nicht!« Dot Fennel knallte das Fenster zu, während hinter ihr drei ihrer Kinder sich den Hals ausreckten.

Irene konnte die Fennel-Kinder husten hören, während Percy und Peggy hastig in den Apfelkorb griffen und dabei fast den Früchtekuchen zerquetschten. Tante Martha ließ den Schwamm fallen, jagte hinter den Kindern her und rettete die kostbaren polierten Äpfel, die sie seit ihrem Arbeitsurlaub gehütet hatte, aus den schmutzigen kleinen Händen. Reifen, Äpfel sowie Vetter, Cousine und Tante landeten schließlich im Haus Nr. 10 der Waterloo Road. Irene seufzte tief auf, weil sie mit einer solchen Familie gestraft war.

Da nun der Schaden bereits angerichtet war, beseitigte sie den Rest der wunderschönen filigranen Muster auf der Fensterscheibe, die sie bewundert hatte, bevor ihre lästige Tante Martha auf der Bildfläche erschienen war.

Tante Martha war immer sehr geschäftig, und Irene wünschte, sie würde nicht mit den Vettern, Cousinen und Onkel Norm zum Tee kommen. Es war auch viel zu eng für alle in dem kleinen Haus.

Sie war es satt, immer mit ihren Schwestern in einem Bett schlafen zu müssen, auch wenn es ein Doppelbett war. Da sie vom Alter her in der Mitte der acht Kinder war, fühlte sie sich oft in die Ecke gedrängt. Gott sei Dank würden Joan und Pam im Sommer heiraten! Dann würden Reen und sie mehr Platz haben. Wenigstens hatten Zillah und Zeb ein eigenes Kinderbettchen in Mamas und Papas Zimmer, wohingegen Charlie und Don unten schliefen, einer auf dem Boden, der andere auf der Wohnzimmercouch mit den durchhängenden Federn. Charlie und Don schliefen abwechselnd auf der Couch - sie wären sicher froh, ihr Zuhause und all das bald verlassen zu können, dachte Irene.

Charlie und Don hatten Freundinnen aus der Christlichen Gemeinschaft, mit denen Mama und Papa sehr einverstanden waren. ›Nette Mädchen‹, wie auch Tante Martha fand, und das bedeutete viel bei ihr! Irene würde Don, der immer zu ihr hielt, am meisten vermissen. Er war genau wie sie ein Träumer, und genau wie sie hatte er keinerlei Möglichkeiten, seine Träume zu leben.

Irene träumte von einem eigenen Schlafzimmer, einer pinkfarbenen Tagesdecke auf dem Bett und Spitzenvorhängen am Fenster; sie träumte davon, den schönsten Schmuck auf der ganzen Welt herzustellen, sodass Königinnen, Kaiserinnen und Prinzessinnen in ihr Schmuckgeschäft kommen würden - nicht zu vergleichen mit Miss Lilys Kurzwarenladen, wo man höchstens einen Perlmuttknopf bekommen konnte!

Tja! Mit Träumen kann man sich nichts kaufen, Irene Druce! Sie holte sich selbst auf den Boden der Tatsachen zurück. Sie könnte genauso gut davon träumen, auf den Mond zu fliegen - nun, da Mama im Sommer wieder ein Baby erwartete.

Nachdem Irene ihre Arbeit beendet und ihre Mutter ihr sauberes Fenster hatte, nahm Irene den Putzeimer mit dem Schwamm und ging zurück ins Haus.

Tante Martha, die immer noch ihren Hut trug, saß am Küchentisch und half bei der Vorbereitung von Pasteten und Kuchen für den Nachmittagstee. Ihr neues Schultertuch hatte sie sorgfältig gefaltet auf die große walisische Anrichte, ein Erbstück von Papas Großmutter, gelegt.

Papa war aus Wales - lustig, wie Irene oft dachte. Sie selbst war auch ein halber Fremder, und Tante Martha versäumte nie, auf die

Unterschiede zwischen ihrer eigenen Familie und der ›hochnäsigen Familie‹ ihrer Schwester, die ebenfalls in der Waterloo Road wohnte, hinzuweisen. Und das nur, weil Mama außer der Anrichte auch eine hübsche walisische Spitzentischdecke und dazu passende Servietten besaß.

Die Anrichte nahm fast den gesamten Raum in dem winzigen Wohnzimmer ein, und Tante Martha drängte Mama und Papa ständig, die Anrichte rauszuschmeißen und so mehr Platz zu schaffen. Mama beschwichtigte Tante Martha immer wieder in ihrer besänftigenden Art: »Die Anrichte gehörte Kens walisischer Großmutter, Martha, und er hatte sie sehr gern. Sie hat ihn praktisch aufgezogen, bevor er weglief und zur See ging. Sie hat Ken die Anrichte in ihrem Testament hinterlassen, und deshalb können wir das Stück nicht loswerden. Es wäre nicht richtig, nach ihrem Tod ihre Großzügigkeit zu verschmähen.«

»Dot und Joe würden dir einen guten Preis für die Anrichte machen, Lorn. Sie sind immer auf der Suche nach hübschem Plunder für ihren Trödelstand.«

Irene wünschte, Mama würde Tante Martha öfters sagen, sie solle sich um ihren eigenen Kram kümmern.

Papa, der im Hafen von London als Dockarbeiter beschäftigt war, hatte am ersten und zweiten Weihnachtsfeiertag frei, sein einziger Urlaub während des ganzen Jahres. Er, Charlie und Don holten gerade die Gans ab, die Mutter beim Metzger bestellt hatte. Die Metzger waren wohl neben den Gastwirten die Einzigen, die an diesem Weihnachtsmorgen Überstunden machen mussten. Zweifellos würden Papa, Charlie und Don mit Onkel Norm in den Pub *Duke of Wellington* gehen, nachdem sie die Gans abgeholt hatten, sodass es das Weihnachtsessen wie immer sehr spät geben würde.

Tante Martha versuchte, ebenfalls wie immer, das Leben ihrer Schwester zu organisieren. »Weil Joan und Pam dieses Jahr nicht mit uns nach Kent fahren werden, haben wir einen Platz für Irene frei«, sagte Tante Martha gerade.

Lorna schob mit ihrem mehligen Handrücken eine Haarsträhne, die ihr in die grauen Augen gefallen war, zurück, übrigens die gleichen grauen Augen, die auch ihre Tochter hatte. Tatsächlich sah Martha einige Ähnlichkeiten zwischen Lorn und Irene - was Martha oft ärgerte, weil man sich auf die beiden keinen Reim machen konnte. Lorna sah ständig gequält und völlig erledigt aus. Sie fragte Irene: »Wie sieht's aus, Irene? Möchtest du mit den Fennels und Tante Marthas Familie nach Kent zum Hopfen- und Obstpflücken fahren?«

»Bis September ist es noch weit hin, Mama«, antwortete Irene.

»Deine Mutter hat dich was gefragt«, fiel Tante Martha ihr ins Wort. »Setz den Teekessel auf, Irene. Ich könnte eine Tasse vertragen. Außerdem wirst du erst ab nächstes Jahr Weihnachten Vollzeit bei Miss Lily arbeiten. Deine Mutter kann gut drauf verzichten, dass du ihr den ganzen Tag lang im Weg rumstehst.«

Irene füllte kaltes Wasser in den Kessel und stellte ihn auf den Herd. Während sie Teeblätter in die Teekanne gab, entgegnete sie: »Ich seh' da kein Problem.«

Tante Martha rümpfte die Nase über ihrem Nudelholz und sagte: »Es wird Zeit, dass du auf eigenen Füßen stehst, Mädchen! Vierzehn - fünfzehn im nächsten Sommer - und noch immer steckst du mit dem Kopf in den Wolken. Du hast Glück, dass du von deiner Familie unterstützt wirst. Die meisten Mädchen in deinem Alter nehmen mit dreizehn eine Stellung als Hausangestellte an.«

»Dann wären sie nicht in meinem Alter, nicht wahr?«, entgegnete Irene scharf.

Darauf fiel Tante Martha keine Antwort ein, sodass sie stattdessen fragte: »Hast du die Teekanne angewärmt, Irene, oder hast du wieder geträumt?«

»Die Teekanne ist immer warm, Tante Martha. Sie steht ständig auf dem Herd.«

»Schieb den großen Topf nicht zur Seite,« sagte Lorna. »Sonst wird er niemals kochen. Irene Liebling, wirf einen Blick in den Topf und schau, ob genug Wasser drin ist.«

Irene hob den dampfenden Deckel hoch. »Alles O.K., Mama. Es ist noch genug Wasser drin.« Sie setzte den Deckel wieder auf den Kochtopf und stellte die Teekanne und die Tassen auf den Tisch, wobei sie Tante Martha ärgerte, weil sie ihr beim Ausrollen des Teiges im Weg war.

»Wir könnten das Geld brauchen, bis du in dem Laden von Miss Lily anfängst«, fügte ihre Mutter hinzu. »Hopfenzupfen wird gut bezahlt, und du könntest die Zeit bis Weihnachten sinnvoll überbrücken, wie Tante Martha richtig gesagt hat.«

»Der Hopfen wird mir aber die Hände verderben«, meinte Irene nachdenklich.

»Hörst du das, Lorn!«, stöhnte Tante Martha verzweifelt. »Was glaubt sie wohl, wer sie ist, deine Irene! ›Könnte mir die Hände verderben!‹«, äffte sie Irene nach. »Wenn du sonst keine Sorgen im Leben hast, Mädchen, kannst du verdammt glücklich sein!«

»Hopfen verfärbt die Hände, und außerdem bleiben sie rau bis zum Winter«, entgegnete Irene mit einem vielsagenden Blick auf Tante Marthas rissige rotbraune Hände. »Es könnte Miss Lily vom Kurzwarenladen missfallen, wenn ich ihre Kunden während der Hauptsaison mit schmutzigen braunen Händen bediene und die feinen Spitzen- und Satinbänder ruiniere.«

»Du kommst mit uns!«, sagte Tante Martha herrisch. »Und wenn's nur deshalb ist, damit du deiner Mutter nicht im Weg bist, wenn das Baby kommt. Die anderen, die viel vernünftiger sind als du, kommen ohne dich zurecht. Ein Schilling für acht Scheffel - ich verdiene natürlich wegen meiner Erfahrung zwei Penny mehr als du - sind gutes Geld, und nachdem du mir die Zugkarte, deine Unterkunft und dein Essen bezahlt hast, bleibt noch genug übrig, was du deiner Mutter geben kannst - die jeden Penny brauchen kann, auch wenn sie das Gegenteil behauptet. Sie ist eben stolz, genau wie jemand anderes hier, den ich jetzt nicht erwähnen will. Außerdem brauche ich jemanden, der auf Perce und Peg aufpasst, während ich Hopfen zupfe.«

Jedes Jahr verdarb die Planung von Tante Marthas Arbeitsurlaub Irene den Weihnachtstag. Tante Martha machte immer ein Riesentheater um die Hopfen- und Obsternte in Kent und bestand darauf, dass die Vorbereitungen lange im Voraus getroffen werden mussten. Sie brauchte eine zuverlässige Person, die sich um ihren Marktstand kümmerte, gewöhnlich ihre Schwester Lorna, die niemals wegfuhr, sicherlich nicht so weit weg wie Kent, obwohl sie einmal einen Tagesausflug nach Margate und einmal zum Buckingham Palast unternommen hatte. Und Tante Martha brauchte eine von ›Lorns Mädels‹, um sich um Tante Marthas Haus zu kümmern, während sie selbst auf dem Markt war, oder um in Kent auf Perce und Peg aufzupassen - obwohl ihre eigenen Töchter Fran und Myrtle noch zu Hause wohnten; oder sie brauchte einen von ›Lorns Jungs‹, um den Abfluss zu reinigen, den Wasserhahn zu reparieren oder das verstopfte Klo hinter dem Haus in Ordnung zu bringen, obwohl ihre vier strammen Söhne diese Dinge erledigen könnten.

Tante Martha führte immer als Entschuldigung an, dass *ihre* Söhne alle verheiratet waren und sich um ihre Familien kümmern mussten. Und der einzige Tag, an dem alle Mitglieder der Familie Druce zu Hause waren, um den komplizierten Zeitplan für Tante Marthas Arbeitsurlaub zu besprechen, war der Weihnachtstag. In den letzten Jahren jedoch hatte Tante Martha immer Joan und Pam mit nach Kent genommen, niemals sie, wofür Irene sehr dankbar gewesen war. »Warum kann Reen nicht stattdessen mitfahren?«, schlug Irene nun vor. »Sie ist dreizehn und alt genug, um beim Hopfenzupfen zu helfen.«

Tante Martha schwang das Nudelholz mit Nachdruck. »Deine Mutter möchte, dass Doreen zu Hause bleibt, und jetzt Schluss damit.« Als ob ihre Mutter nicht selbst reden könnte! »Joan und Pam werden heiraten, und nun bist du an der Reihe auszuhelfen, Mädchen.«

»Ich könnte zu Hause bleiben und auf die Kleinen aufpassen«, sagte Irene hartnäckig. Sie dachte daran, wie ihr im Zug auf dem Weg nach Margate und im Bus auf dem Weg zum Buckingham

Palast schlecht geworden war. Sie war damals zwar erst fünf, hatte aber beschlossen, dass Reisen nichts für sie war. Sie blieb lieber zu Hause bei Mama und Papa. »Übrigens, wo sollten wir alle schlafen?« Zurzeit war das Bett ein sehr wichtiger Aspekt in Irenes Leben, weil sie Sehnsucht danach hatte, auch einmal allein zu sein. Wenn Joan und Pam im Sommer heirateten und Doreen nach Kent fahren würde, hätte sie das Bett ein paar Monate für sich allein.

»In den Hütten für die Hopfenpflücker, wo sonst?«, fauchte Tante Martha. »Du bist undankbar, Irene Druce, und es ist Zeit, dass du lernst, wo's lang geht, hab' ich nich' Recht, Lorn? Andere Leute würden Freudensprünge machen, wenn sie verreisen könnten. Ich biete dir schöne und gesunde Ferien auf dem Land an, und du hast nichts Besseres zu tun als rumzunörgeln. Du hast Rosinen im Kopf, Mädchen!« Martha wandte sich an ihre Schwester: »Lorn, ich garantiere dir, dass Irene ein paar Wochen unter meinen Fittichen sehr gut tun werden. Sie wird normal sein und nicht mehr in ihrer Fantasiewelt leben, da kannst du sicher sein!«

Lorna griff nach der Zitronenkonfitüre und füllte die Pastetchen, die Tante Martha ausgerollt hatte. »Es wird dir gut tun, ein bisschen rauszukommen, bevor du deine neue Stelle antrittst, Irene. Es wird deinen Horizont etwas erweitern, wenn du etwas von der Welt zu sehen bekommst. Mir wäre es auch recht, etwas mehr Platz und weniger Wäsche zu haben, wenn das Baby kommt.«

»Ich wasche und bügle doch immer, Mama, das weisst du doch!« Irene war verletzt, weil ihre Mutter ihr in den Rücken fiel - alles Tante Marthas Schuld. Ihre Mutter war nie in der Lage, sich gegenüber ihrer dominanten Schwester zu behaupten.

»Hör auf, mit deiner Mutter zu streiten!«, sagte Tante Martha und drängte Irene aus der Küche. »Kümmer dich um die anderen, geh mit ihnen spazieren oder sonst was, anstatt hier rumzustehen und unverschämt gegenüber Erwachsenen zu sein. Und schicke Joan, Pam und Reen in die Küche! Was tun sie eigentlich am

Weihnachtsmorgen da oben, wenn wir hier unten ihre Hilfe brauchen!«

Sie waren dabei, wie Irene wusste, Weihnachtsgeschenke für die Familie einzupacken. Sie und ihre drei Schwestern hatten das ganze Jahr lang gestrickt, genäht und gehäkelt und Strümpfe, Schals, Schürzen und Lavendelsäckchen hergestellt, und irgendwie schaffte Tante Martha es jedes Mal, alles zu verderben.

Irene ließ die Kinder ihre Mäntel, Mützen und Schals anziehen und ging mit ihnen in die Kirche - ein Spaziergang am Billingsgate-Kai hätte sie in Versuchung geführt, die Kinder in den Fluss zu werfen. Jetzt müssen Joan und Pam sich mit Tante Martha herumschlagen, dachte Irene unglücklich, während sie halbherzig ›Oh kommet ihr Hirten‹ sang.

Das Weihnachtsfest war ihr bereits gründlich verdorben. Obwohl es noch eine lange Zeit bis September war, dachte sie mit Grauen daran, mit Tante Martha fahren zu müssen. Sechs Minuten in Tante Marthas Gegenwart waren schlimm genug - sechs ganze Wochen waren unvorstellbar!

Über dem altmodischen Herd in der engen kleinen Küche, wo aus den Töpfen aufsteigender Dampf jede Hoffnung auf eine halbwegs passable Frisur sofort zunichte machte, setzte sich Lorna für Irene ein. »Wir dürfen nicht zu hart zu Irene sein, Martha. Sie ist anders als wir.«

»Das kannst du laut sagen!«, schnaubte Martha wütend über ihrer Teetasse.

»Irene schlägt in die Richtung von Kens Familie, Martha. Sie ist kein bodenständiger East Ender wie wir, der einen Spaten beim richtigen Namen nennt.« Lorna zögerte angesichts ihrer eigenen Nachsicht. »Man kann einen Spaten auch als Gartenwerkzeug bezeichnen. Irene ist sensibel, Martha. Und sie wird einmal eine richtige Schönheit werden, groß, schlank, dunkelhaarig; sie kommt nach Kens Großmutter auf dem Foto.«

Oh, oh!, dachte Tante Martha, Lorna hat wieder diesen entrückten Gesichtsausdruck!

Lorna dachte an den Tag, an dem sie Ken kennen gelernt hatte, vor mehr als zwanzig Jahren. Er hatte sein Dorf in den Waliser Hügeln verlassen, um zur See zu fahren, weil er nicht wie sein Vater und seine Brüder als Grubenarbeiter schuften wollte. Als Kens Schiff nach einer Indienreise im Londoner Hafen vor Anker ging, hatten sie sich kennen und lieben gelernt und nach kurzer Zeit geheiratet. Jetzt arbeitete Ken im Hafen, und Lorna hatte noch keinen einzigen Tag ihrer Ehe bereut. Charlie, der bereits unterwegs gewesen war, als sie vor den Traualtar traten, war der zweite dicke Pluspunkt in ihrem Leben. Und obwohl ihre anderen Kinder dicht aufeinander folgten, hatte jedes einzelne seine eigene Persönlichkeit und verdiente es, geachtet und respektiert zu werden.

Lorna schob sich die Haare aus den Augen und hinterließ dabei einen weißen Mehlstreifen auf ihrer Stirn. Sie zog einige Blätter zwischen den Seiten ihres Kochbuchs hervor. »Schau, Martha. Das sind Irenes erste Zeichnungen. Sie sind gut! Sie ist eine richtige kleine Künstlerin.«

Martha warf einen kurzen Blick auf Irenes Werke, die für sie nicht das Geringste bedeuteten. »Und was soll das sein?«

»Skizzen. Das hier zum Beispiel ist ein Pinienzapfen.« Sie deutete mit ihrem klebrigen Finger darauf und zeigte nach und nach auf alle anderen Bilder, Umsetzungen von Irenes kindlichen Beobachtungen der Natur. »Das ist eine Schneeflocke, siehst du das Muster, und das ist eine Hopfendolde - du hast sie vor ein paar Jahren mitgebracht, um uns zu zeigen, wie Hopfen aussieht - und das hier ist ein kleines Eichhörnchen, das eine Nuss festhält, weiß der Himmel, wo sie in Poplar Eichhörnchen gesehen hat. Und das hier ist eins, für das sie in der Schule einen Preis bekommen hat, weil es das Beste war. Sie hat es gezeichnet, als sie mir erst bis zum Knie ging, mit fünf Jahren. Die ganze Schule hat einen sehr netten Brief von der Königin aus dem Buckingham Palast bekommen, weil ihr Irenes Zeichnung der Kronjuwelen so gut gefallen hat.«

»Willst du mir erzählen, dass Irene eine große Künstlerin wird?«, meinte Martha skeptisch. »In meinen Augen machen die Zeichnungen nicht viel her. Sogar Peg kann solche Männchen malen. Du müsstest in Irenes Kopf schauen, um zu erkennen, was das sein soll.«

»Ich will dir bloß sagen, dass du Irene nicht immer demütigen sollst, Martha. Sie hat etwas, das der Rest von uns nicht hat, und das ist ein Auge für ihre Umgebung.«

»Komm runter, Lorn!«, spottete Martha. »Wir alle haben ein Auge für uns're *Umgebung*! Rauchende Schornsteine, stinkender Pferdemist auf der Straße, Auswurf auf dem Pflaster! Das ist *unsere* Umgebung, da gibt's nix zum Träumen - obwohl ich weiß, dass du neuerdings *Bücher* liest! Und nicht nur Kochbücher, sondern Romane!« Martha drohte ihrer Schwester, die in ihren Augen ebenfalls unter Größenwahn litt, mit dem Finger - seit sie ihren Waliser Ken geheiratet hatte, der nicht als Dockarbeiter geboren und erzogen wurde, sondern ein Fremder mit einem seltsamen Akzent war.

Lorna schob Irenes Zeichnungen und Gemälde zurück in das Kochbuch. Sie fühlte sich an Irenes Stelle unverstanden. Andererseits war Martha immer schon ein Mensch gewesen, dem es an Einfühlungsvermögen und Verständnis mangelte. »Irene kann sich ruhig auch die schönen Dinge ansehen, nicht nur den Schmutz unseres Alltags, Martha. Wenn Ruß und Schneeflocken aufeinander treffen, kann manchmal etwas Besonderes dabei herauskommen. Genau das ist bei Irene passiert. Sensible Menschen leiden, ohne es sich anmerken zu lassen. Ich möchte nicht, dass Irene leidet; wenn du also willst, dass sie dir in Kent mit den Kindern hilft, musst du freundlicher zu ihr sein.«

»Es schadet ihr nicht, wenn sie etwas härter angefasst wird. Du bist ihr gegenüber zu weich, Lorn.«

»Irene ist nicht der Typ, der hart angefasst werden muss, Martha. Sie ist vernünftig und tut Dinge, weil sie sie tun will und nicht des Geldes wegen.«

»Da hört sich doch alles auf!« Martha starrte ihre Schwester ungläubig an. »Anscheinend seid ihr beide Prinzessinnen auf der Erbse, und es ist nicht die schicke walisische Großmutter, der Irene nachschlägt! In all den Jahren hat wohl niemand gemerkt, dass es in unserer Familie noch eine Träumerin gibt!«

Lorna lächelte. »Irene wird ihren Weg machen, Martha.«

»Sie mag ihren Weg machen, aber sie wird andere mit ihrer seltsamen Art nicht glücklich machen!«

2. Kapitel

Da es erwartungsgemäß spät wurde, bis Ken und die Jungen mit der Gans auftauchten und Lorna den Braten vorbereiten und in den Ofen schieben konnte, wurde das Weihnachtsessen schließlich um halb fünf nachmittags aufgetragen. Die Mädchen hatten sich um das Gemüse und die Beilagen gekümmert. Der Nachmittagstee wurde zum Abendessen und das Abendessen zum Frühstück am zweiten Weihnachtsfeiertag.

Tante Martha, die nicht nur an ihrem Marktstand, sondern auch bei anderen Leuten in der Küche gerne schwätzte, wurde gegen Mittag von Onkel Norm nach Hause geholt.

Zu Irenes unendlicher Enttäuschung kehrte Tante nach ihrem eigenen Weihnachtsessen ins Haus ihrer Schwester zurück, diesmal ohne ihren schwarzen Strohhut, dafür mit dem ganzen Rest ihrer Brut. Es war bereits neun Uhr abends, als man sich zum ›Tee‹ niederließ und Zitronentörtchen, gefüllte Pastetchen, Früchtekuchen und die polierten Äpfel verspeiste.

Fünfzehn Personen quetschten sich in das winzige Wohnzimmer wie Ölsardinen in die Büchse. Damit man überhaupt noch atmen konnte, hatte Mama die Haustür offen gelassen.

Charlie und Don kauerten auf der Türschwelle, wobei ihre Hinterteile sich auf dem Gehsteig befanden. Charlie, Don und Onkel Norm verpesteten mit ihren Zigaretten die Luft. Papa mit seiner Pfeife war auch nicht besser. Irene wünschte, sie würden nicht rauchen und alle zum Husten bringen. Schade, dass es nicht schneite; sie könnten sonst im Dunkeln eine Schneeballschlacht machen.

Percy und Peg saßen auf dem Fußboden und spielten mit ihren Schwestern, Fran und Myrtle, Schnick-Schnack-Schnuck. Papa saß in seinem Lehnstuhl und hielt Zillah auf dem Schoß. Zeb lag schon im Bettchen und schlief. Mama saß auf ihrem Stuhl mit der geraden Rückenlehne. Tante Martha hatte sich neben Joan und Pam auf dem alten, quietschenden Rosshaarsofa niedergelassen.

Wie Irene an Joans und Pams Gesichtern deutlich ablesen konnte, wären die beiden Mädchen viel lieber mit Lou und Stevie zusammen, statt sich neben Tante Martha auf das Sofa zu quetschen. Sie konnte es ihnen nicht verübeln. Sie selbst hatte das Sofa gemieden und sich lieber auf die Armlehne von Vaters Sessel gesetzt, da sie die Unbequemlichkeit dieser Sitzmöglichkeit Tante Marthas Nähe bei weitem vorzog.

Die Zwillinge Joan und Pam waren gerade achtzehn geworden. Sie würden im nächsten Sommer heiraten, die armen Teufel - oder die Glückspilze - je nachdem wie man es sah. Lou und Stevie waren Brüder. Sie hießen Chalmer und waren charmante Burschen. Glücklicherweise mochten Mama und Papa die beiden; sie mochten auch die Freundinnen von Charlie und Don. Irene nahm an, dass das für alle ein Segen war, sie selbst jedoch wollte *niemals* heiraten. Es gab so viele Dinge im Leben, die interessanter als Heiraten waren! Lou und Stevie arbeiteten in der Kugellagerfabrik, in der auch Joan und Pam beschäftigt waren. Leider durften Lou und Stevie ihre Freundinnen heute nicht besuchen, weil ›Familientag‹ war.

»Papa, Tante Martha will mich zur Hopfenernte nach Kent mitnehmen, aber ich will nicht«, flüsterte Irene Ken ins Ohr.

Ein Urlaub mit Martha wäre eine selbstauferlegte seelische Verstümmelung, weshalb er Mitleid mit Irene hatte. Jedoch mischte er sich niemals in die familienpolitischen Strategien ein, sondern überließ diese Dinge immer Lorna.

»Tu, was du für richtig hältst, Kind«, sagte Ken schläfrig. Ein Schluck zu viel beim Essen, dazu die fette Gans und der reichhaltige Weihnachtspudding, gefolgt von Früchtekuchen und Pastetchen, kaum Pause zwischen den Mahlzeiten, und dazu noch das Bier im Pub - das alles verursachte ihm Gallenbeschwerden. Zillah, die auf seinem Magen herumhopste, trug auch nicht zur Verbesserung der Lage bei. Warum war er immer froh, wenn die Weihnachtstage vorüber waren und der Alltag wieder einkehrte? Ein Riesenwirbel um nichts, der sicherlich nichts mit Religion, sondern vielmehr mit Völlerei zu tun hatte. Er war ohnehin nicht sehr religiös, hielt sich aber für einen fürsorglichen Vater.

»Was sagt Mama denn dazu?«, wollte er wissen.

»Mama glaubt, dass es mir gut tun würde, etwas herauszukommen, bevor ich meine Arbeit in Miss Lilys Laden anfange.«

»Dann musst du tun, was Mama möchte.« Ken merkte, dass er seiner Tochter keinen Trost spenden konnte. Nach einer Weile nahm er seine Pfeife aus dem Mund, studierte sie aufmerksam und fragte: »Ist die Arbeit bei Miss Lily das, was du wirklich willst?«

»Nein, Papa.«

»Was würdest du denn gerne tun?«

»Ich wäre gerne Juwelier, Papa. Ich meine nicht Schmuckverkäuferin, sondern ich möchte Schmuck entwerfen und herstellen. Aber ich weiß nicht, wie ich es anstellen soll.«

Zuerst war Ken überrascht, fiel jedoch gleich wieder in seine übliche phlegmatische Art zurück. »Oh, mein Mädchen«, er drückte Irenes Hand. »Ich wünschte, ich könnte dir helfen, aber ich weiß nicht wie. Ich bin kein gebildeter Mann. Vielleicht solltest du einen deiner Lehrer in der Schule um Rat fragen. Oder Miss Lily vom Kurzwarenladen. Sie hat ihr eigenes Geschäft, vielleicht weiß sie mehr.«

»Danke, Papa, vielleicht mache ich das.« Sie ahnte, dass es vergeblich sein würde - wie es auch vergeblich war, ihre Eltern bei Angelegenheiten, in denen sie sich nicht auskannten, um Hilfe zu bitten. Aber für einen flüchtigen Moment hatte Irene gehofft, dass ihr Vater eine Antwort für sie wüsste. Es tat ihr leid, dass sie ihn mit ihrer dummen Idee behelligt hatte. Er hatte auch so genug Sorgen. Wichtigere Dinge als ihre ›Luftschlösser‹, wie Tante Martha ihre schwärmerischen Träume nannte.

Ken seufzte tief auf, weil er Irene irgendwie hängen gelassen hatte. Er bewegte sich unruhig, weil die Schmerzen in Brust und Magen stärker wurden.

Zillah fragte: »Is' Zillah zu schwer, Daddy?«

»Nein, mein Mädchen.« Er zerwühlte ihr liebevoll die dunklen Locken.

»Zillah will auch rauchen!« Sie versuchte, nach der Pfeife zu greifen.

Ken machte die Pfeife aus, damit nichts passieren konnte. »Du solltest schon lange im Bettchen sein, Zilly, wie dein Brüderchen.«

Zillah schüttelte heftig den Kopf. Sie wollte unbedingt so lange wie die anderen aufbleiben, obwohl sie vor Müdigkeit kaum noch die Augen offen halten konnte. »Zilly nicht müde.«

Als Marthas Tochter Fran vorschlug, ›Kniffel‹ zu spielen, nutzte Ken die Gelegenheit sich zu verabschieden und überließ seinen Lieblingssessel seinen Töchtern. »Ich glaub', ich geh' ins Bett. Ich hab' eine Magenverstimmung.«

Lorna sah, dass er genug hatte. Er arbeitete hart für seine Familie; er musste täglich zehn Stunden lang schwere Säcke und Kisten schleppen und hatte sich seinen Weihnachtsurlaub redlich verdient. »Gute Nacht, Lieber, schlaf gut!« Sie hielt ihm ihr Gesicht entgegen und empfing seinen Gutenachtkuss - eine liebevolle Geste, die sie seit mehr als zwanzig Jahren praktizierten.

»Gute Nacht zusammen.« Ken bahnte sich seinen Weg durch das Geschenkpapier, die Apfelreste und Orangenschalen auf dem Fußboden. Jedes Familienweihnachtsfest war eine noch schlimmere Wiederholung des letzten Festes. Er war froh, sich zurückziehen zu können.

Ken wollte seinen jüngsten Sohn im Schlafzimmer nicht durch die Lampe stören, und da Lorna es nicht mochte, wenn er im Schlafzimmer rauchte, ging er durch die Spülküche in den kleinen Hinterhof. Er hoffte, dass er die nächste halbe Stunde allein und ungestört auf dem Plumpsklo verbringen konnte, wo er ein Pfeifchen rauchen und bei Kerzenlicht die Zeitung lesen wollte, bevor die Zeitung in kleine Stücke gerissen und zu Toilettenpapier umfunktioniert wurde.

Ken ließ sich gemütlich nieder und murmelte zufrieden: »Endlich Ruhe! Das wurde aber auch Zeit.«

Ein paar Augenblicke später folgte Onkel Norman Ken in den Hinterhof und versuchte die Klotür zu öffnen. »Bist du da drin, Ken?«

»Ja.«

»Wie lang dauert's?«

»Ziemlich lang. Tut mir leid, Norm, aber an Weihnachten bekomm' ich immer solche Bauchschmerzen.«

»Ich auch. Ich glaub', ich geh' dann besser mal nach Hause.«

»Gute Idee. Bis morgen, wir sehen uns im Pub. Wenn du vor mir da bist, Norm, kannst du schon die Dartscheibe vorbereiten.«

»Mach' ich, Ken. Frohe Weihnachten.«

»Gleichfalls, Norm. Du schuldest mir ein paar Bier, vergiss es nicht.«

»Oh Gott, sprich bitte nicht von Essen oder Trinken, Ken.«

»Wir müssen Kraft tanken, Norm. Besonders, weil nach Weihnachten eine schwere Ladung Zement abzuladen ist.«

»Erinnere mich jetzt nich' an die Arbeit oder an schwere Ladungen, Ken! Es ist Weihnachten. Das Leben ist verdammt noch mal zu kurz, um heute schon an morgen oder übermorgen zu denken.«

»Du hast ja recht, Norm. Bis morgen dann.«

Onkel Norm begab sich in seinen eigenen Hinterhof, und Ken murmelte vor sich hin: »Endlich Ruhe - hoffentlich!«

»O.K., das wär' also geregelt.« Tante Martha kaute zufrieden an einem ihrer knackigen Äpfel aus Kent. Wenn sie ihren Hut nicht trug, fehlte ihrem schweren Haarknoten die Stütze, und er rutschte langsam abwärts. »Lorn, wenn dein Baby hoffentlich vor Juli kommen wird, kümmerst du dich wochentags um den Stand, und Lorn, ich werd' nicht knauserig sein. Ich werd' dir den Gewinn ganz überlassen, hörst du - du kannst es brauchen. Samstags kümmern sich Joan und Pam, die dann zwar schon verheiratet sind, aber in der Nähe wohnen werden, abwechselnd mit Fran und Myrtle um den Stand, damit Lorn eine Pause hat. Sonntags is' der Markt geschlossen. Reen wird auf das neue Baby aufpassen, wenn es da is' - obwohl ich meine Küken nie gezählt habe, bevor sie ausgebrütet waren. Und du, Irene, wirst auf die vier Zwillinge aufpassen, wenn wir in Kent sind. Die Männer kümmern sich um sich selber und um ihre Jobs.«

»Und Tante Martha kann sich um ihre D und T kümmern«, sagte Charlie mit einem Grinsen.

»Ganz zu schweigen von ihren H, Charlie Junge!« Don zwinkerte Irene zu, die die alte Nervensäge auch gerne auf den Arm nahm.

»Hey, Jungs«, sagte Tante Martha. »Hört auf mit euren Unverschämtheiten. Es wird Zeit, dass ihr genug gespart habt, um die beiden netten Mädels von der christlichen Gemeinschaft zu heiraten, denen ihr den Hof macht.«

Charlie schubste Don von der Türschwelle, auf der mehr Platz war, seit Onkel Norm gegangen war. Alle Leute in der Waterloo Road schienen halb auf der Straße zu sitzen, weil die Familien sich alle zum Weihnachtsfest versammelt hatten. »Hört, wie schön die verflixten Fennels singen können!«, bemerkte Tante Martha. Joe und Dot, die sich ihren Tombola-Sherry zu Gemüte geführt hatten, beschimpften sich lautstark und verfluchten sich gegenseitig.

»Bist du mit der Planung einverstanden, Lorn?«, wollte Tante Martha wissen. Es fiel Lorna schwer, ihre Gedanken wieder zu sammeln. »Klingt alles nicht übel, Martha.«

Mama klang gegenüber Tante Martha immer so schwach und unterwürfig. Irene ärgerte sich über ihre Mutter. »Spielen wir jetzt ›Kniffel‹, oder werden wir den ganzen Abend über die Ernte in

Kent reden?«, fragte Irene missmutig. »Sonst gehe ich nämlich schlafen.«

Lorna versuchte die Wogen zu glätten, indem sie ein anderes Thema ansprach und erinnerte Joan und Pam an die Weihnachtspäckchen für den Milchmann, den Kohlelieferanten und den Bäckerjungen, der die Hefe zum Brotbacken brachte.

Joan und Pam, die einander glichen wie ein Ei dem anderen, nickten gleichzeitig. So langweilig, dachte Irene. Sie sagte, sie würde lieber ›Stadt, Land, Fluss‹ anstelle von ›Kniffel‹ spielen, weil ›Kniffel‹ einfach zu kindisch sei.

Tante Martha, die gerade Apfelreste zwischen ihren Zähnen herauspulte, knurrte: »Du warst immer schon ein Spielverderber, Irene; du weißt ganz genau, dass keiner von uns so gut lesen und schreiben kann wie du, Miss Hochnäsig!«

»Dann gehe ich eben schlafen«, sagte Irene mit Nachdruck, glücklich, Tante Martha zu entrinnen.

Doreen wollte für Frieden sorgen und holte das Kniffelspiel.

»Wenn einer an Weihnachten für schlechte Stimmung sorgt, dann is' es natürlich uns're Irene«, stänkerte Tante Martha.

»Ich habe Kopfschmerzen.«

»Bei dir stimmt ständig was nich', Mädchen. Du bist verwöhnt.« Tante Martha geriet langsam in Fahrt. Die Saat für den Unfrieden war bereits morgens gesät worden, als Irene ihr quer gekommen war. Und da Tante Martha mit Mrs. Fennel zwei Gläser Sherry geleert hatte, war sie in einer angriffslustigen Stimmung. »Wir sin' dir wohl nicht gut genug, was! Hör gut zu ...«

»Lass sie gehen.« Lorna, die selbst Sehnsucht nach ihrem Bett verspürte, griff ein. »Es sind genug Leute zum Spielen hier, auch wenn Irene nicht mitspielen möchte. Gute Nacht, Liebes, schlaf gut.« Irene gab ihrer Mutter einen Gutenachtkuss auf die Wange.

»Gute Nacht, Mama, gute Nacht allerseits.« Nur Tante Martha wünschte Irene keine gute Nacht. Irene hörte sie hinter ihrem Rücken murmeln: »Bei mir würde sie nicht so leicht davonkommen, das sag' ich dir! Sie muss härter angefasst werden.«

Das Doppelbett, das Irene sich mit ihren drei Schwestern teilte, war kalt und leer ohne ihre wärmenden Körper. Irene starrte in die Dunkelheit und konnte nicht einschlafen. Eine schreiende Eule flog über das Haus. Ihr unheimliches Heulen hallte zwischen den Schornsteinen wider und ließ Irene erschauern. Sie war plötzlich froh über den von unten heraufdringenden Lärm und das Gelächter der anderen, die sich beim ›Kniffel-Spielen‹ amüsierten.

Die Ruhelosigkeit in Irene, die sie die Einsamkeit hatte suchen lassen, wollte nicht weichen. Sie war durcheinander und verwirrt. Sie würde sich gerne in der Gesellschaft der anderen wohl fühlen, so wie die anderen miteinander zufrieden waren.

Irene drehte sich mit einem tiefen Seufzer auf die andere Seite und wünschte, die Weihnachtsferien wären vorbei, damit sie wieder in die Schule gehen konnte. Papa hat's gut, dachte sie neiderfüllt, er muss nur noch morgen zu Hause und in Tante Marthas Nähe bleiben. Dann konnte er wieder mit seiner alten Brotzeitdose unter dem Arm zusammen mit Charlie, Don und Onkel Norm zur Arbeit gehen - wenigstens redeten die drei nicht so viel. Ich wünschte, ich wäre ein Mann, dachte sie, vielleicht würde man dann meine Berufswünsche ernst nehmen. Nur ihr Bruder Don verstand sie. Armer Don, sie wusste, wie sehr er seine Arbeit als Hafenarbeiter hasste, aber er hatte nichts anderes gelernt.

Irene hatte nicht die geringste Lust, im Miss Lilys Laden zu arbeiten. Bänder und Spitze abmessen, Nadeln, Garn und Knöpfe verkaufen, wie langweilig!

Aber es blieb ihr keine Wahl, wie sie wohl wusste, sie besaß keine ausreichende Bildung.

Irene schloss die Augen und träumte, sie wäre so reich, dass sie nicht für Miss Lily, die mürrische und puritanische alte Jungfer, arbeiten müsste; sie träumte, dass sie nicht jede Nacht stundenlang wach liegen müsste, weil Joan, Pam und Doreen sich ruhelos bewegten, schnarchten und grunzten, husteten und manchmal auch miteinander schwätzten. In einer so großen Familie musste man einiges aushalten. Warum konnten Mama und Papa in ihren Alter nicht endlich aufhören, Babys zu machen? Es war abstoßend, schlimmer als bei den Kaninchen. Falls sie jemals heiratete, würde sie nur zwei Kinder bekommen, einen Jungen und ein Mädchen, und ihre Verwandten dürften sie nur an ein oder zwei Tagen im Jahr besuchen, und zwar mit sechsmonatigem Abstand – außer Mama und Papa natürlich, die jederzeit willkommen wären.

Irene träumte wieder von einem Luxusbett für sie allein, von tollen Kleidern und von einem schönen Haus mit Gärtnern, die sich um die üppigen Blumenbeete und den weichen grünen Rasen kümmern würden. Sie träumte von Schmuck, der andere Frauen vor Neid erblassen lassen würde, von Ketten, Broschen und Armbändern, die sie selbst entwerfen und aus Gold und Silber, Diamanten, Smaragden, Saphiren und Rubinen fertigen würde. Und wie immer, wenn ihr klar wurde, dass dies alles nie passieren und dass ihr Leben verschwendet sein würde wie das von Miss Lily Lovett, geriet sie in Panik.

Sie war wieder hellwach und fragte sich verzweifelt, wo sie anfangen sollte. *Wie* sollte sie anfangen? Das war die große Frage! Wie könnte sie das Goldschmiedehandwerk erlernen, wenn ihre Eltern es sich nicht leisten konnten, sie auf eine Designerschule zu schicken - falls man dort überhaupt das Goldschmiedehandwerk erlernen konnte. Ach, sie wusste ja nicht einmal, *wo* sie sich informieren könnte. Es war alles so frustrierend!

Sie konnte gut zeichnen - eigentlich sogar sehr gut, wie man ihr in der Schule bescheinigte. Ihr bestes Fach war Kunst und Zeichnen; ihr Bild ›Krönungstag‹ belegte zumindest *diese* Tatsache. Selbst die Königin von England hatte ihr zu diesem Bild gratuliert!

Schlag dir diese Ideen aus dem Kopf und schlaf endlich ein, schalt sie sich selbst.

Hör auf, Luftschlösser zu bauen!

Sie träumte von einer zerbrechlichen regennassen Fläche in Blattform. Dieses Blatt war mit Smaragden besetzt, die Blattadern waren aus Gold- und Silberfäden, ein zitternder Regentropfen bestand aus einem lupenreinen Diamanten, in dem das Sonnenlicht funkelte.

Tante Marthas Obst- und Gemüsestand war nach den Weihnachtstagen mit den schönsten und frischesten Waren auf dem ganzen Markt bestückt. Einer der Farmarbeiter vom Gut Hopeworthy in Goudhurst packte die frischen Waren in Kisten und lud diese am Bahnhof Hope Mill Station auf den Milchzug, der alles nach Charing Cross transportierte, bevor die meisten Menschen auch nur aufgewacht waren.

Tante Martha war wach - um 4.00 Uhr morgens an jedem Tag in der Woche – außer sonntags. Sonntags schlief sie bis 6.00 Uhr, weil der Markt geschlossen war.

Die schwarze Beschriftung auf den Kisten ›Mrs. M. Mannering, Poplar Markt, Poplar High Street, Poplar, London‹ sah beeindruckend aus und fiel zwischen den Milchkannen auf dem Milchzug in Charing Cross ganz besonders auf.

Doug, einer von Tante Marthas verheirateten Söhnen, der als Ausfahrer für eine Londoner Brauerei arbeitete, erwartete jeden Morgen (außer sonntags) die Ankunft des Milchzuges um 5.00 Uhr. Er brachte die Bestellungen seiner Mutter direkt von Charing Cross auf den Markt von Poplar. Um 6.00 Uhr hatte Tante Martha ihr Obst und Gemüse bereits auf ihrem Stand hübsch arrangiert.

Über ihrem Kopf flatterte das Andenken an ihre militante Vergangenheit, ihr ›Hopfensack‹ mit den Aufschriften, die sie und alle anderen an die Parade der Hopfenpflanzer und Farmer mit ihren Unterstützern erinnerte. Die Parade aus Lieferwagen, Traktoren und Anhängern hatte sich über drei Meilen bis zum Trafalgar Square erstreckt. Drei Jahre später strichen die Fremden mit ihrem günstigeren Hopfen immer noch Gewinne ein, aber Tante Martha konnte sich an ihrem Kohl, dem Blumenkohl, den Möhren, den Rüben, dem Rettich und den Kürbissen freuen, weil Winter war und es kein Sommergemüse wie Erbsen, Bohnen und Kopfsalat gab.

»Stan wird sich schwer tun, seine vergammelten alten Rüben am Ende des Tages als Viehfutter zu verkaufen«, rief Tante Martha Dot Fennel zu, die ihren Stand gegenüber hatte. Stan war ein weiterer Obst- und Gemüsehändler auf dem Markt.

Mrs. Fennel besaß einen Trödelstand. Alte Messinglampen, gebrauchte Glasschüsseln und angeschlagene Teller, alte Teelöffel, hässliche viktorianische Gemälde und mottenzerfressene Sofakissen waren die Basis für ihren Lebensunterhalt. Insgeheim sah Tante Martha auf Dot Fennel herab.

Manchmal verdiente Dot Fennel ein wenig Geld, manchmal verdiente sie nichts; es hing davon ab, ob Joe bei seinen Wohnungsräumungen Schnäppchen machen konnte oder nicht.

»Joe hat neulich 'nen apostolischen Löffel heimgebracht.« Dot gab gerne mit ihren angeblichen Kenntnissen über Antiquitäten an. »War 'ne Menge wert, kann ich dir sagen. Hat ihn unten in der Portobello Road verkauft, mein Joe.«

»Das hast du doch wieder erfunden, stimmt's?«, fragte Tante Martha beiläufig. »Wenn ich daran denke, wie ihr beide an Weihnachten gestritten habt!«

»So was lass' ich mir von keinem Mann gefallen, nicht mal von meinem eigenen!«

»Da hast du Recht, Dot.«

Joe gab sich jedoch die größte Mühe, was Ordentliches zu finden, besonders in den sechs Wochen in Kent im September und Oktober, wenn er die großen Landhäuser des Landadels nach brauchbaren Gegenständen durchkämmte, während Dot mit der Erntearbeit beschäftigt war.

»Du könntest ganz schön reich sein, Martha, wenn du die Hotels in Covent Garden und die großen schicken Häuser in der Gegend von Charing Cross beliefern würdest«, bemerkte Dot etwas neidisch, während sie dasaß und strickte.

»Ich bin zufrieden auf dem Markt von Poplar, danke, Dorothy Fennel.« Tante Martha war damit beschäftigt, die schönen Äpfel der Sorte Bramley zu polieren, die der Verkäufer von Gut Hopeworthy ihr zu einem guten Preis überlassen hatte.

»Die letzten Herbstäpfel aus Kent werden aus dem Lager geholt«, hatte der Verwalter von Hopeworthy auf seine letzte Rechnung geschrieben. Auf ihrer nächsten ›Einkaufsliste‹ hatte sie ›Bramleys, 2 Kisten‹ angegeben, und jetzt hielt sie den ›lebenden‹ Beweis für den Papierkram in der Hand - den Papierkram, den Irene für sie erledigte, weil Irene im Gegensatz zu Tante Martha lesen und schreiben konnte. Martha war stolz auf ihre großen grünen Bramleys mit den kleinen roten Bäckchen. Sie waren hervorragend geeignet für Apple Pie, Apfelknödel, Apfel- und Brombeermarmelade und Schweinebraten mit Apfelsauce. Tante Martha lief bei dem Gedanken an Schweinebraten mit Apfelsauce das Wasser im Mund zusammen, obwohl sie am Weihnachtsabend so viel gegessen hatte, dass sie fast geplatzt wäre. Das gleiche Spiel am zweiten Weihnachtsfeiertag, als sie sich bei Lorna getroffen hatten und die Überbleibsel der Gans und alle anderen Reste kalt serviert und das Gemüse traditionsgemäß aufgebraten worden waren.

»Was wär', wenn du bald Millionärin wärst, Martha Mannering?«, stichelte Dot Fennel leicht sarkastisch, was Martha aber gar nicht auffiel.

»Unwahrscheinlich, Dot. Ich verdien' genug, damit meine Familie zufrieden leben kann, und Zufriedenheit ist das, was zählt.«

»Ich frag' mich, warum du dann noch zur Ernte nach Kent fährst.«

»Ich muss meine Kontakte pflegen! Man kann sich nicht einfach bequem zurücklehnen. Woher würde ich so gutes Obst und Gemüse bekommen, wenn ich nicht Angus Hopeworthy und Lady Cath zur Erntezeit einen Gefallen tun würde?«

»Da hast du wohl Recht«, gab Dot widerwillig zu.

»Was machen deine Kinder, Dot?«, erkundigte sich Tante Martha fürsorglich.

»Hust'n sich noch immer die Lunge aus'm Leib.«

»Du solltest den Arzt rufen, Dot.«

»Kann ich mir nich' leisten.«

»Was gibst du ihnen denn gegen den Keuchhusten?«

»Portwein mit Zitrone. Wirkt gut. Das Husten is' nich' mehr so schlimm, und Joe kann einigermaßen anständig schlafen.«

»Weil die Kinder betrunken sind, würde ich sagen.« Tante Martha rümpfte missbilligend die Nase.

»Is' verdammt kalt heut«, sagte Dot. Sie legte ihr Strickzeug zur Seite, um sich die Hände zu reiben. Ihre Hände steckten in fingerlosen Handschuhen, damit sie besser mit den Waren und dem Geld hantieren konnte, *wenn* sie denn mal Kunden hatte. Wieder betrachtete Dot neidisch die Schlange an Tante Marthas Stand. Sie fügte hinzu: »Ich könnt' selbst einen Portwein mit Zitrone vertragen.«

»Dazu kann ich nichts sagen«, entgegnete Tante Martha, »da ich nicht trinke, wie du ja weißt, Dot.«

»Brot«, murmelte Dot nachdenklich. »Man müsste duftendes Brot verkaufen.«

»Klar.« Tante Martha wog einen Kohlkopf für eine Kundin ab. Trotz ihrer aufgesprungenen Hände trug sie nicht einmal fingerlose Handschuhe, weil sie Wollflusen auf ihrem Obst und Gemüse hinterlassen würden. Außerdem mochte sie es zu *fühlen*, was sie verkaufte.

»Ich wünschte, Joe wär' ein verdammter Bäcker und kein Trödler und Lumpensammler«, seufzte Dot.

»Das macht drei Pennies, Mrs. Buckets«, sagte Martha zu ihrer Kundin. Sie steckte das Geld in den Lederbeutel, den sie vor ihrer vorgewölbten Mitte trug, und richtete, nachdem sie alle Kunden bedient hatte, ihre Aufmerksamkeit wieder auf Dot Fennel. »Gute Qualität zu einem fairen Preis, das is' das ganze Geheimnis, Dot. Man muss was verkaufen, was jeder braucht und sich auch leisten kann. Gemüse, Obst, Fleisch, Brot - hast du jemals 'nen armen Bäcker gesehen?«

»Glaub nich', Martha.« Dot wandte sich wieder ihrem Strickzeug zu.

»Siehst du, ich hab' Recht. Mit lebensnotwendigen Waren lässt sich Geld verdienen, nich' mit deinen alten Bildern und dem angeschlagenen Geschirr. Joe hätte sein Geschäft professioneller aufziehen sollen, wenn ihr gerne schnell reich werden wollt.«

»Was meinste mit professioneller?« Dot runzelte fragend die Stirn.

»Bestattungen. Hast du jemals einen armen Bestattungsunternehmer geseh'n, Dot?«

»Glaub' nich'.«

»Na also!«

»Joe würde keine Leichen mögen.«

»Das denk' ich mir. Man könnte auch kaum einen Unterschied zwischen Leiche und Bestatter erkennen. Dein Joe is' mehr tot als lebendig.«

Dorothy Fennel sprang empört von ihrem dreibeinigen Melkschemel auf, dem einzigen wirklich antiken Stück, das sie besaß. »Untersteh dich, meinen Joe zu beleidig'n! Und das nur, weil dein Norm unten am Hafen mehr Kohle macht!« Dot stampfte wütend mit dem Fuß auf, und das Babyjäckchen, das sie für ihr erstes Enkelkind strickte, landete im Schmutz. Sie hob es wieder auf und schüttelte es aus.

»Es ist keine Frage des Geldes, Dot, sondern von Klasse. Dein Joe hatte immer schon was von 'nem Zigeuner.«

Dorothy Fennel vergaß ihr Babyjäckchen, ergriff eine ihrer angeschlagenen Untertassen und zielte auf Tante Marthas Stand. Die Untertasse landete mitten in einer sorgfältig aufgebauten Zwiebelpyramide und ließ sie zusammenstürzen.

»Nimm das, Martha Mannering! Und glaub bloß nicht, dass ich noch mal mit nach Kent komme, nachdem du meinen Joe so beleidigt hast!«

»Is' mir auch recht, Dorothy Fennel.« Sie zuckte mit ihren rundlichen Schultern und bückte sich, um ihre arg mitgenommenen Zwiebeln wieder aufzusammeln. »Deine Familie hat sich sowieso immer daneben benommen, sodass der Schaffner uns alle fast aus dem Zug geworfen hat.«

Während Tante Martha die Zwiebeln in ihre Schürze häufte, entdeckte sie plötzlich Charlie, der sich zwischen den Marktständen hindurchschlängelte. Er sah verzweifelt aus. Tante Martha richtete sich abrupt auf, und die Zwiebeln kullerten wieder in alle Richtungen.

»Um Gottes willen, Charlie! Was ist passiert? Is' was mit deiner Mutter?«

»Nein, nich' Mama, Tante Martha, aber wir müssen zu ihr gehen. Es ist Papa. Er ist bei der Arbeit zusammengebrochen ... es war das Herz, sagt der Doktor.«

Tante Martha wurde leichenblass. »Er ist doch nicht tot, Charlie, oder?«

Charlie knetete seine Kappe zwischen den Händen und versuchte krampfhaft, die Tränen zurückzuhalten. Er starrte blicklos auf einen Punkt über Marthas Kopf und versuchte die Tränenflut mit Willenskraft zu stoppen. »Wir müssen zusammen zu ihr geh'n, Tante Martha, ich schaff' das nich' alleine.«

Es brach Tante Martha fast das Herz: Ihr großer strammer Neffe mit seinen zwanzig Jahren schluchzte jämmerlich.

Unter Marthas harter und rauer Schale lag ein weicher Kern, und die Familie kam immer an erster Stelle. Sie nahm Charlie in den Arm und sagte über seine zuckenden Schultern hinweg zu Mrs. Fennel: »Dot, kümmer dich um den Stand. Ich muss zu meiner Schwester, sie braucht mich.«

Mrs. Fennel vergaß ihren Streit und eilte sofort herbei. »Oh Gott, oh Gott ... geh ruhig, Martha, ich mach' das schon. Mach dir keine Gedanken.

3. Kapitel

Lorna lag auf dem großen Doppelbett im Zimmer der Mädchen, neben sich Irene und zu ihren Füßen Zillah und Zeb. Zeb hielt eine Ecke der Decke umklammert und lutschte trostbedürftig am Daumen. Mit seinen großen blauen Augen starrte er seine große Schwester Irene an, die verzweifelt weinte. Er streichelte ihr Haar: »Arme Reen ...« Er war noch so klein, dass er Irene und Doreen beide Reen nannte.

Lorna dachte an ihre Kinder; was würde nun aus ihnen allen werden? Acht Kinder und ein Ungeborenes. Die beiden Jüngsten konnten noch nicht richtig verstehen, was passiert war; sie sahen nur, dass die ganze Familie unten versammelt war und dass alle weinten. Irene litt am meisten, arme Irene.

Lorna versuchte ihre verzweifelte Tochter zu trösten, so gut sie es konnte.

Irene, die von allen ihren Kindern immer am wenigsten Gefühle gezeigt hatte, sah im Tod ihres Vaters eine persönliche Strafe und versuchte in ihrem tiefen Schmerz andere zu verletzen. »Mama«, warf sie ihrer Mutter vor, »wie kannst du nur so ruhig sein! Hast du Papa denn nicht lieb gehabt?«

»Natürlich habe ich ihn geliebt.« Lorna strich zärtlich über Irenes dunkles tränenfeuchtes Haar. »Wir haben einundzwanzig gute Jahre miteinander verbracht, mehr als viele andere Ehepaare. Deshalb kann ich ruhig bleiben. Ich hab' euch Kinder, und Papa hat euch alle geliebt. Er würde nicht wollen, dass ich mich gehen lasse; ich muss auch an das neue Baby denken. Ich habe meine Erinnerungen an glückliche Zeiten, Irene, und die kann mir keiner nehmen. Papa würde sich sicher wünschen, dass wir unser Leben tapfer weiterleben; wir mögen einander, kümmern uns umeinander und sind zusammen im Leben und im Tod.«

»Ich bin schuld«, schluchzte Irene und drückte ihr Gesicht an die Schulter ihrer Mutter. »Ich hätte ihm niemals erzählen dürfen, dass ich Goldschmiedin werden möchte. Er hat sich wahrscheinlich Sorgen gemacht, weil er es sich nicht leisten konnte, mich auf eine Kunsthochschule oder eine Designerschule zu schicken, und deshalb ging es ihm schlecht.«

»Pst, Irene. So etwas solltest du nicht denken. Du musst dir keine Selbstvorwürfe machen, weil du deine eigene Situation verbessern willst. Papa war sehr stolz auf dich. Er wünschte sich, dass du das tun könntest, was dich glücklich macht. Am Tag vor seinem Tod sagte er noch, wie sehr er sich wünschte, dass du im nächsten Sommer irgendwo hingehen könntest, wo du deine kunsthandwerklichen Fähigkeiten schulen könntest, statt in Kent Hopfen zu ernten. Wir haben darüber gesprochen. Er wollte Nachforschungen anstellen, und er wollte mehr Überstunden machen und etwas sparen, bis du achtzehn wirst, damit er dir zu dem Start verhelfen könnte, den du dir wünschst.«

»Oh, Mama!« Die Tränen begannen erneut zu fließen. Lorna reichte Irene ein frisches Taschentuch. »Oh, Mama, ich fühle mich so schlecht, noch schlechter als vorher. Gemein und ... selbstsüchtig! Armer Papa ... ich wollte doch nichts haben, was die anderen nicht haben können.«

»Natürlich wolltest du das nicht Irene, das wissen wir alle. Es ist positiv, ein Ziel im Leben erreichen zu wollen, so wie Tante Martha mit ihrem Obst- und Gemüsestand. Es sorgt für Abwechslung im Leben einer Frau, sich nicht ausschließlich um ihre Familie zu kümmern. Ich war deinem Vater wahrscheinlich eine langweilige Ehefrau, aber er ließ es mich nie spüren.«

»Mama, das ist nicht wahr.« Irenes verquollene rote Augen

suchten das verbrauchte kummervolle Gesicht ihrer Mutter. Mama konnte noch nicht *so* alt sein, sie war erst siebzehn gewesen, als sie Charlie erwartete und Papa und sie deshalb so schnell heirateten. Sie hatten nie ein Geheimnis daraus gemacht. Sie war einundzwanzig Jahre lang mit Papa verheiratet, also war sie erst achtunddreißig, eigentlich alles andere als alt. Aber sie sah alt aus. Waren sie das schuld, hatten sie dafür gesorgt, dass Mama vorzeitig alt wurde?

Plötzlich erschienen Irene die Linien und Fältchen im Gesicht ihrer Mutter, die grauen Strähnen in ihrem dunklen Haar und alles andere wunderschön, und sie umarmte ihre Mutter liebevoll. »Du bist nicht langweilig, du bist wundervoll, Mama! Papa wusste das. Wir alle wissen es. Du bist die beste Mama auf der ganzen Welt.«

Lorna lächelte und wischte Irene mit dem Taschentuch die Tränen aus dem Gesicht. »Nun musst du dafür sorgen, dass dein Vater weiterhin auf dich stolz sein kann. Du musst es für ihn und für mich tun, auch wenn es bedeutet, dass du erst einmal in Miss Lilys Laden anfangen musst. Du kannst das Geld, das du bei der Hopfenernte verdienen wirst, sparen, und wenn du im Laden arbeitest, gibst du mir einen Teil deines Verdienstes und den Rest behältst du. Ich werde es nicht alles brauchen.«

»Und ob du das Geld brauchen wirst, Mama. Du wirst es noch dringender als vorher brauchen, weil Papa nicht mehr für uns sorgen kann. Ich werde sofort von der Schule abgehen. Ich bin alt genug. Tante Martha hat Recht, Jungen brauchen die Schulbildung dringender als Mädchen. Ich kann die Schule jederzeit verlassen. Miss Lily nimmt mich sicherlich schon vor Weihnachten. Ich weiß, dass ihre Nichte bis dahin bei ihr arbeitet, aber sie wird es verstehen, weil Papa tot ist, und vielleicht kann ich statt nur samstags die halbe Woche arbeiten.«

»Nein, Irene. Du wirst die Schule ordnungsgemäß beenden. Ich weiß, dass du jederzeit gehen könntest, aber du hast die Gelegenheit, das Internat weiter zu besuchen, weil du intelligent bist. Die Gelegenheit hatten Joan und Pam nicht.«

»Aber Mama, ich werde im Juni fünfzehn, ganz schön alt für ein Mädchen, das noch zur Schule geht!«

»Nein, das stimmt nicht, Irene, du bist noch sehr jung, *besonders* für ein Mädchen. Joan und Pam haben die Schule mit dreizehn verlassen, und sie mögen die Arbeit nicht, die sie täglich zehn Stunden lang in der Kugellagerfabrik leisten. Aus diesem Grund möchten sie gerne heiraten und der monotonen Arbeit entfliehen. Aber sie haben auch nicht deine vielversprechenden Anlagen, das wusste auch Papa. So viele hier in der Gegend verfügen nur über eine mangelhafte Bildung und sind arbeitslos. Dein Papa wollte, dass seine Kinder es einmal besser haben als er. Er legte großen Wert auf gute Manieren und auf eine gute Ausbildung für euch alle. Enttäusche ihn nicht! Ich weiß, dass es eigentlich nicht die Aufgabe einer Frau ist, ihre Situation zu verbessern, sondern dass ein Mann das für sie tun muss, aber irgendwie sehe ich in dir manchmal mich selbst und meine Hoffnungen - jetzt werde ich rührselig, ich weiß.« Lorna versuchte das Thema zu wechseln. »Charlie und Don werden jetzt für uns da sein, Irene, wie dein Vater. Du wirst für die Ziele in deinem Leben sparen, mein Mädchen, und wir werden dir helfen, so gut wir können.«

»Nein, Mama.« Irene schüttelte den Kopf und putzte sich energisch die Nase. »Ich werde es alleine schaffen. Ich werde es für Papa und für dich tun, aber ich mache es auf meine Art und Weise, selbst wenn es dauert, bis ich fünfzig bin!«

»So kenne ich mein Mädchen! So, jetzt müssen wir beide sehr tapfer sein, und ich brauche deine Unterstützung, wenn sie den Sarg zur Tür bringen. Wir wollen deinem Vater einen würdigen Abschied bereiten, und er soll stolz auf uns sein. Wir werden nicht heulen und wehklagen, wie manche das tun, sondern würdevoll und aufrecht dastehen - Kens Mädchen, nicht wahr, Irene?«

»Ja, Mama, ja!«

»Hilf mir bitte beim Anziehen, Liebes, und dann bring bitte die Kinder runter.« Lorna küsste Irene auf die Stirn und flüsterte ihr ins Ohr: »Du warst für ihn etwas *ganz* Besonderes, Irene, aber das bleibt unter uns!«

Lornas Bescheidenheit hielt sie davon ab, ihrer Tochter zu erzählen, dass Ken gesagt hatte, Irene erinnere ihn an Lorna selbst, als sie sich zum ersten Mal in Wapping an der Themse, wo Lorna geboren wurde und in einer rauen Gesellschaft von Hafenarbeitern aufwuchs, getroffen hatten. Seine Bemerkung bezog sich nicht auf ihr Alter, sondern darauf, dass Lorna anders war als der Rest *ihrer* Familie, insbesondere anders als Martha. *Sie* hatte als seltsam gegolten, weshalb sie genau wusste, was Irene durchmachte. »Lass mich jetzt bitte kurz alleine«, sagte Lorna. »Ich brauche einen ruhigen Moment vor der Beerdigung.«

Irene kannte sich mit ruhigen Momenten aus. Sie versuchte sich zu fassen, um ihrer Mutter die Unterstützung und den Trost bieten zu können, die diese von ihr brauchte, denn das Schlimmste lag noch vor ihnen. Ihr graute bei dem Gedanken, dass der Sarg ihres Vaters in die kalte, harte Erde des Friedhofs von Poplar gesenkt werden würde, und sie wusste nicht, wie ihre Mutter das durchstehen sollte.

Sid Goff, der Wirt des Pubs *Duke of Wellington*, stellte einen Hinterraum für Kens Leichenschmaus zur Verfügung, da das kleine Haus in der Waterloo Road nicht genug Platz für all die Trauergäste bot. Er nahm keine Miete für die Nutzung des »Gemeinschaftsraums«, weil damit zu rechnen war, dass die zahlreichen Trauernden nach Kens Beerdigung in das Pub kommen und sich nach echter East End-Manier von Ken verabschieden würden, was bedeutete, dass das Bier in Strömen fließen würde. Kein Arme-Leute-Begräbnis für den guten alten Ken, sondern ein wahrhaft königliches, so wie es ihm gefallen hätte.

Charlie und Don hatten Lorna die Last der Beerdigungsvorbereitungen abgenommen, und Joan und Pam kümmerten sich nun um die Bewirtung der Trauergäste. Ausnahmsweise schalt Tante

Martha nicht mit Irene, die ohne Aufforderung anbot, während des Trauergottesdienstes auf die vier Jüngsten der beiden Familien aufzupassen.

Abe Inch, der Bestattungsunternehmer, übte seinen Beruf sehr gewissenhaft aus und hatte alles bestens organisiert. Der schwarze Leichenwagen wurde von zwei stattlichen schwarzen Pferden gezogen, deren Köpfe mit je einem schwarzen Federbusch geschmückt waren; Geschirr und Zaumzeug glänzten an diesem winterlichen Januarmorgen eine Woche nach Kens plötzlichem Tod.

»Eine königliche Beerdigung«, flüsterte Dot Fennel ihrem Mann Joe zu. »Man könnte denken, Ken Druce war König Bertie, der letztes Jahr gestorben ist. Ich hab' keine Ahnung, wie die sich das leisten können.«

»Halt den Mund, Frau«, wies Joe sie zurecht, »und erweise dem Verstorbenen die letzte Ehre.«

Onkel Norm putzte sich lautstark die Nase und sagte traurig zu Tante Martha: »Ich kann nich' glauben, dass er tot ist, Martha. Am Weihnachtsabend saß er auf dem Klo und ich sagte, das Leben sei zu kurz, um heute schon an morgen zu denken, und dann geht er hin und fällt einfach ohne Vorwarnung tot um. Ich kann's nicht glauben, Martha.«

»Is' ja gut, Norm!« Tante Martha tätschelte ihm beruhigend den Arm. »Es bringt nichts, wenn du dir jetzt Vorwürfe machst, weil du was Falsches gesagt hast. So is' das Leben.«

»Ich vermiss' ihn so sehr, Martha.«

»Ich weiß.« Tante Martha tupfte sich die Augen. »Und ich muss die Pläne für den Arbeitsurlaub wieder neu machen.«

Wie beliebt Ken gewesen war, zeigte sich deutlich an der Länge des Leichenzuges, der sich über mehr als zweihundert Meter erstreckte.

Kens Kollegen kamen alle, auch sein Chef, Mr. Hardy, der einen teuren Blumenkranz in den Farben der Flagge der Hafenarbeitergewerkschaft trug. Die Hafenarbeiter überreichten Lorna eine großzügige Spende, und später in der Kirche hielt Mr. Hardy eine bewegende Abschiedsrede.

Tante Marthas Kollegen vom Markt erschienen vollzählig und brachten Winterkränze und Blumensträuße. Kens Sarg war unter all den Blumen und Kränzen kaum noch zu sehen.

Alle Bewohner der Waterloo Road waren da. Die Blumenhändler vom Markt in Poplar hatten Überstunden für Kens Beerdigung gemacht, da Blumen zu dieser Jahreszeit schwierig aufzutreiben waren. Tante Martha überlegte, ob sie an ihrem Obst- und Gemüsestand nicht auch Blumen verkaufen sollte. Schließlich trugen Geburten, Hochzeiten und Todesfälle zu einem lukrativen Blumenhandel bei.

Irene war stolz auf ihre Mutter. Sie wusste, wie sehr ihre Mutter innerlich litt, jedoch trug sie den Kopf hoch und hielt sich sehr gerade; sie sah in ihrem schwarzen Kleid mit dem dichten Schleier sehr würdevoll aus und war fest entschlossen, Ken nicht im Stich zu lassen, während sie zwischen Charlie und Don hinter dem sich langsam fortbewegenden Leichenwagen herschritt.

Die Männer trugen schwarze Armbinden. Danach folgten Joan, Pam und Doreen, die ebenfalls vollständig schwarz gekleidet waren. Irene folgte mit den kleineren Kindern. Tante Martha und Onkel Norm, ihre ältesten Kinder und deren Familien bildeten die Nachhut der trauernden Familienangehörigen.

Auf Kens Sarg zwischen all den Blumen lag ein persönlicher letzter Gruß von Irene, sechs wunderschöne kleine Schneeglöckchen, die sie im Garten an der Mauer gefunden hatte. Die Schneeglöckchen waren mit einem roten Band zusammengebunden, auf das Irene ihren Abschiedsgruß an ihren Vater geschrieben hatte: *»Ich werde dich immer lieben, liebster Papa, wo immer wir auch sein werden. Irene.«*

Neben den Schneeglöckchen lag Lornas Kranz aus weißen Lilien mit Stechpalmenbeeren, die neben den wachsweißen Blüten wie Blutstropfen aussahen. Lornas Brautstrauß vor zwanzig Jahren hatte ebenfalls aus weißen Lilien bestanden.

Und dann sah Irene, warum ihre Mutter vor der Beerdigung einige Minuten allein sein wollte. Ihre Karte an ihren lieben Mann lautete wie folgt: *»Die Stunden mit dir, mein Herz, sind wie eine Perlenkette für mich; ich zähle sie wieder und wieder, jede einzelne, mein Rosenkranz, mein Rosenkranz.«*

Nach den Weihnachtsferien kehrte Irene ins Internat zurück. Das Haus war verändert ohne Papa.

Das Jahr erwies sich als ereignisreich, und die Monate flogen dahin.

Im März feierten die Bewohner der Waterloo Road mit einem Straßenfest die Krönung von König George V. und Königin Mary. Britische Flaggen und Luftballons flatterten an Schnüren, die zwischen den geraden und den ungeraden Hausnummern gespannt waren. Die einzigen beiden Dinge, die den Tag beeinträchtigten, waren ein kleiner Regenschauer am Nachmittag, der die bunten Kostüme der Kinder durchnässte, was ihrer Laune jedoch keinen Abbruch tat, sowie die Tatsache, dass es nach dem Fest allen übel war, weil sie zu viele Geleefrüchte und Kuchen gegessen und zu viel Limonade getrunken hatten.

Im Juni wurde Irene fünfzehn, und im Juli feierten die Zwillinge Joan und Pam eine Doppelhochzeit mit Lewis und Steven Chalmers aus der Kugellagerfabrik. Das einzig Traurige an diesem Tag war, dass Ken die Zwillinge nicht zum Altar führen konnte; Charlie übernahm diese ehrenvolle Aufgabe. Doreen, Zillah und Peggy waren die Brautjungfern, und Irene war Trauzeugin. Lorna stand zwischen Klein-Zeb und ihrem großen Sohn Don, der ihr fest die Hand drückte und ihr wie bei Kens Beerdigung sein großes Männertaschentuch reichte.

Die Feier verlief reibungslos. Der Empfang fand im »Gemeinschaftsraum« des Pubs *Duke of Wellington* statt, nur wurden diesmal Tränen des Glücks vergossen. Ein Geiger, ein Akkordeonspieler und ein Pianist sorgten für die musikalische Untermalung. Es wurde bis in die frühen Morgenstunden gesungen, getanzt und gefeiert.

Am dritten August schenkte Lorna einem strammen, gut acht Pfund schweren Sohn das Leben, der wie alle acht anderen Druce-Babys von der Hebamme Mrs. Pickering geholt wurde. Lorna nannte das neue Baby nach seinem Vater Kenneth Arthur Harold. Die Taufe fand drei Wochen nach der Geburt in derselben Kirche statt, in der Kens Trauergottesdienst gehalten worden war und in der Joan und Pam geheiratet hatten. Joan und Pam mit ihren Ehemännern wurden Baby Kens Taufpaten.

Bei der Taufe dachte Irene daran, wie ihr Vater am gleichen Ort Gott übergeben worden war, an dem jetzt ein neues Leben begann. Es stimmte also, dass Gott ein Leben nahm und durch ein anderes ersetzte; obwohl keiner von ihnen ein richtiger »Kirchgänger« war, sondern sie die Kirche nur bei besonderen Anlässen besuchten, war sie froh, dass Mama und Papa ihnen den Glauben vermittelt hatten. Es war tröstlich zu wissen, dass »dort oben« jemand war, der zuhörte.

Am ersten September bestiegen Tante Martha, Percy und Peggy, Dot Fennel und ihre drei schwierigen Kinder Beryl, Jim und Ethel zusammen mit weiteren Familien aus East End am Bahnhof Charing Cross den Zug, um zu ihrem jährlichen Arbeitsurlaub nach Kent zu fahren.

4. Kapitel

Irene vermisste schon bald ihre Schwester Doreen, die das Organisationstalent der Familie war. Reen war in der Waterloo Road zurückgeblieben, um auf das neue Baby aufzupassen, während ihre Mutter Tante Martha auf dem Markt vertrat. Reen war mit ihren erst dreizehn Jahren bereits eine richtige kleine Hausfrau und Babysitterin. Sie war auch sehr aufmerksam und hatte Irene als »Abschiedsgeschenk« eine leuchtend rote Mütze gestrickt. »Hoffentlich geht Tante Martha dir nicht zu sehr auf die Nerven, Irene. Wenn sie rumnörgelt, stell einfach die Ohren auf Durchzug«, sagte ihre kleine Schwester zum Abschied.

Tante Martha war angenehm überrascht, dass Irene ohne jedes Murren mithalf, die Kinder und das Gepäck zu verteilen und zu sortieren. Sie hatte damit gerechnet, dass Irene in letzter Sekunde eine Ausrede präsentieren würde, um nicht mitkommen zu müssen. Irene hatte sich jedoch seit dem Tod ihres Vaters verändert und wehrte sich nicht mehr offen gegen Unabänderliches.

Tante Martha begrüßte den feinen Unterschied im Verhalten ihrer Nichte. Er zeigte, dass sie schließlich doch noch erwachsen wurde.

Als der Zug die Themse auf der Charing Cross-Brücke überquerte, drückten sich alle die Nasen am Fenster platt. »Oh, so große Schiffe da unten«, kreischten die Kinder, zwei Druces, zwei Mannerings und drei Fennels, die sich gegenseitig schubsten und stießen, um aus dem Fenster sehen zu können. Irene befahl ihnen, sich anständig zu benehmen und nicht so einen Lärm zu machen.

Sie zog ein Buch mit dem Titel »Die Geschichte der etruskischen Schmuckherstellung« aus der Tasche, das sie sich in der öffentlichen Bücherei von Poplar, die leider nur sehr klein war, geliehen hatte. Die Bibliothekarin hatte ihr erzählt, dass niemand in Poplar lese, weil alle zu sehr damit beschäftigt seien, ihren Lebensunterhalt zu verdienen. Und mit Sicherheit las niemand Bücher über Geschichte oder über Schmuck. Die Bibliothekarin hatte sich trotz ihres Jammerns auf die langwierige Suche nach dem Buch gemacht und war schließlich fündig geworden. Sie überließ Irene das staubige, schimmelige, hundert Jahre alte Buch für zwei Monate, sodass Irene keine Strafe für zu spätes Zurückgeben zahlen musste.

Tante Martha, die ihren schwarzen Strohhut gegen den weißen Sommerstrohhut ausgetauscht hatte, machte es sich auf ihrem Sitz neben dem Gang bequem. Mrs. Fennel saß ihr gegenüber. Joe Fennel war mit Bert und Billy, den beiden älteren Fennel-Söhnen, auf dem Trödelkarren nach Kent gefahren. Dot Fennel freute sich auf den Aufenthalt in Kent, nachdem sie einen schrecklichen Winter damit verbracht hatte, ihre Kinder zu pflegen, die »Keuchhusten, Masern und was nich' sonst noch alles« gehabt hatten.

Tante Martha freute sich ebenfalls auf ihren Arbeitsurlaub. Sie lernte gerne neue Leute kennen und freute sich auf nettes Geplauder, da Dot und sie sich schon lange nichts Neues mehr zu erzählen hatten. Norm kam auch ohne sie prima zurecht – eigentlich sogar besser. Fran und Myrtle kochten sein Abendessen und bereiteten seine Butterbrote für den nächsten Tag vor. Die beiden Mädchen hatten wie Irene diesen Sommer die Schule verlassen und arbeiteten nun als Verkäuferinnen. Fran und Myrtle verließen das Haus gewöhnlich um halb sieben. Norm kam in der Regel um sieben nach Hause – nachdem er eine Stunde im Pub verbracht hatte –, sodass alles bestens klappte.

Sobald sie London hinter sich gelassen hatten, packte Tante Martha ihren großen Picknickkorb aus.

Während Tante Martha genussvoll aß, wollte sie sehen, was Irene las; das Buch war fast so groß wie der geflochtene Picknickkorb auf Tante Marthas Schoß. Tante Martha schmierte Fischpaste auf die Seiten, als sie das Buch umdrehen wollte, um den Titel zu sehen. »Was heißt das?« Sie deutete mit ihrem Fischpastenfinger auf die Worte: »Est ... oder so ähnlich?«

Tante Martha war in der Lage, schnell Zahlen zu addieren, tat sich aber mit dem Lesen mehr als schwer.

»Etruskisch«, antwortete Irene gereizt.

»Was bedeutet das?«

»Die Etrusker waren ein uraltes Volk in Mittelitalien. Ihre Kunst und ihre Kultur wurden von den Römern beeinflusst.«

»Du interessierst dich für das Zigeunerzeug?«, murmelte Tante Martha mit vollem Mund.

»Eigentlich nicht. Übrigens hat römisch nichts mit »Zigeunerzeug« zu tun. Was das auch immer sein soll. Das hier ist antike Geschichte.«

»Warum liest du so was überhaupt?«, wollte Dot Fennel wissen.

»Weil ich gerne lese.«

»Sag bloß.«

Tante Martha forderte Peggy auf, mit geschlossenem Mund zu kauen und sich nicht wie ein Ferkel zu benehmen. »Deine Mutter sagt, du willst eine berühmte Künstlerin werden.« Tante Martha spähte zwischen die Lagen ihres Sandwiches.

»Nicht direkt«, antwortete Irene stirnrunzelnd.

»Ich dachte, sie wird Miss Lily in ihrem Laden helfen.« Dot grub ihre Zähne in ihr Käse-Zwiebel-Sandwich; Irene konnte die rohen Zwiebeln sogar von ihrem Platz aus riechen.

»Puh, Mrs. F., deine Zwiebeln stinken das ganze Abteil voll!«, kommentierte Percy. Tante Martha versetzte Percy mit ihrer großen rotbraunen Hand eine Kopfnuss.

»Aua, Mama!«

»Benimm dich in Gegenwart von Erwachsenen, Perce!« Tante

Martha warf Percy einen strafenden Blick zu. Sie verteilte Fischpastensandwiches an die drei Fennel-Kinder, um auf taktvolle Weise den Zwiebelgestank im Abteil zu kompensieren. Tante Martha richtete ihre Aufmerksamkeit wieder auf Irene. »Du hast nie davon erzählt.«

Irene blickte auf. »Wovon erzählt, Tante Martha?«

»Lornas Kinder sind irgendwie komisch«, sagte Dot Fennel.

»Was?« Irene starrte sie an.

»Ihr tut immer so vornehm. Deine Mutter is' 'n Snob, Irene Druce.« Dot Fennel nickte bekräftigend mit dem Kopf. Die Fennel-Mädchen kicherten, besonders Beryl. Irene hasste Beryl.

Irene lehnte die Fischpastensandwiches und alles andere, auch die Äpfel, aus Tante Marthas Korb ab. Der Gestank nach Fisch und Zwiebeln verursachte ihr Übelkeit. Sie vertrug das Reisen nicht besonders gut, und Tante Martha hätte das eigentlich wissen müssen. »Wovon hab' ich nie erzählt, Tante Martha?«, wiederholte Irene, fest entschlossen, die ekelhaften Fennels zu ignorieren.

»Dass du dich für Geschichte interessierst.«

»Tu' ich gar nicht. Ich interessiere mich für Schmuck.«

»Sag bloß.« Diesmal schüttelte Tante Martha ungläubig den Kopf. »Tun wir das nicht alle! Ich wünschte, ich könnte mir Schmuck leisten. Du hättest es erzählen sollen.«

»Hab' ich, aber keiner hat zugehört.«

»Wir dachten, du wolltest Künstlerin werden. All diese kleinen Zeichnungen mit dem Gekritzel von dir.«

»Woher weißt du davon?«, fragte Irene vorwurfsvoll.

»Deine Mutter hat sie mir gezeigt. Die, die sie in ihrem Kochbuch versteckt hat.«

Irene konnte nicht glauben, dass ihre Mutter sie so hintergangen hatte, und ausgerechnet gegenüber Tante Martha!

»Wenn du mir vertraut hättest, hätte ich dir helfen können.« Tante Martha schaute in Irenes versteinertes Gesicht.

»Wie?«, sagte Irene. Ihre grauen Augen waren auf einen Punkt über dem Kopf ihrer entsetzlichen Tante gerichtet. Wie konnten sie nur, und auch noch in Anwesenheit von Mrs. Fennel! Wie konnten sie sich nur so über sie lustig machen, ihre Mutter und Tante Martha. »Ich nehme an, als Nächstes willst du mich als Lehrmädchen an einen deiner *Kontakte* vermitteln – wie zum Beispiel an Mrs. Fennel, die mir alles über Schund und Tand beibringen kann!« Irene knallte wutentbrannt ihr Buch zu.

Dot fuhr hoch wie von der Tarantel gestochen, sank jedoch ächzend wieder zurück in den abgenutzten Sitz des Dritte-Klasse-Abteils. »Aber, aber!« Dot drohte Irene mit erhobenem Zeigefinger. »Ich lass' mich doch nich' an meinem ersten Urlaubstag von so einem Dreikäsehoch wie dir beleidigen! Martha hat immer schon gesagt, dass du hochnäsig un' eingebildet bis', Irene Druce.«

»Allerdings.« Irene stand auf und legte ihr Buch zurück ins Gepäcknetz neben den mitgenommenen Pappkoffer, den sie sich mit den Zwillingen teilen musste.

»Was hat die eine schlechte Laune!«, bemerkte Dot und wandte sich an Tante Martha. »Hast du nich' gesagt, sie hat sich gebessert, seit ihr Vater gestorben is'?«

»Halten Sie bitte den Mund, Mrs. Fennel!«, fiel Irene ihr ins Wort.

»War anscheinend nur 'ne vorübergehende Besserung.« Tante Martha durchwühlte ihren Picknickkorb auf der Suche nach Obst.

Die Kinder starrten immer noch aus dem Fenster auf die ständig wechselnden Bilder, die von Zeit zu Zeit von einer schwarzen Qualmwolke, die der Zug ausstieß, verdeckt wurden. Sie nahmen keine Notiz von der Diskussion hinter ihrem Rücken. Als der Zug in einen Tunnel einfuhr, lehnten sie sich zurück und schwiegen. Irene nutzte die Gelegenheit zur Flucht. »Ich gehe zur Toilette.«

»Viel Spaß«, sagte Tante Martha. »Die Toiletten sind weit weg in der Ersten Klasse. Und du darfst dort gar nich' hin, Irene«, brüllte sie Irene nach.

Irene stürmte den Gang entlang und kümmerte sich nicht um

die verschiedenen Klassen in diesem Fernzug von Charing Cross nach Folkestone.

Sie wäre gerne auf dem schicken Fährzug nach Boulogne – sie würde überall hingehen, wo sie außer Tante Marthas Reichweite wäre! Erste Klasse, Zweite Klasse, Dritte Klasse – ihr war so übel, dass ihr alles egal war. Sie schritt kühn durch eine offen stehende Trenntür in den nächsten Wagen und lief immer weiter bis ans Ende des Ganges; dort machte sie kehrt und stürmte zurück. Ihre Suche war sinnlos, weil sie nicht einmal wusste, wie eine Zugtoilette aussah. Plötzlich sah sie den Schaffner vor sich, der die Fahrkarten der Fahrgäste in der Ersten Klasse kontrollierte.

»Die Fahrkarten bitte ... Fahrkarten vorzeigen.«

Irene wollte schnell an ihm vorbeischlüpfen.

»Ihre Fahrkarte bitte, Miss.« Der Schaffner streckte die Hand aus.

»Ich habe keine.«

»Was wollen sie damit sagen, Miss?«

»Ich habe keine!«, wiederholte Irene. Sie befürchtete, dass sie sich übergeben müsste, wenn der Schaffner ihr nicht bald den Weg frei machte.

»Sie sind hier in der Ersten Klasse, Miss. Wo ist Ihre Fahrkarte?«

»Mhm – meine Tante hat die Fahrkarten.«

»Wo ist ihre Tante, Miss?«

»Dritte Klasse.« Irene hielt sich die Hand vor den Mund.

»Das ist am anderen Ende des Zuges, Miss. Wie sind Sie hierher gekommen?«

»Durch die Tür – Sie haben sie offen gelassen«, murmelte Irene unglücklich.

»Würden Sie bitte freundlicherweise wieder dorthin zurückgehen, wo Sie hingehören, Miss«, befahl der Schaffner in herablassendem Ton.

»Ich war bereits auf dem Weg«, murmelte Irene. »Aber Sie haben mich nicht vorbeigelassen ...« Irene nahm vorsorglich Doreens rote Strickmütze ab – für den Fall, dass ihr wirklich schlecht werden würde.

»Entschuldigen Sie bitte«, mischte sich ein Gentleman ein, der aus einem Erste-Klasse-Abteil heraustrat. »Ich habe zufällig Ihr Gespräch gehört.« Er hielt dem Schaffner zwei Fahrkarten für die Erste Klasse vor die Nase. »*Meine* Tante konnte heute nicht mit mir nach Kent fahren; vielleicht möchte die junge Dame diese Fahrkarte haben. Es ist genug Platz hier, und ich lege keinen Wert darauf, alleine im Abteil zu sein, wenn der Zug überfüllt ist. Ich bin gerne in Gesellschaft, sehen Sie, und die Gesellschaft eines so hübschen Mädchens ist mehr als angenehm, meinen Sie nicht, guter Mann?«

Der ›gute Mann‹, also der Schaffner, zuckte die Achseln, lochte die beiden Erste-Klasse-Fahrkarten und ging weiter zum nächsten Abteil. Irene drehte sich zum Fenster um. Sie ließ Doreens rote Strickmütze fallen und versuchte verzweifelt, das Fenster zu öffnen, jedoch ohne Erfolg. Doch dann kam der Gentleman – es musste sich um einen Gentleman handeln, die Erste-Klasse-Fahrkarten, die guten Manieren, die gebildete Sprechweise, der feine graue Anzug und die hochglanzpolierten Lederschuhe sprachen dafür – ihr zu Hilfe und öffnete das Fenster.

Sie übergab sich aus dem Fenster hinaus an einem Bahnhof namens Sevenoaks und Gott sei Dank nicht über seine polierten Schuhe.

»Oh je«, sagte der Herr bedauernd. »Was für ein Pech. Reiseübelkeit ist eine schreckliche Sache. Ich habe ebenfalls darunter gelitten, als ich noch ein Junge war und mit dem Zug zum Internat fahren musste, deshalb kann ich mir genau vorstellen, wie Sie sich fühlen. Möchten Sie nicht Platz nehmen?« Er gab ihr ihre Kopfbedeckung zurück.

»Danke, nein, Mister ... mhm, Sir. Wenn Sie eine Dame zur Unterhaltung suchen, sollten Sie jemand anderem schmeicheln, nicht mir!« Joan und Pam hatten Sie vor ›durchtriebenen Männern‹ gewarnt.

Als Irene in ihrer Tasche nach einem Taschentuch suchte, bot er ihr seines mit den gestickten Initialen R.W.A. an. Sie ignorierte ihn und sein Taschentuch und wischte sich mit Doreens Abschiedsgeschenk das Kinn ab. »Ich habe meinen eigenen Fahrschein und meinen eigenen Platz in diesem Zug.«

Er steckte das mit dem Monogramm versehene Taschentuch zurück in seine Tasche. »Ich muss mich entschuldigen«, sagte er aufrichtig. »Sie haben meine Einladung offensichtlich missverstanden. Ich falle immer mit der Tür ins Haus, das behauptet jedenfalls meine Tante.«

Es schien ihm jedoch nicht peinlich zu sein, denn er strahlte über das ganze Gesicht.

»Ich kenne mich aus mit dominanten Tanten, und Sie haben offensichtlich mit Ihrer Tante gerade Streit gehabt.« Er hatte die hochroten Flecken auf ihren ansonsten blassen Wangen bemerkt. »Und Ärger kann uns verleiten, Dinge zu sagen, die wir nicht so meinen.« Er schenkte ihr ein charmantes Lächeln.

Irene riskierte einen zweiten Blick: jungenhaft, gut aussehend mit seinem dunklen Haar und den leuchtend blauen Augen. Er wirkte schlank und elegant und hatte ein gut geschnittenes Gesicht, wie man wohl sagen würde; die eher lange und schmale Nase unterstützte diesen Eindruck. Er verfügte über ein nettes Lächeln, das für Lachfältchen in den Augenwinkeln sorgte und Grübchen hervorrief. Er sah aus, als wäre er gerne mit Menschen zusammen, ohne jedoch ständig an ihnen herum zu kritisieren, wie Tante Martha es tat.

Es war eine Schande, dass sie sein Angebot nicht annehmen konnte; die Reise wäre in seiner Gesellschaft viel erfreulicher als in Gesellschaft von Tante Martha und Dot Fennel. »Es tut mir ebenfalls leid«, sagte sie. »Aber ich muss zurückgehen – oder vorgehen, besser gesagt.« Schwungvoll setzte sie ihre Mütze wieder auf.

»Entschuldigen Sie, Miss. Der Bommel Ihrer Mütze ist gerade abgefallen.« Er nahm ihn von ihrer Schulter, wo er sich in ihrem kastanienbraunen Haar verfangen hatte, und gab ihr die Wollkugel zurück.

»So viel zu den Strickkünsten meiner kleinen Schwester!«, sagte sie fröhlich, obwohl sie sich alles andere als fröhlich fühlte, und schob Doreens Bommel in die Tasche.

»Hier ist auch genug Platz für Ihre Tante und Ihre kleine Schwester.« Er deutete auf das luxuriös ausgestattete Abteil, das sich grundlegend von der schmuddeligen Dritten Klasse, wo der Qualm am dicksten war, unterschied. »Verzeihen Sie mir, dass ich dachte, Sie könnten ohne Anstandsdame hier hereinkommen. Übrigens, ich heiße Aspen – Randolph Aspen.«

»Irene Druce.« Es fiel ihr schwer, nicht zu kichern, weil ihr alles plötzlich so albern erschien. Sie hatte zuvor noch nie Kontakt mit besser gestellten Leuten gehabt.

»Also dann, Miss Druce, wie sieht es aus? Ich bitte um Ihre Gesellschaft und die Ihrer Familie im Austausch für eine bequemere Unterbringung. Was halten Sie davon?«

Irene konnte sich ein Kichern nicht verkneifen. »Ich glaube, das geht nicht, Sir, trotzdem vielen Dank. Ich glaube nicht, dass Sie es mit Tante Martha und dem ganzen Rest aushalten würden. Ich reise mit ihnen zusammen. Ich wünsche Ihnen einen schönen Tag und danke für das Angebot.«

Irene ließ ihn in seinem leeren Abteil zurück und machte sich auf den Rückweg zu Tante Martha und den anderen. Unterwegs kicherte sie wieder und fragte sich, ob seine Familie und seine Freundinnen ihn wohl Randy nannten. Sogar als sie sich aus dem Fenster hinaus übergeben musste, hatte er sich nicht abschrecken lassen. Oh je, wie hatte sie sich lächerlich gemacht! Egal, sie würde ihn mit hoher Wahrscheinlichkeit nie wiedersehen, da sie verschiedenen Klassen angehörten – er der ersten und sie der dritten.

Jahre später, wenn sie an diese kleine Episode ihres Lebens zurückdachte, wurde sie immer noch verlegen angesichts ihrer Naivität. Wie konnte sie sich nur in Gegenwart eines Gentlemans übergeben und ihn dann schroff abweisen, als er ihr seine Hilfe und sein Taschentuch anbot, und stattdessen ihre Mütze benutzen! Schlimmer noch, sie hatte wegen seines Namens, *Randolph*, gekichert!

Zum damaligen Zeitpunkt war es Irene jedoch völlig gleichgültig; die einzigen emotionalen Erfahrungen in ihrem bisherigen Leben waren der Tod in seiner Endgültigkeit und der Wunsch nach Erfüllung eines unmöglichen Traumes ...

Ein Traum, den sie hegte und pflegte, seit ihre Klasse den Auftrag erhalten hatte, ein Bild von König Edward und Königin Alexandra zu malen, das anlässlich des Krönungstages mit den Glückwünschen der ganzen Schule zum Buckingham Palast geschickt werden sollte. Sie hatte die Königin mit einer wundervollen Krone, Perlenketten, Diamanten, Smaragden und Saphiren gemalt, kostbare Juwelen schmückten Kopf, Hals und Dekolleté.

Die Hofdame Ihrer Majestät hatte Mr. Winterbottom, dem Schuldirektor, ein Dankesschreiben zukommen lassen. Im Namen der Königin hatte sie sich insbesondere bei der fünfjährigen Miss Irene Druce bedankt, die ›*Ihre Majestät so angemessen geschmückt hatte*‹. Mr. Winterbottom hatte ihren Eltern den Brief aus dem Buckingham Palast gezeigt, und sie waren *so* stolz auf sie gewesen!

Sie hatte keine Zeit gehabt, anlässlich der Krönung von König George und Königin Mary ebenfalls ein Bild zu zeichnen. Zuviel hatte sich in diesem Jahr ereignet. Außerdem war sie sich nicht sicher, ob die vollbusige Königin Mary mit ihrem undurchdringlichen Gesichtsausdruck großen Wert auf prunkvolle Gemälde legte. Sie war Deutsche und lange nicht so hübsch wie ihre Vorgängerin, die von Irene ›*so angemessen geschmückt*‹ worden war.

Irene nahm ihr Buch aus dem Gepäcknetz und setzte sich mit einem kleinen Lächeln wieder auf ihren Platz.

»Schön, dass du wieder besser gelaunt bist«, meinte Tante Martha nur, während sie in ihrem Gepäck nach ihrem Strickzeug suchte, um sich wie Dot Fennel die Zeit bis zu ihrer Ankunft im Bahnhof Paddock Wood zu vertreiben, wo sie in Richtung Goudhurst, Kent, umsteigen mussten.

5. Kapitel

Am Bahnhof in Hope Mill wartete ein Wagen mit dem Schild ›Nach Lamberhurst und Goudhurst‹ auf sie.

»Wow, sieh dir das Auto an, Mama!«, rief Percy begeistert und zeigte auf einen Rolls Royce, der vor dem Bahnhof wartete. »Is' der für uns?«

»Sei nich' so blöd, Perce!«, entgegnete Tante Martha ungeduldig. »Er gehört Lady Cath, die ihren Neffen vom Zug abholen lässt, nich' so Leuten wie uns.« Sie drehte sich zu Irene um, die eifrig damit beschäftigt war, die jüngeren Kinder in Griff zu bekommen und gleichzeitig das Gepäck im Auge zu behalten. Das Umsteigen in Paddock Wood war in Tante Marthas Augen immer ein Albtraum und kostete zudem noch zusätzlich Geld. »Schade, dass wir dich nicht als Kind zum halben Preis durchschleusen konnten, Irene, das hätte uns sechseinhalb Pennies gespart.« Sie hob ihren Picknickkorb und den Rest ihres Gepäcks hinten auf den Wagen nach Hopeworthy.

»Wenn Zeb, Zillah und ich Drillinge wären, hätte ich sogar umsonst fahren können«, gab Irene zurück.

»Wirklich schade, du bist so verdammt groß und hochaufgeschossen für'n Mädel in deinem Alter«, sagte Dot Fennel. Sie und ihre Kinder stürzten sich auf die besten Sitzplätze in dem bescheidenen Wagen.

»Ja«, stimmte Tante Martha ihr zu. »Dots Tochter Beryl ist fünfzehn, und *sie* hat es geschafft, mit dem halben Preis durchzugehen.«

Beryl grinste hämisch, weshalb Irene sich nicht zurückhalten konnte zu sagen: »Das ist, weil sie nur den halben Preis wert ist.«

»Hüte deine Zunge, mein Mädchen«, wies Tante Martha Irene zurecht. Sie kannte Irenes scharfe Zunge. »Ich möchte nette, ruhige und *harmonige* Ferien mit dir verbringen, Irene Druce.«

Irene seufzte. Warum nur benutzte Tante Martha Wörter, die sie nicht richtig kannte! Irenes Mutter war ebenfalls nicht sehr gebildet, aber wenigstens versuchte sie, ihre Allgemeinbildung zu verbessern, indem sie mithilfe eines Wörterbuches Romane las, wenn sie bei einer Tasse Tee am Küchentisch eine Pause einlegte.

Die Landschaft, die an ihnen vorbeizog, war atemberaubend schön, besonders an einem Tag wie heute. Ein Fluss wand sich wie eine silberne Schlange zwischen den Hügeln hindurch und glitzerte im Sonnenlicht. Eine Schande, dass die Bahnlinie die friedliche Landschaft verunstaltete. Als der Wagen sich einen Hügel hinaufkämpfte, kamen zwei Kirchen in Sicht, eine im Tal, die andere auf einer Anhöhe gelegen, wo sich die Häuser mit ihren roten Dächern wie auf einer altmodischen Postkarte an die Hügel schmiegten. Ein Dorfteich, eine Schmiede – es wirkte, als wäre hier die Zeit stehen geblieben. Irene interessierte sich plötzlich brennend für ihre Umgebung, als sie durch Goudhurst kamen. »Ist das die Esse einer Schmiede, Tante Martha?«

»Nö! Das is' der Tower von London.« Ausnahmsweise ärgerte Irene sich nicht über Tante Marthas schroffe Art. Es war immer noch sehr heiß in dieser ersten Septemberwoche. Löwenzahn, Butterblumen, große purpurrote Disteln und rosa Fingerhut standen am Wegrand, und auf den Feldern wurde gerade das dritte Heu für diesen langen und strahlenden Sommer eingefahren. Der alte Mann, der den Wagen kutschierte, war ausgesprochen geduldig und beantwortete jede Frage seiner Passagiere, besonders die der Kinder: »Un' was is' das, Mister?«

Er warf einen Blick über die Schulter in die Richtung, in die Percy zeigte. »Das is' eine Windmühle, mein Kleiner.«

»Was is' eine Windmühle?«

»Eine Windmaschine, die eine Pumpe oder eine Getreidemühle antreibt. Die vier Flügel, die sich so schnell drehen, werden vom Wind angetrieben, wie bei einem Segelschiff.«

»Na ja, ich finde, die Windmühle sieht nicht aus wie ein Segelschiff, die kenn' ich nämlich aus dem Hafen«, kommentierte Percy, der in die Ecke gequetscht neben Tante Martha auf der langen Holzbank saß. Er saß mit verschränkten Armen an der Wand des Wagens und trug die überhebliche Miene eines Stadtjungen zur Schau, der sich nicht von einem einfachen alten Bauern belehren lassen wollte.

Irene war zwar entzückt von der Landschaft in Kent, ihre Unterkunft für die nächsten Wochen hingegen begeisterte sie weniger. Sie zog ein Gesicht. Einfache Holzhütten ohne Wasseranschluss am Rand eines schlammigen Feldes. Diese Hütten waren kaum größer als die fahrbaren Umkleidekabinen, die sie in Margate Sands gesehen hatten, als Mama und Papa mit ihnen einen Tagesausflug dorthin gemacht hatten. Der einzige Unterschied bestand darin, dass die Hütten für die Erntehelfer anstelle von Rädern Wellblechdächer hatten.

Irene steckte ihren Kopf in eine der Hütten und fragte: »Wo werden wir schlafen?«

»Da drin sind drei Strohmatratzen«, antwortete Tante Martha kurz angebunden und schob Irene ungeduldig in die Hütte.

»Drei was?«

»Strohmatratzen! Sei nicht vorlaut, Mädchen. Ich bin nicht deine Mutter, und du bist noch nicht zu groß für eine Ohrfeige. Du bekommst eine eigene Strohmatratze, Peg und Perce schlafen auf der anderen, und die dritte ist für Zeb und Zillah.«

»Wo schläfst du?«, fragte Irene hastig, die befürchtete, ihr Lager mit Tante Martha teilen zu müssen.

»In der Nachbarhütte.«

»Warum schlafen dann Peg und Perce nicht bei dir?«

»Weil du auf die Kleinen aufpassen wirst – und da gibt's keine weiteren Diskussionen, hörst du.« Tante Martha starrte Irene wütend an. »Ich brauche meinen Schlaf, wenn ich den ganzen Tag Hopfen zupfen muss. Außerdem werden wir in meiner Hütte essen.« Sie packte die Bettlaken aus, die sie mitgenommen hatte, weil sie nicht in der von der Farm gestellten Bettwäsche schlafen wollte. Wer weiß, wer vorher darin geschlafen hatte. »In meiner Hütte sin' ein Tisch und Stühle, sodass nur Platz für ein Bett ist – ich habe übrigens ein richtiges Feldbett, das der Farmverwalter jedes Jahr für mich reserviert. Hier sind die Laken für eure Matratzen, Irene, und pack die Koffer der Kleinen aus. Warte, lass die Kleider besser in den Koffern, dann kann der Kleinkram ins Regal. Nein, nicht so, was tust du denn da? Stell dich nicht so dumm an. Stapel die Koffer aufeinander, den großen von Peg und Perce zuunterst, deinen kleinen darüber ... und nun schieb sie an die Wand, damit wir mehr Platz haben.«

»Ich muss aufs Klo«, jammerte Percy.

»Die Toilette ist am anderen Ende des Feldes, Perce. Immer geradeaus.« Tante Martha zeigte die Reihe der Hopfenpflanzen entlang, an deren Ende sich ein paar kleine Hütten befanden. »Dort gibt's auch Wasser«, informierte sie Irene, nachdem die Kinder sich auf den Weg gemacht hatten.

»Wo kochen wir unser Essen?«, wollte Irene wissen.

»Ebenfalls da hinten. Es gibt eine große Hütte mit ein paar alten Kochherden, und man muss sich abends beeilen, weil nach der Arbeit alle kochen wollen. Es gibt auch Geschirr und Töpfe und Pfannen und ein paar Tische und Stühle. Und ein altes Klavier. Es ist so ein Art Clubhaus anstelle eines Pubs, wo man sich abends noch zusammensetzen kann. Wir kriegen kostenlos Bier und Apfelwein. Alles ist gut organisiert, nich' wie bei manchen Farmen hier in der Gegend, wo die Erntehelfer in Zelten wohnen und im Freien kochen müssen wie die Zigeuner. Angus Hopeworthys Verwalter sorgt gut für uns Leute aus London East End, wir können stolz sein.«

Irene behielt ihre Meinung wohlweislich für sich. Sie stand auf der Schwelle der Hütte, die sie sich mit den Kindern teilen musste, und schaute über das leicht abschüssige Feld und das Tal zu dem weiter entfernt liegenden Hügel. Einige ausgefallene Schornsteine erhoben sich über dem Dach eines großen, ungewöhnlich aussehenden Hauses. Seine Fassade war in einer Art Fachwerkstil schwarz und weiß gemustert. »Ist dieses große Gebäude die Schule?«, fragte Irene neugierig.

»Sie nennen es ein altes Herrenhaus im Tudor-Stil. Soll mehr als vierhundert Jahre alt sein, sagt der Verwalter. Da wohnt der Gutsherr mit seiner Gattin – Sir Angus Hopeworthy und Lady Cath. Ich kenne Lady Cath recht gut ...«

»Die beiden ganz allein?«, warf Irene ein.

»Hhm. Sie haben keine Kinder. Lady Cath, sie ist übrigens Ausländerin – Russin oder was ähnliches –, ist behindert. Sie leidet an einer Art von Arthritis, die immer schlimmer wird, und jetzt ist sie an ihren Rollstuhl gefesselt.«

»Du meinst, sie ist festgebunden?«

»Quatsch, sei doch nicht blöd! ›An den Rollstuhl gefesselt sein‹ bedeutet, dass sie den Rollstuhl immer braucht, weil sie nicht mehr laufen kann.«

»Die Ärmste! Gehört den Hopeworthys das ganze Land?« Irene machte eine weit ausholende Armbewegung. Die Aussicht verschlug ihr den Atem. Eine derart schöne Gegend hatte sie noch nie zuvor gesehen; auch Margate Sands hielt dem Vergleich nicht stand. Sie hatte sich nicht vorstellen können, dass es so viel Platz auf der Welt gab. Es war wie im Paradies – abgesehen von den Hütten für die Hopfenpflücker.

»Ja, und noch viel mehr.« Tante Martha war beinahe stolz für die Hopeworthys. »Das ganze Land rund um Goudhurst und Marden und Tonbridge – das is' übrigens meilenweit entfernt von hier. Sie besitzen sogar Land in London und in Schottland.«

»Wow!«, hauchte Irene ehrfürchtig. »Was sind das für lustige runde Gebäude neben dem Herrenhaus?«

»Das sind Trockendarren für Hopfen. Da wird der Hopfen im Rauch getrocknet, wodurch das Bier seinen besonderen würzigen

Geschmack bekommt. Die Trockendarren haben spitze Dächer mit Öffnungen, damit der Rauch abziehen kann.«

»Und müssen wir dieses riesige Hopfenfeld abernten?« Irene deutete auf das Feld direkt vor ihnen.

»Ja.« Tante Martha nickte. »Und vier weitere.«

Wenigstens konnten sie sich nicht beklagen, weil sie den Bus zur Fabrik verpasst hatten, wie es Joan und Pam bisweilen passierte. Hier hatten sie ihren Arbeitsplatz direkt vor der Tür.

»Die Hopfenfelder werden hier Gärten genannt, nicht Felder«, fügte Tante Martha hinzu. »Daran erkennt man Fremde in der Gegend. Die, die es nicht besser wissen, sagen Felder, aber *wir* kennen den Unterschied und sprechen von Gärten.«

»Warum?«, fragte Irene. »Ich finde, sie sehen wie Felder aus, nicht wie Gärten.«

»Keine Ahnung.« Tante Martha zuckte ihre rundlichen Schultern. »Es is' eben so. Auf'm Land is' alles anders als in der Stadt. So, Mädchen, ich hab' zu tun. Ich kann nicht den ganzen Tag rumstehen und deine Fragen beantworten. Puh, is' das heiß heute.« Tante Martha zog ihren Überzieher und ihre Handschuhe aus und verschwand in ihrer Hütte wie ein fettes Kaninchen in seinem Bau.

»Es war den ganzen Sommer lang heiß«, meinte Irene von der Türschwelle aus.

»Nich' so verdammt heiß wie heute«, stöhnte Tante Martha und zog eine riesige weiße Schürze über ihr dunkles ›Arbeitskleid‹. Der weiße Strohhut mit der breiten Krempe vervollständigte ihr Outfit.

Irene, die ihre Tante aufmerksam beobachtete, dachte, dass Tante Martha sich offensichtlich in dieser Umgebung wie zu Hause fühlte.

»Zuerst sind die weichen Früchte wie Brombeeren, schwarze und rote Johannisbeeren an der Reihe, dann kommt der Hopfen dran, danach Äpfel, Pflaumen und Kirschen; ich glaube, ich pflücke wieder lieber nur Äpfel anstelle von Kirschen und Pflaumen.

Dot erntet lieber Kirschen und Pflaumen, mir sind Äpfel lieber, weil sie größer sind und man schneller ein Pfund zusammen hat.«

Irene konnte die Logik dieser Bemerkung nicht ganz nachvollziehen, ließ die Sache jedoch ausnahmsweise auf sich beruhen. Es wäre nicht gut, schon am ersten Tag einen Streit mit Tante Martha vom Zaun zu brechen. Tante Martha kam aus ihrer Hütte und ging hinüber zu den Hopfenreben, die sie bald abernten würden. Sie zupfte eine Dolde, zerkrümelte den dunkelgrünen Hopfen zwischen ihren Fingern und roch daran. Sie hob den Kopf und rief zu der Reihe der Hütten hinüber: »Bis' du noch da drin, Dot?«

Dot Fennel wohnte mit ihren drei flegelhaften Kindern ein paar Hütten weiter. Irene hatte zuvor schon dankbar registriert, dass Dot mit ihrer Brut nicht die Nachbarhütte angesteuert hatte. Es war schon schlimm genug, dass sie in der Waterloo Road direkt gegenüber wohnten. Würden sie hier in der benachbarten Hütte schlafen, wäre das sogar noch schlimmer, als Tante Martha als direkte Nachbarin zu haben. Irene erschauderte jedes Mal, wenn Dots Tochter Beryl, die genauso alt war wie Irene, sich wieder einmal an sie heranpirschte und quengelte: »Warum willst du nich' meine beste Freundin sein?« Sie wollte Beryl nicht als beste Freundin haben, selbst wenn sie das letzte verbleibende Mädchen auf der Erde wäre – und das hatte sie Beryl schon auf dem Spielplatz bei der Schule gesagt, als sie beide zehn waren, nachdem sie entdeckt hatte, dass Beryl sich mit ihrem Rocksaum die Nase putzte.

»Der Hopfen ist schon reif, Dot. Er ist größer als mein Mittelfinger, und kräftig!«, teilte Tante Martha, offensichtlich Expertin auf diesem Gebiet, Mrs. Fennel mit.

»Er sollte wirklich so weit sein«, brüllte Dot zurück. »Es war den ganzen Sommer lang höllisch heiß.«

»Gott sei Dank haben sie vor vier Jahren beschlossen, andere Pflanzen zu setzen«, rief Tante Martha. »Weißt du noch, wie mühsam das Pflücken in dem Jahr war, Dot?«

»Ja.«

»Die Sorte hier ist die beste. Die Hopfendolden sind schön purpurrot in der Mitte und kein bisschen schimmelig oder von Motten befallen.«

»Ja.«

»Hat's dir in der Hitze die Sprache verschlagen, Dorothy Fennel?«

»Du solltest Hopfentester werden, so gut wie du dich auskennst, Martha. Du wärst besser als der alte Potts, der pro Nacht fünfhundert Stichproben aufschneiden muss, wenn die Hopfenzupfer mit ihren Säcken kommen.«

»Ich erkenn' eben Qualität, wenn ich sie sehe! Dein Joe und mein Norm werden es mir danken, wenn sie ihr Bier trinken.«

»Oh, tatsächlich?«

»Tatsächlich! Ich sag' dir, wir werden diese Hopfendolden noch in dieser Woche ernten. Vielleicht werden wir dieses Jahr die ersten sein und gewinnen den Preis vor den anderen Farmen, Dot.«

»Wenn Schweine fliegen könnten, gäb's himmlischen Schinken«, meinte Dot Fennel trocken. Sie ließ sich von Marthas Prognosen nicht beeindrucken. Die Regenwahrscheinlichkeit für den nächsten Tag war hoch, und Regen würde alles verderben.

»Ist der Rest deiner Familie schon angekommen, Dot?« Tante Martha ging zu Dots Hütte hinüber, um nicht mehr so schreien zu müssen.

»Wird Joe mit Bill und Bert die nächste Hütte nehmen, wie im letzten Jahr? Ihr passt nicht alle in eine Hütte mit dir, Beryl, Jim und Elsie.«

»Falls die anderen auftauchen! Ich vermute, dass Joe und die Jungs sich südlich des Flusses verfahren haben.«

»Ich vermute eher, dass sie bei den großen Häusern in der Gegend lange Finger gemacht haben und deshalb so spät dran sind.«

»Immer beschuldigst du meine Familie, dass sie Sachen klauen, Martha Mannering, ich verbitte mir das!«, ereiferte sich Dot.

»Tja, seltsam, dass die Ladeninhaber ihre Schaufenster mit Brettern vernageln, wenn deine Leute irgendwo auftauchen«, gab

Martha herablassend zurück. »Lassen wir das jetzt. Wir sollten zum Verwalter gehen und uns unsere Anweisungen geben lassen. *Irene*!«, brüllte Tante Martha. »Pass auf die Kinder auf, ich gehe mit Dot zum Gutsverwalter. Beweg dich nicht von der Stelle, sonst gibt's Ärger, Mädchen!«

»Ich werde mich nicht rühren«, murmelte Irene, die auf der Türschwelle ihrer Hütte saß. Sie fand ein Stöckchen und fing an, Muster in den Staub zu zeichnen.

Tante Martha und Mrs. Fennel machten sich auf den Weg. Irene war so vertieft darin, Tante Martha mit einem Apfelgesicht und Strohhut zu zeichnen, dass sie gar nicht merkte, wie die Kinder sich davonstahlen. Sie sah erst auf, als eine Stimme fragte: »Lässt du dich immer so von ihr rumkommandieren?«

»Von wem?«

»Von deiner Mutter.«

»Sie ist nicht meine Mutter. Sie ist meine Tante.«

»Wie heißt du?«

Irene betrachtete ihn ruhig von oben bis unten. Stämmig, gut gebaut, schwarze Locken, wunderschöne braune Augen, sehr dunkle Haut, sehr weiße Zähne und ein freches Grinsen auf dem Gesicht; rotes Halstuch, fleckenloses weißes Hemd, das am Hals offen stand, um seine gebräunte männliche Brust zu zeigen; die Hose wurde von einer Schnur gehalten, und in einem Ohr trug er einen goldenen Ring, der an ihm weder unattraktiv noch kitschig wirkte. Tante Martha würde ihn als Zigeuner bezeichnen. Irene fand ihn hauptsächlich neugierig.

Er grinste und schob den Grashalm, auf dem er herumkaute, in den anderen Mundwinkel. »Ich bin Sam. Hab' dich hier noch nie gesehen.«

»Weil ich noch nie hier gewesen bin.«

»Ich bin zum sechzehnten Mal hier.«

»Toll für dich.«

»Mhm. Meine Mutter hat mich schon als Säugling in einer Schubkarre herumgeschoben.«

»Wie amüsant«, sagte Irene mit einer Stimme, die nach Miss Lily Lovett klang.

»Du sprichst vornehmer als die anderen.«

»Ich *bin* eben vornehmer.«

»Du kommst aus London?«

»Buckingham Palast.«

»Sag bloß! Du machst Witze! Das ist London, nicht wahr?«

»Ich nehme an, dass es das ist.«

»Du bist anders als die anderen Mädchen.«

»Inwiefern?«

»Du erzählst nicht viel von dir.«

»Ich warte auf meine Kinder. Hast du sie irgendwo gesehen?« Irene schaute sich flüchtig um.

»Du bist verheiratet?«

»Ja.«

»Wo's dein Mann?«

»In London.«

»Buckingham Palast?«

»Ja.«

»Wie alt bist du denn?«, fragte er misstrauisch.

»Neunzehn.«

»Oh, verdammt! Tut mir leid, dass ich Sie belästigt habe, Madam.« Er schob seine Stirnlocke zurück, steckte die Hände in die Hosentaschen und wandte sich pfeifend zum Gehen.

Nach einer Weile drehte er sich um, ging den Feldweg zwischen den Hütten und den Hopfenreben ein Stück zurück und rief Irene zu: »Da unten am Feuerwehrteich spielen vier kleine Kinder, un' das kann gefährlich sein, besonders wenn se nich' schwimmen können. Der Teich is' grundlos und zieht einen nach unten, bis man ertrinkt.«

Irene sprang auf und lief hinter ihm her. »Wo ...?« Die rote Strickmütze, die immer noch keinen Bommel hatte, rutschte ihr vom Kopf.

Sam bückte sich und hob die Mütze auf. Während er den Staub

abklopfte, meinte er nachdenklich: »Ich glaub' kaum, dass das Ihre Kinder sind, Madam. Einige von ihnen sind ungefähr sieben. Das bedeutet, dass Sie ungefähr zwölf waren, als sie geboren wurden. Du hast mich auf den Arm genommen!«

»Schnell, sag mir, wo sie sind ... Sam!« Sie ergriff seinen Arm. »Ich soll auf sie aufpassen; Tante Martha bringt mich um, wenn ihnen etwas passiert!«

»Deine Vettern und Kusinen?«

»Zwei von ihnen. Die anderen sind erst vier – ich meine, sie sind erst vier Jahre alt! Sie sind mein Bruder und meine Schwester, Zwillinge. Jetzt sag mir bitte, wo dieser Feuerwehrteich ist.«

»Erst wenn du mir sagst, wie du heißt und wie alt du bist.«

»Irene. Fünfzehn.«

»O.K.« Er setzte ihr spielerisch die Mütze wieder auf. »Ich hätte nicht gedacht, dass du bei der Hitze 'ne Mütze brauchst. Aber vielleicht musst du ja dein fantasiereiches Gehirn warm halten«, fügte er fröhlich hinzu.

»Bist du ein Pflücker?«, fragte Irene herausfordernd.

»Ich bohre nur in der Nase.«

»Du bist ekelhaft!«

Er lachte. »Hui, Miss Hochnäsig!« Er streckte die Hand aus. »Nimm meine Hand, ich beiße nicht.«

Sie versteckte ihre Hände hinter ihrem Rücken. »Ich werde deine schmutzige kleine Pfote nicht anfassen.«

Er lachte wieder. »Wie du willst, Lady. Aber beklag dich nicht, wenn du in ein Kaninchenloch oder einen Kuhfladen trittst. Ab hier wird's ziemlich unwegsam.«

Er hatte Recht. Bald blieb ihre Mütze an einem Brombeerstrauch hängen. Sie schob sie in ihre Schürzentasche. Dann zerkratzte sie sich böse den Arm, und schließlich rief sie: »Warte auf mich, geh nicht so schnell!«

Sam reichte ihr wieder seine Hand, und diesmal griff sie dankbar zu. Seine Hand war warm und fest und fühlte sich gut an. »Es ist gleich hinter dem übernächsten Feld, dann müssen wir durch den

Wald und dahinter die Straße entlang. Hoffentlich schaffen wir's vor dem Dunkelwerden, sonst finden wir die Kinder vielleicht nicht.«

Sie zog ihn am Arm. »Du hast mich die ganze Zeit aufgezogen! Sind sie überhaupt in Gefahr?«

Er schüttelte seinen Lockenkopf. »Nö – aber es hätte gefährlich werden können. Meine Oma hat sie im nächsten Feld aufgehalten. Sie ist eine echte Zigeunerin, und alle Kinder bestaunen ihren rot und golden bemalten Wohnwagen – genau wie deine. Komm, lass uns weitergehen, bevor Oma sie in ihren Kochtopf steckt.«

Wieder wusste sie nicht, ob er sie aufzog. Sie musste darauf vertrauen, dass er sie nicht irreführte.

Sam zog Irene einen weiteren dornigen Pfad entlang, der auf einer Viehweide endete. Irene sah den rotgoldenen Wohnwagen unter einigen Bäumen stehen, und auf einer zwischen den Bäumen gespannten Wäscheleine flatterten lustig jede Menge weiße Hemden, die im Sonnenschein leuchteten. Ein paar Kinder saßen im Kreis auf dem Boden und sahen einer alten Zigeunerin zu, die auf den Stufen ihres Wohnwagens saß und ihnen mit zwei Handpuppen etwas vorspielte.

»Oma spielt gern kostenlos Kasperletheater«, sagte Sam. »Wahrscheinlich sind deine Geschwister und die anderen Kinder bei ihr – und Oma wird sie vielleicht auch nicht zum Abendessen verspeisen. Sie hat nämlich die Kinder von gestern in Pfeffer und Salz eingelegt und in ihre Vorratskammer gesperrt.«

Er ließ sie stehen, steckte wieder die Hände in die Hosentaschen und verschwand pfeifend zwischen den Bäumen am Rand der Wiese. Irene setzte sich zu den Kindern und hörte ebenfalls der alten Frau zu, die mit ihrer heiseren krächzenden Stimme erzählte. Bald war auch Irene so gebannt, dass der Nachmittag wie im Fluge verging.

Kasperle zog dem Teufel den Knüppel über den Kopf, und die alte Zigeunerin räumte unter dem Protestgeheul der Kinder die

Puppen fort. Die Vorstellung war zu Ende. Die Zigeunerin kletterte in ihren lustigen Wohnwagen und schloss die rote Tür.

Irene ließ sich von Percy den Weg zeigen und kehrte mit den Kindern zu den Hütten zurück. Sie waren nur zwei Felder entfernt, und ihr ging plötzlich auf, dass Sam sie absichtlich auf einem Umweg zu ›Omas‹ Feld geführt hatte. Der Schuft, dachte sie mit einem schiefen Lächeln.

Tante Martha schimpfte mit ihnen, weil sie so spät zurückkamen. Sie hätten alle früh ins Bett gehen sollen, weil die Erntearbeit am nächsten Morgen um sechs Uhr begann.

Der Verwalter hatte ihr und Dot Fennel die Anweisungen gegeben, ›die untere Wiese für die Beerenfrüchte bis Ende der Woche, ab Montag dann der Hopfen‹. Tante Martha glaubte kein Wort der Geschichte von der alten Zigeunerin mit dem Kasperletheater und dem rotgoldenen Wohnwagen, obwohl die Kleinen Irenes Geschichte bestätigten.

»Du bist wunderlich, Irene Druce, und jetzt bringst du auch noch die Kleinen dazu, sich fantastische Geschichten auszudenken, die sie für wahr halten. Es gibt hier keine Zigeunerin in einem bemalten Wohnwagen, und es hat auch in all den Jahren, die ich für die Hopeworthys gearbeitet habe, noch nie eine gegeben!«

»Ich werde sie dir morgen zeigen«, versprach Irene, und die Kinder nickten eifrig.

»Es ist Zeit fürs Abendessen, und dann gehen wir früh schlafen. Heute bekommen wir unser Essen im Clubhaus, aber ab morgen müssen wir selbst kochen. Du musst ins Dorf gehen, Irene, um Fleisch und Brot zu kaufen. Gemüse, Obst, Käse, Eier und Butter gibt es im Laden hier auf der Farm. Ab morgen kannst du dich um das Abendessen kümmern; ich hab' keine Zeit, weil ich Geld verdienen muss.«

Irene war mit dieser Regelung mehr als einverstanden. Es bedeutete für sie, dass sie nicht den ganzen Tag auf dem Feld herumkommandiert werden konnte.

An diesem Abend, als die Kinder schon tief und fest schliefen und leise vor sich hin schnarchten, sah Irene von ihrer Strohmatratze aus über dem Hopfengarten den Mond leuchten inmitten von Millionen von Sternen, die wie silbrige Juwelen funkelten.

Es war so warm, dass sie die Tür sperrangelweit offen gelassen hatten.

›*Sam, Sam, der Zigeunerjunge, wohnt wie ein König in einem goldenen Wohnwagen*‹, sang sie leise vor sich hin. Sie lächelte in die Dunkelheit. Der erste Tag ihrer Ferien war viel besser verlaufen als erwartet.

Am nächsten Morgen führten Irene und die Kinder Tante Martha und Mrs. Fennel (deren Mann Joe und ihre beiden Söhne immer noch nicht mit ihrem Trödlerkarren aufgetaucht waren) zu dem Feld mit dem rotgoldenen Wohnwagen.

Das Feld war verlassen. Kein Wohnwagen, keine Zigeunerin und keine Hemden von Sam auf einer Wäscheleine zwischen den Bäumen.

Tante Martha schnaubte: »Wie ich's mir gedacht hab'! Kesselflickerpack! Heute hier und morgen schon wieder unterwegs, mit den silbernen Löffeln der Reichen im Gepäck.«

Irene war traurig, aber sie musste Tante Martha glauben, die in solchen Dingen über mehr Erfahrung verfügte. Zweifellos gehörten Sams schöne weiße Hemden auf Omas Wäscheleine alle dem Gutsherrn von Hopeworthy.

6. Kapitel

Irene hatte noch nie jemanden gesehen, der so schnell Hopfen zupfen konnte wie Tante Martha und Dot Fennel. Schneller als man schauen konnte, streiften sie Dolden von den Reben. Der Aufseher in Melone und Anzug, der die hölzernen Kerbhölzer zum Zählen wie die Federn eines Indianerhäuptling über Brust und Schultern geschlungen hatte, musste die Reihen auf und ab laufen, um mit ihnen Schritt halten zu können.

Der Anblick und der Geruch des Hopfens müssten selbst einen eingefleischten Biertrinker zur Abstinenz bekehren, dachte Irene. Sie saß auf dem Boden und half Zillah, eine Kette aus Gänseblümchen zu knüpfen. Sie war an diesem Nachmittag nicht in der Lage, sich auf irgendetwas zu konzentrieren, weil ihre Gedanken immer wieder zu Sam wanderten. Ob sie ihn wohl wiedersehen würde?

Es war sehr heiß, die Bienen summten, die Wespen ebenfalls, sobald etwas Essbares offen herumlag.

In der Luft lag eine Schläfrigkeit, die das Geplauder der Hopfenzupfer dämpfte und nach und nach verstummen ließ, als die Pflücker über ihren Hopfendolden eindösten. Irene zog heimlich ihren Zeichenblock hervor.

Zillah imitierte das konzentrierte Stirnrunzeln ihrer großen Schwester, während sie die langstieligen Gänseblümchen in die kleinen Schlitze einfädelte, die Irene gemacht hatte, um die Blumen miteinander zu verbinden. »Was zeichnest du, Irene?« Zillah legte ihre Blumenkette zur Seite und beugte sich über Irenes Arm.

»Eine Kette aus Gänseblümchen, Zillah. Die Blütenblätter sind aus Elfenbein – mit ein bisschen Rosa darin, weil die Ränder der Blütenblätter rosa schimmern, siehst du? Die Köpfchen der Gänseblümchen sind aus gelbem Topas; falls ich jedoch einen anderen Stein mit gelben und grünen Punkten finde, nehme ich den, damit es echter aussieht. Woraus ich den Blütenstaub auf den Gänseblümchen machen soll, weiß ich noch nicht, aber mir wird schon noch eine Lösung einfallen.«

»Die Kette ist so hübsch! Wirst du mir eine echte machen, so wie deine?«

Eines Tages werde ich das machen, mein Liebling, in meinen Träumen, dachte Irene. Laut jedoch erwiderte sie: »Du hast doch eine echte Kette, Zillah. Eine echtere als die in deinem Schoß gibt es nicht.« Irene sah auf und bedauerte Mr. Waghorn, der den Pfad zwischen den Hopfenreihen entlangkeuchte. Armer Mr. Waghorn, er schwitzte wie ein Ochse, und auch sein schütterer grauer Bart war ganz feucht. »Warum zieht er sich nicht etwas Geeigneteres an, wenn er arbeitet, zum Beispiel einen Kittel wie der alte Schäfer der Hopeworthys, statt seines Sonntagsanzuges?«, fragte Irene.

»Er hört sich an wie 'ne Grille, die die Hinterbeine aneinander reibt«, kommentierte Dot Fennel das Klappern von Mr. Waghorns Kerbhölzern.

Einer seiner Helfer ersetzte die mit Hopfendolden gefüllten Körbe durch leere. Mr. Waghorn wog den Hopfen und ließ ihn auf den Wagen laden, mit dem der Hopfen zu den Darren gebracht wurde, wo er im Rauch getrocknet und dann eilig zum Markt gebracht wurde – der erste Hopfen war immer der beste und erzielte die höchsten Preise. Bis Mr. Waghorn wieder bei Tante Martha und Dot Fennel vorbeikam, hatten die beiden – übrigens die einzigen, die an diesem Nachmittag kein Nickerchen machten – bereits wieder ein halbes Dutzend Körbe gefüllt.

»Um Gottes willen, wenn Sie weiter in diesem Tempo pflücken, wird das Bier bereits heute Abend gebraut sein, meine Damen«, meinte Mr. Waghorn beeindruckt, als er die entsprechenden Markierungen auf ihren Kerbhölzern anbrachte. »Sie werden am Ende der Saison Millionärinnen sein.«

Tante Martha und Mrs. Fennel ließen sich nicht in ihrer Arbeit unterbrechen.

Als Mr. Waghorn Irenes Pflückmenge kontrollierte, schüttelte er bedauernd den Kopf. »Tja, ich denke, bei Ihnen werden's heute nicht mal zwei Schillinge werden, Miss.«

Irene war das völlig gleichgültig, was waren schon zwei Schillinge! Sie lief lieber allein oder mit den Kindern herum, zeichnete vor ihrem geistigen Auge Bilder von Dingen, die ihre Fantasie anregten, zum Beispiel Marienkäfer auf einem Blatt, mit Tautropfen besetzte Spinnweben, die im ersten Sonnenlicht wie gesponnenes Gold und Silber funkelten, eine Hummel auf einer Blüte, winzigkleine Feldmäuse, die sich an Getreidekörnern gütlich taten, getüpfelte Pilze, flaumige Pusteblumen und riesige purpurrote Disteln.

Sie schlenderte auch gerne hinauf zum Dorfladen auf der Ebene, sah sich auf dem Friedhof um oder kletterte auf den Kirchturm, von wo aus man meilenweit über die Landschaft von Kent schauen konnte, an klaren Tagen fast bis zum Meer, wie man ihr erzählt hatte.

Schade, dass sie die Schönheit der Natur nicht mit Mama teilen konnte, aber sie war zu beschäftigt mit dem neuen Baby und Tante Marthas Marktstand. Vielleicht würde sie eines Tages, wenn sie sehr reich sein würde, mit Mama und Baby Ken herkommen und in einem richtigen Hotel wie dem *Star and Crowne* an der Friedhofsmauer wohnen.

Irene erwachte mitten in der Nacht, weil jemand sich in ihre Hütte schlich und sie unter den Fußsohlen kitzelte. Die Tür stand wieder weit offen, um frische Luft hereinzulassen. Zuerst dachte Irene, eine Feldmaus sei in die Hütte gekrochen, aber Feldmäuse flüsterten einem nicht ins Ohr: »Willste 'nen Dachsbau im Mondlicht seh'n?«

»Sam!« Sie setzte sich auf. »Was tust du denn hier mitten in der Nacht?«

»Pst!« Er legte ihr warnend den Finger auf die Lippen. Sein Ohrring glänzte im Mondlicht, das durch die offene Tür in die Hütte fiel. »Weck nich' die ganze Nachbarschaft auf.«

Percy drehte sich im Schlaf ruhelos um und stöhnte leise. Irene hielt die Luft an. Percy bewegte sich nicht mehr und begann friedlich zu schnarchen. Irene zog ihre Schürze über ihren Schlafanzug und nahm ihre Schuhe in die Hand, als sie Sam in den Hopfengarten folgte, wo es im Mondschein fast taghell war, seit der Hopfen geerntet war. Es war, als würde man zwischen den Masten und der Takelage eines Schiffwracks herumlaufen.

»Unten im Buchenwald«, flüsterte Sam, als Irene ihre Schuhe angezogen hatte. »Geh hinter mir her ... hier, nimm meine Hand.« Er führte sie durch die Felder zum Wald, wo seine Oma auf einer nahe gelegenen Wiese die Kinder mit ihrem Kasperletheater unterhalten hatte, bevor sie spurlos verschwand.

»Wo warst du, Sam?«, wollte Irene wissen.

»Überall und nirgendwo.«

»Hast du wirklich eine Zigeuneroma, oder war es ein Wolf, der sich als Großmutter verkleidet hat?«

Sam lachte. »Eher ein alter Fuchs. Aber ich hab' wirklich eine Oma«, erzählte er. »Sie ist Wahrsagerin in Connemara und liest anderen Leuten die Zukunft aus ihren Handflächen oder aus Kristallkugeln.« Er zwinkerte ihr frech zu. »Sie is' auf ihrem Besenstiel zum Jahrmarkt geflogen, wo sie gut damit verdient, Leute anzuschwindeln, die angeschwindelt werden wollen.«

»Und du, Sam? Wie bist du vom Jahrmarkt zurückgekommen?«

»Auf einem Mondstrahl. Schau ...« Er hielt an und deutete nach oben. »Siehst du, wie der Mond über den Himmel wandert? Wir könnten hinaufspringen und mit ihm um die ganze Welt reisen.«

Sam war ein ulkiger Typ, aber er zeigte ihr tatsächlich einen Dachsbau. Sie kauerten geräuschlos am Boden, bis sich schließlich der Dachs mit seinem schwarz und silbern gestreiften Kopf zeigte. Er stand aufrecht auf den Hinterbeinen und prüfte, ob die Luft rein war, bevor er sich auf alle Viere fallen ließ und schnüffelnd im dunklen Unterholz verschwand.

»Man muss darauf achten, wie der Wind steht, und einen Platz finden, wo der Dachs einen nicht wittern kann. Es ist selten, dass man dicht genug an 'nen Dachs herankommt«, erklärte Sam.

»Willste 'ne Füchsin sehen, die mit ihren Jungen spielt?«

»Na klar.«

»Komm, hier geht's lang ...« Er streckte die Hand aus, um ihr auf die Füße zu helfen.

Irene fragte sich, was Tante Martha wohl sagen würde, wenn sie sie in ihrem Schlafanzug unter ihrer ehemals weißen, inzwischen ziemlich schmutzigen Schürze sehen könnte. Sie zog sich ein paar Ästchen und welke Blätter aus den Haaren.

»Füchsinnen schreien nachts manchmal wie 'ne alte Frau, die gerade umgebracht wird«, erläuterte Sam, während er Irene zu seinem nächsten ›Guckloch‹ führte.

»Und ich dachte immer, die alte Mama Fennel hätte Albträume.«

Sam lachte leise; er wollte die Tiere, die er ihr zeigen wollte, nicht verscheuchen.

Sie warteten eine halbe Ewigkeit, bis die Füchse schließlich auftauchten. Später, als sie langsam zu den Hütten zurückgingen, meinte Sam: »Ich mag dich. Du bist anders.«

»Woher willst du das wissen?«

»Ich weiß es.«

Sie mochte Sam ebenfalls, sie mochte ihn sogar sehr. Er brachte sie zum Lachen, und es machte Spaß, *ihn* zum Lachen zu bringen, sodass seine weißen Zähne leuchteten wie auf einer Zahnpastareklame. »Wie heißt du weiter?«, fragte sie.

»Josiah.«

»Ich meine deinen Nachnamen.«

»Samuel Josiah Smart, zu Ihren Diensten, gnädige Frau!« Er verbeugte sich schwungvoll.

Irene prustete los. »Sam Smart, der Name passt zu dir. Bist du vor oder nach deiner Taufe smart geworden?«

»Pst«, warnte er und warf einen Blick über die Schulter. »Weck den Wildhüter nicht auf. Er wird mit seinem Gewehr hinter uns her sein, wenn er glaubt, dass wir Kaninchen und Fasane wildern.«

»Ich weiß, du bist ein Wilderer, deshalb tauchst du erst um Mitternacht auf.«

»Ich fange nur Kaninchen, aber niemals mit einer Falle.«

»Wie fängst du sie denn sonst?«

»Ich hypnotisiere sie mit meinem Teufelsauge – hier, mitten auf meiner Stirn, und sie fallen einfach um und sind tot.«

»Wenn du nicht so dunkel wärst, würde ich denken, du wärst ein irischer Kesselflicker«, sagte Irene.

»Und wenn du nicht so hübsch wärst, wär' ich nicht zurückgekommen, um dich wiederzusehen.«

Sie fragte atemlos: »Bist du wirklich nur zurückgekommen, um mich zu sehen?«

»Ja, ich schwör' es, ich lüge nich'.«

Irene kicherte nervös.

Er begleitete sie bis zur Tür ihrer Hütte. In den Hütten der erschöpften Erntearbeiter rührte sich nichts. Als Irene gerade über die Schwelle treten wollte, drehte Sam sich noch mal kurz um, griff nach ihr und küsste sie mitten auf den Mund. »Gute Nacht, Irene.« Er verschwand zwischen den geisterhaften Hopfenstangen in der Dunkelheit.

Mrs. Fennel wurde langsam ärgerlich, weil Joe und die beiden Jungs, Bert und Billy, immer noch nicht aufgetaucht waren. Sie sprach sogar davon, zur Polizei zu gehen und die drei vermisst zu melden. Das zeigte Tante Martha, wie aufgeregt Dot Fennel war, weil die alte Dot sich normalerweise niemals freiwillig auch nur in die Nähe eines Polizisten begeben würde, aus Angst, dass man *sie* festnehmen würde. Tante Martha sagte ihr, sie solle sich nicht so anstellen, wahrscheinlich machte Joe nur wieder seine üblichen Dummheiten.

Tante Martha behielt Recht. Joe tauchte eines schönen Tages drei Wochen später auf und berichtete, dass er ein paar gute Hausräumungen an der alten Straße nach Kent aufgetan und die Ladung gleich nach Hause gebracht hatte, bevor er sich wieder auf den Weg nach Kent machte.

»Eine etwas unglaubwürdige Geschichte«, meinte Tante Martha skeptisch, als sie Joes Entschuldigung hörte.

Irene mochte die gesamte Familie Fennel nicht, am wenigsten Bert, Billy und Beryl. Sie hielt sie für zu kindisch für ihr Alter. Beryl war nun zwar zu alt, um sich in ihren Rock zu schnäuzen, dafür war sie jetzt ›leichtsinnig‹ im Umgang mit den Jungen, die bei der Erntearbeit halfen. Irene wusste, dass Dot sich ärgerte, wenn Irene Jims und Elsies schlechte Manieren erwähnte. Mrs. Fennel war sogar noch abstoßender, weil sie die laufenden Nasen der Kleinen mit dem Saum ihrer eigenen Schürze abwischte. »Das ist unhygienisch, Mrs. F.«, belehrte Irene sie. »Besonders, wenn Sie die gleiche Schürze zum Sammeln des Hopfens benutzen.«

»Kümmer dich um deinen eigenen Kram, Miss Hochnäsig«, war Dots schnippische Antwort. Kein Wunder, dass ihre Kinder schmutzig und dumm waren, bei dem Vorbild. Irenes Meinung über Dots Erziehungsmethoden war so streng wie Irenes eigene Erziehung: Mama und Papa hatten Schlampigkeit nie zugelassen. Die Fennels waren disziplinlos, so viel war sicher!

Der sechszehnjährige Bert und der vierzehnjährige Billy waren in schlechte Gesellschaft geraten und hatten sich mit den »Battersea Jungs« eingelassen, wie sie von den anständigen Hopfenpflückern genannt wurden. Irene hatte zusammen mit Bert, Billy und Beryl die Schule besucht, und die Fennels waren schon im Internat immer in Schwierigkeiten geraten. Bert und Billy waren dunkelhaarig, untersetzt und pickelig und benötigten dringend einen vernünftigen Haarschnitt und ein Bad; Irene fand, die beiden sollten besser anständig arbeiten, statt hinter vorgehaltener Hand über sie herzuziehen, wenn sie sie sahen. Sie deuteten beispielsweise auf Irenes Brust und machten dumme Bemerkungen wie: »Unsere Irene kriegt 'nen anständigen Busen! Was hast du unter deine Schürze gestopft, Irene, Äpfel oder Orangen?«

»Ihr seid ja bloß ein paar ungehobelte Bengel!«, war Irenes Antwort; sie gab sich alle Mühe, die beiden zu ignorieren.

Sie verloren schnell das Interesse an Irene, als sie feststellten, dass sie nicht so ›locker‹ wie ihre Schwester Beryl war, die ihnen ein, zwei Dinge beibrachte. Beryl zog mit den Battersea Jungs umher und belästigte Irene nicht länger. Die Battersea Jungs und ihre Freunde belästigten die Ladenbesitzer auf der Ebene und beschuldigten die Aufseher auf den Feldern, sie beim Wiegen des gepflückten Hopfens zu betrügen. Eines Tages riss Mr. Waghorn der Geduldsfaden, und er hielt ihnen eine Strafpredigt: »Niemand betrügt euch, ihr Flegel! Wenn ihr euch weiter so aufführt, hol' ich den Verwalter und den Polizisten und lass' euch von der Farm werfen. Dann könnt ihr sehen, wo ihr bleibt, mit leeren Taschen!«

Bert und Billy stellten schnell fest, dass Hopfenzupfen harte Arbeit war, und zogen es deshalb vor, wieder mit ihrem Vater durch Kent zu ziehen und ihn bei seinen Lumpensammleraktivitäten zu unterstützen. Und da Beryl jetzt mit einem der Battersea Jungs ging, hatte Irene endlich ihre Ruhe.

Sie hatte Sam länger nicht mehr gesehen. Sie vermisste ihn.

Am Samstagmorgen ging Irene zur Schmiede. Mr. Jacks, der Schmied, hielt gerade ein Stück Metall ins Feuer, um es mit dem Hammer in Form bringen zu können, und sein Gehilfe Dan war damit beschäftigt, ein Pferd neu zu beschlagen. Irene war zu vertieft, um den Besitzer des Pferdes zu beachten, und zuckte erschrocken zusammen, als hinter ihr jemand sagte: »Hallo, kennen wir uns nicht? Die rote Strickmütze kommt mir so bekannt vor.«

Irene drehte sich um. Es war der nette dunkelhaarige Herr mit den sehr blauen Augen namens Randolph W. Aspen. Diesmal trug er Reithosen und hohe glänzende Reitstiefel, keine vornehmen Stadtschuhe. »Oh, Sie sind der Gentleman aus dem Zug!«

»Und Sie sind die junge Dame, die an der Reisekrankheit leidet!«

»Bitte erinnern Sie mich nicht daran.« Sie verzog das Gesicht.

»Verzeihung! Aber bitte erzählen Sie mir nicht, dass Sie Mr. Jacks neue Gehilfin sind – oder darf man einer jungen Dame eine solche Frage nicht stellen?«

Irene errötete. »Ich sehe dem Schmied gerne bei der Arbeit zu.«

»Snickers ist fertig, Mr. Randolph, Sir«, verkündete Dan und steckte seinen Hammer und einige Hufnägel in die Tasche seiner Lederschürze, bevor er Mr. Randolph die Zügel des Pferdes übergab.

Mr. Jacks erläuterte: »Die junge Dame interessiert sich dafür, wie wir schmiedeeiserne Verzierungen zum Beispiel für Tore und Ähnliches erstellen.«

»Tatsächlich! Dann werden wir uns zweifellos wieder treffen, wenn die Schmiede zu den Orten gehört, die sie gerne besucht. Guten Tag, Miss Druce. Und danke, Dan, dass du Snickers' Huf neu beschlagen hast; er verliert gerne ein Hufeisen zur falschen Zeit.« Er tätschelte dem Pferd liebevoll die Flanke und führte es aus der Schmiede.

Er konnte sich an ihren Namen erinnern! Irene war überrascht. »Wohnt er hier in der Nähe?«, erkundigte sie sich bei Mr. Jacks.

»Nö. Meistens lebt er in London. Er kommt oft am Wochenende her, um zu reiten und das alte Mädchen, seine Tante, zu sehen. Er is' Jurist – Rechtsanwalt, glaub' ich – er verteidigt feine Pinkel mit viel Schotter. Leute wie du und ich brauchen nich' zu ihm zu gehen, wir können uns das nich' leisten. So, junges Fräulein, du wolltest zusehen, wie ich das Eisen schmiede. Erst muss es im

Feuer erhitzt werden, bis es anfängt zu schmelzen. Dann wird es so bearbeitet.«

Die Funken stoben wieder, und Irene sah fasziniert zu, wie aus dem geschmolzenen Metall nicht nur solide Gebrauchsgegenstände wie Hufeisen, Tore und Gewehre entstanden, sondern auch Kunsthandwerk wie hübsche verschnörkelte Schilder für Häuser, Engel für Kirchen, wunderschöne Eisenlampen und Statuen.

»Kann man aus Eisen auch ganz kleine Teile schmieden, Mr. Jacks, wie Spangen, Armbänder und Ketten?«

»Wenn das Feuer heiß genug und der Handwerker geschickt genug is', kann man fast alles daraus machen, kleines Fräulein.«

Irene war mit ihren Gedanken noch in der Schmiede, als sie zu den Hopfengärten zurückkehrte. Tante Martha fragte vorwurfsvoll: »Mr. Waghorn sucht dich. Wo bist du gewesen?«

»Im Dorf. Wir hatten kein Brot mehr.« Das war nicht gelogen, denn sie war tatsächlich beim Bäcker gewesen und hatte auf dem Rückweg in der Schmiede vorbeigeschaut.

»Du hast mir die Kinder länger überlassen, als ich gedacht hätte. Dot hat sie jetzt zusammen mit ihrer Brut mitgenommen. Ich musste ständig hinter den Kindern herlaufen und kam kaum zum Pflücken. Ich hab' dir schon öfters gesagt, was ich von dir erwarte, Irene.«

Nörgel, nörgel, nörgel! Irene konnte sich nicht vorstellen, dass sie drei weitere Wochen mit Tante Martha, den Kindern *und* Dorothy Fennel aushalten konnte. Der Einzige, der alles halbwegs erträglich gemacht hatte, war Sam, und nun war er verschwunden.

Mr. Waghorn kam auf Irene zu. Sie hoffte, er würde sie an die Luft setzen, damit sie geradewegs nach Hause zu Mama fahren konnte. Er sagte, erstaunlicherweise geradezu ehrerbietig – oder bildete sie sich das nur ein? »Lady Catherine würde Sie gerne oben im großen Haus sehen, Miss.«

»Lady Catherine?«, fragte Irene nervös.

»Jawohl, Miss.«

»Aber ... aber sie kennt mich doch gar nicht.«

»Oh doch, Miss. Lady Cath weiß alles von jedem, der auf ihrer Farm arbeitet, Miss.«

Tante Martha sah nicht von ihrer Arbeit auf; ihre Finger waren schwarz und arbeiteten pfeilschnell.

»Was möchte sie von mir?«, wollte Irene wissen.

»Ich hab' keine Ahnung, Miss.«

Tante Martha fand die Sprache wieder und schnauzte Irene an: »Wahrscheinlich will sie dich fragen, warum du immer rumtrödelst. Geh schon, steh nicht mit offenem Mund rum, zieh eine saubere Schürze an. Deine Schuhe solltest du auch bürsten, bevor du zum großen Haus raufgehst. Benimm dich anständig. Sei höflich und frag sie, wie es ihr geht, und vergiss nich', einen Knicks zu machen.«

»Ich bin kein kleines Kind mehr, Tante Martha! Ich weiß, was sich gehört – im Gegensatz zu deinen Freunden, den Fennels«, gab Irene patzig zurück.

Dieser Urlaub könnte so viel schöner sein, wenn Tante Martha nicht dabei wäre! So war es der reinste Nervenkrieg. Irene fragte sich, was sie falsch gemacht haben könnte, weil sie so plötzlich zu Lady Catherine zitiert wurde. Sie zerbrach sich den Kopf, aber ihr fiel nur eines ein: S-A-M.

Sam Smart! Sie hätte nicht mitten in der Nacht mit ihm zum Dachsbau und zu den Füchsen gehen sollen. Wahrscheinlich hatte der Wildhüter sie beide beobachtet und dem Gutsbesitzer und seiner Frau gemeldet.

Und der Kuss! Hatte jemand beobachtet, wie Sam in der Dunkelheit zu ihrer Hütte gekommen war?

Oh Gott!, dachte Irene, zuckte jedoch dann die Schultern, was soll's! Es war der schönste Kuss, den sie je von einem Jungen erhalten hatte – der einzige *echte* Kuss. Sie konnte nicht sagen, dass es ihr leid tat, denn es war sehr schön gewesen, im Mondlicht mitten auf den Mund geküsst zu werden!

7. Kapitel

Irenes erster Eindruck vom Anwesen der Hopeworthys war überwältigend. Aus der Nähe wirkte das Haus noch größer, und die elisabethanischen Schornsteine schienen in den Himmel zu ragen. Es war tatsächlich ein im Tudor-Stil erbautes Herrenhaus. Jemand auf den Feldern hatte erzählt, es wäre vor vierhundert oder fünfhundert Jahren von einem reichen Eisenhüttenbesitzer aus der Region Weald in Kent erbaut worden, aber im Laufe der Jahrhunderte war mehrmals angebaut worden. Auf jeden Fall sah es alt aus, und riesig. Was fing eine zweiköpfige Familie mit dem ganzen Platz an!

Irene wusste, was sie mit dem Platz machen würden, sie würde jeden Abend Partys, Tanzveranstaltungen und Bälle geben, damit sie ihre persönliche Sammlung von Schmuck und Juwelen vorführen könnte!

Alle schönen Dinge verursachten in ihr eine unbestimmte Sehnsucht. Sie konnte das Gefühl niemandem erklären, aber sie wusste, dass es ein Teil von ihr war. Es wurde zum Beispiel hervorgerufen durch Kunstschmiedearbeiten und Ketten aus Gänseblümchen, durch einen Regentropfen auf einem Blatt oder einen Regentropfen, der sich im Herz einer Blüte niedergelassen hatte; oder von einer Windmühle mit wirbelnden Flügeln auf einem grünen Hügel.

Sie empfand dieselbe quälende Sehnsucht, als sie allein in dem mit Kies bestreuten Hof des Herrenhauses der Hopeworthys stand.

Sie befand sich vor dem Hauptteil des Hauses, das vergitterte Fenster und einige Giebel hatte; die beiden Seitenflügel erstreckten sich zu ihrer Rechten und Linken. Rosenbüsche und bunte Blumen leuchteten in den gepflegten Beeten am Rande des Hofes. Die schwarz-weiße Holzkonstruktion der Fassade fesselte Irene, sie fand sie auffallend und ungewöhnlich. Niemals zuvor hatte sie ein ähnliches Haus gesehen. Sie besaß keinerlei Kenntnisse über Architektur und wusste auch nicht, wie man diese Art von Fassadengestaltung nannte. Sie sah lediglich, dass das Haus wunderschön war und würde es jederzeit gegen Waterloo Road Nummer 10 eintauschen – was für ein Gedanke! Pass auf, Irene Druce, Tante Martha wird denken, dass du jetzt völlig übergeschnappt bist!

Ein riesiges Eichenportal mit Eisenbeschlägen und einem schmiedeeisernen Löwenkopf verlieh dem Haus den Charakter einer uneinnehmbaren Festung. Sie wusste nicht, wie sie läuten sollte. Dann stellte sie fest, dass sie an dem Griff im Maul des Löwen ziehen musste. Ein schrilles Läuten ertönte im Inneren des Hauses.

Ein adrettes Dienstmädchen in schwarzem Kleid mit weißer Schürze und Häubchen öffnete die Tür und wurde beinahe von drei großen Hunden in Irenes Arme gestoßen. Schnell schob das Mädchen die Tür wieder halb zu. Irene konnte weitere Hunde in der Tiefe des Hauses bellen hören.

Irene fürchtete sich vor Hunden und hätte fast Fersengeld gegeben, solange die Tür angelehnt war.

»Komm sofort rein!«, rief das Dienstmädchen. Die massive Tür öffnete sich einen Spalt, und das Mädchen steckte den Kopf heraus. Als sie Irenes verschreckten Gesichtsausdruck wahrnahm, lachte sie strahlend. »Nicht Sie, Miss, ich meine Tizzy-Wizzy und ihre Familie – wenn Sie noch eine Minute warten könnten, Miss, Mr. Jarvis wird die Hunde gleich wegbringen.«

Eine Stimme hinter dem Mädchen sagte: »Maisy, lass die Hunde nicht raus.«

»Ich tue, was ich kann, Mr. Jarvis, aber Miss Druce kann nicht hereinkommen, und wenn ich die Tür weiter aufmache, wird Tizzy-Wizzy abhauen.«

Ein durchdringender Pfiff ertönte, das Hundebellen wurde schwächer, und schließlich konnte Maisy die Tür öffnen. »Tut mir leid, Miss, aber Tizzy-Wizzy, die ein Irischer Wolfshund ist, soll zurzeit nicht mit anderen Hunden draußen herumstreunen; sie ist ..., mhm, Sie wissen schon was ich meine, Miss, und sie brauchen nicht noch mehr Hunde ihrer Größe.«

Irene wusste nicht, was sie meinte, aber in dem Moment kehrte der Butler zurück und geleitete sie zum Salon. »Miss Irene Druce, gnädige Frau«, kündigte er sie an, als wäre sie eine Königin. Irenes Knie zitterten.

»Danke, Jarvis, würden Sie uns bitte in einer Viertelstunde Kaffee bringen. Sie können jetzt gehen.«

»Ja, gnädige Frau.« Er verbeugte sich und schloss die beiden Türflügel aus Eiche, als wären sie aus Glas.

»Kommen Sie und setzen Sie sich, Irene.«

Irene konnte nicht genau sagen, woher die Stimme kam, weil der Raum so groß war und überall kleine Tischchen mit silbergerahmten Fotos, Sofas, Stühle und Zierrat herumstanden. Es handelte sich um wertvolle Stücke, nicht Schrott, wie Dot Fennel ihn in Poplar auf dem Markt verkaufte.

Die Stimme hatte einen leichten ausländischen Akzent, war jedoch klar und deutlich, eine Stimme, die gewohnt war, zu befehlen, und deren Befehle auch prompt ausgeführt wurden. »Ich bin hier am Fenster. Setzen Sie sich bitte auf diesen Hocker, wo ich Sie sehen kann. Ich kann den Kopf nicht gut drehen.«

Irene sah sie jetzt, eine zerbrechliche, aber immer noch sehr hübsche alte Dame, die in einem Rollstuhl saß. Eine spanische Wand schützte sie vor Zugluft, und eine Decke war über ihre Beine gebreitet. Sie hatte gelesen. Sie saß wie eine traurige Stoffpuppe in ihrem Stuhl, gestützt von einigen Satinkissen in ihrem Rücken; auf ihrem Schoß lag ein aufgeschlagenes Buch. Ihr Haar war weich und schimmerte blausilbern, als wäre es mit einer künstlichen Tönung gespült worden. Sie hatte noch üppiges Haar, und Irene bemerkte die mit Diamanten besetzten Schildpattkämme, die die aufwendige Frisur hielten.

Ihre verkrümmten und steifen Hände ruhten auf der Decke; sie hatte Probleme, eine Hand zu heben und Irene den Hocker zu zeigen, auf den sie sich setzen sollte. »Ich hoffe, es macht Ihnen nichts aus, wenn ich Sie Irene nenne?«

Irene fühlte sich, als wäre Lady Catherine die Königin von England, schluckte nervös, fand aber schließlich die Sprache wieder. »Nein, gnädige Frau.« In dem Moment fiel ihr ein, dass sie vergessen hatte zu knicksen. Jetzt war es zu spät, sie saß bereits.

»Ihre Tante hat mir erzählt, dass Sie sich für Schmuck interessieren, Irene.«

Irene fiel vor Überraschung beinahe von ihrem Stuhl. Sie grub die Fingernägel in ihre Handflächen, schluckte und stammelte: »M-meine Tante, gnädige Frau?«

»Mrs. Mannering ist doch Ihre Tante, oder nicht?«

»Ja, gnädige Frau.«

»Ich kenne Mrs. Mannering schon seit langer Zeit. Sie war während der vergangenen fünfzehn Jahre während jeder Erntezeit bei uns; sie ist treu und eine außergewöhnlich gute und loyale Arbeitskraft. Wir haben interessante Gespräche über Londons Stadtteil East End geführt. Also, wie sind Sie auf die Idee gekommen, Juwelier werden zu wollen?«

»Ich – ich weiß es nicht genau, gnädige Frau. Es ist einfach ein Gefühl in mir seit ... ach, ich weiß nicht, seit wann. Vielleicht habe ich es gemerkt, als ich fünf war und ein Bild der Krönungsjuwelen der Königin – die Mutter der jetzigen Königin – gemalt habe, das das beste in meiner Klasse war.«

»Aha.«

Irene merkte, dass ihr Stammeln Lady Catherine nicht zufrieden stellte. Sie wusste nicht, was Tante Martha Lady Catherine erzählt hatte. »Aber ich möchte nicht unbedingt ein Juwelier werden, der Schmuck verkauft, gnädige Frau, ich möchte Schmuck entwerfen und selbst fertigen, aber ich weiß nicht wie.«

»So.« Nach einer kleinen Pause fragte Lady Catherine: »Was wissen Sie über Schmuck?«

»Nicht viel, gnädige Frau. Nur ein bisschen über etruskischen Schmuck.«

»Etruskisch?« Sie hob eine gepflegte Augenbraue. Irene konnte ihren Gesichtsausdruck nicht richtig erkennen, weil sie es immer noch nicht wagte, Lady Catherine ins Gesicht zu schauen. »Das ist ein ehrgeiziger Anfang«, kommentierte Lady Catherine.

»Ja, gnädige Frau. Es ist das einzige Buch, das ich in der öffentlichen Bücherei in Poplar zum Thema Schmuck finden konnte. Es ist mehr als hundert Jahre alt. Es heißt *Die Geschichte der etruskischen Schmuckherstellung*.«

»Wie interessant. Ich besitze dieses Buch ebenfalls, jedoch würde ich es Ihnen zum jetzigen Zeitpunkt nicht unbedingt empfehlen. Ich bin kein Juwelier und auch kein Schmuckdesigner. Kurz gesagt – lange Gespräche ermüden mich, deshalb ziehe ich es vor zu lesen – dort drüben auf dem runden Tisch habe ich Ihnen eine Auswahl von Büchern zurechtlegen lassen, die Sie lesen können.«

»Vielen Dank, gnädige Frau«, sagte Irene überrascht. Sie war unsicher, ob jetzt der richtige Zeitpunkt war, um aufzustehen und zu gehen. Aber Lady Catherine fuhr fort:

»Ich kenne mich mit ›Schmuck‹ als solchem gut aus, weil ich einst Hofdame einer russischen Zarin und Verwalterin der kaiserlichen Kronjuwelen einer anderen Zarin gewesen bin. Während meiner Dienstzeit hatte ich oft mit Peter Carl Fabergé zu tun, einem bekannten Goldschmied und Juwelier in Russland, der für die Zarinnen die schönsten Schmuckstücke entwarf; am bekanntesten ist seine Serie von juwelenbesetzten Ostereiern. Später verließ ich Russland und ging nach Paris, und hier endet die Geschichte. Wenn Sie daran interessiert sind, was ich Ihnen erzählt habe, und wenn es Ihnen einen ›Anfang‹ ermöglichen kann, dann nehmen Sie die Bücher mit und lesen sie. In drei Wochen möchte ich Sie wiedersehen, um Ihr Wissen abzufragen. Bringen Sie bitte auch einige Ihrer Entwürfe, damit ich mir ein Urteil über Ihre Kreativität bilden kann. Sollte ich feststellen, dass Sie tatsächlich eine begabte Schülerin sind, wie Ihre Tante mir versichert, werden wir weitersehen. Sie können sich die Bücher jetzt ansehen, bis der Kaffee serviert wird.«

Irene stand auf und dachte diesmal daran zu knicksen, wie Tante Martha ihr befohlen hatte. »Gnädige Frau, ich ... ich weiß gar nicht, was ich sagen soll ...«

»Dann sagen Sie einfach nichts, meine Liebe, ihr Verhalten sagt alles.«

Der Kaffee wurde serviert, während Irene die Zeichnungen der Russischen Kronjuwelen betrachtete. Ihr war schwindelig. Sie hatte noch nie von Peter Carl Fabergé gehört und war enttäuscht, dass Lady Catherine niemanden kannte, der näher lebte. Wie sollte sie jemals nach Russland kommen? Nicht dass sie überhaupt dorthin wollte, denn sie war überzeugt, dass ihr auf der langen Reise sehr übel werden würde.

Irene sah zerstreut auf und rechnete damit, den Butler Mr. Jarvis zu sehen, aber vor ihr stand ein Mann in Handschuhen, Reithosen und hohen, schlammbedeckten Reitstiefeln. Er muss durch den Teich galoppiert sein, dachte Irene, die durch die überwältigenden Ereignisse dieses Morgens völlig verwirrt war.

»Guten Morgen, Tante Catherine«, grüßte er fröhlich. »Ich bin pünktlich für den Elf-Uhr-Imbiß. Ich habe das Tablett von Maisy gerettet; die Schokoladenkekse liefen Gefahr herunterzufallen.«

»Die Kekse sind nicht für dich, Randolph, sondern für Miss Druce.«

Er entdeckte Irene, die halb von dem hohen Rollstuhl seiner Tante und der spanischen Wand verdeckt wurde. »Herr im Himmel, was macht sie denn hier?«

»*Sie* will in die Fußstapfen von Peter Carl Fabergé treten, falls dich das etwas angeht, Neffe. Jetzt schenk bitte den Kaffee ein und stell meine Tasse in Reichweite, damit ich den Kaffee nicht verschütte.«

Irene starrte ihn an.

»Warum starren Sie mich so an?«, fragte er auf seine fröhliche und lebhafte Art. »Sie haben mich doch erst vor einer Stunde gesehen. Oder habe ich Matsch im Gesicht?«

Irene wandte schnell den Blick ab, sammelte die Bücher ein und wollte gehen.

»Willst du nicht mit uns den Imbiss einnehmen, Irene?«, meinte Lady Catherine.

»Nein danke, gnädige Frau. Meine Tante erwartet mich zurück, damit ich die Kinder hüten kann. Vielen Dank nochmals für die Bücher. Ich verspreche, dass ich sehr gut auf sie aufpassen werde.«

Randolph W. Aspen betrachtete Irene über den Rand seiner Kaffeetasse hinweg.

Seine Tante sagte: »Setz dich endlich hin und trinke deinen Kaffee wie ein Gentleman. Ich kann nicht mit dir schelten, wenn du so groß wie eine Laterne außerhalb meines Gesichtsfeldes stehst.«

»Hab' ich's Ihnen nicht gesagt?« Er zwinkerte Irene verschmitzt zu, bevor er der Aufforderung seiner Tante zumindest halbwegs Folge leistete und sich auf der Lehne eines Stuhls niederließ.

»Was hast du ihr gesagt, Randolph?«, fragte Lady Catherine, die ihren Kopf nicht drehen konnte, sodass sie zu ihren Zehen zu sprechen schien.

»Dass ich eine dominante Tante habe, Tante Catherine«, neckte er sie.

»Man darf meinen Neffen nicht ganz ernst nehmen, Irene. Er hat einen seltsamen Sinn für englischen Humor, den ich als Russin leider nicht immer teilen kann.«

»Ja, gnädige Frau.« Tante und Neffe verstanden sich anscheinend gut. Irene machte einen weiteren hastigen Knicks und entfernte sich in Richtung Tür, die Mr. Randolph – oder Sir Randolph oder Prinz Randolph, was auch immer für einen Titel er besitzen mochte – offen gelassen hatte, als er das Kaffeetablett hereinbrachte.

Lady Catherine fragte: »Sprechen Sie Französisch, Irene?«

»Nein, gnädige Frau.«

»Sprechen Sie *irgendeine* Sprache?«

»Ja, gnädige Frau, Englisch.« Der Neffe brach in Gelächter aus.

»Ja, ich weiß, dass Sie Englisch sprechen, meine Liebe«, sagte Lady Catherine lächelnd. »Wir unterhalten uns ein anderes Mal darüber. Auf Wiedersehen.«

»Auf Wiedersehen, gnädige Frau ... Sir.« Irene knickste wieder und verließ fluchtartig den Raum.

Lady Catherine sagte zu ihrem Neffen: »Wenigstens hat sie keine Allüren.«

»Hmh«, antwortete er träge. »Zweifellos werden sie sich später entwickeln, falls du dich entschließen solltest, ihr Mentor zu werden und sie unter deine Fittiche zu nehmen.«

»Sie hat diese besondere Art von Würde ihrer Klasse, die nicht viele haben. Sie haben einen Horror vor dem Wort Wohltätigkeit.«

»Wie Sam Smart«, erinnerte er sie.

»Ja, wie Sam Smart, der nichts mit uns zu tun haben wollte, obwohl ich sein kreatives Talent fördern wollte. Aber er hat sich entschieden, mein Angebot auszuschlagen, und Partei für seinen schrecklichen Stiefvater ergriffen!«

Er besaß die Kühnheit, ihr Motiv in Frage zu stellen. »Aber bitte fördere Irene nicht und lass sie dann fallen, wie du es mit dem jungen Sam gemacht hast, nur weil du dich langweilst.«

»Er war hin- und hergerissen! Oh, armer Sam! Ich habe nicht *ihn* fallen lassen, er hat *mich* fallen lassen, indem er es ablehnte, seine Studien fortzusetzen. Oh, lass mir doch etwas Trost und Freude im Alter, Neffe. Ich, die einst mit den Zaren und Großfürsten von Russland tanzte, mit ihren Ehefrauen plauderte, versauere jetzt hier auf einer englischen Hopfenfarm. Es wäre interessant zu sehen, ob Irene Druce es schafft, die Barrieren ihrer Klasse zu überwinden und etwas aus sich zu machen.«

»Tu es nicht, Tante Catherine. Irene ist nicht Sam.«

»Wie kommt es, dass du so viel über sie weißt, Randolph? Und denke daran, dass ich deine Großtante bin – nur eine entfernte russische Verwandte, also zeige bitte angemessenen Respekt vor meinem Alter.« Sie seufzte wehmütig. »Dieser verdammte Rollstuhl frustriert mich so, dass ich mir manchmal wünsche, tot zu sein.« Aber sofort hellte sich ihr Gesicht wieder auf; sie verachtete Leute, die sich immer beklagten. »Aber wenn ich mir nicht gerade selbst leid tue, habe ich immer noch das Herz eines jungen Mädchens – das Herz von Irene Druce.«

»Ich weiß.«

»Ist sechsundsechzig sehr alt, mein Junge?«

»Natürlich nicht.«

»Lüg mich nicht an! Alter und Krankheit werden bei einer Frau noch weniger akzeptiert als bei einem Mann. Du bist so englisch, Randolph, du pflegst das *Understatement*. Ist es nicht so, dass dein eigenes Schullied ungefähr ›Er, der so furchtlos ist‹ hieß?«

»Ja, so war es«, seufzte er. »Aber Sam und Irene stammen aus einer Klasse, für die Wohltätigkeit etwas anderes bedeutet als für dich.«

»Kreative Protektion, nicht Wohltätigkeit. Wie kann ich mich sonst amüsieren, außer alles dir zu vererben, und dann kann ich nicht mal dein Gesicht sehen, wenn das Testament verlesen wird. Mach dir keine Sorgen, es wird mehr als genug für dich übrig bleiben, selbst falls ich mich entschließen sollte, Irene Druce zu fördern. Sie muss mir übrigens erst noch beweisen, dass sie es wert ist.«

»Dann verdirb sie nicht nach deinem Schema.«

»Ich habe kein *Schema*. Ich versuche lediglich herauszufinden, ob die Handlungen der Menschen wirklich so voraussagbar sind, wie ich in meinem bisherigen Leben, leider, erfahren musste. Oder ob es vielleicht ein ›Juwel‹ gibt, das anders als der Rest ist und ›mit Triumph und Unglück umgehen kann, und diese beiden gleichermaßen als Schwindler erkennt oder mit dem Volk reden und seine Tugend behalten kann, oder mit Königen Umgang haben kann – und trotzdem nicht abhebt!‹; eine Entleihung von Kipling, lieber Junge«, fügte sie mit einem schlauen Lächeln hinzu.

»Ja, ich habe es erkannt«, antwortete Randolph leicht gereizt. »Aber vergiss bitte nicht, Tante Catherine, dass wir uns nicht in Russland befinden und dass Sam und Irene nicht deine Leibeigenen sind, die sich bereitwillig nach deinen Wünschen und Anordnungen formen lassen.«

»Ich weiß es, aber es ist einen Versuch wert. Komm her und gib mir einen Kuss. Und ich bin froh, dass du mich und meine Großtanten-Geschichten nicht zu ernst nimmst, sonst würde ich mich noch lebloser fühlen. Nach deinem pflichtbewussten Kuss darfst du dich zurückziehen. Ich bin sehr müde.«

Kaum hatte Irene die zweiflügelige Tür des Salons sorgfältig hinter sich geschlossen, als sie fast zu Tode erschrak, weil plötzlich der Butler praktisch aus dem Nichts neben ihr erschien. »Hier entlang, Miss ... sonst verlaufen Sie sich möglicherweise und landen bei den Unterkünften der Hunde. Die sind ziemlich groß und stürmisch, Miss, und manche Leute erschrecken sich fürchterlich, wenn sie ihnen plötzlich gegenüberstehen – dabei sind sie so sanft wie Lämmer, Miss.«

Oh nein, das waren sie nicht! Sie hatte diesen drei Irischen Wolfshunden, Mutter und Nachwuchs, am Portal Auge in Auge gegenübergestanden!

Wie groß wären sie erst, wenn sie auf den Hinterbeinen stehen und ihre Vorderpfoten auf Irenes Schultern legen würden?

Da Irene beim Gedanken an die Hunde immer noch nervös war, war sie dankbar, dass Mr. Jarvis in der Nähe war.

Er führte sie durch das weitläufige und verschachtelte Gebäude, in dem sie allein mit Sicherheit nicht den Weg zurück zum Portal gefunden hätte. Alte Portraits starrten von eichenvertäfelten Wänden auf sie herab, und sie musste aufpassen, nicht gegen kostbare chinesische Vasen oder anderen Zierrat zu stoßen, wenn sie sich zu oft umschaute. Und wenn Mrs. Fennels Joe jemals das ganze Silber sehen würde, dachte Irene, würde er vor lauter Aufregung einen Herzinfarkt bekommen!

Irene rannte den ganzen Weg zurück zu den Hopfenfeldern – nein, sie musste daran denken, dass es Hopfen*gärten* waren!

Tante Martha war nach wie vor beim Hopfenpflücken. Mrs. Fennel war neben ihr, und die Kinder saßen auf dem Boden und zupften friedlich Hopfen, so als hätte man ihnen mit der Todesstrafe gedroht, wenn sie sich nicht benahmen. »Nun?«, sagte Tante Martha, ohne ihre Arbeit zu unterbrechen. »Wie ist dein Gespräch verlaufen?«

Irene war kaum in der Lage zu sprechen. Sie war erhitzt und außer Puste und wusste nicht, was sie antworten sollte. »Hat Cath dir die Sprache verschlagen?«, fragte Tante Martha.

Irene legte die geliehenen Bücher sorgfältig auf eine Strickjacke, die jemand auf den Boden geworfen hatte, lehnte sich vor, umarmte Tante Martha stürmisch und drückte ihr einen Kuss auf die wabbelige rote Wange.

Tante Martha kreischte und warf die Arme in die Luft.

»Hilfe!«, sagte der kleine Percy. »Unsere Irene is' verrückt geworden, Mama!«

»Hör auf damit, Irene!« Tante Martha versuchte, ärgerlich zu schauen. »Mir is' ganz heiß geworden von deinem Überfall.«

»Was is'n los mit ihr?«, wollte Mrs. Fennel neugierig wissen.

»Das geht dich nichts an, Dot Fennel!«

»*Danke, danke, danke*, Tante Martha!« Irene sammelte Lady Catherines Bücher wieder auf. »Ich hatte keine Ahnung, dass du so geheimnistuerisch sein kannst.«

»Ich weiß nicht, wovon du sprichst, Mädel.«

»Es bedeutet, dass ich dich vielleicht lieben lerne – eines Tages.«

»Hilfe!«, wiederholte Percy. »Mama, ich hab' keine Lust mehr zu arbeiten. Kann ich jetzt mit Dots Kindern spielen geh'n?«

»Hau schon ab, und lauf nicht so weit weg«, sagte Tante Martha.

Peggy ging ebenfalls spielen. Tante Martha drehte sich zu Irene um. »Du musst deiner Familie mehr vertrauen, mein Mädel. Hab' dir doch gesagt, es kommt nicht drauf an, was du weißt, sondern wen du kennst! Ich hab' vor langer Zeit schon gelernt, dass *Kontakte* im Geschäftsleben wichtig sind, und die bekommt man nicht, wenn man immer vornehm die Klappe hält und hochnäsig is'.«

»Ja, Tante Martha«, antwortete Irene und machte ein angemessen schuldbewusstes Gesicht.

»Jetzt bring die beiden Kleinen hier in die Hütte, damit sie ein Nachmittagsnickerchen machen. Es is' brütend heiß hier draußen, und deine Mama bringt mich um, wenn sie einen Hitzschlag krieg'n, weil ich sie vernachlässigt hab'.«

Irene nahm Zeb und Zillah mit in die Hütte und strahlte innerlich, weil Tante Martha auf ihre seltsame Art ihre wortlose Zustimmung gegeben hatte, dass Irene die nächsten drei Wochen mit dem Studium von Lady Catherines Büchern verbringen konnte, anstatt bei der Hopfenernte helfen zu müssen.

8. Kapitel

Irene vergrub die Nase in den Büchern, die Lady Catherine ihr geliehen hatte. Es war egal, wo sie sich befand, in der Hütte, draußen im verdorrten Gras neben dem Weg, mitten im abgeernteten Hopfengarten, im Schatten der Bäume auf der Wiese, auf der die alte Zigeunerin vor ihrem Wohnwagen Hof gehalten hatte – Hauptsache, sie konnte allein sein und alles über das magische Wort ›Schmuck‹ in sich aufsaugen.

Sie schloss die Augen und sagte vor sich hin: »*Baguette*, ein kleiner rechteckig geschnittener Stein. *Bâton*, ein Stein, der dem Baguette ähnlich, jedoch größer ist. *Brillant*, der perfekteste Brillant hat 58 Facetten, 33 über der Mitte, 25 darunter ... Oh! Ich kann mir das nicht alles merken!«

Irene nahm ein anderes Buch zur Hand, um ihrem Gedächtnis die Möglichkeit zur Erholung zu geben. Lady Catherine hatte ihren Namen auf das Deckblatt des Buches geschrieben, ›Comtesse Catherina Nataly Marya Balashov, Paris, 1896‹. Das Werk, Lady Catherines Autobiografie, war jemandem namens ›Agathon‹ gewidmet. Aus dem Buch erfuhr Irene, dass die Comtesse Catherina im Jahr 1845 in St. Petersburg geboren wurde – ein Jahr vor Peter Carl Fabergé, dessen Geburtsstadt ebenfalls St. Petersburg war.

»Nicht so alt, wie ich gedacht hatte«, murmelte Irene vor sich hin. »Sie ist erst sechsundsechzig, nicht achtzig. Die Krankheit muss schuld daran sein, dass ihr Körper so alt wirkt; aber ihr Geist ist jung geblieben. Arme Lady Cath.«

Lady Catherine war die jüngste Tochter ihres Vaters, der ein Vetter von Zar Alexander II. war, dem ›Reformator‹, wie sie ihn in ihrem Buch nannte, und wurde am Hof des russischen Zaren in St. Petersburg erzogen; schließlich wurde sie Hofdame der Zarin. Im Alter von sechsunddreißig Jahren war sie bereits zweimal mit russischen Adeligen verheiratet gewesen und zweimal verwitwet. Sie konnte keine Kinder bekommen, weil ›ihre Krankheit das Zepter in die Hand nahm‹. Die besten russischen Ärzte stellten die Diagnose, rheumatische Arthritis, hervorgerufen durch rheumatisches Fieber während ihrer Kindheit. Im selben Jahr wurde auch Zar Alexander II., zwanzig Jahre nachdem er das Leibeigentum in Russland abgeschafft hatte, von ›Nihilisten‹ ermordet.

»Niederträchtiges Pack!«, sagte Irene zu sich selbst, ohne zu wissen, wer oder was ›Nihilisten‹ waren. Sie las weiter.

Alexander III. wurde der nächste Zar, seine Frau war die Zarin Marie Fedorovna. Unter dieser Zarin wurde Catherina die ›Verwalterin der kaiserlichen Kronjuwelen des Hauses Romanov‹. »Wow!« Irene war beeindruckt. »So ein Titel würde mir auch gefallen!« Marie Fedorovna war die Tochter von König Christian IX. von Dänemark, und ihre Schwester war Königin Alexandra von Großbritannien. »Wow!«, sagte Irene wieder zu den Eichen, unter denen sie lag und las. »*Königin Alexandra*! Unsere eigene schöne Königinmutter, der mein Schulbild der Krönungsjuwelen gefiel ...« Sie konnte es kaum erwarten weiterzulesen; die Geschichte zog sie völlig in ihren Bann. Sie kaute vor Aufregung auf ihren Fingernägeln und fragte sich, wie es dazu kommen konnte, dass die einstige Comtesse Catherina nun den Namen Hopeworthy trug und in einem Hopfengarten in Kent über East Ender aus London wachte.

Catherina lernte während ihrer Dienstzeit am Hof des Zaren einen Mann namens Peter Carl Fabergé kennen, der als Nachfolger seines Vaters Gustav eine Goldschmiedewerkstatt in der Bolshaja Morskaja Straße (Irene las über den Namen hinweg, als sie darüber stolperte) in St. Petersburg führte: ›Peter Carl Fabergé war berühmt wegen der exquisiten Feinheit seiner Stücke, jedoch insbesondere wegen der Verwendung von Gold in den verschiedensten Schattierungen‹, schrieb Lady Catherine.

Oh, ich *wünschte*, ich könnte ihn kennen lernen, dachte Irene voller kreativer Gedanken und wiegte sich unter dem Baum hin und her. Er wird mit Sicherheit wissen, worum es bei Sternenlicht und Goldstaub auf den Flügeln eines Marienkäfers ging.

Peter Carl Fabergé besaß, nachdem er die Nachfolge seines Vaters angetreten hatte, Werkstätten in St. Petersburg und in Moskau; der Hofstaat des Zaren befand sich mal in der einen, mal in der anderen der beiden Städte, und Catherina war immer dort, wo die Zarin sich gerade aufhielt. Catherina lernte von Monsieur Fabergé, dessen ›Begabung herausragend war‹, viele Dinge über Juwelen und Schmuck und über die Sorgfalt und Aufmerksamkeit, die er den kleinsten Details widmete, ›weil jedes Schmuckstück aus Monsieur Fabergés Hand ein Kunstwerk war und dementsprechend als Meisterwerk betrachtet und behütet werden musste‹.

Monsieur Fabergé? Irene wunderte sich. Warum Monsieur? Das war doch französisch, oder? Don hatte einmal »Oui Monsieur«, gesagt, als sie sich über Franzosen unterhalten hatten, und mit Don, der siebzehn war, konnte sie am besten sprechen. Er hatte ihr erzählt, es heiße: »Ja Sir.«

Irene schüttelte den Kopf. Sie musste daran denken, Lady Catherine zu fragen, warum er in Russland *Monsieur* Fabergé genannt wurde.

Im Jahr 1884 gab Zar Alexander III. das erste ›Osterei‹ aus einer Serie von juwelenbesetzten Ostereiern für die Zarin Marie Fedorovna in Auftrag; er tat dies im Rahmen der russisch-orthodoxen Tradition, zur Osterzeit Geschenke zu überreichen.

»Na ja, diejenigen, die gerade genug zum Überleben hatten, konnten wohl nur gekochte Hühnereier verschenken«, sagte sich Irene, die sich nicht ganz in Lady Catherines loyale Gefühle für Monsieur Fabergé und die Zaren von Russland hineinversetzen konnte. Schließlich war Lady Cath in eine reiche Familie hineingeboren worden und konnte sich nicht vorstellen, was es bedeutete, sich an Ostern von etwas zu trennen, was man gar nicht besaß: So viel zu gold- und juwelenbesetzten Ostereiern!

Und warum willst *du* schöne und kostbare Dinge für adelige und reiche Leute herstellen, Irene Druce?, fragte eine kleine Stimme in Irenes Kopf. Nur die Reichen können es sich leisten, die Armen nicht.

Sie wusste keine Antwort, jedenfalls jetzt noch nicht.

Sie vergrub die Nase wieder in das Buch.

Monsieur Fabergé sollte den Auftrag ausführen. Im selben Jahr, schrieb Lady Catherine, verlieh der Zar dem Haus Fabergé als Anerkennung die Kaiserliche Urkunde. Und wie um den Triumph für das Haus Fabergé vollkommen zu machen, wurde Peter Carl und seiner Gattin Augusta Julia Jacobs ein vierter Sohn geboren. Sie nannten ihn nach dem Thronfolger des Zaren Nicholas. Im folgenden Jahr wurde dem Hause Fabergé für seine Goldduplikate des Scythischen Schatzes auf der Nürnberger Kunstausstellung die Goldmedaille verliehen.

An dieser Stelle endete die Geschichte abrupt, weil Catherina inzwischen ein drittes Mal geheiratet hatte, dieses Mal einen russischen Militär namens General Balashov, dann jedoch ihren Mann und Russland für immer den Rücken zukehrte und nach Paris emigrierte, weil sie ›die Pogrome des Zaren, insbesondere seine reaktionären Tendenzen bezüglich der Verfolgung der Juden im Zuge der Russifizierung, nicht unterstützte‹.

Irene verstand die Begriffe ›Pogrom‹, ›reaktionäre Tendenzen‹ und ›Russifizierung‹ nicht und nahm sich vor, Lady Catherine nach ihrer Bedeutung zu fragen.

Irene legte die Autobiografie der armen verkrüppelten Comtesse zur Seite, nun zu einer Lady degradiert, die an den Rollstuhl gefesselt war, einen unverschämten Neffen hatte und in einem riesigen und unendlich einsamen Mausoleum auf dem gegenüberliegenden Hügel lebte. Irene schüttelte den Kopf über die Kapriolen, die das Leben schrieb.

Nachdem Irene einige Zeichnungen russischer Schmuckstücke, die Lady Catherine in St. Petersburg, Moskau und Paris besessen hatte, durchgeblättert hatte, kehrte sie zu dem Nachschlagewerk über Schmuck zurück, das ihr als Starthilfe einer möglichen schöpferischen Karriere überreicht worden war. Es lag nun an ihr selbst, das hatte man ihr deutlich zu verstehen gegeben.

Irene schloss die Augen und stürzte sich mit wiedererwachtem Eifer in ihre Aufgabe.

»*Briolette*, ein ovaler oder tropfenförmiger Stein, komplett geschliffen, oftmals an einer Seite durchbohrt, um als Anhänger getragen werden zu können. *Cabochon*, kuppelförmiger Stein, oftmals im neunzehnten Jahrhundert verwendet... *Intaglio*, Gravierung auf einen Edelstein ... *Rose-cutting*, ein Stein mit einer abgeflachten Seite, dessen Oberfläche in Facetten geschliffen ist und sich zu einem zentralen Punkt erhebt ... Oh Gott, das kann ich mir niemals alles merken, wenn sie mich abfragt!«, stöhnte Irene.

Der Wohnwagen war auf die Wiese zurückgekehrt, und die Kinder strömten in Scharen zusammen, um die ›Zigeuneroma‹ und ihre Puppenvorstellung zu bestaunen. Diesmal glaubte sogar Tante Martha Irene und den Kindern, als sie sie auf die Wiese führten und ihr den lustig bemalten Zigeunerwagen und die im Winde flatternde Wäsche zeigten.

Irenes Herz jubelte. Es bedeutete, dass auch Sam irgendwo in der Nähe sein musste. Tante Martha schnaufte missbilligend: »Zigeunerpack! Die hab'n bestimmt nix Gutes vor.«

Sam erschien wieder im Mondlicht und kitzelte sie an den Zehen wie eine spielende Feldmaus. Als Irene ihre Schuhe gefunden und im verlassenen und kahlen Hopfengarten angezogen hatte, grummelte sie: »Ich bin froh, wenn es mal regnet und wir mit geschlossener Tür schlafen können, damit du nicht so einfach hereinkommen und mich wecken kannst, Sam Smart!«

»Du musstest nicht mitkommen.«

»Ich dachte, du seist tot. Ich bin mitgekommen, um zu erfahren, wo du gewesen bist.«

»Oh, ist das der einzige Grund, Miss Hochnäsig?«, fragte er mit dreister Unbekümmertheit.

»Und, wo bist du gewesen?«

»Hier und dort und nirgendwo. Du hast ja übrigens auch keinen Hopfen mehr gezupft.«

»Woher willst du das wissen?«, fragte sie anklagend.

»Ich weiß alles, was hier in der Gegend passiert.«

»Zweifellos!«

»Wo hast du dich versteckt, Irene?«

»Hier und dort und nirgendwo.«

Er grinste und seine weißen Zähne leuchteten in der Dunkelheit. »Ich hab' gehört, Lady Cath soll dir Bücher zum Lesen gegeben haben, deshalb versteckst du dich unter Bäumen oder in der Hütte, während die anderen auf den Feldern arbeiten.«

»Woher weißt du das? Wer hat es dir erzählt?«

»Tja, da ist dieses kleine Eichhörnchen, das mir ins Ohr geflüstert hat, Irene Druce hat ihre Nase schon wieder in ein Buch gesteckt, da kann nix Gutes bei rauskommen, geh am besten zu ihr, Sam, und sag ihr, wenn sie zu viel lernt, will sie nich' mehr den Dachsen im Mondlicht zuschau'n und auch nich' mehr mit Sam Smart reden, weil sie dann über ihm steht mit all ihrer Bildung und ihrem adeligen Umgang.«

»Oh, Sam!« Diesmal konnte sie nicht über ihn lachen. »Es ist nicht so, wie du denkst. Ich – ich muss es tun. Ich *will* es. Und ich werde niemals so klug oder so reich sein, dass ich keine Dachse mehr im Mondschein sehen will – oder dich nicht mehr treffen möchte.«

»Dann is' ja alles in Ordnung. Was sollen wir uns heute nacht anschau'n?«

»Keine Ahnung.«

»Wir könnten zum Galgenhügel in Gore gehen.«

»Was sollen wir dort?«

»Ich zeige dir ’nen alten Holzstumpf, der Teil des Galgens war, bevor er vermodert is’. Da haben se den alten Thomas Kingsmill gehenkt, den Schmuggler, der beinahe Goudhurst niedergebrannt hat, als er mit den Dorfbewohnern die Geduld verlor.«

»Warum hat er die Geduld mit ihnen verloren?«

»Weil se ihre Pferde im Stall eingeschlossen haben, als er sie zum Schmuggeln gebraucht hätte, und dann haben se den Schlüssel weggeworfen, sodass er ruiniert war.«

»Wann war das?«

»Oh, ungefähr vor hundertfünfzig Jahren, vielleicht auch schon früher. Sie haben ihn in Ketten gelegt und in einem Käfig in Gore aufgehängt, nachdem sie ihn in Tyburn geköpft hatten. Dasselbe haben se mit seinem Kumpan an der Gibbet Lane in Orsmonden gemacht. Die Leute sind immer hingegangen und haben die Leichen angestarrt. Ihr Geist ist übrigens immer noch da. Wir könnten auch hoch zur Gibbet Lane gehen und William Fairalls Geist suchen, es is’ näher.«

Irene erschauderte. Sie konnte nie genau sagen, wann Sam Spaß machte oder ernst war. »Nein, danke, du bist grauenhaft, Sam Smart!«

»Was willste denn machen?«

»Ich bin nicht der Rattenfänger – ich glaube, dass bist du nämlich. Entweder das oder ein russischer Prinz.«

»Warum sagst du das?«, fragte er stirnrunzelnd.

»Ich weiß nicht.« Sie zuckte die Schultern. »Wahrscheinlich, weil ich gerade etwas über Russland gelesen habe.«

»*Sie* hat das Moos, nich’ der alte Junge«, murmelte Sam nachdenklich und spielte mit seinem Ohrring.

»Wer, Sam, wovon sprichst du?«, fragte Irene, die wegen seiner ständigen Geheimnistuerei langsam ärgerlich wurde.

»Lady Cath. Sie ist diejenige, die die Kohle hat, nicht Angus, ihr Alter. Ihm gehört nur das Land hier. Sie hat das Geld in die Farm gesteckt, damit sie läuft, nachdem er sie hergebracht hatte. Als mein richtiger Vater auf der Hopeworthy Farm gearbeitet hat, war sie ziemlich runtergewirtschaftet, weil der Vater vom alten Sir Angus die Gewinne versoffen hat. Angus' Vater musste das Land rund um Marden verkaufen, um die Schulden bezahlen zu können. Mr. Randolph besitzt keinen Penny, er wartet auf Lady Caths Geld, wenn sie stirbt.«

»Warum erzählst du mir das alles, Sam Smart?«, fragte Irene verdrießlich.

»Weil du glaubst, dass Mr. Randolph ein reicher russischer Prinz ist.«

»Das stimmt überhaupt nicht!« Irene stampfte wütend mit dem Fuß auf. »Ich glaube, du bist eifersüchtig!«

»Aber warum sollte ich denn eifersüchtig sein?« Er grinste wie ein altes Scheusal. Dann, als er sah, wie sehr sie sich aufregte, änderte er seine Taktik. »Willst du fischen geh'n?«

»Fischen? Im Dunkeln?«

»Warum nicht? Fische schlafen nicht. Ich bin der beste Fischer überhaupt.«

»Das glaube ich!«, sagte sie sarkastisch.

Er bastelte eine Angel und suchte nach einem Köder. Schließlich fand er in seiner Hosentasche die Reste eines Käsesandwiches. Und zur ihrer Überraschung fingen sie tatsächlich zwei Fische, die im Mondlicht an die Oberfläche des Flusses Teise aufstiegen; sie waren zwar nicht größer als Sardinen, dafür aber viel aufregender. »Einen für ihn und einen für sie, und am besten bleiben sie verheiratet«, sagte Sam rätselhaft, als er sie wieder schwimmen ließ. »Der Gutsherr sorgt dafür, dass sein Teil des Flusses gut bestückt ist«, fügte er hinzu.

»Du meinst, die Fische sind absichtlich hier ausgesetzt worden?«, meinte Irene enttäuscht.

»Mhm. Wenn du Geld hast, kannst du alles regeln, du kannst auch dafür sorgen, dass Fische im Fluss sind. Forellen! Die sind am besten. Wenn ich reich bin, werde ich einen Fluss mit Forellen haben und *jeden* Tag angeln gehen!«

»*Wirst* du reich sein, Sam?«, fragte sie. Sie empfand plötzlich Zärtlichkeit, weil er so verloren klang.

»Eines Tages sicher.«

Sie saßen am Ufer des Flusses, der sich murmelnd seinen Weg durch das Teise-Tal zwischen den hügeligen Feldern von Horsmonden auf der einen Seite und den Feldern von Goudhurst auf der anderen Seite suchte. Für Irene war es eine andere Welt. Sam legte ihr den Arm um die Schulter. »Ich denke, du schuldest mir wieder einen Kuss«, meinte er strahlend.

»Du hast dir den letzten ohne meine Erlaubnis gestohlen!«, antwortete sie heftig. Sie wollte sich von ihm lösen, stellte aber plötzlich fest, dass sie sich an ihn schmiegte.

»Das war kein richtiger Kuss«, spöttelte Sam. »Das war Kinderkram.«

»Ich weiß nicht«, sagte sie und drehte den Kopf weg.

»*Das* ist ein richtiger Kuss ...« Er fasste ihr Kinn, drehte ihr Gesicht zu sich und senkte seinen Mund zärtlich auf den ihren.

Der Kuss war süß und lang; er war berauschend und atemberaubend. Sie fühlte sich gefangen wie einer von Sams Fischen, in konzentrischen Kreisen, die schließlich zu einem Mondstrahl wurden, einer von Sams Mondstrahlen, der die Magie des Augenblicks erzeugte, ein Traum, den nur er für sie schaffen konnte. »Oh Sam«, flüsterte sie mit geschlossenen Lidern, hinter denen sie das Spektrum einer regenbogenfarbenen Welt sah, von der sie nichts geahnt hatte. »Ich wusste nicht, dass Küssen so schön sein kann.«

»Du bist süß, Irene, richtig süß.« Sams sonst noch jungenhafte Stimme klang plötzlich tief und männlich, und sie glaubte ihm. Er hielt sie fest, wie sie nie zuvor gehalten worden war, streichelte ihr Haar, wie nur ihre Mutter es gestreichelt hatte; seine dunklen Augen glühten, und er schien sich an ihr nicht satt sehen zu können.

Aber langsam änderte sich alles. Sie hatte gar nicht gemerkt, dass sie ihre Finger in seinen dichten dunklen Locken vergraben hatte, weil sie ihn näher zu sich ziehen wollte; dann jedoch bewegten sich seine suchenden Lippen von ihrem Mund fort, und er versuchte ihre Brüste unter dem dünnen Nachthemd und der hastig darübergezogenen Schürze zu erreichen. Bis dahin hatte Irene in einer Traumwelt geschwebt, aber plötzlich wusste sie, dass das, was sie taten, falsch war. »Sam ... bitte nicht.«

Er ließ sie los. »Was nicht?«

»Du weißt schon!«

»Was denn?«, fragte er unschuldig.

»Du weißt schon, berühren!«

»Was ist falsch daran?«

»Nur verheiratete Leute dürfen das.«

»Wer sagt das?«

»Tante Martha und meine Mutter.«

Nach einer Weile fragte er mit einem Seitenblick, während er einen Grashalm zerpflückte: »Bist du mir böse?«

»Nein.«

»Ich konnte nichts machen, Irene. Es schien so natürlich.«

»Ich weiß. Du brauchst es nicht zu erklären.»

»Tut mir leid.«

»Mir nicht.«

Er sah überrascht aus. Dann kehrte das Funkeln in seine Zigeuneraugen zurück. Er lehnte sich zurück, kaute auf seinem Grashalm und deutete Richtung Osten. »Schau ... die Sonne geht über den Darren auf. Ich wette, so etwas Schönes hast du noch nie gesehen.«

»Doch, hab' ich. Sternenlicht über den Hopfengärten.«

»Sieh an!« Er hob bewundernd die Augenbrauen. »Du hörst dich an wie ein richtiges Mädchen aus Kent.«

»Ich kenne den Unterschied zwischen Feldern und Gärten«, sagte sie. »Und ich weiß auch, dass die Darren zum Trocknen des Hopfens benutzt werden und der Rauch durch die spitzen Dächer abzieht.«

»Schornsteinkappen«, sagte Sam. »Sie heißen Schornsteinkappen.«

»Also kommst du *doch* von hier«, meinte Irene herausfordernd. »Du bist kein richtiger Zigeuner.«

»Sinti und Roma«, korrigierte er sie. »Von der Seite meiner Großmutter her stamme ich von den Sinti und Roma ab. Mein Stiefvater hat oben im großen Haus gearbeitet.«

»Hopeworthy Hall? Ich dachte, dein Vater war Farmer?«

»Mein richtiger Vater war Farmer – bevor es ihn erwischt hat.«

»Erwischt hat?«

»Abgekratzt is'. Gestorben! Ich war fünf. Dann hat meine Mutter wieder geheiratet, er hat in Hopeworthy Hall gearbeitet.«

»Deshalb weißt du so viel über Lady Catherine!«

»Ich weiß nur, dass sie mich ständig überreden wollte, in die Schule zu gehen, nachdem meine Mutter gestorben war.«

»Woran ist sie gestorben?«

»Lungenentzündung – wir sind durch die Gegend gezogen und haben draußen gelebt, nachdem mein Stiefvater aus Hopeworthy Hall rausgeschmissen worden war. Ich werd' dir den Grund dafür nicht sagen, Irene, also frag mich niemals danach!«

»Das hatte ich auch nicht vor!«, antwortete sie hochmütig. »Du brauchst mir überhaupt nichts über dich und deine Familie zu erzählen, es interessiert mich nämlich nicht!«

»Ich denke, es interessiert dich doch«, sagte Sam grinsend.

»Hast du keine Geschwister?«

»Nicht dass ich wüsste.«

»Bist du denn nie zur Schule gegangen?«

»Doch, ab und zu. Wenn ich Lust hatte.« Mit diesen abschließenden Worten stand er auf und zog auch sie auf die Füße. »Wir sollten zurückgehen, sonst wird deine Tante Martha uns eine Tracht Prügel verabreichen.«

Irene geriet in Panik und fing an zu rennen. »Oh Gott, wir müssen uns beeilen. Ich wünschte ...«

Sam holte sie ein und hielt sie fest. Er zog sie zu sich, legte ihr den Zeigefinger auf die Lippen und sagte ernst: »Bleib ruhig. Geh einfach zurück, als müsstest du dich für nichts schämen – musst du ja auch nicht. Und wünsch dir niemals Nebensächlichkeiten, Irene, das bringt Unglück. Was passiert, passiert.«

9. Kapitel

Am nächsten Tag verbreitete sich die Nachricht wie ein Lauffeuer, dass im großen Haus eingebrochen und viele wertvolle Gegenstände gestohlen worden waren. Schlimmer noch, es war ein ›Raub mit Gewaltanwendung‹ gewesen.

Klatsch und Vermutungen auf den Hopfenfeldern nahmen überhand, niemand wusste, was tatsächlich geschehen war. Schließlich ernannte sich Tante Martha selbst zur Sprecherin und fragte den Aufseher. Dadurch wurde das Bild etwas klarer, denn Mr. Waghorn hatte seine Informationen vom Verwalter erhalten.

Irene hatte Mitleid mit der armen Lady Catherine, bedauerte aber den Verlust des Schmucks von Lady Catherine noch mehr. Es bedeutete, dass sie die russische Fabergé-Kollektion nicht würde betrachten können, wenn sie zu ihrem nächsten ›Gespräch‹ mit Lady Catherine gehen würde.

Mr. Waghorn erzählte Tante Martha: »Der Safe, der sich hinter einem Portrait des Gutsherrn im Salon befand, is' professionell geöffnet worden, sagt die Polizei, die alle im Haus befragt hat. Aber die Räuber haben nich' nur den Schmuck und das Geld aus dem Safe, sondern auch das Silber mitgenommen. Lady Cath ist untröstlich. Ihre berühmte russische Kollektion ist weg, auch wertvolle Gemälde, die einfach aus den Rahmen gerissen wurden, sagt der Verwalter. Alles is' verschwunden!«

Die Arbeit auf den Feldern und in den Gärten kam zum Erliegen, alle murmelten Drohungen gegen die Diebe vor sich hin, falls man sie jemals zu fassen bekommen würde.

»Aber was am schlimmsten is', der arme alte Jarvis wurde niedergestochen und bewusstlos geschlagen, als er die Einbrecher vertreiben wollte«, wusste Mr. Waghorn zu berichten.

»Das gibt's doch gar nicht! Wer immer das getan hat, der sollte geköpft werden«, erscholl der Aufschrei der Empörung darüber, dass der Butler für seinen Mut, sich den Räubern alleine entgegen zu stellen, so leiden musste.

»Doch! Drei von ihnen haben es getan, bevor sie abgehauen sind. Jarvis hat offensichtlich Geräusche gehört und wollte nachsehen, was los is', als sie sich im Dunkeln auf ihn stürzten.«

Irene meinte nachdenklich: »Als ich da war, war das ganze Haus voller Hunde. Warum haben sie nicht gebellt und das Haus munter gemacht?«

»Man hat ihnen Fleisch mit Schlafmittel gegeben, und sie lagen alle flach, als der Raub stattfand.« Mr. Waghorn schüttelte sorgenvoll den Kopf.

»Hilfe von innen«, sagte Dot.

»Was?«, sagte Irene und sah Dot zweifelnd an.

»Hilfe von innen! Jemand muss sich bestens ausgekannt haben. Jemand *musste* sich mit den Hunden auskennen, um sie flachzulegen. Derjenige wusste, wo der Safe is'. Jemand, der mal in dem verdammten Haus gearbeitet hat.« Sie zog die hageren Schultern hoch, voller Überzeugung, dass ihre Theorie auch stimmte.

»Ich kenne mich mit so etwas nicht aus«, sagte Irene. »Deine Familie versteht mehr davon.«

»Pass bloß auf!«, fing Dot an, wurde jedoch von jemandem unterbrochen. »Ist der Butler tot?«

»Noch nicht«, gab Mr. Waghorn Auskunft. »Er ist bewusstlos. Er hat Stichwunden in der Brust. Er hat Glück gehabt, dass sie sein Herz verfehlt haben. Raub mit Gewaltanwendung ist alles andere als lustig. Ausgerechnet so ein alter Mann wie Jarvis. Sie mussten ihn nach Hawkhurst ins Krankenhaus bringen und schnell wieder zusammenflicken, bevor er verblutet.«

Mrs. Fennel schüttelte den Kopf. »Wo soll das noch hinführ'n, wenn man nich' mal mehr in seinem eigenen Haus sicher ist. Man sollte die Einbrecher köpfen!«

»Sir Angus kommt nach Hause, wird erzählt«, fügte Mr. Waghorn hinzu. »Die Dienstboten laufen hektisch umher. Mr. Randolph kommt auch früher aus London, um die gnädige Frau zu trösten. Es muss schon schlimm sein, wenn der Gutsherr sogar seine Moorhuhnjagd in Schottland abbricht. Lady Cath könnte vielleicht an dem Schock sterben, sie war ja nie richtig gesund.«

Zwei Tage später erlebte Irene einen noch größeren Schock. Die Polizei hatte Sam Smart festgenommen.

Irene war so blass und still, dass Tante Martha besorgt fragte: »Was is' denn los mit dir? Du siehst aus, als wärst du einem Gespenst begegnet. Oder hast du Kopfschmerzen?«

»Warum haben sie Sam festgenommen? Er war es nicht!«

Tante Martha runzelte die Stirn. »Oh, wie kommt es, das du mehr weißt als die Polizei, mein Mädchen? Mr. Jarvis, der im Krankenhaus wieder zu sich gekommen is', sagt, es waren die Zigeuner. Als er mit einem der Männer im Dunkeln rang, hat er ihn an den Haaren erwischt, und die waren dick und gelockt wie Sam Smarts Negerlocken.«

»Wie was?«

»Sams Negerlocken!«

»Trotzdem, wie können sie sich sicher sein? Man kann doch nicht jemanden beschuldigen, nur weil er ›Negerlocken‹ hat!«, sagte Irene heftig.

»Ich erinnere mich von früher her an Sam!«, sagte Tante Martha. »Oder, besser gesagt, an seinen Stiefvater, der den jungen Burschen auf die schiefe Bahn gebracht hat. Ich wusste nicht, dass er zurück is'. Fred Flint – er heißt anders als Sam, und er is' nich' sein richtiger Vater – hat seine Stelle oben im Herrenhaus verloren und is' dann verschwunden. Fred war immer unverschämt und frech, aber er war noch nie so frech, seinen Zigeunerwagen auf Privatgrund abzustellen. Ich wusste nich', dass die beiden wieder zurück sind und wieder ihr'n krummen Geschäften nachgeh'n. Ich hätt' es wissen müssen!«

»Ja, aber woher wollen sie *wissen*, dass es Sam war, der Mr. Jarvis verwundet hat?«, wiederholte Irene hartnäckig. Sie war erleichtert, dass ihre Tante offensichtlich nichts von ihrer Freundschaft mit Sam ahnte.

»Sie haben ein Messer gefunden, das ihm gehört.«

»Wer hat dir das alles erzählt?«

»Mr. Waghorn.«

»Wer hat es Mr. Waghorn erzählt?«

»Der Verwalter natürlich, der seine Informationen direkt vom Dorfpolizisten hat! Nachdem Mr. Jarvis aus der Bewusstlosigkeit erwacht war, hat er der Polizei gesagt, dass er den Ohrring des jungen Burschen gefühlt hat. Als der Raum durchsucht wurde, hat man das Messer des Zigeuners gefunden!«

»Eine Menge Zigeuner tragen Ohrringe«, kommentierte Irene.

»Aber eine Menge Zigeuner besitzen kein verdammtes Messer, bei dem ›SAM‹ in die Klinge geritzt ist, Miss Allwissend!«, sagte Tante Martha genervt. »Ich hab's ja gleich gesagt, die Zigeuner in dem bunten Wohnwagen unten auf der Wiese haben nichts Gutes vor. Noch nie in den letzten fünfzehn Jahren hab' ich dort einen Wohnwagen geseh'n! Is' es nich' seltsam, der Wohnwagen is' weg, was entweder heißt, dass die Großmutter eine Komplizin war und das Silber und den anderen Kram jetzt nach Irland bringt, oder es war Fred Flint selbst, der verkleidet sich oft, wenn er Leute aufs Kreuz legen will. Er war immer schon ein komischer Kauz.«

Irene gewann den Eindruck, dass Tante Martha mehr über den Stiefvater wusste, als sie erzählte. »Ein Messer? Hast du von einem Messer gesprochen, Tante Martha?«, hakte Irene nach. Sie versuchte zu verbergen, wie sehr sie sich für Sams Angelegenheiten interessierte. Aber sie wollte wissen, was es mit dem Messer auf sich hatte. Ihr war nie aufgefallen, dass Sam ein Messer besaß.

»Ein Beweisstück«, sagte Tante Martha. »Als die Polizei die Halle durchsuchte, fand sie es unter Lady Caths Rollstuhl, wo es bei dem Handgemenge mit Mr. Jarvis hingerutscht war. Sie bringen diesen besonders großen Rollstuhl nachts nich' ins Schlafzimmer, weil er so sperrig is' und nich' in den Aufzug passt, den der Gutsherr für Lady Cath eingebaut hat. Sie wird in einem kleineren Stuhl in den Lift geschoben. Da lag also Sams Messer mit Blutflecken auf der Klinge, dasselbe Blut wie auf dem Boden, wo der arme alte Jarvis niedergestochen wurde. Und Sam hat nich' geleugnet, dass es sein Messer is', als die Polizei ihn befragt hat. Er hat gesagt, dass er das Messer schon vor langer Zeit verloren hätte. Was hätte er auch sonst sagen soll'n? Und wenn es Mr. Jarvis wieder besser geht, wird es eine Gegenüberstellung geben, damit er die drei Schurken inden... mhm ... identifizieren kann, auch Sam Smart. Das heißt, falls Mr. Jarvis nich' in der Zwischenzeit stirbt, aber Sam is' auf jeden Fall dran, und vielleicht auch sein Stiefvater!« Tante Martha schien mit dieser Schlussfolgerung zufrieden zu sein.

»Wo ist er jetzt?«, wollte Irene wissen.

»In Maidstone, da werden alle Kriminellen für die Gerichtsverhandlung hingebracht.«

»Und du weißt das alles, weil die Polizei es dem Verwalter, der Verwalter dem Aufseher und der Aufseher dir erzählt hat! Ich glaube kein Wort davon! Es sind alles Lügen, um Sam Ärger zu machen, weil niemand ihn mag, weil er ... weil er anders ist!« Irene raffte ihren Rock, sodass man ihre Knöchel und Beine in den schwarzen Strumpfhosen sehen konnte, und rannte über die Felder auf die Hütten zu.

Tante Martha und Mrs. Fennel beobachteten Irenes tränenreichen Abgang mit offenem Mund. »Was hat sie denn jetzt gebissen?«, fragte Tante Martha fassungslos.

Mrs. Fennel sagte schadenfroh: »Siehst du, ich hab's dir ja gleich gesagt, Martha Mannering! Deine Irene hat ein Auge auf diesen

Zigeunerjungen geworfen. Er hat schon öfters hier rumgehang'n und auf Irene gewartet. Schlimmer noch, ich hab' gesehen, wie sie sich nachts vor der Hütte geküßt hab'n! Deine eingebildete Lorna, die auf ihre Nachbarn herabsieht, nur weil se walisische Vorhänge an den Fenstern hängen hat, wird nich' gerade erfreut über das alles sein, darauf kannste Gift nehmen!«

»Halt die Klappe, Dot Fennel, von deinem Gequatsche wird mir schlecht!«, antwortete Tante Martha wütend. Ihre Sorge um Lornas schwierige Tochter ließ sie die Nerven verlieren.

Irene warf sich auf ihre Strohmatratze, auf der Lady Catherines Bücher verstreut lagen. Sam hatte Hopeworthy Hall nicht ausgeraubt, und er hatte auch Mr. Jarvis nicht verletzt, denn Sam konnte gar nicht dort gewesen sein!

Irene zog die Knie an und stützte ihr Kinn darauf. Sie schaukelte vor und zurück, während sie in Gedanken bei Sam war. Und sie war die Einzige, die wusste, dass Sam nicht in Hopeworthy Hall gewesen sein konnte, weil er die ganze Nacht mit ihr zusammen gewesen war!

Wenn sie jedoch zur Polizei ging oder sonst jemandem davon erzählte, würde Lady Catherine ihr wohl niemals helfen.

Niemand würde glauben, dass ihr Treffen mit Sam harmlos war. Alle würden denken, dass Irene auf mehr als nur Küsse aus gewesen war, und Lady Catherine würde zweifellos glauben, dass sie eine kleine Schlampe war, weil sie die ganze Nacht mit Sam verbracht hatte, dem Zigeuner mit dem schlechten Ruf, und das würde das Ende von Irenes Traum bedeuten!

Sie befand sich in einer echten Zwickmühle. Ihr Ruf und ihre Karriere gegen Sam, der für ein Verbrechen verurteilt würde, das er nicht begangen hatte.

Sie konnte nicht zulassen, dass er für eine Tat bestraft wurde, die er nicht begangen hatte, obwohl man sein blutbeflecktes Messer am Tatort gefunden hatte. Ihr fiel ein, dass er tatsächlich manchmal stahl, denn das Wildern von Kaninchen war nichts anderes als Diebstahl, daran gab es nichts zu deuteln. Und da er die Kaninchen nicht schoss oder in Fallen fing, erstach er sie wahrscheinlich ... Irene schloss schnell die Augen. Sam sollte gewalttätig sein? Niemals! Er war so sanft und freundlich.

Zu wem konnte sie gehen, um über alles zu reden, ohne dass man denken würde, sie sei ein ›schlechtes‹ Mädchen? Sie zog es vor, nicht zur Polizei zu gehen. Tante Martha schied ebenfalls aus, denn sie würde Irene mit dem nächsten Zug nach Hause schicken, und Irene wollte doch unbedingt Sam wiedersehen und mit ihm reden. Mrs. Fennel wäre die Allerletzte, zu der sie gehen würde. Mutter war zu weit weg, genauso wie ihr Bruder Don, die einzigen Personen, die ihre Lage verstehen würden.

»Oh, ich wünschte ...!« Sie hielt inne. Sam hatte gesagt, solche Wünsche brächten Unglück.

Irene hob eines der Bücher auf, um sich abzulenken. Armer Sam, wie eifersüchtig er geworden war, als sie zufällig etwas über russische Prinzen gesagt hatte ... Irene ließ das Buch sinken. Russische Prinzen!

Mr. Randolph war Anwalt oder so etwas Ähnliches, jedenfalls hatte er etwas mit Gesetzen zu tun, hatte Mr. Jacks gesagt. Mr. Randolph konnte ihr bestimmt einen Rat geben. Besser noch, er konnte für Sam zur Polizei gehen, einem berühmten Anwalt aus London würde man bestimmt zuhören!

Irene sprang auf. Mr. Waghorn hatte erwähnt, dass Mr. Randolph wegen der Geschehnisse noch vor dem Wochenende eintreffen würde, und sie *musste* ihn sehen.

Irene lief den ganzen Weg nach Hopeworthy Hall, musste jedoch von dem Hausmädchen erfahren, dass Mr. Randolph noch nicht eingetroffen war. Niemand wusste genau, wann er kommen würde, am besten würde Irene am nächsten oder übernächsten Tag nochmals nachfragen.

Am nächsten Morgen half Irene ihrer Tante stumm und unglücklich beim Hopfenzupfen. Es war ihr gleichgültig, wie viel ihre Arbeit ihrer Tante einbrachte und dass sie den Zählmeister durcheinander brachte.

Mr. Waghorn erzählte Tante Martha im Vorübergehen zufällig, dass Mr. Randolph am Vorabend nach Hopeworthy Hall zurückgekehrt war; er sei sehr besorgt um die Gesundheit seiner Tante und wegen des Schocks, den sie aufgrund des Raubs und der Verwundung des armen Mr. Jarvis erlitten hatte.

Mrs. Fennel, die das Gespräch mithörte, meinte: »Wieso, er braucht sich doch keine Sorgen zu machen, Mr. Waghorn. Mr. Randolph wird reicher als Gott der Allmächtige sein, wenn sie abtritt, wo er doch das ganze Vermögen erben wird. Er könnt' höchstens besorgt sein, wie viel Silber aus seiner Erbschaft geklaut word'n is', deshalb is' er wohl mitten in der Woche gekommen.«

»Entschuldige, Tante Martha«, warf Irene schnell ein. »Könntest du vielleicht kurz ein Auge auf die Kleinen werfen?«

»Wo willst du hin?«, fragte Tante Martha misstrauisch; sie hatte sich vorgenommen, besser auf ihre Nichte Acht zu geben, nach dem, was Dot ihr über Irene und Sam Smart erzählt hatte. Man konnte Irene nicht trauen, so viel war sicher.

Weil Mr. Waghorn noch in Hörweite war, flüsterte Irene ihrer Tante ins Ohr: »Ich muss mal, Tante Martha, du weißt schon! Ich habe seit gestern Bauchschmerzen, ich glaube, es waren die Kutteln und die Zwiebeln, die in dieser schmutzigen alten Küche gekocht worden sind.«

»Bei dir is' ständig 'was nich' in Ordnung, mein Mädel. Beeil dich, Miss!«

»Mach' ich!« Irene lief los und änderte, als sie die Hütten erreicht hatte, die Richtung und ging hoch nach Hopeworthy Hall. Sobald sie sich dem Haus näherte, begannen die Hunde zu bellen. Irene dachte, es war eine Schande, dass sie in der Raubnacht nicht so bellen konnten.

Das Hausmädchen, das ihr die schwere Eichentür öffnete, hing am Halsband des großen irischen Wolfshundes namens Tizzy-Wizzy. Irene verdrängte ihre Furcht Sam zuliebe und sagte schnell: »Ich möchte bitte mit Mr. Randolph sprechen.«

»Haben Sie keine Angst, Miss, Tizzy-Wizzy is' so sanft wie ein Lamm, auch wenn sie viel größer ist.« Maisy lächelte aufmunternd. »Ich will nur nicht, dass sie Sie anspringt und umwirft, Miss. Mr. Randolph ist unten bei den Ställen. Erst rechts, dann links, und dann sieht man schon den Turm mit der Uhr.«

»Danke schön.« Irene machte sich auf die Suche nach den Ställen.

Vor den Ställen fand sie Lady Catherines Neffen, der auf seinem Pferd saß, während einige Hunde japsend und bellend herumsprangen. Irene fand, dass der Raub oder die Gesundheit seiner Tante Mr. Randolph anscheinend nicht sonderlich beunruhigten, sonst würde er wohl kaum so offensichtlich unbekümmert auf die Jagd gehen. »Hallooo, ... Mr. Randolph«, rief Irene und schwenkte ihre rote Strickmütze.

»Da hinten is' 'ne junge Dame, die nach Ihnen ruft, Mr. Randolph Sir«, sagte einer der Stalljungen.

Er sah zu ihr hinüber und wandte sein Pferd in ihre Richtung. »Hallo, ich wollte gerade auf die Fuchsjagd gehen.«

»Ja, das sehe ich«, antwortete Irene. »Aber ich muss mit Ihnen sprechen.«

Er runzelte die Stirn. »Hat das nicht Zeit, Irene?«

»Nein, Sir, es ist sehr wichtig – wegen des Raubes, Sir.«

»Oh je!« Er stöhnte und stieg ab. »O.K., was gibt es denn?«

Irene hielt sich die Ohren zu. »Können wir nicht irgendwo hingehen, wo es nicht so laut ist? Man kann vor lauter Hundegebell sein eigenes Wort nicht mehr verstehen.«

»Davy, nimmst du Snickers bitte mal, ich mache einen Spaziergang«, rief Mr. Randolph einem der Jungen zu, der sofort herbeieilte und das Pferd an den Zügeln nahm.

»Soll ich den Sattel abnehmen, Mr. Randolph?«

»Nur, falls ich während der nächsten vierundzwanzig Stunden

nicht zurückkommen sollte.« Er deutete die Straße hinauf und sagte zu Irene: »O.K., lassen Sie uns die Straße hinaufgehen. Eigentlich wollte ich hinauf reiten, weil sie so steil ist. Hoffentlich machen meine Beine das mit, sie haben sich an das Zugfahren gewöhnt, fürchte ich. Nun, was haben Sie mir über den Raub erzählen?«

»Sie haben die falsche Person festgenommen.«

»Oh, woher wollen Sie das wissen?« Er blieb stehen, um sie besser ansehen zu können.

»Ich *weiß* es ... Sam Smart kann es nicht gewesen sein.« Irene drehte den Kopf zur Seite. »Weil wir in dieser Nacht zusammen gewesen sind ...«

»Aha.«

»Nein, nicht ›aha‹!«, sagte Irene wütend. »Sam und ich haben nur zusammen geangelt, das ist alles.«

»Angeln?«, sagte er leicht anzüglich. »Welche Art von Angeln?«

»*Angeln*, angeln, Mr. Randolph! Unten am Fluss Teise. Sam kann nicht an zwei Orten gleichzeitig gewesen sein, also kann er den Raub nicht begangen haben. Ich habe den Klatsch auf den Feldern gehört, Sir, und die Leute sagen, dass das, was Sam getan haben soll, mit Auspeitschen bestraft wird, und weil Mr. Jarvis nicht gestorben ist, wird Sam nicht gehenkt werden, aber er wird zu lebenslänglicher Zwangsarbeit verurteilt werden. Ich weiß, was Auspeitschen ist, aber was ist Zwangsarbeit?«

»Es bedeutet, dass man nach Australien oder Kanada geschickt wird, um dort in den Strafkolonien zu arbeiten. Sie sollten nicht auf das Geschwätz der Leute hören, die keine Ahnung von Gesetzen und Rechtsprechung haben. Heutzutage wird niemand mehr in Strafkolonien geschickt. Für ein schweres Verbrechen, dass mit ›Zwangsarbeit‹ bestraft wird, bedeutet das heute eine Inhaftierung hier in England.«

»Aus diesem Grund bin ich zu Ihnen gekommen, Mr. Randolph, weil Sie sich besser auskennen als die Hopfenpflücker.«

»Und was soll ich Ihrer Ansicht nach tun, Irene?«

»Ich möchte, dass Sie Sam an meiner Stelle helfen.«

Er betrachtete sie ruhig, und wieder drehte sie den Kopf weg. Ihre städtische Blässe war verschwunden und durch einen warmen Pfirsichton ersetzt worden. Ihr glänzendes dunkles Haar leuchtete in einem satten Kastanienton. Sie schien gewachsen zu sein, seit er sie zuletzt gesehen hatte, wie ein junger Schössling, der zu viel Sonnenlicht und Wasser bekommen hatte und plötzlich in die Höhe schoss. Er kratzte sich mit seiner Reitgerte am Kinn. Als er merkte, dass er sie verunsicherte, mied er den Blickkontakt, während er fragte: »Ist Sam Ihr Freund?«

Sie schüttelte den Kopf und krampfte ihre Hände um die rote Strickmütze. »Nicht *mein* Freund, sondern ein guter Freund von mir!«

»Oh, gibt es da einen Unterschied?«

»Ja!«, antwortete sie heftig.

»Die Polizei hat ein Messer gefunden, das Sam Smart gehört. An der Klinge war Blut.«

»Das beweist aber nicht, dass er es getan hat. Das Messer könnte ihm gestohlen worden sein, und er könnte vergessen haben, dass es nicht mehr da war.«

»Das ist wahr. Wann habt ihr beiden euch in dieser Nacht getrennt?«

»Bei Tagesanbruch.« Sie wusste, was er dachte, aber es war ihr plötzlich egal. »Ich weiß, dass es Tagesanbruch war, weil wir zusammen den Sonnenaufgang beobachtet haben.«

»Wären Sie bereit, bei der Polizei eine Aussage zu machen und ihr das alles zu erzählen?«

Sie zögerte. »Muss ich das tun?«

»Ja, wenn Sie sagen, dass Sam unschuldig ist und Sie ihm helfen wollen.«

»Ich – ich weiß nicht ...«

»Warum wissen Sie nicht?«

Irene wandte wieder den Kopf ab, und er konnte von der Seite sehen, dass sie errötet war. »Ich – ich ... Lady Catherine möchte vielleicht nichts mehr mit mir zu tun haben, wenn sie denkt, dass ich nicht vertrauenswürdig bin.«

»Wie meinen Sie das?«

»Der Raub, all ihr Schmuck und das Silber sind weg. Und wegen Sam – dass wir in jener Nacht zusammen waren. Sie wird wahrscheinlich das Schlimmste denken und nicht mehr mit mir zu tun haben wollen.«

»Oh je.« Er legte ihr die Hände auf die Schultern und drehte sie zu sich, sodass sie ihn ansehen musste. »Sie machen sich Sorgen um Ihren guten Ruf? Tja, wenn Sie sagen, dass Sie mit Sam Smart angeln waren, dann waren Sie mit ihm angeln, Schluss, aus! Und was meine Tante angeht, sie regt sich gar nicht über den gestohlenen Schmuck und das Silber auf; es war übrigens alles sowieso hoch versichert. Sie macht sich mehr Sorgen um ihren Butler. Und was Sams Stiefvater angeht, wir kennen ihn alle aus vergangenen Zeiten, aber obwohl er nicht gerade ein netter Mann ist, ist ihm doch nichts Schlimmeres zuzutrauen als Pferde zu stehlen und seinen Stiefsohn herumzuschubsen – und Sam lässt es zu, weil er seine Ruhe haben will. Ich weiß, dass Sam auf dem Gut Kaninchen und Fasane fängt, aber schwerer Raub und Körperverletzung ist nicht sein Stil. Unglücklicherweise handelt es sich um sein Messer, aber man wird sich anhören, was Sam dazu zu sagen hat.«

Irenes Augen leuchteten auf. »Dann werden Sie ihm also helfen?«

»Nun, ich lasse niemals gerne hübsche Mädchen hängen, die ich auf Zugfahrten kennen lerne, besonders dann nicht, wenn sie mich um einen Gefallen bitten. Außerdem gebe ich meine Stimme jedem Burschen, der Kavalier genug ist, den Ruf einer Lady zu schützen, indem er ein ›fischiges‹ Alibi nicht erwähnt, obwohl es ihm eine Menge Ärger ersparen würde.«

»Oh, vielen, vielen Dank, Mr. Randolph!«, jubelte Irene und fiel ihm beinahe um den Hals. Er wünschte, sie hätte es getan.

Irene gab sich Mühe, seinen langen Schritten zu folgen. Er hatte es eilig, weil er gerne den Rest des Tages auf der Jagd verbringen wollte. »Tja, Miss Druce«, sagte er. Er kratzte sich nachdenklich am Kinn und blickte zum Himmel, als warte er auf eine göttliche Eingebung. »Was mein Honorar betrifft, darüber müssen wir uns zu gegebener Zeit noch unterhalten – besonders, wenn es mir gelingt, Ihren Freund da rauszuhauen. Ich denke, wir beide werden in nicht zu ferner Zukunft ein ›Arrangement‹ treffen.«

»Oh ja, Mr. Randolph, Sir, ich bezahle meine Schulden immer!«, sagte Irene glücklich, ohne zu wissen, was sie da sagte oder zu was sie sich an diesem frischen Herbstmorgen verpflichtete; er hatte eigentlich auch nur Spaß gemacht, als er von einer ›Entlohnung‹ sprach.

10. Kapitel

Irene war fest entschlossen, sich nun noch intensiver mit ihren Büchern zu befassen; sie machte sich keine Sorgen mehr um Sams Wohlergehen, seit Mr. Randolph versprochen hatte, sich um die Angelegenheit zu kümmern. Irene hatte großes Vertrauen in seine Fähigkeiten.

Die Hopfensaison war vorüber, und die Farmer, Auktionatoren und Bierbrauer waren recht zufrieden, weil 1911 ein außergewöhnlich gutes Jahr für Hopfen und Bier gewesen war, obwohl die Ernte trotz des fantastischen Wetters später als in anderen Jahren gewesen war.

Es war Irene gleichgültig, dass die Arbeiter auf Hopeworthy nicht die Ersten gewesen waren, deren Hopfen auf den Markt gebracht wurde. Eine andere Farm hatte sie geschlagen.

»Was soll's«, sagte Tante Martha. »Wir haben unser Bestes gegeben; es ist nicht das Wichtigste, zu gewinnen, sondern dabei zu sein!«

»Und die Vorfreude!«, sagte Irene. Sie war in letzter Zeit bester Laune, hauptsächlich, weil Mrs. Fennel und ihre Brut zwei Wochen früher in die Waterloo Road zurückgekehrt waren, weil Dot sich nicht wohl fühlte.

Die jüngeren Zwillinge tollten im Gras unter den Obstbäumen, während Peggy und Percy die Leiter hinaufkletterten und die reifen Früchte herunterbrachten. Sie fanden es interessanter, auf Leitern und Bäume zu klettern, als den langweiligen Hopfen zu ernten.

»Tante Martha«, sagte Irene zögernd und hoffte, dass dies der geeignete Moment war, um ihre Geschichte loszuwerden. »Ich muss vielleicht doch nicht zum ›Hof‹ gehen, wie Mr. Randolph zuerst gedacht hat.«

»Du willst als Debütantin an den ›Hof‹ gehen, Irene Druce?«, fragte Tante Martha und brachte Irene damit zum Lachen. Tante Martha schwankte bedenklich auf ihrer Leiter und warf ein paar Äpfel der Sorte Bramley in Irenes ausgebreitete Schürze. »Das mach' ich nich' oft«, sagte sie, während sie die Leiter herabkletterte. »Die Früchte bekommen Druckstellen davon. Also, was soll das mit dem ›Hof‹?«

»Sams Fall. Der Hopeworthy-Raub. Mr. Randolph ist sein Kronanwalt.« Stolz gab Irene ihr neuerworbenes Wissen zum Besten. »Sam hat großes Glück, dass Mr. Randolph W. Aspen, Kronanwalt, Chancery Lane, London, ihn vertritt. Mr. Randolph glaubt, dass Sam unschuldig ist und der Fall wahrscheinlich nicht einmal vor den Gerichtshof kommt.«

»Glaubt er das?«, meinte Tante Martha mit hochgezogenen Augenbrauen. Es hörte sich alles sehr juristisch und sehr wichtig an. »Wie kam Mr. Randolph auf die Idee, dass du helfen könntest?«

»Er möchte, dass ich gegenüber der Polizei eine Aussage über Sams guten Charakter mache.«

Tante Martha brach in schallendes Gelächter aus. »Das war schon mal nich' schlecht für den Anfang! Was weißt *du* über Sam Smarts Charakter, mein Mädchen?« Tante Martha wartete mit in die Seite gestemmten Armen auf eine plausible Erklärung. Sie hatte nicht vergessen, was Dot Fennel ihr über Irene und Sam Smart erzählt hatte.

»Sams Messer, das von den wahren Räubern benutzt wurde, war ein paar Wochen vor dem Raub aus dem Wohnwagen von Sams Stiefvater gestohlen worden.« Irene räusperte sich verlegen. »Sams Oma lebt in Wahrheit in Irland, aber sein Stiefvater ist ein seltsamer Vogel und verkleidet sich bei Jahrmärkten und Zirkusveranstaltungen gerne als Großmutter und macht den Leuten weis, er sei eine Zigeunerin, die ihnen die Zukunft vorhersagen kann. Sie reisen durch das ganze Land, nach Folkestone, Brighton, sogar nach Devon, und verdienen offensichtlich eine Menge Geld durch die Urlauber ...«

»Du brauchst mir nichts über Sam Smarts Stiefvater zu erzählen!«, unterbrach Tante Martha brüsk. »Ich kenne die Geschichte, vielen Dank, und halte dich gefälligst von Leuten wie ihm fern, Irene Druce! Fred Flint is' unverschämt und schlecht. Den Kindern der Erntearbeiter vorzutäuschen, er sei eine alte Zigeunerin mit seinem Kasperletheater, und während alle lachen und sich freuen, beklaut er sie hinter ihrem Rücken!«

»Der Stiefvater und Sam hatten mit dem Raub nichts zu tun, Tante Martha, und Mr. Randolph kann das auch beweisen. Die Polizei hat zwei Jugendliche in flagranti ertappt, die gerade in der Portobello Road Silber verkaufen wollten. Sie werden jetzt zur Befragung nach Kent gebracht. Die Polizei glaubt, dass die beiden wahrscheinlich hinter dem Raubüberfall stecken, weil sich unter dem Silber auch Lady Catherines russischer Samowar befand.«

»Was is'n das?«, fragte Tante Martha.

»Eine Art russische Teekanne. Ein sehr charakteristisches Stück, hat Lady Catherines Neffe gesagt. Deshalb muss ich wegen Sam zur Polizei in Maidstone gehen. Weißt du ...« Irene rieb ihren Fuß nervös an ihrem Bein. »Weißt du, Sam und ich waren in der Raubnacht zusammen angeln ...«

»*Was* habt ihr gemacht?« Tante Martha war außer sich, dass Irene die Kleinen in der Nacht unbeaufsichtigt gelassen hatte.

»Wir waren am Fluss angeln, also kann er es nicht getan haben, weil ...«

»Du bist schlecht, schlecht bist du, Irene Druce! Ein flatterhaftes ...«

»Nein, das ist nicht wahr, Tante Martha. Ich habe nichts Falsches getan, und die Kinder waren nicht in Gefahr. Falls es dich interessiert, einer der beiden Jungen, die in der Portobello Road aufgegriffen wurden, war Dots Bert.«

Entsetzt stieß Tante Martha hervor: «Oh mein Gott! Es wird die arme alte Dot ins Grab bringen, wenn einer aus ihrer Familie dem alten Mr. Jarvis das angetan hat. Ich hab' Dot immer gesagt, sie soll ihre Jungen nich' mit den flegelhaften Batterseas rumlaufen lassen. Ich will nix mehr davon hör'n, Irene. Wenn Mr. Randolph will, dass du mit ihm zur Polizei gehst, dann is' das seine Sache. Frag mich bloß nicht, ob ich dich begleite, ich hab' Besseres zu tun, als mich für Leute wie Sam Smart einzusetzen. Dein Vater würde sich im Grab umdrehen, wenn er wüsste, was seine feine Tochter hinter seinem Rücken tut. Ich hätte nie gedacht, dass eine meiner Nichten – und schon gar nich' Miss Hochnäsig! – was mit der Polizei zu tun haben wird, also lass mich aus dem Spiel, Mädchen. Ich bin nich' deine Mutter, die all die Jahre viel zu weich war und zugelassen hat, dass du eine Träumerin wirst; meine Güte, was wird sie nur zu all dem sagen!«

Nachdem sie Tante Marthas Strafpredigt über sich ergehen lassen hatte, gab es nur noch eine Sache zu klären. »Tante Martha, du wirst doch meiner Mutter nichts davon erzählen, wenn wir heimkommen? Sie würde sich nur unnötig Sorgen machen, weißt du.«

»Sie wäre nicht die Einzige!«, erwiderte Tante Martha scharf. »Sieh dich vor, mit wem du dich in Zukunft einlässt, mein Mädchen, sonst kriegst du 'nen Haufen Ärger. Und du kannst von mir denken, was du willst, aber ich bin keine Petze.«

Irene seufzte erleichtert auf.

»Jetzt wasch die Kinder und mach sie fertig zum Abendessen. Uns bleibt nur noch eine Woche, un' ich will so viel Äpfel wie möglich ernten, damit ich meinen Bonus von Mr. Waghorn bekomme. Er gibt mir immer 'ne Kiste Cox und Bramleys und was sonst noch so übrig is' nach der Saison.«

Sie kletterte mühsam die Leiter wieder hinauf und überließ es Irene, sich um Zeb und Zillah zu kümmern. Dieser Arbeitsurlaub war zu viel für sie gewesen, und das alles nur wegen Irene und ihrer seltsamen Art, dachte Tante Martha für sich oben in ihrem Apfelbaum. Eins war sicher, *nächstes* Jahr würde sie Irene bestimmt nicht mitnehmen!

Als Lady Catherine durch den Verwalter und Mr. Waghorn nach Irene schicken ließ, war es Irene klar, dass sie den Test auf keinen Fall bestehen würde.

Sie konnte sich an nichts erinnern, was sie gelesen hatte, weil sie mit ihren Gedanken die ganze Zeit bei Sam gewesen war. Und obwohl Mr. Randolph das Gegenteil gesagt hatte, war sie sicher, dass Lady Catherine wegen ihrer Beziehung zu Sam Smart *keine* gute Meinung von ihr haben würde, weil Sams Stiefvater vor ein paar Jahren von Hopeworthy Hall entlassen worden war. Niemand hatte ihr den Grund genannt, und sie scheute sich davor nachzufragen.

Irene bürstete ihr langes dunkles Haar, bis es glänzte. Sie trug nicht ihre rote Strickmütze, sondern steckte ihr Haar in einem schönen Knoten auf. Sie trug ein dunkelgrünes Tartankleid mit langen Ärmeln und einem weißen Seemannskragen, nach ihrem Sonntagskleid ihr bestes Kleid, und eine saubere Schürze mit Rüschen. Sie überprüfte, ob ihre schwarzen Strümpfe keine Löcher oder Laufmaschen hatten, und polierte ihre schwarzen Schuhe, bis sie glänzten.

Irene suchte den beachtlichen Stapel Bücher zusammen und machte sich auf den Weg zum Herrenhaus. Niemand bemerkte, wie sehr sie zitterte: Sie fühlte sich so, als würde sie ihre erste Arbeitsstelle antreten, obwohl es nur ein Samstagsjob in Miss Lilys Kurzwarenladen gewesen war. Damals hatte sie schon gezittert, aber es war nichts im Vergleich zu jetzt; sie hatte nicht nur Schmetterlinge, sondern Riesenvögel im Bauch! Wenn sie versagte, würde sie ihre einzige Chance auf eine Zukunft im Schmuckgewerbe vertun.

Das Hausmädchen öffnete ihr die Tür, und dieses Mal hatte sie keine Hunde im Schlepptau. Irene atmete erleichtert auf. Da Mr.

Jarvis nicht da war, wurde Irene von einem anderen Dienstboten in den Salon geführt, wo Lady Catherine, die aussah, als hätte sie sich in den vergangenen zweieinhalb Wochen nicht von der Stelle bewegt, sie erwartete.

»Guten Morgen, Irene«, begrüßte Lady Catherine sie. »Schön, dass Sie kommen konnten.«

Es hörte sich an, als habe Irene noch andere, wichtigere Verabredungen! Irene knickste. Sie wurde aufgefordert, sich wieder auf den niedrigen Stuhl zu setzen, auf dem sie bereits das letzte Mal Platz genommen hatte, damit Lady Catherine sie anschauen konnte, ohne ihren Nacken und ihren Rücken zu belasten.

Irene versuchte, sich nicht zu neugierig umzusehen, um eventuellen Schaden zu entdecken, den die Räuber angerichtet hatten, aber alles schien beim Alten zu sein. Lediglich die zahlreichen Fotos fehlten und hinterließen eine traurige Lücke. Irene nahm an, dass sie zusammen mit ihren Silberrahmen in der Portobello Road verschwunden waren.

»Nun, Irene«, sagte Lady Catherine. »Erzählen Sie mir etwas über Einlegearbeiten.«

Irene konnte nicht. Sie hatte alles vergessen, ihr Kopf schien hohl und leer.

»Die unterschiedlichen Varianten von ›Quatrecouleur‹ und wie diese Varianten erzielt werden?«

Wieder konnte sie sich an nichts erinnern.

»Wissen Sie, was ›Quatrecouleur‹ ist?«

»Ja, gnädige Frau. Gold in verschiedenen Färbungen.«

»Gut. Rotgold ist eine Legierung aus Gold und Kupfer. Der Zusatz von Arsen oder Stahlspänen verursacht eine blaue Färbung.«

»Ja, gnädige Frau, jetzt erinnere ich mich.«

»Dann erzählen Sie mir, wie man eine Grün- oder Weißfärbung erzielt.«

»Durch eine Veränderung der Legierung von Gold und Silber, gnädige Frau.«

»Sehr gut! Nun erzählen Sie mir etwas über Edelsteinschliffe.«

Irene fiel nichts ein. Und sie hatte sich besondere Mühe gegeben, alles über Edelsteinschleiferei zu lernen. Sie warf alles durcheinander, als sie versuchte, sich an die verschiedenen Formen zu erinnern.

»Es ist nicht schlimm«, meinte Lady Catherine geduldig. »Was wissen Sie über Peter Carl Fabergé?«

Irene ratterte seine Lebensgeschichte herunter; Lady Catherine lächelte vor sich hin. Mit ihrer nächsten Frage: »Was ist *tour-à-guillocher*?«, verblüffte sie Irene völlig.

Lady Catherine erklärte: »*Tour-à-guillocher* ist eine Technik, die Fabergé bei seiner Arbeit häufig anwendete. Ich erwarte nicht, dass Sie den französischen Begriff verstehen oder aussprechen können, aber es ist der Fachbegriff, der die durchscheinende Emaillierung von maschinenerstellter Dekoration bezeichnet; die besten Juweliere vermeiden die Benutzung von Maschinen zum Ziselieren und Gravieren, wenn es irgendwie möglich ist, aber manchmal ist es ein notwendiges Übel. Ich wollte Ihnen eigentlich einige typisch russische Schmuckstücke zeigen, die meisten komplett handgefertigt, einige auch mit Maschinen bearbeitet, aber leider befinden sie sich nicht mehr in meinem Besitz. Deshalb würde ich gerne jetzt einige Ihrer Entwürfe sehen, wenn es Ihnen recht ist.«

Nervös präsentierte Irene die Zeichnungen, die sie zusammengestellt hatte. Manche der Entwürfe hatte sie erst am Vorabend bei Kerzenschein fertig gestellt, während die Kinder schon schliefen. Ihre Gedanken waren zur einen Hälfte bei Lady Catherines Auftrag, zur anderen Hälfte bei Sam gewesen.

Lady Catherine bat Irene, die Zeichnungen vor sie auf ihre Decke zu legen, damit sie sich nicht den Hals verrenken musste. Die verkrüppelten Hände schoben die einzelnen Blätter aus billigem Zeichenpapier – etwas Besseres hatte Irene auf die Schnelle nicht auftreiben können – ungeschickt hin und her. Irene spürte, wie sich auf ihrer Stirn langsam Schweißperlen bildeten.

Nach einer halben Ewigkeit fragte Lady Catherine: »Ihre ›Marienkäferkollektion‹, Ring, Kette und Brosche, aus welchen Steinen und in welchen Fassungen sollen sie gefertigt werden?«

»Aus Rubinen, gnädige Frau, mit Ebenholz in Goldfassungen. Die Marienkäfer können entweder groß sein, in welchem Fall es sich um einzelne Stücke handeln würde, oder klein, wobei sie dann mit Goldgliedern verbunden würden, um die gesamte Kette und das Armband zu bilden. Die Steine würden in Cabochon-Form geschliffen.«

»Und was ist Cabochon, Irene?«

»Kuppelförmig, gnädige Frau, wie Marienkäfer, die ihre Flügel gefaltet haben.«

»Ich verstehe. Aber warum Ebenholz?«

»Ich kenne keinen anderen schwarzen Stein, gnädige Frau.«

»Ich verstehe ... und was können Sie mir zu diesem Set, das Sie als ›Country Kollektion‹ bezeichnen, erzählen? Kommen Sie doch bitte näher, ich beiße nicht.«

Irene kam näher und beugte sich über Lady Catherine und den verkrampften Finger, der auf eine der Zeichnungen deutete. »Oh, das ist mein ›Heckenstück‹, gnädige Frau. Gänseblümchen, deren Blütenblätter aus Elfenbein bestehen, winzige gelbgrüne Jaspis stellen die Mitte der Blüten dar; was den Blütenstaub betrifft, habe ich noch keine richtige Lösung gefunden, vielleicht könnte man Goldstaub nehmen ... ich weiß es noch nicht, gnädige Frau. Ich werde mir noch etwas einfallen lassen, ich verspreche es.«

»Haben Sie niemals Angst zu sagen, wenn Sie etwas nicht wissen, Irene. Und versprechen Sie auch nie etwas. Versprechungen haben die Angewohnheit, uns zu Sklaven von Pflichten zu machen, die uns nicht begeistern. Man kann sein Bestes geben, das ist alles. Bitte fahren Sie fort.«

»Die größeren grünlich gelben Steine sind Beeren, wieder aus Jaspis, die Brombeeren sind aus Ebenholz, die trockenen braunen Disteln sind aus legiertem Gold, weil es einfacher ist, Gold in diese stachelige Form zu bringen, gnädige Frau, und die Blätter sind ebenfalls aus Gold, wieder in den *Quatrecouleur*-Schattierungen von Herbstlaub abgestuft.«

»Aber wäre es nicht ziemlich unbequem, zum Beispiel in der

Oper oder beim großen Ball in der Botschaft Disteln als Schmuck zu tragen?«, fragte Lady Catherine und lächelte wieder amüsiert.

»Nicht, wenn ich die Disteln herstelle, gnädige Frau, weil sie so perfekt bearbeitet, geglättet und poliert würden, dass die Lady sie nicht einmal spürt, wenn sie sie um den Hals trägt.«

Wieder zuckte Lady Catherines Mund amüsiert, bevor sie sich der nächsten Zeichnung zuwandte. Sie bat Irene, ihr etwas über die ›Blattbrosche‹ zu erzählen.

»Oh, das ist mein Lieblingsstück, gnädige Frau«, sprudelte Irene begeistert hervor. »Ein vom Regen benetztes Blatt, das Teil meiner ›Inspirationskollektion‹ ist; sie heißt so, weil mir die Idee eines Nachts kam, als ich gerade einschlief. Sie ist aus Smaragden, die Blattadern sind Gold- und Silberfäden, und der Regentropfen, der von einem Ende des Blattes zu fallen droht, ist ein schimmernder lupenreiner Diamant.«

Dieses Mal verzog Lady Catherine keine Miene und gab auch keinen Kommentar ab, sodass Irene eine plötzliche Leere empfand. Daher fiel ihre Erklärung weniger überschwänglich aus, als Lady Catherine nach der ›außergewöhnlich aussehenden‹ Halskette fragte, die sie ihrer ›Kerbholzkollektion‹ zugeordnet hatte.

»Das entspringt meiner Vorstellung, gnädige Frau, aber ich konnte diese fremdländisch aussehende Kollektion sehen, nicht chinesisch oder östlich ...«

»Orientalisch ist wohl das Wort, das Sie suchen, Irene«, meinte Lady Catherine.

»Ja, gnädige Frau ... ich meine nein, das ist es nicht. Es ist eine Art afrikanische Kollektion. Das hier sind Kerbhölzer, wie Mr. Waghorn sie über der Schulter trägt. Aber ich habe eine Halskette daraus entworfen. Die Kerbhölzer aus glattpoliertem Holz in Speerform würden aus Elfenbein mit Goldfassungen gefertigt, gnädige Frau, aber aus schwarzem und weißem Elfenbein, wie Klaviertasten oder die Dekoration der Front dieses Hauses ...« Ihre Stimme wurde immer schwächer, denn sie war sich sicher, dass sie kläglich versagte hatte in dem Versuch, Lady Catherine mit ihren Schulmädchenentwürfen zu beeindrucken.

Dieses Gefühl wurde bestätigt, als Lady Catherine die Zeichenblätter aufeinander legte, so gut sie es konnte, und sagte: »Das ist alles, Irene. Ich bin jetzt ziemlich müde. Möchten Sie mit mir Kaffee trinken, oder wollen Sie lieber gleich auf die Felder zurückkehren?«

»Wenn Sie müde sind, gnädige Frau, gehe ich lieber gleich.«

»Gut.« Sie widersprach nicht. Irene lehnte sich vor, um ihre Zeichnungen von der Decke zu nehmen.

»Nein ... lassen Sie sie hier ...!« Lady Catherine stöhnte vor Schmerzen, weil sie sich zu schnell bewegt hatte, um Irene daran zu hindern, die Entwürfe einzusammeln.

»Oh, gnädige Frau, es tut mir so leid; ich hoffe, ich habe Ihnen nicht wehgetan, das war nicht meine Absicht«, entschuldigte sich Irene zerknirscht. Jetzt hatte sie endgültig alles verdorben!

»Nein, nein, es ist alles in Ordnung, meine Liebe. Manchmal, wenn ich meine Finger zu ruckartig bewege, machen sie, was sie wollen. Lassen Sie mich über alles nachdenken, Irene. Gehen Sie jetzt, ich lasse nach Ihnen schicken, wenn ich so weit bin. Sie können die Bücher wieder mitnehmen, wenn sie wollen. Oh, und bitte nennen Sie mich Lady Catherine, nicht gnädige Frau, Irene.«

»Ja, gerne, gnä ... Lady Catherine.«

Irene war nun völlig verwirrt, nahm die Bücher und ging ohne ihre kostbare Mappe. Sie befürchtete, wirklich alles verdorben zu haben. Lady Catherine war anscheinend nicht im Geringsten von Irenes ›kreativer Fantasie‹ und ihren Bemühungen beeindruckt.

Tja, hier krieche ich mit eingezogenem Schwanz zurück, Miss Lily, anscheinend ist es meine Bestimmung, doch nur eine Gehilfin im Kurzwarenladen zu werden!

Sie konnte sich nicht einmal auf einen Besuch von Sam freuen, der sie mit Sicherheit aufgeheitert hätte. Der arme Sam war hinter Gitterstäben anderer Art gefangen.

11. Kapitel

Der Arbeitsurlaub war fast vorüber; die sechs Wochen waren wie im Fluge vergangen, sodass es erst gestern gewesen zu sein schien, als sie still vor sich hin leidend auf dem Bahnsteig in Hope Mill gestanden hatte – ›Nach Lamberhurst und Goudhurst‹.

Aber so schlimm war es gar nicht gewesen. Sie hatte Sam, Lady Catherine und ihren Neffen kennen gelernt, und sie hatte mehr über Schmuck erfahren, als sie sich jemals bei einem Hopfenernteurlaub hatte vorstellen können!

Das Leben war seltsam, dachte Irene, erst führte es einen abwärts, dann aufwärts und schließlich um eine Ecke, wo die Bestimmung einem regelrecht ins Gesicht sah. Und entweder musste man sie erkennen, oder man kehrte ihr für immer den Rücken.

Drei Tage vor ihrer geplanten Rückreise nach London teilte Mr. Randolph Irene mit, dass die Polizei das Verfahren gegen Sam eingestellt hatte. Mr. Randolph hatte Irenes schriftliche Aussage der Polizei vorgelegt. Er hatte sowohl mit Sam, der sich immer noch in Haft befand, als auch mit beiden in der Portobello Road festgenommenen Jugendlichen gesprochen. Bert, Dots Sohn, der nun auch wie Sam einen Ohrring trug, den Dot sicherlich sofort herausziehen würde, wenn sie ihn das erste Mal sah, hatte zugegeben, das Messer gestohlen zu haben. Er und die beiden ›Battersea Burschen‹ hatten das Messer in dem rotgoldenen Wohnwagen auf der Wiese ›gefunden‹, als gerade niemand darin war. Aber Bert hatte ausgesagt, dass *er* Mr. Jarvis weder niedergestochen noch niedergeschlagen hatte!

Es blieb nun dem Richter und den Geschworenen überlassen, über Berts Schuld zu entscheiden, wenn er und die Battersea Burschen vor Gericht kamen. Berts Aussage hatte jedoch Sam vollkommen entlastet.

Ende gut, alles gut, dachte Irene glücklich, und Gott erhörte *tatsächlich* Gebete! Sie hatte so inständig darum gebetet, dass Sam von den unberechtigten Vorwürfen reingewaschen würde. Auch dank Mr. Randolph musste sie nicht zur Polizei nach Maidstone oder vor Gericht, denn die Polizei war unauffällig und ruhig zu ihr gekommen, um die Fakten zu überprüfen. Sie sprach in Hopeworthy Hall mit den Polizisten, und danach rief Lady Catherine sie zu sich.

Wahrscheinlich will sie dir die Zeichnungen mit Dank zurückgeben und dann adieu, Miss Druce, Sie sind nicht gut genug, um kostbaren Schmuck zu entwerfen, nicht einmal Modeschmuck! Das waren Irenes wenig zuversichtliche Gedanken, als sie wieder einmal in Lady Catherines vornehme Gesellschaft geführt wurde.

Sie saß an dem üblichen Platz am Fenster, wo das Licht auf das Buch fiel, das sie gerade las. Es war seltsam, wunderte sich Irene, dass sie bei ihren Besuchen niemals den Hausherrn, Sir Angus, getroffen hatte, der laut Klatsch unter den Erntearbeitern nach Schottland zur Moorhuhnjagd zurückgekehrt war. Wenn sie verheiratet wäre, hätte sie ihren Mann gerne ständig um sich, nicht nur dann, wenn es ihm passte! Kein Wunder, dass Lady Catherine sich so sehr auf ihren Neffen verließ. *Er* jedenfalls war Gold wert!

»Setzen Sie sich, Irene. Ich habe mir Ihre Entwürfe angeschaut und lange darüber nachgedacht. Sie haben mich sehr beeindruckt, weil sie eine ausgesprochen lebendige und lebhafte Vorstellungskraft und diese einzigartige Eigenschaft, die Beobachtungsgabe, in sich vereinen. Besonders gefällt mir die Idee mit der regenbenetzten Blattbrosche aus Smaragden und Diamanten und die Kerbholzhalskette aus Elfenbein. Ich bin so überzeugt von Ihrem

Talent, dass ich die Entwürfe Ihrer ›Country Kollektion‹ an Monsieur Fabergé schicken möchte, um seine Meinung zu hören.«

Monsieur Fabergé! Irene fiel fast von ihrem Stuhl. Obwohl sie kaum wagte, Lady Catherine zu unterbrechen, aus Furcht, diese könnte ihre Meinung ändern, wollte sie etwas Wichtiges loswerden. »Bitte, Lady Catherine ... könnte ich wohl etwas sagen?«

»Ja bitte?«

»Ich glaube, ich möchte meine ›Country Kollektion‹ in ›Glitzern im Mondlicht‹ umbenennen.«

»Warum das?«

»Weil ... weil das der Ursprung ist. Ich habe meine Ideen aus der Landschaft hier gewonnen, und im Mondlicht hat sie mich besonders inspiriert. Und weil es mir so viel Freude gemacht hat, diese Kollektion zu entwerfen.«

»Dann soll es so sein, meine Liebe. Ich werde also Mr. Fabergé Ihre Kollektion ›Glitzern im Mondlicht‹ schicken. Ich denke auch, dass Sie ein intelligentes Mädchen sind, das, trotz nicht selbstverschuldeter grundlegender Bildungslücken, durchaus fähig ist, sich während der nächsten Jahre auf ein Kunststudium zu konzentrieren – ja, *Jahre*, Irene, Jahre harter Arbeit, nicht bloß einige Monate. Ich bin der Meinung, dass Sie über natürliche Anmut und große Fähigkeiten verfügen sowie ein gesundes Vorstellungsvermögen und Selbstvertrauen haben, Eigenschaften, die wesentlich für einen kreativen Charakter sind. Das bringt mich zu dem Vorschlag, den ich Ihnen unterbreiten möchte. Wenn Sie mein Schützling werden und ich Sie unter meine Fittiche nehme, müssen Sie hier in Hopeworthy Hall leben. Sie werden die französische und die russische Sprache erlernen – ja, Russisch: Wenn Sie die Beste werden wollen, müssen Sie mit dem Besten beginnen, und er ist Russe.«

»Ja, gnä ... Lady Catherine. Vielen Dank«, antwortete Irene überwältigt. Ihr Herz klopfte wie ein eingesperrtes Vögelchen.

»Sie werden Unterricht in Geschichte, Kunstgeschichte und Allgemeinbildung erhalten und natürlich Musikunterricht, denn

Musik befreit den Geist und lässt ihn magische Dinge vollbringen, in der Malerei, Schriftstellerei *und* im Schmuckdesign!« Lady Catherine schaute ihren neuen Protegé mit leuchtenden Augen an.

Irene fiel zum ersten Mal auf, wie intensiv und durchdringend Lady Catherines blaue Augen waren; und klug. Mr. Randolph hatte ebenfalls solche Augen.

»Ich kann jedoch nicht dafür bürgen, dass Sie eine Lehrstelle bekommen. Monsieur Fabergé nimmt nur die besten Lehrlinge auf der ganzen Welt, sehr selten eine Frau, außer sie ist außergewöhnlich gut.«

Aha, Irene Druce, hier kommt die Enttäuschung, nicht gut genug für Monsieur Fabergé, weil du eine Frau bist! Das waren ihre Gedanken.

Lady Catherine sprach langsam weiter; es bereitete ihr große Mühe, längere Vorträge zu halten, ohne den Kopf seitlich bewegen zu können. »Aber wir werden bald feststellen, ob Sie es wert sind, gefördert zu werden. Wenn Sie sind, was ich denke – was ich sehr *hoffe* –, werde ich Sie nach Abschluss des Studiums der Bildungsgrundlagen in Monsieur Fabergés Londoner Werkstatt vorstellen. Sie müssen sich keine Gedanken über die finanzielle Seite machen, überlassen Sie das ruhig mir. Zusätzlich werden Sie einen Zuschuss für Kleidung von mir erhalten, solange Sie meine Schülerin sind. Meine Belohnung wird es sein, wenn Sie als Starschülerin des *Meisters* angenommen und die Hälse, Arme, Finger und Ausstellungsvitrinen der High Society mit Ihren Kreationen schmücken werden; und ich werde dazu beigetragen haben, einem einzigartigen neuen Talent in der Welt der schönen Dinge den Weg zu ebnen. Nun, Irene Druce, was sagen Sie zu meinem Vorschlag?«

Was *konnte* sie sagen? Ihr war zum Lachen und gleichzeitig zum Weinen zumute, sie wollte singen und tanzen und es laut herausschreien: *Monsieur Fabergés Werkstatt in London*!

»Oh, gnädige Frau ... ich meine, Lady Catherine, das ist mehr, als ich mir jemals erträumt habe, und ich kann Ihnen gar nicht genug danken.«

»Dann lassen Sie es, jedenfalls für heute«, antwortete Lady Catherine trocken. »In Wahrheit bin ich es satt, den ganzen Tag lang von den alten Spießern hier in diesem Haus, das zu meinem Gefängnis geworden ist, betütert zu werden. Ich habe so viele gute Geister, die sich um mich kümmern, dass ich mich uralt und stumpfsinnig fühle; ich denke, ich verdiene eine junge Begleiterin, die mich aus diesem Sumpf zieht. Ich warne Sie, ich bin eine strenge Lehrmeisterin, auch mein Neffe kann ein Lied davon singen. Aber ich denke, ich werde es genießen, Sie anstelle meines Neffen herumzukommandieren, eine letzte Herausforderung, bevor ich sterbe. Ich werde Ihnen jedenfalls ausreichend Zeit geben, über meinen Vorschlag nachzudenken. Fahren Sie mit Ihrer Tante zurück nach London und besprechen Sie alles mit Ihrer Mutter, dann schreiben Sie mir und teilen mir Ihre Entscheidung mit. Ich würde auch die schriftliche Einwilligung Ihrer Mutter benötigen, weil Sie noch minderjährig sind. Falls Sie sich für mein Angebot entscheiden, erwarte ich Sie am 1. November zurück. Sie können nun gehen, ich bin sehr erschöpft, nachdem ich so viel gesprochen habe. Auf Wiedersehen, Irene. Übrigens, ich fand es sehr mutig, was Sie für Sam Smart getan haben«, fügte sie zu Irenes Verblüffung hinzu.

»Ja, Lady Catherine. Vielen Dank für alles.« Sie knickste und eilte hinaus.

Als Irene Tante Martha alles über die Ereignisse des Tages berichtete, insbesondere über Lady Catherines Angebot, Irene als Protegé unter ihre Fittiche zu nehmen, sagte Tante Martha mit einer gewissen blasierten Selbstgefälligkeit wegen ihres Beitrags, ihre Nichte ›auf den Weg nach oben‹ gebracht zu haben: »Tja, deine Mutter wird dich wohl vermissen, aber es ist deine Entscheidung, Irene. Ich hab' meinen Beitrag geleistet und mich für dich eingesetzt, aber jetzt liegt es an dir allein, Mädchen. Übrigens, Mr. Waghorn sagt, dass Mr. Randolph Sam Smart aus dem Gefängnis abholt ...!«

Irene sprang von Tante Marthas bescheidenem Feldbett, auf dem sie gesessen hatte, auf und schlang ihre Arme um Tante Marthas dralle Mitte. »Oh, Tante Martha, ich bin so glücklich und so gespannt!«

Irene wirbelte sie in der winzigen Hütte herum, worüber die Kleinen, die auf wackeligen Stühlen an dem wackeligen Tisch saßen, so lachen mussten, dass sie in ihre Suppe prusteten.

»Hör auf, Irene«, keuchte Tante Martha atemlos. »Du hörst dich jetzt schon so vornehm an! Du hast mich nich' ausreden lassen. Wenn Mr. Randolph diesen Sam Smart zurückbringt, will ich nicht, dass du wieder mit ihm rummachst, Mädchen. Ich meine es ernst!« Sie drohte Irene mit dem vom Hopfen braunen Zeigefinger. »Er is' ein Zigeuner, der dieses Mal Glück gehabt hat, dank Mr. Randolph, aber Sam Smart hat nicht deine Klasse, Irene.«

Irene konnte sich ein Lächeln nicht verkneifen. Tante Martha war ausgesprochen klassenbewusst und snobistisch – Lady Catherine aber war es nicht! Mr. Randolph ebenfalls nicht. In Lady Catherines Gegenwart hatte sie sich noch nie unbehaglich oder unwürdig gefühlt, und Lady Catherine redete sogar ihren Butler mit *Mister* Jarvis an. Aber wahrscheinlich war es das, dachte Irene, was die wirklich gute Kinderstube ausmachte: Sie kamen gar nicht auf die Idee, dass andere sich möglicherweise den Hals verrenkten, um zu ihnen aufzuschauen.

»Dot wird nich' gerade glücklich sein, wenn sie erfährt, dass ihr Bert an 'nem bewaffneten Raubüberfall beteiligt war. Und warum Bert Fennel auf einmal einen Ohrring tragen muss, weiß kein Mensch. Vielleicht hat Dot von dem allem gewusst und hat sich deshalb nich' gut gefühlt und is' vor Saisonschluss nach Hause gefahr'n. Ich hab' immer geahnt, dass Dots Brut eines Tages im Kittchen endet. Also, Mädchen, morgen Abend gibt's eine Abschiedsparty im Clubhaus, und danach müssen wir unsere Sachen packen.«

Plötzlich war Irene traurig. Die vergangenen sechs Wochen waren mehr als ereignisreich gewesen. Aber sie freute sich auch darauf, ihren kleinen Bruder wiederzusehen und mit ihrer Mutter und den anderen über Lady Catherines Angebot zu beraten.

Aber obwohl das aufregende Aussichten waren, fühlte Irene sich schuldig, weil sie ihre Familie auf irgendeine Art und Weise betrügen würde, wenn sie mit Leuten verkehren würde, die einer höheren Gesellschaftsschicht angehörten ... hör auf, Dummkopf!, schimpfte sie mit sich selbst. Du benimmst dich genauso wie Tante Martha!

Sie würde sehr sorgfältig über alles nachdenken, nachdem sie mit den anderen darüber gesprochen hatte, besonders mit Don.

Bei dieser letzten Party der Erntehelfer für diese Saison flossen das Bier und der Apfelwein in Strömen. Ein Schwein wurde draußen über einem Holzkohlegrill gegrillt, und im Clubhaus hatte man Tische und Stühle an die Wand geschoben, um Platz zum Tanzen zu schaffen. Es gab Essen in Hülle und Fülle, Würstchen und Kartoffelbrei, Brötchen, Apfelkuchen und Kirschtorte, frischen Obstsalat und Mandelpudding und Geleefrüchte für die Kinder.

Britische Nationalflaggen, Fahnen und Luftballons flatterten von der Decke herunter; sie erinnerten Irene an das Straßenfest, das am Krönungstag von König George V. und Königin Mary in der Waterloo Road stattgefunden hatte. Die ›Band‹ bestand aus dem Klavierspieler des Clubhauses (das blechern klingende alte Klavier hatte während der vergangenen sechs Wochen alle amüsiert), einem Akkordeonspieler, einem Geiger, einem Mann mit einer Pfeife, einem anderen mit einer Mundorgel und jemandem mit einem alten Banjo.

Sam tauchte im Laufe des Abends auf, wie immer mit den Händen in den Hosentaschen; er wurde mit lautem Applaus, schrillen Pfiffen und begeisterten Schreien begrüßt, weil er, der ›Underdog‹, von dem Kronanwalt Mr. Randolph Aspen verteidigt worden war. »Gut gemacht, Junge! Willste 'n Bier, Sam Smart?«

Man drückte Sam ein schäumendes Bier in die Hand. Die meisten der Erntehelfer waren inzwischen sehr fröhlich oder sehr betrunken. Sam sah sich um und suchte Irene.

Er entdeckte sie in einer Ecke mit ihrer Familie, stellte seinen Bierkrug ab und ging zu ihr hinüber. »Magst du tanzen, Irene?«

»Ja, Sam, gerne.«

Es war ein sehr schneller Volkstanz, sodass sie sich nicht unterhalten konnten. Sam wirbelte Irene über die Tanzfläche, ohne dass einer von ihnen wusste, welche Schritte eigentlich getanzt werden sollten. Es war jedoch egal, dass er ihr auf die Zehen trat, sie wollten sich einfach amüsieren. Irene wünschte, es wäre ein Walzer gewesen, damit Sam sie in den Arm nehmen konnte, wie damals, als sie nachts angeln gewesen waren. Aber sie bezweifelte, dass Sam Walzer tanzen konnte; sie hatte es von Joan und Pam gelernt, als die beiden mit ihren jetzigen Ehemännern ausgingen.

Als später alle anfingen, sentimentale alte Lieder wie zum Beispiel *›It Ain't Gonna Rain No More, No More‹* und *›Home Sweet Home‹* zu singen, fragte Sam, ob Irene mit ihm hinausgehen wolle. Irene spürte, wie Tante Marthas Blicke sie durchbohrten. »Ich bleibe nicht lange, Tante Martha, ich brauche nur ein bisschen frische Luft, weil es hier drin so heiß ist«, sagte sie beiläufig im Vorbeigehen.

»Das will ich hoffen«, war Tante Marthas bissiger Kommentar. »Denk dran, dass wie morgen früh zum Zug müssen.«

Draußen sagte Sam: »Ich wollte mich nur dafür bedanken, was du für mich getan hast.«

»Du hast das Gleiche für mich getan, Sam, indem du nicht erzählt hast, dass wir in jener Nacht zusammen waren.«

Er zuckte die Schultern: »Ich hab's getan, weil du was Besonderes bist, Irene – aber bei einem anderen Mädel hätte ich sicher nicht die Klappe gehalten!«

»Gibt es denn so viele Mädchen, Sam?«

»Hunderte!«, brüstete er sich, aber dann stieß er ihr den Ellenbogen zwischen die Rippen. »Ich mach' nur Spaß. Aber ich werd' dich nie vergessen, Irene, du bist süß, wirklich süß.«

Er drückte ihr einen knorrigen, unregelmäßig geformten Gegenstand, der unordentlich in zerrissenes braunes Papier eingepackt war, in die Hand und verschwand in der Dunkelheit, bevor sie etwas sagen konnte.

Sie hörte ihn pfeifen, als er die Straße hinaufging. Irene blieb noch lange stehen und starrte ihm nach, bis das unmelodische Pfeifen schließlich in der Ferne verklang. Sie kehrte ins Clubhaus zurück.

Nachdem der Arbeitsurlaub nun zu Ende ging, war Tante Martha versöhnlich gestimmt und hakte Irene leicht schwankend unter, als sie sich auf den Weg zu ihren Hütten machten. Denn obwohl Tante Martha angeblich nie Alkohol trank, hatte sie genug Apfelwein getrunken, um ein ganzes Fass zu füllen. »Nun, Mädel, ich denke, wir sin' gar nich' mal so schlecht miteinander ausgekommen.«

»Du hast Recht, Tante Martha.«

»Na ja, so übel kannste gar nich' sein, Mädel. Sonst hättest du bestimmt nich' Lady Caths Aufmerksamkeit erregt – ganz zu schweigen von Mr. Randolph.«

»Nein, Tante Martha ... hoppla, Vorsicht ... da ist ein Kaninchenloch, pass auf, wo du hintrittst.« Irene führte Tante Martha zurück auf den Weg.

»Also dann, Mädchen, gute Nacht. Schlaf gut ... und geh nich' wieder mit diesem Sam angeln, falls er dich bei Mondschein besuch'n kommt.«

»Natürlich nicht, Tante Martha.«

Tante Martha rülpste leise, stolperte in ihre eigene Hütte und schloss die Tür.

Irene hörte, wie sie in ihrer Hütte rumorte, bevor sie sich in ihr Feldbett legte und bald anfing, laut zu schnarchen.

Zeb und Zillah schliefen tief und fest. Sie waren pausbäckig und braun gebrannt und sahen gesund und zufrieden aus. Mutter würde staunen, wie viel sie in den letzten sechs Wochen gewachsen waren, Percy und Peggy übrigens genauso.

Im Schein der Kerze wickelte Irene Sams Geschenk aus, eine feine Holzschnitzerei, die zwei Dachse im Mondlicht darstellte, kunstvoll aus weißem Stechpalmenholz herausgemeißelt und poliert. In den Boden der Schnitzarbeit hatte Sam eine Widmung eingeritzt: ›*Für Irene viel Zigeunerglück. Dein Sam*‹.

»Oh Sam!« Irene drückte die Schnitzerei an ihr Herz, während ihre Augen sich mit Tränen füllten. »Ich werde dich vermissen.«

Hopeworthy Hall, *Kent*

12. Kapitel

Irenes Rückkehr in die Waterloo Road stellte einen Kulturschock für sie dar. Nachdem sie etwas anderes gesehen und ihren Horizont erweitert hatte, empfand sie zum ersten Mal in ihrem Leben eine Unzufriedenheit, die sich um Haben und Nichthaben drehte.

Als sie mit den braun gebrannten Zwillingen, dem schäbigen Pappkoffer und verletzten Gefühlen das winzige Haus Nr. 10 betrat, wurde ihr erst richtig bewusst, wie das Leben in Hopeworthy Hall verlief, einem herrschaftlichen und unveränderbaren Muster folgend, wo so viel Platz war, dass es keine Rolle mehr spielte. Sie hatte zum ersten Mal erlebt, welche Macht Geld besaß und was man damit tun konnte, aber trotzdem hatte sie sich entschieden, Lady Catherines Angebot abzulehnen. Lady Catherine konnte sie nicht ›kaufen‹, als wäre sie ein russisches Osterei!

Der Grund, warum Lady Catherine sie nicht kaufen konnte, war folgender: Irene empfand einen bohrenden Zweifel, dass sie sich irgendwann in der Zukunft selbst untreu werden würde, weil sie ihre ärmliche Herkunft und ihre raubeinige Familie vor Leuten, die sie im Laufe einer glamourösen Karriere kennen lernen würde, verbergen müsste. Auf eine ähnliche Art und Weise versuchte sie jetzt die Augen vor ihrer wenig angenehmen Umgebung zu verschließen, indem sie einfach zum Beispiel Joe Fennels Lumpensammlerkarren auf der gegenüberliegenden Straßenseite, auf dem sich der Trödel türmte, ignorierte.

»Miss Lily Lovett«, sagte Irene zum soundsovielten Mal zu sich selbst, seit sie am Bahnhof Hope Mill, Goudhurst, in den Zug gestiegen war. »Ich gehöre Ihnen, als Gehilfin in Ihrem Laden – aber ich werde Ihnen *nicht* die Füße küssen, gnädige Frau!«

Kaum hatte sie ihre Mutter und Doreen umarmt und geküsst und vor Entzücken über Baby Ken gejauchzt, der ein noch pausbäckigeres Engelchen geworden war, als sie ihre Mutter am Küchentisch heftig anging: »Mama, du und Tante Martha, ihr habt hinter meinem Rücken Heimlichtuereien gemacht!«

Lorna hob überrascht die Augenbrauen und strich sich mit einer müden und abwesenden Geste das glatte Haar aus der Stirn. »Was für Heimlichtuereien, Irene?«

»Du weißt, was ich meine, Mama! Du hast Tante Martha meine Zeichnungen von Schmuckstücken gezeigt, und ihr habt Lady Catherine dazu bewegt, mir ein Angebot zu machen.«

»Das mit den Zeichnungen tut mir leid. Ich hab' nicht gedacht, dass es jemandem wehtut. Ich war stolz darauf, das ist alles. Und ich weiß nichts von einem Angebot. Was für ein Angebot, Irene?«

Eins musste man ihrer Mutter lassen, sie bezeichnete Irene nie als Kind, wenn sie in die Enge getrieben wurde. »Lady Catherine, einer von Tante Marthas *Kontakten*! Sie sagt, sie wird mir eine Lehrstelle in Monsieur Fabergés Werkstatt in der Bond Street verschaffen – weil *sie* glaubt, dass ich gut genug bin. Wer glaubt sie eigentlich, wer sie ist? Sie will, dass ich in den nächsten beiden Jahren bei ihr in Kent lebe, um erst einmal Französisch und Russisch zu lernen.«

Lorna ließ sich auf einen Küchenhocker niedersinken und starrte ihre Tochter an. Sie schüttelte verwirrt den Kopf. »Damit habe ich nichts zu tun, Irene. Was auch immer es damit auf sich hat, ist wohl auf Tante Marthas Mist gewachsen. Ich denke, du erzählst mir am besten erst einmal die ganze Geschichte.«

Das tat Irene, sie rasselte die Ereignisse nur so herunter, bis ihrer Mutter der Kopf brummte. Schließlich lächelte Lorna. »Mein Liebling, das ist eine Chance, die du keinesfalls vergeben darfst.

Martha ist die Heimlichtuerin, nicht ich. Aber sie hat es für *dich* getan, Irene. Auf ihre Art ist Tante Martha nicht übel, auch wenn sie gerne tratscht und alles für andere organisieren will.«

»Wirst du mich nicht vermissen, wenn ich in Kent lebe?«, fragte Irene herausfordernd.

»Ich schon«, piepste Doreen, die an Irenes Lippen gehangen hatte, um kein Wort zu verpassen.

»Natürlich werde ich dich vermissen, Irene. Aber es ist doch genau das, was du immer wolltest, oder nicht?«, antwortete Lorna und fragte sich verwirrt, warum Irene Lady Catherines Angebot, ihr im Schmuckgeschäft auf die Beine zu helfen, nicht annehmen wollte.

»Mama, es ist normal, Wünsche zu haben, aber ich glaube nicht, dass ich Lady Catherines *Gegenstand* der Wohltätigkeit sein möchte, und das werde ich sein, wenn ich annehme. Ich habe dir gesagt, dass ich es auf *meine* Art schaffen will, sodass ich nur mir selbst etwas vorzuwerfen habe, wenn es schief gehen sollte.«

Lorna runzelte die Stirn. »Sollen wir das heute Abend mit Charlie besprechen, Irene? Er kann dir bestimmt einen Rat geben, den ich dir nicht geben kann.«

In diesem Moment begann Irenes Entschluss zu wanken. Sie hatte während der Zugfahrt die Entscheidung getroffen, Lady Catherines Angebot nicht anzunehmen, so wundervoll es auch klingen mochte, denn dann würde sie in Lady Catherines Schuld stehen und damit quasi ihr Sklave werden. Aber die Tatsache, dass ihre eigene Mutter nun die Entscheidung an Charlie weitergab, der in ihrem Haushalt die Vaterrolle übernommen hatte, machte ihr deutlich, warum ihre Mutter das geworden war, was sie war – eine arme, gequälte Hausfrau, eine Witwe mit neun Kindern, die keine eigene Meinung hatte.

Bei der Familienkonferenz, die am Abend stattfand, als alle von der Arbeit kamen, und an der auch Pam und Joan mit ihren Ehemännern Lou und Stevie teilnahmen, war es jedoch nicht Charlie, sondern Don, der Irene die Entscheidung abnahm.

»Irene, es ist unmöglich, das Angebot dieser Lady Catherine, deine Karriere zu fördern, *nicht* anzunehmen. Ich denke, das ist ein Meilenstein in deinem Leben. Wenn du es nicht tust, wirst du immer auf verlorenem Posten stehen.«

So wie du, Don?, wollte Irene fragen. Stattdessen runzelte sie die Stirn und fragte: »Wie meinst du das, Don?«

»Tu es, Mädchen. Es ist nichts falsch daran, eine Chance zu ergreifen, und du hast jetzt mehr als eine echte Chance. Jemand bietet dir seine helfende Hand beim Erklimmen der ersten Stufe der Karriereleiter an, und du wärst dumm, wenn du diese Hilfe ablehnen würdest. Das Leben ist hart. Das Leben ist *verdammt* hart, und wenn du erst in Miss Lilys Alter bist und immer noch Gummibänder aufwickelst oder in Mamas Alter einen Haufen Kinder hast, dann wirst du es *ihnen* vorwerfen, dass sie deinen Träumen im Weg stehen. Ich meine, du solltest nach Kent gehen und alles lernen, was dir angeboten wird. Ich für meinen Teil werde deine Entscheidung immer unterstützen.«

Don, der aus Platzmangel auf dem Fußboden saß und den Rücken an die hässliche Anrichte ihrer walisischen Großmutter lehnte, hob den Daumen, so als wolle er ihr Mut machen.

»Es ist keine Wohltätigkeit, Irene, denn du wirst diejenige sein, die in den nächsten Jahren harte Arbeit zu leisten hat, während das alte Mädchen – Lady Cath – dir dieses Angebot bestimmt nicht gemacht hätte, wenn sie nicht ihrerseits auch Nutzen daraus ziehen würde. Es ist nicht falsch, Wohltätigkeit als Starthilfe anzunehmen, wenn du über etwas verfügst, was die Welt haben möchte. Tante Martha weiß, dass diese ›Lady‹ dir dieses Angebot kaum gemacht haben dürfte, wenn sie nicht glaubte, dass du es wert bist.« Es war die längste Rede, die Irene je von ihrem Bruder Don gehört hatte.

Charlie gab ebenfalls seine Stimme ab: »Selbst der König von England ist nicht zu stolz, sich seine kostenlose Apanage von seinen Untertanen geben zu lassen, Irene. Ich und Don, auch Papa, als er noch lebte, Onkel Norm, Joan und Pam, Lou und Stevie, wir alle tragen mit unseren Steuerabgaben dazu bei, den Lebensstil Ihrer Majestät zu finanzieren.«

Der Rest der Familie nickte zustimmend, auch die kleine Doreen. »Eines Tages wirst du vielleicht so reich und berühmt sein, dass *wir* zu *dir* kommen, um uns eine Apanage geben zu lassen!«

»Wenn das Wörtchen wenn nicht wär', Reen, dann wär' ich Millionär!«, sagte Irene, die nun nicht mehr wusste, was sie denken sollte.

Irene schob ihre Entscheidung bis Halloween auf. Während andere in der Waterloo Road Masken aus Melonen trugen (die Melonen stammten von Tante Marthas Obst- und Gemüsestand) und in der Nacht der Hexen und Zauberer von Tür zu Tür rannten und die Nachbarn ›zu Tode‹ erschreckten, packte Irene ihren neuen Lederkoffer, den Don ihr gekauft hatte; er hatte fast einen ganzen Tageslohn gekostet.

Don bezahlte auch das Telegramm nach Hopeworthy Hall, in dem Lady Catherine mitgeteilt wurde, dass Irene mit dem Morgenzug von Charing Cross eintreffen würde – so konnte Irene ihre Abreise nicht mehr aufschieben und ihre Meinung nicht mehr ändern.

Und es war auch Don, der auf einen Tageslohn verzichtete und Irene nach Kent begleitete, um sie sicher an Lady Catherines Türschwelle abzuliefern.

Zu Irenes Überraschung stand der Rolls Royce von Hopeworthy Hall am Bahnhof; sie fragte sich, ob er geschickt worden war, um Mr. Randolph abzuholen, obwohl heute nicht Samstag war. Als Mr. Bridges, der Chauffeur des Gutes, zu Irene kam und ihren Koffer in den Kofferraum des Wagens stellte, waren Irene und Don völlig verblüfft. »Die gnädige Frau hat mich geschickt, um Sie abzuholen, Miss Druce.«

»Das wäre nicht nötig gewesen, mein Bruder begleitet mich und wir hätten auch den Bus nehmen können.« Sie hoffte, dass sie nicht undankbar klang, aber die Größe und Pracht des großartigen Wagens überwältigte sie; sie hatte nie zuvor in einem Auto gesessen, geschweige denn in einem Rolls Royce.

Don stieß sie an. »Geh nur – du bist jetzt selbst eine vornehme Lady, Irene. Von jetzt an musst du dich auch so verhalten.«

»Kommst du nicht mit?«, fragte Irene.

Don kratzte sich am Ohr und blickte zum grauen Novemberhimmel auf. »Ich denke, ich fahr' am besten jetzt zurück. Du kommst jetzt alleine zurecht und brauchst mich nicht mehr. Ich nehme den Schnellzug in Paddock Wood und komme vielleicht noch rechtzeitig zur zweiten Schichthälfte. Dann würde ich nicht einen ganzen Tageslohn verlieren.« Er nahm sie aufmunternd in den Arm.

Don war verlegen, weil er *sie* nicht in Verlegenheit bringen wollte, erkannte Irene, die ihn gut genug kannte. Sie liebte ihn dafür umso mehr.

»Ich hab' meine alten Stiefel an, Irene ...«

»Oh Don!« Sie klammerte sich an ihn.

»Los, Irene«, flüsterte er ihr ins Ohr. »Steh hier nicht rum, während der Chauffeur auf dich wartet.« Er nahm den Brief ihrer Mutter an Lady Catherine aus der Brusttasche, in dem Mutter ihre Zustimmung zu Irenes ›Lehre‹ in Hopeworthy Hall für die nächsten beiden Jahre gab – oder bis Irene selbst die Lehrzeit beenden wollte. »Den Brief kannst du ihr auch selbst geben. Du bist jetzt ein großes Mädchen. Aber vergiss nicht, ich bin immer für dich da, wenn du mich brauchst. *Wir* sind immer da, wenn du uns brauchst, und vergiss niemals deine Familie, Irene, weil sie wichtiger als alle Lady Caths und Monsieur Fabergés auf der ganzen Welt ist. Und wenn es nicht klappt, kommst du wieder nach Hause.«

»Das mache ich, auf jeden Fall, Don!« Irene drängte die Tränen zurück.

»Pass auf dich auf, und viel Glück. Bis bald, kleine Schwester.« Er gab ihr einen schnellen Kuss auf die Stirn, aber Irene wollte ihn nicht gehen lassen, bis er sie schließlich zum Wagen schob. Er kehrte zurück zu seiner Arbeit im London Hafen am West India Kai, während seine kleine Schwester Irene sich auf den langen Weg machte, der Welt zu zeigen, aus welchem Holz sie geschnitzt war.

Maisy, das zweite Dienstmädchen, wie sie Irene bald erzählte, zeigte Irene ihr Zimmer. Maisy war ein kleines Plappermaul und immer guter Dinge. Irene bewunderte Maisys sorgenfreie Art und dachte an den Mut, den Maisy mit den irischen Wolfshunden bewiesen hatte. Irene fürchtete sich immer noch vor ihnen, hatte aber an diesem Morgen noch nichts von ihnen gesehen oder gehört.

»Ich packe Ihre Sachen aus, Miss«, sagte Maisy. »Sie brauchen es nicht selbst tun. Soll ich Ihnen ein Bad einlassen?«

»Ein Bad einlassen?«

»Ja, Miss. Nach der Reise wollen Sie sich sicherlich erfrischen. Falls Sie etwas zum Bügeln haben, kann ich das machen, während Sie baden. Ihre Ladyschaft hat gesagt, dass Sie sich erst mal häuslich niederlassen. Sie treffen sie zum Mittagessen, Miss.«

»Oh, ... oh, das ist nicht nötig. Ich komme alleine zurecht, danke.« Ihre Garderobe war spärlich, und sie wollte nicht, dass Maisy ihre einfache Unterwäsche und die alten Kleider sah, die sie größtenteils von Joan und Pam geerbt hatte.

»In Ordnung, Miss. Aber wenn Sie meine Hilfe brauchen, läuten Sie einfach.«

»Läuten?«

»Ja, Miss ... die Klingel ist hier beim Kamin. Sie müssen nur an dem Klingelzug ziehen, dann wird jemand von uns kommen. Das Mittagessen wird um ein Uhr serviert, Miss, der Gong ist nicht zu überhören, weil Mr. Jarvis ihn sehr laut schlägt, Miss, als wären alle stocktaub. Tja, wenn Sie mich wirklich nicht brauchen, Miss, dann gehe ich jetzt und bringe Ihrer Ladyschaft ihren Vormittagsimbiss.«

»Ja, tun Sie das, Maisy ... oh, und Sie müssen mich nicht mit Miss anreden. Ich heiße Irene.«

»Ja, Miss Irene.« Maisy knickste hastig und verließ das Zimmer.

Irene atmete erleichtert auf; sie war es nicht gewohnt, dass jemand sie bediente und schon gar nicht, dass jemand vor ihr knickste. »Meine Sachen auspacken, also wirklich!«, murmelte sie mit einem Lächeln vor sich hin. »Und wenn ich erst zu Hause erzähle, dass Maisy *mir* ein Bad einlassen wollte! Wow!«

Sie sah sich in dem Zimmer um und konnte kaum glauben, dass dies für die nächsten beiden Jahre ihr eigenes Schlafzimmer sein sollte – oder bis zu dem Zeitpunkt, zu dem sie oder Lady Catherine Irenes Lehrzeit beenden würden. Du meine Güte, sieh dir nur dieses riesige Himmelbett an, Irene! So groß wie unser vorderer Salon zu Hause; Joan, Pam, Doreen und ich könnten problemlos Himmel-und-Hölle auf dem Bett spielen, und nachts würden wir nicht ineinander rollen, wie das in der Waterloo Road Nr. 10 aus Platzmangel immer passiert ist!

Irene ging in dem Zimmer umher und berührte und untersuchte jedes Detail.

Kleiderschränke mit Spiegeln, eine Frisierkommode mit silbernen Kämmen und Bürsten für sie, ein pinkfarbener Teppich, Vorhänge aus pinkfarbenem Brokat, eine pinkfarbene Daunenbettdecke so weich wie Distelwolle und vor allem ein eigenes Badezimmer mit einer Badewanne so groß wie ein Pferdetrog!

Und es war nicht nur eine alte Zinkwanne: diese Wanne wurde von der Firma Doulton, Staffordshire in England hergestellt, wie ein ovaler Stempelaufdruck auf der weißen Porzellanoberfläche mit den blauen Blumen wissen ließ; die zur Zierde angebrachten Schnörkel waren die gleichen wie am Waschbecken und an der Toilette. Kein Plumpsklo, sondern eine richtig vornehme Toilette – wie hätte ihr Vater es genossen, auf diesem schönen, polierten Mahagonisitz zu sitzen, während er seine Pfeife rauchte und die Tageszeitung las! Es gab auch richtiges Toilettenpapier auf einer hölzernen Rolle, nicht in Stücke geschnittenes Zeitungspapier, das an der Tür des Plumpsklos im Hinterhof hing.

Tja, Irene Druce, sagte sie zu sich selbst, während sie im Badezimmer stand und bewundernd in das angrenzende Schlafzimmer spähte, du bist zweifellos aufgestiegen, Mädchen, und das alles dank der tratschenden Tante Martha und ihren ›Kontakten‹! Mama hat Recht, sie ist wirklich eine gute Seele, trotz allem ... obwohl ich ihr das erst sagen werden, wenn es für mich hier gut läuft!

Lunch und Dinner liefen nach dem gleichen Schema ab. Der Lunch wurde um Punkt ein Uhr, das Dinner um Punkt acht Uhr serviert. Außerdem gab es den Vormittagsimbiss um elf Uhr und den Nachmittagstee, der um Punkt fünf Uhr unten im Salon serviert wurde.

An diesem ersten Tag ihrer ›Probezeit‹ war Irene von der Zeremonie, den Gesprächen, der Gesellschaft und der Vielfältigkeit des Geschirrs bei den Mahlzeiten eingeschüchtert.

Alle kleideten sich für das Dinner um – was bedeutete, dass alle sich mit langen Kleidern und Schmuck aufputzten, insbesondere Lady Catherine. Irgendwoher hatte sie wieder Schmuck aufgetrieben, da ihr die meisten ›russischen‹ Schmuckstücke während der letzten Hopfenernte gestohlen worden waren – dank Bert Fennel und der Battersea-Sippschaft!

Da an diesem ersten Abend beim Dinner in Hopeworthy Hall nur Damen anwesend waren – Mr. Randolph war noch in London –, erfuhr Irene noch nicht, welche Kleidung Gentlemen wie Mr. Randolph und Sir Angus zum Dinner trugen.

Der Herr des Hauses, Sir Angus Hopeworthy, glänzte durch Abwesenheit. Irene fragte sich, warum er nicht da war; vielleicht war er immer noch in Schottland bei der Moorhuhnjagd oder was er sonst tun mochte, um sich zu amüsieren. Zum ersten Mal bekam Irene eine Ahnung, warum Lady Catherine den Wunsch hatte, ihre Karriere zu unterstützen: Sie war einsam, sie war gelangweilt, sie war sehr reich, und sie war noch weit davon entfernt, sterben zu wollen.

Irene fühlte sich sehr jung und sehr schäbig in ihrem Sonntagskleid, das ihre Schwester Pam an sie weitergegeben hatte, ein blaues Wollkleid mit einem weißen Seemannskragen. Sie besaß keinerlei Schmuck, da sie sich scheute, den billigen Modeschmuck zu tragen, den ihre Schwestern so liebten.

Beim Lunch hatte Irene Lady Catherines ›Privatangestellte‹ kennen gelernt, ein neues Wort für Irene. Mrs. Amelia Howarth, eine Witwe, war Lady Catherines persönliche Sekretärin, und Miss Olive Crike war ihre Zofe. Beide Damen war steinalt; wie Irene im Laufe der Zeit herausfand, wurde Miss Crike vom Personal respektlos ›O'Crikey‹ genannt.

Lady Catherine saß am Kopf der langen Tafel, jedoch nicht in ihrem langen Rollstuhl, der als Tagesliege im Salon diente, sondern in einem anderen, kleineren, aufrechteren Rollstuhl – vermutlich war das der, der in den Aufzug geschoben werden konnte, wie Tante Martha erwähnt hatte.

Irene vermutete, dass jemand mit den Hunden spazieren gegangen war, als sie am Morgen eingetroffen war. Beim Dinner jedoch saß Tizzy-Wizzy, der verwöhnte Hund, zwischen Lady Catherine und Miss Crike, die stolz auf ihren Platz zur Rechten ihrer Herrin war.

Tizzy-Wizzy schien bemerkenswert fügsam und wohlerzogen zu sein. Es war erstaunlich, dass man Tizzy-Wizzy nicht auch herausgeputzt hatte, zum Beispiel mit einem hübschen Hundekragen, war Irenes respektloser Gedanke, während sie versuchte, sich in der ungewohnten Gesellschaft korrekt zu benehmen.

Tizzy-Wizzy wurde von Miss Crike gefüttert, die mit einer silbernen Gabel aus einer silbernen Hundeschüssel zierlich dicke Fleischbrocken aufspießte und in Tizzy-Wizzys großes sabberndes Maul fallen ließ.

Irene konnte nicht hinsehen, der Anblick verursachte ihr Übelkeit. Aber da es sonst niemanden zu stören schien, dass Tizzy-Wizzys Kinn auf dem Tisch lag und lange Speichelfäden auf die glänzende Oberfläche tropften, versuchte sie, ihre Gefühle bezüglich Hunden, die wie Menschen am Tisch aßen, zu verbergen – an so etwas war sie nicht gewöhnt. Die Hunde in der Waterloo Road waren räudige Kreaturen, die an allem und jedem, der lange genug stillstand, das Bein hoben. Früher oder später würde sie sich wohl an die dramatischen Änderungen ihres Lebensstils gewöhnen. Heimlich beobachtete Irene Miss Crike, um zu sehen, ob diese vielleicht vergaß, für wen der Bissen bestimmt war und mit Tizzy-Wizzys Gabel Hundefutter in ihren eigenen Mund stecken würde.

Silber und Kristall spiegelten sich auf der glänzenden Oberfläche des Tischs und funkelten im Licht der elektrischen Kronleuchter.

Lady Catherine benutzte Besteck, das speziell für ihre durch Arthritis verkrümmten Hände konstruiert war. Und obwohl sie nur wie ein Vögelchen aß und den Kopf nicht heben konnte, um ihre Gesprächspartner anzusehen, hielt sie scheinbar mühelos eine lebhafte Konversation in Gang, ohne angestrengt oder erschöpft zu wirken.

Sie hat wahrscheinlich einen guten Tag, dachte Irene, die froh war, Mr. Jarvis zu sehen, der sie bei Tisch bediente und nicht an irgendwelchen Folgen des gewalttätigen Angriffs zu leiden schien.

Zum ersten Mal in ihrem Leben genoss Irene Wein und Privilegien, eine berauschende Mischung, obwohl man ihr wegen ihres Alters nur ein halbes Glas Wein zugestand. Nie zuvor war sie von einem Butler, einem Lakai *und* einem Dienstmädchen bedient worden. Vier Leute am Tisch – fünf, wenn man die Hündin mitzählte – und drei Personen, die sie bedienten, der Gipfel des Reichtums und der Macht! Es könnte ihr schlechter gehen, als solch gastfreundliche ›Protektion‹ anzunehmen, und, wie Charlie ganz richtig gesagt hatte, sogar der König von England war sich nicht zu schade, von seinen Untertanen eine Apanage anzunehmen.

In dieser Nacht lag Irene auf ihrer weichen Matratze, weiße Betttücher umschmeichelten sie und die weiche rosafarbene Daunendecke wärmte sie; sie seufzte zufrieden auf, bevor sie die Augen schloss: Ja, manchmal wurden Träume *tatsächlich* wahr! An diese Art zu leben könnte sie sich problemlos gewöhnen.

13. Kapitel

Die folgenden Tage, Wochen und Monate verschmolzen für Irene zu einer Einheit, wie eine durchsichtige Glasur auf Gold.

Im Laufe der Zeit vergrößerte sich die Runde bei Tisch um Signor und Signora Milliflori und Monsieur Chicôt. Riccardo Milliflori war Irenes Musik- und Tanzlehrer, seine Frau Leah unterrichtete sie in europäischer Kunst und Kultur sowie in Zeichnen und Malerei. Monsieur Chicôt mit seinem kleinen Ziegenbart und seiner altmodischen stutzerhaften Art war ihr französischer Sprach- und Geschichtslehrer.

Lady Catherine selbst unterrichtete Irene in englischer Grammatik und Russisch – russische Geschichte, russische Kunst und Kultur und vor allem russischer Schmuck. Fabergé stammte aus einer alten Hugenottenfamilie, die aus Frankreich und Deutschland geflohen war und sich in Russland niedergelassen hatte. Die Kunsthandwerker wurden vom russischen Adel willkommen geheißen und wurden im Laufe der Zeit zu einem Spiegelbild dessen, was den kaiserlichen Hof unter den Zaren Alexander II., Alexander III. und Nikolaus II. ausmachte.

»Eine harmonische Verschmelzung der alten russisch-orthodoxen Traditionen und der darin vorherrschenden Schwere mit der Leichtigkeit der ›Art Nouveau‹ des zwanzigsten Jahrhunderts«, erklärte Lady Catherine Irene in diesen ersten Wochen ihrer Lehre. »Natürlich kann man nach Frankreich gehen, einige sehr gute

Emailleure kommen aus Frankreich. Aber selbst Houillon, der berühmteste französische Emailleur nach besten Traditionen des Kunsthandwerks unter Louis XIV. und Louis XV., sagte zu Alexander Fabergé, Peter Carls Sohn, dass er verrückt sei, nach Frankreich zu gehen, um die Kunst des Emaillierens zu erlernen, denn Houillon war nicht in der Lage, die Arbeiten auszuführen, die Fabergés Meister in St. Petersburg erstellten.«

Lady Catherine war eine wahre Informationsquelle, was die Geschichte russischen Schmucks anging, ermüdete jedoch schnell bei langatmigen Erklärungen. Bei Irenes Unterrichtsstunden in englischer Grammatik und russischer Sprache sagte sie Irene, was sie tun sollte, gab ihr die geeigneten Bücher und zu lösende Aufgaben und überließ Irene ihrer Arbeit. Nach einiger Zeit führte Lady Catherine ›russische oder französische Tage‹ ein, an denen kein Englisch gesprochen wurde, damit Irene die beiden Fremdsprachen fließend sprechen lernte.

Irene fiel das Lernen leicht, und sie eignete sich bereitwillig alle Kenntnisse an, manchmal jedoch erreichten ihre mentalen Fähigkeiten beinahe ihre Grenzen. Nach Lösung aller Aufgaben reichte Irene diese Lady Catherine, die sie korrigierte und, falls notwendig, Kommentare dazu abgab. Danach konnte Irene Fragen stellen. Übrigens hatte Lady Catherine zu Beginn des Unterrichts gebeten, Irene duzen zu dürfen, womit Irene mehr als einverstanden war.

»Ich bin dankbar, dass Sie Monsieur Chicôt als Französischlehrer engagiert haben, Lady Catherine, aber warum ist neben Russisch auch Französisch wichtig, wo doch die Russen die Meister im Schmuckdesign sind?«, war eine von Irenes Fragen.

»Französisch, meine Liebe, wird am russischen Hof und vom russischen Adel gesprochen. Französisch ist eine Weltsprache, die sehr schön klingt und ausgesprochen ausdrucksstark ist, wie die englische Sprache. Hast du niemals ›Krieg und Frieden‹ von Leo Tolstoi gelesen?«

»Nein, Lady Catherine.«

»Dann nimm dir vor, das Buch bald zu lesen – alle eintausend oder mehr Seiten –, denn es wird dir einen Einblick in die russische Denkweise, russische Geschichte, russische Kunst und Kultur und alles Russische, das lernenswert ist, vermitteln. Die Kampfszenen kannst du überspringen.«

»Ich habe noch eine Frage – was ist Russifizierung?«

»Das wirst du ebenfalls erfahren, wenn du Leo Tolstois Werk liest. Es ist besser, wenn du dir über solch ein kontroverses Themas selbst deine Meinung bildest«, war die wenig ergiebige Antwort.

Lady Catherine wusste, dass sie ihren Unterricht interessant gestalten musste, damit ihre Schülerin empfänglich für das vermittelte Wissen war und damit es ›hängen blieb‹. Es brachte nichts, Irene mit Fakten, Zahlen und Konjugationen zu bombardieren, sie würde besser lernen, wenn sie ihre Lektionen ›erlebte‹ und genoss und das Bedürfnis hatte, in Sir Angus' Bibliothek zu gehen und Dinge nachzuschlagen. Alles, was sie im Moment lernte, war Hintergrundwissen und sollte sie auf die eigentliche Aufgabe vorbereiten – sie als förderungswürdige Schülerin zu Carl Fabergé zu schicken.

Dann gab es da noch den Unterricht in Musik, Tanzen, Kunst, Kultur und Zeichnen durch das italienische Paar. Wenn die beiden Millifloris nicht gerade darüber stritten, wessen Unterrichtsstunden zuerst an die Reihe kämen, versuchte sich Riccardo in harmlosen Flirts mit Irene. Er wurde kühner, als Irene sich langsam von dem ungebildeten hässlichen Küken aus London East End in einen graziösen Schwan verwandelte, der sich in jedem Salon behaupten konnte. Eines Tages wurde der gut aussehende Italiener mitten in einer ›amourösen Attacke‹ durch Irenes Drohung gestoppt: »Signor Milliflori, wenn sie nicht mit Ihren Versuchen aufhören, ständig meine Hand, meinen Hals, meine Brust und meine Knie küssen zu wollen, und mir bei jeder sich bietenden Gelegenheit in den Hintern zu kneifen, werde ich es Ihrer Frau und Lady Catherine sagen!«

Er nahm sofort Abstand von weiteren Handküssen, Hinternkneifen und florentinischen Schmeicheleien in Hopeworthy Hall. Er hatte nicht vor, eine einträgliche und angenehme Arbeitsstelle wegen der Jagd auf ein junges Mädchen, das nicht das geringste Interesse an ihm zeigte, zu riskieren.

Was den Unterricht in ›Etikette und Protokoll‹ anging, kam Jarvis ins Spiel. »Miss Irene, das Tischsilber wird bei einem großen Bankett folgendermaßen angeordnet ... Sie beginnen mit dem äußeren Besteck und arbeiten sich nach innen vor; auf diese Weise werden Sie nicht durch all das Besteck rund um Ihren Teller verwirrt.«

»Wohin sollte ich jemals zu einem großen Bankett eingeladen werden, Mr. Jarvis?«

»Man sollte auf alle Eventualitäten vorbereitet sein, Miss Irene, denn heutzutage ist die Welt in einem Wechsel begriffen, wo die Reichen und Mächtigen von ihren Podesten gestoßen und ihre Plätze von Leuten aus niedrigem Stande eingenommen werden, Miss.«

Irene fragte sich, ob Jarvis mit seinem schlauen Kommentar auf ihre Verbindung zu jenen anspielte, die ihm ›eins über die Rübe gezogen‹ hatten, wie es im Jargon der Bediensteten hieß. »Sie meinen Leute wie mich, Jarvis? Lady Catherines Wohltätigkeitsfall?«

»Aber nein, Miss!« Er schien ernsthaft beschämt zu sein. »Sie sind anders, Miss – Sie müssen anders sein, wenn Lady Catherine das denkt. Ich wollte Sie keinesfalls beleidigen, Miss. Sie sind ein Protegé von Lady Catherine mit echtem Talent wie dieser Sam Smart, der sein Glück nicht erkannt hat, als es vor ihm lag, und der es für nichts hingeschmissen hat. Wie selbst Mr. Randolph sagt, wenn jemand Talent hat wie dieser Bursche Van Gogh, dessen Gemälde Mr. Randolph für sein Haus in London sammelt, Miss, interessiert es keinen Deut, welcher Gesellschaftsschicht man angehört, denn Talent zu haben ist nicht das Gleiche wie neureich zu sein. Eigentlich habe ich auf die allgemeine Situation angespielt, Miss, in der Reichtum zunehmend einen höheren Stellenwert als Adel erhält; zum Beispiel ist dieser Amerikaner Mr. Ford ohne eine entsprechende Vergangenheit mit seinen Automobilen Millionär geworden.«

»Vielen Dank, Mr. Jarvis«, meinte Irene. »Ich werde Ihre weisen Worte im Gedächtnis behalten, wenn Mr. Ford mich zu seinem nächsten Bankett einlädt. Lassen Sie uns den Unterricht fortsetzen.«

»Gläser, Miss, werden in der gleichen Reihenfolge wie das Besteck benutzt, von außen nach innen entsprechend den verschiedenen Gängen. Die größeren Gläser sind für Rotwein, damit der Wein atmen und sein Bouquet entfalten kann. Rotwein wird zu Fleisch und Wild gereicht, Miss. Die mittelgroßen Gläser sind für Weißwein und eisgekühltes Wasser, Miss. Eine richtige Dame trinkt nach ihrem ersten Glas Wein nur noch Wasser, Miss, denn es ist kein schöner Anblick, wenn eine Dame sich bei Tisch betrinkt, sagt die gnädige Frau, und Damen sind schnell betrunken, weil sie nicht an Alkohol gewöhnt sind.«

Hmm! dachte Irene, die ehrenwerte Camilla war also eine Säuferin! Sie war bei Tisch immer beschwipst und flirtete mit den Gentlemen zu ihrer Linken und ihrer Rechten, obwohl sie eigentlich an Mr. Randolph denken sollte. Warum er sich ausgerechnet *sie* als Freundin ausgesucht hatte, war Irene ein Rätsel; sie musste wohl über verborgene Qualitäten verfügen! Sie hielt Randolph jedoch nicht für käuflich, obwohl die menschliche Natur nicht berechenbar war. Menschen waren von allen von Gott geschaffenen Lebewesen auf jeden Fall die am unberechenbarsten! Sie richtete ihre Aufmerksamkeit wieder auf Jarvis, der gerade sagte:

»Weißwein wird zu Huhn und anderen hellen Fleischsorten serviert, Miss, und auch zu Fisch. Die hohen schmalen Gläser sind für Champagner bestimmt – obwohl heutzutage auch Schalen modern sind, damit man die Bläschen sehen kann, aber das ist eigentlich falsch, Miss, nicht die richtige Etikette. Champagner wird zum Dessert gereicht, Miss, und um Trinksprüche auszubringen. Diese glockenförmigen Gläser sind für Brandy bestimmt, Miss, die kleinen für Sherry und die ganz winzigen für Likör; meistens trinken die Herren Portwein und Brandy und die Damen Sherry.«

Du meine Güte, dachte Irene, wozu muss ich das alles wissen?

Ich möchte Schmuckdesignerin werden, nicht Butler oder Alkoholikerin.

Sie fuhr mit ihren zahlreichen und abwechlungsreichen Studien fort. Die interessantesten Lektionen würde sie in einem Jahr lernen, wenn sie jeden Freitag mit dem Zug nach London reisen würde, um in der New Bond Street Nr. 173, der Londoner Werkstatt von Peter Carl Fabergé, alles Wissenswerte über das ›wirkliche‹ Schmuckgeschäft zu erfahren.

Unter der Schirmherrschaft der beiden Manager, Monsieur Nicholas Fabergé und, wenn Monsieur Nicholas in Russland war, Mr. Bainbridge, begann Irenes Einführung in die Welt der Goldschmiedekunst und des Schmuckdesigns.

Der Ire Mr. Pinks war Chefdesigner. Fabergés Musterhersteller in London waren der Schweizer Frank Lutiger und der Engländer Alfred Pocock. Wenn Irene Rat brauchte, wandte sie sich immer an Mr. Pinks, weil er die Tätigkeit ausübte, die auch Irene eines Tages ausüben wollte. »Mr. Pinks, Mr. Bainbridge hat mir eine Liste von Monsieur Fabergés Meistern und deren Kurzzeichen gegeben, die ich mir einprägen soll. Aber unter all den Eriks, Alfreds, Michaels, Vladimirs, Edwards und Fedors entdecke ich keinen einzigen Frauennamen. Wie kommt das?«

Der Ire zuckte die Schultern. »Miss Irene, keine der Frauen erreicht den Standard, den der Maître fordert, außer vielleicht Madame Helena Shishkina, eine der weiblichen Modellhersteller in der Moskauer Niederlassung.«

»Warum ist ihr Name dann nicht in dieser Liste enthalten?«

Mr. Pinks zuckte wieder die Schultern. »Ich nehme an, Miss, dass man sie nicht in die Liste aufnimmt, weil sie nicht so wichtig wie die Männer ist.«

Das werden wir ja sehen!, sagte sich Irene, hier ist eine entschlossene Frau, die ihren Wert in dieser Männergesellschaft unter Beweis stellen kann!

Sie gewann Einblick in alle Geschäftsbereiche Fabergés, vom Sortieren der Edelsteine und Halbedelsteine, sodass sie auf einen Blick die Qualität eines Diamanten, Smaragdes, Saphirs etc. erkennen konnte, bis hin zu den Steinen, die für Fabergés weniger kostbare Kunstgegenstände benutzt wurden.

»Die Stilrichtung ›Art Nouveau‹ oder Jugendstil, Miss Druce«, erklärte ihr Mr. Bainbridge an einem Freitag, »ist ein erworbener Geschmack. Jedoch haben viele aristokratische und weniger aristokratische Kunden, besonders neureiche Amerikaner, Geschmack an Art Nouveau gefunden; aus diesem Grund betätigen wir uns auf diesem Markt. Mir persönlich gefällt es nicht, denn in meinen Augen ist es keine Kunst, wenn willkürlich die falschen Materialien wie zum Beispiel übergroße Paranüsse zur Darstellung lächerlicher Spechtköpfe oder Strähnen von Menschenhaar als Weidenbäume benutzt werden. Gott sei Dank befriedigt der Maître die Art Nouveau-Launen seiner Kunden mit mehr Stil. Sehen Sie sich auf dieser Werkbank dort drüben unser Kaninchen aus Speckstein mit Rubinen als Augen und die Schnitzereien dieser beiden Kätzchen aus Quarz an. Als Hausaufgabe fertigen Sie bitte einen Entwurf an, der in unsere ›Tierreihe‹ passt und den Trend der Art Nouveau, die zu bearbeitenden Grundmaterialien und die Steine, die Sie verwenden wollen, berücksichtigt. Bringen Sie mir den Entwurf nächsten Freitag mit und erläutern Sie auch das Verfahren, nach dem Ihr Entwurf ausgeführt werden soll. Wenn er gut genug ist, werde ich ihn Monsieur Nicholas zeigen.«

Irene hatte in der Werkstatt gelernt, dass die Farbe eines Steines verändert werden konnte, und hatte auch selbst – unter der Anleitung von Mr. Bainbridge – Versuche durchgeführt, um einen blassen Achat in einen schwarzen Onyx zu verwandeln, indem der Stein mehrere Tage lang in Honig, der sich gerade unterhalb des Siedepunktes befand, gelegt wurde. Am darauf folgenden Freitag kehrte Irene mit einem Entwurf zweier Dachse, die vergnügt im Mondlicht tollten, zurück. Der Stein, den sie für die Schnitzerei verwenden wollte, war blasser Achat, die schwarzen Streifen der Dachse sollten aus schwarzem Achat, oder besser gesagt nach dem Umwandlungsprozess aus schwarzem Onyx sein, und die Augen der Dachse sollten das Mondlicht aus grünlich schillerndem Amazonit reflektieren.

Mr. Bainbridge schaute sich den Entwurf wortlos an. Aber er nahm ihre Zeichnung und die Beschreibung der Bearbeitungsmethode mit in sein Büro. Irene hoffte, dass er sie Monsieur Nicholas zeigen würde, aber Mr. Bainbridge hatte sich nicht im Geringsten anmerken lassen, ob ihre Hausaufgabe ihn beeindruckt hatte.

Am nächsten Freitag jedoch führte er sie zu einer Werkbank, auf der man etwas Platz geschaffen hatte. Darauf lagen ein Klumpen blassen Achats, Amazonitsteine auf einem kleinen Tablett sowie diverse Schnitzwerkzeuge. »Das Holzrad zum Polieren ist da drüben«, sagte Mr. Bainbridge. »Aber wahrscheinlich werden Sie Ihr Werk abschließend per Hand mit einem Ledertuch polieren müssen. Falls Sie Unterstützung brauchen, kann Mr. Jakes, einer unserer Schnitzer, Ihnen helfen.« Mit diesen Worten überließ er sie ihrer Arbeit.

Aber leider endeten ihre Art Nouveau-Dachse in einer Katastrophe, und auch Mr. Jakes war es nicht gelungen, die Einzelteile der Dachse oder Irenes Selbstbewusstsein zu retten. Sie war in erster Linie eine Künstlerin und Designerin, keine Schnitzerin oder Bildhauerin, und hatte nicht die geringste Ahnung von der Bearbeitung von Stein. Ihr Modell zerbrach einfach. Oh je, murmelte sie entsetzt, ich wünschte, Sam wäre hier!

»Die Werkzeuge waren nicht scharf genug – dazu ist der Wetzstein da. Benutzen Sie ihn«, war Mr. Bainbrigdes Kommentar zu ihren fruchtlosen Bemühungen. »Außerdem ist der blasse Achat gesplittert, weil er nicht richtig vorbereitet wurde, und damit meine ich, dass Sie vergessen haben, ihn in Schwefelsäure zu legen, damit der Zucker gehärtet und karbonisiert wird, nachdem der Honig im Kochprozess absorbiert wurde.«

»Ach du meine Güte, ja!« Nun fiel es Irene wieder ein! Aber es war zu spät. »Ich habe mich so auf die Fertigstellung des Modells konzentriert, dass ich die Schwefelsäure völlig vergessen habe. Ich habe mich nur gewundert, warum der Achat teilweise nicht schwarz, sondern schmutzig grau war.«

»Sie dürfen nichts überstürzen, Miss Druce, das führt Sie nicht zum Ziel. Die Herstellung eines Kunstwerks, das von bleibendem Wert sein soll, ist ein langwieriger, langsamer und mühsamer Prozess. Um auf Ihre Fehler zurückzukommen, Sie müssen als Allererstes ein Wachs- oder Gipsmodell Ihrer Figuren erstellen – das Gleiche gilt auch für Schmuck. Man braucht ein Arbeitsmodell, bevor man mit der eigentlichen Arbeit beginnt. In dieser Woche gehen Sie ins Zeichenstudio, wo man Ihnen zeigen wird, wie das gemacht wird.«

Natürlich hätte sie Sams Schnitzerei aus Stechpalmenholz als Modell benutzen können, aber sie hatte *ihren* Dachsen ihre eigene Note verleihen wollen.

»Die Idee war gut, aber die Ausführung einfach hoffnungslos«, fuhr Mr. Bainbridge fort. »Es besteht aber kein Grund zur Besorgnis, denn sehr wenige Designer führen ihre eigenen Ideen aus. Diese Übung war lediglich dazu gedacht Ihnen zu zeigen, wozu die zur Verfügung stehenden Materialien geeignet beziehungsweise nicht geeignet sind. Sie hätten besser Obsidian gewählt, der eher für Tierschnitzereien geeignet ist. Außerdem hätte man nicht die ursprüngliche Farbe des Materials ändern müssen. Obsidian besteht aus vulkanischem Gestein und hat von Natur aus eine grauschwarze Färbung, die wie Samt schimmert, wenn der Stein poliert ist. Ideal für Dachse im Mondlicht!«

Irene war enttäuscht, dass sie ihren ersten Test nicht bestanden hatte, lernte jedoch eine wichtige Sache daraus, nämlich, dass ihre Fähigkeiten nicht auf dem Gebiet des Schnitzens oder Bildhauens lagen!

Mr. Bainbridge übergab ihr auch eine Farbskala von Emaille- und *Guilloché*-Verzierungen auf silbernen Quadraten, die das ganze Spektrum von Emaillefarben zeigte. Jede Farbe war auf der Rückseite des silbernen Quadrates mit einer Nummer versehen. Irene sollte die Farben und die ihnen entsprechenden Nummern auswendig lernen. Aber obwohl sie mit Monsieur Chicôt Französisch lernte und sich auch große Mühe gab, wusste sie nicht, was *Guilloché* bedeutete.

Sie wandte sich mit ihrer Frage an Mr. Pinks.

»Das heißt Folgendes, Miss Irene. Beim Überziehen mit durchscheinender Emaille werden die Emailleschichten erhitzt, wobei der Schmelzpunkt der Schichten genau abgestimmt werden muss, wenn die Schichten auf eine vorbereitete Metalloberfläche aufgetragen werden. Bei uns geschieht die Vorbereitung in der Regel mit einer Maschine, aber manchmal wird das Metall auch per Hand graviert. Die Muster bezeichnet man als Guilloché-Oberfläche.«

»Merci beaucoup, Mr. Pinks«, antwortete Irene, stolz, ihre Französischkenntnisse anwenden zu können.

Sie mochte diese Seite ihrer Arbeit und lernte begeistert alles über den Brennofen, die unterschiedlichen Temperaturen, die für die erfolgreiche Verschmelzung verschiedener Metalle benötigt wurden, und darüber, was beim Schmelzprozess schief gehen konnte.

Sie liebte die verschiedenen Farbschattierungen, die erzielt werden konnten, und die eingravierten Muster. Sie lernte, wie ein fragiles Gittermuster aus Gold gefertigt wurde. Die Arbeit erforderte großes Fingerspitzengefühl, und wenn man bei den Abschlussarbeiten einen Fehler machte, konnte das eine Katastrophe bedeuten und auch teuer werden.

Gott sei Dank, dachte Irene, dass sie dem Goldschmied bei seiner schwierigen Arbeit nur zusehen und die Arbeit bislang nicht selbst ausführen musste. Sie war schließlich in der Einführungszeit nur einmal die Woche hier, bis ihre *richtige* Lehrzeit auf Vollzeitbasis begann – falls man sie für tauglich befand!

Freitag war ebenfalls ihr Besuchstag für die Waterloo Street, wo sie von ihrer Mutter und der ganzen Familie erwartet wurde, wenn sie die Werkstatt in der Bond Street verließ. Alle waren gespannt, welche Neuigkeiten sie zu berichten hatte, auch Tante Martha, die sich beeilte, vom Markt heimzukommen, um ihren Bericht über die Woche in Hopeworthy Hall und den Freitag in Monsieur Fabergés Werkstatt zu hören.

Irene verbrachte die Nacht von Freitag auf Samstag immer zu Hause; sie musste sich das Doppelbett nur mit Doreen teilen, und die beiden redeten und redeten, manchmal bis in die frühen Morgenstunden. Und wenn Lorna nicht schlafen konnte, weil sie Ken vermisste, durfte sie an den Gesprächen zwischen ihren Töchtern teilnehmen. Sie wunderte sich, wie schnell ihre Kinder flügge wurden; Doreen würde die Nächste sein, die das Nest verließ.

Am Samstagmorgen, wenn Irene sich auf dem Rückweg nach Kent befand, erzählte Tante Martha, was sie am Vorabend von ihrer Nichte erfahren hatte: »Unserer Irene geht's gut. Dass sie nich' zu Miss Lily Lovett in den Kurzwarenladen gegangen is', war das Beste, was sie tun konnte. Miss Lily hätte für uns're Irene nie das tun können, was Lady Cath für sie tut. Irene arbeitet jeden Freitag in Mon-sewer Fabergees persönlicher Werkstatt in der Bond Street. Und all das verdankt sie mir, stell dir vor, Dot!«

Nachdem Irene bereits einige Monate in Hopeworthy Hall wohnte, wiederholte Tante Martha auf dem Markt, was Irene erzählt hatte: »Irene sagt, dass Lady Caths Neffe, Mr. Randolph, sich mit der ehrenwerten Miss Camilla Ashley-Gray-Johnson von Brenchley verlobt hat – das is' in der Nähe von dem Ort, zu dem ich jedes Jahr zur Hopfenernte fahre. Lady Cams Vater is' der Sohn eines Grafen und kann seine Familiengeschichte bis zurück zu Lady Jane Gray verfolgen, die eine Woche lang Königin von England war, bevor man sie hinrichtete. Sagt uns're Irene.«

»Aha, jetzt hast du schon mit der königlichen Familie zu tun, Martha Mannering! Nobel, nobel!«, sagte Dot Fennel, die das Sticheln nicht lassen konnte. Aber sie bereute es sofort.

»Besser als mit den Gefangenenwärtern im Gefängnis von Brixton, wo dein Bert wegen Diebstahl eingelocht wurde, Dot Fennel!«, antwortete Tante Martha scharf. Sie würde sich von Leuten wie Dorothy Fennel nichts mehr gefallen lassen, das hatte sie nicht nötig; schließlich hatte Irene nun Umgang mit den gehobenen Gesellschaftsschichten, und sie machte keine schlechte Figur dabei.

14. Kapitel

Meistens gelang es Irene, samstags mit demselben Zug nach Kent zu fahren, den auch Randolph benutzte, um sein ›Sportwochenende‹ in Hopeworthy Hall zu verbringen.

Sein Sport schloss nun auch Camilla mit ein, denn Randy eilte nach Hause, um mit seiner Verlobten zusammen zu sein; meistens verbrachten die beiden das ganze Wochenende auf der Jagd nach Füchsen, den Füchsen, die Sam und Irene eines Nachts vor zwei Jahren verzaubert hatten.

»Warum seufzst du, Miss? Womit beschäftigen sich deine Gedanken?«, fragte Randolph Irene an einem bestimmten Samstagmorgen; er senkte seine Zeitung und strahlte sie an.

»Ich denke an Erste-Klasse-Wagen anstelle von Dritter Klasse. Ich denke daran, welche Windungen das Leben oft nimmt, die einem zu dem Zeitpunkt vielleicht gar nicht auffallen, später aber eine besondere Bedeutung gewinnen. Ich denke an dich und Camilla. Ich denke an Sam Smart.«

»Warum denkst du an Camilla und mich, Irene?«

Irene konnte ihm schwerlich ins Gesicht sagen: »Sie ist zu oberflächlich und hohlköpfig für dich, Randolph«, wie ihre Tante das vielleicht tun würde. Stattdessen sagte sie: »Sie ist einfach wunderbar! All das Rebhuhnschießen und Gebrüll und Jagen nach Füchsen in deiner Allee, Randy!« Er platzte fast vor Lachen über Irenes Parodie.

»Du bist nicht nur eine gute Imitatorin, Irene Druce, sondern du hast auch eine böse Zunge. Ich weiß, dass du eifersüchtig auf Camilla bist. Welches junge Mädchen wäre das nicht?«, fügte er affektiert hinzu und lachte. Wenn Randolphs und Camillas Gäste aus London über das Wochenende aufs Land kamen, spielten sie immer eine ähnlich affektierte Scharade.

›Mr. Randolph‹ war für Irene schon vor langer Zeit zu Randolph geworden, weil Lady Catherine es so wollte und Irene auf ihre Art und Weise ›erzog‹. Die so genannten ›Wochenenden auf dem Land‹ fanden entweder in Hopeworthy Hall oder in Grays Manor in Brenchley, Camillas Landhaus, statt, und man amüsierte sich mit allerlei Spielen und Unternehmungen in der Umgebung.

Camilla Ashley-Gray-Johnson hatte in Randolph Veränderungen bewirkt, die noch keine andere Frau hatte bewerkstelligen können; gleich zu Beginn ihrer Beziehung hatte sie ihm seine Steifheit und Schüchternheit genommen und seine Einstellung, ein Mann zu sein, der sich in Gesellschaft von Männern wohler fühlte, auf den Kopf gestellt. Diese Seite von Randolphs Charakter war Irene erst aufgefallen, als sie ihn näher kennen lernte.

Er hatte nur reine Jungenschulen besucht und war auch während des Studiums nur mit männlichen Studenten in Kontakt gekommen; auch in seiner vornehmen Anwaltspraxis gab es nur männliche Mitarbeiter. So wurde er zu dem, was er war – ganz und gar nicht an räuberische weibliche Wesen gewöhnt. Genau das gefiel Irene so an ihm – und Camilla nutzte die Lage in Irenes Augen aus. Randy war so ›unschuldig‹!

Im Vergleich zu Charlie und Don, die hart arbeitende Männer waren, war Randolph nur ein Tölpel.

All das Gelächter und die Witze in weiblicher Gesellschaft dienten nur dazu, seine Unsicherheit zu verbergen, die nach Irenes Meinung der Grund dafür war, dass er so lange Junggeselle geblieben war. Insgeheim fürchtete Randolph sich vor energischen Frauen. Irene war alles andere als überzeugt davon, dass Camilla die richtige Frau für ihn war.

Randolph hatte Camilla im Schnellzug nach London kennen

gelernt, wo die hübsche blonde Camilla in ihrem schicken Pelz in Paddock Wood zugestiegen war und den Rest der Fahrt nach London neben Randolph in der Ersten Klasse gesessen hatte. Laut Gerüchten aus der Küche von Hopeworthy Hall hatte Randy sie bereits am selben Abend zum Dinner eingeladen. So wie Irene Camilla einschätzte, war es eher umgekehrt gewesen.

Und als Irene die wahren Fakten ihres Treffens erfahren hatte, war sie in lautes Gelächter ausgebrochen – armer Mann!

»Worüber lächelst du, Irene Druce?«, fragte Randolph. »Ich möchte mitlachen.«

Irene legte die Hand auf ihr Herz. »Oh Randolph! Du hast mich ertappt! Du weißt, wie ich dich anbete! Ich war noch nie so eifersüchtig wie auf all den Bällen, die Lady Cath und Lady Cam für euch Turteltäubchen gegeben haben. Ich konnte es kaum ertragen, sie in deinen Armen zu sehen! Du und Camil ... *quelle Tropicouleur* im Gegensatz zu *Quatrecouleur*!«

»Was plapperst du da, Mädchen?«, sagte er in verzweifeltem Ton, lachte aber dabei.

»Das alte Gutshaus hat seit Jahrzehnten nicht mehr so viel Leben gesehen. Sogar Sir Angus hat seine schottische Geliebte verlassen und ist zurückgekehrt, um an dem lustigen Leben teilzuhaben. Letzten Samstag hat er mich sogar zum Tanz aufgefordert! Aber, sag mir ...« Irene sank auf dem Erste-Klasse-Plüschsitz in sich zusammen und gab vor, todunglücklich zu sein, bevor sie sich wieder gerade hinsetzte. »Sag mir, Randolph, wann werdet ihr beide, du und Camilla, endlich Nägel mit Köpfen machen, sodass ich eure *glückliche* Brautjungfer werden kann, die sehnsüchtig darauf wartet, den Brautstrauß zu fangen – liebster Randolph?« Sie warf ihm einen schmachtenden Blick zu und klimperte mit den Wimpern.

Er ignorierte ihr albernes Getue, denn er wusste genau, dass es ihr großen Spaß bereitete, ihn auf den Arm zu nehmen. Im Laufe ihrer gemeinsamen samstäglichen Reisen hatte sich diese Art des Umgangs miteinander entwickelt; er war in ihren Augen eine Art großer Bruder, während er in ihr immer noch das ›kleine Mädchen in der roten Strickmütze‹ sah. Schlagfertig antwortete er: »Du machst *mich* eifersüchtig! Warum hast du an Sam gedacht?«

Irene wurde ernst. »Ich wünschte, ich wüsste, wo er ist. Nicholas Fabergé will, dass ich einen Entwurf für die russische Dreihundertjahrfeier beisteuere, ein ›erster Versuch‹, mit dem ich möglicherweise die Aufmerksamkeit seines Bruders erregen könnte, der bislang nur Frauen als Designerlehrlinge in seiner Werkstatt in St. Petersburg aufgenommen hat, wenn sie außergewöhnlich gut waren. Dazu brauche ich Sams Hilfe.«

»Warum?«

»Weil ich nicht gut genug schnitzen kann – nicht so gut wie Sam.«

»Ich kann dir momentan nicht folgen«, sagte Randolph, legte seine Zeitung zur Seite und beugte sich vor, um Irene anzusehen; das Thema schien ihr am Herzen zu liegen.

»Ich habe eine Idee. Es ist ein Geheimnis, aber ich weiß, dass ich dir vertrauen kann – aber bitte erzähl es nicht Camilla, denn sie lacht mich immer aus, weil ich eine ›Karrierefrau‹ werden will, wie sie es ausdrückt.«

»Raus damit, Karrierefrau!«, sagte Randolph. Er lachte immer noch, aber nicht über sie, sondern mit ihr, anders als Irene, die ihn und jeden anderen, den sie als Zielscheibe für ihren scharfen Verstand auswählte, gnadenlos verspottete. Camilla war ihr jüngstes Opfer.

»Nun, da es eine russische Ausstellung sein soll, sollte der Charakter wohl auch russisch sein. Ich denke, es gibt auch Eichen in Russland ...«

»Auch Silberbirken«, warf er ein.

»Noch besser. Ein silbernes Birkenblatt, ein zitternder Regentropfen – es gibt doch Regen in Russland?«

»Ich glaube schon. Obwohl der Zar, der göttliche Qualitäten besitzt, vielleicht den Regen durch einen himmlischen Erlass abgeschafft hat.«

Sie ignorierte seine Bemerkung. Sie hatte entdeckt, dass Randolph allen ausländischen Dingen zutiefst misstraute, was seltsam für einen Mann war, der Geschäftsbeziehungen zum Ausland pflegte. In den Augen von Randolph W. Aspen, Kronanwalt, war Gott Engländer und konnte nur Engländer sein.

Sie nahm ihren Gedanken wieder auf: »Jedenfalls besteht das Silberbirkenblatt aus sibirischen Smaragden. Mr. Bainbridge hat mir erzählt, dass es in Sibirien viele Smaragde gibt. Die Blattadern bestehen aus Silberfäden, der Regentropfen ist ein glasklarer Diamant. Das ist das erste Stück. Das zweite ist ein Hopfenzapfen – ich nenne es einfach Hopfenzapfen, weil Hopfen von der Form und der Art her so ähnlich wie Tannenzapfen aussieht. Ich bin aber nicht sicher, ob man Hopfen in Russland kennt. Vielleicht mache ich einfach einen Tannenzapfen aus Jade stattdessen. Mr. Bainbridge sagt, Monsieur Fabergé benutzt nur zwei Jadearten, erstens Nephrit, ein dunkelgrüner Stein aus Sibirien, und zweitens ›blasse Jade‹, ein gelblich grüner Stein, der eigentlich gar keine Jade ist, sondern ein Stein namens Bowenit, der aus einer harten Form von Serpentin besteht. Ich wollte die sibirische Jade verwenden, wegen Russland, verstehst du, und der Tannenzapfen kann geöffnet werden und in der Mitte ist eine kleine Uhr aus Diamanten und Smaragden, weil laut Monsieur Fabergé Kunstwerke immer einen Zweck erfüllen und nicht nur schön sind.«

»Wow!«, sagte Randolph, der von ihrer Begeisterung angesteckt wurde und ihre Hände ergriffen hatte. »Kunstwerke sind aber kein Schmuck im eigentlichen Sinne. Ich dachte, du wolltest Schmuckdesignerin werden?«

»Das stimmt! Aber inzwischen weiß ich, dass ein Juwelier alle möglichen Arten von ›Schmuck‹ herstellen kann, was bedeutet, dass er sich nicht nur auf Ohren, Nase, Hals und Handgelenke beschränken muss! Außerdem soll dieses ›Gesellenstück‹ nicht nur meine künstlerische Vorstellungskraft unter Beweis stellen, sondern auch eine Funktion haben. Eine Art Test für mich. Dann ist da noch der Entwurf einer Weizengarbe, die aus 56 oder 72

Zolotniks aus reinem Gold gefertigt werden soll. Eine Feldmaus aus Diamanten, die außen an der Weizengarbe sitzt, soll als Schalter zum Öffnen der Weizengarbe dienen; im Inneren der Garbe befindet sich ein Thermometer – ideal zum Züchten von modernen Zimmerpflanzen!«

Sie verfügte über die seltene Eigenschaft, ihren beißenden Sinn für Humor auch gegen sich selbst zu richten, und er bewunderte sie besonders, weil sie über sich selbst lachen konnte. Aber obwohl sie über sich selbst lachen konnte, nahm sie sich doch sehr ernst, so wie jetzt wieder.

»Das Heckenstück«, fuhr sie fort, »Brombeeren aus rötlichem und schwarzem Onyx – für wie unwissend muss deine Tante mich vor zwei Jahren gehalten habe, als ich dachte, dass es nur eine Art von schwarzem Stein gibt, nämlich Ebenholz, was ja in Wirklichkeit schwarzes Holz ist! Wahrscheinlich habe ich schwarzen Onyx oder Obsidian gemeint ... ich Dummkopf! Warum sehen Sie mich so an, Mr. Randolph Aspen?«, fragte sie und wand sich unbehaglich.

Er lehnte sich zurück. »Ich glaube, Miss Irene Druce, weil du mich aus der Fassung gebracht hast. Fahr fort mit deinen diamantenen Feldmäusen und den rötlichen Brombeeren.«

»Du behandelst mich wieder herablassend«, sagte sie anklagend, »genau wie Camilla.«

»Ganz im Gegenteil. Ich bin überwältigt von deinem ... deinem kreativen Geist, meine Liebe. Kein Wunder, dass Tante Catherine dich an ihren Busen drückt. Ich wünschte, ich könnte dasselbe tun, aber man würde mich wohl, leider, unmoralischer Absichten beschuldigen. Aber um auf Tante Catherine zurückzukommen, sie hatte während ihres ganzen Lebens immer das Bestreben, sich mit schönen Gegenständen zu umgeben – aus diesem Grund hat sie sich mich als Großneffen ausgesucht.«

Nun war es an Irene, in Gelächter auszubrechen, diesmal mit ihm und nicht über ihn, denn Randolph besaß die Eigenschaft, in allem das Beste zu sehen und es auch zum Besten zu wenden.

Zum Beispiel im Fall Sams, des Zigeunerjungen, war es Randolph gelungen, das Schlechte in Gutes umzuwandeln. Neben Sam und ihren Brüdern war Randolph der einzige andere Mann, in dessen Gesellschaft sie sich wohl fühlte, den sie sehr gerne mochte und den sie hoffentlich noch lange Zeit gerne mögen würde – auch trotz Camilla. Irene vermutete, dass sie Randolph in ihrem Unterbewusstsein als älteren Bruder adoptiert hatte, weil ihre richtigen Brüder so weit entfernt lebten. »Soll ich dir etwas über mein erdbeerförmiges Parfumflakon aus Rhodonit aus Ekaterinburg erzählen, das ...«

»Nein, vielen Dank«, antwortete er hastig und vertiefte sich wieder in seine Zeitung.

Irene lächelte die Zeitung an. »Ich werde meine Kollektion zur russischen Dreihundertjahrfeier auf der erweiterten Grundlage meiner Kollektion ›Glitzern im Mondlicht‹ entwerfen. Willst du wissen, warum?«

Er senkte seine Zeitung. »Warum?«

»Weil ich in den Hopfengärten von Kent zum ersten Mal in meinem Leben meine Liebe zu den schönsten Dingen des Lebens entdeckt habe. Monsieur Fabergé wird wissen, was ich meine.«

»Und welche Dinge meinst du?«

»Sternenlicht und Mondschein, Silberfische und Käsesandwiches.«

»Käsesandwiches?«

»Ohne Käsesandwiches kann man keine Silberfische fangen.«

Er schüttelte verwundert den Kopf. »Du bist ein verrücktes Mädchen, einfach verrückt!«

»Das sagt man. Wie Van Gogh. Ich glaube, du gehörst zu seinen Bewunderern.«

»Sammler!«

»Kommt auf dasselbe heraus. Monsieur Fabergé ist Russe, und Russen kennen sich mit Liebe und Romantik aus, nicht wahr?«

»Tatsächlich?«

Sie lehnte sich eifrig vor. »Du bist doch in Russland gewesen, oder nicht, Randolph? Wie ist es dort?«

»Ziemlich schrecklich«, entgegnete er und zerstörte damit den Zauber. »Zu kalt, zu steif, zu religiös und zu mordsmäßig unheimlich für meinen Geschmack. Ich verwende das Wort ›mordsmäßig‹ im tatsächlichen Sinne und nicht als Schimpfwort. Die Russen haben die Angewohnheit, das Leben anderer Menschen oft unnötigerweise aufs Spiel zu setzen.«

»Wie meinst du das?«

Er seufzte und raschelte mit seiner Zeitung. »Vor fünfundzwanzig Jahren befanden sich meine adelige russische Mutter und mein englischer Vater, der Diplomat war, in einem russischen Zug, der irrtümlicherweise von Terroristen oder ›Nihilisten‹, wie sie in Russland genannt werden, in die Luft gesprengt wurde, weil sie glaubten, es handele sich um einen Zug des Zaren. Meine Eltern kamen ums Leben. Einer der Terroristen, die für den Terroranschlag verantwortlich gewesen waren, war ein gewisser Alexander Uljanov, der gefasst und hingerichtet wurde. Er hatte einen jüngeren Bruder, der nach Uljanovs Hinrichtung den Namen Lenin annahm. Ich war zu dem Zeitpunkt drei Jahre alt und wurde von meiner russischen Großmutter aufgenommen, der Schwester meiner Tante Catherine, oder eigentlich Großtante Catherine, wenn man den Verwandtschaftsgrad korrekt benennen will. Nach dem Tod meiner Großmutter wurde ich nach England ins Internat geschickt – ich war sechs Jahre alt. Mein früheres Kindermädchen, eine wunderbare englische Dame, wurde meine Ersatzmutter in England. Bis gegen Ende meiner Schulzeit Großtante Catherine, die keine Kinder hatte und nun in Paris lebte, mich unter ihre Fittiche nahm und mich aus der Ferne lenkte – oder es zumindest versuchte, da ich kein Verlangen hatte, nach Frankreich zu reisen, weil ich zu diesem Zweck mit einem Zug im Ausland hätte fahren müssen.«

Jetzt wusste sie endlich, was das Wort ›Nihilist‹ bedeutete, warum er Russland in solch schlechter Erinnerung hatte und warum er solch ein netter Engländer ohne Allüren war, da er von seinem Kindermädchen großgezogen worden war, zweifellos in einem viel bescheideneren Umfeld, als er es ursprünglich gewohnt gewesen war. »Du bist in Russland geboren?«

»Ja.«

»In St. Petersburg?«

»Ja.«

»Wunderbar! Wie Peter Carl Fabergé! Sprichst du Russisch?«

»Nein. Ich war sechs Jahre alt, als ich Russland verließ; ich kann mich nicht erinnern, ob ich damals Russisch sprach.«

»Wo lebte dein Kindermädchen, und wo hast du deine ersten Jahre in England verbracht?«

»In Wimbledon. Jetzt erzähl mir, warum du möchtest, dass Sam in dein Leben zurückkehrt.«

Sie spürte, dass er genug von seinen Erinnerungen an die Vergangenheit hatte, nachdem sie sich so unhöflich aufgedrängt hatte, und wechselte ebenfalls das Thema. »Tja, weißt du, ich muss für die russische Dreihundertjahrfeier etwas abliefern, das Carl Fabergé aufhorchen lässt und ihn dazu bringt, einen zweiten Gedanken an weibliche Schmuckdesigner zu verschwenden. Deshalb muss es etwas ganz Besonderes sein. Als Designer muss ich ein Arbeitsmodell oder Muster meiner Entwürfe fertigen, entweder aus Wachs, Holz oder Gips. Meine Schnitzversuche waren recht kläglich; ich brauche jemanden mit Blick fürs Detail, der ausgezeichnet schnitzen kann. Sam ist der Einzige, den ich kenne, der ein Modell zu meiner Zufriedenheit herstellen könnte. Weißt du, wo er ist?«

»Nein.«

»Weißt du, wie ich mit ihm Kontakt aufnehmen kann?«

»Nein.«

»Du bist eine große Hilfe für mich, Mr. Aspen.«

Er beugte sich wieder vor und stupste mit dem Finger gegen ihre wohlgeformte Nase. Sie hatte sich zu einer ausgesprochen hübschen jungen Dame gemausert, mit ihren großen grauen Augen und dem glänzenden kastanienbraunen Haar, nur der lächerliche Hut störte. Ihm hatte ihre rote Strickmütze besser gefallen. »Warum sollte ich dir ein zweites Mal helfen wollen, wenn du immer so unverschämt zu mir bist, Miss?«

»Weil du mich magst, ein bisschen jedenfalls. Glaube ich. Weil ich Talent habe. Weil ich anders bin. Weil ich die Schwester bin, die du nie gehabt hast. Weil ich ... hübsch bin?«

Er lächelte und lehnte sich dann seufzend zurück. »Irene, Irene! Wie ich deinen unersättlichen Lebenshunger bewundere. Ja, du bist hübsch und ziemlich talentiert und ziemlich dreist und anderen Mädchen deines Alters ziemlich unähnlich.«

»Du hörst dich an wie ein Großvater«, entgegnete sie. »Ich weiß, dass du erst ungefähr siebenundzwanzig bist. Obwohl ich es erst seit heute weiß.«

»Uralt, fast achtundzwanzig.«

»Das ist nicht alt.«

»Eine Generation älter als du.«

»Und Camilla ... Kinderschänder! Warum bist du nicht schon lange verheiratet?«

»Niemand hat mir einen Antrag gemacht.«

»Hat Cammy dir einen Antrag gemacht?«

»Mehr oder weniger.«

»Sie ist dazu imstande – ich hab's geahnt! Sie wusste, dass du keine große Erfahrung mit Frauen hast – tut mir leid, aber es ist wahr. Sie hat dir einen Antrag gemacht, weil du enorm gut aussehend, enorm reich und enorm nett bist.«

»Herzlichen Dank, Miss Druce, für das zweideutige Kompliment, das ich aber nicht zurückweise. Du bist unverschämt gegenüber meiner zukünftigen Frau.«

»Camillalein weiß dich nicht so zu schätzen, wie ich es tue.«

»Warum heiratest *du* mich dann nicht?«

»Du hast mich nie gefragt. Außerdem bin ich mit meiner Karriere verheiratet.«

»Deshalb habe ich dich nie gefragt. Wahrscheinlich hätte ich

Schinken aus Bowanit zum Frühstück und Brombeeren aus Onyx und Käse aus Jade zum Dessert bekommen und *Sam*. Sam, den Zigeuner, jeden Abend als Gute-Nacht-Geschichte.«

»Vielleicht hast du Recht. Aber mir hat noch niemand erzählt, warum sein Stiefvater aus Hopeworthy Hall entlassen wurde und was mit Sams Künstlerkarriere passiert ist.«

»Tante Catherine hat ihn aufgegeben – oder besser gesagt, er hat sie aufgegeben. Er konnte schon als kleiner Junge die wunderbarsten Dinge aus Holz schnitzen ...«

»Das weiß ich. Aus dem Grund will ich, dass er zurückkommt.«

»Ich bin glücklich zu hören, dass das der einzige Grund ist ... lass mich bitte zu Ende erzählen und unterbrich mich nicht ständig ... meine Güte, du bist ja genau wie Cammy, Irene! Auch sie liebt es, den Klang ihrer eigenen Stimme zu hören.«

»Tut mir leid.«

»Tante Catherine hat Sam ein ähnliches Angebot wie dir gemacht, aber du weißt es mehr zu schätzen. Sam tat das nicht. Er konnte nicht dazu gebracht werden, irgendetwas zu lernen, außer wildern. Vor etwa fünf Jahren, als Sam ungefähr fünfzehn Jahre alt war ...«

»Er kann nicht fünfzehn gewesen sein – Sam ist ungefähr so alt wie ich«, unterbrach Irene.

»Du lässt mich schon wieder nicht ausreden. O.K., ich werde dir nichts mehr über deinen Zigeunerfreund erzählen.« Er nahm seine Zeitung wieder zur Hand.

Irene nahm sie ihm fort und legte sie neben sich. »Ich verspreche, dass ich dich nicht wieder unterbrechen werde, aber Sam hat mir vor einigen Jahren erzählt, dass seine Mutter ihn schon in einer Schubkarre mit zur Hopfenernte genommen hatte, als er ein Säugling war – vor damals sechzehn Jahren.«

»Sam ist jetzt ungefähr zwanzig oder einundzwanzig, würde ich sagen. Er konnte immer schon gut Geschichten erzählen ...«

»Das weiß ich auch.«

»*Wirst* du mich jetzt ausreden lassen, Frau?«

»Erzähl weiter.«

»Also, zu dieser Zeit – als er fünfzehn war! – erfuhr Tante Catherine von einer Gruppe von Künstlern, die für Fabergé arbeiteten und im Auftrag von König Edward VII. Modelle von Tieren aus Stein schnitzten. Sie wusste, dass Sam genauso gute Arbeit wie die Profis leisten konnte und stellte ihn in der Fabergé-Werkstatt, die damals noch in der Dover Street war, vor, um ihm einen Einstieg zu ermöglichen und ihn von seinem Stiefvater ›loszueisen‹. Offensichtlich war Sams Lehrstück so gut, dass er als Schnitzer nach Sandringham geschickt wurde. Sams Aufenthalt in Sandringham dauerte weniger als eine Woche, denn unglücklicherweise tauchte sein Stiefvater dort auf, und Sam wurde des Diebstahls beschuldigt. Er wurde sofort entlassen, und so endete seine vielversprechende Zukunft.«

»Oh je, armer Sam!«

»Blödsinn! Er war selbst schuld. Du solltest lieber Mitleid mit Tante Catherine haben. Ihre Glaubwürdigkeit im Hause Fabergé war nach dieser erniedrigenden Geschichte stark in Mitleidenschaft gezogen. Sie hat niemanden mehr gefördert, bis du aufgetaucht bist. Ich habe mich gewundert, dass sie für dich bei den Fabergé-Brüdern ihre Hand ins Feuer legt und dass sie dich so ohne weiteres angenommen haben.«

»Warum hat sie es dann getan? Und warum haben sie mich angenommen?«, fragte Irene unbehaglich.

»Weil du nicht Sam bist – und weil Tante Catherine bei der Firma Fabergé einen Stein im Brett hat.«

»Erzähl mir davon.«

»Gerne, wenn du mich lässt. Als Lady Catherine jünger war, verliebte sie sich unsterblich in Agathon, Carls jüngsten Bruder. Aber sie war siebenunddreißig und er erst zwanzig, als er aus Dresden anreiste, um in die Niederlassung in St. Petersburg einzutreten. Die Beziehung war von Anfang an zum Scheitern verurteilt. Tante Catherine war unglücklich mit ihrem dritten Mann, dem General Graf Balashov, verheiratet, als sie Agathon Fabergé kennen und lieben lernte. Sie wäre Agathon überall hin gefolgt, selbst nach Dresden, wo der Gründer der Firma, Gustav Fabergé, lebte. Agathon, der seinem Bruder jetzt in St. Petersburg bei der Herstellung der vom Zaren in Auftrag gegebenen Ostereier half, konnte keinen Skandal riskieren, der den Namen Fabergé beschmutzt hätte. Ich weiß nicht, wer von beiden, er oder Tante Catherine, die Liebesgeschichte beendete, sie endete jedenfalls – *fin, finis, the end, Ende!*«

»Oh«, sagte Irene enttäuscht. »Die Geschichte kann doch wohl nicht an diesem Punkt enden! Was ist mit Angus Hopeworthy?«

»Catherine verließ ihren Mann Balashov und Russland und wanderte nach Paris aus. Zu diesem Zeitpunkt war ihre Krankheit bereits weit fortgeschritten. Ob sie und Agathon sich wiedergesehen haben, wenn er geschäftlich in Paris zu tun hatte, weiß ich nicht, jedenfalls ist Agathon jung gestorben. Im Alter von dreiunddreißig, glaube ich, und das war das Ende einer glühenden Liebe zwischen zwei Menschen unterschiedlicher Altersgruppen. Tante Catherine kehrte nicht zu ihrem Mann zurück. Kurz nach Agathons Tod lernte sie in Paris Angus Hopeworthy kennen. Angus ist ein altes Schlitzohr und nahm sie ursprünglich für die Dauer eines kurzen Urlaubs mit nach Kent, aber sie blieb und kehrte nicht nach Paris zurück.«

»Willst du damit sagen ..., dass die beiden, Angus und Catherine, nicht verheiratet sind?«

»Stimmt, jedenfalls nicht vor dem Gesetz. Balashov lebte noch, als sie vor ungefähr sechzehn oder siebzehn Jahren nach England kam. Tante Catherine ist Angus' Lebensgefährtin, nicht seine Ehefrau. Schockt dich das?«

»Nein, nicht im Geringsten. Ich hatte immer so etwas vermutet. Ich finde das alles sehr romantisch.«

»Ich bezweifle, dass Tante Catherine dir zustimmen würde. Balashov kam im Jahr 1904 in den ersten Monaten des russisch-japanischen Kriegs ums Leben, aber Catherine wollte nicht noch einmal heiraten. Sie war überaus wohlhabend, weil alle ihre adeligen Ehemänner gut vorgesorgt hatten. Die Beziehung zwischen

Angus und Catherine ist zu beiderseitigem Nutzen, wobei er ihr Geld braucht und darauf baut, dass sie seine zahlreichen verbotenen Affären toleriert. Sie kennt sich mit verbotenen Affären bestens aus, da sie in ihrem Leben mehr als eine selbst erlebt hat, und sie hat die nötigen Mittel, um ein Auge zuzudrücken, was Angus und seine diversen Eskapaden angeht. Catherine braucht vor allem einen Gefährten und ein Heim, in dem sie in ihrem kranken Zustand ihr Alter verbringen kann. Angus genügt diesen Ansprüchen bestens. Und das ist die ganze Geschichte.«

Ja, und jetzt verstand Irene auch, warum Lady Catherine ihr gesamtes Geld Randolph und nicht Angus hinterlassen würde. Randolph war legal, Angus nicht. »Was für eine unglaublich traurige Liebesgeschichte«, meinte Irene ernüchtert. »Arme, arme Lady Catherine.«

»Sie ist nicht im Geringsten arm! Sie ist immer noch eine alte Spielerin. Sie weiß ihr Geld richtig einzusetzen.«

»Vermutlich hast du Recht. Das mit Sam ist eine Schande. Wäre er nicht so dumm gewesen, könnten er und ich gemeinsam in der Bond Street arbeiten.«

»Und er würde dafür sorgen, dass dein Traum Realität wird, was, Irene?« Randolph warf ihr einen seltsamen Blick zu.

»Vielleicht – vielleicht auch nicht. Mr. Randolph, ich glaube wir sind am Bahnhof in Paddock Wood angekommen, wo wir umsteigen müssen. Die Reise ist heute wie im Flug vergangen, weil wir so viel geredet haben!«

Erst später fiel ihr auf, dass Randolph sich schlau um die Beantwortung ihrer Frage, warum Sams Stiefvater entlassen worden war, gedrückt hatte. Sie zuckte die Schultern, als sie ihre Reisetasche auspackte, die sie jeden Freitag mit nach London nahm. Wahrscheinlich hatte er gestohlen und Sam in Schwierigkeiten gebracht, wie in Sandringham. Warum befreite Sam sich nicht aus den Klauen dieses Gauners, er war schließlich alt genug!

»Huhu!« Die Zimmertür flog auf, und Camilla, die wie ein Modell für Reitbekleidung aussah, stand auf der Schwelle. »Meine liebe Irene«, säuselte sie und schlug ihre Reitgerte gegen ihre Reithose. »Ich frage mich, ob du mir einen Gefallen tun könntest.«

»Was für einen Gefallen?«

»Dieses Armband – aus Diamanten, Schätzchen, lupenrein.« Sie ließ es auf Irenes Bett fallen. »Könntest du es für mich reparieren, wenn du wieder an deiner Werkbank sitzt? Der Verschluss ist kaputt und muss durch einen neuen ersetzt werden, und ich dachte, Fabergé könnte das für mich gratis machen, weil du eine seiner kleinen Arbeiterinnen bist.«

»Fabergé repariert keine wertlosen Kinkerlitzchen, Camilla«, antwortete Irene kühl und hängte ihr ›Arbeitskleid‹ aus marineblauem Serge mit Seemannskragen in ihren Kleiderschrank. »Schon gar nicht kostenlos.«

»Dann machst du es für mich, Schätzchen.«

»Ich repariere auch keine billigen Schmuckstücke, Camilla. Ich habe keine Zeit dazu. Bring es zu einem normalen Juweliergeschäft, die kümmern sich darum.«

»Oh, du bist manchmal solch ein langweiliger Snob, Irene Schätzchen. Ich lass' das Armband trotzdem bei dir. Vielleicht hast du später bessere Laune und änderst deine Meinung.« Sie verschwand in Richtung Treppe und ließ Irenes Zimmertür sperrangelweit offen stehen. Irene konnte hören, wie sie auf der Galerie rief: »Huhu! Randy Liebling ... wo immer du bist, komm heraus. Ich bin's, Cammy, Liebling, ich hole dich zum Ausreiten ab. Für heute Abend, mein Süßer, habe ich ein fantastisches Kostümfest organisiert. Es werden einfach alle kommen. Ich dachte, wir könnten als Nelson und Emma gehen – oder als Josef und Maria, wenn dir das lieber ist. Ich habe für beide Verkleidungen Kostüme in London ausgeliehen ... Randy Liebling, zeig dich, ich habe keine Lust, Verstecken zu spielen. Erst heute Abend ... hörst du mir überhaupt zu?«

Nein, das tat er nicht, dafür aber der Rest des Haushalts.

»Mr. Randolph nimmt gerade ein Bad, Miss Camilla«, sagte ein Dienstbote, der mit einem Handtuch über dem Arm auftauchte.

»Oh, verflixt«, sagte Camilla, »was für ein ungünstiger Zeitpunkt. Sagen Sie ihm, er muss jetzt nicht baden. Sagen Sie ihm, dass er *nach* der Fuchsjagd ein Bad braucht. Sagen Sie ihm, dass ich mich dann vielleicht zu ihm gesellen werde ... nein, sagen Sie ihm das besser nicht. Es ist vielleicht keine damenhafte Bemerkung für die Verlobte, und ich will ja nicht meine Zukunft mit Dandy Randy aufs Spiel setzen. Sagen Sie ihm, Stubbs, er soll sich beeilen. Ich werde nur so lange auf ihn warten, bis ich einen Gin-Tonic getrunken habe.«

»Ja, Miss Camilla.«

Irene hörte, wie sie mit ihren Reitstiefeln die hochglanzpolierte Treppe hinunterpolterte, wobei sie ihre Reitgerte das hölzerne Treppengeländer entlanggleiten ließ, um die irischen Wolfshunde zu reizen. Sie standen am Fuße der Treppe und bellten sich die Lunge aus dem Leib. Camilla war den Hunden immer mit unfreundlicher Herablassung begegnet, und jetzt schlug sie mit ihrer Reitgerte nach ihnen. »Mach dich nicht lächerlich Tizzy-Wizzy! Ich bin's, Cammy! Hör sofort auf, Monsoon! Meine Güte, Blantyre, ich gehe nie wieder mit dir Gassi, wenn du dich so aufführst.« Schließlich lagen die Hunde ihr alle unterwürfig zu Füßen.

Es war erstaunlich, dass Lady Catherine nicht um etwas mehr Ruhe bat, wenn Camilla da war – aber offensichtlich erinnerte sie sich an ihre Zeit mit Agathon und zeigte sich nachsichtig gegenüber ihrem geliebten Neffen und seiner ungestümen Verlobten.

Irene schloss ihre Zimmertür. Sie legte Camillas Diamantenarmband auf ihre Frisierkommode, um es ihr später zurückzugeben, nahm es dann aber nachdenklich wieder in die Hand. Es war kein schlechtes Stück.

Vielleicht würde sie es doch reparieren, aber nicht kostenlos. Ihre erste richtige Kundin, und wenn Camilla nicht zahlte, würde sie die Rechnung eben an ihren Daddy schicken.

Mein Gott, Irene Druce!, murmelte sie vor sich hin. Du kannst doch nicht Kunst für Geld prostituieren! Sie umklammerte Cammys Armband und bat ihr Spiegelbild um Verzeihung. »Ich werde dir dein kostbares Armband gratis reparieren, meine liebe Cammy, aber glaube mir, wenn du Dandy Randys Herz brechen solltest, dann breche ich dir deines.«

Damit war ihr Seelenfrieden wiederhergestellt. Sie legte das Armband zur Seite und nahm *Krieg und Frieden* zur Hand, um zu lesen, bis Jarvis den Gong zum samstäglichen Lunch schlug.

15. Kapitel

Obwohl Irene zur Nachteule wurde, um das umfangreiche Lernpensum bewältigen zu können, stand sie meistens aus alter Gewohnheit in aller Herrgottsfrühe auf. Zu Hause war es nicht möglich gewesen, morgens länger im Bett zu liegen; sie und ihre Schwestern waren immer um fünf Uhr aufgestanden, um ihrer Mutter zu helfen, die Männer zur Arbeit zu schicken. Sie zündeten das Feuer an und holten die Kohle, sodass Lorna nicht die schweren Kohleneimer aus dem Hinterhof ins Haus schleppen musste. Irene und Doreen hatten sich auch immer um die jüngeren Kinder gekümmert, bevor sie in die Schule gingen, weil Joan und Pam früher losrennen mussten, um den Bus zur Fabrik zu erwischen.

Alte Gewohnheiten waren hartnäckig. Irene hatte immer schon zwei Stunden lang gelernt, bevor sie um acht Uhr im Speiseraum zum Frühstück erschien. Lady Catherine frühstückte immer im Bett, ebenso wie Mrs. Howarth und Miss Crike, die besondere Privilegien genossen. Irene hatte keine Ahnung, was die Millifloris und Monsieur Chicôt morgens taten, denn keiner von ihnen tauchte je zum Frühstück auf.

Wenn nicht Sir Angus gerade zu Hause war, war Irene morgens in dem riesigen Speisezimmer allein. Es machte keinen Spaß, einsam und allein ein großes Frühstück einzunehmen. Gewöhnlich bat sie Jarvis, ihr nur Toast, Marmelade und schwarzen Kaffee zu bringen. Aber jeden Montagmorgen frühstückte Irene stilvoll gemeinsam mit Randolph, zwei Verschwörer, die sich an einem Buffet aus Rühreiern, Spiegeleiern, Schinken, Würstchen, Pilzen, gebackenen Tomaten und Bohnen labten. Die Warmhalteplatten standen aufgereiht auf der Anrichte. Frischer Kaffee, Tee, Obstsaft, frisch gebackene Brötchen, Marmelade – es gab alles, was das Herz begehrte, denn Randolph verfügte über einen gesegneten Appetit.

Die Morgenpost lag neben ihren Tellern. Randolphs Zeitung, die Jarvis zuvor gebügelt hatte, um alle Knicke zu beseitigen, hing neben seinem Stuhl an einem Zeitungshalter. Diesen Zeitungshalter hatte Irene in ihrer Unwissenheit vor zwei Jahren für einen Kleiderständer gehalten. Sie hatte sich damals gewundert, was ein Kleiderständer im Speisezimmer zu suchen hatte und hatte sich vorgestellt, dass Jarvis seine Butlerkleidung daran aufhängte, solange er bei Tisch bediente. Inzwischen kannte sie sich aus!

»Guten Morgen, Irene«, begrüßte Randolph sie an jenem besonderen Morgen und tauchte mit fröhlichem Grinsen hinter seiner *Times* auf.

»Guten Morgen, Randolph.« Sie fand einen Brief neben ihrem Teller vor, mit russischen Briefmarken und einem russischen Stempel. Eifrig schlitzte sie den Brief mit dem Brieföffner, der dabei lag, auf.

Sie überflog den Brief und sprang plötzlich mit einem lauten Jauchzer von ihrem Stuhl auf, sodass Randolph vor Schreck seinen Darjeeling-Tee verschüttete. »Oh mein Gott, mein Gott!«

»Was gibt es, Irene?«, fragte Randolph streng, während er seine Tasse absetzte und sich mit einer Serviette das Kinn abwischte.

»Das ist ein Brief aus Russland.« Sie wedelte mit ihrem Brief in der Luft herum.

»Was ist so bemerkenswert an einem Brief aus Russland? Tante Catherine erhält täglich welche.«

Irene setzte sich wieder. »Er kommt aus St. Petersburg – von Carl Fabergé selbst, handgeschrieben!«

»Lies ihn mir vor.«

»Ich glaube, das kann ich nicht, der Brief ist in Russisch geschrieben.«

»Warum kannst du dich dann über den Inhalt eines Briefes so freuen, wenn du ihn überhaupt nicht verstehst?«

»Nun, ich verstehe das meiste; seine Schrift ist wunderschön, sehr blumig und sehr schwer zu entziffern.«

»Wie du. Jetzt lies schon – gib dir Mühe beim Übersetzen.«

»›*Liebe Miss Druce, Nicholas Fabergé und Mr. Bainbridge berichten mir mit Begeisterung von Ihnen*‹ ... mit Begeisterung, was hältst du davon!«

»Lies weiter! Verzichte bitte auf überflüssige Kommentare«, sagte Randolph finster.

»›*Sie haben bei Ihren Entwürfen einen bemerkenswerten Ideenreichtum und eine große Begabung unter Beweis gestellt, und in den Stücken, die ich gesehen habe, sehe ich eine gewisse rührende Brillanz, die in mir das Verlangen weckt, weitere Arbeiten von Ihnen zu sehen*‹ ... *rührende* Brillanz, was er wohl damit meint? Vielleicht *mitfühlende* Brillanz, was denkst du?« Sie sah verwirrt zu Randolph auf.

»Ich habe keine Ahnung. Bitte, lies den Brief zu Ende – ohne weitere störende Kommentare.«

»›*Ich denke, Sie haben Talent, wie ich den Entwürfen entnehme, die mir über meine Londoner Niederlassung in der Bond Street Nr. 173 überreicht wurden. Besonders hat mir Ihre Kollektion ›Glitzern im Mondlicht‹ für die russische Dreihundertjahrfeier gefallen. Ich finde, die Stücke sind auf naive Weise rein; damit will ich sagen, dass sie ohne weiteres an russische Konzepte anzupassen sind, obwohl sie in Anlehnung an Ihre einzigartige ›englische‹ Landschaft entstanden sind. Jeder Mensch, der auf dem Lande lebt, sei er nun Russe oder Engländer, kennt die Pracht der Felder und Landschaften, und jeder Stadtmensch will an dieser Pracht teilhaben. Es ist Ihnen gelungen, mit Ihrer Kollektion ›Glitzern im Mondlicht‹ eine gewisse Sehnsucht zu porträtieren. In Russland gibt es ebenfalls viele Weizenfelder, Tannenzapfen und wunderschöne Wälder. Aber leider sind Ihre Entwürfe zu spät hier eingetroffen, um bei der Dreihundertjahrfeier ausgestellt werden zu können, denn es wäre nicht möglich gewesen, sie rechtzeitig für die Festivitäten in St. Petersburg auszuführen. Trotzdem werden sie nicht in Vergessenheit geraten ...‹«*

»Habe ich jemals gesagt, dass es keinen Gott gibt?«, murmelte Irene vor sich hin.

»Wie bitte?«, sagte Randolph.

»Ach, nichts – ›*Wie Sie wissen, beurteile ich die Arbeit von Künstlern erst, wenn ich gesehen habe, dass aus einem Entwurf ein solides Stück gefertigt werden kann. Ich möchte, dass jeder meiner Kunsthandwerker, oder jede Kunsthandwerkerin, zuerst eine Lehre in einer meiner russischen Werkstätten durchläuft. Aber in diesen politisch unruhigen Zeiten wäre es unfair von mir, von Ihnen zu verlangen, in St. Petersburg eine Lehre zu beginnen. Trotzdem möchte ich Ihnen im nächsten Jahr eine Lehrstelle in meinem Haus in St. Petersburg anbieten. Wenn Sie mein Angebot annehmen, würde ich vorschlagen, dass Sie Ihre Tätigkeit bei mir spätestens im April 1914 aufnehmen. Sie würden in meinem Haus in St. Petersburg in der Morskaja Straße leben, und meine Gattin und ich würden die Vormundschaft übernehmen, solange die Lehrzeit dauert. Alle Kosten übernehme ich, auch die Reisekosten. Zusätzlich werden Sie nach einer sechsmonatigen Probezeit ein kleines monatliches Gehalt bekommen, bis sie die Qualifikation als ›Fabergé Schmuckdesigner‹ erlangt haben. Von diesem Zeitpunkt an arbeiten Sie selbstständig und legen die Honorare selbst fest. Hochachtungsvoll, Peter Carl Fabergé.*‹ Was soll ich tun, Randolph?«

»Hast du das alles aus dem Russischen übersetzt?«

»Ja, warum fragst du?«

»Dann hast du wirklich nicht nur ein hübsches Gesicht. Ich bin beeindruckt. Anscheinend hat Tante Catherine dich in den vergangenen beiden Jahren an ihrem wohlriechenden Busen gut genährt.«

»Hättest *du* den Brief lesen können, wenn ich es nicht geschafft hätte?«

»Kein Wort. Die einzige Sprache, die ich spreche, ist Englisch – die einzig wahre Sprache, wie ich finde.«

»Französisch?«

»Nein. Ich bin noch nie in Frankreich gewesen, und ich werde auch niemals dorthin reisen. Falls ich wider Erwarten *doch* einmal nach Frankreich reisen und dann einem Franzosen begegnen würde, was mit hoher Wahrscheinlichkeit geschehen könnte, dann müsste er eben Englisch sprechen, *ainsi-soit-il*! Das Einzige, was mir an Frankreich gefällt, ist Senf aus Dijon.«

Irene lächelte und bestrich eine kaltgewordene Toastscheibe mit Marmelade. »Du hast meine Frage noch nicht beantwortet. Was soll ich tun?«

»Was immer du willst, liebes Kind.«

»Du hörst dich an wie mein Vater ...«

»Ich bin aber nicht dein Vater.« Er legte seine Serviette auf den Tisch, stand auf und ging zur Tür. »Ich muss los, sonst komme ich zu spät zum Zug. Ich muss um vierzehn Uhr als Verteidiger an einem Mordprozess teilnehmen. Ich werde jetzt nicht ins Detail gehen, aber es handelt sich um ein Verbrechen aus Leidenschaft. Auf Wiedersehen, Irene.« Er kehrte in das Speisezimmer zurück, nachdem er Mantel, Schirm, Tasche und Zugfahrkarte geholt hatte.

In dem Moment erschien Jarvis mit den irischen Wolfshunden im Schlepptau. Sie stürmten auf den Tisch zu und legten ihre Vorderpfoten beinahe in die Butter. »Ruf die Hunde zurück, Jarvis!«, kreischte Irene.

Er steckte die Finger in den Mund und pfiff. Die Hunde verließen zusammen mit Jarvis das Speisezimmer. »Ich vergaß, dir zu gratulieren«, sagte Randolph. »Es ist etwas zu früh, um mit Champagner anzustoßen. Aber ich habe immer gewusst, dass du dein Ziel erreichen wirst, Irene. Wenn du willst, können wir uns am Freitag um Punkt ein Uhr im Brown's Hotel in der Dover Street treffen, einen kleinen Lunch einnehmen und jede Menge Champagner trinken, um auf deinen Erfolg anzustoßen.«

»Und Camilla?«

»Angesichts der Tatsache, dass sie meine Verlobte ist, werde ich sie wohl mitbringen. Ach, und vergiss nicht, Tante Catherine zu erzählen, dass du nach Russland eingeladen worden bist.«

Irene stützte die Ellbogen auf und sagte über ihre verschränkten Hände hinweg: »Wissen Sie, Mr. Aspen, ich werde unsere Montagsfrühstücke schrecklich vermissen, wenn ich in St. Petersburg bin.«

»Oh, mach dir keine Sorgen. Sie verhungern dort noch nicht. Wahrscheinlich wirst du eine Scheibe Brot bekommen, die du in deinen Tee ohne Milch tunken kannst, obwohl ich nicht garantieren kann, dass es Rührei und Bohnen geben wird – außer vielleicht beim Zaren.«

Irene zahlte es ihm heim und antwortete: »Ich werde es vermissen, jeden Montagmorgen mit *dir* verheiratet zu sein!«

Randolph verließ hastig den Speiseraum und stieg in den Wagen ein, der ihn zum Bahnhof bringen würde.

Hinter dem Rücken ihres Liebhabers hakte Camilla ihre Einkaufsliste ab.

»Oh ... Oh, mein Gott ... Uhh, Uhh, Uhhh! Oh mein Gott ...«

»Beeil dich, Gerry Liebling«, drängte Camilla. »Meine Beine tun schon weh, und außerdem soll ich Randy in einer halben Stunde im Brown's Hotel treffen. Ich muss wohl ein Taxi nehmen. Ich werde viel zu spät kommen, was bedeutet, dass Irene ihn für eine ganze Stunde für sich allein haben wird, und ich traue Irene nicht – und ich traue Randy nicht, wenn es um sie geht.«

»Cammy ... Oh, Cammy, ich könnte Tag und Nacht mit dir schlafen ...«

»Irene ist unergründlich, ich verstehe sie einfach nicht. Wenn ich Randy nach ihr frage, verschließt er sich jedes Mal wie eine Auster. Sie hat nicht das Cheltenham Ladys College besucht – sie hat es behauptet, als ich sie danach gefragt habe, jetzt bin ich mir sicher, dass sie nie dort war. Sie wäre in meinem Jahrgang gewesen, wir sind ungefähr gleich alt. Nein, stimmt nicht, ich bin erst neunzehn. Sie spricht wie eine Dame, sie benimmt sich wie eine Dame ... und trotzdem, irgendetwas stimmt nicht mit ihr. Lady Catherines ›kreative Patenschaften‹, wie Randy die menschenfreundlichen Energieausbrüche seiner Tante nennt, sind ein Rätsel für mich. Der Himmel weiß, wo sie die Leute aufgabelt.«

»Ahh ...! Oh Gott, du bist wunderbar, Cammy ...« Er sackte erschöpft über ihrem Körper zusammen.

»Danach will ich zu Harrods gehen. Aber das Brown's Hotel ist nicht gerade in der Nähe von Harrods. Was bedeutet, dass ich wieder ein Taxi nehmen muss. Was bedeutet, dass es wieder kostet. Was bedeutet, dass Daddy alles andere als erfreut sein wird. Was bedeutet, dass ich Randy so bald wie möglich heiraten sollte, damit Tante Catherine anstelle von Daddy die Rechnungen bezahlen muss.« Camilla nahm ihr Champagnerglas vom Nachttisch und jubelte: »Das wird lustig!« Sie kitzelte Gerrys männliche Brust.

»Warum im Brown's Hotel?«, fragte er, während er sich langsam von seiner Leidenschaft erholte.

»Ja, du hast Recht. Es ist so schrecklich provinziell, Liebling.«

»Warum nicht das Connaught oder Claridge's? Savoy, Dorchester, White's? Das sind die Restaurants, die zurzeit in sind.«

»Ich weiß, Liebling, aber ich glaube, das Brown's ist eine Hochburg von Hopeworthy. Ein Schauplatz von Tante Catherines Erinnerungen an längst vergangene Zeiten. Der Besitzer ist Mr. Ford, und er wird öfters nach Hopeworthy Hall zum Dinner eingeladen. Ich denke, dass das alte Mädchen vielleicht Anteile besitzt – an Mr. Fords Hotel, meine ich. Um auf Randy zurückzukommen, er tut immer das, was diese alte Vettel von Tante anordnet. Sie ist der Arbeiterklasse ausgesprochen wohlgesinnt – ich denke, das ist das Russische in ihr. Daddy sagt, dass alle Russen im Herzen Bauern sind. Was soll's, Süßer, ich muss jetzt los.« Sie eilte ins Bad, wobei er noch einen Blick auf ihre üppigen nackten Formen erhaschte.

Sie streckte den Kopf aus dem Badezimmer. »Es wird dich freuen zu hören, dass dieses blöde kleine Diaphragma, das Mrs. Stopes empfohlen hat, trotz unserer Aktivitäten dort bleibt, wo es hingehört. Ist das nicht ein Segen? Ich bin so froh, dass ich zu ihr gegangen bin. Ihr Mann macht irgendwas mit Flugzeugbau – sehr bourgeois! Sie selbst schreibt Theaterstücke und Bücher. Momentan arbeitet sie an einem Buch über die Liebe in der Ehe – wie avantgardistisch, nicht wahr, Gerry! Ich habe sie gebeten, mir ein Exemplar zu schicken, wenn es fertig ist, da ich vielleicht in diesem Punkt einige Tipps brauchen kann, wenn ich erst mit Randy verheiratet bin.«

Er rauchte eine Zigarette, während sie unaufhörlich weiterschnatterte.

Kurze Zeit später tauchte Camilla wieder auf, inzwischen angekleidet, und zwar in einem teuren taubengrauen Kostüm. Sie warf sich ihren Fuchspelz um die Schultern und streifte ihre weißen Handschuhe über. »Wirst du mein Liebhaber bleiben, wenn ich mit Randy verheiratet bin, Gerry Liebling?«

»Nur wenn es sich lohnt«, sagte er vom Bett aus und griff nach dem Champagnerglas.

Irene betrat das Brown's Hotel durch den Eingang Abermarle Street und legte ihren Mantel und ihre Einkaufstaschen an der Garderobe ab. Sie hatte es gerade so noch geschafft, ihr neues Kleid und ihren neuen Mantel aus einem Geschäft in der Bond Street in der Nähe ihres Arbeitsplatzes abzuholen. Der ausgesprochen entgegenkommende Besitzer des Geschäfts hatte ihr zugestanden, eine Anzahlung zu leisten und den Restbetrag nach und nach zu begleichen, wenn sie sich es leisten konnte. Irene hatte das Bekleidungsgeld, das sie von Lady Catherine erhielt, gespart und hatte den Restbetrag an diesem Morgen bezahlt. Niemals zuvor hatte sie so teure Kleidung besessen, schon gar nicht mit einem Bond Street Label. Sie konnte es kaum erwarten, ihrer Mutter und Doreen und dem Rest der Familie ihr neues Kleid und den Mantel vorzuführen. Sie wussten auch noch nichts von der Einladung nach St. Petersburg, und sie fragte sich, wie sie es aufnehmen würden, dass sie vielleicht bald nach Russland reisen würde.

Sie fragte sich ebenfalls, ob sie die richtige Entscheidung traf, wenn sie Monsieur Fabergés Angebot annahm, eine weitere Frage, die sie mit ihrer Familie besprechen wollte.

Irene wartete im Foyer auf Randolph und Camilla. Sie waren beide schon zu spät. Da sie sich allein unwohl fühlte, tat sie so, als interessiere sie sich für die hübschen bunten Glasfenster neben dem Treppenaufgang.

Der Hotelportier, der gerade mit einem Gentleman beschäftigt war, lehnte sich über die Empfangstheke und sagte mit gedämpfter Stimme, die zur Atmosphäre des Hotels passte: »Entschuldigen Sie bitte, Miss Druce, Mr. Aspen hat gerade angerufen und lässt Ihnen ausrichten, dass es ihm leid tut, aber er kommt etwas später, weil er bei Gericht aufgehalten wurde. Er wird so bald wie möglich eintreffen. Inzwischen wird der Oberkellner Sie schon einmal zu Mr. Aspens Tisch führen.«

»Vielen Dank«, sagte Irene und hoffte, dass Randolph sich nicht zu sehr verspäten würde, weil sie um drei Uhr noch einen Termin im Innungshaus hatte.

Dieser Freitag war ein besonderer Tag. Als sie Mr. Bainbridge erzählte, dass sie eine Verabredung zum Lunch mit Lady Catherines Neffen hatte, um ihre Einladung nach St. Petersburg zu feiern, hatte er sich sehr großzügig gezeigt und ihr den Rest des Tages freigegeben. »Viel Spaß, Miss Irene«, meinte er. »Sie haben sich eine kleine Feier verdient, nachdem Sie im vergangenen Jahr so hart gearbeitet haben.«

Der Oberkellner erschien aus dem Speisesaal und wollte sie zu ihrem Tisch führen.

»Ist Miss Camilla Ashley-Gray-Johnson schon eingetroffen?«, fragte Irene, obwohl sie kaum damit rechnete.

»Nein, Miss Druce.«

»Dann möchte ich lieber hier warten und die hübschen Glasscheiben betrachten.«

»Es gibt einen Warteraum für Damen, Miss Druce. Vielleicht möchten Sie vor dem Lunch schon einmal einen Sherry trinken, während Sie warten?«

»Sherry, Sherry! Diese junge Dame verdient Champagner, George!« Der wohlhabend aussehende Herr mit Koteletten, dicker Zigarre und goldener Uhrkette über dem dicken Bauch, der am Empfang gestanden hatte, kam nun mit ausgestreckten Armen auf Irene zu. »Entschuldigen Sie bitte, Miss Druce, ich habe mitgehört, aber ich entschuldige mich nicht dafür. Henry Ford, Miss Druce, der Besitzer dieses Hotel, zu Ihren Diensten, gnädiges Fräulein.«

Er hatte einen starken amerikanischen Akzent. Irene schüttelte ihm die Hand. »Irene Druce«, sagte sie unbehaglich.

»Aspen – es handelt sich nicht zufällig um Randolph Walter Aspen aus der Chancery Lane und aus Hopeworthy Hall in Kent?«

»Doch, das ist richtig«, stammelte sie.

»In diesem Fall, Miss Druce, müssen Sie mit an meinen Tisch kommen, denn Randy und ich sind alte Kumpel. Und Lady Catherine ist eine alte Freundin von mir ... wie geht es ihr übrigens? Ich habe sie schon länger nicht mehr gesehen. Es lag an mir, ich habe nicht die Zeit gefunden, nach Kent zu fahren. Und was macht Angus, der alte Halunke? Interessieren Sie sich für solche Dinge, Miss Druce?« Er deutete mit seiner Zigarre auf die bemalten Glasfenster. »Sie schienen ganz in die Betrachtung versunken.«

»Ja ... ja, ich bin ...«

»Kommen Sie, kommen Sie, ich möchte gerne alles über Sie hören ... George, sofort Champagner an meinen Tisch. Und wenn Mr. Aspen mit seiner Verlobten eintrifft, führen Sie sie bitte zu mir ... nun, Miss Druce, wenn Sie bemalte Glasfenster und Kunstschmiedearbeiten mögen, kann ich Ihnen alles darüber erzählen.«

Angesichts so viel überschäumender Energie blieb ihr die Luft weg.

An Mr. Fords Tisch wurde nicht nur Champagner, sondern auch Kaviar gereicht, bevor Randolph und Camilla erschienen.

Und er hörte die ganze Zeit nicht auf zu reden. »Mein Daddy kaufte dieses Hotel vom alten Mr. Brown an dem Tag, als ich geboren wurde. Er hieß ebenfalls James, Miss Druce, James John Ford. Nachdem ich die Schule abgeschlossen hatte, ging ich nach Kanada, das beste verdammte – oh, Verzeihung – das beste Land auf der Welt. Ich arbeitete bei der Gesellschaft Canadian Pacific Railroad, während mein Daddy das alte Brown's Hotel führte ... noch etwas Kaviar, Miss Druce?«

»Hmh, ich möchte eigentlich nicht ...«

»Greifen Sie zu, junge Dame, Kaviar beißt nicht. Man lebt nur einmal, und der Tod dauert lange, Miss Druce.«

»Na gut, ein kleines bisschen bitte.«

Er gab ihr einiges mehr als ein bisschen auf ihren Teller und füllte auch ihr Champagnerglas auf, bevor der Kellner und der Oberkellner den Tisch erreichen konnten. Er schickte die beiden mit einer ungeduldigen Handbewegung fort. »Ich möchte Ihnen noch etwas erzählen, Miss Druce ... wie heißen Sie eigentlich mit Vornamen?«

»Irene.«

»Das ist ein sehr hübscher Namen, Irene ... Also, Irene, ich wollte Ihnen noch erzählen, dass das Brown's Hotel die besondere Ehre hatte, dass Mr. J.P. Morgan und Mr. Alexander Graham Bell hier wohnten und das allererste Telefongespräch auf der ganzen Welt hier führten! Ja, das ist tatsächlich wahr. Alle waren schon hier, griechische, spanische, französische und dänische Könige, russische Zaren, und Theodore Roosevelt persönlich, der mit seiner Gattin Eleanor während seiner Flitterwochen hier war. Als das St. George's Hotel nebenan zum Verkauf stand, habe ich es gekauft, und auch noch drei Nachbarhäuser, und deshalb sitzen wir jetzt hier im Brown's Hotel und im St. George's Hotel, Irene.«

Der Champagner auf nüchternen Magen stieg Irene zu Kopf. Als Randolph endlich mit Camilla, die sich dekorativ an ihn schmiegte, erschien, hatte sie große Sehnsucht nach etwas Anständigem zu essen.

»Da bist du ja, Irene, Liebling ... und huch, wen haben wir denn da!«, säuselte Camilla.

Mr. Ford erhob sich, während sich sämtliche Kellner darum kümmerten, Tisch und Stühle für die Nachzügler zurechtzurücken.

»Henry, alter Knabe!«, rief Camilla überschwänglich. »Hätte ich gewusst, dass *Sie* der Gastgeber dieser Party sind, wäre ich natürlich früher gekommen ... Randy und ich sind uns gerade an der Tür in die Arme gelaufen.« Camilla warf ihren Pelz einem wartenden Kellner in die Arme, streifte ihre Handschuhe ab und reichte sie ihm ebenfalls. Nachdem Sie Mr. Ford umarmt hatte, den sie anscheinend recht gut kannte, nahmen sie und Randolph endlich Platz.

»Randy, sag mir die Wahrheit«, sagte Mr. Ford augenzwinkernd. »Wie viele Verlobte brauchst du? Ich habe diese kleine Lady hier, die mir sagt, sie heiße Irene, vor einem schlimmen Schicksal bewahrt, denn man wollte sie gerade in den Warteraum zu den Matronen stecken, und welch charmante Gesellschaft wäre mir dann entgangen!«

»Irene, es tut mir sehr leid, dass ich so schrecklich spät bin«, sagte Randolph zerknirscht. Sein Gesicht war gerötet, und er sah gequält aus, was ausgesprochen ungewöhnlich für ihn war. Irene fragte sich, ob es etwas mit Camilla zu tun hatte. Aber eigentlich ging es sie nichts an.

»Mach dir keine Gedanken, ich bin bestens unterhalten worden.« Sie lächelte, als würde sie Mr. Ford schon seit ewigen Zeiten kennen. Es kam ihr auch so vor.

»Entspann dich, junger Mann, nimm's nicht so schwer«, sagte Mr. Ford. »Irene wird sich nicht vor deinen Augen in Luft auflösen ... George, bitte noch Champagner und meinen Spezialwein ... also, Irene, sagen Sie mir, was Sie gerne essen möchten, und George wird es so schnell wie möglich bringen, frisch zubereitet und heiß aus meiner eigenen Küche. Als Vorspeise empfehle ich den schottischen Lachs und als Hauptgang das Châteaubriand. Das Gemüse ist frisch und hervorragend, und die Crème brûlée ist himmlisch. Die Käseplatte ist die beste von ganz London. Wählen Sie aus, Ladys und Gentlemen.«

Erst um zehn vor drei merkte Irene, wie spät es schon war, und stöhnte entsetzt auf. Sie legte ihre Serviette auf den Tisch und entschuldigte sich: »Ich muss jetzt wirklich gehen ...«

»Warum haben Sie es so eilig, Irene?«, wollte Mr. Ford wissen. »Mögen Sie das Dessert nicht?«

»Es ist köstlich ... aber ich habe um drei Uhr eine wichtige Verabredung, und es ist schon zehn vor. Ich muss die Verabredung einhalten, Mr. Lapatière erwartet mich. Bitte verzeihen Sie mir.«

Mr. Ford legte ihr beruhigend die Hand auf den Arm. »Bleiben Sie ruhig, junge Dame, es bringt niemandem etwas, wenn Sie einen Herzinfarkt bekommen. Sagen Sie diesem Mr. Lapatière einfach, dass Henry Ford Sie zu lange beim Lunch festgehalten hat, und er wird Verständnis haben. Wissen Sie was, nehmen Sie einfach mein Automobil, dann sind Sie schneller da, wo auch immer Sie hin müssen.« Er schnalzte mit den Fingern. »George, sagen Sie bitte dem Chauffeur, er soll mein Automobil vorfahren.«

»Ja, Sir.«

Alle Angestellten im Brown's Hotel schienen George zu heißen. Irene bedankte sich: »Vielen Dank für Ihre Gastfreundschaft, Mr. Ford. Es tut mir leid, dass ich so überstürzt aufbrechen muss, aber es handelt sich um eine geschäftliche Verabredung.«

Randolph erhob sich. »Ich muss auch aufbrechen. Könnte ich mit Irene in deinem Automobil fahren, Henry, da wir in die gleiche Richtung müssen?«

»Aber natürlich, junger Mann, das Auto steht dir zur freien Verfügung. Sag meinen Chauffeur einfach, wohin du musst.«

»Danke. Und vielen Dank auch für das fantastische Essen.«

»Es war mir ein Vergnügen. Sag bitte der guten alten Lady Cath, dass ich sie in den nächsten Tagen besuchen werde, wenn ich nicht mehr solchen Zeitdruck habe. Ich weiß, dass sie nicht mehr nach London kommen kann so wie früher.«

Camilla, die noch am Tisch saß, sah auf. »Randy, Liebling, es macht dir doch nichts aus, wenn ich Mr. Ford noch etwas Gesellschaft leiste und noch ein kleines bisschen Champagner mit ihm trinke?«

»Natürlich nicht, Cammy«, sagte Randolph. »Bis morgen.«

Sie drohte ihm spielerisch mit dem Finger. »Bis morgen, Liebling, arbeite nicht so viel.«

Irene dachte sich, dass Camilla, ihrem glasigen Blick und dem geröteten Gesicht nach zu urteilen, schon mehr als ein kleines bisschen Champagner getrunken hatte.

Sie selbst hatte auch mehr getrunken als sie wollte; sie hatte Jarvis' Warnung, nach dem ersten Glas Wein auf Wasser umzuschwenken, kurzzeitig vergessen.

Als sie aus der Tür in die frische Luft trat, schien der Boden unter ihren Füßen zu schwanken, und Randolph musste sie stützen. »Ganz ruhig!«, redete er auf sie ein, als wäre sie sein Pferd Snickers. »Sachte, sachte. Atme tief durch.«

Irene fasste sich an den Kopf. »Oh, Mist ... ich habe meine kostbaren Einkäufe vergessen. Ich muss zurückgehen und sie holen.«

Sie eilte schwankend zurück, ihr Kopf schwamm. Sie stöhnte. Was würde Mr. Lapatiére von ihr denken? Sie würde nicht nur zu spät kommen, sondern auch noch beschwipst sein. Es war dringend notwendig, dass sie einen klaren Kopf hatte, denn heute Nachmittag sollte sie alles Wissenswerte über Prüfstempel für Gold und Silber lernen.

In der Garderobe kippte Irene schnell zwei Gläser Wasser hinunter, holte ihre Einkaufstaschen und eilte zurück zu Randolph, der vor dem Hotel neben Mr. Fords Automobil wartete.

»Ich hätte gedacht, er fährt eins seiner eigenen Autos, nicht einen Rolls Royce«, sagte Irene und ließ sich neben Randolph auf den Rücksitz sinken.

»Das *ist* sein eigenes Auto«, sagte Randolph, nachdem er dem Chauffeur seine Anweisungen erteilt hatte.

»Nein, ich meine als Werbung, obwohl es vielleicht zu billig wäre für seinesgleichen.«

»Was quasselst du da, Mädchen?«, fragte er mit einem amüsierten Seitenblick. »Ich weiß, dass du dir einen zu viel hinter die Binde gegossen hast – wie Onkel Angus es ausdrücken würde – aber reiß dich zusammen, du gehst schließlich zur Innung der Goldschmiede.«

»Ich spreche von diesem Ford Model T, von dem Charlie und Don immer reden und den man inzwischen überall in der Stadt sieht, den er in seiner amerikanischen Fabrik fertigt.«

Sie wunderte sich, warum Randolph nicht mehr aufhören konnte zu lachen. Er lachte so sehr, dass es ihr auf die Nerven ging, aber gleichzeitig auch ansteckend war. Sie sah, dass der Chauffeur, der durch eine Glasscheibe von ihnen getrennt war, Mühe hatte, ein Grinsen zu unterdrücken. Schließlich wurde sie sauer und fragte fordernd: »Was ist so lustig an dem, was ich gesagt habe?«

Statt zu antworten, legte Randolph ihr den Arm um die Schultern. »Oh, du liebes, süßes, hübsches Kind mit der roten Strickmütze!« Als er schließlich aufhörte zu lachen, versuchte er zu erklären: »Henry Ford vom Brown's Hotel ist während der letzten dreißig Jahre dort Manager gewesen. Ich kann mir nicht vorstellen, dass er Zeit hatte, sowohl Autos als auch Châteaubriand bereitzustellen.«

»Aber ich dachte ... ja, ich dachte, Mr. Henry Ford ist ein Millionär, der Autos fertigt. Das hat Jarvis gesagt, und er sagte auch, Mr. Ford gibt Bankette und Ähnliches ... und dass er schon in Hopeworthy Hall gewesen ist, weil deine Tante Catherine ihn kennt. Und Camilla schien so ... ach, vergiss es! Ist er denn ein Schwindler, dieser Manager des Brown's Hotels?«

»Nein, das ist er nicht. Er ist der Besitzer und gleichzeitig Manager des Brown's Hotels und des St. George's Hotels, und es übernachten *tatsächlich* Könige und Fürsten in seinen Hotels. Er hat die Hotels von seinem Vater übernommen, als dieser in Ruhestand ging. Und es stimmt, er hat während seiner Jugend tatsächlich in Kanada gelebt und gearbeitet, daher stammt sein amerikanischer Akzent. Aber er ist Engländer, das kannst du mir glauben. Er heißt tatsächlich Henry Ford, und er ist auch sehr reich, aber er ist nicht der amerikanische Autohersteller Henry Ford. Du hast Recht, man könnte unseren Châteaubriand-Mr. Ford als Schwindler bezeichnen, weil er es liebt, mit seinem Namen Leute hinters Licht zu führen.«

»So Dummköpfe wie mich, meinst du.« Irene runzelte die Stirn.

»Du bist kein Dummkopf, du hast nur etwas missverstanden. Ich glaube nicht, dass er dich verwirren wollte, er redet einfach gerne von sich selbst. Der richtige amerikanische Henry Ford soll genau das Gegenteil sein und ist sehr schweigsam.«

»Oh je«, sagte Irene kleinlaut. »Eins habe ich daraus gelernt. Ich werde meinen dummen Mund in Zukunft erst öffnen, wenn ich genau über die Fakten Bescheid weiß.«

»Ich glaube, Châteaubriand-Henry wäre hochgradig entzückt über deine unschuldige Verwechslung aufgrund seines Namens gewesen und hätte sich köstlich amüsiert. Möglicherweise hättest du einen festen Platz an seinem Tisch bekommen, auf Rechnung des Hauses natürlich. Jedenfalls hast du ihm ganz offensichtlich gefallen, wenn er dich mit Champagner *und* Kaviar bewirtet, obwohl *ich* dich zum Essen eingeladen hatte! An dem eigenen Tisch sitzen gelassen zu werden! Was wird wohl als Nächstes kommen? Man kann einer Frau nicht einmal fünf Minuten lang trauen.«

»Selbst schuld, du hättest nicht so spät kommen und mich so lange allein lassen dürfen. Bin ich froh, dass ich in Gegenwart von Cammy nichts gesagt habe. Sie hätte sich über einen solchen Faux pas schlichtweg totgelacht – so wie du.« Sie stieß ihm den Ellenbogen zwischen die Rippen. »Das hätte ich nicht verkraftet. Meine Familie wird nicht glauben, was mir heute alles passiert ist! Und der Tag ist noch nicht zu Ende. Hoffentlich trete ich heute nicht noch in ein weiteres Fettnäpfchen.«

Randolph schmunzelte immer noch vor sich hin, als er in der Chancery Lane ausstieg. Er warf ihr eine Kusshand zu und sagte: »Ich werde dich vermissen, wenn du nach Russland gehst.«

16. Kapitel

In der Vergangenheit war Lady Catherine öfters nach London gefahren, um der Langeweile ihrer Umgebung für eine Weile zu entkommen. Diese Besuche in der Hauptstadt dienten vor allem dazu, den Spezialisten in der Harley Street, bei dem sie wegen ihrer Krankheit in Behandlung war, aufzusuchen. Aber in den vergangenen zwei Jahren, seit Irene in Hopeworthy Hall lebte, war der Arzt immer zu Tante Catherine gekommen, weil sie sich für eine zweistündige Zugreise nicht ausreichend wohl fühlte – früher hatte sie die Zugreise immer genossen.

Deshalb war Irene überrascht, als sie erfuhr, dass Lady Catherine nach mehr als zwei Jahren eine Reise nach London plante, um ihren Anwalt und ihren Arzt aufzusuchen und ›Hochzeitsvorbereitungen‹ für Mr. Randolph zu treffen. Diese Informationen erreichten Irene über den Dienstbotenklatsch. Mrs. Howarth und ›Miss O'Crikey‹ würden Lady Cath begleiten. Der Rolls Royce würde sie zum Bahnhof bringen, und Lady Cath würde dann mit ihrem Rollstuhl in den Zug gehoben werden, Erste Klasse natürlich!

Jetzt war Irene klar, warum Randolph damals, als sie ihn im Zug von Charing Cross getroffen hatte, *zwei* Fahrkarten gehabt hatte. Irene war mit Tante Martha unterwegs zu ihrem ›Hopfenurlaub‹ gewesen. Die beiden Fahrkarten Erster Klasse waren offensichtlich im Voraus gekauft worden, aber dann hatte Lady Catherine sich sicherlich nicht wohl genug für die Zugreise gefühlt. Und deshalb hatte Randolph Irene damals die Fahrkarte seiner Tante anbieten können.

Lieber Randolph! Irene lächelte bei der Erinnerung an ihr erstes Treffen, obwohl sie ein Schaudern nicht unterdrücken konnte, wenn sie an ihr eigenes ungebildetes, naives und unglaublich unhöfliches Verhalten ihm gegenüber dachte. Er war nicht im Geringsten ›aufdringlich‹ gewesen, wie sie damals angenommen hatte, sondern hatte ihr allen Ernstes helfen wollen.

Irene war froh, dass Lady Catherine sich stark und fit genug für einen Kurzurlaub in London fühlte; Randolphs und Camillas bevorstehende Hochzeit hatte ihrem Leben offensichtlich neuen Schwung gegeben. Sie würde im Brown's Hotel absteigen, wo Mr. Henry Ford sie zweifellos wahrhaft königlich empfangen würde, wie er das auch früher immer getan hatte.

Der Termin für Randolphs und Camillas Hochzeit wurde auf Anfang März festgesetzt. Irene hatte gehofft, dass sie vor der Hochzeit nach Russland abreisen könnte, aber Mr. Bainbridge hatte es nicht geschafft, ihre Reiseplanung rechtzeitig unter Dach und Fach zu bringen. Ein Mr. und eine Mrs. Chechenskij kehrten im April nach Russland zurück; Mr. Chechenskij machte zurzeit einen Austauschbesuch in England. Irene hatte ihn bereits in der Werkstatt in der Bond Street kennen gelernt, und er schien sehr nett zu sein. Leider sprach er kaum Englisch. Trotzdem war Irene froh, auf ihrer Reise nach Russland zuverlässige Begleitung zu haben. Mr. und Mrs. Chechenskij hatten den Auftrag, sie sicher bei Carl Fabergé und seiner Frau Augusta in der Morskaja Straße in St. Petersburg abzuliefern. Lorna war beruhigt, ihre Tochter in guten Händen zu wissen.

Es überraschte Irene, dass sie eine Einladung zu Randolphs und Camillas Hochzeit von Vicomte und Vicomtesse Ashley-Gray-Johnson erhielt. Lady Catherines Sekretärin hatte der Familie der Braut eine Gästeliste des Bräutigams übergeben. Irene hatte nie einen Gedanken an eine mögliche Einladung verschwendet, da sie angenommen hatte, dass sie nicht zu der Art von Gesellschaft gehörte, die Randolph und Camilla einladen würden.

Es sollte ein großes gesellschaftliches Ereignis werden. Die Trauung würde in St. Margaret's Church, Westminster, und der Empfang im Claridge's Hotel stattfinden. Irene beschloss, die Einladung abzulehnen, weil sie sich vorstellen konnte, wie fehl am Platze sie sich in solch einer feinen Gesellschaft fühlen würde.

Es wäre ihr nicht im Traum eingefallen, dass ihre Entscheidung Lady Catherine missfallen könnte. Und wenn etwas Lady Catherines Missfallen erregte, konnte ihre Zunge sehr scharf sein.

Nachdem Lady Catherine von ihrem Ausflug nach London nach Hopeworthy Hall zurückgekehrt war, schien sie niedergeschlagen zu sein; offensichtlich hatte der Tapetenwechsel ihr nicht gut getan. Ihre Launen waren ebenfalls unvorhersehbar, was Irene auf den ungewohnten Trubel in der Stadt schob, der wohl zu viel für sie gewesen war. Sie war zu sehr an die Routine und die Ruhe in Hopeworthy Hall gewöhnt.

Sie rief Irene, die gerade Französisch lernte, zu sich und ließ sie die ganze Zeit stehen, während sie sie ausschimpfte.

»Randolph hat mir mitgeteilt, dass du dich entschlossen hast, nicht an seiner Hochzeit teilzunehmen, Irene. Ich möchte gerne wissen, warum nicht.«

»Ich glaube nicht, dass ich dorthin passe, gnädige Frau.«

»Hinpassen? Wir bitten dich, Gast bei einer Hochzeit zu sein, es geht nicht darum, wie ein Einrichtungsgegenstand irgendwohin zu passen.«

»Ich gehöre nicht richtig zur Familie, nicht wahr, gnädige Frau?«

»Nein? Was bist du dann in den vergangenen zwei Jahren in diesem Haushalt gewesen?«

»Ich bin nicht undankbar, gnädige Frau, aber ich würde mich unter so vornehmen Leuten nicht wohl fühlen, weil ich nicht aus der gleichen Gesellschaftsschicht wie Mr. Randolph und seine zukünftige Frau stamme.«

»Ich verstehe. Offensichtlich habe ich in den letzten zwei Jahren nur meine Zeit mit dir verschwendet.«

»Oh, nein, gnädige Frau ...«

»Hör auf, mich gnädige Frau zu nennen. Ich bin keine *gnädige Frau*, und ich hasse es, so genannt zu werden. Du hast mich nicht mehr so angesprochen, seit ich dich darum gebeten hatte, es nicht zu tun. Wie kommt es, dass meine Bitte plötzlich aus deinem Gedächtnis verschwunden ist?«

»Es tut mir leid, Lady Catherine.«

»Das hoffe ich! Es ist mir unbegreiflich, warum du dich aus heiterem Himmel so kindisch aufführst. Ich habe große Hoffnungen in dich gesetzt, Irene, und ich will nicht auf diese Art und Weise enttäuscht werden. Und ich werde nicht zulassen, dass du Randolph im Stich lässt. Wenn du glaubst, dass meine Erziehung dich nicht in die Lage versetzt, den Ashley-Gray-Johnsons Paroli bieten zu können, beleidigst du mich und zweifelst meine Glaubwürdigkeit an; schließlich habe ich einige Jahre als Hofdame am Hofe des Zaren von Russland verbracht!«

»Oh nein ...«

»Unterbrich mich nicht! Randolphs Familie besteht nur aus mir und Angus, und da eine weitere Reise nach London innerhalb von so kurzer Zeit zu viel für mich wäre, musst du Angus unterstützen. Randolphs Gästeliste ist ohnehin schon kurz genug. Er war immer ein ruhiger und schüchterner Junge, der lieber arbeitete als spielte und nicht so schnell Freundschaften knüpfte, daher ist es mir auch unverständlich, wie er und Cam ... ach, es ist egal.« Sie wechselte eilig das Thema. »Wir brauchen dich, um Hopeworthys Reihen zu füllen, Irene.«

Wenn das der einzige Grund war, warum man sie eingeladen hatte, müsste sie Lady Catherine eigentlich bitten, auch Tante Martha und den Rest ihrer Familie einzuladen, dachte Irene, die sich über die dominante Art ihrer Wohltäterin ärgerte. Lady Catherine mochte ihre Ausbildung und viele andere Dinge für sie bezahlt haben, aber sie hatte nicht um Almosen gebettelt, und sie war nicht Lady Catherines Eigentum geworden! Irene hatte einfach keine Lust, von der ehrenwerten Camilla und ihrer großartigen Familie bloßgestellt zu werden.

»Falls du dir Sorgen machst, welche Kleidung du für solch einen Anlass tragen sollst, dann ist deine Sorge überflüssig. Ich habe ein Konto bei dem Damenkonfektionsgeschäft Simpsons in London. Such dir aus, was immer dir gefällt, und lass mein Konto belasten. Ich kann dir auch Schmuck leihen. Zwar ist er nicht so schön wie der unbezahlbare Schmuck, der mir gestohlen wurde, aber es handelt sich auch nicht gerade um geschmacklosen Tand.«

Irene konnte sich nicht vorstellen, dass Lady Catherine jemals etwas Geschmackloses besitzen könnte.

»Das ist es nicht, Lady Catherine.«

»Was ist es dann?«, fragte sie scharf. Ihr Kopf schwankte dramatisch, da sie es schwierig fand, herrisch aufzutreten und gleichzeitig den Kopf hochzuhalten.

»Ich würde mich einfach nicht wohl fühlen, das ist alles.«

»Dann bist du nicht besser als Sam Smart, undankbar und unglaublich dumm. Wahrscheinlich hast du auch Carl Fabergés Einladung abgelehnt, oder?«

»Oh, nein! Ich möchte nach Russland reisen, um alles zu lernen, was er mich lehren kann, Lady Catherine. Meine Familie wünscht es auch.«

»Das ist immerhin etwas! Ich möchte jetzt nicht mehr so einen Unsinn über ›sich nicht wohl fühlen‹ und ›fehl am Platze sein‹ hören, wenn Randolph dich darum bittet, sein Gast zu sein. Du wirst mit Sir Angus im Rolls Royce hinfahren. Du kannst auch Mrs. Mannering und deine Mutter mitbringen, falls du glaubst, dass es dir dann besser geht – meinetwegen auch deine ganze Familie, wenn du ihre moralische Unterstützung brauchst.«

Oh nein! Welch schreckliche Vorstellung! Irene sah in Gedanken Tante Martha mit ihrem schwarzen Strohhut und ihren Arbeiterhänden neben der Vicomtesse Ashley-Gray-Johnson und krümmte sich innerlich vor Verlegenheit. Sie würde gerne Don als moralische Unterstützung mitnehmen, aber das wäre unfair, weil er sich in einer solchen Gesellschaft ausgesprochen unwohl fühlen würde.

»Lady Catherine«, sagte sie steif, während sie hinter ihrem Rücken die Hände zu Fäusten ballte. »Ich werde etwas Geeignetes zum Anziehen finden, und ich werde Sir Angus zu Mr. Randolphs Hochzeit begleiten. Vielen Dank, dass Sie mich und auch meine Familie eingeladen haben, aber ich glaube nicht, dass die anderen kommen können; sie sind alle sehr beschäftigt, besonders Tante Martha mit ihrem Marktstand und meine Mutter mit den kleinen Kindern.«

»Ich verstehe. Ich werde meine Sekretärin bitten, sich um deine Zusage zu kümmern. Wann wirst du nach St. Petersburg abreisen?«

»Mr. Bainbridge sprach von der ersten Aprilwoche. Er trifft Vorbereitungen, dass ich mit einem Mr. und einer Mrs. Chechenskij reisen kann, die im April nach St. Petersburg zurückkehren werden. Mr. Chechenskij ist einer von Monsieur Fabergés Mitarbeitern, der zurzeit auf Besuch in England ist.«

»Hervorragend. Und hast du auch schon alle notwendigen Papiere zusammen, Geld, etc.?«

»Ich kümmere mich mit Mr. Bainbridges Hilfe darum, Lady Catherine.«

»Ich werde Mrs. Howarth bitten, mit Mr. Bainbridge Kontakt aufzunehmen, um sicherzustellen, dass du eine sichere Reise haben wirst. Nun lass mich bitte allein, meine Liebe. Ich bin froh, dass du dich entschieden hast, vernünftig zu sein. Schicke bitte Miss Crike zu mir.«

Der März verging wie im Fluge, und Randolphs großer Tag nahte.

Irene trug ihr taubengraues Jäckchen aus der Bond Street über einem rosa-grau gestreiften Seidenkleid mit einem pfauenblauen Gürtel mit Silberschnalle, der das Ensemble angemessen abrundete. Lady Catherine bestand darauf, dass ihre Kollektion ›Berlin‹ sehr gut zu Irenes Kleidung passte. Olive Crike bot freundlicherweise an, sich um Irenes Frisur zu kümmern, und türmte Irenes langes dunkles Haar auf ihrem Kopf zu einer eleganten Hochsteckfrisur auf, die von einer großen ›Art Nouveau‹-Spange in auffallendem Design gehalten wurde. »Schauen Sie nur!«, sagte Miss Crike, als sie beide vor dem Spiegel standen, um Irenes Aussehen zu überprüfen. »Sie sehen wirklich bezaubernd aus, Irene. Sie haben einen schönen Hals und schöne Schultern und sind auch groß genug, um diese schicken Kleider zu tragen.«

Danach verschwand sie, um sich umzukleiden, denn sie und Mrs. Howarth reisten ebenfalls mit Sir Angus im Rolls Royce zur Hochzeit nach London. Das übrige ›Gefolge‹ aus Hopeworthy fuhr mit dem Zug. Alle würden im Brown's Hotel übernachten, außer Irene, die nach dem Empfang nach Hause in die Waterloo Road fahren würde. Jetzt kannte Irene den Grund, warum Lady Catherine sich vor zwei Monaten so plötzlich entschieden hatte, nach London zu reisen: Sie hatte dafür gesorgt, dass Randolphs großer Tag so glatt wie möglich verlaufen würde.

Randolph selbst war schon zusammen mit seinem Trauzeugen in seinem Londoner Haus und würde von dort aus in die Kirche fahren.

Es war eine Schande, dachte Irene, dass sie ihre Art Noveau-Spange unter einem Hut verstecken musste! Sie hasste Hüte. Aber da ihre Familie – einschließlich Tante Martha – zusammengelegt hatte, um ihr diesen Hut extra für die Hochzeit zu kaufen, fühlte sie sich verpflichtet, ihn auch zu tragen. Gott sei Dank war es wenigstens kein schwarzer Strohhut! Nach der Trauung würde sie das scheußliche pinkfarbene Gebilde, das wie ein Bonbon aussah, abnehmen und diskret in der Garderobe verstecken. »Ich wette, Tante Martha hat den Hut ausgesucht!«, murmelte sie vor sich hin, als sie Handschuhe, Tasche, Lady Catherines Fabergé-Fächer und Übernachtungsköfferchen vom Bett einsammelte. Sie war bereit für die Reise nach London im Rolls Royce, Modell ›Silver Ghost‹. »Und sorge dafür, Irene Druce, dass ein Schatten deiner Großartigkeit auf all die anderen fällt!«, sagte sie zu sich selbst, als sie mit einem schiefen Lächeln die Treppe hinunterging.

Es war nicht so schlimm, wie Irene erwartet hatte, aus dem einfachen Grunde, weil sie *ein* Gast von fünfhundert war, wovon vierhundert Camillas Gäste waren. Camillas Familie war zu beschäftigt mit sich selbst, um Notiz von Irene zu nehmen. Sir Angus war mit den hübschen Brautjungfern, Camillas Schwestern und Freundinnen beschäftigt, und damit, wie viel Champagner er in kürzester Zeit in sich hineinschütten konnte, ohne umzukippen.

Deshalb befand sich Irene, nachdem sie ihr Jäckchen und den Bonbonhut im ›Ruheraum für die Damen‹ im Claridge's Hotel abgelegt hatte, in weniger ehrfurchteinflößender Gesellschaft: Die beiden Millifloris – Riccardo befand sich ebenfalls auf der Suche nach hübschen Mädchen, da Camilla ja nun einen Ehemann hatte –, Mr. Chicôt mit seinem kleinen Ziegenbart, einige der älteren treuen Hausangestellten aus Hopeworthy Hall wie Mr. Jarvis und natürlich Miss O'Crikey und Lady Catherines persönliche Sekretärin, Mrs. Howarth.

Randolphs Freunde und Kollegen waren größtenteils Juristen oder reiche Mandanten, die er ›herausgehauen‹ hatte. Als Irene bemerkte, dass Mr. Henry Ford auf sie zusteuerte, schlug sie schnell eine andere Richtung ein und prallte dabei mit dem Trauzeugen zusammen. Ihr Champagner ergoss sich über seine adretten Rockaufschläge.

»Oh, es tut mir schrecklich leid«, sagte Irene bestürzt, ergriff eine Serviette und bot sie ihm an.

»Ich glaube nicht, dass wir uns schon kennen gelernt haben«, meinte er, während er sich mit der Serviette den Champagner abtupfte. Er drückte die feuchte Serviette einem Kellner in die Hand, der zusammen mit einem halben Dutzend weiterer Bediensteter herbeigestürzt war, um zu helfen. Der Trauzeuge schickte sie mit einer Handbewegung fort. »Sie können meinen Anzug später abholen und reinigen lassen ... Braut oder Bräutigam?«, fragte er Irene.

»Braut ... Bräutigam ... tja, eigentlich beide.«

»Nicht sicher? Dann geht es Ihnen wie mir. Nun, da niemand mir diese charmante – und einsame – junge Dame vorgestellt hat, stellen wir uns eben selbst vor, einverstanden? Der ehrenwerte Gerald Throgmorton-Fince, Randys bester Freund und Trauzeuge, zu Ihren Diensten, gnädige Frau.«

Er streckte seine große schinkenähnliche Hand aus. Er war der Typ Mann, den manche Frauen umwerfend attraktiv und begehrenswert fanden, andere Frauen wiederum fühlten sich von seiner Art abgestoßen: Er war groß und hatte rotblondes Haar, war gut aussehend wie ein Löwe, hatte einen prächtigen Schnurrbart und trug eine gepflegte Männlichkeit zur Schau. Irene gehörte zu den Frauen, die sich von ihm abgestoßen fühlten. Sie fühlte, dass man ihm nicht trauen konnte, und sie fragte sich, wie es dazu gekommen war, dass Mr. Großartig Randolphs bester Freund und Trauzeuge war. Wie bei der Wahl seiner Braut schien Randolph auch hier kein gutes Händchen bewiesen zu haben.

»Irene Druce«, stellte sie sich kühl vor, »nur Miss, kein Titel.« Er zerquetschte ihr fast die Hand, und sie mühte sich verzweifelt, nicht aufzustöhnen. »Sind sie ebenfalls Anwalt, wie Randolph?«, fragte sie höflich in einem Versuch, genauso kultiviert wie der Rest der glamourösen Gesellschaft zu wirken, obwohl sie wusste, dass sie bereits durch das Fehlen eines Titels durchgefallen war.

»Um Gottes willen, nein! Ich bin kein Bürohengst. Ich bin Mitglied des Coldstream-Garderegiments.«

Ein Gardeoffizier! Sehr eindrucksvoll. Mit einer Bärenmütze auf dem Kopf war er wahrscheinlich mindestens zwei Meter groß.

»Ich bin heute in Zivilkleidung, weil Randy nichts mit dem Militär zu tun hat und mich gebeten hat, nicht in meiner farbenprächtigen Uniform zu erscheinen. Ich weiß nicht warum, aber ich finde alle Hochzeiten furchtbar langweilig. Wir sind zusammen in die Schule gegangen, Randy und ich, nach Eton und dann Oxford, aber er hat danach eine zivile Laufbahn eingeschlagen, während ich mich für die Trommeln entschieden habe.«

»Sie sind auch Schlagzeuger?«

Er lächelte sie schief an.

Oh je, Irene, du hast dich wieder mal blamiert, wie bei der Geschichte mit Mr. Henry Ford! Natürlich meinte er mit ›Trommeln‹ die militärische Laufbahn. Aber in diesem Fall war es ihr gleichgültig, welchen Eindruck sie auf Randolphs besten Freund machte.

»Wir hatten uns für längere Zeit aus den Augen verloren, Randy und ich. Cammy hat uns durch eines ihrer Wochenenden auf dem Land wieder zusammengebracht. War eine prima Jagd in Kent. Randy ist wirklich ein Meisterschütze.«

So viel dazu, nun wusste sie mehr über Randolphs ›Wahl‹ seines Trauzeugen.

»Ich gehe lieber auf Moorhuhnjagd, aber leider ist die Saison so verdammt kurz. Der alte Junge, Angus, mit seinem schönen Besitz in Schottland, der kennt sich aus ...« Er beugte sich zu ihr hinunter und befingerte ihre Halskette. »Oh, das ist ein ungewöhnliches Schmuckstück.«

Die Art, wie er das sagte, vermittelte ihr das unbehagliche Gefühl, dass er nicht die Halskette meinte. »Edelstahl und Kunstschmiedearbeit, Weinblattdesign«, gab sie zurück, froh, sich auf sicherem Terrain zu bewegen. »Es gehörte einst einer Zarin, die es ihrer Hofdame schenkte, weil sie selbst es ›zu armselig‹ fand – keine lupenreinen sibirischen Diamanten, und nicht von Carl Fabergé gefertigt, verstehen Sie.« Irene bewegte ihren Fabergé-Fächer, ebenfalls eine Leihgabe von Lady Catherine, hin und her, denn nichts hinterließ so viel Eindruck wie das zufällige Erwähnen eines berühmten Namens, wenn der Beweis auf der Hand lag.

»Ich finde die Kette sehr beeindruckend, sie sieht auch verdammt wertvoll aus. Ich hoffe, Sie haben sie gut versichert, Miss

Druce – ich meine, wo sie sogar einer Zarin gehört hat. Sehr nobel. Kennen Sie sich mit Russland aus, Miss Druce?«

»Oh ja, ziemlich gut! Nächsten Monat reise ich nach St. Petersburg.«

»Das muss die Hölle für Sie sein. Ein schrecklicher Ort, sagt man. Sollen wir irgendwo hingehen, wo nicht so ein Gedränge ist und wo wir uns besser kennen lernen können? Außerdem ist Ihr Glas leer, und das bei einer Hochzeit!«

Irene versuchte, außer Reichweite des angetrunkenen Trauzeugen zu gelangen, aber sie war von allen Seiten eingekeilt. »Ich glaube nicht, Mr. Throgmorton ...« Ihr Gefühl, sich auf glattem Parkett zu bewegen, trog sie nicht, denn plötzlich umfasste in dem allgemeinen Gedränge eine große schinkenähnliche Hand ihre Taille. Wäre dies nicht Randolphs Hochzeit, hätte sie ihm auf die unverschämten Finger geschlagen und ihn in seine Schranken verwiesen. Aber sie wollte keinen Ärger provozieren oder die Aufmerksamkeit anderer auf sich ziehen. »Captain, bitte lassen Sie das!«

Er lächelte träge und ließ sich nicht aus der Ruhe bringen. »Es ist schrecklich stickig hier drin, warum gehen wir nicht in die Suite des Königs von Griechenland? Sein Neffe wohnt dort. Auch Absolvent in Eton und Oxford. Wir könnten eine Runde Backgammon spielen, anstatt dem Geheule des Orchesters zuzuhören.«

Sie konnte sich denken, welche Art von Backgammon er meinte. »Nein danke, lieber nicht.« Sie wandte sich zur Seite und suchte nach einer Möglichkeit, ihm zu entkommen. Seine Anwesenheit erstickte sie beinahe. »Die Hochzeitstorte ist noch nicht angeschnitten, und danach bricht das Brautpaar in die Flitterwochen auf. Wir sollten bleiben, es wäre sonst unhöflich.«

Wieder lächelte er auf seine herablassende Art auf sie hinunter und sagte amüsiert: »Ihr Frauen seid alle gleich, Hochzeitstorten, bunte Bänder und Babys ... Paris, glaube ich. Cammy hat mir erzählt, dass sie die Flitterwochen in Paris verbringen. Wie wär's denn mit Ihrer Telefonnummer? Ich könnte Sie morgen anrufen, und wir könnten irgendwo hingehen ... hmh, wo etwas los ist? Oder an einen diskreten Ort? Sie können wählen, meine Liebe.«

»Ich habe kein Telefon, Captain. Ich wohne in der Hopfenpflückerallee, und wir können uns kein Telefon leisten, aber wir wissen, dass es nichts umsonst gibt.«

»Kein Telefon? Ha-ha, ein guter Witz. Sie wollen mich von der Fährte abbringen. Sie sind gescheit, Irene.«

Ihre Brüder hätten *ihn* als Hohlkopf bezeichnet. »Lassen Sie mich eine Sache klarstellen, Captain Throg, oder wie immer Sie heißen mögen. Ich bin nicht käuflich, und es ist mir unbegreiflich, wie Randolph Sie jemals als besten Freund und sogar als Trauzeugen auswählen konnte. Andererseits, wahrscheinlich war es die un-ehrenwerte Miss Cammy-Nichtsnutz, die ihn dazu gebracht hat. Ich weiß, dass Randolphs Menschenkenntnis zu wünschen übrig lässt, weil er berufsbedingt zu viel mit Kriminellen zu tun hat. Wahrscheinlich beweist er deshalb so wenig Fingerspitzengefühl bei der Wahl seiner so genannten Freunde. Gute Nacht und auf Wiedersehen, Captain Throgmorton-Fince!«

Und während er sie immer noch fassungslos mit herabhängender Kinnlade anstarrte, kam Randolph auf sie zu. »Irene! Da bist du ja ... du siehst hübsch aus. Oh, danke, dass du den alten Angus sicher in die Stadt gebracht hast.«

»Das hat der Chauffeur getan, Randolph. Ich habe ihm lediglich meine Schulter zur Verfügung gestellt, an die er sich lehnen und schnarchen konnte. Randy, Liebling, hast du einen Moment Zeit für mich ... Liebling.«

Randolph sah sie verblüfft an.

»Ich glaube, du wirst nächsten Monat in Paris sein, Liebling. Aber du hast mir doch erzählt, dass du niemals nach Frankreich reisen willst, weil du die Franzosen nicht magst ...« Sie klopfte ihm spielerisch mit ihrem geliehenen Fächer auf die Schulter. »Nun, ich habe dich erwischt, obwohl ich davon ausgehe, dass es Cammys Entscheidung war. Lass nicht zu, Randy, dass *sie* in eurer Ehe die Hosen anhat, du musst ihr schon heute Nacht zeigen, wo es langgeht ... hoppla!« Sie schlug kichernd die Hand vor den Mund.

»Mein Gott, Irene, wie viel Champagner hat dieser Knabe dir eingeflößt?«

»Er ist derjenige, der zu viel getrunken hat ...«, sie warf dem Trauzeugen einen niederträchtigen Blick zu. Sie senkte die Stimme, sodass man sie hinter ihrem Fächer gerade noch verstehen konnte, während die Braut sich ihren Weg zu ihnen bahnte. »Hör zu, Randy, mein Liebling. Ich werde in Paris sein, bevor ich mit dem Transsibirienexpress von Triest nach St. Petersburg reise. Ich weiß, dass du in den Flitterwochen bist, aber Cammy hat bestimmt nichts dagegen ...«

»Wie süß, Irene Liebling! Aber wie ungezogen von dir, Randolph hinter meinem Rücken verführen zu wollen, genau wie der unartige Riccardo es mit mir versucht«, flötete Camilla und kniff ihren Gatten in die Wange. »Liebling, der Transsibirienexpress kommt leider nicht in die Nähe von Paris oder Triest, tut mir leid. Und China ist zu weit weg für Randy!«

Randolph starrte sie an, als hätten sie allesamt den Verstand verloren.

Camilla hatte Randolph schon wieder vergessen und wandte sich dem ehrenwerten Captain zu. »Gerry, mein Süßer, der Trauzeuge darf immer einen Tanz mit der Braut tanzen, aber du hast mich den ganzen Abend noch nicht aufgefordert, und dieser schreckliche kleine spießige italienische Tanzlehrer Riccardo ist mir schon wieder auf den Fersen. Randys böse Tante ist schuld, denn Riccardo stand auf *ihrer* Gästeliste! Schick ihn für mich fort, Süßer, du bist so viel größer und stärker als ich – Randy macht es nichts aus, nicht wahr, Liebling, Irene kann dir ja Gesellschaft leisten, nicht wahr?«

Randolph öffnete den Mund und schloss ihn wieder ohne ein Wort.

»Meine Güte, Cammy, musste dein Vater wirklich so viele traurige Gestalten zu deiner Hochzeit einladen?«, hörte Irene den Trauzeugen sagen, und Randolph hatte mit Sicherheit auch die Antwort seiner Braut gehört: »Das Orchester ist *schrecklich* teuer, sagt Daddy, Gerry Liebling, also gib dir Mühe. Ich habe sie gebeten, einen Walzer zu spielen, damit du mich an dich drücken kannst – das musst du auch tun, denn ich bin ein klitzekleines bisschen beschwipst.« Sie hob die Schleppe ihres exquisiten Brautkleides und eilte auf die Tanzfläche, den großen blonden Bären im Schlepptau.

»Es tut mir leid«, murmelte Irene und lächelte Randolph traurig an. »Ich wollte dich mit dem ›Liebling‹-Getue nicht in Verlegenheit bringen, aber da hier jeder jeden ›Liebling‹ zu nennen scheint, wollte ich nicht aus der Reihe tanzen. Es war die einzige Art und Weise, auf die ich deinen Trauzeugen loswerden konnte – du hast ein Händchen dafür, dir deine Freunde auszusuchen, nicht wahr? Es war eine wunderschöne Hochzeit, Randolph, aber ich muss jetzt trotzdem gehen.«

»Wohin gehst du?«

»Nach Hause – zu meiner Mutter.«

»Es ist ziemlich spät, um draußen alleine herumzulaufen, Irene.«

»Ich bin jetzt ein großes Mädchen, großer Bruder. Meine Familie wird aufbleiben, bis ich nach Hause komme, also muss ich wirklich gehen. Ich werde morgen in Hopeworthy Hall ein Stück von deiner Hochzeitstorte essen und auf dich anstoßen. Ich hoffe, dass ihr zusammen glücklich werdet, du und Camilla – das wünsche ich dir von ganzem Herzen, Randolph.«

»Warum nimmst du nicht den Rolls Royce? Bridges kann dich nach Hause fahren.«

»Ich fahre mit dem Bus. Ein Rolls Royce in der Waterloo Road in Poplar würde etwas fehl am Platze wirken! Es könnte passieren, dass deine Tante morgen weder ein Auto noch einen Chauffeur hätte.«

»Und dir wird man die Kehle durchschneiden, wenn du mit dieser Halskette mit dem Bus fährst, Irene Druce!«

»Ein Punkt für dich, Mr. Randolph, aber ich hatte sowieso vor, mich umzuziehen und mich zurück in Aschenputtel zu verwandeln, um dann durch den Dienstboteneingang zu verschwinden.«

»Was ist mit dir los, Irene?«

»Wahrscheinlich habe ich auf einmal Heimweh bekommen. Sollten Sie sich nicht statt um mich um Ihre schöne Braut kümmern – lieber Mr. Randolph?«

Er sah sie lange an. »Cammy und ich sind jetzt gewissermaßen zusammengekettet, nicht wahr, Rotmütze?«

»Ja, ich befürchte, du hast Recht.«

Es war Zeit zu gehen. Es war auch Zeit damit aufzuhören, jemand sein zu wollen, der sie nicht war. Wenn sie wirklich hoch gestellte Persönlichkeiten, nicht nur die ehrenwerten Camilla Ashley-Gray-Johnsons und Captain Gerald Throgmorton-Finces dieser Welt, mit ihren Schmuckstücken ausstaffieren wollte, war es an der Zeit, sich auf die Kunst – und nicht auf Gekünsteltes – zu konzentrieren.

Randolph verfolgte ihren stolzen Abgang aus dem Ballsaal und durch den Palmenhof. Sie trug den Kopf hoch, und der dunkle Glanz ihres hochgesteckten Haares wurde noch durch eine auffällige Art Nouveau-Spange, die sie wahrscheinlich selbst entworfen hatte, unterstrichen. Es entging ihm auch nicht, dass sie viele bewundernde Blicke auf sich zog; sie wirkte so königlich, so unberührbar und so völlig im Einklang mit ihrer Umgebung. Er staunte über die Veränderung, die sich in den vergangenen kurzen zwei Jahren vollzogen hatte. Er wusste, dass die Veränderung seiner Tante Catherine zuzuschreiben war.

Heute Abend sah er genau, wie erfolgreich seine Tante gewesen war, aber trotzdem konnte er ein melancholisches Verlangen, das Mädchen in der roten Strickmütze zurückzuholen, nicht ganz unterdrücken.

17. Kapitel

Sie wollten sämtliche Einzelheiten über Mr. Randolphs Hochzeit hören. Was für ein Kleid hatte die Braut getragen, was hatte Irene getragen ... Irene ließ sich erschöpft in den alten Lehnsessel ihres Vaters plumpsen, schob ihre modernen Schuhe mit den hohen Absätzen von den Füßen und bewegte dankbar die Zehen.

»Ich glaube, ich habe mich Mr. Randolph gegenüber lächerlich gemacht«, erzählte sie.

»Du hast doch nicht zu viel getrunken, Irene, oder?«, fragte ihre Mutter bestürzt. Sie setzte ihre Brille ab, die sie nun immer trug, wenn sie nähte und stopfte, und legte die kaputten Socken zur Seite. »Du bist an ihre vornehmen Drinks nicht gewöhnt, Irene.«

»Ich habe nur so getan als ob, Mama! Ich hatte keinen richtigen Schwips, aber mir sind alle auf die Nerven gegangen mit ihrem hochgestochenen und affigen Benehmen – alle außer Mr. Randolph, der immer natürlich ist.«

»Aber du wolltest doch immer ladylike sein, mein Mädel«, erinnerte Tante Martha sie.

»Ich habe nur ein Glas Champagner getrunken, und das meiste davon habe ich dem Trauzeugen über seine Weste geschüttet.«

»Das ist nicht dein Ernst!«

»Doch, es war ein unglücklicher Zufall.«

Irene erwähnte ihren stolzen Abgang aus dem Ballraum nicht –

aus einem der vier Ballräume dieses vornehmen Etablissements, das den Launen derjenigen Rechnung trug, die nicht wussten, was richtige Arbeit war. Randolph hatte sie angesehen, als wäre sie plötzlich übergeschnappt, aber es war noch etwas anderes in seinem Blick gewesen, das sie nicht richtig deuten konnte. Jedenfalls war er der am unglücklichsten aussehende Bräutigam, den sie jemals gesehen hatte.

Man sollte nicht überstürzt heiraten, dachte sie, man könnte es später bereuen.

Sie wechselte das Thema. »Die Braut trug ein elfenbeinfarbenes Brautkleid aus Seide und Spitze. Es war wunderschön. Ihr goldenes Haar war hochgesteckt, und der Schleier wurde von einem mit Perlen besetzten Reif gehalten. Sie sah aus wie ein elfenbein- und goldfarbenes Turteltäubchen ... und sie hat mehr als genug mit dem Trauzeugen gegurrt. Ich habe keine Ahnung, warum er sie geheiratet hat – Randolph, meine ich. Er und Camilla sind völlig inkompatibel.«

»Was ist inkom ... was du gesagt hast, Irene?«, wollte Doreen wissen.

»Es bedeutet, dass sie vom Charakter her nicht zusammen passen, liebe Doreen.«

»Es heißt, Gegensätze ziehen sich an«, meinte Lorna. »Was hast *du* angehabt, Irene? Hoffentlich nicht das blaue Sergekleid, in dem du heimgekommen bist.«

»Das rosa und grau gestreifte Seidenkleid, das ich in der Bond Street gekauft habe, Mama, dazu das graue Jäckchen.«

»Hübsch«, murmelte Lorna, »einfach und geschmackvoll, das steht dir, Irene. Gefällt dir der Hut, den wir für dich ausgesucht haben? Tante Martha hat ihn im Schaufenster der Hutmacherin neben Miss Lilys Kurzwarenladen in der High Street entdeckt. Sie hat ihn in eine Hutschachtel einpacken lassen, und Doug hat die Schachtel extra zum Zug nach Kent gebracht, damit sie rechtzeitig ankommt. Hat der Hut zu deinem Kleid gepasst?«

»Hervorragend, wirklich, Mama. Aber ihr hättet nicht so viel für mich ausgeben sollen, ihr braucht das Geld für wichtigere Dinge. Ich weiß es aber zu schätzen, weil ich zurzeit jeden Penny für Russland sparen muss. Ich hätte mir so einen hübschen Hut nicht leisten können.« Sie gähnte. »Ich muss daran denken, mein Kleid aufzuhängen, sonst zerknittert es. Es ist in der Tasche, die ich zusammen mit der Hutschachtel irgendwo fallen gelassen habe ...«

Doreen sprang sofort auf, um die Tasche zu suchen, aber Lorna sagte scharf: »Nicht heute Abend, Reen. Irene ist müde. Sie wird ihre Kleider aufhängen, wenn sie ins Bett geht, und du kannst sie dir morgen ansehen.«

»Ich habe es beim Empfang ausgezogen«, sagte Irene. »Ich meine das Jäckchen, nicht das Kleid.« Doreen kicherte, als sie sich wieder auf den Boden setzte. »Ihr solltet die Damengarderobe im Claridge's Hotel sehen, lauter weißer und rosafarbener Marmor und goldene Tapeten. Und die Toilettensitze sind aus Mahagoni, und sie werden ständig mit parfümierten Tüchern abgewischt und poliert, wie im Buckingham Palast.«

»Woher willste das denn wissen? Du bist noch nie im Buckingham Palast aufs Klo gegangen, Irene Druce!«, kommentierte Tante Martha. »Vielleicht hab'n sie ein Klo im Hinterhof. Schließlich müssen die Wachposten ja auch irgendwo hingehen! Stellt euch vor, die armen Soldaten müssen den ganzen Tag in der Eiseskälte stehen und ihre Pflicht für König und Vaterland tun.«

»Sie verkriechen sich hinter ihr Wachhäuschen, Tante Martha, dort hängt Klopapier mit dem königlichen Stempel drauf«, sagte Charlie und versuchte dabei ernst zu bleiben.

»Du solltest deinem König mehr Respekt erweisen, mein Junge.« Tante Martha drohte Charlie mit dem Zeigefinger. »Wo ist übrigens deine Freundin heute Abend?«

»Christliche Gemeinschaft.«

»Da solltest du eigentlich auch sein.«

»Oh, ich habe meine Art Nouveau-Haarspange getragen, die ich in der Werkstatt gefertigt habe. Sie ist ein Hingucker, groß und leuchtend. Mr. Bainbridge hat gesagt, ich kann sie behalten, um mich daran zu erinnern, dass ich in der Bond Street Nr. 173 nicht nur meine Zeit verschwendet habe. Wahrscheinlich durfte ich sie behalten, weil sie so hässlich ist ... O.K., Reen, ich zeige dir später alles, wenn wir zu Bett gehen.«

»Du hast bestimmt sehr hübsch ausgesehen, Liebes«, sagte Lorna. »Besonders, wenn du auch den blauen Gürtel mit der Silberschnalle getragen hast, den Tante Martha dir von Dots Trödlerstand mitgebracht hat. Da hast du Glück gehabt, was, Martha, dass Dot ihn so billig verkauft hat, weil sie nicht gemerkt hat, dass die Schließe aus Silber ist, angelaufen wie sie war.«

Tante Martha schälte gerade einen Apfel. Die Schale ringelte sich wie eine Schlange in ihren Schoß. Sie sagte: »Ich finde, der Ausschnitt is' zu tief. Er enthüllt zu viel von Irenes Busen. Sie is' zu jung, um so auf eine Hochzeit zu geh'n.«

»Ich habe eine Bluse aus Crêpe de Chine darunter getragen ... Sie ist da in der Tasche, falls du mir nicht glaubst, Tante Martha.«

»Nicht heute Abend, Reen«, wiederholte Lorna, als Doreen schon wieder aufspringen wollte, um Irenes Sachen zu holen.

»Ich wette, die Bluse ist hautfarben, also kommt es auf das Gleiche raus.« Tante Martha rümpfte die Nase. »Ihr jungen Mädchen heutzutage nehmt euch 'ne Menge Freiheiten raus, damit ihr den jungen Männern schnell auffallt. Zu meiner Zeit hat es sich für ein junges Mädel nich' gehört, ihren Busen und ihre Knöchel zu zeigen.«

»Lady Catherine hat mir eine wunderschöne Halskette, ein Armband und dazu passende Ohrringe geliehen. *Und* einen Fächer von Fabergé«, sagte Irene, um auf ein anderes Thema zu kommen.

»Hoffentlich has' du den Kram nich' auch in dieser Tasche da mitgeschleppt, Irene Druce«, nuschelte Tante Martha, deren Wange gerade von einem großen Stück Apfel ausgebeult war. »Sonst wird er am Ende noch von Dots Brut geklaut.«

»Ich habe den Schmuck im Hotelsafe einschließen lassen – wo auch die Juwelen der adeligen Gäste aufbewahrt werden. Ein Polizist bewacht den Tresorraum Tag und Nacht. Sir Angus wird Lady Catherines Schmuck zurück nach Hopeworthy Hall mitnehmen – oder, besser gesagt, Bridges wird es tun, da Angus bestimmt nicht daran denken wird.«

»Welche Adeligen war'n denn da?«, fragte Tante Martha neugierig, »bei Mr. Randolphs Hochzeit.«

»Keiner *deiner* Kontakte, Tante Martha«, antwortete Irene, worauf die Jungen in brüllendes Gelächter ausbrachen, und auch Lorna musste lächeln. »Mr. Henry Ford war da – oh nein, Charlie, nicht *der* Mr. Ford aus Amerika, sondern der, von dem ich euch neulich erzählt habe. Mr. Henry Ford vom Brown's Hotel. Er hat sich im Claridge's Hotel genauestens umgesehen und lautstark Vergleiche gezogen. Aber das hätte er sich sparen können. Der Vergleich zwischen seinem Hotel und dem Claridge's Hotel würde ausfallen wie der Vergleich zwischen unserem Haus hier und Hopeworthy Hall.«

Sie wusste, dass diese Bemerkung nicht nett war; schließlich hatten Mama und Papa getan, was sie konnten, um ihre Kinder vernünftig großzuziehen. »Entschuldigung, ich hab' das nicht so gemeint«, murmelte sie. »Tante Marthas *Kontakte* haben mich dazu gebracht.«

»Mach dich nur über meine *Kontakte* lustig«, sagte Tante Martha. »Ohne mich wär' Irene nicht da, wo sie jetzt is'. Und wenn sie eines Tages Schmuck für die Königin von Russland macht, dann wird sie wissen, dass sie das mir zu verdanken hat, denn ich war es, die sie zu Lady Cath gebracht hat!«

»Bitte, erzähl weiter!«, flüsterte Doreen und stieß Irene heimlich an.

»Es heißt *Zarin*, Tante Martha, nicht Königin«, korrigierte Irene ihre Tante. »Eines Tages werde ich dir zeigen, wie dankbar ich dir bin, Tante Martha. Ich werde einen Fabergé-Art Nouveau-Apfelkopf mit einem schwarzen Strohhut entwerfen. Wenn man den Hut abnimmt, wird ein kleines Männchen herausschießen, das mit einer Fahne winkt, auf der *KONTAKT* steht.«

Alle lachten und Tante Martha sagte: »Du wirst zu vorlaut, Mädchen, seit du in der Welt rumkommst.« Doreen stand auf, um eine letzte Kanne Tee aufzugießen. Um eine weitere Wortschlacht zwischen Martha und Irene zu verhindern, wechselte Lorna das Thema und sagte: »Joan und Pam bekommen dieses Jahr wieder ein Baby, Irene.«

»Was? Sie bekommen eins gemeinsam, Mama?«

»Sei nicht so dämlich!«, knurrte Tante Martha. »Natürlich bekommt jede der Zwillinge ein Baby.«

»Oh, wie schön«, sagte Irene, gähnte, streckte sich und erhob sich aus Kens Sessel. »Schon wieder Tante, und gleich doppelt! Ich gehe ins Bett – bitte keinen Tee mehr für mich, ich habe schon genug gehabt. Ich darf meinen Zug morgen früh nicht verpassen.«

Irene schlief schon halb, als Doreen neben sie ins Bett kroch. »Du hast mir versprochen, mir deine schönen Sachen zu zeigen.«

»O.K., du Nervensäge«, stöhnte Irene, die ohnehin vergessen hatte, ihre Kleidung ordentlich aufzuhängen. »Gib mir die Tasche rüber, Reen ... leg sie hier aufs Bett. Versprichst du mir, dass du alles auf einen Bügel hängst?«

»Mach' ich, Irene.«

Einen Monat später stand Irene am Bahnhof Kings Cross und wartete auf Mr. Bainbridge, die Chechenskijs und den Zug in Richtung Norden nach Newcastle. In Newcastle würden sie das norwegische Schiff *Midnattsol* besteigen, ein recht neues Schiff der Bergen-Schiffahrtslinie. Die Chechenskijs waren mit der Bergen-Linie nach England gekommen und schworen auf sie, wie Mr. Bainbridge sagte. Die Reiseplanung war von Mr. Bainbridge, Lady Catherine und ihrer Sekretärin durchgeführt worden. Auch Lady Catherine hatte bereits von befreundeten russischen Emigranten gehört, dass diese Dampfschifffahrtsgesellschaft sehr effizient und zuverlässig sei; die komfortablen Schiffe sorgten dafür, dass die Passagiere nicht unter der Seekrankheit litten, wie es sonst bei Nordseeüberquerungen normal war. Irene blieb keine Wahl, sie beugte sich dem Willen derer, die mehr Reiseerfahrung als sie selbst hatten.

In Bergen würden sie auf ein anderes Schiff umsteigen, ein russisches diesmal, und über Dänemark, Schweden und das Baltikum nach St. Petersburg fahren. Das Frühjahrstauwetter hatte eingesetzt, sodass in der Ostsee keine Gefahr von Eisschollen mehr bestand. Man versicherte ihr, dass diese Reiseroute die schnellste (nur neununddreißig Stunden bis Bergen), kürzeste und bequemste nach St. Petersburg sei.

Irene freute sich auf die Seereise. Ihre Furcht vor langen Reisen hatte sich gelegt, und sie litt nicht mehr unter Reiseübelkeit. Sie machte sich auch keine Gedanken über Seekrankheit, weil sie so daran gewöhnt war, mit schwankenden Zügen durch Kent zu reisen.

Der Lederkoffer, den Don ihr geschenkt hatte, platzte fast aus allen Nähten, und eine weitere prall gefüllte Reisetasche stand neben ihr. Nervös kontrollierte sie zum wiederholten Male ihre Reisepapiere, die Einführungsschreiben für das Haus Fabergé in der Morskaja Straße in St. Petersburg und die Rubel, die Lady Catherine ihr im letzten Moment noch in die Hand gedrückt hatte.

Sie warf immer wieder besorgte Blicke auf die große Bahnhofsuhr; wenn sie sich nicht beeilten, würden sie den Zug versäumen.

Ein plötzlicher Tumult an der Schranke erregte Irenes Aufmerksamkeit. Der uniformierte Kartenkontrolleur versuchte, eine lärmende Menge zurückzuhalten. Es war ihr unendlich peinlich, als sie erkannte, wer das war – der schwarze Strohhut war unverkennbar.

Oh mein Gott! Irene hob die gefalteten Hände zu ihrem glühenden Gesicht. Tante Martha hatte alle mitgebracht, um sich von Irene zu verabschieden, einschließlich Onkel Norm, den sie zweifellos an diesem Sonntagmorgen aus dem Pub gezerrt hatte. Ihre Mutter mit dem kleinen Ken auf dem Arm, die Jungen, ihre schwangeren Schwestern mit ihren Ehemännern und den Kleinkindern. Und zu allem Überfluss schwenkten die Kinder britische Nationalflaggen!

»Ireeene!«, brüllte Tante Martha und winkte hektisch. »Wir sin' gekommen, um dir 'nen würdigen Abschied zu bereiten! Komm rüber, Mädchen, er will uns einfach nich' durchlassen!«

Irene ging zurück zur Schranke. Tante Martha konnte sehr gut Abordnungen organisieren! »Oh, Gott ... was macht ihr alle hier ... Mama?« Irene hielt ihrer Mutter die glühende Wange hin und ließ sich einen Abschiedskuss geben. Sie hasste sich selbst, weil sie diesen Aufstand in aller Öffentlichkeit nicht wollte, freute sich aber gleichzeitig, sie alle zu sehen – wenn sie nur nicht diese Nationalflaggen dabei hätten!

»Tante Martha fand, wir sollten dir einen würdigen Abschied bereiten, Irene«, sagte Lorna halb entschuldigend. Irene kämpfte mit den Tränen und nahm ihrer Mutter den kleinen Ken aus dem Arm, während Lorna nach ihrem Taschentuch suchte. »Dein Vater wäre so stolz auf dich gewesen«, schniefte Irenes Mutter.

»Wir ham ein Geschenk für dich, Irene«, sagte Tante Martha. «Es is' von uns Mannerings.« Sie reichte Irene einen Korb voller Früchte über die Schranke. Irene gab Ken an Doreen weiter. Don lehnte sich über die Schranke und gab ihr einen Abschiedskuss. »Und das ist von uns, Irene, von uns allen zusammen, hoffentlich gefällt's dir. Pass auf dich auf und schreib uns bald.« Er trat zurück, um den anderen Platz zu machen. Sie hatte keine Gelegenheit, das Geschenk auszupacken, weil alle sie umarmen und küssen wollten. Sie schob das kleine Päckchen in ihre Manteltasche. Der Kartenkontrolleur wurde langsam ungeduldig, weil sie immer noch die Schranke blockierten.

»Bitte gehen Sie, bitte gehen Sie ... machen Sie bitte Platz für die Passagiere.«

Inzwischen war Mr. Bainbridge mit den beiden Russen eingetroffen. »Entschuldigen Sie bitte die Verspätung, Irene ... das sind Mr. und Mrs. Chechenskij ... Sie kennen Mr. Chechenskij ja bereits ...« In der allgemeinen Verwirrung flüsterte Lorna Irene ins Ohr: »Wir gehen dann besser jetzt, Irene ...«

Irene wäre vor Scham fast im Boden versunken, weil alle Leute sie und ihre Familie anstarrten. Die Kinder schwenkten ihre Fähnchen, als würde die Königin persönlich den Zug besteigen. Sie wusste, dass Mama, Charlie und Don spürten, wie unwohl sie sich fühlte, und mit ihr litten. Sie fühlte sich hin- und hergerissen und wäre am liebsten einfach geflohen, aber Blut ist schließlich doch dicker als Wasser. Es kümmerte sie nicht mehr, was die Leute dachten, als sie sich an dem Kartenkontrolleur vorbeidrängte und ihre Mutter umarmte. »Oh Mama!«, schluchzte sie.

Lorna drückte Irene an sich und streichelte ihr den Rücken. »Ich verstehe dich ... aber hör bitte auf zu weinen, sonst fange ich auch gleich wieder an.« Don drückte ihr die Hand, Charlie klopfte ihr auf die Schulter und sie wusste nicht mehr, ob sie alle zum Abschied geküsst hatte oder ob sie vielleicht in dem Durcheinander auch Mr. Bainbridge umarmt hatte. Schließlich ertönte der Pfiff des Schaffners, und Irene und ihre beiden Reisegefährten mussten rennen, um den Zug nicht zu verpassen.

Tante Martha hatte sich geweigert zu gehen, bevor der Zug abgefahren war, und so standen sie noch alle an der Schranke und schwenkten ihre Fähnchen, als der Zug aus dem Bahnhof dampfte.

Irene lächelte Mrs. Chechenskij, die neben ihr im Gang stand, an und sagte verlegen: »Meine Familie. Sie haben mir Äpfel für die Reise mitgegeben, Sie werden Ihnen bestimmt auch schmecken.«

»Das ist sehr nett von ihnen gewesen ... so eine große Familie, so nett!«, sagte Mrs. Chechenskij, und damit hatte sie auf Anhieb Irenes Herz gewonnen.

Zur Mittagszeit begaben sich die Chechenskijs auf die Suche nach dem Speisewagen. Irene war nicht hungrig und blieb in dem Abteil Erster Klasse zurück, das für sie reserviert worden war.

Sie zog das kleine Päckchen, das Don ihr gegeben hatte, aus der

Tasche und wollte es gerade öffnen, als ein Schatten auf sie fiel. Sie blickte abwesend auf und sah dann genauer hin. »Oh nein! Nicht noch eine Überraschung! Was tust *du* denn hier? Ich dachte, du wärst in deinen Flitterwochen in Paris!«

Randolph reichte ihr die roten Rosen, die er am Bahnhof gekauft hatte. »*Noch* mehr Geschenke!«, sagte sie, während sie sich fragte, ob er die lautstarke Abschiedsszene, die ihre Familie ihr bereitet hatte, miterlebt hatte. Falls er bereits im Zug gewesen war, konnte ihm der Trubel wohl kaum entgangen sein. Sie versteckte ihr Gesicht in den wunderschönen Blumen. »Vielen Dank, Mr. Randolph, das wäre aber nicht nötig gewesen«, sagte sie und versuchte ihre Ergriffenheit zu verbergen.

»Ist hier noch ein Platz frei, Miss Druce?«

Seltsam, wie sich die Dinge änderten, dachte Irene, als sie ihn einlud, in ihrem Abteil Erster Klasse Platz zu nehmen. »Deine Tante Catherine hat anscheinend alles so geplant, also kann ich dir wohl kaum die Erlaubnis verweigern, das Abteil mit mir und den Chechenskijs zu teilen.«

»Wie sind sie? Ich möchte bloß wissen, ob du auf deiner Reise nach Russland in guten Händen bist.«

»Danke. Sie sind recht nett, obwohl sie bislang beide noch nicht viel gesagt haben. Sie sind gerade auf dem Weg zum Speisewagen. Wo ist denn deine Frau?«

»In London.«

»Was ist passiert?«

»Nichts ist passiert – nein, ich meine nicht ... ach, es ist egal, ich weiß nicht, was ich meine!« Randolph grinste wie ein frisch gebackener Ehemann, der sich außerhalb des Schlafzimmers noch nicht wieder zurechtfand, nahm seinen Hut ab, fuhr sich mit den Händen durch die Haare und verstaute sein Gepäck im Gepäcknetz. »Cammy hat sich gelangweilt und wollte zurück nach London, und da ich die Nase von Dijon-Senf voll hatte, war ich auch nicht abgeneigt. Sie ist jetzt auf Haussuche.«

Sie war versucht zu fragen, warum er Camilla eigentlich geheiratet hatte, überlegte es sich aber dann doch anders. Dies war weder der geeignete Zeitpunkt noch der geeignete Ort. Es war geschehen, außerdem würden die Chechenskijs bald zurückkommen, und sie glaubte ohnehin zu wissen, dass Randolph Camilla wahrscheinlich geheiratet hatte, weil er nicht viel von Frauen verstand. Camilla war nun seine Frau, in guten wie in schlechten Zeiten, und es ging sie nichts an. Es war seine Sache. »Hast du nicht schon ein Haus in London?«

»Nur gemietet. Sie möchte ein Haus in Chelsea mit Blick auf den Fluss kaufen, nicht mit Blick auf das Gerichtsgebäude.«

»Ich verstehe.« Irene öffnete die Schachtel, die in ihrem Schoß lag, sah die Uhr und schnappte nach Luft. Mit so einem wunderschönen Geschenk hatte sie nicht gerechnet! Sie hatte noch nie eine Uhr besessen. Sie war sehr hübsch und hatte ein schönes Lederarmband. *›Für Irene, alles Liebe. Komm gesund zurück‹*, stand auf der Karte, die sie alle unterschrieben hatten, auch Kens klebriger Daumenabdruck fehlte nicht. Sie hatte plötzlich einen Kloß im Hals. »Oh ... sieh mal, Randolph, was meine Familie mir geschenkt hat! Sie haben alle zusammengelegt, um diese Uhr kaufen zu können, oh – es wäre nicht nötig gewesen!« Sie zeigte ihm die Uhr.

»Sie ist sehr schön. Warte, ich helfe dir.« Er befestigte die Uhr an ihrem Handgelenk. »Übrigens, Cammy bedankt sich, dass du ihre Kette repariert hast. Und für das Hochzeitsgeschenk. Sie wird sich sicher noch bei allen schriftlich für die Geschenke bedanken.«

»Gern geschehen. Es war nicht schwierig, den Verschluss der Kette zu reparieren, er musste nur gelötet werden. Und die bestickte Tischdecke mit den Servietten gehörte meiner walisischen Großmutter oder Urgroßmutter, ich weiß es nicht genau. Mama hat sie all die Jahre in Seidenpapier aufbewahrt und nie benutzt.«

»Ich bin gerührt. Vielen Dank für das Familienerbstück, Cammy und ich werden es in Ehren halten. Aber ihr hättet euch wirklich nicht von etwas trennen sollen, was deiner Mutter offensichtlich viel bedeutet.«

»Mama hat darauf bestanden.«

»Du hast eine wunderbare und großzügige Mutter. Du kannst dich glücklich schätzen.«

Die Art und Weise, wie er das sagte, erinnerte Irene daran, was er ihr über seine Kindheit ohne Mutter, Vater und Geschwister erzählt hatte. Sie schämte sich schrecklich, dass sie ihre Familie vor der Welt hatte verleugnen wollen, weil sie in ihren Augen ›nicht gut genug‹ waren. »Ja«, sagte sie reumütig, »ich habe Glück. Sie ist die beste Mama auf der ganzen Welt. Und der Rest der Familie ist auch nicht übel.« Sie lächelte. »Ich werde sie alle vermissen – und auch dich. Wirst du mir schreiben, wenn ich in Russland bin?«, fragte sie sanft.

»Na klar – wenn du nicht erwartest, dass ich in Russisch oder Französisch schreibe.«

»Das tue ich nicht.« Plötzlich kam ihr ein Gedanke. »Randolph ... du kommst nicht mit mir nach Russland, oder?«

»Um Himmels willen, nein! Wie kommst du auf die Idee?«

»Dann ... du bist nicht ... du fährst nicht nach Newcastle und dann direkt wieder zurück nur wegen mir, oder?«

»Möchtest du nicht, dass ich dich bis zur *Midnattsol* begleite? Ich habe allerdings nicht vor, die Nordsee zu überqueren. Der Ärmelkanal war schon schlimm genug. In Frankreich gab es haufenweise Anis und Knoblauch, das hat mich von Reisen ins Ausland endgültig geheilt. Ich wäre auch damit zufrieden gewesen, die Flitterwochen in Eastbourne zu verbringen.«

Sie hielt dem intensiven Blick seiner tiefblauen Augen stand. Sie blickten einander in die Seele, wie sie es auch am Abend seiner Hochzeit getan hatten, als er und sie beide feststellten, dass Randolph W. Aspen gerade den größten Fehler seines Lebens begangen hatte. »Danke, Randolph«, sagte sie einfach, »dass du gekommen bist, um mich auf königliche Art und Weise zu verabschieden.«

»Leider habe ich keine britische Flagge zum Winken, sondern nur mein Taschentuch.«

»Oh Gott!« Sie wandte ihr Gesicht zum Fenster, um ihre glühenden Wangen zu verbergen.

Randolph lachte in sich hinein und ergriff die Sonntagszeitung, die er mitgebracht hatte.

Weder er noch Irene konnten ahnen, wie bald das Leben in Europa durch den bevorstehenden Krieg auf den Kopf gestellt werden würde.

Morskaja Straße, *St. Petersburg*

18. Kapitel

St. Petersburg! Eine Stadt voller Inseln und Flüsse, Kanäle und Kathedralen, silbrig-grünen Zwiebeltürmen und Kuppeln, die sich über dem Finnischen Meerbusen erhoben, Paläste, Klöster und Museen, Morgennebel über dem Fluss Newa, der sich in der goldenen Frühlingssonne auflöste. Kein Wunder, dass Carl Fabergé so zahlreiche Silber- und Goldabstufungen in seinen Arbeiten verwendete, dachte Irene, die sich vom ersten Tag an in St. Petersburg verliebt hatte.

Irene hatte sich mit Lena und Jurij Chechenskij angefreundet, die sich während der Reise von England nach St. Petersburg als sehr nette Reisebegleiter erwiesen hatten. Sie waren ein kinderloses Ehepaar, das inzwischen zu alt war, um mit ›Kindersegen rechnen zu können‹, wie Lena es ausdrückte. Irene verbrachte ihre ersten beiden Tage in Russland bei den Chechenskijs, die in einer Straße namens Voznesenskij Prospekt wohnten, bevor sie ihre Lehrzeit im Hause Fabergé begann.

Irene würde im Zentrum der Stadt wohnen. Voznesenskij Prospekt und Newskij Prospekt, beides große Einkaufsstraßen, kreuzten im Osten und Westen die Morskaja Straße, die direkt beim Hauptquartier der Armee des Zaren begann. An der Ecke befand sich die Kathedrale St. Isaak, und dahinter stand die Statue des ehernen Reiters, über den Lena und Jurij Irene alle Details erzählten, als sie Irene die Stadt zeigten.

»Er ist das bekannteste Symbol unserer Stadt«, sagte Jurij in schnellem Russisch; Irene musste sich große Mühe geben, um seinen Erklärungen folgen zu können. »Er stellt den Zaren Peter den Großen dar, der eine Schlange, die Verrat symbolisiert, niederreitet. St. Petersburg befindet sich auf Meereshöhe, sodass es oft überflutet wird. Puschkin erzählt in seinem symbolischen Gedicht über den ehernen Reiter von der großen Flut im Jahr 1824 und wie ein armer Schreiber namens Yevgenji sich von einem Pferd mit einem Reiter verfolgt glaubt, der den tyrannischen russischen Staat symbolisiert.«

In der Morskaja Straße Nr. 24 wurde Irene herzlich von Monsieur und Madame Fabergé willkommen geheißen. Sie gewöhnte sich schnell daran, Monsieur Fabergé mit ›Meister‹ anzusprechen.

Peter Carl Fabergé war mit seinen achtundsechzig Jahren immer noch ein imposanter Mann. Er war gütig und liebenswürdig; sein Kopf wurde langsam kahl, aber er hatte noch einen Kranz dunklen Haars, das in Kontrast zu seinem grauen Bart und seinem grauen Schnurrbart stand. Irene fühlte sich bei seinem Anblick an einen wohl wollenden Weihnachtsmann mit lustig zwinkernden Augen erinnert.

»Willkommen in meinem bescheidenen Haus, Miss Irene Druce«, sagte er und nahm ihr damit gleich zu Beginn ihre Befangenheit. »Es tut mir leid, dass wir nicht zu Hause waren, als Sie angekommen sind, aber meine Frau und ich wussten Sie in guten Händen, während wir in Moskau waren. Jurij ist ein großer Historiker und liebt es, unsere Besucher in der Stadt herumzuführen. Wir kennen die Chechenskijs schon seit ewigen Zeiten, und Jurij hat mir nur Positives über Sie berichtet, nicht nur von Ihrer gemeinsamen Reise, sondern auch von der Bond Street in London. Ich freue mich sehr auf unsere Zusammenarbeit.«

Das Haus der Fabergés war alles andere als bescheiden. Es war ein großes Gebäude aus grauem Stein mit korinthischen Säulen vor dem Eingang, und es war genauso solide gebaut wie die Bank nebenan. Die Verkaufsräume befanden sich im Erdgeschoss, sodass Passanten einen Blick durch die vergitterten Fenster in den wundersamen Gewölbekeller hinter dem Hauptausstellungsraum werfen konnten. Eine von zwei Lampen angestrahlte Tür ermöglichte den Zutritt zu einer Welt, von der Irene bislang nur geträumt hatte; sie hatte nie geglaubt, dass sie eines Tages ›über dem Geschäft‹ wohnen würde.

Ihr Schlafzimmer befand sich im dritten Stock; es war ein komfortabler warmer Raum mit einem großen Schiebefenster, das auf die Hauptstraße hinaus ging. Die Straße war ruhig und exklusiv und stand in Einklang mit dem würdevollen Stil des Meisters und seiner Ehefrau.

»Sie müssen mir alles über England erzählen, Irene«, meinte Augusta, »und auch über Gräfin Balashov. Sie ist immer noch eine unserer bevorzugten Kundinnen und eine große Verschwenderin. Aber das muss man wahrscheinlich auch sein, um sich die einzigartigen kleinen Geschenke leisten zu können, die mein Mann herstellt. Catherina ist eine reizende Frau, aber leider ist sie in der Blüte ihres Lebens von dieser grausamen Krankheit heimgesucht worden. Sie müssen mir berichten, wie es der Gräfin in Kent ergangen ist, und auch, wie es ihrem Großneffen und seiner frischangetrauten Gattin geht.«

»Aber vergiss bitte nicht, liebe Augusta, dass Irene hauptsächlich hergekommen ist, um zu arbeiten!«, sagte Carl Fabergé mit einem Augenzwinkern, als sie gerade ihr Abendessen einnahmen. »Ja, Arbeit, Arbeit, Arbeit!«

»Aber doch nicht die ganze Zeit!«, protestierte Augusta.

»Doch, die ganze Zeit«, antwortete er. »Die Arbeit beginnt morgen früh um Punkt acht Uhr. Sorge dafür, Augusta, dass mein neuer englischer Lehrling ein anständiges Frühstück bekommt, bevor du sie mir hinunter in mein Büro schickst.«

Das private Büro des Meisters lag hinter dem Hauptverkaufsraum. Von hier aus konnte er das Kommen und Gehen seiner zahlreichen und sehr unterschiedlichen Kunden beobachten, ohne selbst gesehen zu werden. Auf diese Art konnte er entscheiden, ob er einen Kunden persönlich bedienen oder ihn der Obhut eines seiner Manager überlassen wollte.

Als Irene am folgenden Morgen nervös an die halb geöffnete Tür seines Büros klopfte, sah sie ihn an seinem Schreibtisch sitzen. Er trug einen eleganten dunkelgrauen Anzug und ein weißes Hemd; aus seiner Brusttasche lugte ein leuchtend weißes Einstecktüchlein hervor. Er hatte ein Monokel in sein rechtes Auge geklemmt und begutachtete einige lose Edelsteine, die auf seinem Tisch glänzten. Er blickte jedoch sofort auf, als er ihr schüchternes Klopfen vernahm, nahm das Monokel heraus und bat sie, Platz zu nehmen. Sie müssten sich zuerst ein bisschen unterhalten, damit er Irene besser kennen lernen könne.

»Erzählen Sie mir bitte Ihre Lebensgeschichte, Irene, und warum Sie eine Fabergé-Kunsthandwerkerin werden wollen. Bitte sprechen Sie Russisch, damit Sie gleichzeitig auch Ihre Kenntnisse in meiner Sprache verbessern können.«

Irene fand es erstaunlich einfach, mit dem Meister zu reden, nicht weil Lady Catherine ihr gute Grundkenntnisse der russischen Sprache vermittelt hatte, sondern weil Carl Fabergé so interessiert und aufmerksam zuhörte. Sie erzählte ihm von ihrem Kindheitstraum, eine Schmuckdesignerin werden zu wollen, und von dem ›Krönungstagbild‹, das die Aufmerksamkeit von Königin Alexandra erregt und ihre Hoffnung auf eine mögliche Karriere genährt hatte. Sie erzählte ihm von ihrer Familie und wie es dazu gekommen war, dass sie ein Protegé von Lady Catherine in Hopeworthy Hall geworden war.

»Sie haben großes Glück, von Catherina Nataly Narya Balashov protegiert zu werden«, sagte er und fügte hinzu: »Ich wurde von Peter Hiskias Pendin gefördert, den ich Mischka nannte, weil er wie ein großer liebenswerter Bär war. Monsieur Pendin hat aus mir das gemacht, was ich heute bin. Ich hoffe, *Ihr* Mischka zu werden, Irene Druce, denn ich glaube, dass Sie über eine ausgeprägte künstlerische Begabung verfügen. Ich freue mich darauf, dieses aufregende neue Talent zu fördern, das meine alte Freundin Gräfin Balashov entdeckt hat.«

»Danke vielmals, Sir.«

»Aber bitte lassen Sie sich das Lob nicht zu Kopfe steigen. Vergessen Sie nie, dass es immer jemanden geben wird, der vielleicht nicht besser als Sie, aber einzigartig *anders* als Sie sein wird, auch wenn Talent und Kunstverstand gleich groß sein mögen. Rembrandt ist ein Meister, auch der englische Maler John Constable ist ein Meister, und sie tragen beide auf individuelle Art zur Interpretation von Kunst bei. Puschkin ist ein Maler des Wortes, ebenso wie Dostojewskij; beide sind sehr unterschiedlich, aber doch wieder ähnlich in ihrer Kreativität. Welche Form der Kunst auch immer Sie im Schmuckdesign wählen, sie muss immer Ihren persönlichen Stempel tragen. Aber das Schlimmste, was ein Kunsthandwerker oder eine Kunsthandwerkerin tun kann, ist, in Konkurrenz zu sich selbst zu treten, weil er oder sie glaubt, der oder die Beste auf der Welt zu sein. Die Folge wäre, dass seine oder ihre Arbeiten steril und seelenlos werden würden. In der Kunst muss es immer den Wettbewerb geben, um das Beste aus dem Künstler herauszuholen.«

»Ja, Sir ... ich meine, Meister ... ich glaube, ich verstehe, was Sie meinen.«

»Sie müssen sich keine Sorgen um Namen machen, Irene, Sie bedeuten mir nichts. Ihnen wird vielleicht auffallen, dass wir unsere Ware nicht einmal immer richtig mit dem Stempel versehen, und oft wird mein Name auch auf dem Kopf stehend angebracht. Ich habe sogar schon einmal ernsthafte Probleme bekommen, als ein Päckchen mit goldenen Zigarettendosen und anderen kleinen Kunstgegenständen vom königlichen Zoll in England abgefangen wurde. Sie verlangten, dass meine Ware bei der Gesellschaft der Goldschmiede in London neu gestempelt werden sollte; ansonsten hätte die Ware zurück nach Russland geschickt werden müssen.«

Irene hatte von diesem kleinen Zwischenfall gehört. Mr. Lapetière von der Goldschmiedeinnung in London, der ihr an jenem Nachmittag, an dem sie einen champagnerreichen Lunch mit Mr. Henry Ford im Brown's Hotel gehabt hatte, einen Einblick in die Funktionen der Gesellschaft der Goldschmiede und den Gebrauch von Prüfkennzeichen vermittelt hatte, hatte Fabergés Streit mit dem britischen Zoll erwähnt. »Mr. Fabergé hat seinen Fall gegen uns verloren«, hatte Mr. Lapetière damals wichtigtuerisch zum Besten gegeben.

»Ich mag England«, sagte der Meister. »Ich bin schon oft dort gewesen. Aber als man mir sagte, dass ich an dem Tag, an dem ich mein Geschäft in der Bond Street eröffnete, zu einer Audienz mit Ihrer Majestät, Königin Alexandra, gehen müsse, bin ich sofort nach Russland abgereist.«

Er erklärte nicht, warum er England sofort verlassen hatte. »Als ich in England studierte, bestand die Besitzerin des Gästehauses, in dem ich wohnte, darauf, dass ich immer den Sonntagsbraten anschneiden musste. Sie behauptete, dass ich so gut organisieren könne!«

Diese Episode brachte Irene zum Lachen, und sie war ein guter Übergang zu ernsthafteren Themen. »Jetzt werde ich versuchen, Sie zu organisieren, mein neues Lehrmädchen aus England. Sie müssen das Geschäft von der Pike auf lernen und ganz unten beginnen, wie alle, die verstehen wollen, was an der Spitze vor sich geht. Schöne Dinge sind voller Licht und Freude, aber oft werden sie zu teuren leblosen Gegenständen, wenn der Goldschmied oder Schmuckdesigner von der Kostbarkeit des verwendeten Materials gelähmt wird, statt sich auf die Lebendigkeit seiner Idee zu konzentrieren. Lebendigkeit, Irene, die Leichtigkeit, die Freude, die Wärme, das höchste ›Gefühl‹ dessen, was Sie schaffen, danach müssen Sie streben, nicht nach dem Geld, das es erzielen wird. Techniken kann man erlernen, aber die ›Seele‹ eines Gegenstandes kann nur von Ihnen eingehaucht werden!«

Sie würde sich immer an die Worte des Meisters erinnern und sich bei allen ihren künftigen Arbeiten daran halten.

Nach der Besprechung führte er Irene in die Werkstatt, die sich hinter dem Ausstellungsraum befand.

Irene stand wie erstarrt in dem Gewölbegang. Vor ihr lag ein langer hell erleuchteter Raum mit Werkbänken an den Seiten und jede Menge unterschiedlicher Maschinen. Über jedem Arbeitsplatz leuchtete eine Lampe. In der Werkstatt befanden sich mindestens fünfzig Männer, aber sie konnte keine einzige Frau entdecken.

»Sie brauchen nicht nervös zu sein«, munterte der Meister sie auf. »Sie werden erwartet. Wenn ich Sie für gut genug halte, werden die Männer Sie auch akzeptieren. Wir sind alle hier, um zu arbeiten. Rechnen Sie nicht damit, anders behandelt zu werden, nur weil Sie eine Frau sind. Alle meine Arbeiter sind ausgebildete Kunsthandwerker, die auf eigene Rechnung arbeiten. Manche von ihnen haben ihre eigenen Lehrlinge, für die sie die volle Verantwortung tragen und deren Lohn sie auch zahlen. Aber sie haben das Recht, meinen Namen zu benutzen, weil sie als freie Mitarbeiter für das Haus Fabergé arbeiten. Sie werden Michal Wassilij unterstellt sein, jedoch«, er zwinkerte fröhlich mit den Augen, »wird er *nicht* Ihren Lohn zahlen, da Sie *mein* Protegé sind. Monsieur Wassilij ist Goldschmiedemeister und Designer, und ich habe ihn für diese Aufgabe ausgewählt, weil er ein wenig Englisch spricht. Jegliche Unstimmigkeit zwischen Ihnen und ihm kann also in beiden Sprachen aus dem Weg geräumt werden! Kommen Sie, ich werde Sie ihm vorstellen.«

Mit weichen Knien folgte Irene dem Meister. Sie trug ihren Kopf ebenso hoch wie an dem Abend der High-Society-Hochzeit im Claridge's Hotel in London.

Der Meister stellte sie ihrem ›Lehrmeister‹ vor. Ihr fiel auf Anhieb die Ähnlichkeit auf, die Michal Wassilij mit Sam hatte. Die gleichen warmen, braunen, sanften Augen, das gleiche dunkle störrische Haar, das etwas zu lang war, die gleiche Anziehungskraft, obwohl Michal Wassilij deutlich größer als Sam war. Er war so unglaublich attraktiv, dass ihr Herz einen Moment lang schneller schlug; aber dann sagte sie sich, dass man sich nicht von einem gut aussehenden Gesicht beeinflussen lassen darf.

Sie tat gut daran, denn die Ähnlichkeit mit Sam war rein äußerlich. Michal Wassilij besaß nicht Sams Warmherzigkeit. Im Gegenteil, sobald der Meister sie in Michal Wassilijs Obhut zurückgelassen hatte, schien sich eine gewisse Kälte auszubreiten.

Monsieur Wassilijs dunkle slawisch geschnittene Augen waren leicht schräg gestellt, was noch durch die dichten gebogenen Wimpern betont wurde. Dadurch entstand der Eindruck, dass er auf Irene herabschaute. Er musterte sie geringschätzig von Kopf bis Fuß. Irene fühlte sich nicht wohl in ihrer Haut. Sie war an solch prüfende Blicke nicht gewöhnt und ärgerte sich darüber. Sie hatte Kleidung ausgewählt, die ihr praktisch zum Arbeiten erschien: langer grauer Rock, schwarzer Gürtel, schlichte weiße Bluse, schwarze Strümpfe und schwarze Schuhe mit niedrigem Absatz. Sie fragte sich, was er wohl an ihrer Kleidung auszusetzen hatte.

»Bitte, Sie bedecken Ihr Haar mit einem Tuch, wenn Sie arbeiten«, sagte er in bemerkenswert gutem Englisch. »Jetzt es geht erst einmal ohne Tuch, aber bitte bringen Sie nach dem Lunch eins mit, weil jedes Haar und jeder Schmutz- oder Staubpartikel unsere Arbeit zerstören kann.«

Jetzt kannte sie die Regeln, ein Tuch stellte kein Problem dar! Aber warum trug er keines? Nun, es ging sie nichts an.

Er fuhr fort: »Die Werkbank neben meiner ist für Sie, damit ich ein Auge auf Sie werfen kann. So wünscht es der Meister. Aber ich will nicht ins Gehege kommen mit meinem Nachbarn, das könnte die Zerstörung eines Meisterstückes bedeuten. Also achten Sie auf Ihre Ellenbogen, wenn Sie arbeiten. Hier ist Ihre Arbeit für heute. Sie müssen sich vertraut machen mit jedem dieser Werkzeuge.«

»Aber ich kenne doch schon alle Werkzeuge, die man braucht, Monsieur Wassilij. Ich habe das alles in der Bond Street gelernt ...« Ihre Stimme wurde immer leiser angesichts seines finsteren Blicks. Oh je, du hast es geschafft, gleich am ersten Tag in ein Fettnäpfchen zu treten, Irene Druce, sagte sie sich.

»In London, Miss Druce, benutzen sie nicht alle die Werkzeuge, die wir hier in der Morskaja Straße Nr. 24 haben«, erklärte er ihr ernst. »Wenn ich Sie um etwas bitte während Ihrer Lehre, müssen Sie lernen, nicht mit mir zu streiten. Sonst können wir keine gute Arbeit zusammen machen. Jetzt setzen Sie sich bitte an Ihre Werkbank und Sie machen sich vertraut mit jedem Werkzeug, das ich für Sie hingelegt habe.«

Ach du meine Güte, dachte sie, er macht den Eindruck, als wolle er nicht mit einer Frau zusammenarbeiten! Ich kann ihm am Gesicht ablesen, dass er denkt, ich werde nur seine kostbare Zeit verschwenden. Tja, *dieses* Arbeitsverhältnis wird mit Sicherheit kein Meisterstück werden! Der Meister hätte mir einen weniger arroganten Lehrmeister zuordnen können, der *kein* Englisch spricht!

Michal Wassilij setzte sich an seine Werkbank und nahm die Arbeit wieder auf, mit der er vor ihrer Ankunft beschäftigt gewesen war. »Bitte stellen Sie mir Ihre Fragen nur, wenn ich nicht gerade Feinarbeit mache, für die ich die volle Konzentration brauche.«

Irene hatte das Gefühl, neben einem russischen Gletscher zu sitzen, und traute sich kaum zu atmen, um seine Konzentration nicht zu stören.

Der Rest des Tages verging in fast vollständiger Schweigsamkeit, denn niemand sprach mit ihr und sie sprach mit niemandem, außer mit dem Meister und Madame Augusta, als sie um zwei Uhr nach oben zum Mittagessen ging.

Um vier Uhr erschien Irene, die ihr Haar inzwischen pflichtbewusst mit einem Kopftuch bedeckt hatte, wieder an ihrem Arbeitsplatz neben ihrem Lehrmeister. Sie beschäftigte sich bis acht Uhr mit dem Werkzeug. Michal Wassilij und sie waren die letzten, die die Werkstatt verließen. Er griff nach seiner Jacke, die an einem der Kleiderhaken hing, und sagte: »Sie können jetzt aufhören, Miss Druce, und gehen sie nach oben zum Abendessen. Ich noch muss überprüfen, ob alles in Ordnung ist, bevor ich mache das Licht aus in der Werkstatt.«

Sie konnte die Werkstatt gar nicht schnell genug verlassen. Von acht Uhr morgens bis acht Uhr abends! Wie sollte sie fünf Jahre lang Michal Wassilijs feindseliges Schweigen aushalten?, fragte sie sich verzweifelt. Sie hatte sich mit jedem russischen Werkzeug ›vertraut gemacht‹, das seit der Steinzeit erfunden worden war! Hammer jeder Form und jeder Größe, sämtliche Feilen; Zangen jeglicher Art, Stanzwerkzeuge, Meißel, Werkzeuge zum Mattieren, Schraubzwingen und winzige Schraubstöcke, die verschiedensten Bohrer – die Liste war endlos.

In dieser Nacht kam ihr schmerzender Kopf kaum zur Ruhe. Ihre Gedanken drehten sich immer weiter im Kreis. Zum ersten Mal, seit sie England verlassen hatte, war sie unglücklich und litt unter Heimweh.

Am nächsten Morgen trug Michal Wassilij ihr auf, sich mit den ›Materialien vertraut zu machen‹. »Heute lernen Sie bitte alles über Metallbehandlung und Beizarbeiten ... Sie wissen, was das ist, njet?«

»Da! Oh ja, Monsieur Wassilij!«, antwortete sie und lächelte ihn strahlend an. Sie murmelte etwas Unverständliches vor sich hin.

»Prastee'te?«, fragte er auf Russisch.

»Nichevo ... nichts, ich habe mit mir selbst gesprochen.«

»Sie finden die Aufgabe, die ich Ihnen habe gestellt, schwierig?«

»Oh nein!«

»Dann, bitte, Sie nicht verschwenden mehr Zeit mit Reden, sondern Sie fangen an, Miss Druce.«

Meine Güte, war er eingebildet! Irene knirschte mit den Zähnen und machte sich an die Arbeit. »Schade, dass ich *ihn* nicht in ein Salpetersäurebad legen kann!« Später, als sie sich beruhigt hatte, sagte sie zu sich selbst: »Ich habe es nicht so gemeint. Wahrscheinlich würde er mit mir gerne dasselbe machen.«

Nach der Mittagspause, während der sie auf ihrem Bett gelegen und Puschkin gelesen hatte, unterzog Michal Wassilij sie einer intensiven Befragung bezüglich Metallbearbeitung und Beizarbeiten.

Im Laufe dieser ›Prüfung‹ fragte Monsieur Wassilij plötzlich: »Warum lachen Sie mich so an, Miss Druce? Entschuldigen Sie, aber lachen Sie mich vielleicht aus?«

»Aber nein, keinesfalls. Ich habe nur gehofft, dass Sie mich – und sich – dann vielleicht etwas weniger ernst nehmen.«

»Warum?«

»Es würde unsere Arbeitsbeziehung verbessern. Ich kann nicht mit jemandem zusammenarbeiten, der mich entweder finster anblickt oder ignoriert.«

»Wie soll ich Sie denn Ihrer Meinung nach behandeln?«

»Genauso, wie Sie Ihre männlichen Lehrlinge behandeln.«

»Ich behandele sie nicht anders.«

Wahrscheinlich stimmte das sogar. Sie sollte vielleicht weniger empfindlich auf seine Art reagieren. Aber sie hatte gehofft, dass er in seiner Art Sam ähnlich war und sie manchmal zum Lachen brachte.

Die Hoffnung war vergebens, Irene Druce! Tag zwei, und schon liegst du dir mit deinem Lehrmeister in den Haaren! Sie wandte sich ohne ein weiteres Wort wieder ihrer Arbeit zu.

19. Kapitel

Drei Wochen später hatte Irene noch keine nennenswerten Fortschritte in ihrer Ausbildung gemacht, und der Zauber des Namens Fabergé verlor sich nach und nach.

Eines Morgens sagte Michal Wassilij: »Vielleicht sehen Sie mich mit Ihrem überlegenen englischen Blick an, weil ich Sie auf Englisch bitte, etwas für mich zu tun. Vielleicht mein Englisch ist nicht gut genug, wir sprechen ab jetzt nur noch Russisch.«

»Ist mir recht, Monsieur Wassilij«, antwortete Irene. Sie würde sich hüten, sein Selbstbewusstsein noch weiter zu steigern, indem sie ihm sagte, wie gut sein Englisch war. Sie würde ihn ebenfalls nicht fragen, was er mit ›überlegenem englischen Blick‹ meinte.

Monsieur Wassilij forderte sie auf, alle Rezepturen für Nielloarbeit laut in Russisch zu wiederholen, während er mit seiner derzeitigen Arbeit fortfuhr. Als Irene nicht antwortete, fragte er: »Hat man Ihnen in London nicht die Formeln für Nielloarbeit, die Marc Rosenburg aufgestellt hat, beigebracht?«

»Nein. Ich habe nur einen Tag pro Woche in der Werkstatt in der Bond Street verbracht. Das meiste, was ich weiß, habe ich gelernt, indem ich anderen bei der Arbeit zugeschaut habe.«

»Dann wissen Sie jetzt, warum Sie hier sind. Sie wissen nichts. Plini, Cellini, Augsburg, Rezept Nr. 1 und 2; Rucklin, 1 und 2; Persisch und Französisch. Wenn Sie Schmuckdesignerin werden wollen, sollten Sie besser etwas über Nielloarbeit lernen. Sie finden die entsprechende Abhandlung in der Bibliothek, die sich im Designstudio befindet ... Sie müssen durch diese Tür gehen.« Er zeigte ihr die Richtung. »Bringen Sie die Abhandlung mit an Ihren Arbeitsplatz. Ich gebe Ihnen pro Rezept zehn Minuten Zeit zum Auswendiglernen ... gehen Sie schon! Monsieur Eugène und Monsieur Alexander Fabergé werden Sie schon nicht fressen!«

Er war wirklich unerträglich!

Sie stand zögernd in der Tür zum Designstudio, wo mindestens zwei Dutzend weitere Personen beschäftigt waren. Die Atmosphäre im Studio schien viel entspannter als in der Werkstatt zu sein. Im Raum befanden sich Schränke und Buchregale, und hinten an der Wand war ein Regal für Wachsmodelle angebracht. Irene sah zwei Frauen, die an einem großen Tisch arbeiteten. Oh, wenn sie nur hier statt nebenan arbeiten könnte!

Ein Mann mit einem Katalog in der Hand näherte sich Irene. »Kann ich Ihnen weiterhelfen, Miss Druce?«

Anscheinend wusste jeder, wer sie war! »Ich ... mein Lehrmeister schickt mich, die Abhandlung von Herr Marc Rosenburg über Nielloarbeit zu holen«, stammelte sie zögernd.

»Natürlich, kein Problem ... Sie finden das Werk hier drüben. Mein Name ist Oscar May, Miss Druce. Ich werde Sie gerne unterstützen, falls Sie Hilfe mit Ihren Entwürfen brauchen.« Er fand das dünne Heft und drückte es ihr mit einem aufmunternden Lächeln in die Hand. »Haben Sie keine Hemmungen, die Bibliothek zu benutzen, wann immer Sie möchten. Wir sind daran gewöhnt, dass die Lehrlinge hier ein und aus gehen.«

»Ja, vielen Dank, Mr. May.« Irene kehrte in die Werkstatt zurück und fing an, die Rezepte auswendig zu lernen. Nachdem zehn Minuten vergangen waren, sah Michal Wassilij von seiner Arbeit auf und fragte: »Was ist Niello?«

»Ich sollte die Rezepte und keine Beschreibung lernen.«

»Heißt das, dass Sie nicht wissen, was Sie lernen sollen?«

»Doch, das weiß ich. Aber ich wünschte, Sie würden sich präziser ausdrücken. Sie haben mich aufgefordert, die Rezepte zu lernen, und das versuche ich gerade. Aber Sie wollen mich jedes Mal hereinlegen, damit Sie am Ende der Woche in meinen Beurteilungsbogen mit Wonne nur Negatives eintragen können ... Niello ist eine Methode zur Verzierung der Oberfläche von Gold oder anderen Edelmetallen, indem erst Gravuren angebracht werden; die Rillen werden mit einer schwarzen geschmolzenen Metalllegierung gefüllt ...«

»Wie zum Beispiel Augsburg. Nennen Sie mir jetzt das Rezept für Augsburg 1.«

»Silber, ein Teil. Kupfer, ein Teil. Blei, zwei Teile.«

»Für Cellini?«

»Silber, drei Teile. Schwefel, sechs. Blei, fünf ... nein, sieben ...« Er machte sie so nervös, dass sie nicht mehr klar denken konnte!

»Cellini, nicht Rucklin Nr. 1., und Sie haben alles durcheinander geworfen. Cellini – drei Teile Silber. Eine halbe Hand voll Schwefel. Zwei Teile Kupfer und drei Teile Blei ... was machen Sie da, Miss Druce? Sie konzentrieren sich nicht richtig.«

Er zog ihren Block zu sich, um die lustigen kleinen Gesichter zu betrachten, die sie gezeichnet hatte. »Was ist das?«

»Löwenzahngesichter – ich versuche, normal zu bleiben, indem ich die Zeit bis zum Mittagessen totschlage. Ich lerne in meinen Gesprächen mit dem Meister und Madame Augusta während des Essens mehr über Schmuckfertigung als hier an dieser Werkbank neben Ihnen. Drei Wochen, und ich habe noch nichts gelernt! Ich bin nicht nach Russland gekommen, um wie ein ... wie ein dummes kleines Schulmädchen behandelt zu werden, das sich alberne Streiche ausdenkt!«

Er hatte ihren Ausbruch mit zusammengezogenen Augenbrauen verfolgt. »Muss ich dem Meister mitteilen, dass Sie Ihre Arbeit nicht im Geringsten ernst nehmen?«

»Ich finde es schwierig, mit Ihren Lehrmethoden zurechtzukommen, Monsieur Wassilij. Ich weiß momentan nicht mehr, wo mir der Kopf steht. Ich bin hergekommen, um das Goldschmiedehandwerk und Schmuckdesign und nicht das Kochen zu lernen.«

»Kochen?«

»Ja, *Kochen*! All diese Rezepte ...«

Er ergriff ihr Handgelenk und zog sie von ihrer Werkbank fort. »Kommen Sie mit!«

»Wohin ...? Was machen Sie da?« Irene war sich der Blicke der anderen Männer bewusst, die sich alle herumdrehten und sich fragten, was Wassilij mit Irene vorhatte.

»Ich gehe mit ihr in das Büro des Meisters«, erklärte Wassilij den anderen. »Kümmert euch um eure Arbeit.«

»Wie können Sie es wagen, mich so zu behandeln, Monsieur Wassilij«, zischte Irene und versuchte die Fassung zu bewahren, weil eine Werkstatt voller Männer und ein Ausstellungsraum voller Kunden zuschauen konnten, wie er sie am Arm durch den Raum zerrte. »Würden Sie freundlicherweise meinen Arm loslassen. Ich bin sehr wohl in der Lage, alleine zu gehen und selbst mit ihm zu sprechen. Ich werde ihn bitten, mir einen neuen Lehrmeister zuzuteilen oder mich in die Moskauer Filiale zu versetzen.«

Er ließ ihren Arm los und sagte kurz angebunden: »Bitte folgen Sie mir.«

Er führte sie am Büro des Meisters vorbei in den Ausstellungsraum, wo lange gläserne Vitrinen, die in Hufeisenform angeordnet waren, das Licht eines riesigen reich verzierten Kronleuchters reflektierten. In der heiligen Stille des Ausstellungsraumes klangen ihre Schritte wie Trommeln auf dem polierten Parkett. Ihr Lehrmeister bat einen Verkaufsangestellten, einen der Wandschränke zu öffnen. »Miss Druce interessiert sich für die Uhren in Löwenzahnform, ich würde ihr gerne eine zeigen.«

Der Angestellte nahm die Schlüssel aus der Tasche und schloss einen der Wandschränke auf.

»Hier, Miss Druce, prüfen Sie die Zeit nach Herzenslust«, sagte Wassilij und nahm eine wunderschöne grüngoldene Uhr in Löwenzahnform in einem Topf aus Bergkristall heraus.

»Oh ...!«, rief Irene aus. Sie wagte nicht, die Uhr zu berühren, sondern überließ ihm die Verantwortung für das kostbare Stück. Irene murmelte verschämt: »Wie ...?«

»Sie wollen wissen, wie das geht? Ich *versuche*, Ihnen beizubringen, wie das geht, aber Sie geben mir keine Chance«, sagte er leise, sodass nur sie ihn verstehen konnte.

»Das ist das Schönste, was ich je gesehen habe – und es wirkt so echt!«

»Aus diesem Grund sind Sie hier und lernen die Rezepte, Miss Druce. Damit alles, was Sie je herstellen werden, *echt* sein wird!« Er stellte die Uhr zurück, und der Angestellte sperrte den Schrank wieder zu.

Während sie zu ihrem Arbeitsplatz zurückkehrten, fragte Irene: »Ich zerbreche mir schon lange den Kopf darüber, wie man das in die Tat umsetzen kann, was Sie mir gerade gezeigt haben. Wie erzielt man solch ein flaumiges, echt wirkendes Ergebnis, wenn nur harte Materialien verwendet werden?«

»Asbestfasern und gesponnenes Platin. Die Samen bestehen aus Rosendiamanten und die Blätter aus Nephrit.«

Sie sah ihn staunend an. Er ließ sich wieder an seiner Werkbank nieder und nahm die Lupe zur Hand. Mit einer winzigen Pinzette setzte er fast unsichtbare Goldstäbchen in die mikroskopisch kleinen Punkte ein, die ein kompliziertes Gittermuster von Blättern und Rosenknospen darstellten, die sich um den Buchstaben ›Z‹ auf der Bonbonniere wanden, die er gerade dekorierte.

Seine Hände waren feingliedrig, und er hatte lange Finger. Er hatte eine ausgesprochen ruhige Hand, eine wichtige Eigenschaft für einen Kunsthandwerker. Sein Nacken war glatt und blass, und einige vorwitzige dunkle Locken krochen unter den Kragen seiner Leinentunika. Er erinnerte Irene an einen Schuljungen, der sich über seine Hausaufgaben beugte.

Irene schluckte und sagte: »Es tut mir leid, dass ich Ihre Methoden in Frage gestellt habe.«

Er gab keine Antwort. Sie setzte sich und vertiefte sich wieder in die langweilige Abhandlung über Niellorezepte. Sie schloss die Augen und fühlte sich zurückversetzt in die Hopfengärten in Kent, als sie unter einigen Bäumen saß und das Schmucknachschlagewerk auswendig lernte, das Lady Catherine ihr gegeben hatte. Alles war ihr so einfach erschienen. Aber zwei Jahre später war sie dem Designstudio des Hauses Fabergé, das sich nebenan befand, noch nicht näher gekommen – so nah und doch so fern. Weitere fünf Jahre erschienen ihr wie eine Ewigkeit.

Nach einer Weile bewegte sich der Mann neben ihr, nahm das Okular heraus und bedeckte seine Arbeit mit einer Glaskuppel, die so ähnlich wie eine Käseglocke aussah. Er wandte sich Irene zu. »Ich habe Ihnen gesagt, Sie sollen mich nicht ansprechen, wenn ich komplizierte Arbeiten auszuführen habe. Ich zerstöre den Ruf des Meisters und verliere Prinz Yussupows Gunst, wenn ich einen Fehler mache, weil Sie aus Wut auf mich stöhnen und seufzen.«

»Ich habe gesagt, es tut mir leid.«

»Hinter meinem Rücken.«

»Ist das ein Verbrechen?«

»Ja, wenn mir deshalb die Hände zittern und ich die Initialen von Prinzessin Zénaide nicht anbringen kann.«

»Verdammte Prinzessin Zénaide! Wenn ich tatsächlich nur eine Belastung für Sie bin, Monsieur Wassilij, warum sagen wir es dem Meister dann nicht gleich, bevor wir noch mehr von Ihrer und meiner Zeit verschwenden!« Irene war den Tränen nah angesichts seiner Dickköpfigkeit.

»Setzen Sie sich«, sagte er und wechselte ausnahmsweise vom Russischen ins Englische. »Sie tun mir den Gefallen und machen nicht noch eine Szene. Und ich sehe nicht gerne weinen eine Frau, und jetzt bin ich es, der ihre Augen mit so traurigen Tränen füllt. Ich fühle mich sehr schlecht hier drin ...« Er klopfte sich gegen die Brust.

»Das sollten Sie auch«, erwiderte Irene.

»Sie müssen mir beibringen, Ihre englische Art zu verstehen, denn ich habe noch nie habe gearbeitet mit einer Frau, erst recht nicht mit einer Engländerin! Und wir beide arbeiten für den Meister, aber das ist schwierig, wenn wir nicht mehr Verständnis haben füreinander. Bitte Sie hören mir jetzt zu. Ich habe sehr gute Dinge über Sie gehört, aber man darf am Anfang nicht zu viel wollen auf einmal. Man kann nicht gehen, bevor man rennen gelernt hat ...«

Irene hielt sich die Hand vor den Mund.

»Ich habe etwas Falsches im Englischen gesagt?«

»Nein, nein!« Sie versuchte, ihr Lächeln zu unterdrücken, um ihn nicht noch mehr zu verärgern. »Sie sprechen sehr gut Englisch, aber es heißt ›man kann nicht rennen, bevor man gehen gelernt hat‹. Sie haben die Bedeutung umgedreht.«

Es war das erste Mal, dass sie ihn lächeln sah.

Es war solch ein unerwartet strahlendes Lächeln, das zudem noch ein Grübchen zum Vorschein brachte, dass sie ganz verwirrt war. Sein Lächeln war anziehend – oder, wie ihre Schwester Pam einmal Stevies Lächeln beschrieben hatte, ›sexy‹. Ihre Mutter hatte fast einen Herzinfarkt bekommen, als Pam das Wort in Anwesenheit der ganzen Familie benutzt hatte.

»Worüber lächeln Sie?«, fragte er.

»Worüber lächeln *Sie*?«, fragte sie zurück.

Er streckte ihr die Hand entgegen und sagte, nun wieder in Russisch: »Lassen Sie uns Frieden schließen, Irene. Und ich heiße Michal. Von jetzt an werden wir zusammen arbeiten. Was möchten Sie am liebsten entwerfen, wovon träumen Sie?«

»Oh ...« Sie machte eine unbestimmte Handbewegung. »Eine Väterchen-Frost-Tiara mit passender Halskette, Armband und Ohrringen. Marienkäfer, deren Flügel das Sternenlicht und den Mondschein reflektieren. Alle Arten von sagenhaften Dingen.«

»Ich weiß zwar nicht, wer dieser Väterchen Frost ist, aber wissen Sie, wie man echt aussehenden Frost, Sternenlicht und Mondschein herstellt?«

»Nein.«

»Dann müssen Sie es lernen. Und wenn Sie glauben, dass Cellini- und Pliny-Rezepte langweilig sind, dann warten Sie erst mal, bis wir zu dem Verhalten von Legierungen und zu den chemischen Eigenschaften der Legierungen kommen, die man für die Herstellung des Effekts von Sternenlicht und Mondschein verwenden kann. Oder zum Reflektierungsgrad von Edelmetallen, oder zur Mikrostruktur einer Goldlegierung, um Eiskristalle zu simulieren, oder …«

»Stopp, stopp!«, rief Irene und hielt sich die Ohren zu. »Ich glaube Ihnen, wirklich. Es tut mir leid, dass ich Ihre Lehrmethoden nicht verstanden habe; jetzt weiß ich, was von mir erwartet wird, und ich werde es Ihnen nicht zeigen, wie gelangweilt ich bin, bis wir zu interessanteren Themen kommen.«

»Gut! Dann werden Sie mir morgen alles erzählen, was Sie von Herr Marc Rosenburg, einem Experten, über Nielloarbeit gelernt haben.«

»Ich wünschte, Sie würden mich über etruskische oder Berlin-Kunstschmiedearbeiten befragen.«

»Keine Angst. Wir werden diese Themen früh genug durchnehmen.«

Als der Meister sie nach ihren Fortschritten in der Werkstatt fragte, antwortete sie ehrlich: »Ich fühle mich wie ein Fisch auf dem Trockenen.«

»Und wie finden Sie Ihren Lehrmeister?«

»Schwierig.«

»Dann machen Sie Fortschritte. Monsieur Wassilij ist *sehr* schwierig und sehr brillant. Ich wusste, er würde der beste Lehrmeister für Sie sein, obwohl seine Lehrmethoden etwas unkonventionell sind – unbarmherzig, wie einige meiner Lehrlinge, die in den ersten Wochen in Tränen aufgelöst waren, mir erzählt haben.«

Daran bestand überhaupt kein Zweifel!

Der Meister fuhr fort: »Aber meine Lehrlinge profitieren davon, denn sie werden die guten Grundlagen und die ›Disziplin‹, die er ihnen während der technischen Schulung beibringt, nie vergessen. Sie sind ihnen von Nutzen, wenn sie die ›Fantasie-Seite‹ der Produktion kennen lernen, denn sie sind in der Lage, eine verblüffende Ähnlichkeit zwischen etwas Lebendigem und dem gefertigten Kunstgegenstand zu erzielen. Die ›Seele‹, von der ich gesprochen habe, kann einem Gegenstand nur eingehaucht werden, wenn der Künstler sich absolut sicher ist, welche Materialien und Techniken geeignet sind – und dieses Wissen entsteht nur aus Selbstvertrauen heraus. Michal Wassilij ist fähig, seinen Schülern dieses Vertrauen in sich selbst zu vermitteln.«

»Du lobst ihn zu sehr, mein Gatte, nur weil er wichtige Leute kennt, die ihn für ein Genie halten und ihm das auch ins Gesicht sagen. Er weiß, dass alle Prinzessinnen Russlands in ihn verliebt sind. Insbesondere die Prinzessinnen Zénaide und Irina Yussupow!« Madame Augusta, dunkelhaarig und immer noch bemerkenswert hübsch, obwohl sie bereits Großmutter war, wechselte resolut das Thema. »Irene ist jetzt schon seit mehreren Wochen bei uns, und bald wird ihr englischer Geburtstag sein ...« Sie wandte sich mit einem Lächeln an Irene: »Wir in Russland feiern eher Namenstage als Geburtstage.« Zu ihrem Mann sagte Augusta: »Ich dachte, wir könnten eine kleine Dinnerparty geben, Carl, zu der wir Lena und Jurij und noch ein oder zwei andere einladen, denn ich finde, dass Irene auch Leute kennen lernen sollte, die nicht zu unserem kleinen Kreis von Kunsthandwerkern und Lehrlingen gehören – sonst wird sie noch denken, dass Russland voller Kunsthandwerker ist.«

»Russland ist voller Kunsthandwerker, und die meisten davon sind arbeitslos!«, lautete die Antwort des Meisters.

Eine Woche vor ihrem Geburtstag, als Irene gerade auf dem Weg in ihr Zimmer war, hörte sie zufällig ihren Namen, als sie an den privaten Räumen der Fabergés vorbeikam. Augusta und ihr Mann befanden sich gerade in seinem ›Siesta-Zimmer‹, denn hier hielt der Meister immer sein Mittagsschläfchen auf einem Sofa unter einem Familienportrait.

»Ich möchte nicht, dass er zu Irenes Geburtstagsfeier eingeladen wird, Augusta«, sagte der Meister gerade.

»Aber warum denn nicht, Carl? Du magst es doch, wenn deine Lehrmeister zu Familienfeiern eingeladen werden.«

»Nur wenn es einen diplomatischen Sinn hat. In diesem Fall halte ich es nicht für gut, wenn die beiden zu vertraut miteinander werden. Es ist nicht gut für ihr Arbeitsverhältnis.«

»Hast du nicht Alina und Alma erlaubt, private Kontakte zu deinen Designern zu pflegen?«

»Ja, aber Alina hatte ihren Vater, der auf sie aufgepasst hat; das Gleiche gilt für Alma. Sie waren beide nicht Miss Irene Druce aus England, und ich bin nicht Albert Holström oder Henrik Wigström, sondern ich bin Miss Druces Vormund, solange sie in Russland ist. Irene ist ein junges, unverheiratetes Mädchen, Augusta, und wir sind für sie verantwortlich.«

»Glaubst du, ich weiß das nicht? Und heißt das, dass Michal Wassilij nicht mehr zu Feiern in unserem Hause eingeladen wird? Seine Verbindung zur Familie Yussupow hat uns viele Aufträge gebracht, Carl. Er wird beleidigt sein.«

»Wassilij versteht die Situation völlig, und ich vertraue ihm. Aber ich traue *dir* nicht – verzeih mir, meine Teuerste –, weil du immer Leute verkuppeln willst.«

»Pah, Carl! Was für ein Blödsinn!«

»Nicht Blödsinn, meine Teuerste, sondern Vorsicht.«

Oh, Sie haben keinen Grund, sich Sorgen zu machen, Monsieur und Madame Fabergé, dachte Irene mit einem grimmigen Lächeln, als sie weiterging. Ich habe nicht die geringste Absicht, mit meinem arroganten, besserwisserischen Lehrmeister *vertraut* zu werden! Ich mag ihn nicht einmal!

20. Kapitel

In der Niederlassung des Hauses Fabergé in Odessa arbeiteten fünfundzwanzig Mitarbeiter, in der Niederlassung in Moskau waren es mehr als zweihundert. Der Meister wollte gerne in persönlichem Kontakt mit seinen Niederlassungsleitern und den Mitarbeitern bleiben und unternahm deshalb viele Geschäftsreisen. Diesmal planten er und Madame Augusta eine Reise nach Moskau, wo die Fabergé-Niederlassung von Michael Tchepournov geleitet wurde. Der Meister und Augusta würden an Irenes achtzehntem Geburtstag nicht zu Hause sein. Da es sich um einen besonderen Tag handelte, hatte Augusta die Geburtstagsfeier, die gleichzeitig auch eine Willkommensfeier für Irene war, für den Vorabend geplant.

Unter den eindrucksvollen Dinnergästen befanden sich Madame Betha Galetta vom Staatstheater, die die Geliebte von Großfürst Alexander war, sowie die reiche exzentrische Madame Barbara Belsh, ebenfalls eine eifrige Sammlerin von Fabergé-Ostereiern. Die Chechenskijs, Henrik Wigström, ein Kunsthandwerkermeister und Designer einiger der Ostereier, und Alma Phil, die Tochter eines weiteren berühmten Designers, gehörten ebenfalls zu den geladenen Gästen. Oscar Phil arbeitete in Holströms Juweliergeschäft. Eugène Fabergé und seine verheirateten Brüder Agathon und Alexander mit ihren Ehefrauen waren anwesend, nur Nicholas fehlte, weil er sich in England befand.

Irene stand neben dem Meister und Madame Augusta, um die

Gäste zu begrüßen. Sie erlitt den Schock ihres Lebens, als sie auch Michal Wassilij unter den Gästen entdeckte. Also hatte Madame Augusta doch gewonnen!

War Michal Wassilij in letzter Minute eingeladen worden, weil ein anderer Gast abgesagt hatte, oder stellte diese Feier zu ihren Ehren eine Art Test sowohl für den Lehrling als auch für den Lehrmeister dar?, fragte sich Irene.

Sie erkannte ihn kaum, er sah in seinem Abendanzug so anders aus als in seiner groben Arbeitskleidung, die er sonst jeden Tag trug. Irenes Blick fiel auf seine Begleiterin.

Sie war ein kleines, zierliches, puppenhaftes Persönchen mit schwarzen Augen und einem blassen, durchscheinenden Teint; sie hatte ein herzfömiges Gesicht und blauschwarzes Haar, das zu Zöpfen geflochten und in einer Krone aufgesteckt war, die von juwelenbesetzten Kämmen gehalten wurde. In ihrem in vielen Farben schimmernden Kleid sah sie wie eine Meerjungfrau aus. Sie trug goldene Ketten, Ohrringe und Armbänder in einem wundervollen orientalischen Design. Irenes Blicke wurden von ›Mademoiselle Zeta Yuan‹, wie Michal sie vorstellte, und ihrem fantastischen Schmuck wie magisch angezogen.

Irene war in Gedanken immer noch mit ihrem Lehrmeister und seiner Begleiterin beschäftigt, als sich die Gäste, es waren vierundzwanzig, zu Tisch begaben.

Die weiße Fliege und der Frack änderten jedoch nichts an Michal Wassilijs Feindseligkeit gegenüber Irene. Er blieb den ganzen Abend über verschlossen und nüchtern. Die Frau neben ihm zog seine gesamte Aufmerksamkeit auf sich. Irene erfuhr, dass sie Designerin für fantastischen Goldschmuck war; mehr brachte sie über Zeta Yuan, die den ganzen Abend kaum ein Wort sprach, nicht in Erfahrung.

Mit einem kleinen Lächeln dachte Irene, dass ihr Lehrmeister offensichtlich schweigsame Frauen mochte, aus welchem Grund sie, Irene, den Test nicht bestanden hatte!

Zu Irenes rechter Seite saß Eugène Fabergé und zu ihrer Linken

Oscar Woldemar Phil; sie alle saßen in der Nähe des Meisters, der die Unterhaltung bestimmte. Madame Betha und Barbara Belsh wetteiferten um des Meisters Aufmerksamkeit.

Irene konnte ihren Lehrmeister hinter den funkelnden Fabergé-Kerzenleuchtern und den silbernen Schalen voller Obst, Blumen und Konfekt kaum sehen. Mr. Jarvis' Unterricht in ›Etikette und Zeremoniell‹ kam Irene jetzt bei diesem verschwenderischen Dinner zu ihren Ehren sehr zustatten. Sie hatte lediglich Zweifel hinsichtlich ihres Kleides, insbesondere im Vergleich zu Mademoiselle Zeta Yuans atemberaubendem Gewand.

Die treue Lady Catherine überwies Irene weiterhin jeden Monat einen kleinen Zuschuss, von dem sie aber nicht genug zur Seite legen konnte, um sich ein neues Kleid leisten zu können. Das rosagrau gestreifte Seidenkleid mit dem blauen Gürtel mit der Silberschließe, das sie schon zu Randolphs Hochzeit getragen hatte, musste wieder herhalten; diesmal trug sie darunter eine hautfarbene Bluse aus Crêpe de Chine, die den Ansatz ihrer Brüste hervorblitzen ließ. Tante Martha würde bestimmt wieder beanstanden, dass sie ›zu viel Busen‹ zeigte. Sie besaß keinerlei Schmuck, sodass sie sich darauf verlassen musste, mit ihrem tiefen Ausschnitt Aufmerksamkeit zu erregen zwischen all den prachtvollen Diamanten, Saphiren, Smaragden – und orientalischem Goldschmuck –, die die anderen Damen trugen.

Madame Augustas Hoffnung, dass nicht über das Geschäft gesprochen würde, löste sich in Wohlgefallen auf, als Barbara Belsh sagte: »Unsere liebe kleine Irene, deren hübsche kleine Geburtstagsfeier dies ist, scheint sich heimlich über irgendetwas zu amüsieren. Sagen Sie mir, meine Liebe, welches kleines Etwas können Sie aus dem Ärmel schütteln, das mein Interesse erwecken könnte und das Sie für mich entwerfen könnten? Sie haben so ein süßes kleines Lächeln, das mich fesselt.«

Nun wurde die Unterhaltung in einer Mischung aus Russisch, Französisch und Englisch fortgesetzt, je nachdem, wie Irene ihre

Gedanken am besten in Worte fassen konnte. »Ein Hopfenzapfen-Osterei, Madame Belsh«, antwortete Irene.

Barbara Belsh war stark geschminkt und hatte viel Rouge aufgetragen; ihre geschwärzten Augenbrauen hoben sich erstaunt. »Ein Hopfenzapfen? Was ist ein *Hopfen*zapfen?«

»Hopfen wird in England zur Bierherstellung verwendet, Madame Belsh.«

»Wie amüsant. Erzählen Sie mir mehr davon, Irene Druce.«

»Ja, Madame, ich habe eine Kollektion namens ›Glitzern im Mondlicht‹ entworfen. Hopfen gab es ursprünglich nur in der Region Kent, aber jetzt versucht man auf dem Kontinent, den englischen Hopfenfarmern Konkurrenz zu machen, indem dort auch Hopfen angebaut wird, der wiederum zu günstigen Preisen nach England importiert wird.«

»Wie interessant. Das hört sich an wie unsere ›Zemskij Sobor‹ oder die Kolchosenbewirtschaftung von Land, das ehemals der Krone, der Kirche oder dem Adel gehörte, was, Michal Wassilij? Sie sollten sich doch eigentlich damit auskennen, weil Sie doch Kontakte zu den Yussupows und Fürst Lwow pflegen, nicht wahr? Egal, Politik ist immer ein langweiliges Thema. Machen Sie sich nicht die Mühe zu antworten, Michal. Ich möchte lieber mehr über den Hopfen aus Kent von diesem englischen Mädchen erfahren.« Sie richtete ihr juwelenbesetztes Opernglas wieder auf Irene.

»Hopfen hat eine ähnliche Struktur wie Tannenzapfen, Madame Belsh. Ich könnte für Sie einen Zapfen kreieren, der nicht so dicht geschlossen wie ein Tannenzapfen ist. Die Schuppen von Hopfen sind lockerer und offener. Hopfen kann entweder blassgrün oder dunkelgrün sein, die Mitte ist purpurfarben bis pinkfarbenen, je nach dem, wie der Hopfen gezüchtet und welche Erde verwendet wurde.«

»Und aus welchen Materialien würden Sie mein spezielles ›Kentisches Hopfenzapfen-Osterei‹ herstellen, Irene Druce?«

»Gold und Jade und ...«

Michal Wassilij räusperte sich geräuschvoll und beugte sich vor, um Irene sehen zu können, die von einer Silberschale verborgen wurde. »Ich bin sicher, dass so etwas ausgesprochen Englisches für Sammler *russischer* Kunstgegenstände von keinem Wert wäre. Wenn sie etwas im Sinn hätte wie zum Beispiel einen russischen Zigeuner, Madame Belsh, dann sähe die Sache anders aus.«

»Ein Zigeuner?« Irene starrte ihn an und fragte sich, warum er ausgerechnet Zigeuner erwähnt hatte.

»Ja, einen Zigeuner!«, sagte er nachdrücklich. »Wie die Schnitzerei des Zigeuners in unserer eigenen Sammlung unten im Ausstellungsraum. Gesicht und Hände aus goldflimmrigem Quarzstein, Rock aus Nephrit, Haare und Schuhe aus schwarzem sibirischen Jaspis, Bluse aus grüngesprenkeltem Stein, Schal aus rotbraunem Marmor aus dem Ural, Augen aus Diamanten, Ohrringe aus Gold. Das ist wahrer russischer Geschmack!«

»Ich wage zu behaupten, dass es auch in *England* Zigeuner gibt, Monsieur Wassilij«, sagte Irene und bedachte Michal Wassilij mit einem kühlen Blick. Wie unhöflich von ihm, sie einfach zu unterbrechen, als sie Madame Belsh ihre Idee darlegen wollte!

Er lachte ihr ins Gesicht. »Es gibt keine englischen Zigeuner! Alle Zigeuner, richtige Zigeuner, sind ungarischer Abstammung. Haben Sie noch nie von Vara Panina gehört?«

»Nein.«

»Sie ist eine berühmte Zigeunerin, die durch das Haus Fabergé unsterblich gemacht wurde und jetzt von kritischen Kunstkennern begutachtet werden kann. Panina, die echte Panina, hatte eine außerordentliche Stimme, die die Zuhörer bei Paninas abendlichen Auftritten im Moskauer Restaurant *Yar* in Bann schlug. Aber sie war hässlich. Sie war so hässlich, dass ihre Liebe zu einem Mann aus der Garde des Zaren trotz der Schönheit ihrer Stimme nicht erwidert wurde. Diese unerfüllte Liebe brachte sie dazu, eines Abends, als sie wusste, dass der Mann unter den Zuhörern sein würde, Gift zu nehmen. Sie starb auf der Bühne, während sie ihr letztes Lied für ihn sang: ›Mein Herz bricht‹.«

»Wie rührend, Monsieur Wassilij«, sagte Irene in ihrer Miss Lily Lovett-Stimme zu ihm. Er hatte jede Hoffnung auf einen Auftrag von Barbara Belsh im Keim erstickt. Barbara Belsh hatte das Interesse verloren und unterhielt sich jetzt mit dem Meister.

»Oh, *Mon Dieu*!«, sagte sie gerade zum Meister, nachdem sie sich ungebeten in seine Unterhaltung mit Madame Galetta eingemischt hatte. »Mit einem derartigen gesundheitlichen Problem müssen Sie Ihren Arzt aufsuchen!«

»Ich gehe zu meinem Arzt, Madame!« Carl Fabergé hob sein Weinglas. »*Das* ist mein Arzt, der einzige, zu dem ich unbegrenztes Vertrauen habe. Lassen Sie uns auf den achtzehnten Geburtstag von Miss Irene Druce anstoßen, mein neuer Lehrling aus England mit großem Talent!« Er stand auf, und die übrigen Gäste folgten seinem Beispiel: »Auf Irene, mit besten Grüßen von meinem *Arzt aus Bernkastel*!«, sagte der Meister.

Verlegen stammelte Irene einige Dankesworte. Sie hoffte, dass sie die hohen Erwartungen würde erfüllen können. Der einzige Missklang des Abends kam von ihrem Lehrmeister Michal Wassilij, der ihr über den Tisch hinweg ärgerlich zuflüsterte: »Ich werde Ihnen später erklären, warum Sie nicht so viel reden sollten, Miss Druce.«

Der flackernde Kerzenschein warf dunkle Schatten auf sein gut aussehendes Gesicht: »Ich werde Ihnen nicht zuhören. Das hier ist meine Freizeit, verderben Sie mir nicht den wunderschönen Abend.«

»Dann reden wir eben morgen, wenn wir wieder in der Werkstatt sind«, entgegnete er und kniff seine ›Zigeuneraugen‹ mit den langen geschwungenen Wimpern, auf die jede Frau neidisch war, zusammen.

Später gab die Geliebte des Großfürsten Alexander, die am Staatstheater arbeitete, eine kleine private Vorstellung. Als Irene sich einen Platz suchte, stieß sie fast mit Michal Wassilij zusammen, der sie wieder in ihren Gedanken störte. »Morgen Abend, am Abend Ihres Geburtstages, werde ich Ihnen das *echte* Russland zeigen! Nicht Gesellschaftszimmer und glitzernde Dinnertafeln, sondern das Russland des Volkes!«

»Ich bin nicht interessiert«, antwortete Irene abweisend.

»Oh doch, das sind Sie.« Er lächelte wie ein dunkler Engel, der sie in Versuchung führen wollte. »Weil Sie eine von *uns* und nicht eine von *denen* sind!«

Was er wohl damit meinte? Wahrscheinlich waren ›die‹ die unglaublich Reichen wie Barbara Belsh und Betha Galetta, die den Großfürsten verführt hatten. Wenn er das meinte, dass sie nicht zu jener Gruppe gehörte, dann hatte er Recht.

Am nächsten Morgen öffnete Irene gespannt die Briefe und Karten aus England. Neben ihrer Familie hatten auch Randolph und Lady Catherine geschrieben, um ihr zum Geburtstag zu gratulieren. Der Meister und seine Frau, die Chechenskijs und die Fabergé-Brüder hatten kleine Geschenke für Irene besorgt, die man an diesem Morgen auf den Frühstückstisch gelegt hatte.

Irene öffnete das Geschenk des Meisters und seiner Frau. »Oh!«, rief sie entzückt, als sie die zierliche Zuchtperlenkette aus dem Geschenkpapier wickelte. »Schade, dass ich die Kette gestern Abend noch nicht tragen konnte! Sie ist wunderschön, vielen, vielen Dank Ihnen beiden. Und vielen Dank auch für die wunderschöne Feier gestern Abend. Ich ... ich ...« Tränen erstickten ihre Stimme. Hilflos sah sie die beiden an; am liebsten würde sie sie umarmen, aber ihre englische Reserviertheit hielt sie davon ab. Auch wusste sie nicht, wie sie darauf reagieren würden.

»Wir verstehen Sie«, sagte Augusta sanft. »Aber Sie haben gestern Abend entzückend ausgesehen; Sie brauchen keinen Schmuck, der nur das Auge ablenkt, meine Liebe.«

Irene fühlte sich weinerlich an diesem Morgen, aber wahrscheinlich war ›sentimental‹ der bessere Ausdruck. Sie vermisste ihre Familie, besonders Mama, Don und Reen. Sie stand auf und küsste den Meister und seine Frau. »Tausend Dank! Ich bin so glücklich, dass ich Sie kennen gelernt habe.«

»Ist ja gut! Wir sind froh, Sie hier zu haben, *moj malenki*«, sagte Augusta und benutzte eine russische Koseform, während sie Irenes Wange streichelte.

Der Meister räusperte sich und legte seine Serviette zur Seite, nachdem Irene ihn auf die bärtige Wange geküsst hatte. »Glück ist das Wichtigste im Leben, Miss Irene Druce. Talent allein bringt uns nicht weiter! Und da wir gerade von Glück reden, wir haben Glück, wenn wir den Zug nach Moskau noch erreichen, Augusta.« Er erhob sich vom Frühstückstisch. »Wir müssen aufbrechen, meine Liebe. Wir wünschen Ihnen einen schönen Geburtstag.« Carl Fabergé nahm Irene kurz in den Arm. Sie hatte ihre Dankbarkeit auf die richtige Art und Weise ausgedrückt. Russen waren, anders als die Engländer, sentimental und gefühlsbetont.

Nachdem der Meister und seine Frau das Speisezimmer verlassen hatten, packte Irene ihre übrigen Geburtstagsgeschenke aus. Jurij und Lena Chechenskij hatten ihr ein ledernes Schreibetui sowie einen Füllfederhalter mit goldener Feder, einen Drehbleistift und Briefpapier geschenkt. Agathon und Alexander Fabergé und ihre Frauen schenkten ihr einige vom Hause Fabergé gefertigte Miniaturen, und von Eugène Fabergé bekam sie ein handgeschnittenes Siegel.

Sie hoffte, dass sie sich eines Tages gebührend für die rührenden Zeichen der Zuneigung würde revanchieren können.

Wie Dornröschen nach dem großen Ball wurde Irene an ihrem Arbeitsplatz mit den Begrüßungsworten ihres Lehrmeisters konfrontiert: »Herzlichen Glückwunsch zum Geburtstag, obwohl es hier nicht wie in England üblich ist, Geburtstage zu feiern. Man feiert die Namenstage der Heiligen, nach denen man getauft ist.«

»Madame Augusta hat mir die russische Sitte bereits erläutert,

Monsieur Wassilij. Ich glaube jedoch nicht, dass meine Eltern an eine ›heilige Irene‹ gedacht haben, als ich geboren wurde.«

»Irina – natürlich gibt es auch einen Namenstag für Sie. Irina ist in Russland ein sehr beliebter Name. Ich wollte Ihnen auch noch sagen, warum ich Sie gestern Abend unterbrochen habe, als Sie sich mit Barbara Belsh unterhalten haben. Es war unhöflich von mir, aber es musste sein. Gib *niemals* deine Ideen preis, bevor du sie umgesetzt hast. Man tut sich damit keinen Gefallen, denn weniger talentierte Leute könnten die Idee umsetzen und als ihre eigene verkaufen.«

»Wollen Sie damit behaupten, dass Monsieur Eugène Fabergé und Monsieur Oscar Phil oder auch Mademoiselle Yuan Interesse daran haben könnten, *meine* Ideen, die ich gestern Abend geäußert habe, zu benutzen?«, fragte sie herausfordernd. »Wenn Sie das denken, dann sollten Sie mich nicht Rezepte auswendig lernen lassen, sondern mich schleunigst ins Designstudio schicken, weil ich um Klassen besser bin als der Sohn des Meisters und Holströms Assistent!«

Er betrachtete sie ernst. Dann schüttelte er den Kopf wie ein verzweifelter Lehrer, der einem rebellischen Schüler gegenübersteht. »Sie müssen noch sehr viel lernen. Sie sind so anmaßend! Diese Eigenschaft ist gar nicht schlecht, wenn man dabei nicht seine eigene Wichtigkeit überschätzt. Ich spreche nicht von Monsieur Eugène oder Monsieur Phil, die weit über Ihnen stehen, Miss Druce. Auch Mademoiselle Yuan steht nicht zur Debatte. Eines Tages werden Sie sich möglicherweise auf der gleichen Ebene befinden, ich hoffe es für Sie. Ich spreche von anderen Personen, mit denen Sie vielleicht schwätzen wollen. Wenn Sie vor Ideen übersprudeln, dann erzählen Sie sie bitte dem Meister oder mir, Ihrem Lehrmeister. Sonst niemandem.«

Sie betrachtete ihn nun ihrerseits mit äußerster Ernsthaftigkeit. »Sie vermitteln mir das Gefühl, für die Aufgabe ungeeignet zu sein.«

»Das liegt an Ihnen. Es ist Ihr *Gefühl*, keine Tatsache. Aber es ist O.K., sich so zu fühlen. Auch ich hatte oft Selbstzweifel. Der Meister hat mir erklärt, dass das ein gutes Zeichen sei, weil Selbstzweifel uns dazu bringen, bis an die Grenzen unserer Fähigkeiten zu gehen. Also, ich möchte meine Einladung wiederholen, Ihnen das wahre Russland, das Sie noch nicht kennen, zu zeigen. Heute Abend?«

»Ich kann nicht. Ich darf abends nach acht Uhr ohne die Zustimmung von Monsieur und Madame Fabergé das Haus nicht verlassen. Sie sind heute Morgen für einige Tage nach Moskau gereist, sodass ich ihre Erlaubnis nicht einholen kann.«

»Ich verstehe. Aber können Sie sich nicht an Monsieur Eugène wenden? Er ist der Stellvertreter seines Vaters. Erfinden Sie einfach eine Ausrede. Tun Sie so, als wollten Sie jemanden besuchen ... zum Beispiel die Chechenskijs.«

Er war dem Meister so sehr verbunden, dass Irene sich fragte, ob sie nicht wieder auf die Probe gestellt werden sollte. Aber eigentlich glaubte sie nicht, dass der Meister so unredlich war. Andererseits traute sie ihrem Lehrmeister alles Mögliche zu. Wahrscheinlich würde es ihm große Befriedigung verschaffen, wenn er für ihren Rausschmiss sorgte – seine Ablehnung gegenüber Frauen in der Werkstatt war so offensichtlich. »Ich könnte, aber ich werde es nicht tun. Falls der Meister und seine Frau herausfinden würden, dass ich nicht bei den Chechenskijs war, würde ich ziemlich blöd dastehen.«

Er gab ihr ein Blatt Papier, auf das in russischen Schriftzeichen ein Name und eine Adresse gekritzelt waren: M. Zeta Yuan, 3ra, Owtchinnikow, St. Petersburg. »Zeta könnte Ihr Alibi sein«, sagte er.

»Warum?« Sie würde gern mehr über Zeta Yuan hören, nachdem sie am Vorabend kaum etwas erfahren hatte.

Er zuckte die Schultern. »Sie ist eine außerordentlich talentierte Designerin und arbeitet für eine der *Artels*.«

»Was ist ein *Artel*?«

»Eine unabhängige Genossenschaft, die Kunstgegenstände für

andere Geschäfte herstellt, auch für Fabergé und Holströms. Der Meister mag es nicht, wenn seine Lehrmeister und ihre Lehrlinge sich außerhalb der Arbeitszeit anfreunden, weil er glaubt, dass das schlecht fürs Geschäft sei. Wenn entdeckt würde, dass wir beide ohne Erlaubnis und ohne Anstandsdame miteinander ausgehen, könnte uns das beide unseren Arbeitsplatz kosten – ich spreche von Ihnen und mir. Das ist es nicht wert. Aber ich bin sicher, dass Monsieur Eugène nichts dagegen haben wird, wenn Sie ihm sagen, dass Sie zu Zeta Yuan gehen, um mit ihr über ihre Arbeit zu sprechen.«

»Warum sollte ich das tun?«

»Für mich.«

Sie war überrascht. »Warum – für Sie?«

»Weil ich wissen möchte, wie Sie außerhalb der Arbeitszeit sind.«

»Warum?«

»Mein Gott! Warum, warum, warum! Sie wind wirklich eine *englische* Frau! Nur eine Engländerin fragt ständig ›warum‹!«

»In Ordnung, dann frage ich eben *wer*. Wer ist diese Zeta Yuan?«

»Das habe ich Ihnen doch eben erzählt!«

»Was ist sie?«

»Das habe ich Ihnen doch auch erzählt ... sie ist mongolischer und französischer Abstammung, wenn es das ist, was Sie hören wollen.«

»*Was* ist sie für *Sie*?«

Er rieb sich die Nase. »Eine ganz besondere Freundin.«

»Dann komme ich mit!«

»Sie kommen mit?«, fragte er verblüfft.

»Ja, wenn diese mongolisch-französische Dame Ihre ganz spezielle Freundin ist, habe ich nichts von Ihnen zu befürchten. Auch der Meister und Madame Augusta haben nichts zu befürchten, da sie ja die Vormundschaft für mich innehaben. Ich habe eine Anstandsdame. Ich möchte alles über russische *Artels* und mongolisch-französisches Schmuckdesign erfahren, und ob Mademoiselle

Yuan den Schmuck, den sie gestern getragen hat, selbst entworfen hat. Ich werde Monsieur Eugène um Erlaubnis bitten, dass ich das Abendessen heute ausnahmsweise ausfallen lassen kann – um mehr über das wahre Russland zu lernen. Ohne ihn zu belügen.«

»Sie sind eine wahre Engländerin«, sagte Michal Wassilij, diesmal mit einem Unterton der Bewunderung in seiner Stimme.

21. Kapitel

Irene ging zu Eugène Fabergé ins Designstudio, um sich für das hübsche Geburtstagsgeschenk zu bedanken. Dann fasste sie Mut und bat ihn um die Sondererlaubnis, an diesem Abend ausgehen zu dürfen, um mit Mademoiselle Zeta Yuan über deren exklusive Goldschmuckentwürfe zu sprechen.

Irene fragte sich nervös, ob er ihre fadenscheinige Ausrede durchschauen würde, aber Eugène strahlte und antwortete: »Aber natürlich! Es ist gut, wenn Sie neue Freundschaften mit Russen knüpfen, Irene, besonders an Ihrem Geburtstag! Ich bin sicher, dass meine Eltern nichts dagegen haben, wenn Sie Zeta Yuan, die eine so renommierte Designerin ist, besuchen möchten. Sie fertigt viele zarte und ungewöhnliche Stücke aus Gold für uns. Aber bitte knüpfen Sie nicht zu engen Kontakt mit den ›Kunsthandwerkern‹, die zu Zeta Yuans Bekanntenkreis gehören, sie sind zu sehr politisch orientiert. Aber auf jeden Fall wird es Ihnen gut tun, auch die Kehrseite der Medaille kennen zu lernen. Bitte seien Sie um elf Uhr wieder zurück; darum würden meine Eltern Sie auch bitten.«

»Selbstverständlich. Vielen, vielen Dank, Monsieur Eugène«, antwortete Irene und fügte mit einem Lächeln hinzu: »Vielleicht komme ich sogar schon früher zurück.«

»Ihre Ausführungen über Ihr ›Hopfenzapfen-Osterei‹ waren sehr interessant«, fuhr Eugène fort. »Es ist eine ungewöhnliche Idee – und Madame Belsh liebt ungewöhnliche Ideen. Wenn Sie den Entwurf mit Ihrem Lehrmeister besprochen haben, können Sie ihn gerne bei uns im Designstudio abliefern. Madame Belshs Ehemann erteilt uns viele Aufträge als Geschenke für seine Frau, die wir immer gerne ausführen.«

Irene war entzückt über diesen möglichen Einstieg und konnte es kaum erwarten, ihre Ideen in die Tat umzusetzen.

Sie freute sich, Monsieur Eugènes Aufmerksamkeit erregt zu haben, und wollte am liebsten sofort loslegen, um eine neue Mappe ihrer Kollektion ›Glitzern im Mondlicht‹ zusammenzustellen.

Um acht Uhr abends erschien Zeta Yuan, um Irene abzuholen. Sie sah völlig anders als am Vorabend aus, als sie aufregend exotisch und schweigend an der Dinnertafel gesessen hatte; heute war sie wie eine Arbeiterin gekleidet und trug einen groben Arbeitsoverall, ein kragenloses Arbeitshemd, ein Kopftuch und plumpe Stiefel. Außerdem redete sie wie ein kleiner Wasserfall.

Irene fühlte sich in ihrem langweiligen grauen Rock und der weißen Bluse neben der auffallenden Zeta, die ihr nur bis zur Schulter reichte, linkisch und unbeholfen. Zeta rauchte einen kleinen braunen Zigarillo, während sie durch die Straßen gingen, und ignorierte die missbilligenden Blicke, die einige ältere Passanten ihr zuwarfen.

Irene empfand jede unbekannte Straße als neu und einzigartig russisch, obwohl die Stadt immer noch sehr kosmopolitisch wirkte, wie ein Venedig des Nordens. Sie wünschte, ihre Mutter und Don könnten mit ihr zusammen die Andersartigkeit der russischen Stadt gegenüber London oder dem kleinen verschlafenen Nest Goudhurst kennen lernen. Sie dachte daran, dass sich an diesem Freitagabend wieder alle in Mamas Wohnzimmer treffen würden, um über die vergangene Woche zu sprechen; wie glücklich konnte sie sich schätzen, dass sie hier sein konnte und ihr eigenes Leben lebte, während sie nie die Chance dazu bekommen hatten.

Auf den breiten Hauptstraßen fuhren zahlreiche Limousinen und prächtige Autos, die den Adeligen und den superreichen Leuten von St. Petersburg gehörten. Auf den schmaleren Kanalstraßen und den Brücken traf man Pferdegespanne, mit Tierfutter beladene Anhänger, Esel und einige seltsam aussehende Lastautos an. Kosaken zu Pferde, Drehorgelspieler mit Affen, eine griechisch-orthodoxe Prozession auf dem Weg zur Kathedrale St. Isaak, goldene Engel, Zwiebeltürme – St. Petersburg war eine Stadt mit vielen Gesichtern, lebendig, pulsierend und aufregend.

Zeta sagte: »Michal wird uns beim Kunsthandwerker-Club, der sich am anderen Ende des Moika-Kanals in der Nähe des Stroganow-Palastes und des Puschkin-Museums befindet, erwarten. Es ist nur zwei Häuserblöcke entfernt, aber in St. Petersburg sind die Wege immer länger, weil man all die Kanäle und Flüsse überqueren muss. Wir hätten auch mit der Trambahn zum Newskij Prospekt fahren können, aber zu Fuß sehen Sie mehr von der Stadt. Unser Club sieht von außen nicht besonders eindrucksvoll aus, aber drinnen versammelt sich die *Crème de la Crème*!«

»Dann fühle ich mich geehrt, den Club besuchen zu dürfen«, sagte Irene lächelnd.

»Sie sind die erste Engländerin, die unsere heilige Halle der russischen Kunsthandwerker betreten darf. Und Sie haben die Einladung nur erhalten, weil Michal Mitglied des Kunsthandwerkerausschusses ist. Juni ist ein wundervoller Monat, um einen russischen Namenstag – oder Geburtstag – zu feiern. Der Monat der weißen Nächte anstelle der treibenden Eisschollen«, fügte Zeta hinzu, ohne zu lächeln.

»Weiße Nächte?«

»Im Juni dauert die Dämmerung in St. Petersburg ungefähr dreißig bis fünfundvierzig Minuten. Das Licht wechselt fantastisch über der Ostsee.«

Dieses hübsche und ungewöhnliche mongolisch-französische Persönchen war Michal Wassilijs heimliche Geliebte. Irene war sich ihrer Sache sicher, obwohl sie selbst nicht wusste, wie sie zu diesem Schluss gekommen war; es hatte am Vorabend keine sichtbaren Zeichen der Zuneigung gegeben, aber vielleicht war es Zeta

Yuans Art, von Michal Wassilij zu sprechen, die Irene darauf brachte.

Irene folgte Zeta einige Stufen hinab zum Gebäude des Kunsthandwerker-Clubs.

Drinnen war es heiß und stickig. Sie fand, dass es in allen russischen Häusern zu warm war; die Türen waren trotz des schönen Sommerabends geschlossen, und Irene konnte kaum atmen. Ganz St. Petersburg schien sich um die kleinen runden Tische unter den heißen Lampen versammelt zu haben. Die getäfelten Wände waren mit Blättern gespickt, auf denen Liedertexte, Gedichte, Slogans, etc. standen, offensichtlich meist politischen Inhalts. Die Atmosphäre war ausgesprochen lebendig und der Lärm ohrenbetäubend. Stimmen erhoben sich im Streit oder Gelächter, Gläser klirrten, Geschirr klapperte, alle aßen, tranken und redeten mit einer Intensität, als gäbe es kein Morgen.

Zeta Yuans Ankunft wurde mit Rufen und Pfiffen begrüßt; es war offensichtlich, dass sie im Club bekannt war. Sie antwortete auf Russisch und bahnte sich ihren Weg zwischen den dicht besetzten Tischen in eine Ecke, wo Michal und seine Freunde saßen. Irene konnte kein anderes Gesicht aus der Fabergé-Werkstatt entdecken, worüber sie auch nicht traurig war.

»Guten Abend, Irene«, begrüßte Michal sie und stellte sie den anderen vor; die meisten gehörten der Genossenschaft an, für die auch Zeta arbeitete. »Setz dich«, sagte Michal. Er duzte sie einfach. »Du brauchst nicht schüchtern zu sein, das sind alles Freunde. Hast du Hunger? Natürlich hast du Hunger, also sag nicht nein. Wir sind alle hungrig und haben noch nicht gegessen, weil wir auf euch beide gewartet haben. Ich habe mir die Freiheit genommen, für dich mitzubestellen. Das Essen ist nicht so vornehm wie gestern Abend, aber ich hoffe, du wirst russischen ›Borschtsch‹ mögen, das ist eine besondere Kohlsuppe mit Fleisch und Roggenbrot; dazu gibt es Wodka.«

Irene hatte noch nie so etwas Gutes gegessen. Sie war nicht an Wodka gewöhnt, aber alle bestanden darauf, dass sie einen

Schluck der farblosen feurigen Flüssigkeit probierte; sie lachten fröhlich, als sie sich beinahe verschluckte und einen Hustenanfall bekam. Tränen rannen ihre Wangen hinunter, und es verschlug ihr den Atem. Sie machten sich gutmütig über Irene lustig. »Wodka trinkt man in kalten russischen Nächten, Irene, wenn der oder die Geliebte über das dicke Eis abhaut!«

Danach trank Irene nur wenig Alkohol und hielt sich gemäß Mr. Jarvis' weisem Rat und nach ihren eigenen Erfahrungen im Brown's Hotel lieber an Wasser. Michal legte eine kleine in Geschenkpapier verpackte Schachtel auf den Tisch. »Das ist von uns allen aus der Werkstatt in der Morskaja Straße, für unser englisches Lehrmädchen. Viel Glück für deine Zukunft.«

Irene wusste nicht, was sie sagen sollte. Sie hatte den Verdacht, dass die meisten der anderen Kunsthandwerker aus der Morskaja Straße nichts hiervon wussten, sondern dass dies Michals Art war, sich für seine frühere Feindseligkeit ihr gegenüber zu entschuldigen. Trotz allem freute sie sich über das ›Friedensangebot‹. Sie öffnete die Schachtel und nahm einen ›Schlüssel zum Leben‹ heraus, wie die anderen ihr erklärten, der in Filigranarbeit aus Silber gefertigt war. »Vielen Dank ... wessen Initialen sind das?«

Dem nachfolgenden Gelächter entnahm sie schließlich, dass ihr Lehrmeister selbst den ›Schlüssel zum Leben‹ gefertigt hatte.

Er war ihr ein absolutes Rätsel. Sie schwankte zwischen Tränen, Glück und Verlegenheit, weil er sie anscheinend genug schätzte, um für sie ein ganz spezielles Geburtstagsgeschenk zu entwerfen. »Ich dachte, Sie halten mich für eine Zeitverschwendung, Monsieur Wassilij?«, sagte sie vorwurfsvoll.

»Das tue ich auch – bis du mir das Gegenteil beweist. Aber willst du mich nicht auch duzen?«

Zeta warf ein: »Achte nicht auf ihn, Irene. Er ist ein Scheusal, wenn es um arbeitende Frauen geht. Der Schlüssel zum Leben wird dir vielleicht die Tür zum Designstudio öffnen, wo du dich nicht mehr mit ihm herumärgern musst.«

»Vielen, vielen Dank ... Michal«. Zögernd benutzte sie seinen

Vornamen. So finster er auch sonst wirkte, wenn man ihn näher kennen lernte, war er wahrscheinlich eine Seele von einem Menschen. Er konnte auch großzügig und sentimental sein, wie sie gerade festgestellt hatte.

Später am Abend gesellte sich ein Mann zu ihrer Gruppe, und plötzlich änderte sich unmerklich die bis dahin gelöste Stimmung, obwohl Irene nicht sagen konnte, woran es lag. Der Mann war großgewachsen, hatte einen dichten rotbraunen Bart und trug einen schwarzen Umhang. Er schlug Michal kameradschaftlich auf die Schulter und zog sich einen Stuhl heran.

»Oho! Die Bruderschaft der Kunsthandwerker! Freund meines Freundes Yussupow, wie geht es meinem Pazifisten Wassilij?«

Der große Mann zog seinen Umhang aus, und eine blaue ›*Bluza*‹ aus Satin, die mit Sonnenblumen aus Goldfäden bestickt war, kam zum Vorschein. Das Hemd war ein Blickfang und wurde noch betont durch die russischen ›*Pantalons*‹ aus blauem Samt. Er wirkte sehr gepflegt und duftete stark nach Eau de Cologne.

»Mir geht es gut. Und wie geht es Ihnen?« Michal griff nach der Wodkaflasche.

»Mir geht es auch gut, mein guter Wassilij. Ich komme gerade aus dem Palast, wo ich die exquisite Gesellschaft meiner süßen Alexandra Feodorowna genossen habe. Sie ist immer noch aufgeregt wegen ihres geliebten Alexej. Aber ihm geht es wieder gut; ich habe meine Kunst angewandt, und jetzt ist er wieder auf und spielt fröhlich mit seinen Schwestern.«

Der eindrucksvolle Fremde schaute der Reihe nach alle an, die um den Tisch saßen, und starrte dann Irene an, die als Einzige neu in dieser Runde war. Er hatte tiefliegende, durchdringend blaue Augen und breite Wangenknochen und war etwas hohlwangig. Sein Mund war gut geschnitten und sinnlich. Ein faszinierendes Gesicht. Niemand am Tisch konnte sich seiner Ausstrahlung entziehen. Irene fühlte sich gleichzeitig abgestoßen und angezogen. Er kitzelte sich mit seiner riesigen Hand unter dem Kinn und lachte dröhnend. »Schauen Sie nicht so entsetzt, *moj malenka.*«

Er stieß Michal den Ellenbogen zwischen die Rippen. »Wer ist sie?«

»Eine Engländerin. Mein Lehrmädchen.«

»*Ihr* Lehrmädchen! Das ist lustig, Wassilij. Sie ist ganz reizend.« Er schloss die Augen und trommelte mit seinen wohlmanikürten und polierten Fingernägeln einen Wirbel auf den Tisch. »Mhm ... eine Engländerin ... eines Tages wird sie eine berühmte Schmuckdesignerin sein. Vielleicht wird sie sogar Sie überflügeln, Michal Wassilij ... ich glaube ... ja, ich glaube, ihr Name ist Irene ... Irene Druce. Ja, sie ist Irene Druce aus Kent in England. Irene Druce, die heute Geburtstag hat ...« Er spreizte die Hände und hob sie Richtung Decke, als würde er eine Segnung erbitten oder einen Fluch beschwören ... »Irene Druce, die – inspiriert durch einen englischen Garten – ein Hopfenzapfen-Osterei entworfen hat.«

Irene starrte ihn an. Sie war entsetzt. Sie war gebannt. Schließlich fand sie ihre Stimme wieder. »Wie kommt es, dass Sie so viel über mich wissen, Monsieur?«

»Wie das kommt?« Mit dröhnendem Gelächter trank er den Rest des Wodkas direkt aus Michal Wassilijs Flasche. Mit der Hand wischte er sich den Mund ab und sah sie unter seinen buschigen rotbraunen Augenbrauen hervor an. »Sie kleines Mädchen wagen es, den großen Grigorij Jefimowitsch Rasputin zu fragen, woher er diese Dinge weiß? Sie nennen mich den liederlichen Sohn eines sibirischen Bauern! Mich, der ich eine Vision der Heiligen Jungfrau von Kazan hatte! Mich, der ich der Einzige auf der ganzen Welt bin, der den bluterkranken Sohn der Zarin heilen konnte, als alle Ärzte schon versagt hatten. Ich, der ich der Hohepriester des Himmels bin!« Er schlug mit der Faust auf den Tisch, sodass die Flaschen und Gläser in die Höhe hüpften. »Alle diese kleinen Leute erzittern vor mir. Himmel, Sie fragen, woher ich das alles über Sie weiß, Miss Irene Druce aus England ... Sie wagen es, mich das zu fragen, mich, den Seelenverwandten der lieblichsten Person in ganz Russland, von Alexandra Feodorowna selbst, die niemals die Frage ›warum‹ stellt, sondern demütig akzeptiert, dass ich, Grigorij Rasputin, großartiger bin als jeder heilige Mönch Russlands! Frage mich nichts, kleines englisches Mädchen, sonst werde ich böse.« Seine Augen weiteten sich, seine Macht schien in sie einzudringen und in ihr Herz und ihre Seele zu sehen.

»Oh ... es tut mir leid, so leid ...«, stammelte Irene, die die Augen nicht von ihm lösen konnte. Es war, als hätte er sie hypnotisiert und mit einem Bann belegt, den sie nicht brechen konnte. »Bitte ... vergessen Sie meine Fragen, Monsieur Rasputin. Ich erkenne Ihre ... übernatürlichen Kräfte an.«

Er warf den Kopf zurück und brach in brüllendes Gelächter aus, sodass jeder in der Nähe aufblickte und ihn stumm anstarrte. Dann streckte er seine riesige Hand aus und hob mit dem Finger Irenes Kinn. »Hübsches Mädchen ... Oh, duftende Kreatur, so rein, so lieblich, so unschuldig. Ich könnte ihr ins Ohr flüstern, dass sie genauso dumm wie die Zarin ist. Irina ... ein Name, den ich mit einer schrecklichen Erinnerung verbinde, denn es war eine Irina, die mich grausam benutzte und mir meine Unschuld nahm, als ich gerade mal vierzehn Jahre alt war. Woher ich einiges über Sie weiß, meine süße englische Irene ...? Ich weiß diese Dinge, weil ich gestern Abend in der Oper mit Madame Barbara Belsh gesprochen habe, die mir alles über Sie erzählt hat – mein *Fabergé-Juwel*!« Er küsste sie mitten auf den Mund, und es war, als hätte sie einen Stromschlag bekommen.

Und während die Kunsthandwerker am Tisch in nervöses Gelächter ausbrachen, bestellte Grigorij Rasputin mehr Wodka für alle.

Irene war den Tränen nahe. »Ist das das Russland, das ich kennen lernen sollte?«, flüsterte sie Michal Wassilij wütend zu und wühlte in ihrer Tasche nach einem Taschentuch.

»Ja«, antwortete er tonlos.

»Bring mich bitte nach Hause ...«

»Nach Hause?« Rasputin ergriff ihre Hand und hielt sie zurück. »Njet! Ich möchte Ihnen ein Geburtstagsgeschenk geben,

Sie süßes Wesen. Haben Sie keine Angst vor mir. Ich will Ihnen kein Leid zufügen.«

»Bitte?«

»Kommen Sie mit mir. Nur wir beide alleine. Ich werde Ihnen Dinge in dieser Stadt zeigen, von denen diese *Bauern* keine Ahnung haben.« Mit dem ausgestreckten Arm deutete er auf ihren Tisch. »Sie sind Kunsthandwerker-Bauern, alle. Stellen Sie sich nicht auf eine Stufe mit Bauern, Irene. Sie sind zu intelligent für sie, zu liebenswert und zu talentiert. Ich werde Sie Königen und Prinzen vorstellen ...«

»Oder vielleicht dem *Khlisti*, was, Grischa?«, warf Zeta ein und griff nach ihrer Zigarilloschachtel.

Grigorij Rasputin nahm ein Streichholz zur Hand, strich es an, lehnte sich über den Tisch und hielt es vor Zetas Gesicht. Sein sinnlicher Mund verzog sich zu einem verführerischen Lächeln, und er sagte leise: »*Astrozhna*!« Langsam nahm er ihr den Zigarillo aus dem Mund und zerquetschte ihn zusammen mit dem brennenden Streichholz in seiner Faust. »Pass auf, was du sagst, meine Kleine, denn ich kann dich auslöschen wie diese Flamme hier. Ich habe dich aus der Gosse aufgelesen, oder, um präzise zu sein, aus dem Newskij Prospekt, meine kleine fremde *Prostituka*, und ich habe dich zu dem gemacht, was du heute bist. Beiße nie in die Hand, die dich füttert.« Er richtete sich wieder auf, lachte und schlug Michal Wassilij auf die Schulter. »Was sagen Sie dazu, Wassilij? Leihen Sie mir ihr Lehrmädchen für den Rest des Abends. Ich werde ihr alle Formen der Kunst auf der Welt zeigen. Soll ich diese kleine Jungfrau, *Ihr* Lehrmädchen, nicht in den *Club Nepenthes* mitnehmen?«

»Club Nepenthes?«, fragte Irene.

»Dort gibt es Juwelen in Hülle und Fülle, meine englische Dame«, erwiderte Rasputin und sah sie über seine Flasche hinweg an.

Jemand am Tisch kicherte nervös.

»Er ist wieder betrunken«, flüsterte jemand anderes.

Michal Wassilij sagte: »Es ist Zeit für uns zu gehen. Komm, zieh deinen Mantel an, Irene.«

»Oh, es ist Zeit für Irene, nach Hause zu gehen!«, äffte Grigorij Rasputin Irenes Lehrmeister nach. »Komm, zieh deinen Mantel an, Irene. Schade. Vielleicht ein anderes Mal. Gute Nacht, oh du jungfräuliche Göttin.« Rasputin stand auf und verbeugte sich. »Fragen Sie Ihren Lehrmeister, warum er nicht möchte, dass ich Sie in das Etablissement mitnehme, wo die Mädchen alle nackt sind und alles für einen Mann, eine Frau und auch für ein Tier tun würden, vorausgesetzt, der Preis stimmt. Fragen Sie ihn. Fragen Sie Zeta!« Er sah Michal Wassilij an. »*Njet*, Michal Wassilij? Aber Sie werden es Ihnen nicht erzählen, also werde ich es tun.«

Rasputin zog Irene wieder neben sich. »Setzen Sie sich, ich weiß, ich habe wieder mehr getrunken, als gut für mich ist. Deshalb mache ich dumme Sachen. Aber es macht mir Spaß, diese engstirnigen Leute, die von nichts eine Ahnung haben, zu schockieren! Am wenigsten Ahnung haben sie von der Sünde. Hören Sie mir zu, vertrauen Sie mir, denn ich möchte nicht, dass Sie von den Leuten an diesem Tisch zerstört werden. Diese Idioten verstehen nicht, dass ihr Marxismus, ihr Leninismus und ihre sowjetischen Kommunen keine Erlösung bedeuten. Sie werden Russland zerstören, nicht wahr, Michal Wassilij, der Sie auch ein Purist sind wie ich?«

»Ich halte mich da raus, *Otjets* Grigorij«, antwortete Michal.

»Oh! Sie sind ein bäuerlicher Feigling wie ich selbst, deshalb kann ich Ihnen nicht böse sein, Wassilij, Sie sind mir zu ähnlich, *njet*?«

»Hoffentlich nicht!«, murmelte jemand am Tisch.

Rasputin ignorierte die Unterbrechung. »Worin liegt der Sinn der Erlösung, wenn man nicht gesündigt hat? Ich habe gesündigt, oh, sehr sogar, aber ich habe auch bereut. Ich weiß, dass der Weg zur Erlösung über die Sünde führt. Geschlechtsverkehr ist Sünde, nicht wahr? Aber ohne Geschlechtsverkehr wäre die Welt öde und trostlos. Russland ohne den Zaren wäre ebenfalls ein öder und trostloser Ort – das versuche ich Ihnen beizubringen, Irene Druce aus England, deren Eltern sie nicht in diese verdorbene und sündhafte Stadt hätten schicken sollen. Ja, die verdorbenste Stadt auf der Welt, und deshalb kommen ganze Bootsladungen hierher, um die Freuden unserer sündhaften Stadt zu kosten!«

Irene konnte es kaum erwarten, den Club zu verlassen. Das Wasser des Flusses Moika glitzerte ölig, wie graublaue Seide. Hoch über ihnen ging die dünne russische Mondsichel gemeinsam mit dem Stern Jupiter auf. Irene erschauderte trotz der beinahe taghellen Petersburger Juninacht. »Was für ein ...« Sie wollte eigentlich das Wort ›schrecklich‹ benutzen, aber Rasputin war nicht schrecklich, sondern nur erschreckend, einschüchternd, faszinierend. Stattdessen sagte sie: »Was für ein seltsamer Mann. Ist er dein *Freund*?«

»Freund? Vielleicht wäre Lehrer das bessere Wort. Manchmal sagt er sinnvolle Dinge, manchmal stößt er mich ab.«

»Was heißt das Wort *Khlisti*, das Zeta zu ihm gesagt hat?«

»Wir reden ein anderes Mal darüber.« Michal blieb stehen, um sich eine Zigarette anzuzünden. »Denn bislang kennen wir beide uns noch nicht genug, um uns durch solch ein Gespräch nicht in Verlegenheit zu stürzen.« Er schob sein Feuerzeug in die Jackentasche und lächelte sie durch den blauen Dunst des Zigarettenrauches an. »*Das* ist Russland, Irene! St. Petersburg, die dekadente Stadt des Nordens. Er hat Recht, deine Eltern hätten dich nicht herschicken sollen.«

»Ich habe keinen Vater mehr, und es war nicht meine Mutter, sondern meine Gönnerin. Und wenn ich gewusst hätte, dass du diesen ... diesen Mann eingeladen hast, wäre ich heute Abend nicht mitgekommen.«

»Ich habe ihn nicht eingeladen. Niemand lädt Rasputin ein, er lädt sich selbst ein.«

»Was ist er? Wer ist er?«

»Der mächtigste Mann in Russland.«

Michal Wassilij begleitete sie bis zur Haustür der Morskaja Straße Nr. 24. »Gute Nacht. Es tut mir leid, dass er dir den Abend verdorben hat. Es lag nicht in meiner Absicht.«

Er schlug den Kragen seiner Jacke hoch, steckte die Hände in die Taschen und verschwand in Richtung Newskij Prospekt.

Irene läutete am Lieferanteneingang, und der Nachtwächter ließ sie ein. Keine weiteren Geburtstagfeiern mehr für mich! sagte sie sich, während sie die Treppen zu ihrem Zimmer hinaufstieg. Das Vergnügen des Abends war beeinträchtigt worden durch den Mann, den sie Grigorij Jefimowitsch Rasputin nannten. Aber trotz allem hatte sie sich auf unwiderstehliche Art und Weise zu ihm hingezogen gefühlt.

22. Kapitel

Irenes Arbeitsleben neben Michal Wassilij erfuhr eine Änderung nach dem Abend mit ›Rasputin‹. Michal entschuldigte sich am Montagmorgen, als sie ihr Arbeitsverhältnis wieder aufnahmen, ein weiteres Mal. Er sprach Englisch, wie er das oft tat, wenn er nicht wollte, dass die anderen Kunsthandwerker zuhörten. »Ich muss mich entschuldigen für das, was passiert ist am Freitagabend mit Rasputin. Ich hatte keine Ahnung, dass er uns würde belästigen.«

»Du kannst nichts dafür.«

»Doch, ich konnte sehr viel dafür.«

»Inwiefern?«

Er zuckte die Schultern. »Ich werde es dir erzählen ein anderes Mal. Jetzt wir müssen arbeiten. Vielleicht kannst du dich heute vertraut machen mit Methoden des Goldpolierens. In der Bibliothek es gibt ein sehr gutes Buch dazu.«

Irenes Augen leuchteten auf; endlich ein wichtiger Schritt vorwärts! Stellte das eine Wiedergutmachung für letzten Freitagabend dar? Irene war sich nicht sicher. Sie zog los, um das Buch zu suchen.

Nachmittags sagte Michal auf einmal: »Was tust du in deiner Freizeit?«

»Freizeit?« Sie warf ihm einen fragenden Blick zu, während er die letzten Feinarbeiten an der Bonbonniere für Prinzessin Zénaide, ein Geschenk ihres Mannes Prinz Felix Senior, durchführte.

Es war ein wunderschönes Stück. Irene hatte seine Entstehung in den vergangenen beiden Monaten aufmerksam verfolgt, wobei sie gar nicht gemerkt hatte, wie viel sie durch bloßes Zusehen gelernt hatte.

»Samstagnachmittag?«, fragte er.

»Ich lerne und arbeite.«

»Die ganze Zeit?«

»Ja. Die ganze Zeit.«

»Gut für dich. Aber ich denke manchmal, dass zu viel Arbeit und kein Spaß die Sinne stumpf werden lassen.«

»Wenn du einen weiteren Abend wie vergangenen Freitag in Erwägung ziehst, dann vergiss es. Ich will damit nicht sagen, dass es mir nicht gefallen hat. Aber Vater Rasputin ist kein Mann, dessen Gesellschaft ich suche, weil ich mich in seiner Gegenwart einfach nicht wohl fühlen kann. Es ist, als könne er meine Gedanken lesen und in mich hineinsehen, und dieses Gefühl mag ich überhaupt nicht. Aber ich kann jetzt verstehen, warum der Zar und die Zarin von Russland ihm so viel Vertrauen schenken.«

»Ich bin froh, dass du jetzt Bescheid weißt über diese Sache. Aber ich bin überrascht, wie du erfahren hast diese Sachen mit Rasputin und Russland seit letzten Freitag.«

»Ich habe mich entschlossen, die russischen Zeitungen zu lesen. Sie berichten ausgiebig über seinen Einfluss auf die Romanows. Ich habe die ganze Wochenendzeitung gelesen – einschließlich der Nachrichten über einen drohenden Kriegsausbruch zwischen England und Deutschland.«

»Gut – ich meine nicht, dass es geben Krieg könnte, sondern dass du dich hast informiert über Rasputin und Russland. Du musst sehr intelligent sein, weil du so schnell verstanden hast. Bitte erzähl mir, was für andere Dinge du liest in deiner Freizeit.«

»All das, was du mir zum Lernen gegeben hast.« Irene erwähnte nicht, dass sie dabei war, eine weitere Mappe mit neuen Entwürfen zu erstellen. Er würde das wahrscheinlich für verfrüht halten.

»Du gehst niemals Einkäufe machen und bummeln?«

»Einkaufen?«

»Ja, im Newskij Prospekt?«

Sie musste lachen. »Ich habe kein Geld, um in der Prachtstraße Newskij Prospekt einkaufen zu gehen, Monsieur Wassilij!«

»Kein Geld?«

»Sieh mich nicht so erstaunt an. Ich bin nicht reich.«

»Alle Engländerinnen, die nach Russland kommen, sind reich.«

»Diese hier nicht. Ich bin arm. Ich bin ausschließlich hier, um Schmuckdesign zu lernen und werde von einer Russin, die jetzt in England lebt, finanziell unterstützt. Wenn ich mich hier nicht behaupten kann, werde ich wieder nach Hause geschickt. Um in einem Kurzwarenladen zu arbeiten.«

»Das wäre eine schreckliche Schande und eine Vergeudung deines Talents – arbeiten in einem Kurzwarenladen, ich meine.«

»Warum willst du wissen, ob ich schon mal im Newskij Prospekt einkaufen gehe?«

»Wir könnten uns manchmal treffen, außerhalb der Arbeitszeit ... warum starrst du mich an mit weit offenem Mund?«

»Ich – ich ... versuchst du ...?«

»Ja!«, antwortete er dreist, und musterte sie auf eine Art und Weise, die die Absicht hinter seiner Einladung deutlich machte.

Sie verstand langsam, warum sie das Gefühl gehabt hatte, dass die beiden, Rasputin und Michal, einiges gemeinsam hatten. Auch Michal besaß eine außergewöhnliche Ausstrahlung. Diese Entdeckung verblüffte sie, und sie war geneigt, ihre Meinung über ihren Lehrmeister zu ändern. »Aber ich dachte ...?«

»Was du hast gedacht?«

»Zeta und du.«

»Was ist mit Zeta und mir?«

»Nichts.«

»Ich frage dich nicht, ob wir uns treffen können außerhalb der Werkstatt, weil ich will ... ich will ...« Er suchte nach dem passenden englischen Wort. »*Sohbianhnjaht* ... nicht, weil ich dich will verführen, Miss Druce, sondern weil ich spazieren gehen will mit dir am Fluss Newa.«

Oh! dachte Irene, was kommt jetzt? Wassilij war ein Mann, zu dem sie unter anderen Umständen gerne Ja gesagt hätte. Am besten ging sie der Sache direkt auf den Grund. »Machst du mir jetzt auf sehr versteckte Art und Weise einen unsittlichen Antrag?«

Eine langwierige Erklärung seiner Motive in englischer Sprache war ihm zu umständlich und zu kompliziert, weshalb er ins Russische wechselte und hoffte, dass Irene den Kern seiner Absichten verstehen würde. »Ja, sehr versteckt! Ich würde dir gerne die Inseln zeigen, damit du die einzigartige Landschaft und die Farben des Newa-Deltas erleben kannst – was dir viel für deine Entwürfe bringen würde. Ich würde dir gerne die Sommergärten und Paläste des imperialistischen Russland zeigen, die Smolnij genannt werden. Und die üppige und fantastische Architektur wichtiger historischer Zeiten, die von dem großartigen russischen Architekten Iwan Stawrow perfekt ausgeführt wurde. Ich würde dir gerne den Taurischen Palast zeigen, wo der Militär Potemkin, der Liebhaber von Katharina der Großen, einst einen Ball für seine kaiserliche Geliebte gab und den Hafen mit hundertvierzigtausend Lampen und zwanzigtausend Kerzen beleuchten ließ und dreitausend Gäste und dreihundert Musiker einlud. Ich würde dir gerne von dem verrückten Zar Paul, Katharinas Sohn, erzählen, der seine Mutter so sehr hasste, dass er den Taurischen Palast in Stallungen umwandeln ließ. Die *Duma*, das Parlament des heutigen zaristischen Russland, hat ihren Sitz in den ehemaligen Stallungen. Ich möchte, dass du dich von diesen Erfahrungen inspirieren lässt. Ein Künstler muss sich auch der Vergangenheit bewusst sein, und er muss lernen, wie die Vergangenheit die Zukunft beeinflussen kann. Bring deinen Skizzenblock mit.«

Nachdem er sie so in ihre Schranken verwiesen hatte, versuchte sie vergeblich, etwas zu begreifen, was er ihr zu vermitteln versuchte. Es gelang ihr zum jetzigen Zeitpunkt jedoch nicht. »Bist du ein Künstler oder ein Historiker, Michal Wassilij?«

»Ich bin ein Kunsthandwerker, Irene Druce. Ich glaube, dass du von den Erfahrungen, die ich dir eben beschrieben habe, profitieren wirst. Ich glaube, dass du danach eine bessere Kunsthandwerkerin sein wirst.«

Michal Wassilijs Lehrmethoden waren ausgesprochen unkonventionell, aber Irene nahm die Herausforderung an. Sie hatte kein schlechtes Gewissen, ihn heimlich zu treffen. Es handelte sich schließlich um ihre Freizeit.

Sie verbrachten ab nun viele Samstagnachmittage damit, russische Kunst und Architektur zu erkunden. Als sie eines Samstagnachmittags auf einer Bank im Park saßen und zusahen, wie die Sonne ein strahlendes diamantenähnliches Band über das glitzernde Wasser der Ostsee warf, sagte Michal: »Siehst du, es ist wie ein englisches Gemälde mit Wasserfarben oder eine Darstellung eines französischen Impressionisten von Licht und Schatten. Zart, zerbrechlich, so flüchtig und vergänglich wie das Leben eines Schmetterlings; das Licht der Sonne über dem Meer *heute* Nachmittag ist einmalig und wird *morgen* Nachmittag wieder anders aussehen. Deine Entwürfe müssen deine Persönlichkeit widerspiegeln, sie müssen für das stehen, was *du* siehst, was *du* fühlst, damit sie dem Besitzer in Erinnerung bleiben, auch wenn es dich schon lange nicht mehr gibt, wenn es nur noch zwei Initialen auf deiner Kreation gibt.«

Ihr Lehrmeister nahm sie mehr gefangen als irgendein anderer Mann, mehr als Sam, mehr als Randolph.

Sie war dabei, sich in ihn zu verlieben.

Sie stand der Macht ihrer Gefühle für ihn, die nach und nach immer stärker wurden, hilflos gegenüber. In ihrer beider Interesse durfte er nichts von ihren Gefühlen merken.

Das Einzige, was sie tun konnte, war hart zu arbeiten, um sich sein Lob zu erkämpfen.

An einem Sonntagnachmittag Ende Juni wurde Erzherzog Ferdinand, Thronfolger des Hauses Habsburg, in Sarajewo ermordet. Er und seine Frau waren gerade aus einer Kirche gekommen, als man sie beide erschoss.

Der Rest jenes Sonntags in der Morskaja Straße verlief düster und traurig, weil der Meister, Madame Augusta, Eugène und alle Dienstboten mit langen Gesichtern herumliefen. Irene hatte keine Ahnung, warum sie alle so geschockt auf die Nachricht reagierten. Sicher, es war sehr schlimm, kaltblütiger Mord war immer schlimm – aber warum sollte der Tod eines Erzherzogs Hunderte von Kilometern entfernt Folgen für sie alle haben?

Am nächsten Morgen in der Werkstatt sagte Michal leise auf Englisch zu ihr: »Du hast die schlimme Neuigkeit wahrscheinlich schon gehört?«

»Ja, gestern. Alle sind mit Gesichtern wie sieben Tage Regenwetter herumgelaufen. Aber warum sollte die Ermordung von Thonfolger Ferdinand irgendwelche Folgen für die Russen haben?«

»Ich habe nicht gemeint den Erzherzog. Ich meine Otjets Grigorij.«

»Otjets Grigorij?«

»Pst!« Er warf einen Blick über die Schulter, aber niemand hörte ihnen zu. »Er ist auch gestern Opfer eines Mordkomplotts geworden. Es geht ihm sehr schlecht, und man glaubt, dass er sterben wird sehr bald.«

Irene war entsetzt. »Was? Wer hat das getan? Wo?«

»In Sibirien – in seinem Heimatdorf. Er wollte einen kleinen Urlaub dort machen. Als die Zarin erfahren hat von der Ermordung dieses Erzherzogs, sie wollte zurückrufen Rasputin nach St. Petersburg. Er kam gerade aus dem Postgebäude, nachdem er eine Antwort geschickt hatte an die Zarin, als sich auf ihn eine verrückte Zigeunerin stürzte, die ihn fast erstochen hat.«

»Oh nein!«, stöhnte Irene voller Grauen. »Warum habe ich nichts davon in der nicht Zeitung gelesen?«

»Die Zarin, sie will nicht, dass die Presse schreibt darüber – wegen ihres Sohns Alexej, der sehr liebt Otjets Grigorij, der ihm gerettet hat viele Male das Leben. Aber es ist doch seltsam, dass das passiert ist am selben Tag wie mit österreichischem Thronfolger, nicht wahr?«

»Es ist entsetzlich!«

»Ich glaube, wir sollten nicht weiter reden darüber, aber ich werde warten auf dich nächsten Samstag am Parktor, *da*?«

»Oh, ja!«, antwortete sie viel zu eifrig.

In der folgenden Woche erfuhren alle von dem Anschlag auf Vater Grigorij Rasputins Leben. Er schwebte immer noch zwischen Leben und Tod; er befand sich in einem Krankenhaus, in das man ihn gebracht hatte, nachdem eine Notoperation in seinem Heimatort Pokrovskoje durchgeführt worden war. Er hatte so viel Blut verloren, dass es an ein Wunder grenzte, dass der Wanderprophet nicht gestorben war. Nur seine hervorragende physische Konstitution hielt ihn am Leben.

Aber obwohl Irene immer noch besorgt war, weil Rasputin so schwer verletzt worden war, war die zurzeit wichtigste Frage für sie, wie sie Michal so oft wie möglich treffen konnte.

Sie fertigten gemeinsam Zeichnungen an und machten Skizzen von den Dingen, die ihnen ins Auge fielen: eine Stuckverzierung, eine Kunstschmiedearbeit, die ungewöhnliche Fassade eines Gebäudes; und sie skizzierte Pastellzeichnungen, um die Ideen, Farben und Muster, die ihr Künstlerauge entdeckte, für ihre Entwürfe festzuhalten. Außerdem redeten sie und Michal Wassilij, sie redeten und redeten, mal in russischer, mal in englischer Sprache.

»Erzähl mir von deinem Zuhause«, forderte er sie eines Tages auf.

»Ich wurde in London East End geboren und bin auch dort aufgewachsen. East End ist ein Arbeiterviertel, wovon du sicherlich nichts verstehst ...«

»Warum sollte ich nichts über ein ›Arbeiterviertel‹ wissen?«

»Oh«, sie zuckte die Schultern, »weil ich nicht glaube, dass du aus ähnlichen sozialen Verhältnissen stammst. Mein Vater war Dockarbeiter ...«

»Aber das ist doch ein guter und einträglicher Beruf für einen Mann!«

»Nein, nicht *Doktor*! Dockarbeiter oder auch Hafenarbeiter!« Sie lachte über ihr Missverständnis.

Aber es war erstaunlich, wie gut zwei Menschen aus unterschiedlichen Kulturen mit unterschiedlichen Sprachen sich unterhalten konnten, wenn der *Wille* da war! Sie versuchte, ihn auf dieselbe Weise zu erreichen, wie er versuchte, sie zu erreichen: nicht nur durch die Sprache, sondern auch auf sozialer und emotionaler Ebene. »Ein Dockarbeiter – ein Arbeiter im Londoner Hafen, der schwer körperlich arbeitet. Mein Vater starb vor über drei Jahren kurz nach Weihnachten an einem Herzinfarkt, als er gerade Zement ablud.«

»Es tut mir so leid.«

»Danke ... es war für mich sehr schmerzvoll und ist es immer noch, wenn ich an meinen armen Papa denke. Meine Mutter – sie ist übrigens wundervoll – sagte mir, dass das Leben weitergeht und dass man nicht für die Vergangenheit leben kann. Deshalb bin ich hier und rede mit dir. Papa konnte es sich nicht leisten, mich auf eine Designerschule zu schicken, obwohl er und Mama es gerne getan hätten. Wir sind zu zehnt, neun Kinder und meine Mutter. Meine Brüder sind ebenfalls Hafenarbeiter. Sie helfen alle zusammen, um meine Mutter und meine jüngeren Geschwister zu unterstützen. Sie erwarten viel von mir. Ich bin nicht sicher, ob ich ihnen je alles zurückgeben kann. Du hast Glück, dass du ein Mann bist und dich nicht ständig vor anderen beweisen musst, wie eine Frau das muss.«

Das schien ihn zu amüsieren. Dann erzählte er ihr: »Die Mitglieder meiner Familie befanden sich über mehrere Generationen hinweg als Leibeigene im ›Besitz‹ der Familie Yussupow, genauso wie die Yussupows zwölf Paläste besaßen. Oh, sie sind so reich und haben so viel Landbesitz, sie sind viel reicher als der Zar; es ist beinahe unanständig angesichts so viel Armut und Hunger in Russland.«

»Warum fügst du dich dann ihren Launen?«

»Aus demselben Grund, aus dem du es auch willst. Um etwas auf die Beine zu stellen, weil ich ein Talent besitze, das man nicht mit Geld kaufen kann, dessen Produkte aber nur mit Geld gekauft werden können.«

Darauf fiel ihr keine Antwort ein. »Wie haben die Yussupows ihren unglaublichen Reichtum erlangt?«

»Durch sorgfältige Heiratsstrategien, die schließlich für eine Verwandtschaft zwischen den neuen Yussupows und den Romanows sorgten. Durch schlaues und vorsichtiges Verhalten im Geschäftsleben. Seit Generationen gehörte der Familie Land am Kaspischen Meer, das jeder für nutzlos hielt, bis sich schließlich herausstellte, dass der nutzlose Kaspische Schlamm Öl war. Und jetzt wird jede Menge Öl für die Automobile benötigt.«

»Sprich nicht weiter!«, warf Irene ein. Glück hatte die seltsame Angewohnheit, keinerlei rationalen Erklärungen zu folgen. Manche hatten es, andere nicht.

»Irgendwann einmal werden wir einen Ausflug zu dem Dorf Archangelskoe in der Nähe von Moskau machen – einst Puschkins bevorzugter Zufluchtsort. Der Palast von Archangelskoe ist ein weiterer von Prinz Yussupows ›Datschas‹. Gemessen an unseren Standards handelt es sich um eine sehr große Datscha.«

»Erzähl mir von *deinen* Eltern und Geschwistern.« Endlich hatte Irene einen Aufhänger gefunden, damit er von sich selbst und nicht nur von der Familie Yussupow sprach.

»Meine Eltern waren wie gesagt auf gewisse Art und Weise noch Leibeigene. Sie bearbeiteten das Land in Archangelskoe, das Prinz Yussupow Senior gehörte. Sie leben heute in einer kleinen Datscha in Archangelskoe, die ihnen von Prinz Yussupow für erbrachte Dienste zur Verfügung gestellt wurde. Sie sind beide sehr alt – sie waren schon alt, als ich geboren wurde. Meine Mutter hatte Schwierigkeiten, Kinder zu bekommen, und ich war ihr einziges Kind. Sie überschütteten mich mit ihrer Liebe, weil sie mir sonst nichts geben konnten. Es ist das Beste, was einem Kind passieren kann. Aber es dauerte lange, bis ich es zu schätzen lernte, weil ich neidisch auf die viel Wohlhabenderen war, die so nahe lebten. Als ich noch sehr jung war, fertigte ich Zeichnungen und Bilder von allem an, das ich in Archangelskoe sah und fühlte.«

»Oh, ich habe genau das Gleiche getan! Auf dem Gut Hopeworthy in Kent. Dort habe ich meine Ideen für meine Kollektion ›Glitzern im Mondlicht‹ gewonnen«, erzählte Irene eifrig.

Er lächelte über ihre Begeisterung. Sein feindseliges und arrogantes Gebaren war verschwunden und wurde durch etwas ersetzt, das sie als unendlich anspornend und gleichzeitig sanft empfand. Seine dunklen Augen schauten sie anders an. Sie betrachtete sich gegenseitig nicht mehr als Lehrer und Schüler, sondern als zwei kreative Persönlichkeiten, die zufällig unterschiedlichen Geschlechts waren.

»Dann weißt du ja, was ich meine. Der Anblick der wundervollen Dinge im Palast gab meiner Fantasie neue Nahrung und erschuf brillante Ideen. Schon als ich ein kleiner Junge war, wollte ich Goldschmied und Schmuckdesigner werden, besser als alle anderen. Besser als Wigström, Holström oder Fabergé. Prinz Yussupow – der ältere Felix, denn es gibt zwei, Vater und Sohn – wurde *mein* Förderer. Seine ›kreative Förderung‹, wie wir das hier in Russland nennen, hat es mir ermöglicht, eine Designerschule zu besuchen und dann zu Wigströms zu gehen. Ich denke, es ist keine Schande, solche Förderung anzunehmen. Ohne die Familie Yussupow wäre ich nicht dort, wo ich heute bin. Siehst du, Miss Irene Druce aus England, wir beide haben viel gemeinsam.«

An einem warmen Nachmittag Ende Juli wartete Michal wie üblich im Park auf sie. Sie setzte sich neben ihn auf die Parkbank und überreichte ihm ihre fertig gestellte Mappe neuer Schmuckentwürfe.

»Was ist das?«

»Die Arbeit, mit der ich mich in meiner Freizeit beschäftige.«

Er öffnete die Mappe und sah sich ihre Entwürfe für die neue Kollektion ›Glitzern im Mondlicht‹ sehr lange und sehr genau an. Danach schloss er die Mappe ohne jeden Kommentar und stand auf.

Irene, die noch auf der Bank saß, sah zu ihm auf. Die Zurückweisung ihrer Arbeit verletzte sie zutiefst. Sie fragte: »Die Zeichnungen gefallen dir nicht?«

»Ich liebe sie. Ich halte sie für brillant. Aber ich habe plötzlich das traurige Gefühl, dass du die Arbeiten nicht in Russland wirst fertig stellen können. Ich will dir sagen, falls du heute noch keine Gelegenheit hattest, die Zeitung zu lesen, dass Deutschland Russland den Krieg erklärt hat.«

Vier Tage später, am 14. August, dreizehn Tage früher gemäß dem russischen Kalender, erklärte Großbritannien Deutschland und am zwölften August Österreich-Ungarn den Krieg.

Irene schrieb sofort einen Brief nach Hause. Das Geschenk der Chechenskijs, Briefpapier und Füllfederhalter, hatte sich schon als sehr nützlich erwiesen. Irene fragte ihre Mutter, ob sie wegen des Kriegsausbruches nach Hause zurückkehren sollte. Ihr Brief musste sich mit dem Brief ihrer Schwester Doreen überschnitten haben, denn drei Wochen später erhielt sie Post von Doreen. Da Doreen besser als ihre Mutter und ihre Brüder schreiben konnte, übernahm sie meistens diese Aufgabe:

›*Liebe Irene! Sicherlich hast du inzwischen schon vom Kriegsausbruch gehört, aber Mama wollte, dass ich dir sage, du brauchst dir keine Sorgen zu machen. Alle sagen, dass der Krieg an Weihnachten beendet sein wird und dass der Kaiser das Feld räumen muss. Obwohl es zurzeit keine Pflicht ist, Soldat zu werden, absolvieren Charlie und Don eine Grundausbildung. Für sie ist es eine gute Chance, eine Weile rauszukommen und etwas von der Welt zu sehen, und sie bekommen sogar noch einen Schilling pro Tag dafür! Ich glaube, sie halten es für einen Spaß, sich beim Militär zu melden. Sie trainieren in der Turnhalle zusammen mit Lou und Stevie und Tante Marthas Söhnen und Dot Fennels Söhnen Billy und Bert – der nicht mehr im Gefängnis ist. Demnächst werden sie in ein richtiges Übungslager wechseln, wenn der Krieg bis dahin nicht schon vorbei ist. Ich hoffe, dir geht es gut in Russland. Schreibe bald. Viele liebe Grüße von uns allen aus der Waterloo Road. P.S. Sie – d.h. die Leute auf dem Markt – sprechen immer noch von dir, und Tante Martha erzählt ihnen immer alle Neuigkeiten. Miss Lily hat sich ebenfalls erkundigt, wie es dir geht, und sie sagt, dass du jederzeit bei ihr im Kurzwarenladen anfangen kannst, falls du dir das mit den ›Ausländern‹ anders überlegen solltest. Alle glauben, dass du eine große und reiche Lady bist, weil du Fabergé-Schmuck entwirfst! Das glauben auch Mama und wir anderen alle. Alles Liebe, Doreen. P.S.2: Ken ist nun schon ein großer Junge und sieht genauso aus wie Don. Er sendet dir ein klebriges Küsschen! Nochmals alles Liebe, Doreen!‹*

Im November erhielt Irene einen weiteren Brief von ihrer Schwester, in dem Folgendes stand:

›Liebe Irene, Mama sagt, du brauchst nicht nach Hause zu kommen. Es gibt nichts Neues. Wenn du den Jungen schreiben willst, erreichst du sie unter folgender Adresse: c/o Steppney and Poplar 17th Rifle Battalion, London Divisions. Zurzeit befinden sie sich in einem Trainingscamp unten im Süden mit Lou und Stevie und den anderen aus der Waterloo Road. Ich hoffe, dir geht es gut. Mama sagt vielen Dank für deinen Brief, und du sollst an dich und deine Arbeit denken, nicht an uns. Ich muss deine Briefe und die von Charlie und Don immer freitags abends allen vorlesen, die vorbeikommen und wissen wollen, was für Neuigkeiten es gibt.

Mama sammelt deine russischen Briefmarken. Es gab seit langem nicht mehr so viele Neuigkeiten bei uns wie im Moment. Dots Söhne können nicht schreiben, und Tante Marthas Söhne machen sich nicht die Mühe, sodass wir nur Nachrichten von unseren Brüdern bekommen; Don schreibt allerdings besser als Charlie. Liebe Grüße, Doreen‹.

Doreens fröhlicher Brief beruhigte Irene, sodass sie sich wieder voll und ganz auf ihre Arbeit im Hause Fabergé konzentrieren konnte.

Das bitterkalte Wetter sorgte dafür, dass die Fenster zufroren und bis zum Frühling nicht mehr geöffnet werden konnten. Außerdem hinderte es Michal und Irene daran, sich weiterhin im Park zu treffen oder sich Sehenswürdigkeiten in der Stadt anzusehen. Wassilij hatte sich ohnehin in der letzten Zeit zurückgezogen, als würde er es bereuen, eine Beziehung außerhalb der Werkstatt mit Irene begonnen zu haben. Er verhielt sich nicht so feindselig wie anfangs, aber hatte trotzdem seine alte Rolle als halsstarriger Lehrmeister wieder aufgenommen. Irene vermisste ihren charmanten Begleiter der Sommertage.

Nachdem er den Auftrag der Familie Yussupow abgeschlossen hatte, sagte er eines Morgens zu Beginn des Jahres 1915 zu Irene: »Irene, ich denke, dass du jetzt etwas anderes tun solltest. Schmuckdesign kann nicht von Handarbeit getrennt gesehen werden. Du hast bereits die Prinzipien von Oberflächenbeschaffenheiten und Formgebungen in der Theorie gelernt, und jetzt möchte ich, dass du diese Prinzipien in der Praxis anwendest. Wir werden mit Gold und der Kunst des Goldschmiedens beginnen. Wähle bitte zwei deiner Entwürfe aus – ein Schmuckstück und ein Fantasieobjekt – und wir werden beginnen, deine Zeichnungen Schritt für Schritt in tatsächliche Gegenstände umzusetzen. Suche nichts Schwieriges aus, keinesfalls das Hopfenzapfen-Osterei oder die

Brosche ›Blatt mit Regentropfen‹ aus Smaragden und Diamanten. So weit bist du jetzt noch nicht ... ach ja, und mach bitte den Mund wieder zu, es zieht.«

Irene wählte die ›Kerbholz‹-Kette aus, die die klarsten Linien hatte und am einfachsten zu fertigen war. Bei dem Fantasieobjekt fiel ihre Wahl auf einen Marienkäfer mit geschlossenen Flügeln, die geöffnet werden konnten und dann einen goldenen Siegelring zum Vorschein brachten.

»Gut!«, lobte Michal Wassilij. »Ich glaube, ich habe meine Arbeit in den vergangenen neun Monaten gut gemacht. Du hast zumindest eine Sache gelernt – die Kunst, die geeignete Wahl zu treffen! Bitte verschwende für die Kerbholz-Kette nicht das kostbare 99,7-prozentige Gold – es ist immer noch sehr teuer. Ich würde dir das Material ja geben, aber ich fürchte, dass du mir dann überschnappst.«

War das sarkastisch gemeint? Irene vermochte es nicht zu sagen. Sie war schon begeistert, dass er ihr genug Vertrauen schenkte, um mit einer durchschnittlichen Legierung zu arbeiten. »Oh, das verstehe ich doch!«, sagte sie begeistert. »Du musst dich nicht entschuldigen. Ich werde sehr sparsam mit dem Gold des Meisters umgehen, das verspreche ich.«

Er unterstützte sie bei jedem einzelnen Arbeitsschritt, als befänden sie sich in einem Rennen gegen die Uhr. Und die Uhr der Ereignisse in ganz Europa und in Russland tickte unaufhaltsam.

Die Wochen und Monate flogen dahin. Die Anzahl der Arbeitskräfte in der Morskaja Straße schrumpfte, weil immer mehr Männer an die Front geschickt wurden.

Eines Tages traf Carl Fabergé die überraschende Entscheidung, sein Geschäft in London in der Bond Street zu schließen. Dies machte Irene bewusst, dass die Situation zu Hause viel ernster war, als ihre Familie sie glauben machen wollte.

Doreens letzter Brief hatte lediglich berichtet, dass ›*Tante*

Martha dich wissen lassen will, dass Mr. Randolph jetzt auch seinen Dienst für das Vaterland angetreten hat. Er und Sam Smart sind einem Regiment in Kent beigetreten, dass der Heeresminister Kitchener neu gegründet hat. Sam ist wie aus dem Nichts bei der letzten Hopfenernte wieder aufgetaucht. Tante Martha sagte, dass Mr. Randolph Sam als Offiziersbursche oder so ähnlich engagiert hat, um Sam Smart vor Ärger zu bewahren. Tante Martha sagt, dass Lady Cath dir alles über Mr. Randolph und seine freiwillige Meldung zum Heer erzählen wird. Charlie und Don, Lou und Stevie und die anderen aus der Waterloo Road sind jetzt in Frankreich. Es gab eine große Verabschiedung auf dem Bahnhof für die Jungs, als sie London verlassen haben. Wir haben seitdem einen Brief von Don bekommen (ich kann dir nicht sagen woher, weil der Zensor den Ortsnamen ausgestrichen hat), und er erzählt, dass es in Frankreich den ganzen Tag regnet, genau wie zu Hause! Joan und Pam passen abwechselnd auf ihre Kinder auf, damit jeweils eine von beiden in der ehemaligen Kugellagerfabrik arbeiten kann, die jetzt nicht mehr Rollschuhräder, sondern Artilleriewaffen und Munition herstellt. Ich übe jetzt die Arbeit eines Mannes aus und werde gut dafür bezahlt. So kann ich Mama helfen, solange Charlie und Don fort sind. Die Freundinnen der beiden, Maud und Lizzie, die der Christlichen Gemeinschaft von Poplar angehören, du erinnerst dich sicher, sind Krankenschwestern geworden. Ich wäre ja auch Krankenschwester geworden, aber ich ertrage das Blut und all das Leid nicht. Deshalb bin ich jetzt Busfahrerin, solange die Männer alle in Frankreich sind. Ich bin jetzt froh, dass ich ein bisschen länger zur Schule gegangen bin, so wie du, weil ich eine gute Note in Englisch bekommen habe; leider ist meine Handschrift nicht sehr schön! Mama sagt, du sollst dir keine Sorgen um uns machen, uns geht es gut. Sie haben gesagt, dass letztes Weihnachten alles vorbei sein sollte, aber nächstes Weihnachten ist der Krieg dann bestimmt zu Ende, wir werden den Kaiser und seine Truppen plattmachen! Ganz liebe Grüße von uns allen aus der Waterloo Road, Doreen.‹

Jeden Abend betete Irene zu Gott, damit er eine schützende Hand über ihre Familie hielt, insbesondere über Charlie und Don, ihre Schwäger, Tante Marthas Söhne sowie Randolph und Sam. Jeden Morgen, wenn sie in die Werkstatt ging, rechnete sie damit zu hören, dass auch Michal Wassilij die Morskaja Straße Nr. 24 verlassen hatte, um gegen die Deutschen zu kämpfen.

Jedes Mal war sie erleichtert, ihn immer noch an seiner Werkbank anzutreffen. Seine Anforderungen an sie waren genauso hoch wie immer. »Welche Steine willst du für den ›Marienkäfer‹ benutzen?«, fragte er sie eines Tages.

»Granat, und für die schwarzen Punkte Cabochon.«

»Hervorragend! Damit wirst du das Bankkonto des Meisters nicht plündern. Und hast du dir auch schon überlegt, welche Buchstaben auf dem Siegel stehen sollen, das sich in dem Marienkäfer befindet?«

»Buchstaben?«

»Jedes Siegel muss eine Siegelinschrift haben.«

»Daran habe ich noch überhaupt nicht gedacht.«

»Solltest du aber – ich habe es schon getan.«

Sie schaute ihn verblüfft an. »Du hast dir darüber Gedanken gemacht?«

»Ja. Ich finde, du solltest in russischen Buchstaben folgende Inschrift anbringen: ›JA TEBJA LJUBLJU‹.«

»Ti?«

»Ja, dich! Was ist falsch daran, für das Siegel eines Ringes in einem Marienkäfer das persönliche ›dich‹ zu wählen? Mit Sicherheit wird das Objekt eines Tages an jemanden verschenkt werden, der geliebt wird.«

Irene wunderte sich. Was brachte Michal Wassilij dazu, ihr als Inschrift für etwas, das *sie* geschaffen hatte, ›ICH LIEBE DICH‹ vorzuschlagen?

23. Kapitel

Die Familie Yussupow hatte Michal einen neuen Auftrag erteilt. Prinzessin Irina, die mit der Familie Romanow verwandte Schwiegertochter von Prinzessin Zénaide, bat Michal, ein Zigarettenetui für ihren Gatten, den jüngeren Prinzen Felix, herzustellen.

Eines Tages, als Michal gerade die Entwürfe für das Stück anstarrte, murmelte er vor sich hin: »Anscheinend werden ich von allen Seiten von Frauen namens Irina verfolgt.«

»So wie Rasputin«, antwortete Irene fröhlich.

»Wie bitte?«

»Irina – seine erste verhängnisvolle Affäre!«

»Woher weißt du davon?«

»Er hat es erzählt. Im Kunsthandwerker-Club – du weißt schon!«

»Oh, ja.«

Während Irene mit der Fertigstellung ihrer Kerbholz-Kette und dem Marienkäfer-Siegelring beschäftigt war, hatte Michal im Designstudio seine künstlerischen Ideen für das Zigarettenetui festgehalten. Irene versuchte ihn nach Möglichkeit nicht zu stören, solange er sich in dieser schwierigen Phase befand. Schon ein einziges Wort zum unpassenden Zeitpunkt konnte die Konzentration stören.

Die Theorie des Schmuckdesigns, die sie in den vergangenen drei Jahren studiert hatte – einschließlich der Zeit in London in der Bond Street –, kam nun zur Ausführung, als sie ihren eigenen

Entwürfen Leben einhauchte. Michal sagte ihr, sie habe eine ruhige Hand und eine gute Arbeitstechnik; mit etwas gesundem Menschenverstand sei sie jetzt in der Lage, die Theorie in die Praxis umzusetzen.

»Du musst Erfahrung im Umgang mit Werkzeugen und Materialien sammeln«, erklärte er ihr. »Denk daran, dass du nicht zu dicht an der Verzierung sägen darfst, sondern immer ein Stück stehen lassen musst, das dann später noch weggefeilt werden kann. Bevor du das überschüssige Metall am Rand der Kerbholzteile aus Elfenbein wegschneidest, solltest du besser einige Ringe aus dünnem Draht biegen und sie auf der Rückseite festlöten, damit das Ganze stabiler wird und das Gold sich nicht so leicht abnutzen kann.«

Eines Morgens, als Irene fleißig vor sich hin arbeitete, setzte Michal sich an seine Werkbank und stützte den Kopf in die Hände.

»Bist du krank?«, fragte sie.

»Ich kann mich nicht konzentrieren – frag mich nicht, warum.«

»Hast du gestern Abend im Kunsthandwerker-Club zu viel Wodka getrunken?«

Er sah auf und lächelte sie müde an. »Ich habe meine ganze Kraft in dich investiert, deshalb fühle ich mich so ausgelaugt.«

Irene legte die Lötlampe und die Feile, die sie gerade benutzt hatte, zur Seite und wandte sich ihm zu. »Wie zum Kuckuck meinst du das?«

»Brenn die Werkstatt nicht nieder ...« Er drehte die Gasflamme aus. »Es ist wahr. Du hast meine Energie aufgesaugt, Irene Druce. Ich kann nicht mehr richtig denken. Mir fällt kein Design für dieses Zigarettenetui ein. Besonders nicht vor dem Hintergrund, dass die zur Verfügung stehenden Materialien wegen des Krieges knapp sind. Ich möchte mich heute Abend mit dir im Club treffen. Ich möchte mich jeden Abend mit dir im Club und weit weg vom Club mit dir treffen. Ich möchte wieder mit dir am Moika-Kanal und am Fluss Newa spazieren gehen – nein, sag nichts. Es ist nicht richtig von mir, überhaupt nur an so etwas zu denken, denn ich bin dein Lehrmeister und du bist meine Schülerin.« Er erhob sich und griff nach seinem Mantel. »Ich gehe eine Weile hinaus, um frische Luft zu schnappen, falls jemand nach mir fragen sollte.«

Irene starrte ihm mit offenem Mund hinterher. Dann stand sie ebenfalls auf. Weil sich ihr Umhang oben in ihrem Schlafzimmer befand, folgte sie ihm in ihrem grauen Rock, der dünnen Bluse und der langen grauen Strickjacke. Sie hatte sogar vergessen, das Kopftuch abzunehmen und die weiße Schürze auszuziehen. Sie ignorierte die Kälte und bog links in die Glinki Straße ein.

Sie fand ihn auf der Brücke, wo er brütend auf das dunkle Wasser des Flusses starrte. Er hatte die Hände tief in die Taschen seines Mantels vergraben. Schneeflocken fielen sanft auf das vereiste Pflaster. Sie schlang die Arme um ihren Oberkörper, um sich etwas vor der beißenden Kälte zu schützen, und sprach ihn leise an: »Michal, was ist los?«

Mit zusammengezogenen Augenbrauen drehte er sich zu ihr um und fragte ärgerlich: »Was machst du denn hier? Warum läufst du mir hinterher, wie ein Irrenarzt einem Patienten? Weißt du nicht, dass sie uns beide hinauswerfen könnten?«

»Ich habe mir Sorgen um dich gemacht.«

»Warum solltest du dir Sorgen um mich machen?« Er zog seine Zigaretten aus der Tasche und klopfte eine Zigarette aus der zerknautschten Packung. Er steckte die Packung wieder in die Tasche und suchte nach seinem Feuerzeug. Schützend hielt er die Hand um die Flamme, als er die Zigarette anzündete und kräftig inhalierte. Mit der Zigarette zwischen den Fingern deutete er über den Fluss Moika hinweg auf das eindrucksvolle verwinkelte Gebäude, das an der Ecke der Glinki Straße stand. »Ein weiterer prinzlicher Palast, der den Yussupows, meinen *Gönnern*, gehört.« Er lachte freudlos. »Und dort drüben, Gorokhovaja Uliza ... Rasputin wohnt in derselben Straße wie ich, zum Glück nicht in demselben Haus. Du kannst es von hier aus nicht sehen, aber es ist recht ansehnlich und sieht anständig aus. Es hat sogar einen kleinen Garten und verfügt über einen Vorder- und einen Hintereingang. Auf der Straße lauert die ›Ochrana‹, die Geheimpolizei des Zaren, die uns alle beobachtet, Tag und Nacht.«

»Michal!«, sagte Irene flehend. »Was macht das schon ...?«

»Es macht etwas, Irene, oh ja, Irene, es macht etwas ... die Zarin hat es natürlich veranlasst. Sie hat Angst, dass jemand Rasputin umbringen wird, und er ist der Einzige, der den kleinen Thronfolger davor bewahren kann zu verbluten; damit bewahrt er die Monarchie ... Seine Töchter leben bei ihm, weißt du. Ja, der heilige Mönch hat Töchter und auch einen Sohn und eine Frau. Er hat es weit gebracht von den Steppen in Russlands Westen und der Verführung von Bauersfrauen. Er behauptet, er stammt aus einer ganz armen Bauernfamilie, aber sein Vater hatte genug Geld, um sich ein großes zweistöckiges Haus in dem Ort Pokrovskoje zu bauen, wo andere Menschen in elenden Hütten leben. Also macht es etwas! Es macht etwas, wenn es um's Prinzip geht.«

»Bitte ... du bist in einer seltsamen Stimmung. Ich habe keine Ahnung, ob du neidisch, böse, desillusioniert oder sonst etwas bist!« Vor lauter Kälte begannen ihre Zähne zu klappern.

Er zog seinen Mantel aus und legte ihn ihr um die Schultern, während die Zigarette in seinem Mundwinkel hing, sodass er die Augen wegen des aufsteigenden Rauchs zusammenkneifen musste. »Prinz, Prinzip – worauf es ankommt, ist, dass es darauf nicht ankommt. Nicht, wenn du sie nicht zu ernst nimmst. Es sind nur Namen, *Irene*, nur Worte. Worte, die die Herrschaft beschreiben. Ich möchte ausbrechen, Irene, aber ich weiß nicht wie. Rasputin hat mir einen Weg gezeigt, aber diese Art von Freiheit will ich nicht. Ich habe an einigen Treffen in seinem Haus teilgenommen, Versammlungen der Vereinigung wahrer Russen, die die Revolutionäre bekämpfen.«

»Ich kann dir nicht folgen. Ich weiß nicht, wovon du sprichst.«

»Ich hätte ein eifriger Anhänger von Rasputin werden können, wenn nicht die andere Seite seines Lebens seine unbestreitbaren

Fähigkeiten verdunkelt hätte. Ich habe gesehen, was er kann, die Leute gehen zu ihm, damit er sie von ihren Beschwerden heilt. Vor seinem Haus bilden sich Schlangen von Menschen, die ihn sehen und berühren wollen, als wäre er Jesus Christus!«

Plötzlich hörte er auf, von Rasputin, der ihn aus irgendeinem Grund nicht losließ, zu sprechen. Zu Irenes Erleichterung wechselte er das Thema. »Ich versuche immer noch, das Zigarettenetui für Prinz Felix zu entwerfen, ein nobles Geschenk! Zum ersten Mal in meinem Leben habe ich keine zündende Idee. Mir fällt einfach nichts ein. Es heißt, dass auch Schriftsteller unter diesem Phänomen leiden können. Es ist erschreckend zu erkennen, dass die eigenen kreativen Talente einfach versiegen könnten. Blockade nennt man es, glaube ich. Ja, ich habe Panik. Ich habe Panik aus allen möglichen Gründen.«

»Dein kreatives Talent versiegt nicht. Dein Kopf ist wahrscheinlich zu sehr mit anderen Dingen beschäftigt. Der Krieg ... alle machen sich Sorgen, wie es weitergeht. Vielleicht denkst du in deinem Unterbewusstsein, dass es sich nicht lohnt, mit dem Entwurf eines Zigarettenetuis zu beginnen, wo du möglicherweise bald in die russische Armee eingezogen wirst.«

Er lachte wieder trocken und freudlos und warf den Rest seiner Zigarette über das Steingeländer in den Fluss. Als er sich ihr schließlich zuwandte, war sein Gesichtsausdruck seltsam sanft. Die winterlichen Bäume am Rande des Kanals waren so kahl wie seine Seele.

Seine Blick verlor sich in ihren großen grauen Augen. Der Himmel war bedeckt und bleiern, aber trotzdem empfand er die Wärme eines Sommertages. Er schob seine Hände unter den Mantel, den er Irene umgehängt hatte, um seine Finger zu wärmen.

Manchmal finden zwei Menschen einen Ort und eine Zeit, wo körperlicher Kontakt jedes stammelnde Wort ersetzt. Er hob eine Hand, um ihr Gesicht zu berühren und schob ihr Kopftuch zurück. Seine dunklen Augen hielten ihren Blick fest.

»Das denkst du? Du glaubst, ich mache mir Sorgen, einen dämlichen Auftrag nicht ausführen zu können? *Njet*! Das ist es, was mir Sorgen bereitet ...« Er neigte den Kopf und küsste sie zärtlich. Er hielt sie so eng umschlungen, dass sie seinen Herzschlag spüren konnte. Es war, als wären sie eins geworden; Irene spürte, wie ihre ganze Energie in ihn strömte, sie konnte dem Ansturm der Gefühle kaum standhalten.

So standen sie eng umschlungen am Rande des Kanals, selbstvergessen, versunken, nichts existierte mehr außer ihnen beiden. Sie kümmerten sich nicht darum, dass jemand sie sehen könnte. Vergessen war das Verhältnis Lehrling und Lehrmeister.

Nach einer Weile lösten sie sich voneinander, erschüttert und benommen. Mit zitternden Händen band Irene ihr Kopftuch wieder fest, hielt seinem Blick aber weiterhin stand. Er suchte nach Worten, durchwühlte seine Jackentaschen nach seinen Zigaretten, da er vergessen hatte, dass sie sich in dem Mantel befanden, den er Irene umgehängt hatte. Er blickte auf seine Uhr. »Es ist bald Zeit für die Mittagspause. Ich gehe rüber in meine Wohnung, und du gehst zurück zum Essen. Vielleicht werde ich heute Nachmittag inspiriert, wenn ich an dich denke ... treffen wir uns heute Abend im Kunsthandwerker-Club?« Er streichelte ihr zart über die Wange.

Sie nickte. Dann fiel ihr sein Mantel wieder ein. Er lächelte und sagte: »Behalte ihn nur. Aber zieh ihn aus, bevor du ins Haus gehst, sonst fragen sich die anderen, was wir gemacht haben.«

Irene kehrte wie im Traum in die Morskaja Straße zurück. Sie hängte seinen feuchten Mantel an seinen Haken und ging hinauf in ihr Zimmer.

Sie lag auf ihrem Bett und wusste, dass sie die Zeit mit ihm so lange wie möglich festhalten musste. Sie wusste ebenfalls, dass sie mit ihm in seine Wohnung gegangen wäre, wenn er sie darum gebeten hätte.

Die Anzahl der Angestellten in der Morskaja Straße Nr. 24 begann wieder zu wachsen, andere nahmen die Plätze jener ein, die an die Front gegangen waren. Die Lebensmittelknappheit nahm zu, die Schlangen vor den Bäckereien wurden länger, Alkohol konnte weder ge- noch verkauft werden. Der Krieg bestimmte mehr und mehr das Leben der Menschen.

Die Produktion in der Werkstatt wurde umgestellt von Schmuck und Kunstgegenständen auf Spritzen aus Glas und Metallnadeln, die wegen des Kriegs benötigt wurden. Damit leistete die Werkstatt ihren Beitrag. Während früher nur wahre Kunsthandwerker an den Werkbänken des Hauses Fabergé gesessen hatten, befanden sich jetzt unter ihnen viele, die zuvor in der Produktion und im Handel medizinischer Geräte beschäftigt gewesen waren. Es handelte sich zum Teil um Männer, die aufgrund von Behinderungen nicht aktiv an der Offensive gegen die Deutschen teilnehmen konnten. Die Anzahl der Arbeitskräfte in der Werkstatt wurde verdoppelt, um den Anforderungen des Krieges gerecht werden zu können.

Michal arbeitete weiterhin für Carl Fabergé, erstellte die kaiserlichen Ostereier für das nächste Jahr und kümmerte sich um seine Privataufträge, die ihm von der Familie Yussupow erteilt wurden. Irene war überaus dankbar, dass Michal nicht zum Militär einberufen wurde wie so viele andere. Ihr Arbeitspensum hatte ebenfalls zugenommen. Sie lernte immer noch die Grundlagen des Schmuckdesigns, stellte aber auch Glasspritzen und Metallnadeln für medizinische Zwecke her. Aufgrund der Knappheit der Rohmaterialien für ihre Fantasieobjekte musste sie ihre Träume nun der Realität anpassen.

In einem Brief an Lady Catherine in Hopeworthy Hall schrieb sie verärgert: ›*Dafür bin ich nicht nach Russland gekommen! Wie kann ich jemals damit rechnen, meine Lehre abzuschließen, wenn ich Injektionsspritzen für zivile und militärische Krankenhäuser herstellen muss? Ich möchte und muss noch so viel über das Schmuckgeschäft lernen, die verschiedenen Techniken, Methoden und Materialien. Die Liste der Dinge, von denen ich noch nichts weiß, bleibt endlos. Und trotzdem sagt mir mein Lehrmeister, dass wir die Produktion von Luxusartikeln reduzieren müssen, weil alles vor dem Hintergrund des Krieges betrachtet werden muss!‹*

Lady Catherines Brief, der einen Monat später eintraf, kritisierte Irene in scharfen Tönen: ›*Stell dich nicht so an. Niemand konnte diesen schrecklichen Krieg vorhersehen und niemand wollte ihn, also mach nicht so ein Theater, sondern finde dich damit ab, wie andere es hier in England tun.*‹

Nachdem Lady Catherine ihren Protégé auf diese Weise auf den Boden der Tatsachen zurückgeholt hatte, berichtete sie Irene Neuigkeiten über Randolph. Er hatte in die ›Home Counties Division of Territorials‹ eintreten wollen, hatte es aber nicht rechtzeitig geschafft, seine Kanzlei in der Chancery Lane aufzulösen. Das 4. und 5. Freiwilligenbataillon war bereits überfüllt von eifrigen jungen Rekruten. Das 4. und 5. Freiwilligenbataillon wurde nach Indien und in die Türkei geschickt, um die reguläre Armee, die in Frankreich kämpfte, zu entlasten. Randolph war jedoch erleichtert gewesen, dass seine verspätete Antwort auf Lord Kitcheners Aufruf für ihn bedeutete, dass er nicht nach Indien oder in die Türkei geschickt worden war, sondern nur nach Aldershot – nun hoffte er, dass er für die Dauer des Krieges auch dort bleiben werde. Lady Catherine teilte auch Randolphs Adresse mit, falls Irene ihm schreiben wollte.

»Ja«, murmelte Irene vor sich hin, während sie Lady Catherines Brief zurück in den Umschlag steckte und zu den anderen Briefen in die oberste Schublade der Kommode legte, »ich hoffe auch, dass der gute alte Dandy Randy niemals weiter als bis nach Aldershot reisen muss.«

Zeta Yuan wurde wieder zu Irenes ›Alibi‹, wenn sie abends noch ausgehen wollte. Sie konnte Zeta aber nicht zu oft als Ausrede anführen, höchstens drei- oder viermal in einem Monat. Irene hasste sich dafür, dass sie ihren Vormund auf diese Weise täuschte; der

Meister und seine Gattin waren so freundlich und großzügig ihr gegenüber. Aber Irene musste Michal einfach außerhalb der Werkstatt treffen, oder sie würde verrückt werden.

Die Notwendigkeit, sich während der Arbeitszeit neutral zu verhalten, trug noch dazu bei, die Intensität ihrer Beziehung zu verstärken. Es war beinahe unerträglich, wenn er sich über sie beugte, wenn sie ihm etwas zeigte, wenn sie seine Künstlerhände beobachtete – die ganze Situation schien aus dem Ruder zu laufen. Sie waren sich der Gegenwart des anderen so bewusst, dass es ihnen kaum noch gelang, den Schein aufrechtzuerhalten.

Von Zeit zu Zeit musste einer von ihnen unter einem Vorwand die Werkstatt verlassen, um sich ›abzukühlen‹, wie Michal es einmal beschrieben hatte. Im Designstudio oder in der Bibliothek und unter den strengen und kritischen Blicken der Fabergé-Brüder oder von Oscar May war ein heftiger Flirt zwischen Lehrmeister und Lehrling undenkbar.

Jeden zweiten Freitagabend holte Zeta Irene in der Morskaja Straße ab. Als Ort für ihre ›Lernausflüge‹ nannten sie immer das ›Fine Arts Centre‹ des russischen Museums in der Straße Iskusstv Plosha.

Der Meister und seine Gattin konnten sich mit eigenen Augen überzeugen, dass ihr ›englisches Lehrmädchen‹ sich tatsächlich mit der kleinen mongolisch-französischen Golddesignerin, die sich inzwischen einen guten Ruf verschafft hatte, traf. Falls Carl Fabergé und Augusta den Verdacht hegten, dass Irene sich auch mit ihrem Lehrmeister oder irgendeinem anderen Kunsthandwerker im Museum treffen könnte, so ließen sie es sich nicht anmerken. Sie verabschiedeten sie jedes Mal mit einem Lächeln: »Gehen Sie ruhig mit Zeta und lernen sie alles über die russischen schönen Künste und die Goldschmiedekunst.«

Im Rossi-Flügel des russischen Museums, wo einst Großfürst Michail Pawlowitsch residiert hatte, wartete jetzt ein anderer Michal auf sie. Ihre Schuldgefühle waren groß, weil die kleine ›weiße‹ Lüge ziemlich dunkle Ränder hatte. Zeta ließ sie beide immer allein und ging in den Kunsthandwerker-Club. Irene und Michal kamen ein oder zwei Stunden später nach.

Irene zögerte, Zeta nach ihrer Beziehung zu Michal zu fragen. Zeta war es, die das Thema an einem Abend im April zur Sprache brachte, als sie auf dem Weg ins Museum waren. Sie klemmte sich ihren Zigarillo zwischen die Lippen und stieß Irene freundschaftlich an. »Du bist so ›englisch‹, Irene, aber ich weiß trotzdem, dass du mir liebend gerne ein paar Fragen über die Beziehung zwischen Michal und mir stellen würdest, aber deine damenhaften Hemmungen halten dich davon ab.«

»Ich ... ich ... ja«, stammelte Irene schließlich, »bitte erzähl mir davon.«

»Ich weiß nicht, warum ich dir alles über mich erzählen will, aber ich mag dich – als Freundin und vielleicht auch als Geliebte.«

Irene war verblüfft, oh nein, bitte nicht Zeta! »Wie bitte?«

Zeta lächelte boshaft. »Als Geliebte, Michals *Ljubovnik*.«

»So meinst du das! Aber so weit sind wir noch nicht ...«

»Du bist mir keine Erklärung schuldig. Dieser Teil deines Lebens gehört nur dir und Michal. Aber ich denke, dass es am besten ist, wenn ich ehrlich zu dir bin«, meinte Zeta. »Meine Mutter war zur Hälfte mongolischer und zur Hälfte französischer Abstammung. Nachdem ihr russischer Liebhaber, mein Vater, sie verlassen hatte, ging sie auf die Straße, um ihren und meinen Lebensunterhalt zu verdienen. Ich bin ein Newskij Prospekt-›Stillkind‹, denn so wuchs ich in Gesellschaft von anderen asiatischen, arabischen und chinesischen Huren auf. Irgendwann trat meine Mutter der *Khlisti* bei, einer religiösen Sekte, die sexuelle Riten durchführte, um den *Vozhd*, ihren heiligen Führer oder Hohepriester, zu befriedigen. So bin ich aufgewachsen, in Verehrung des Phallussymbols als Gottes mächtigstem Instrument der Schöpfung. Meinen ersten Mann hatte ich, als ich zehn war, und ihm folgten viele andere.«

Irene war schockiert. Sie fragte sich, wo sie hingeraten war. Sie machte Anstalten, etwas zu sagen, aber Zeta hob die Hand.

»Warte, ich bin noch nicht fertig. Grischa, das heißt Rasputin, gehörte derselben Sekte in Sibirien an und wurde selbst ein *Vozhd.* Seine Ausschweifungen waren exzessiv – sein Weg, Erlösung zu erreichen, war die Sünde!« Zeta lachte hart. »Aber in St. Petersburg trat er aus der Khlisti aus, weil er jetzt auf andere Art Macht anstrebte. Er lernte den Vorsteher der griechisch-orthodoxen Kirche kennen, der ihn anderen Mitgliedern des Klosters Kronstadt vorstellte. Schließlich lernte er den Kirchenvorsteher Theofan kennen, der Schulinspektor der theologischen Akademie von St. Petersburg und Tutor der Kinder des Zaren und der Zarin war. So lenkte Grischa die Aufmerksamkeit der kaiserlichen Familie auf sich, denn Theofan ließ Rasputin in den Palast rufen, als der Thronfolger an einer inneren Blutung litt und furchtbare Schmerzen hatte. Grischa war der Einzige, dem es gelang, die Blutung zu stoppen und die Schmerzen und das Elend des Jungen zu lindern. Er verfügt über besondere Heilkräfte, und das ist der Grund, warum viele Leute, besonders die Anhänger der altetablierten orthodoxen Kirche Russlands, ihn so sehr hassen.«

Irenes Hals war trocken. Sie schluckte. »Und du – hasst du ihn auch?«

Zeta zuckte die Schultern. »Ich liebe ihn, und gleichzeitig hasse ich ihn auch. Aber es war Grischa, der mich gerettet hat. Ich war fünfzehn, als er das erste Mal nach St. Petersburg kam. Er holte mich von der Straße und brachte mich mit Leuten zusammen, die mich das Kunsthandwerk lehrten. Natürlich hätte ich nicht bei der dritten Genossenschaft bleiben können, wenn ich nicht über Talent verfügt hätte. Irgendwie ahnte Grischa, dass ich Talent hatte, bevor ich selbst mir dessen bewusst wurde – frag mich nicht, woher. Und deshalb bin ich jetzt Designerin für Goldschmuck und keine Nutte mehr.«

Irene zögerte die nächste Frage zu stellen, aber sie musste es einfach wissen. »Ist ... ist Michal auch ein Mitglied dieser ... dieser religiösen Sekte?«

Zeta lachte laut und schrill. »Mon Dieu! Dass ich nicht lache!

Michal in der Khlisti? Er würde sterben, wenn er wüsste, dass du überhaupt auf so einen Gedanken kommen kannst!«

Irene seufzte erleichtert auf.

»In welcher Beziehung stehst du zu ihm?«

»In keiner, nicht mehr. Uns verbindet eine tiefe Freundschaft. Michal und ich waren einmal zusammen – tut mir leid, aber die Vergangenheit lässt sich nicht mehr ändern. Aber es war schon lange, bevor du in die Morskaja Straße gekommen bist, aus zwischen uns beiden. Wir haben uns in der dritten Genossenschaft kennen gelernt, wo wir beide das Kunsthandwerk erlernt haben. Aber er war ein eigenwilliger Mann, und er ist es immer noch. Ein sehr eifersüchtiger Mann, das solltest du wissen. Er hat so viel von mir gefordert, dass ich es nicht mehr ertragen konnte. Michal hat mich vor mir selbst gerettet – am Anfang. Natürlich wusste er nichts über mich, was ich vorher gewesen war, von der Khlisti-Sekte usw. Eines Tages ging Michal zu Grischa, um ihn wegen des Gesundheitszustandes seiner Mutter zu konsultieren; Michal betet seine Mutter an. Michal und Rasputin leben in derselben Straße. Es war also kein weiter Weg für ihn, um zu dem heiligen Mönch zu gehen und ihn um Rat und Hilfe zu bitten. Grischa konnte ihn beruhigen, dass seine Mutter nicht sterben würde, jedenfalls noch nicht bald. Das war vor einigen Jahren. Danach versuchte Grischa, auch Michal zu beeinflussen, aber hauptsächlich in politischer und nicht in religiöser Hinsicht. Was Religion betrifft, hat Michal seine eigenen Ansichten und hält sich strikt an seine orthodoxe Erziehung. Rasputin – ich nenne ihn übrigens lieber Grischa, das ist sein Familienname und klingt weniger finster –, also Rasputin sagte Michal, dass ich nicht gut für ihn sei, er solle mich verlassen. Er sagte, ich hätte hinter Michals Rücken mehrere Liebhaber und würde ihn eines Tages zerstören.«

»Und hast du, ich meine, hast du viele Liebhaber?«, fragte Irene. Sie waren inzwischen auf einer der kleinen Brücken, die die Wasserstraßen überspannten, stehen geblieben, weil ihre Unterhaltung sie zu stark beschäftigte, um dabei weitergehen zu können.

Zeta zuckte wieder die Schultern und zündete sich den nächsten Zigarillo an. »Ich will frei sein, ohne dass ein Mann mir vorschreibt, was ich zu tun oder zu lassen habe. Michal wollte nicht, dass ich meine Freundschaft mit Prinz Nikolaus und Prinz Felix, dem jüngeren Felix Yussupow, pflegte. Aber Nikolaus ist inzwischen gestorben, bei einem Duell ...« An dieser Stelle zögerte Zeta, als wolle sie noch mehr zu diesem Thema sagen, überlegte es sich aber anders. »Michal und ich haben zusammen in der Dachwohnung in der Gorochovaja Straße gewohnt, aber ich bin schon vor langer Zeit ausgezogen. Und falls du immer noch zu schüchtern bist, um die Frage zu stellen, nein, wir schlafen nicht mehr miteinander, auch nicht gelegentlich. Er ist ein seltsamer Mann.«

»Seltsam? In welcher Hinsicht?«

Wieder zuckte Zeta die Schultern. »Er hat viele Probleme.«

»Welche Art von Problemen?«

»Oh ... es sind hausgemachte Probleme, weil er so übertrieben streng in seinen Ansichten ist, so emotional, sentimental und leidenschaftlich – in allen Dingen. Nicht nur in seiner körperlichen Beziehung zu jemandem, sondern auch, was seine Arbeit und die Politik angeht.«

»Politik?«

»Politik. Ja. Er behauptet, keiner politischen Richtung anzugehören. Er nennt sich selbst einen ›Pazifisten‹. Aber er ist ein Lügner. Prinz Yussupow, sein Gönner, hat ihn in der Hand. Michal ist in jeder Beziehung ein Unterstützer der Monarchie. Rasputin hat ihn in die ›Vereinigung der Männer Russlands‹ eingeführt, eine Art Bruderschaft, die vom orthodoxen Klerus geleitet wird. Folglich ist Michal ein kaisertreuer Lakai. Unsere unterschiedliche politische Einstellung war der Hauptgrund für das Scheitern unserer Beziehung. Michal weiß immer noch nicht, auf welche Seite des Zauns er gehört.« Sie drückte Irenes Arm. »Ich bin froh, dass er dich gefunden hat. Deshalb habe ich dir das alles erzählt. Niemand außer Michal – und natürlich Grischa – weiß so viel über meine Vergangenheit. Ich glaube, dass du die absolut richtige Frau für

Wassilij bist. Du bist so nüchtern und vernünftig, so englisch! Er braucht eine Frau wie dich in seinem Leben, um ihn vor sich selbst zu bewahren – und um ihn aus Rasputins Klauen zu befreien.«

Das Gespräch mit Zeta gab Irene viel Stoff zum Nachdenken.

24. Kapitel

Irene hatte das Gefühl, dass der Name Grigorij Jefimowitsch Rasputin sie verfolgte. Im Kunsthandwerker-Club sprach jeder über ihn und seine jüngsten Heldentaten. Alle Kunsthandwerker aus Michals und Zetas Clique verdienten ihr Geld durch Aufträge aus dem Kaiserhaus und von Adeligen, sodass es unvermeidbar war, dass sich ihre Gespräche oft um den neuesten Hofklatsch drehten.

Irene fragte sich, was der mächtigste Mann Russlands jetzt schon wieder angestellt hatte, und bat Michal, ihr davon zu erzählen.

Er legte ihr den Arm um die Schultern und fuhr fort, ihr verliebte Unsinnigkeiten ins Ohr zu flüstern. Sie stieß ihn mit dem Ellenbogen an, weil sie sich der Tatsache sehr bewusst war, dass die hübsche Zeta, die einst Michals Freundin gewesen war, mit am Tisch saß. Irene fragte sich, ob Zeta Vergleiche zwischen Irene und sich selbst zog, oder ob vielleicht sogar Michal sie ›benutzte‹, um Zeta zurückzugewinnen. Die russische Mentalität war für Irene nach wie vor unergründlich; genauso wenig konnte sie verstehen, warum sie so vernarrt in ihn war.

»Zeta hat mir erzählt, dass du ein Pazifist und kaisertreuer Lakei bist. Ist das der Grund, warum du nicht über *deine* Beziehungen zu Vater Rasputin sprechen willst? Und ist das der Grund, warum du nicht eingezogen wirst – weil du besondere kaiserliche Vergünstigungen genießt?«

Seine Augen verdunkelten sich, seine Stimme wurde hart, und

sein Arm umfasste ihre Schultern fester. Er drückte sein Gesicht gegen ihre Schulter, während Zeta in ein Gespräch mit jemand anderem vertieft war. Mit leiser Stimme bat er sie dringend: »Hör nicht auf Zeta, Irene, sie ist eine politische Agitatorin. Und wenn jemand ein kaisertreuer Lakei ist, dann sie!«

Jetzt war Irene wirklich verwirrt! Sie hatte angenommen, dass Zeta Yuan die Aristokratie verabscheute. »Warum sprichst du jetzt so über sie, wo sie doch früher deine Geliebte war?«

»Oh, hat sie dir das auch erzählt?«

»Sag es mir Michal, ich muss es wissen!«

»Zeta war einmal die Geliebte von Prinz Nikolaus Yussupow – aber nicht seine Favoritin. Die Favoritin hieß Polia. Zeta war eifersüchtig. Eine der Geliebten von Prinz Nikolaus wurde beleidigt, ich weiß nicht, ob es Zeta, Polia oder eine andere Frau war, ich habe auch nie gefragt, weil es mich nicht interessiert hat, welche Frauen die Geliebten von Prinz Nikolaus waren. Jedenfalls forderte Nikolaus Yussupow einen anderen Mann zum Duell und wurde getötet ... schau nicht so geschockt, das passiert ständig in Russland.«

»Zeta hat mir auch von der Khlisti erzählt.«

»Sie hat eine große Klappe.«

»Warum hast du gezögert, mir etwas über dich selbst zu erzählen? Denkst du, ich bin dumm oder so etwas? Oder hast du irgendwelche Schuldgefühle?«, fragte sie anklagend.

»Du wirst schon genauso hysterisch, wie die Zarin wegen Rasputin ist«, sagte er ruhig.

»Davon kann ich nichts wissen. Ich schlafe nicht mit ihr.«

»Was sagst du da?«

»Ich weiß nicht, was ich eigentlich sagen will! Du und Zeta, ihr habt mich völlig verwirrt. Ihr habt mit einer Gruppe schrecklicher Leute zu tun; wie soll ich wissen, ob ihr ... ob ihr nicht genauso verdorben seid, wie jeder es von Rasputin behauptet!«, sagte Irene schluchzend. Sie liebte Michal Wassilij, aber sie mochte seine Gefährten nicht – und es steckte immer ein Körnchen Wahrheit in dem alten Sprichwort, dass schlechte Gesellschaft den Charakter verdirbt!

»Erhebe bitte keine Anschuldigungen, bevor du die ganze Wahrheit kennst«, sagte Michal. »Wenn es dich so beschäftigt – was es offensichtlich tut –, dann solltest du wissen, dass Zeta schon ein Verhältnis mit Nikolaus Yussupow begann, bevor unsere Beziehung zu Ende war, und mit Felix, aber das ist eine andere Geschichte. Die Familie Yussupow, deren Privatvermögen schwindelerregend hoch ist, wie ich dir ja schon erzählt habe, konnte ihr Dinge geben, die ich ihr nicht geben konnte. Sie mag reiche und mächtige Männer. Ich war nur ein Sprungbrett für sie, weil ich Kontakte zu den Yussupows habe. Jetzt spielt Zeta ein gefährliches Spiel mit Felix und Rasputin; du solltest ihr nicht alles glauben, was sie dir erzählt.«

»Du machst es dir zur Gewohnheit, mich deinen ›gefährlichen‹ Freunden vorzustellen.«

»Du siehst ja selbst, was in Russland zurzeit los ist. Man kann niemandem mehr trauen.«

»Wirst du auch so über mich sprechen, wenn du mich satt hast?«

Seine faszinierenden dunklen Augen waren halb geschlossen, und sein sinnlicher Mund verzog sich spöttisch. Er antwortete langsam und überlegt. Sie merkte, dass sie ihn ärgerlich gemacht hatte.

»Du Engländerin, die ständig die Gründe für alles erfragen muss! Zeta ist voller Hass. Sie wurde Sowjetin, obwohl sie mit dem Feind schlief. Nikolaus gab ihr ein Haus, Schmuck, Kleider. Ohne Skrupel kriecht sie Otjets Rasputin in den Arsch, obwohl sie Felix anbetet, und Felix betet den heiligen Mönch an, der nicht weiß, wen *er* anbetet, Homosexuelle, Transvestiten, Prostituierte oder die Zarin! Du wolltest die Wahrheit wissen, ich habe sie dir gesagt; aber ich wünschte, du würdest nicht ständig mich und meine Beweggründe in Frage stellen! Ich habe dich voller Leidenschaft geküsst, was aber nicht bedeutet, dass du jetzt meine *Ehefrau* bist, die alles über mich wissen will!« Er nahm den Arm von ihrer Schulter und zündete sich eine Zigarette an.

»Diese Art von ›Kunstunterricht‹ brauche ich nicht, Michal Wassilij«, stieß Irene wutentbrannt hervor. Sie wäre augenblicklich gegangen, wenn sie nicht Angst gehabt hätte, abends allein durch den berüchtigten Newskij Prospekt zu gehen.

»Ich weiß, dass du sauer werden kannst. Ich habe es schon in der Werkstatt gemerkt, wenn ich deinem ›englischen Blick‹ ausgesetzt war, vor dem ich mich ganz klein fühlte und so, als wäre ich im Unrecht. Aber warum heute Abend? Willst du nach Hause gehen?«, fragte er.

»Nein!«, sagte sie plötzlich launisch. »Erzähl mir über Rasputin – und über den Rest deiner zwielichtigen politischen Freunde!« Sie begab sich außerhalb seiner Reichweite, lehnte sich über den Tisch und fragte unverblümt einen seiner Gefährten aus der dritten Genossenschaft, einen russisch-deutschen Edelsteinschneider, der Irene am vernünftigsten in diesem Haufen erschien: »Walter, warum bist du, ein Deutscher, nicht als Feind des russischen Volkes verhaftet worden?«

»Weil die Mitglieder meiner Familie seit drei Generationen eingebürgerte russische Staatsangehörige sind und weil ich auch mit Prinz Felix Yussupow – dem Vater, nicht dem Sohn – und mit Fürst Lwow befreundet bin.«

Sie wandte sich an einen anderen Mann. »Jan, was ist mir dir? Warum bist du nicht in der russischen Armee?«

»Weil ich auch Kunsthandwerker bin – ich stelle Miniaturen her. Die Großfürstin Olga mag meine Arbeiten.«

»Michal?« Sie drehte sich zu ihm um und sah ihm starr in die Augen.

»Ich bin Kunsthandwerker, wie wir alle hier. Ich bin auch der einzige Sohn meines Vaters. Wenn ein Mann der einzige Sohn seiner Familie ist und zufällig einer nützlichen Sache dient, ist er vom Militärdienst befreit, damit die Linie des Vaters fortbestehen kann. Zufrieden?«

»Und weil du Pazifist bist?«

»Das ist meine Angelegenheit.«

Irene sah, dass ihr kleiner Streit Zeta amüsierte. Es war ihr egal, sie wollte endlich die Wahrheit über Michal Wassilij, der ihre Gefühle in solch einen Aufruhr versetzt hatte, erfahren. »Bist du ein Pazifist – jemand, den man auch Kriegsdienstverweigerer nennt – ein Feigling?«

»Ja. Es gibt schon genug Soldaten, mehr werden nicht gebraucht. Besonders keine Feiglinge.«

Irene sagte zu Walter Ruwenzori: »Diese Geschichten rund um Grigorij Rasputin, was hat es damit auf sich? Michal weigert sich, mir davon zu erzählen.«

»Vielleicht will Michal dich von den Skandalen, die diesen Mann umgeben, fern halten und dich davor beschützen.«

»Nein, das ist nicht der Grund«, schaltete sich Irenes Lehrmeister ein. »Irene ist sehr wohl fähig, sich ihre eigene Meinung zu bilden, sie lässt sich von mir nichts vorschreiben. Also Walter, erzähl es ihr, sag ihr, was Herz und Seele des russischen Volks zerfrisst.« Michal zuckte die Schultern. Er konnte sehr sarkastisch sein, wie Irene bereits mehrmals am eigenen Leib erfahren hatte. »Letztes Mal, als Irene hier war, wollte sie eine von Zetas Zigarillos probieren und ist fast erstickt. Jetzt ist sie geheilt und wird bestimmt für den Rest ihres Lebens nicht wieder rauchen. Sie lernt gerne durch eigene Erfahrungen, also erzähl ihr, was sie wissen will, Walter. Vielleicht hat sie dann die Nase voll von Grigorij, Felix und dem Rest von uns.«

Walter erzählte: »Der Zar ist erzürnt über Rasputin. Und wenn Rasputin es geschafft hat, den Zaren zu verärgern, muss er seine Grenzen wohl deutlich überschritten haben, denn Rasputin hat eigentlich Narrenfreiheit.«

»Was hat er getan?«

»Rasputin hat in einem bekannten Nachtclub in Moskau namens *Jar* eine Szene gemacht.«

»*Jar?* Den Namen habe ich schon einmal gehört ...« Sie sah Michal an. »Hast du ihn nicht schon einmal erwähnt?«

Er drückte seine Zigarette im Aschenbecher aus. »Vera Panina, die hässliche Zigeunerin mit der nachtigallengleichen Stimme, die sich in Anwesenheit ihres Angebeteten vergiftet hat.«

»Ach ja, ich erinnere mich, die Dinnerparty bei Fabergés ... nun, Walter, was hat Rasputin getan, das den Zaren gekränkt hat?«

»Das ist nicht für die Ohren einer Dame geeignet, Irene. Aber so viel sei gesagt, er hat ein solches Spektakel veranstaltet und solch einen Skandal verursacht, dass man ihn aus dem Nachtclub geworfen hat. Vor einigen Jahren ist etwas Ähnliches in der Villa Rodje hier in St. Petersburg passiert, wo Rasputin jeden Abend hingeht, um mit den Zigeunern zu tanzen. Er verließ den Sohn des Zaren, dessen Leben er früher an jenem Tag gerettet hatte, und ging geradewegs in die Villa Rodje zu seinen zweifelhaften Freundinnen. Es sieht so aus, als müsste er diese Dinge tun, um seine Heilkräfte und die anderen so genannten spirituellen ›Gaben‹, über die er verfügt, zu bewahren. Deshalb nennt der Klerus ihn Sohn des Teufels, wohingegen die Armen und Kranken ihn Jesus Christus nennen. Jedenfalls fand der Zar es heraus und verbannte ihn für lange Zeit nach Hause nach Sibirien, bis man ihn wieder holen ließ, als der Sohn des Zaren einen weiteren heftigen Blutsturz erlitt. Wieder rettete Rasputin dem Jungen das Leben. Jetzt hat die Nachricht von diesem zweiten abstoßenden Zwischenfall die Ohren des Zaren erreicht, und der Zar hat ihn gewarnt, sich anständig zu benehmen, ansonsten ...«

»Ansonsten passiert was?«

Walter zuckte wieder die Schultern. »Ein Klaps auf das Hinterteil, vielleicht eine Szene, die man aber vor den Zeitungen geheim halten wird. Vielleicht auch das Gefängnis – wir alle hoffen. Wer weiß, was Rasputin seinem Herrn und Meister erzählen wird, um dessen Gunst wiederzuerlangen?«

»Warum hofft ihr, dass er ins Gefängnis kommt? Auf welche Art und Weise beeinflusst er euer Künstlerleben?«

»Er beeinflusst das Leben aller Menschen in Russland heutzutage«, warf Zeta ein. »Gib mir bitte dein Feuerzeug, Michal, ich habe keine Streichhölzer mehr. Weil der Zar sich jetzt mit seinem

Heer an der Front befindet, wird Russland von der Zarin in ihrem Boudoir regiert, mit Rasputin an ihrer Seite. Er ist ein Schwein, Irene, besonders, wenn es um Frauen geht. Dieser Bastard ist ein Teufel. Ich wünschte, diese Zigeunerin in Sibirien letztes Jahr hätte ihm den Rest gegeben. Irgendjemand wird ihn sicherlich bald umlegen, davon kann man ausgehen!«

»Pass auf, dass dich niemand hört, wenn du so redest, Zeta«, warnte Michal.

Sie rümpfte ungeduldig die Nase. »Ach, hör auf, Michal. Wir wissen, dass du ihn für einen Heiligen hältst.«

»Ich bin offen gegenüber allem, das ist alles. Möge der, der frei von Sünden ist, den ersten Stein werfen, was, Zeta? Ich sage lediglich, dass Grigorij in vielerlei Hinsicht falsch beurteilt wird.«

Walter meinte: »Grigorij Rasputin steckt dahinter, wenn der Zar seine autokratischen Maßnahmen durchführt, um die gewöhnlichen Arbeitermassen zu unterdrücken. In Wirklichkeit regiert Rasputin zusammen mit der Zarin das Land; Rasputin soll sogar über Nikolaus, den Zaren, gesagt haben, er habe ›keinen Mumm‹. Rasputin steckte auch dahinter, als unser weicher kleiner Herrscher seine Absicht verkündete, Oberbefehlshaber über die russische Armee werden zu wollen. Russland verdankt dem Zaren seine entsetzlichen Verluste in diesem verrückten Krieg. Die Zarin, hinter der ihr übler Schatten Rasputin steht, ermutigt ihren Gatten, sein Privileg als uneingeschränkter Herrscher über Russland auszuüben. Rasputin vertritt den Grundsatz, dass Sünde die Voraussetzung für Erlösung ist. Er hat die Macht, Minister in die Duma berufen oder Minister absetzen zu lassen. Rasputin leitet unsere Geschicke auf sehr düstere und üble Weise, aber trotzdem stellt sich ihm niemand in den Weg, weil er sich der kaiserlichen Familie unentbehrlich gemacht hat.«

An diesem Punkt stand Michal auf und beendete damit die Diskussion. »*Da!* Jetzt hast du seinen Charakter ausreichend schlecht gemacht, und damit ist der Geschichtsunterricht für Irene beendet.« Er wandte sich an Irene: »Es ist Zeit, nach Hause zu gehen. Es ist fast elf Uhr.« Er nahm seine Jacke von der Stuhllehne, legte Irene ihren Umhang um die Schultern und führte sie zum Ausgang.

Als sie vor dem Haus der Fabergés ankamen, sagte er: »Ich habe den Meister gebeten, dich nach Moskau zu versetzen.«

Irene blieb stehen und starrte ihn an. »Du hast was?«

»Ich glaube, dass es besser für uns beide ist. Du wirst einen guten Einblick in die Silberarbeiten bekommen, die sie dort erstellen. Es ist nur für ein paar Wochen.«

»Aber ... aber ...«, stammelte sie hilflos. Ihr fehlten die Worte. Sie konnte ihn nur anstarren, ihn, der sie um ihre Hoffnungen, Träume und Sehnsüchte betrog. Schließlich atmete sie tief durch und fragte ihn so kühl, wie sie konnte: »Moskau ist mehr als sechshundert Kilometer entfernt! Ich bedeute dir nichts, deshalb tust du mir das an. Ich werde nicht gehen. Ich habe hier noch eine Menge Arbeit zu erledigen, die *du* mir aufgetragen hast.«

Er ergriff sie am Arm und schob sie gegen die herabgelassenen Rollläden des Ausstellungsraumes. Die Gaslampen über ihren Köpfen beleuchteten die Front des Geschäfts, die Nische hinter den Lampen lag jedoch im Schatten. »Bitte hör auf! Ich tue das für uns, Irene. In Moskau können wir uns ungestörter treffen als hier.«

»Heißt das, dass du mit mir kommst?«

Er schüttelte den Kopf und lächelte sie aufmunternd an. Er zog ihren Mantelkragen hoch und umfasste ihr Kinn. Während er seinen Körper gegen den ihren presste, erklärte er ihr: »Das wäre zu offensichtlich. Aber ich werde dich besuchen, und wir können tun und lassen, was wir wollen. Wir können auch nach Archhangelskoe fahren. Hier in St. Petersburg müssen wir ständig lügen, um zusammen sein zu können. In Moskau können wir Tag und Nacht miteinander verbringen. Ich werde am Freitag mit dem Nachtzug fahren, und wir können das ganze Wochenende zusammen in Archangelskoe verbringen. Ich werde dann am Sonntagabend zurückfahren.«

»Du bist verrückt. Du machst das bloß, weil du mich aus den Füßen haben willst. Du bist meiner schon müde geworden ...«

Er seufzte verzweifelt. »Wenn ich deiner müde wäre, würde ich dann mehr als sechshundert Kilometer weit fahren, um achtundvierzig Stunden in deiner Gesellschaft zu verbringen? Ich kann mich nicht auf meine Arbeit konzentrieren, wenn du den ganzen Tag neben mir sitzt. Manchmal würde ich dich am liebsten schnappen und direkt auf der Werkbank mit dir schlafen!«

Zeta hatte Recht. Er war tatsächlich ein leidenschaftlicher Mann! Aber Irene war sich immer noch nicht sicher, warum er sie nach Moskau verbannen wollte.

»Du wirst mit einer Designerin zusammenarbeiten, die dich während deiner Zeit in Moskau betreuen wird. Sie ist Witwe, ihr Name ist Olga Tushkina.«

»Ist sie auch eine deiner Freundinnen?«, fragte Irene verdrießlich.

Er lächelte sie an und stupste seine Nase gegen ihre. »Ja, aber nicht so, wie du denkst. Ich verspreche dir, dass alles gut wird und dass der Meister keinen Verdacht schöpfen kann.«

»Was ist mit meiner Kerbholz-Kette? Und mit meinem Marienkäfer mit goldenem Staub auf den Flügeln; du wolltest mir zeigen, wie ich den Staub anbringen kann.«

»Manchmal muss ein Künstler seine Arbeit unterbrechen. Auch ein Schriftsteller muss seine Arbeit manchmal ruhen lassen, wenn er ein schwieriges Buch schreibt. Wenn man nach einer Weile die Arbeit wieder aufnimmt, geht sie oft besser von der Hand und Fehler können leichter behoben werden.«

»Willst du damit sagen, dass ich Fehler begangen habe? Ist es das, was du mir sagen willst? Nein! Was du mir wirklich sagen willst, ist, dass du einen Fehler gemacht hast, und zwar mit mir! Geh weg, lass mich allein!«

»Nein! Oh nein!« Er versuchte, sie festzuhalten. »Hör zu ... halt bitte still! Wenn du dich so albern benimmst, wird der Nachtwächter noch auf uns aufmerksam!«

Als sie sich schließlich beruhigt hatte, flüsterte er: »Ich versuche dir zu sagen, dass ich deine Versetzung für dich veranlasst habe, für *uns*!« Er küsste sie lang und hart. »Ich möchte mehr Zeit mit dir verbringen, viel mehr Zeit, als wir uns im Moment leisten können.« Er trat zurück, als sie ihn wieder zurückstieß.

Irene wagte nicht, ihm zu antworten. Der Nachtwächter ließ sie am Hintereingang ein, pünktlich zur vereinbarten Zeit.

Am nächsten Morgen am Frühstückstisch sagte der Meister zu Irene: »Michal Wassilij hat vorgeschlagen, dass Sie Erfahrungen in der Moskauer Niederlassung sammeln sollten, wo hauptsächlich Silberarbeiten angefertigt werden.«

»Im Moment fertige ich eine große Menge Glassachen, Monsieur Fabergé. Ich dachte, mein Beitrag zum Krieg sei wichtig.«

»Genau aus diesem Grund hält Wassilij es für sinnvoll, dass Sie nach Moskau wechseln, um mehr Zeit für Ihre eigenen Arbeiten zu haben und sich auf Ihre Entwürfe konzentrieren zu können, statt medizinische Spritzen zu produzieren. Eugène und ich finden die Idee gut. Hier sind inzwischen sowieso zu viele Leute, und Michal sagt, dass er nicht genug Zeit hat, sich um Sie zu kümmern. Sie werden in guten Händen sein. Olga Tushkina ist die dortige Designerin, und sie hat angeboten, Ihre Betreuung zu übernehmen. Den Niederlassungsleiter, Oscar Phil, haben Sie ja bereits kennen gelernt. Ihr Lehrmeister wird Gustav Jahr sein, ein Balte, der bekannt für seine Fantasieobjekte ist. Eugène meint, dass Sie Ihre Kollektion ›Glitzern im Mondlicht‹ unter Gustavs Aufsicht weiterführen können.«

»Wann soll ich abreisen, Monsieur Fabergé?«, fragte Irene.

»Ende der Woche – wenn das Ihnen und Ihrem Lehrmeister passt, meine Liebe. Ich glaube, Alexander wird am Wochenende herkommen, und Olga, die zurzeit hier ist, wird gemeinsam mit meinem Sohn zurück nach Moskau reisen. Ich überlasse es völlig Ihnen. Natürlich müssen Sie nicht nach Moskau gehen, wenn Sie nicht wollen; die Entscheidung liegt ganz bei Ihnen.«

»Ich werde am Wochenende abreisen«, sagte Irene. »Wenn Sie

mich jetzt entschuldigen wollen, Monsieur Fabergé, Madame Augusta.«

Sie nickten zustimmend, und Irene verließ das Speisezimmer.

»Sie ist böse auf mich«, meinte Carl Fabergé. »Normalerweise nennt Sie mich Meister und nicht Monsieur Fabergé.«

Augusta erhob sich. »Männer können so dumm sein«, sagte sie und machte Anstalten, den Raum zu verlassen.

»Was ist denn jetzt los, Augusta?« Der Meister blickte seine Frau überrascht an. »Was habe ich heute Morgen getan, um dein Missfallen zu erregen?«

Augusta blieb an der Tür stehen. »Wassilij und Irene sind ineinander verliebt, Carl. Merkst du nicht, wie sie dich manipulieren?«

»Verliebt? Das ist doch lächerlich.«

»Tatsächlich?«

»Natürlich. Zwischen den beiden herrscht offener Kampf. Jeder in der Werkstatt weiß das!«

»Genau!«, antwortete Augusta schneidend.

»Irene würde niemals etwas hinter meinem Rücken tun. Wassilij genauso wenig.«

»Hast du vergessen, Carl, dass junge verliebte Menschen *alles* tun würden, um einen Moment miteinander zu ergattern? Sogar, wenn sie dafür auf den Mond reisen müssten! Es herrscht Krieg, vergiss das nicht. Die Zeit ist knapp für die jungen Leute. Wer weiß, ob nicht auch Wassilijs Name eines Tages auf einer Gefallenenliste auftauchen wird.«

»Dann bist du der Meinung, dass ich Irenes Versetzung nach Moskau wieder abblasen sollte? Dass ich Wassilij dazwischenfunken sollte? Dass ich ihn wegschicken soll? Es wäre eine Schande, weil er einer meiner besten Männer ist und den wichtigen Auftrag hat, kaiserliche Ostereier für nächstes Jahr zu fertigen.«

»Was würde das bringen? Sie sind verliebt. Sie werden Gelegenheiten finden – wie zum Beispiel Besuche im russischen Museum am Freitagabend oder ein Bummel auf dem Newskij Prospekt am Samstagnachmittag.«

»Das hätte ich nicht von ihnen erwartet!«, rief Carl Fabergé bekümmert und enttäuscht aus.

»Ja. Und weil ich Großmutter bin, weiß ich, dass nichts Gutes dabei herauskommen würde, wenn wir versuchen würden, Irene und Michal Wassilij auseinander zu bringen. Möglicherweise würde Irene sogar ihre Lehre abbrechen, um mit Wassilij zu gehen, wenn du ihn hinauswirfst. Außerdem ist Wassilij wichtig für unser Geschäft, weil durch ihn viel Geld hereinkommt und seine Beziehungen auch uns einen gewissen Schutz verschaffen. Lass sie in Ruhe. Sie sind erwachsen, und es bleibt zu hoffen, dass sie, wenn sie schon nicht vernünftig sind, wenigstens diskret sein werden. Zufällig leben nämlich Wassilijs Eltern in Arkchangelskoe. Sollen *sie* doch die Verantwortung für die Handlungen ihres Sohnes übernehmen. Irene ist selbst für ihre Handlungen verantwortlich. Wir übernehmen vorübergehend eine Vormundfunktion, aber wir sind nicht ihre Gefängniswärter. Ich werde jetzt nach unseren Enkelkindern sehen.«

»Oh je«, murmelte Carl Fabergé vor sich hin, während er über den Resten des Frühstücks brütete. »Dieser Krieg fügt dem Geschäftsleben großen Schaden zu.«

25. Kapitel

Irene konnte sich nicht von dem Gedanken frei machen, dass Michal Wassilij *ihr* Leben schön organisiert hatte, so wie es ihm passte. Vielleicht verschaffte er sich Zeit, um sich von ihrer Beziehung zu erholen, dachte sie ärgerlich, während sie vergeblich versuchte, auf ihrer Reise nach Moskau ein Buch zu lesen. Es fiel ihr schwer, die Zurückweisung zu ertragen, und sie konnte seine Motive, sie mehr als sechshundert Kilometer fortzuschicken, und das so kurzfristig, nicht verstehen.

Männer!, dachte sie wütend. Erst machte er sich an sie heran, und dann ließ er sie wieder fallen, wenn es ihm passte. Sie wünschte, sie hätte nicht zugelassen, dass er sie auf der Glinki-Brücke so leidenschaftlich küsste. Die schwarze Nacht vor dem Zugfenster konnte ihr auch keine Lösung für ihr Problem vermitteln.

Sie zog das Fensterrouleau nur hinauf, wenn der Zug in einen Bahnhof einfuhr. Gemäß den Vorschriften musste man sich an die Verdunkelungsregeln im Kriegszustand halten. Der Zug hielt häufig an; einzig die Truppenbewegungen auf den Bahnhöfen waren dazu angetan, die Monotonie der langen Reise zu unterbrechen.

Sie hatten ihr eigenes Essen mitgenommen, weil der Zug nicht über einen Speisewagen verfügte. Nach dem Essen kehrte Alexander Fabergé in sein eigenes Schlafabteil nebenan zurück. Olga, die auf der oberen Schlafkoje des Abteils, das sie sich mit Irene teilte, gelesen hatte, klappte ihr Buch zu.

Sie beugte sich vor und spähte nach unten zu Irene. »Gute Nacht, Irene. Versuchen Sie ein wenig zu schlafen, meine Liebe.« Sie schüttelte das harte Kopfkissen auf, löschte die trübe Leselampe und legte sich hin. »Ich freue mich, dass Sie eine Weile bei mir wohnen werden«, sagte sie schläfrig in die Dunkelheit. »Ich glaube, wir werden uns gut verstehen.«

»Gute Nacht, Olga.«

Das Rumpeln des Zuges, laute Stimmen, Gelächter und Auseinandersetzungen auf dem Gang, wo einige Passagiere gemäß einer seltsamen russischen Sitte ihr Essen auf kleinen tragbaren Öfen kochten, sowie ihre eigenen Gedanken, all das hinderte Irene am Schlafen. Sie döste lediglich sporadisch und war erleichtert, als endlich der Tag heraufdämmerte und der Zug schließlich in den Moskauer Hauptbahnhof einfuhr.

Der hektische Betrieb von Kutschen, Autos, Lastwagen und russischen Truppen rund um den Komsomolskaja-Platz erschien nach dem beschaulichen Tempo in St. Petersburg beängstigend. Alexander Fabergé begab sich geradewegs in sein Büro; seine Wohnung lag über dem Geschäft. Olga nahm Irene mit in ihre Wohnung in der Lubjanka Straße.

»Sie sind müde, Irene. Warum nehmen Sie nicht ein Bad und schlafen dann für den Rest des Tages? Sonntag ist immer mein fauler Tag. Wir können zusammen frühstücken, und danach will ich auch baden und schlafen. Nach Zugreisen fühle ich mich immer so schmutzig und zerschlagen.«

Irene fand Olgas Vorschlag wunderbar und stimmte begeistert zu. Außerdem wollte sie Michal einen langen Brief schreiben, um ihm zu genau zu sagen, was sie von ihm hielt!

Man konnte die Moskauer Niederlassung des Hauses Fabergé nicht verfehlen, denn der Name Fabergé schmückte die Fassade des dreistöckigen Gebäudes auf der Kuznetskij Most – oder, wie Irene auf Englisch dachte, auf der ›Blacksmiths Bridge‹. Die

Werkstatt auf der Kuznetskij Most Nr. 4 lag an einer strategisch günstigen Ecke im geschäftigen und lauten Stadtzentrum von Moskau und war ganz anders als das ruhige und würdevolle Haus in St. Petersburg.

Auf dem Weg zum Geschäft erklärte Olga Irene: »Kuznetskij Most ist die bekannteste Einkaufsstraße Moskaus. Falls Sie genug Geld haben, können Sie es hier loswerden; es gibt viele deutsche und französische Geschäfte, die Luxusartikel verkaufen. Die richtige Zeit für einen Spaziergang ist jedoch um vier Uhr nachmittags.«

»Warum dann?«, fragte Irene neugierig.

»Um diese Zeit taucht der Adel auf, um seine Einkäufe zu erledigen. Sie stolzieren wie Pfaue die Straße auf und ab.«

»Na ja, ich ziehe es vor, während der Mittagspause mit meinen Millionen zu promenieren«, sagte Irene, worauf Olga in Gelächter ausbrach.

Die Abteilung für Silberschmuck im Geschäft raubte Irene den Atem. Nie zuvor hatte sie etwas Ähnliches gesehen, nicht einmal in der Morskaja Straße in St. Petersburg. In riesigen Ausstellungsvitrinen war der erlesenste und verschwenderischste Silberschmuck ausgestellt, der das Licht der Kronleuchter millionenfach reflektierte. Eine Reihe goldener Stühle mit roter Polsterung stand neben einer Waage, sodass die Kunden sich selbst vom Gewicht der Stücke, die sie kaufen wollten, überzeugen konnten.

Alexander Fabergé stellte Irene dem Leiter der Niederlassung, Gustav Jahr, sowie einigen Angestellten vor.

In St. Petersburg hatte jeder Kunsthandwerkermeister seine eigenen Auftraggeber wie zum Beispiel die Familie Yussupow, die Nobels, die Rothschilds, die Belshs, um nur einige Namen zu nennen. Außerdem beschäftigte jeder Meister seine eigenen Handwerker und bezahlte sie auch. Hier in Moskau, wie auch in Odessa (und in Kiew und London, bevor die Niederlassungen geschlossen wurden), beschäftigte Carl Fabergé selbst die Handwerker und stellte sie unter die Aufsicht von Managern. Irene verstand nun, warum Michal wollte, dass sie in der Niederlassung in Moskau ›Erfahrung sammelte‹.

Irene lebte sich in Moskau schnell ein. Sie verstand sich gut mit Olga, die eine ehrliche Frau mit einer direkten Art war, ganz anders als die temperamentvolle und rätselhafte Zeta Yuan, die immer eigennützige Zwecke zu verfolgen schien.

Irene musste die Kürzel und Kennungen der einzelnen Kunsthandwerker in Moskau kennen lernen. Auch die verschiedenen Niederlassungen hatten unterschiedliche Kennungen. Sie lernte auch, gefälschte Kennungen und Initialen zu erkennen, und konnte schließlich Objekte, die nicht gekennzeichnet waren, anhand ihres Stils den jeweiligen Kunsthandwerkern zuordnen.

Sie stellte fest, dass in der Moskauer Niederlassung die Kennzeichnung der Produkte eher nachlässig durchgeführt wurde. Manche Kennzeichen waren tief eingedrückt, andere nur äußerst oberflächig. Sie lernte, dass der russische Standard nicht dem englischen Standard entsprach, was ja auch für einen Zusammenstoß zwischen dem Meister und der Goldschmiedeinnung in London gesorgt hatte.

Irene hatte Michal einen Brief geschrieben, den sie in seine Wohnung in St. Petersburg schickte. Sie schrieb: *›Ich möchte dich nicht sehen, also kannst du dir die Kosten für die Zugfahrt nach Moskau sparen. Ich bin sehr böse auf dich und werde dir niemals verzeihen, dass du so hinterlistig gehandelt hast! Übrigens, ich amüsiere mich prächtig hier in Moskau. Ich unternehme viel mit der Witwe Mrs. Olga Tushkina, eine deiner Freundinnen, wie ich glaube! Wir waren im Ballett und im Theater und haben Museen und Kunstgalerien besucht. Außerdem ist der Leiter der Niederlassung sehr nett zu mir und verfügt über deutlich mehr Talent als alle Kunsthandwerker, mit denen ich bislang zusammengearbeitet habe!‹*

Irene merkte, das ihr Brief ausgesprochen unreif war, aber sie war böse auf ihn und wollte es ihn auch wissen lassen.

Seine Antwort überraschte sie. Er teilte ihr mit, dass er sich bewusst sei, dass sie mit einem anderen Mann vielleicht besser dran wäre, und es stimme, dass Gustav Jahr viel talentierter als er sei. Er hoffe nur, dass sie Gustav nicht so sehr herausfordere wie ihn, oder ihm an der Werkbank ihre Ellenbogen in die Rippen stoße. Auch er halte es für eine gute Idee, nicht so bald in Moskau aufzutauchen; es würde nur den Verdacht des Meisters erwecken. Außerdem solle Abwesenheit angeblich die Liebe vergrößern.

Irene schnaubte verächtlich, als sie den Brief las. Wie kam er dazu anzunehmen, dass sie ihn liebte? Sie warf den Brief in den Papierkorb, nahm ihn aber wieder heraus, bevor Olgas Putzfrau den Papierkorb ausleeren konnte.

Eine Woche später erfuhr sie von einem Angestellten in Moskau, dass die Mitarbeiter des Hauses Fabergé in St. Petersburg sich im Streik befanden. Erfahrene Handwerker protestierten dagegen, dass ihre eigene Karriere in Gefahr war, weil sie ihre Zeit mit der Produktion von medizinischem Gerät verschwenden mussten. Der Meister habe kein Recht, den Lebensunterhalt der Kunsthandwerker aufs Spiel zu setzen wegen eines »fadenscheinigen Beitrags zum Krieg«; medizinische Spritzen und Metallnadeln könnten auch von jedem drittklassigen Atelier produziert werden. Sie verlangten eine Sonderentschädigung für diese Art von niedriger Arbeit.

Irene hatte das dumpfe Gefühl zu wissen, wer hinter dem Streik der Kunsthandwerker in der Morskaja Straße steckte. Jetzt wusste sie auch, warum er sie nach Moskau abschieben wollte – verdammter Kerl!

Alexander Fabergé rief die Angestellten in Moskau zusammen und teilte ihnen mit, dass er das Geschäft sofort schließen werde, falls sie dem Beispiel ihrer Kollegen in St. Petersburg folgen würden. Er warnte sie, dass die Niederlassungen in Kiew und London bereits geschlossen worden seien und dass der Meister nicht zögern würde, bei dem geringsten Anzeichen von Ärger auch die Moskauer Niederlassung zu schließen. Es lag bei ihnen, ob sie sich in die Schlangen vor den Bäckereien einreihen wollten oder nicht.

Als Alexander Fabergé auf diese Weise das Streikrisiko von der Moskauer Niederlassung abgewendet hatte, machte er sich auf den Weg nach St. Petersburg, um seinem Vater und seinen Brüdern Beistand zu leisten.

Michal hatte gewusst, dass in der Morskaja Straße gestreikt werden würde. Aus diesem Grunde hatte er sie fortgeschickt. Er wusste, dass ihre Loyalität gespalten gewesen und sie in eine Zwickmühle geraten wäre; wahrscheinlich hätte sie Partei für die Geschäftsleitung ergriffen und wäre ein Streikbrecher geworden. Sie konnte nicht genau sagen, was sie getan hätte, aber jetzt war es ohnehin rein hypothetisch. Sie wünschte, er hätte ihr seine Gedanken damals mitgeteilt und die Entscheidung ihr selbst überlassen.

In den nächsten Wochen arbeitete Irene an ihrer Kerbholz-Kette und an ihrem Marienkäfer-Ring, wenn sie Zeit hatte; ansonsten durchwanderte sie die Werkstätten für Gold- und Silberarbeiten, lernte alles über Vergoldungen und lernte Rotguss kennen, ein Material, das vor dem Hintergrund der Einsparungsmaßnahmen wegen des Krieges für die Kunsthandwerker von Fabergé an Bedeutung gewonnen hatte.

Michal hatte ihren letzten Brief, in dem sie ihm vorwarf, den Streik im Geschäft in St. Petersburg organisiert zu haben, nicht beantwortet. ›*Das war ausgesprochen disloyal und deiner unwürdig, Michal Wassilij; ich kann nur vermuten, dass deine gefährlichen Freunde von der dritten Genossenschaft dahintersteckten, insbesondere eine sehr talentierte Goldschmuckdesignerin namens Zeta Yuan! Ich möchte dich nicht wiedersehen und will nichts mehr mit dir zu tun haben. Wenn ich in die Morskaja Straße zurückkehre, werde ich den Meister bitten, mich einem neuen Lehrmeister zuzuweisen, falls du bis dahin nicht ohnehin schon deine Arbeit verloren hast.*‹

Als Irene schon dachte, dass die Geschichte mit Michal Wassilij endgültig abgehakt sei, tauchte er am folgenden Samstagmorgen auf Olga Tushkinas Türschwelle auf.

Olga rief die Treppe hinauf: »Irene, hier ist jemand, der dich sehen möchte.«

Irene, noch im Bademantel, erschien im gleichen Moment auf dem Treppenabsatz, als Olgas Nachbarin ihre Wohnungstür öffnete, um ihre Katze hinauszulassen. Die Katze sprang die Treppe hinunter und entwischte zwischen Michals Beinen hindurch durch die offene Haustür. Als Irene sah, wer unten in der Eingangshalle stand, machte ihr Herz einen Satz, und während sie sich abwandte, rief sie: *»Ja ni khachu gavarit' svamit, Michal Wassilij!«*

»Irene ... ich hatte nicht das Geringste mit der Organisation des Streiks in der Morskaja Straße zu tun!«, rief er ihr nach, aber sie war schon wieder in der Wohnung verschwunden und schlug ihre Schlafzimmertür hinter sich zu.

Ein paar Minuten später hörte Irene Olga vor ihrer Tür. »Irene, bitte sprechen Sie mit ihm. Er hat einen weiten Weg zurückgelegt, um Sie zu sehen.«

Olga ging die Treppe hinunter und ließ die Wohnungstür weit geöffnet. Michal stürmte die Treppe hinauf, immer zwei Stufen auf einmal nehmend. Irene hörte seine raschen Schritte näher kommen. Vor ihrer Zimmertür hielten sie an. »Irene, bitte zieh dich an. Ich möchte dich heute nach Archangelskoe mitnehmen.«

»Warum?«

»Weil heute ein wunderschöner Tag ist. Und weil ich möchte, dass du meine Mutter und meinen Vater kennen lernst.«

»Warum?«

Sein Seufzer klang beinahe verzweifelt. »Ist es normal, dass Engländer sechs Wochen lang einen Groll gegen jemanden hegen?«

»Nein. Aber englische Männer wissen in der Regel, wie sie eine Frau nach sechs Wochen zu behandeln haben. Zeta hat Recht, du bist wirklich ein Lügner! Du hast behauptet, du würdest mich *jedes* Wochenende besuchen! Aber das hast du nur gesagt, um mich aus irgendwelchen windigen Gründen aus dem Weg zu haben. Ich finde das alles überhaupt nicht mehr lustig, Michal Wassilij, also geh bitte und lass mich in Ruhe.«

»Meine Mutter – die übrigens sehr alt und gebrechlich ist – erwartet uns heute zum Tee und zum Abendessen.«

»Würdest du mich dann bitte bei ihr entschuldigen, aber ich habe viel zu viel zu tun, um weiter ohne Ankündigung nach deiner Pfeife zu tanzen. Auf Wiedersehen.«

»Auch gut. Ich kann dich nicht zwingen, etwas zu tun, was du nicht möchtest. *Proshchaitje*, Irene.« Sie hörte ihn die Treppe hinunter gehen, und nach einer Weile fiel die Haustür ins Schloss. Irene sah aus dem Fenster und wandte sich mit einem befriedigten Lächeln wieder ab. Sie wusch sich und kleidete sich an und ging eineinhalb Stunden später in den Flur, der in das kleine Wohnzimmer führte. Sie trug Mantel und Hut. Olga trank Tee und plauderte mit Michal Wassilij.

»Sie haben lange genug gebraucht«, sagte sie. »Tee?«

»Ja bitte.«

Olga nahm den Samowar und ging in die Küche, um ihn wieder aufzufüllen. Irene sagte zu ihrem Lehrmeister: »Auf dem Weg nach Archangelskoe will ich deine vollständige Erklärung hören, da ich deiner Mutter gegenüber nicht unhöflich erscheinen möchte. Eine einzige Lüge, egal ob weiß oder schwarz, Michal Wassilij, und ich werde nach England zurückkehren, ohne meine Lehre zu beenden ... Du hättest übrigens die Haustür nicht so laut zuschlagen müssen, ich wusste, dass du noch hier bist, weil ich aus dem Fenster gesehen habe.«

Er ging auf sie zu und nahm sie in die Arme. »Oh, ich habe dich so sehr vermisst, *Balovjen*!« Sein leidenschaftlicher Kuss raubte ihr den Atem.

Olga blieb an der Tür stehen und räusperte sich vernehmlich. »Möchte noch jemand Tee?«

Im Zug nach Archangelskoe ließ Irene es zu, dass er den Arm um sie legte; trotz allem hatte sie ihn vermisst. »Ich möchte mich entschuldigen dafür, dass du schlecht von mir denken musstest die ganze Zeit«, sagte er auf Englisch, damit die anderen Reisenden im Abteil ihn nicht verstehen konnten.

»Es tut dir gar nicht leid. Wenn du etwas für mich empfinden würdest, hättest du mich nicht auf diese Art und Weise nach Moskau abgeschoben. Und einen Streik in der Morskaja Straße zu organisieren – das ist einfach jämmerlich!«

»Ich habe nichts zu tun damit, Irene. Ich schwöre. Es gibt viele andere in der Werkstatt, die machen Ärger, durch andere Ateliers, Genossenschaften und Gewerkschaften. Du hast doch selbst gemerkt, wie viel politische Unruhe herrscht in der Stadt. Aber ich habe nichts zu tun, überhaupt nichts, mit der Organisation des Streiks. Ich hatte natürlich Gerüchte gehört, weil ich Mitglied des Kunsthandwerker-Clubs und der Vereinigung russischer Männer bin. *Der Starez* ...«

»*Starez*? Was meinst du?«

Er flüsterte ihr ins Ohr: » Grigorij Jefimowitsch ...« Er war sehr krank und hat in Lebensgefahr geschwebt. Er war in seinem Heimatort in Sibirien und hat sich erholt von seinen Verletzungen. Aber jetzt ist er zurück in St. Petersburg. Der Zar hat den Namen in Petrograd geändert, weil St. Petersburg klingt so deutsch. Er will nicht, dass die Leute denken, er wäre Deutscher, wegen seiner Frau. Aber ich benutze gerne den alten Namen. Der *Starez* ...«

»Ich weiß nicht, was das Wort bedeutet, Michal!«

»Ein heiliger Mann, der Laie ist. Er ist mir sagt, er hat es auch dem Zar gesagt, der hört nicht auf seinen Rat wegen des Kriegs, und jetzt ist der *Starez* verbannt vom Hof. Aber ich höre ihm zu, und ich wollte nicht, dass du da bist, wenn es passierte. Ich konnte dir nicht davon erzählen, denn du hättest bleiben wollen in St. Petersburg ... Petrograd.«

»Wusste Carl Fabergé, dass sein Geschäft bestreikt werden würde?«

»Da!«

»Woher wusste er es?«

»Ich es habe ihm gesagt.«

»*Du* hast es ihm gesagt!« Irene starrte ihn überrascht an.

»Natürlich.«

»Dann habt ihr, das heißt du und er und Eugène, und auch Alexander, es gemeinsam ausgeheckt, mich nach Moskau zu schicken?«

»Natürlich.«

»Hör auf, ›natürlich‹ zu sagen!« Sie stieß ihm den Ellenbogen in die Seite. »Warum?«

»Pachimu, pachimu, pachimu!«, sagte er zu der Russin, die ihm gegenüber saß und einen Korb mit Hühnern auf dem Schoß hielt. Die Hühner waren lebendig und bewegten sich unruhig. »Sie fragt immer ›warum‹, und dabei bin ich noch nicht einmal mit ihr verheiratet!« Die Bäuerin lächelte ihm mitfühlend zu, wobei sie ihren zahnlosen Gaumen entblößte. Michal drehte sich wieder zu Irene um und sagte heftig: »Wir haben dich weggeschickt, damit dir, der Engländerin Irene Druce, nichts passiert! Und damit du wertvolle Erfahrungen in Moskau machen kannst.«

»Aber der Meister weiß nicht, dass du geplant hast, mich zu besuchen, oder?«, fragte Irene herausfordernd. »Nachdem der Streik vorüber war?«

Er zuckte die Schultern, sein gut geschnittener Mund verzog sich spöttisch, und seine dunklen Augen funkelten gefährlich. Er war ihr so nahe, dass ihre Nasen sich fast berührten. »Woher soll ich das wissen? Am Wochenende bin ich ein freier Mann. Ich kann gehen, wohin ich möchte, und ich kann jede Menge hübsche Mädchen in Moskau treffen.«

Irene lehnte sich zurück gegen die harte Lehne der hölzernen Sitzbank. Manchmal wusste sie nicht, was sie von ihm halten sollte. »Ich hoffe, du planst nicht, mich in einen Nachtclub namens *Jar* zu führen, während du in Moskau bist.«

Er lächelte gewinnend. »Das könnte ich mir nicht leisten. Wodka kostet im *Jar* zehnmal soviel wie im Kunsthandwerker-Club. Aber man kann jetzt keinen Alkohol mehr irgendwo trinken, seit den neuen Erlassen von Zar Nikolaus. Stattdessen können wir bei meiner Mutter essen.«

26. Kapitel

Michals Eltern lebten in einem kleinen Häuschen, einer *»Isba«*, die sich auf Prinz Yussupows Gut fünfundzwanzig Kilometer von Moskau entfernt befand. Es war ein kleines Blockhaus mit einem Strohdach und einer hübschen Veranda mit Blick auf die Wälder; im Garten war Holz gestapelt, Hühner suchten scharrend nach Futter, zwei Ziegen waren angepflockt, und eine Katze mit rötlichem Fell aalte sich genüsslich in der Maisonne. Ein alter Mann mit gebeugtem Rücken grub mit einem Spaten das Gemüsebeet um.

Er sah auf und strahlte, als er sie entdeckte. Hastig ließ er den Spaten fallen, wischte sich die Hände an den Aufschlägen seiner groben handgestrickten Jacke ab und kam auf sie zu, um sie willkommen zu heißen. »Michal! Wie schön, dich zu sehen, mein Sohn!«

Sie umarmten sich. Irene sah, dass dem alten Mann Tränen die welken Wangen hinabrannen.

Als Michal ihr erzählt hatte, seine Eltern seien alt, war ihr nicht klar gewesen, wie alt sie tatsächlich waren. Obwohl Irene wusste, dass harte Arbeit und Armut einen Menschen älter aussehen lassen konnten, als er war – sie musste an ihre Mutter denken –, war sie dennoch nicht auf Monsieur Wassilij vorbereitet gewesen, der wie Michals Großvater wirkte; er schien mindestens achtzig zu sein.

Michal trat zurück und stellte sie seinem Vater vor; er sprach dem alten Mann mit lauter Stimme ins Ohr. »Papa, das ist das englische Mädchen, von dem ich dir und *Maman* erzählt habe. Sie heißt Irene Druce. Sie arbeitet mit mir zusammen – und sie spricht gut Russisch, sodass du keine Dinge sagen kannst, die sie nicht verstehen soll!« Er wandte sich an Irene. »Du musst laut sprechen, weil er schwerhörig ist.«

Mr. Wassilij nahm Irenes Hand zwischen seine rauen und knorrigen Hände. Er drückte die Hand und sah sie mit wässrigen, freundlichen Augen an. Er schniefte, drängte die Tränen zurück und sagte auf Russisch: »Ich bin Andrej Wassilij. Willkommen in meinem bescheidenen Heim, Mam'selle. Ich bin so froh, dass mein Sohn Sie mitgebracht hat.«

»*Ja o'chen rat s vah'mee paznako'meetsa*, Monsieur Wassilij«, antwortete Irene.

»*Da!* Ich freue mich auch, die Freundin meines Sohnes kennen zu lernen, Mam'selle ... Sie spricht sehr gut Russisch, Michal ...«

»Das sollte sie auch«, gab Michal zurück. »Sie ist schließlich schon lange genug in Russland.«

»Bitte kommen Sie herein, damit ich Sie meiner Frau, Anna Wassilij, vorstellen kann, Mam'selle.«

Michals Vater ging voraus, und während er sich mit dem Handrücken die Tränen aus dem Gesicht wischte, rief er: »Anna, sie sind da, die jungen Leute sind hier, um uns zu besuchen.«

»Geh nur, du musst keine Angst haben.« Michal gab ihr einen leichten Stoß, worauf sie zögernd die Holztreppe auf die Veranda hinaufstieg und durch das Fliegengitter das kleine dunkle Wohnzimmer betrat.

Eine winzige Frau mit einer traditionellen Frisur saß in einem Schaukelstuhl am Herd, auf dem einige Töpfe vor sich hin köchelten. Der verführerische Duft des Essens ließ Irene merken, wie hungrig sie war; sie hatte wegen Michals unerwartetem Auftauchen lediglich eine Tasse Tee getrunken.

Anna Wassilij war mit einer exquisiten Häkelarbeit beschäftigt gewesen, so hauchzart wie Spinnweben. Sie ließ die Häkelnadel in ihren Schoß sinken und streckte ihnen ihre winzigen Hände entgegen. Die Augen, die in Irenes Richtung schauten, waren von einem trüben Blau und sahen nichts.

Irene fragte sich, wie Anna Wassilij solch eine feine Handarbeit ausführen konnte, obwohl sie völlig blind war. Und in diesem ergreifenden Augenblick war Irene froh, dass sie die Wassilijs nicht enttäuscht hatte und trotz ihrer anfänglichen Weigerung mitgekommen war. Die beiden alten Leute hatten sich offensichtlich schon seit Monaten auf diesen Besuch gefreut.

Michal kniete vor dem Schaukelstuhl nieder, damit seine Mutter sein Gesicht berühren konnte. Sie streichelte ihn und meinte: »Du bist dünner geworden, mein Junge – du arbeitest zu hart und bekommst nicht genug zu essen in der Stadt!« Sie küsste ihn und ließ ihre Finger durch sein dichtes dunkles Haar gleiten. »Deine Haare müssen geschnitten werden. Du kümmerst dich nicht richtig um dich selbst, du brauchst eine Frau!«

»*Da, Maman!* Der Meister lässt mich zu hart arbeiten und lässt mich verhungern. Und ich suche immer noch nach einer Ehefrau, aber ich finde keine, die reich oder hübsch genug wäre.« Über die Schulter sagte er zu Irene: »Sie sagt mir das jedes Mal, wenn sie mich sieht.« Er wandte sich wieder an seine Mutter und murmelte liebevoll: »Aber du, du siehst gesund und rosig aus, *Maman*!«

»Das macht die gesunde Landluft, mein Junge, und das faule Leben, das ich führe.«

Als Irene die alte Mutter und den jungen Sohn miteinander sah, spürte sie, wie ihr die Tränen in die Augen stiegen. Er liebte seine Eltern offensichtlich sehr, und sie beteten ihn an.

»Jetzt bring sie zu mir ... ich möchte deine junge Freundin sehen.«

Sanfte Hände erkundeten Irenes Gesicht. Ein Lächeln breitete sich auf Annas Gesicht aus. »Sie ist sehr hübsch und sehr groß für ein Mädchen – vielleicht etwas zu dünn, aber das wirkt bestimmt aristokratisch ... und ihr Hut gefällt mir. Welche Farbe haben Ihre Augen, mein Kind?«

»Grau, Madame Wassilij.«

»Und Ihr Haar?«

»Oh, ... ich denke, es ist braun.«

Michal zog eine Schachtel Zigaretten aus der Tasche und gab sie seinem Vater.

»Setzt euch, ihr beiden.« Andrej Wassilij deutete mit der Hand auf die Stühle. »Ihr seid so groß und stark, dass ich neidisch werde.«

Eine dunkelgrüne Samttischdecke mit Quasten bedeckte den Tisch, der hübsch gedeckt war mit zarten Teetassen und einem Samowar. »Papa, da in der Schublade ist Früchtekuchen für die Kinder, holst du ihn bitte? Außerdem gibt es Käse und frisch gebackenes Brot«, sagte Anna von ihrem Platz am Herd zu ihrem Mann. Auf dem Herd schienen eine Menge Dinge unter ihrer Aufsicht zu kochen.

Andrej hörte seine Frau nicht, da er zu sehr damit beschäftigt war, den Rauch einer echten Stadtzigarette zu genießen.

»Ich mache das!« Hilfsbereit sprang Irene auf. Gemeinsam mit Michal stellte sie den Früchtekuchen und die übrigen Dinge auf den Tisch.

Nach dem Tee gingen Michal und Irene in den Kiefernwäldern spazieren.

»Du siehst irgendwie anders aus«, meinte er und blieb mitten auf dem Waldweg stehen, um herauszufinden, was heute an ihr anders war.

»Anders?« Sie lachte. »Inwiefern anders?«

»Ich bin froh, dass du nicht ›warum‹ gefragt hast«, antwortete er. Er musterte sie von oben bis unten. »Deine Kleidung – ja, sie ist heute anders, es sieht hübsch aus. Blau steht dir viel besser als grau, aber das ist es nicht ... jetzt weiß ich es, es sind deine Haare. Sie sind nicht braun, sondern sonnenbraun! Schön, dass du den Hut abgenommen hast. Deine Haare sehen so schön aus, wenn sie nicht verdeckt sind. Ich hatte dich bislang nur mit einem Kopftuch oder einem Hut gesehen.«

»Schwindler! Du hast mich heute Morgen völlig ungekämmt gesehen, als du so früh und unerwartet gekommen bist.«

»Ja, stimmt. Dann ist es das. Ich mag dich lieber ungekämmt.«

Sie warf einen Kiefernzapfen nach ihm. Er fing ihn auf.

Liebe, dachte sie, es muss Liebe sein! Sie fühlte sich anders heute; sie war desorientiert und unsicher, sie spürte, dass er ihre Reaktionen auf seine Eltern und deren bescheidenes Heim beurteilte. Er hätte sich keine Sorgen machen müssen. Sie wusste genau, wie es sich anfühlte, wenn man nach seiner Umgebung und den Umständen und nicht nach seinen Verdiensten beurteilt wurde.

Die warme Luft roch nach Linden und Kiefern. Bezaubert streckte Irene die Arme aus und rief aus: »Oh, es ist wunderschön hier, wirklich wunderschön! Es erinnert mich so sehr an ...« Sie wollte sagen an zu Hause, schwenkte aber im letzten Moment um auf Hopeworthy Hall.

»Ich habe ein Geschenk für dich.« Er öffnete ihre Hand und schloss ihre Finger über dem großen Kiefernzapfen, den sie nach ihm geworfen hatte. »Ein richtiges russisches Andenken. Eines Tages kannst du mir einen richtigen englischen ›Hopfenzapfen‹, wie Barbara Belsh dazu sagt, schenken.«

Zum Abendessen gab es *›Baranina Smitána‹*; Michal erklärte ihr, dass das Hammelfleisch in Sauerrahm nach dem speziellen Rezept seiner Mutter sei. Es schmeckte köstlich, und Irene zögerte nicht, Madame Wassilij ein Kompliment zu machen. »Und die Linzer Torte, Madame Wassilij. Ich habe noch nie zuvor einen so guten Kuchen gegessen. Können Sie genauso gut kochen, wie Sie Ihre Spitzenhäkelarbeiten anfertigen?«

»Früher einmal, mein Kind, aber jetzt nicht mehr. Jetzt gebe ich die Anweisungen, und Andrej kocht. Sie ist ein nettes Mädchen, Michal«, sagte seine Mutter. »Sehr respektvoll. Pass gut auf sie auf. Ich mag Ihren Haarschmuck, Mam'selle Irene. Haben Sie ihn selbst in der Fabergé-Werkstatt gefertigt?«

Irene berührte die Haarspange, die sie in der Fabergé-Werkstatt in London hergestellt und anlässlich der Hochzeit von Randolph getragen hatte. Sie schaute Michal fragend an, weil sie sich wunderte, dass seine Mutter offensichtlich alles wahrnahm.

»Sie *fühlt* ihr Leben, Irene.«

Obwohl Irene sich bewusst war, dass Flüstern in Gesellschaft weiterer Personen unhöflich war, wechselte sie leise ein paar Worte in englischer Sprache mit Michal. Anna Wassilij hörte es und bat Michal um Übersetzung. »Sie wollte wissen, wann du dein Augenlicht verloren hast, *Maman*. Ich habe ihr erzählt, dass du blind auf die Welt gekommen bist, und sie kann nicht glauben, dass du Papa und mich niemals gesehen hast. Sie hat nun einen seltsamen Gesichtsausdruck; ich glaube, sie fängt gleich an zu weinen.«

Irene versetzte ihm unter dem Tisch einen Tritt und durchbohrte ihn mit ihren Blicken. Anna Wassilij sagte: »Natürlich sehe ich dich und deinen Vater, so ein Unsinn! Ich weiß genau, wie ihr beide ausseht, und manchmal seid ihr ziemlich hässlich, wenn ihr euch nicht rasiert habt! Achten Sie nicht auf meinen Sohn, Mam'selle Irene. Er nimmt mich immer auf den Arm, wenn er zu Hause ist, und erweist seiner alten, blinden Mutter keinen Respekt. Aber ich sehe Dinge, die andere Menschen nicht sehen können, Mam'selle Irene. *Petroushko*, die junge Dame muss müde sein. Kümmer dich bitte um sie, sei so gut.«

»Ja, wir müssen gehen, sonst verpassen wir den Zug ...« Irene warf einen Blick auf ihre Armbanduhr, an deren Band der silberne Schlüssel zum Leben befestigt war, den Michal und die anderen Kunsthandwerker ihr zu ihrem achtzehnten Geburtstag geschenkt hatten.

»Bleib.« Er bedeutete ihr, sitzen zu bleiben. »Mutter spricht von den Übernachtungsvorbereitungen.«

»Übernachtungsvorbereitungen?« Irene starrte ihn unsicher an.

»Mach den Mund wieder zu. Und entspanne dich.« Er sprach mit seiner Autorität als Lehrmeister, die jedoch durch seinen Blick gemildert wurde. »Ich habe nichts Schlimmes mit dir vor. Aber Olga rechnet heute nicht mehr mit uns. Sie weiß Bescheid, dass du hier bei meinen Eltern übernachten wirst. Wir sind gute Freunde, Olga und ich. Mutter meint, dass du zu Bett gehen solltest, da du zweifellos müde sein musst. Morgen möchte ich dir das Gut zeigen, und auch den Palast von Archangelskoe, wo ich alles über die schönen Künste und Goldarbeiten gelernt habe.«

»Aber ... aber, ich habe gar nichts für eine Übernachtung mitgebracht.«

»Was brauchst du? Ein Nachthemd? Eine Zahnbürste? *Maman* kann dir beides geben.«

Oh, sie könnte ihn dafür umbringen, dass er sie dermaßen in Verlegenheit brachte! Er schien keinen einzigen Gedanken daran verschwendet zu haben, dass sie möglicherweise *nicht* die Nacht in Archangelskoe verbringen wollte. »Wo soll ich schlafen?«, wollte sie misstrauisch wissen. Sie traute ihm nicht!

»In ihrem Bett.«

»Wo wird sie schlafen?«

»In Papas Bett.«

»Wo wird er schlafen?«

»Auf dem Heuboden.«

»Und du?«

»Auf dem Heuboden.«

Oh! Mama und Tante Martha würden ihr das niemals glauben! Irene fehlten sie Worte, also sagte sie nichts. Nicht, bevor sie außer Hörweite seiner Eltern waren.

Um Gelegenheit zu haben, mit dem Sohn allein zu sprechen, hatte Irene sich angeboten, den Abwasch zu erledigen. Anna und Andrej bestanden darauf, dass sie ein Gast sei und Papa den Abwasch erledigen könne, aber Irene setzte sich durch. Sie griff Michal heftig in Englisch an, sodass die Eltern hinter dem Trennvorhang sie nicht verstehen konnten. Gegenüber der Spülküche hatte Irene eine weitere mit einem Vorhang abgetrennte Nische bemerkt, zweifellos das Elternschlafzimmer! Irene schüttete das schmutzige Wasser aus und füllte die Spülschüssel mit sauberem heißen Wasser aus dem Metallkrug, der auf dem Ofen stand. Zornig und anklagend flüsterte sie Michal zu: »Was hast du ihnen von uns erzählt?«

»Ich habe ihnen gesagt, ich werde versuchen, die Engländerin heute Nacht nicht zu verführen. Aber morgen werde ich mir mehr Mühe geben.«

Sie versetzte ihm einen Tritt gegen den Knöchel.

Er fuhr fort, das Geschirr abzutrocknen und amüsierte sich über ihr Unbehagen. »Jetzt sehe ich erst richtig, *wie* englisch du eigentlich bist! Du sorgst dich um den Ruf einer englischen Lady!« Er fiel ins Russische und drückte seinen Mund gegen ihr Ohr. »Und du kannst nicht abwaschen ...« Er gab ihr den Teller zurück. »Es sind noch Essensreste darauf. Falls du wirklich nicht hier übernachten willst, Irene, dann könnten wir gerade noch den letzten Zug zurück nach Moskau erwischen.«

»Das ist es nicht.«

»Was dann?«

»Oh, nichts ... Nein, stimmt nicht!« Sie schlug mit der flachen Hand auf das Wasser und bespritzte sich von oben bis unten. »Ich weiß einfach nicht, woran ich mit dir bin. Ich kenne deine Pläne nicht. Wie können wir als Lehrmeister und Schülerin nach St. Petersburg ... Petrograd ... zurückkehren, nachdem ich auf diese Art und Weise deinen Eltern vorgestellt worden bin und die Nacht hier verbracht habe?«

»Was meinst du, es gefällt dir nicht hier?«

Na, na, wer war hier übersensibel? Irene zog die Hand aus dem Spülwasser und strich sich das Haar aus der Stirn. Es fiel ihr nicht auf, dass sie die gequälte ›Küchengeste‹ ihrer Mutter übernommen hatte.

Sanft umfasste er ihr Kinn mit seinen Händen, in denen sich noch das Abtrockentuch befand. »Glaubst du nicht, dass ich vorher über all das nachgedacht habe? Du bist etwas ganz Besonderes für mich geworden, das weiß ich jetzt. Während der vergangenen sechs Wochen musste ich pausenlos an dich denken. Ich hatte gehofft, dass meine Gefühle für dich sich ändern würden, während du in Moskau warst, aber das war nicht der Fall. Ich wollte dich hierher bringen, um dir zu zeigen, wie *wenig* ich dir zu bieten habe. Mit dem Geld, das ich durch die Aufträge in St. Petersburg verdiene, unterstütze ich meine Eltern, unterstütze ich ihr Leben in einer Blockhütte! Nach Abschluss deiner Lehre wirst du nach England zurückkehren. Sicher würdest du nicht für immer in Russland bleiben wollen, so weit entfernt von deinen Freunden und deiner Familie. Wir kennen uns jetzt seit mehr als einem Jahr und sind uns nicht näher gekommen – ich meine, im Sinne von ... von ...«

»Miteinander zu schlafen? Ich soll deine Geliebte werden, wie Zeta?«, fragte sie geradeheraus und direkt.

»Natürlich ... jetzt, wo du es sagst. Ich bin kein Priester. Aber das wäre von einer *englischen* Frau, wie du eine bist, zu viel verlangt. Eigentlich wollte ich diese Unterhaltung morgen mit dir führen, nachdem ich dir alle die Dinge gezeigt habe, die ich dir schon so lange zeigen wollte. Aber nachdem du das Thema jetzt erzwungen hast, werde ich dich heute Nacht zurück zu Olga bringen.«

»Ich bin kein Kind mehr, Michal Wassilij. Ich bin sehr wohl imstande, mir mein eigenes Urteil über den Mann zu bilden, den ich liebe.«

»Genau das macht mich so unsicher, Miss Druce.« Er ließ sie los und begann, das Geschirr in den Schrank zu räumen. Nach einer Weile sagte er: »Beeil dich mit deiner Entscheidung. Der letzte Zug fährt in einer halben Stunde.«

Sie sah ihm bei seiner Arbeit zu und fragte dann mit einem kleinen weinerlichen Lächeln: »Wäre es zu viel verlangt, wenn ich dich bitten würde zu sagen, dass du mich liebst, damit ich weiß, woran ich bei dir bin?«

»Ich dachte, du wüsstest das«, grollte er.

»Es wäre schön, es zu hören. Aber vergiss es, ich möchte deinem männlichen Ego keinen Schaden zufügen, also bleibe ich ... nein, ich möchte bleiben, sehr gern sogar. Außerdem kann ich deine Eltern doch nicht vor den Kopf stoßen; schließlich gehen sie davon aus, dass ich bleibe. Sie waren so lieb zu mir. Ich denke, sie sind ein wunderbares Paar, so unverwüstlich, so ehrlich und so lieb! Wie die Menschen, die ich anscheinend aus den Augen verloren habe. Jetzt beeil dich und verschwinde auf den Heuboden, sonst komme ich noch auf die Idee, den Platz mit deinem Vater zu tauschen!«

»Das wäre wirklich zu viel verlangt von einer *Engländerin*!«, konterte er.

Irgendwie interessierte der Palast der Yussupows Irene nicht sonderlich. Er hatte so wenig mit normalen Leuten, wie Michal und sie es waren, zu tun. Das riesige Gebäude mit seinen unzähligen Zimmern und Fenstern und Schätzen erschien wie ein verzaubertes Märchenland, ohne Substanz, ohne Menschen. Am Rande des Ganzen lebten die wirklichen Menschen, ein sehr altes Paar, einer taub, der andere blind, Leibeigene, Bauern, die sich in den Händen der Umstände, der Adeligen und der Politiker befanden, und die in derselben Situation sterben würden.

Und dann ging es Irene auf, warum Michal Wassilij ihr Herz erobert hatte, warum Archangelskoe und Hopeworthy Hall zu einer Einheit verschmolzen waren, obwohl sie auf verschiedenen Kontinenten lagen; nicht die Leute machten den Unterschied, auch nicht die Länder und die grundlegenden Kulturen. Nein, es waren die Regierenden und die Politiker, die den Unterschied machten: Sie waren wirklichkeitsfremd und versuchten das Leben normaler Menschen zu formen, um Macht und Ruhm zu erlangen, während um sie herum ihre riesigen Gebäude, Hochburgen ihres Reichtums, nur klägliches Zeugnis davon ablegten.

In Archangelskoe erkannte Irene, was der Kunsthandwerker-Club war, was die Waterloo Road war, was eine Blockhütte und Andrej und Anna Wassilij waren. *Sie* waren nicht die traurigen kleinen Leute, diejenigen, die man bemitleiden musste. Wer tatsächlich zu bemitleiden war, das waren diejenigen, die eingeschlossen in ihrem riesigen Mausoleum lebten und sich verzweifelt an ihren Reichtum und ihre Macht klammerten, weil sie sonst nichts hatten.

»Lass uns im Wald spazieren gehen, Michal. Ich hasse dieses Schloss.«

»Warum?«

Sie lächelte. »Diesmal lasse ich dich ungestraft davon kommen, obwohl du *mir* die Frage nach dem ›Warum‹ gestellt hast. Zum ersten Mal in meinem Leben stelle ich mir die Frage, warum Menschen wie *wir* zulassen, dass Menschen wie *sie* sich alles erlauben können?«

»Ich weiß es ehrlich gesagt nicht«, sagte er. »Vielleicht sind wir zu ehrlich!«

Sie schmiegte sich an ihn; sie war glücklich, dass sie in Archhangelskoe übernachtet hatte, ohne sich von den unbedeutenden kleinen moralischen Vorschriften, die eine durch und durch korrupte Gesellschaft den Menschen auferlegen wollte, beeinflussen zu lassen. »*Warum*, Michal, warum kann Gott, der einen so traumhaft schönen Tag schenken kann, nicht alles im Leben schön gestalten?«

»Weil dann alle Worte, die sich auf eine Person, einen Ort oder ein Ding beziehen, abgeschafft und die Sprache der Menschen neu erfunden werden müsste. Wie zum Beispiel das Wort *Hoffnung*.«

»Ich liebe dich. Ich liebe dich wirklich«, sagte sie und drückte seinen Arm.

»Erzähl es nicht dem Meister, weil ich *hoffe*, eines Tages meine eigene Juwelierwerkstatt in St. Petersburg zu besitzen. Er würde mich vielleicht aus Furcht vor künftiger Konkurrenz hinauswerfen, und dann würde ich ein armer Mann bleiben, der niemals heiraten kann …« Das plötzliche Trommeln von Hufen unterbrach ihn.

Zwei Reiter galoppierten an ihnen vorüber. Einer von ihnen wendete sein Pferd, kam zurück, stieg ab und begrüßte Michal wie einen lang verschollenen Freund. »Michal Wassilij, außergewöhnlicher Kunsthandwerker! Was schleichst du hier im Wald umher?« Der schwarzhaarige junge Mann hatte solch ein fein geschnittenes Gesicht, dass man ihn schon eher hübsch als gut aussehend nennen konnte. Er entdeckte Irene hinter Michals Rücken. »Oho! Du bist mir ein stilles Wasser, Wassilij! Willst du mich nicht deiner hübschen Freundin vorstellen?«

»Irene, darf ich vorstellen: Das ist Prinz Felix Yussupow, der Sohn meines Gönners ... Felix, das ist Miss Druce aus England, ebenfalls eine Kunsthandwerkerin.«

»Jetzt bin ich aber enttäuscht«, sagte Prinz Felix, während er sich über Irenes Hand beugte und sie affektiert küsste. »Eine so reizende Dame wie sie, Wassilij, verdient es, nicht eine Kunsthandwerkerin, sondern eine Kurtisane zu sein!« Er war verblüfft, als Irene ihm in russischer Sprache antwortete.

»Ich glaube, Sir, eine Kurtisane ist die Geliebte eines Mannes von hohem Rang oder eine Prostituierte. Da ich weder das eine noch das andere bin, werden Sie sicherlich nicht zu enttäuscht sein, wenn ich Sie mit Michal allein lasse.« Mit hoch erhobenem Kopf ging sie stolz davon, wie sie es schon einmal anlässlich der Hochzeit von Randolph getan hatte.

Hinter sich hörte sie, wie der Prinz schrill lachte und zu ihrem Lehrmeister sagte: »Beim Jupiter, Wassilij! Eine Engländerin, die Russisch spricht! Sie ist großartig, wahrhaft großartig, wo hast du sie aufgegabelt?«

Aufschneider!, dachte Irene verächtlich.

Sie ging zur Seite, um den anderen Reiter vorbeizulassen, der zurückkam, um sich zu Prinz Felix und Michal zu gesellen. Der Reiter war eine Frau, und sie lehnte sich aus dem Sattel, klopfte Irene mit der Reitgerte auf die Schulter und schrie laut: »Buuh!« Irene sprang erschreckt zur Seite. Die Reiterin kicherte amüsiert. Irene blickte in ein auffallendes, stark geschminktes Gesicht mit schwarzumrandeten Augen, Wimperntusche, Lidschatten, Rouge und Lippenstift; die Perücke mit den wilden blonden Locken war etwas verrutscht und enthüllte das dunklere Haar darunter. Es handelte sich um einen jungen Mann, der sich als Frau verkleidet hatte. Er flötete ungeduldig: »Felix Liebling, beeile dich!«

»Ich komme schon, Dmitri!«, rief Felix unbeherrscht. »Sei nicht so eifersüchtig! Ich spreche mit meinem guten Freund Wassilij über ein kleines Geschenk für Prinzessin Irina Aleksandrovna!«

Ach du meine Güte, dachte Irene, Zeta Yuan hatte einen schlechten Geschmack, wenn es um Prinzen ging! *Starez* Rasputin hatte Recht, der Adel von St. Petersburg war durch und durch dekadent. Sie bemitleidete Michal wegen seiner Freunde und seines Gönners.

Am Abend lieferte Michal Irene sicher wieder in Olgas Wohnung ab und machte sich gleich auf den Weg zum Bahnhof, um den Nachtzug in die Hauptstadt zu erreichen. Irene hoffte, dass er im Zug ein wenig schlafen konnte, bevor er arbeiten ging. Sie liebte ihn, sie vermisste ihn, auch wenn er sie immer noch verwirrte.

Olga lag gemütlich auf ihrer Couch und paffte eine Zigarette in einem Fabergé-Zigarettenhalter, den sie selbst entworfen hatte. Sie blätterte müßig durch einen Katalog von Fabergé und fragte träge: »Und, meine Liebe, wie war das Wochenende in Archangelskoe?«

»Ich habe mich entschlossen, nächste Woche nach St. Petersburg zurückzukehren, Olga.«

»Oh, so leidenschaftlich war es! Ihr könnt nicht ohne einander leben trotz der probeweisen Trennung!«

»Nein, es war überhaupt nicht leidenschaftlich. Das Wochenende hat mir nur die Augen geöffnet. Ich gehe jetzt zu Bett, wenn Sie mich bitte entschuldigen würden.«

»Da auf dem Tisch liegen einige Briefe für sie. Michal hat sie aus St. Petersburg mitgebracht, aber angesichts eurer – Verzeihung – unleidenschaftlichen Wiedervereinigung über den Teetassen habe ich vergessen, sie Ihnen zu geben!« Mit einem wissenden Lächeln wandte Olga sich wieder ihrem Katalog zu und hoffte, bei den in diesem Monat zum Verkauf stehenden Objekten auf ihren Namen zu stoßen.

Irene nahm die Briefe mit in ihr Schlafzimmer. Sie war nun etwas ruhiger, weil Michal schließlich ihrer Rückkehr nach St. Petersburg zugestimmt hatte. Er musste jedoch noch Alexander Fabergés Erlaubnis einholen, dass Irene die Werkstatt in Moskau wieder verlassen durfte.

Irene öffnete zuerst Doreens Brief; die anderen Briefe blieben an diesem Abend ungelesen. Tante Marthas ältester Sohn Tom und Pams Ehemann Stevie waren in Frankreich bei einem Gasangriff schwer verletzt worden, und Doug, der jeden Morgen Tante Marthas frisches Obst und Gemüse vom Bahnhof Charing Cross abgeholt hatte, war gemeinsam mit Dot Fennels Sohn Bert in Ypres ums Leben gekommen.

Oh Gott, betete Irene in dieser Nacht intensiver als je zuvor, ich weiß nicht, ob ich an dich glaube oder nicht, aber bitte sorge dafür, dass Don und Charlie, Randolph und Sam in Sicherheit sind. Bitte lass sie nicht sterben, bitte, bitte! Unbewusst hielt sie die ganze Zeit Michals Kiefernzapfen aus Archangelskoe umklammert.

27. Kapitel

Als Irene Alexander Fabergé um ihre Rückversetzung nach St. Petersburg bat, teilte er ihr mit: »Miss Druce, mein Vater möchte, dass Sie insgesamt sechs Monate bei uns bleiben. Daher kann ich der Bitte Ihres Lehrmeisters, Sie zurück nach Petrograd zu schicken, nicht entsprechen. Ich denke, dass Sie noch viel zu lernen haben und dass es besser wäre, diesen Teil Ihrer Ausbildung in Moskau abzuschließen.«

Irene hatte gehofft, ihren neunzehnten Geburtstag mit Michal verbringen zu können, stattdessen verbrachte sie ihn ruhig mit Olga. Erst gingen sie ins Moskauer Ballett und danach zum Essen in ein Restaurant. Olga schenkte ihr eine Brosche aus Amethyst, die sie selbst entworfen hatte, und Michal schickte ihr ein schlichtes Armband aus Silber, an dem ein Amulett in Form eines silbernen Kiefernzapfens hing. ›*Ein Kiefernzapfen aus Archangelskoe*‹, *schrieb er.* ›*Er soll neben deinem Schlüssel zum Leben hängen.*‹

Das Armband mit den beiden Amuletten bedeutete Irene mehr als jedes andere Schmuckstück, das sie besaß.

Zwei Jahre in Russland, und sie hatte zwei Amulette bekommen, würden es jemals fünf werden?

Sie freute sich über die Briefe von zu Hause mit Glückwünschen zu ihrem Geburtstag, obwohl sie beunruhigt wegen Doreens Neuigkeiten über deutsche Zeppelin-Luftangriffe auf London war.

›*Aber mach dir keine Sorgen*‹, schrieb Doreen in ihrer wundervoll übersprudelnden Art. ›*Wir haben jetzt unsere eigene Luftwaffe und werden es den deutschen Hunnen schon zeigen! Überall werden Zeppelins abgeschossen. Tante Marthas Sohn Tom ist nach einem langen Krankenhausaufenthalt an einer Senfgasvergiftung gestorben. Sein Tod kam als gnädige Erlösung für ihn, aber ich weiß, dass du, genau wie wir, schrecklich heulen wirst, teils für den armen Tom, teils für uns selbst.*

Tante Martha fährt im September wie immer nach Kent zur Hopfenernte, und obwohl sie tapfer ist und sagt, dass der Krieg des Kaisers sie nicht kleinkriegen wird, glauben wir, dass sie schwer am Tod von Tom und Doug trägt. Mama meint, dass die Zeit in Kent ihr gut tun wird. Tante Martha sagt, wenn sie jemals deutschen Hopfen in ihrem englischen Bier finden wird, wird sie es dem Kaiser gleich ins Gesicht schütten – wahrscheinlich meint sie das Poster mit der Abbildung Ihrer deutschen Majestät, das im Pub als Dartscheibe benutzt wird. Das Gesicht von Kitchener wird als Reserve-Dartscheibe aufbewahrt.

Stevie geht's nicht gut, aber langsam erholt er sich von der Senfgasvergiftung und sein verletztes Bein heilt, aber er hat immer noch Atemprobleme. Er kann nicht in den Krieg zurückkehren, worüber Pam natürlich sehr glücklich ist. Charlie und Don hatten Heimurlaub; sie mussten vor der Haustür warten, bis Mama den alten Kupferkessel geheizt hatte, damit sie erst einmal baden konnten. Die Jungs und ihre Kleider waren voller Läuse, trotz der Unmengen von Läusepulver, die sie mit den Rot-Kreuz-Paketen bekommen haben. Sie konnten sich seit Monaten nicht waschen, geschweige denn baden, und sie sagten, zu Hause sei es wie im Paradies nach der Zeit in den Schützengräben, die kniehoch mit Wasser gefüllt waren und wo es vor Ratten nur so wimmelte. Mich juckt es überall, wenn ich nur daran denke. Die Jungs haben erzählt, dass man einen Verwundeten nicht für fünf Minuten allein lassen konnte, weil die Ratten sonst über ihn herfielen, bevor die Trage bei ihnen war. Sie haben beide eine Beförderung zum Obergefreiten abgelehnt, weil sie mit den anderen Männern aus der

Waterloo Road zusammenbleiben wollten. Sie lassen dich ganz lieb grüßen. Don sagt, das Beste überhaupt seien deine Briefe aus Russland, in denen du erzählst, wie es dir in Fabergés Schmuckparadies, das gewöhnliche Leute niemals sehen werden, ergeht. Er sagte, es könnte nirgends schlimmer als in Flandern sein, nicht einmal in Russland.‹

Irene dankte ›Ihm dort oben‹ von ganzem Herzen, dass Charlie, Don, Randolph und Sam sich in Sicherheit befanden.

Sie begann, drei Paar vergoldete Manschettenknöpfe für Charlie, Don und Michal zu entwerfen, obwohl sie keine Ahnung hatte, wie sie für das Material aufkommen sollte. Es blieb ihr nichts anderes übrig, als das kleine Monatsgehalt, das der Meister ihr inzwischen zahlte, zu sparen.

Und dann, aus heiterem Himmel, erhielt sie ihren ersten Auftrag. Der Meister schrieb ihr aus St. Petersburg, dass Barbara Belsh darum bat, ein ›Hopfenzapfen-Osterei‹ für sie zu fertigen, weil sie so begeistert von Irenes ungewöhnlicher ›englischer‹ Idee war. *›Und da es mindestens drei Jahre dauert, ein solches Osterei zu fertigen‹, schrieb der Meister, ›sollten Sie am besten sofort damit beginnen.‹*

Bis zum Jahr 1918, wenn sie das Geld für ihren ersten privaten Auftrag bekommen würde, war es noch lange hin. Aber Irene glaubte zwischen den Zeilen herauszulesen, dass der Meister insgeheim erfreut über Barbara Belshs Auftrag war und die Tatsache, dass sie sich an seinen ›kleinen englischen Lehrling‹ erinnerte.

»Ich wette, dass Lady Catherine auch viel damit zu tun hat«, meinte Irene zu Olga. »Sie und Barbara Belsh kennen sich aus Lady Catherines ›russischen Tagen‹, wie sie es nennt.«

»Blödsinn!«, entgegnete Olga. »Sie haben den Auftrag bekommen, weil Sie es verdienen. Ich habe einige Ihrer Entwürfe gesehen, und sie sind nicht nur originell, sondern auch wunderschön.«

Das war in der Tat ein großes Lob, vor allem, da es aus dem Munde einer meisterlichen Kunsthandwerkerin aus Moskau kam!

Eines Tages kam Alexander Fabergé auf Irene zu und fragte:

»Wie sieht es eigentlich mit Ihren beiden Gesellenstücken aus, Miss Druce?«

»Ich habe sie beide fast fertig gestellt, Monsieur Alexander.«

»Sehr gut, vielleicht kann ich sie in den Katalog für das Jahr 1917 aufnehmen, da der Katalog für nächstes Jahr bereits in Druck gegangen ist.«

Diese Anerkennung ihrer Leistung durch den Leiter des Moskauer Geschäfts spornte Irene an, sodass sie sich mit verstärktem Eifer in die Arbeit und ins Lernen stürzte.

In ihrer Freizeit am Wochenende nahm Irene den Zug nach Archhangelskoe, um Michals Eltern zu besuchen; bald besuchte sie sie regelmäßig und lernte die beiden immer mehr schätzen. Auch die Eltern mochten Irene sehr. Andrej und Anna Wassilij füllten eine Lücke für Irene, weil sie ihre Familie und ihr Heim so sehr vermisste. Sie kaufte sich sogar ein Paar roter russischer Stiefel und ›grub‹ sich mit dem alten Mann im Garten ›ein‹, wie sie Michal schrieb.

Michal kam nach Moskau, so oft er sich von seinen Verpflichtungen in St. Petersburg frei machen konnte; es fiel Irene schwer, ›Petrograd‹ zu sagen, weil sie sich so an den Vorkriegsnamen der Stadt gewöhnt hatte.

Irene wusste, dass Michal von der Provision für seine privaten Aufträge abhängig war, um seine Eltern unterstützen zu können, und war aus diesem Grunde froh, dass die Familie Yussupow ihm neue Aufträge erteilt hatte. Eine Puderdose von Prinz Felix für eine seiner Freundinnen – sicher nicht für den Prinzen Dmitri Pawlowitsch, oder doch? Irene traute diesen beiden Lebemännern alles zu. Die Puderdose konnte möglicherweise sogar für eine gewisse Freundin namens Zeta Yuan bestimmt sein.

Prinzessin Zénaide, Felix' Mutter, hatte Michal gebeten, für ihren Gatten, Prinz Felix Senior, ein goldenes Schreibpult zu entwerfen. Zusätzlich zu diesen Arbeiten arbeitete Michal an den kaiserlichen Ostereiern für das Jahr 1917, die aus finnischem Birkenholz hergestellt werden sollten.

»Birkenholz-Ostereier für die kaiserliche Familie?«, wiederholte Irene. »Was kommt als Nächstes, wenn die Yussupows Gold haben möchten?«

Michal zuckte die Schultern. Sie wanderten gerade zwischen heranreifenden Weizenfeldern, die mit leuchtend rotem Klatschmohn durchsetzt waren, hindurch. Es war Anfang August, und sie befanden sich auf einem Besuch in Archangelskoe.

Er zog sie von dem Pfad fort zu einem kleinen Birkenwäldchen am Rande des beigebraunen Weizenfeldes und ließ sich mit ihr im Schatten unter den Bäumen nieder. An den Ufern des breiten Flusses, der die Seen und zahlreichen Springbrunnen von Archangelskoe speiste, tummelten sich nackte Badende, Männer, Frauen und Kinder gemeinsam, sie machten dort Picknick und tollten ausgelassen in der warmen Sonne. Diese Art von gemeinschaftlichem Baden war ein anderer russischer Zeitvertreib, an den Irene sich nicht gewöhnen konnte. Aber niemand nahm auch nur die geringste Notiz, was für die Flexibilität des russischen Charakters sprach. Hätte auch nur eine einzige Person es gewagt, nackt im Fluss Teize, der durch das Gut Hopeworthy in England floss, zu baden, wären in kürzester Zeit der Gutsverwalter und der Dorfpolizist aufgetaucht, um den Übeltäter festzunehmen.

Michal betrachtete ihren nachdenklichen Gesichtsausdruck und fragte mit funkelnden Augen: »Möchtest du schwimmen gehen?«

Irene hätte gerne gewusst, was er geantwortet hätte, wenn sie zugestimmt hätte. Wahrscheinlich gar nichts, er hätte es einfach akzeptiert – wie der Rest der Leute, die sich ohne Befangenheit am Flussufer amüsierten.

»Ich kann nicht schwimmen.«

»Malodushna!«

Sie versetzte ihm einen Klaps auf den Arm. »Ich bin kein Feigling!«

»Keiner wird dich ansehen.«

»Sag bloß.«

Sie war sich des Ausdrucks in seinen Augen voll bewusst, und ihre Entscheidung geriet beinahe ins Wanken. Aus längst vergangenen Zeiten wurde sie von Beryl Fennels dümmlicher Stimme eingeholt, die zusammen mit anderen Mädchen auf dem Schulspielplatz beim Seilhüpfen gesungen hatte: ›*Some girls do, some girls don't, some girls will, some girls won't.*‹ Sie hatte die anderen Mädchen damals für albern und kindisch gehalten, aber vielleicht hatten sie sich einfach nur viel früher mit ihrer Sexualität auseinander gesetzt als Irene.

Das geschäftigte Summen der Insekten, die Gerüche und Geräusche des Landlebens riefen in Irene Erinnerungen an ihren Ernteurlaub mit Tante Martha wach. Sie dachte an Sam und erkannte, wie süß ihre unschuldige Freundschaft gewesen war, ihre erste ›Romanze‹, und wie wenig sie bedeutete im Vergleich zu ihren Gefühlen für Michal.

»Du siehst aus sehr ...« Er suchte nach dem passenden englischen Wort und fiel schließlich ins Russische: »*Abeit.*« Seine Stimme klang belegt. »So verschlossen, du schließt mich aus deinen Gedanken aus. Woran denkst du?«

»Ich glaube nicht, dass ich nach England zurückkehren kann, wenn es soweit ist, obwohl ich mir das Ende meiner Lehrzeit herbeisehne.«

Er drehte den Kopf und beobachtete sie aufmerksam, ohne zu antworten.

Der Ausdruck in seinen dunklen, provozierenden Augen unter den langen, geschwungenen Wimpern fesselte sie. Die volle Bedeutung ihrer Worte über ihre unvermeidbare Abreise aus Russland nahm sie beide gefangen; es gab etwas, was sie mit ihm teilen wollte, bevor dieser Tag kam.

Er streckte die Hand nach ihr aus, beugte sich über sie und zog sie hinunter auf den Boden.

Sein Gewicht hielt sie fest. Irene berührte sein Gesicht und lächelte ihn an. In seinen Augen war etwas, das sie unendlich aufregend und anziehend fand. Ein Mann hatte es viel leichter, wenn er gut aussah und damit anderes kaschieren konnte. Aber nachdem sie ihn besser kannte und auch durch die Beziehung zu seinen Eltern mehr über ihn erfahren hatte, war ihr klar geworden, dass viel mehr in Michal steckte als nur gutes Aussehen und Talent. Kreativ und unberechenbar, sanft aber arrogant, leidenschaftlich und manchmal eiskalt – sie hatte immer noch das frustrierende Gefühl, ihn nicht richtig zu kennen. Zeta hatte Recht, Wassilij war eigen. Sie wusste nie, was er dachte, was er fühlte, welche Prioritäten er tatsächlich in seinem Leben setzte.

Plötzlich hatte sie Angst vor ihm, vor der Macht, die er über sie hatte. Sie wollte ihm gerne so viele Dinge sagen, so viele Dinge fragen – Liebst du mich? – aber sie hatte Angst, den Bann zu brechen, hatte Angst, dass diese Frage rührselig klingen könnte und dass er sich von ihr abwenden könnte, denn im Kopf eines Mannes waren Liebe und Lust eine Einheit, wie andere Frauen ihr erzählt hatten.

Aber plötzlich war ihr das alles egal. Michal durchdrang mit seinen Küssen ihre Hemmungen und versetzte sie in einen Taumel.

Ihre flammenden Küsse wurden zum Ausdruck ihrer Liebe. Die Kleider stellten ein Hindernis für ihre physischen Bedürfnisse dar. Er versuchte die dummen Knöpfe ihrer Bluse zu öffnen, sie die Knöpfe seines Hemds. Als ihm die Träger ihres Unterhemdes im Weg waren, streifte er sie ihr kurzerhand über die Schultern. Die beiden Liebenden waren außer Kontrolle, konnten kaum atmen in ihrem Verlangen, ein brennendes Bedürfnis zu erfüllen. Sie hatte das Gefühl, in einer Leidenschaft zu ertrinken, die zu lange eingedämmt worden war und nun alle Dämme brach. »Ich will dich ... ich will dich ... bitte halt mich jetzt nicht auf ...«, stammelte Michal. Sie wollte ihn nicht aufhalten. Er umfasste ihre Brüste und eroberte sie mit seinen Blicken und seinen Lippen. Sie ihrerseits wollte ihn berühren, küssen, in ihren Gefühlen schwelgen, seine Wärme spüren; Mund und Hände gingen auf Erkundungsreise. Sie wollte ihn genauso besitzen, wie er sie besitzen wollte.

»Michal ... ich liebe dich ...« Seine Hände bewegten sich auf ihren Oberschenkeln und schoben ungeduldig ihren Rock nach oben.

Irene wandte sich von ihm ab und rollte sich zusammen wie ein Igel. »Ich kann nicht ... oh, es tut mir leid, Michal, ich kann einfach nicht ...«

Sie konnte sich selbst nicht verstehen. Sie wollte unbedingt mit ihm schlafen, aber die Barrieren ihrer Erziehung hatten sich um sie geschlossen, und das Gefühl war verloren.

Sie lagen lange Zeit dort, er wiegte ihren Körper hin und her, bevor er sich schließlich langsam von ihr löste.

Als sie ihn endlich wieder ansehen konnte, lehnte er mit dem Rücken an dem schlanken, schwarz-weißen Stamm der Birke und rauchte eine Zigarette. Er hatte sich nicht die Mühe gemacht, sein Hemd wieder anzuziehen. Sie dagegen hatte voller Hemmungen sofort wieder nach ihrer Unterwäsche und ihrer Sommerbluse gegriffen. Plötzlich musste sie denken, ob sie ihn vielleicht nicht genug liebte?

Als sie ihn jedoch dort sitzen sah, flammte ihr Verlangen wieder schmerzlich auf. Ein anderer Gedanke ging ihr durch den Kopf. Kein Wunder, dass Mama und Tante Martha und ältere Frauen wie Lady Catherine und Madame Augusta auf so altmodischen Dingen wie einer ›Anstandsdame‹ bestanden. Wenn sich die Gelegenheit bot, konnten die Konsequenzen für beide Seiten übel sein; sie hatte sie enttäuscht, hatte sich selbst enttäuscht und schließlich auch ihn, indem sie ihn erst ermutigte und dann zurückwies, aber sie war nicht fähig gewesen, es anders zu machen.

Sie streckte ihren Arm über das schattenerfüllte Gras aus, weil sie dringend seine Hand spüren wollte und die Bestätigung brauchte, dass das Band zwischen ihnen weiter bestand. »Bitte verzeih mir. Es ändert nichts an der Tatsache, dass ich dich liebe. Ich habe nur Angst, dass du mich hinterher nicht mehr lieben könntest.«

Er verschränkte seine Finger mit den ihren und lächelte sie aufmunternd an, bevor er seine Hand zurückzog und die Hände wie zum Gebet faltete. Er hob den Blick zu dem Gitterwerk der belaubten Zweige über ihm und zitierte in perfektem Englisch: ›*Through love, through hope, and faith's transcendent dower, We feel that we are greater than we know.*‹*

Irene musste lächeln. Sein Verständnis und sein Sinn für Humor machte ihn um so liebenswerter. »Puschkin?«, fragte sie. Sie begann zu lachen, und er stimmte in ihr Gelächter ein.

»Wenn es nicht von Puschkin ist, von wem dann?«

»William Wordsworth.«

»Alle Achtung! Ich habe gedacht, dass du als Russe das russische Äquivalent von Shakespeare zitieren würdest.« Sie setzte sich auf und zupfte spielerisch an seiner *Bluza*.

»Warum lachst du? Glaubst du, ich bin nicht gescheit genug, um gutes Englisch von Mr. Wordsworth zu kennen? Ich finde, es ist viel einfacher russisch zu lernen als englisch«, sagte er herausfordernd.

»Ich stimme dir zu – das gilt aber nicht für euer auf den Kopf gestelltes, umgekehrtes Alphabet. Ich bin von einer Expertin unterrichtet worden, Komtesse Catherina Nataly Marya Balashov aus Hopeworthy Hall in England, die ein Faible für Rudyard Kipling und Leo Tolstoj hatte – und für Agathon Fabergé. Mach dir nichts draus!« Sie hob die Arme und steckte ihr Haar wieder auf, und er sah ihr zu. Sie war sich seiner Stimmung bewusst, war sich bewusst, dass er sie immer noch nackt und mit gelöstem Haar vor sich sah. Das versetzte Irene in die Stimmung, ihn necken zu wollen; beide versuchten, die Versuchungen des Fleisches gegen einen Verstoß gegen die Anstandsregeln abzuwägen.

Er kniff die Augen wegen des aufsteigenden Zigarettenrauchs zusammen und streifte sein Hemd wieder über, ohne sich vorher die Mühe zu machen, alle Knöpfe zu öffnen. »William Wordsworth hat mir die englische Sprache beigebracht. Ich fand einen

* ›Durch Liebe, durch Hoffnung und durch die Gabe des uneingeschränkten Vertrauens fühlen wir, dass wir großartiger sind, als wir wissen.‹

Band seiner Gedichte im Palast der Familie Yussupow. Danach habe ich mich auch mit dem Lernen der englischen Sprache befasst.«

»Glückwunsch. Warum schreibst du eigentlich deinen Namen anders als den russischen Namen M-i-c-h-a-i-l?«

»Weil der Priester, der mich getauft hat, nicht richtig schreiben konnte. Und meine Eltern können überhaupt nicht lesen und schreiben. Im Taufregister der Kirche dort drüben haben sie das ›i‹ ausgelassen.« Er deutete auf die Kirche mit den silbernen Zwiebeltürmen, die sich über den goldenen Feldern erhob. »Archangelskoe hat seinen Namen von der Kirche des Erzengels Michael bekommen, genau wie ich.«

»Du hängst sehr an diesem Ort, nicht wahr?«, fragte sie, während sie seinen abwesenden Gesichtsausdruck betrachtete.

»Hängen wir nicht alle an den Orten, die uns inspirieren?«, fragte er zurück.

Sie gab ihm Recht. »Komm, Wassilij«, sagte sie und stand auf. »Wir müssen gehen. Wir müssen den Zug erreichen.«

Im Oktober kehrte Irene nach Petrograd zurück und freute sich auf die Arbeit, die vor ihr lag.

Sie hatte befürchtet, dass sie einen neuen Lehrmeister an Michal Wassilijs Stelle vorfinden könnte; sie war sich fast sicher gewesen, dass der Meister entdeckt hatte, welche Rolle Michal in ihrem Leben spielte und dass er dem ein Ende setzen wollte.

Das war jedoch nicht der Fall, wie immer war Michal da. Seine Stelle war nicht durch sie gefährdet worden, Gott sei Dank! Es war seltsam, ihn als ihren Lehrmeister wiederzutreffen, nachdem sie ihn ohne Hemd gesehen hatte.

»Hallo«, flüsterte sie, als sie sich an die altgewohnte Werkbank neben ihn setzte. Pflichtbewusst hatte sie ihr Haar mit einem Tuch bedeckt, und sie trug eine saubere weiße Schürze über ihrem Arbeitskleid. Sie präsentierte das Bild eines vollkommen fügsamen

Lehrmädchen. »Ich verspreche bei meiner Ehre, das zu tun, was man mir aufträgt. Ich verspreche, nicht mit dir zu streiten oder zu flirten. Ich verspreche, mich mit allem und jedem ›vertraut zu machen‹, wozu du mich in den kommenden drei Jahren auffordern wirst, einschließlich Pillen, Arzneitränke und Injektionsspritzen. Ich bin wie Wachs in ihren Händen, Monsieur Wassilij.«

Er konzentrierte sich auf die Puderdose, die er gerade fertigte, presste aber dabei sein Bein gegen ihres. »Du weißt nicht, was ich mit Wachs in meinen Händen alles anstellen kann, also sei vorsichtig. Da du deine Kerbhölzer und Marienkäfer abgeschlossen hast, solltest du versuchen, mir deine Fähigkeiten anhand eines ›Hopfenzapfen-Ostereis‹ zeigen, bitte.«

Oh, es war so schön, wieder zurück zu sein! Sie ging ins Designstudio, um mit den Zeichnungen für das ›Hopfenzapfen-Osterei‹ für Barbara Belsh zu beginnen.

28. Kapitel

Irene merkte schnell, wie sehr der Meister und Madame Augusta sich in den sechs Monaten, die sie in Moskau verbracht hatte, verändert hatten. Sie schienen gealtert und in sich zusammengesunken zu sein, und sie hatten regelrecht Angst vor den Leuten, die sie jetzt beschäftigten. In der Werkstatt hatten nach dem ersten Streik im April zwei weitere stattgefunden. Es war traurig, so viele Veränderungen feststellen zu müssen und so viele neue und feindselige Gesichter an den Werkbänken zu sehen.

Irene fühlte sich unwohl, als sie diese Feindseligkeit spürte – sie als Engländerin nahm die Stelle eines Russen ein und wurde dafür bezahlt, während gleichzeitig Russen an Hunger starben. Irene bemerkte den unwilligen Gesichtsausdruck einiger Männer, wenn sie arbeitete.

Der Winter des Jahres 1916 war der strengste, an den man sich erinnern konnte. Ein Schneesturm folgte dem nächsten, die Temperaturen sanken auf minus 30 Grad Celsius. Nachrichten von erschreckenden Verlusten unter den Soldaten, die in den Schützengräben an der Ostfront erfroren und verhungerten, beherrschten die Schlagzeilen der Zeitungen. Man hatte Polen, den größten Teil der baltischen Staaten, die Ukraine und Weißrussland während der deutschen und österreichischen Offensive in den Sommermonaten verloren. Der Zar war für all das verantwortlich, er trug die Schuld an der Knappheit an Soldaten und Ausrüstung, an der technischen

Unterlegenheit gegenüber den Deutschen, an dem Mangel an medizinischen Leistungen. Der Zar und der Mann, der seine Hand führte, Grigorij Jefimowitsch Rasputin. Rasputin, der beliebte *Starez* der russischen Kaiserfamilie, wurde zum meistgehassten Menschen Russlands.

Es begann ganz harmlos im Kunsthandwerker-Club in der Moika Straße, um dann in weitreichenden Feindseligkeiten zu enden.

Im Laufe des Abends tauchte Zeta Yuan in einem fantastischen weißen Zobel und dazu passendem Kosakenhut im Club auf. Sie war in Begleitung der Prinzen Felix und Dmitri, die traditionelle russische Trachten trugen, die nur den Prinzen zustanden. Dieses Mal trug Dmitri kein Makeup. Die beiden Prinzen waren außergewöhnlich attraktive junge Männer, was nur durch ihre weibische Art gemindert wurde.

Prinz Felix schien guter Stimmung zu sein und begrüßte Michal mit freundlicher Überspanntheit. »Wie geht's, Wassilij?«, fragte er und klopfte Michal auf die Schulter.

»Meinst du die Puderdose oder meine Gesundheit?«, antwortete Michal.

»Beides.«

»Dann erfreuen sich der alte Herr und sein Kind guter Gesundheit, mein Prinz.«

Felix war erfreut, sein Lachen klang schrill und hoch. Dmitri machte einen Schmollmund und funkelte Michal an. Irene fühlte sich gleichzeitig amüsiert und abgestoßen angesichts der offensichtlichen Eifersucht im Gesicht des launischen Sohns des Großfürsten Michael. Armer Wassilij, der vor diesen beiden pöbelhaften Aristokraten Kotau machen musste, um seinen Lebensunterhalt zu verdienen.

Dmitri sagte: »Gibt es in diesem Schuppen keinen Champagner oder Wodka?«

Die Geschäftsleitung hielt sich streng an die Regeln bezüglich des Verbots von Alkohol, weshalb alle alkoholfreie Getränke und Tee tranken. Prinz Felix schnippte mit den Fingern und gab dem herbeieilenden Kellner seine Bestellung auf. Sofort wurden Champagner und Wodka an den Tisch gebracht. Also konnten die Superreichen sich immer noch über die Gesetze hinwegsetzen, dachte Irene.

»Sie sind ein Bolschewik, Wassilij«, sagte Prinz Dmitri gereizt.

Eine seltsame Art, ein Gespräch unter Freunden zu beginnen, dachte Irene, aber diese beiden Prinzen war auch besonders seltsame junge Männer.

»Er ist Pazifist, Dmitri«, erwiderte Felix, der gerade Zeta auf den Mund küsste und mit ihr flirtete, um Dmitri eifersüchtig zu machen.

»Da wäre ich mir nicht so sicher, Liebling«, entgegnete Dmitri. »Ich weiß nur, dass alle diese so genannten Kriegsdienstverweigerer Feiglinge und Verräter gegenüber dem Zaren und dem russischen Volk sind.«

»Warum haben *Sie* dann nicht Ihren adeligen Arsch mobilisiert – mein Prinz?«

In dem nachfolgenden schockierten Schweigen hielten Felix und Dmitri Michal Wassilijs starkem und feindseligem Blick für eine halbe Ewigkeit stand. Irene hätte niemals vermutet, dass ausgerechnet Michal so offen vulgär sein könnte, und sie fragte sich, was zwischen ihm und diesen beiden Aristokraten vorging.

»Weißt du, Wassilij«, sagte Prinz Felix, der als Erster den Blick senkte, »ich bin sehr neidisch auf dich.« Freigiebig schenkte er ihnen allen Champagner ein.

»Warum das?«, wollte Michal wissen.

»Wegen deines Talents, mich mit deinem messerscharfen Verstand bis ins Mark zu treffen. Und du weißt, wie sehr ich es genieße, im Mittelpunkt zu stehen. Dafür, dass du meinen Freund Dmitri beleidigt hast, würde ich dich, wenn du nicht so talentiert und gut aussehend wärst, zum Duell fordern wegen Landesverrats, genau wie Ihre Majestät Rasputin.«

»Was hält dich davon ab, Felix? Sicherlich nicht meine politische Überzeugung?«

»Nein. Nicht deine feige politische Überzeugung, sondern deine Liebe zu Otjets Grigorij und seine Liebe zu dir.«

»Ich höre auf seine weisen Worte bezüglich des Übels, andere Männer umzubringen – insbesondere mit dem Rapier. Ich hätte gedacht, du wärst nach dem, was deinem Bruder zugestoßen ist, schlauer geworden.«

»Hahaha, sehr amüsant! Und du liegst splitterfasernackt auf seiner *Starez*-Couch, was, Wassilij, während er mit dir *kommuniziert*?«

»Dein Vater, Felix, hat mich die Kunst des Fechtens gelehrt. Vielleicht hast du aus diesem Grunde Angst vor mir?«

Irene hatte nicht die geringste Ahnung, was zwischen ihnen allen vorging, aber sie wünschte sich, Michal würde einfach aufstehen und gehen und diese beiden prinzlichen Emporkömmlinge, die sich einbildeten, die Welt kaufen zu können, sich selbst überlassen.

Dmitri stieß Felix an. »Ich frage mich, ob Wassilij, der schließlich der Vereinigung der wahren russischen Männer angehört, genauso oft wie du, Felix Liebling, nackt vor dem Laienprediger liegt? Ich habe alles über deine kleine Vorstellung vor Grigorij gehört, als du ihn als Heiler konsultiert hast. Anna Alexsandrowna Viruba hat überall darüber getratscht, und ich bin schrecklich eifersüchtig, Liebling.«

»Halt den Mund, Dmitri!«, knurrte Felix. »Du hast keine Ahnung, wovon du sprichst.«

Irene wusste nicht einmal, wer Anna Viruba war, bis Zeta ihr zuflüsterte, sie sei die Zofe der Zarin. »Um Gottes willen, ihr drei!«, fiel Zeta ärgerlich ein. »Felix ist sauer, weil Grischa ihn aus seinem Haus geworfen hat. Wir alle wissen, dass Felix Grischa begehrt und dass Grischa die Zarin begehrt. Er behauptet, es ginge ihm nicht um Macht, sondern um Bekehrung. Aber trotzdem klammert er sich an die kaiserlichen Röcke wegen der Macht, die ihm das über jedermann gibt.«

»Jetzt sprichst du wie ein richtiger Sowjet«, sagte Michal zu ihr.

»Und du, Michal, bist dumm, weil du zulässt, dass Felix und Dmitri dich ärgern und dass Grischa dich beherrscht!«, entgegnete sie.

»Bravo, Zeta«, sagte Michal mit einem kleinen Lächeln. Er hob sein mit Wodka gefülltes Glas und prostete ihr zu. Den Champagner des Prinzen hatte er abgelehnt.

Prinz Felix fragte Michal: »Weißt du, wer deinen deutschen Freund Walter Ruwenzori zur Festung ›Peter und Paul‹ zur Hinrichtung geschickt hat?«

»Ich bin mir dessen bewusst.«

»Und aus welchen Gründen?«

»Ich bin mir der Gründe bewusst.«

»Als General Brusilow erfuhr, dass Otjets Grigorij ein Gesuch eingereicht hatte, an die russische Front gehen zu dürfen, um die Soldaten des Zaren zu segnen, sagte Brusilow dem Zaren, dass er, falls Rasputin auch nur in die Nähe seiner Soldaten kommen würde, sich eine Kugel in den Kopf schießen würde. Weißt du, wer zwischen dir und der russischen Front steht, Michal Wassilij?«

»Ja. Es kümmert mich nicht. Wenn Brusilow mich haben will, werde ich gehen. Nur wird dann dein Vater sein goldenes Schreibpult und du deine Puderdose nicht bekommen, Felix.«

Während der Rest der Kunsthandwerker nervös über die beiden Rivalen Michal und Felix lachte, ließ Letzterer nicht locker. »Nicht Walter war der deutsche Agent, sondern *er* ist es!«

»Rasputin erhob Einwände gegen die Art und Weise, wie deutsche und russische Juden aus Russland geworfen wurden.« Damit widersprach Michal der übereinstimmenden Meinung rund um den Tisch. »Aber deshalb ist er noch lange kein deutscher Agent. Er hat nichts mit der Internierung und dem späteren Tod von Walter Ruwenzori zu tun; das war der Innenminister, der versuchte, Rasputin die Schuld in die Schuhe zu schieben. *Er* war derjenige, der sowohl Rasputin als auch Walter Ruwenzori als russischen Agenten bezeichnete – insbesondere Rasputin, weil er dem Zar geraten hatte, sich aus dem Krieg auf dem Balkan herauszuhalten. Ich ergreife nicht Partei, Felix, nicht für dich, nicht für Rasputin, nicht für die Minister des Zaren, nicht für Zeta oder für irgendeine andere politische Splitterpartei! Ich bilde mir meine eigene Meinung und ziehe meine eigenen Schlüsse, vielen Dank. Und wenn ich deshalb meinen Lebensunterhalt nicht mehr verdienen kann, dann tut es mir auch nicht leid!« Michal machte Anstalten, aufzustehen und zu gehen, aber dann fragte Prinz Felix:

»Um Gottes willen, Wassilij! Liebst du dein Land oder liebst du es nicht?«

»Ich liebe es. Sehr.«

»Dann hilf uns, etwas gegen dieses Schwein zu unternehmen, das unser geliebtes Vaterland zerstört. Wir kennen uns schon seit unseren Kindertagen, Michal. Wir sind zusammen in Archangelskoe aufgewachsen, du und ich. Ich mag dich – ich liebe dich wie einen Bruder ...«

Dmitri kicherte. »Und mehr als das.«

Felix ignorierte seinen Liebhaber. »Aber du bist entweder für oder gegen uns, Michal, und falls du gegen uns bist, weißt du zu viel, um an die russische Front geschickt zu werden – verdammt!«

»Willst du damit andeuten, dass du in Erwägung ziehst, mich in die Festung ›Peter und Paul‹ werfen zu lassen?«, fragte Michal ruhig.

»Hör auf, Felix. Wenn Michal nicht teilnehmen möchte, können wir ihn nicht zwingen. Lass ihn. Er ist kein Verräter«, flüsterte Zeta Felix über den Tisch hinweg zu.

»Nein, aber Rasputin hat ihn trotzdem in der Hand! Und ich traue beiden nicht.« Prinz Felix blickte weiterhin finster drein.

»Er hat mich nicht in der Hand. Niemand hat mich in der Hand. Aber ich kann nicht an einer Verschwörung gegen ihn teilnehmen. Ich werde es nicht tun. Und ihr könnt es auch nicht«, sagte Michal, während er sich eine neue Zigarette anzündete. Er murmelte: »Weil du, Felix, manchmal zwar sehr dumm sein kannst, aber nicht dumm genug, um zu morden. Wenn es jedoch dein Ego stärkt, darüber zu reden, dann rede, aber lass deine Agressionen woanders ab.« Michal steckte sein Feuerzeug wieder ein und sah Felix spöttisch an. Felix starrte zurück und wusste nicht, wie er diese letzte Bemerkung auffassen sollte.

Prinz Dmitri, der alles tat, was Felix wollte, deutete auf Irene. »Ist *sie* eine von uns, Wassilij, Ihre englische Freundin? Sie versteht Russisch, nicht wahr?«

»Ich weiß nicht, fragen Sie sie doch.«

»Ich habe keine Ahnung, wovon zum Teufel ihr alle redet!«, sagte Irene auf Englisch. »Aber wenn ihr wollt, dass ich gehe, dann gehe ich. Ich gehe sehr gerne!« Wütend stand sie auf.

»Schhhhh!«, sagte jemand beruhigend, und Michal zwang sie zurück auf ihren Stuhl.

»Sei still, sag kein Wort, du kannst jetzt noch nicht gehen«, zischte er ihr ins Ohr.

»Warum nicht?«

»Schhhhh!«, machte jemand anderes.

»Hört zu, Ihr beiden Verrückten«, zischte Michal den beiden Prinzen wütend zu. »Er ist hier ... Zeta, du hast kein Recht, irgend einen von uns zu kompromittieren, am allerwenigsten Irene ... lächle, Irene, lächle Rasputin an! Lasst ihn nicht spüren, dass wir über ihn gesprochen haben, um der beiden albernen Adeligen willen, die sich wie zankende Kinder aufführen!« Er starrte die beiden Prinzen böse an.

»Du bist zu dreist, *artiste extraordinaire*.« Felix warf Michal eine Kusshand zu und lächelte ihn spöttisch an. »Ich kann dich auch schlagen, wenn ich es will.«

»Werde endlich erwachsen, Felix«, sagte Michal vernichtend.

Die anderen mochten beim Eintritt des Mönchs gelächelt haben, Irene jedoch sah ihm mit steinernem Gesicht entgegen. Aber trotz allem zog sie den umstrittenen heiligen Mann den beiden Prinzen vor.

Grigorij Rasputin schien mit seiner Persönlichkeit den ganzen

Club auszufüllen. Er wirkte wie eine riesige, schwarze, dominierende Wolke – sie fand, er sah sehr krank aus, oder besser gesagt, verwüstet. Er war deutlich dünner, als sie ihn in Erinnerung hatte, und sein Gesicht war hager und abgezehrt. Außerdem war er mehr als ein bisschen betrunken. Er schlängelte sich durch die Leute zu ihrem Tisch in der Ecke hin.

An diesem Abend trug er eine düstere schwarze Soutane, die bis zum Kinn zugeknöpft war, anstelle der leuchtend blauen Satin-*Bluza* mit Goldstickerei und dazu passender Hose, in der Irene ihn das letzte Mal gesehen hatte. Sein langes rotbraunes Haar war sorgfältig mit Öl geglättet; er trug es in der Mitte gescheitelt, und es vereinte sich mit seinem buschigen braunen Bart und dem Schnurrbart. Die hohen, hervorstehenden Wangenknochen des Mönchs warfen Schatten, sein breiter, sinnlicher Mund war blass und zuckte nervös. Ein übergroßes goldenes Kreuz auf seiner Brust vervollständigte das Bild eines mächtigen und unanfechtbaren Hohepriesters, gleich, ob geweiht oder nicht. Und jetzt war Irene auch klar, warum er von manchen mit Jesus Christus verglichen wurde. Sei es nun Absicht oder Zufall, in dieser Aufmachung sah er aus wie ein Abbild des Retters der Welt.

Grigorij Rasputins tiefliegende blaue Augen unter den geraden, dicken Brauen lächelten nicht. Er ragte über ihrem Tisch auf. Dann stützte er sich mit den flachen Händen auf den Tisch und betrachtete der Reihe nach jedes Gesicht aufmerksam, als wolle er jedem einzelnen Kopf die Gedanken entlocken.

Und dann brach er in Gelächter aus, nicht in das röhrende Gelächter wie beim letzten Mal, sondern ein trauriges, sarkastisches und missbilligendes Lachen. »Mein Gott, ihr seht alle vollkommen erschrocken und schuldbewusst aus! Bin ich solch ein Ungeheuer, dass sogar diese hübschen Prinzen Angst vor mir haben?« Spielerisch versetzte er Felix und Dmitri einen leichten Kinnhaken. »Was habe ich jetzt wieder getan, um Euer Missfallen und das Eurer Väter zu erregen, meine schönen jungen Prinzen?«

Prinz Felix fasste sich wieder und steckte sich betont ungezwungen eine Zigarette an. Irene sah, dass seine Hände zitterten. »Warum sind Sie gekommen, Grigorij?«, fragte Felix.

»Dasselbe könnte ich Sie fragen, Felix.«

»Prinzessin Irina Aleksandrowna, meine geliebte Gattin, möchte mit Ihnen sprechen, Vater Grigorij. Dmitri und ich sind hergekommen, um Sie zu suchen. Wir haben alle Nachtclubs in der Stadt abgeklappert, einschließlich der Zigeunertaverne, und nach Ihnen Ausschau gehalten. Ich habe Zeta angerufen, die mir sagte, Sie wären heute Abend hier.«

»Dann hat die Kleine auch hellseherische Fähigkeiten, denn ich war tatsächlich auf dem Weg hierher, um Sie und Zeta zu suchen. Wie kann ich Ihnen helfen, Felix?«

»Meine Gattin wird von Schmerzen gepeinigt und sehnt sich nach Ihren heilenden Händen, um die schrecklichen Kopfschmerzen zu vertreiben, die ihr Leben – und das meine – regieren, seit unsere geliebte Tochter im März geboren wurde. Es wird jedoch gemunkelt, dass Ihre Heilkräfte nachgelassen hätten, seit diese Zigeunerin, Chionja Guseva, Ihr heiliges Blut vor achtzehn Monaten in Tobolsk vergossen hat.«

Rasputin ließ sich am Tisch nieder. »Spiel keine Spielchen mit mir, mein kleiner Junge. Ich kann dich verschlingen, wie der Teufel eines Tages deine Seele verschlingen wird, wenn ich nicht mehr sein werde. Ich war krank, das stimmt, und meine Kräfte sind seit den Messerstichen geschwächt, aber bin immer noch das Werkzeug der Heiligen Jungfrau von Kazan in dieser unwissenden Stadt.«

Dmitri kicherte wieder, und Rasputin versetzte dem prinzlichen Knie einen Klaps. »Sei ruhig, du schmutziger Junge. Bereue deine Sünden, Dmitri, oder der Teufel wird auch deine Seele holen.« Er wandte sich wieder an Felix. »Ich komme gerade aus dem Palast. Heute bin ich mehr noch als zuvor der Freund der Familie. Heute habe ich, Grigorij Jefimowitsch Rasputin, wieder einmal das Leben unseres kleinen bluterkranken Thronfolgers Alexej gerettet. Ich bin von Gott mit meinen außerordentlichen Heilkräften gesegnet.

Ich bin gesegnet von der Heiligen Jungfrau. Ich bin gesegnet von einem Kaiser und einer Kaiserin und ihren Kindern – und du bist das kleinste ihrer Scheißerchen, Felix, und du auch, Dmitri. Also erzählt mir keinen weiteren Lügen. Irina ist nicht krank, sie erfreut sich bester Gesundheit und guter Laune, wie mir ihre Hofdame berichtete, die heute zu meinem Haus kam, um die Heilige Schrift zu studieren. Ich weiß, dass einige von euch hier ...« sein langer Zeigefinger zeigte in die Runde, »meine Ermordung planen.«

Zeta wurde blass, und auch die beiden Prinzen schauten furchtsam. In die Stille hinein sagte Rasputin: »Aber lass dir gesagt sein, Felix, dass es sehr dumm wäre, mich zu töten. Also sei ein guter Junge und gib mir dein Rapier und hör auf, dumme Partyspiele zu spielen, nur weil du ein hübsches kleines Kostüm trägst.«

Prinz Felix sprang auf und zog sein Rapier. Irene schnappte entsetzt nach Luft. Unter dem Tisch hielt Michal ihre Hand und drückte sie fest, um ihr zu bedeuten, sich ruhig zu verhalten. Prinz Felix zielte nach dem golden Kreuz auf Rasputins Brust. »Sehen Sie, wie einfach es für mich wäre, Sie zu töten und Russland für den Thronfolger zu retten?«

»Ich schneide dir die Eier ab, Felix, wenn du nicht sofort dieses Rapier auf den Tisch legst und zur Vernunft kommst«, sagte Rasputin ruhig.

Felix lachte. Dmitri spuckte dem *Starez* ins Gesicht. »Geh und häng dich auf, du Bauernschwein!«, knurrte er und zog ebenfalls sein Rapier. »Sollen wir *ihm* die Eier abschneiden, Felix?«, fragte Dmitri schrill in die überwältigende Stille, denn inzwischen war jeder im Club aufmerksam geworden und beobachtete gespannt, was sich zwischen den Prinzen und dem heiligen Berater des Zaren abspielte.

Sorgfältig wischte Rasputin sich den Speichel aus seinem Bart. Dann hob er die rechte Hand und machte das orthodoxe Kreuzzeichen: »Ich vergebe euch beiden: *Vo imja Otsa, amin, e Sina amin, e Sujatago Dukha, amin.*«

Er fasste die Spitze von Felix' Rapier und nahm es ihm sanft aus der Hand. Als Vater Grigorij die Waffe in der Hand hielt, sagte er streng zu Dmitri, während er ihn böse anstarrte: »Gib mir deine Waffe, Dmitri, denn diejenigen, die durch die Klinge leben, werden sicherlich auch durch die Klinge sterben.«

Brav wie ein Lamm übergab Dmitri sein Rapier. Rasputin rief den Kellner herbei. »Wodka, mehrere Flaschen Wodka für unsere Freunde hier, sowohl Prinzen als auch arme Leute, wie meine Kunsthandwerkerfreunde hier. *Njet*, meine widerspenstigen Kinder?«

Hätte Irene die Szene nicht mit eigenen Augen gesehen, hätte sie es nicht geglaubt. Die Macht dieses Mannes war so groß, dass die beiden Prinzen wieder Platz nahmen und sich gut benahmen. Vater Grigorij legte die beiden Waffen neben seinen Stuhl, wo sie keinen Schaden anrichten konnten. Er wandte sich an Michal und klopfte ihm auf die Schulter. »Ich werde mit meinem Freund, dem Kleinen Vater Russlands, über Sie sprechen, Michal Wassilij. Ich werde empfehlen, dass er Ihnen einen diplomatischen Posten gibt, einen Posten in Petrograd als ›Friedensstifter Gesamtrusslands‹ – *Graf Michal Wassilij*! Wie würde Ihnen das gefallen, Wassilij? Wollen Sie in den Adelsstand erhoben werden, weil Sie ein *Pazifist* sind?«

Natürlich merkte Irene, dass Vater Grigorij nur scherzte, aber sie zweifelte nicht daran, dass er auch das tun könnte, angesichts der großen Macht, über die er verfügte. Sie wusste immer noch nicht, welche politische Richtung Michal vertrat; sie war verwirrt, weil er nicht in den Krieg eingetreten war, in dem inzwischen dreizehn Millionen Männer gegen die Deutschen mobilisiert worden waren. Lag es an Rasputins Einfluss auf ihn?

Sie hatte in den Zeitungen gelesen, dass *Otjets* Rasputin den Grundsatz des Pazifismus vertrat und den Zar bekniete, einen Pakt mit Deutschland zu schließen, um Russland weitere katastrophale Niederlagen zu ersparen, da bereits eine Million Männer gefallen und mehrere Millionen Soldaten verwundet worden waren. Diese politische Linie war es, die den Auslöser für die Gerüchte, er sei tatsächlich ein deutscher Agent, darstellte. Aber wie stand Michal zu all dem, fragte sie sich.

Otjets Rasputin schreckte sie auf, als er ihre Wange streichelte. »*Anglichanka*! Engländerin mit den verträumten Augen!«, murmelte er ihr leise ins Ohr. Denken Sie gerade wundervolle Dinge von mir, oder sind es üble Gedanken, mein Kind?« Er stieß einen tiefen Seufzer aus, der seinen Bart in Bewegung setzte. »Wie ich Sie beneide, Wassilij, weil Sie imstande sind, dem jungfräulichen Herzen einer englischen Rose solche Verehrung zu entlocken. Leider habe ich solche amourösen Abenteuer hinter mir gelassen, denn ich, Grigorij Jefimowitsch Rasputin, werde bald ein sohlenloses Denkmal für russische Dekadenz sein. Ich begann als Wanderprediger, ich werde als sohlenloses Opfer enden – und ich meine sohlen-los in Bezug auf Schuhe!« Er lächelte sie alle strahlend an, und der liebenswürdige Charme, den er ihn diesem Augenblick ausstrahlte, strafte den abscheulichen Ruf, der sich um seine Person rankte, Lügen.

»Erzählen Sie mal, Wassilij«, fuhr Rasputin fort. »Warum wollen Sie sich mit diesen adeligen Barbaren verbünden?« Er deutete auf die beiden Prinzen. »Wissen Sie nicht, dass schlechte Gesellschaft den Charakter verdirbt? Oh ja, meine Kleine«, er starrte Irene an, »Sie mögen verwundert nach Luft schnappen, denn genau das waren vor kurzer Zeit noch Ihre eigenen Gedanken, nicht wahr? Kommen Sie, Michal, ich kenne mich mit schlechter Gesellschaft aus, denn ich hatte schon viel mit ihresgleichen zu tun ...« Wieder deutete er spöttisch auf Prinz Felix und Prinz Dmitri. »Ich frage mich, warum die beiden und auch Sie nicht einfach aufstehen und mich verlassen, aber ich habe das Gefühl, dass Ihr alle gefesselt seid, weil Ihr sehen wollt, wie der Teufel in den Roben eines heiligen Mönches aussieht – was, meine Kinder? Ihr nennt mich *Starez*, einen heiligen Laienprediger, einen alten weisen Mann. Ich bin fünfundvierzig. Also werdet Ihr mich jetzt *Otjets* Grigorij nennen, *Vater* Grigorij. Warum geht Ihr nicht und überlasst mich meiner Grobheit, meine Prinzen, mein Kunsthandwerkerfreund Wassilij?«

»Ich habe mir gerade dieselbe Frage gestellt, *Otjets* Grigorij, aber der Türsteher hat noch nicht Bescheid gegeben, dass der Wagen, der Irene und mich nach Hause bringen wird, eingetroffen ist. Wir könnten natürlich auch zu Fuß gehen, aber ich habe Angst, auf dem glatten Pflaster auszurutschen und mir den Arm zu brechen – das würde meine Karriere vorübergehend unterbrechen. Und der Mensch lebt in diesen Tagen vom Gold allein, was, Heiliger Vater?«

»Nennen Sie mich nicht Heiliger Vater. Ich bin nur ein bescheidener *Starez*. Aber Ihr Sinn für Humor gefällt mir, Wassilij. Besuchen Sie mich mal wieder. Wir werden uns darüber unterhalten, welcher von unseren geistlichen Brüdern die Gelder von der Vereinigung der russischen Männer stibitzt hat – Vater Iliodor besitzt die verdammte Frechheit, mich des Diebstahls zu beschuldigen! Er war es, der diese Frau Chionja Guseva, die ich nie zuvor gesehen hatte, beauftragt hatte, mich zu ermorden. Aber *dies* hat mich beschützt!« Er hob das schwere goldene Kreuz hoch, das an einer Kette um seinen Hals hing. »Von der Zarin als Dank, weil ich das Leben ihres Kindes gerettet habe; auch meine Kleider stammen von ihr, sie hat sie mit ihren eigenen liebenden Händen genäht, während sie sich die öden Stunden in ihrem herzlosen Rollstuhl vertreibt – oh ja, ihr garstigen kleinen russischen Leute habt Alexandra Feodorownas Herz krank gemacht mit euren Anschuldigungen bezüglich ihren angeblichen Sympathien für die Deutschen.«

Er drohte ihnen mit dem Zeigefinger und seufzte wieder müde.

»So viele kleine Geschenke von meinen Lieben, meinen Anhängern, von jenen, die an mich glauben und mich nicht zerstören wollen wie manche, die mir den Brustkorb aufschlitzen. Ja, das hat sie getan, die Zigeunerin, der ich noch nie begegnet war, obwohl man mich beschuldigte, ihr eine Menge schmutziger Dinge angetan zu haben. Sie hat mich aufgeschlitzt, aber sie hat mich nicht umgebracht. Versetzt euch das nicht in Erstaunen? Nein, natürlich nicht! Junge Leute glauben nicht an die zweite Wiederkehr von Christus – wie könnten sie? Sie beschäftigen sich nur mit

Wein, Weib und Gesang, genau wie ich es in meiner Jugend als Wanderprediger tat.«

Er nahm einen großen Schluck aus der Wodkaflasche. Plötzlich tat er Irene leid. Sie wusste nicht warum, aber er vermittelte ihr den Eindruck, als sei er ein schrecklich unglücklicher Mann, der wahrscheinlich mehr als ein bisschen fanatisch war.

»Iliodor ist natürlich neidisch, weil er denkt, dass ich es war, der unseren Kleinen Vater dazu gebracht hat, ihn aus St. Petersburg zu verbannen. Ich weiß, dass sie alle hinter meinen Rücken Komplotte schmieden, und auch hinter dem Rücken unseres Kleinen Vaters. Großfürst Nikolaus Nikolajewitsch und Großfürst Ptjor wollen den Zaren absetzen und den kleinen Alexej auf den russischen Thron setzen, damit sie an seiner Stelle regieren können. Und diese beiden kostümierten Prinzen sind ihre Vasallen.« Wieder starrte er die beiden Prinzen durchdringend an. »Töte mich, Felix, und Russland wird verbluten wie unser kleiner Alexej. So lasst uns das Kriegsbeil begraben und auf Väterchen Russland anstoßen.« Er legte Felix die Hand aufs Knie, der plötzlich aus der Trance erwachte, in die er anscheinend gefallen war. Dmitri erging es genauso.

»*Prost*! Trink mit mir, Felix«, verlangte Rasputin. »Und nenn mich nie, nie wieder einen deutschen Spion!«

»Ich würde lieber in meinem Grab verrotten als mit Ihnen zu trinken, *Otjets* Rasputin!« Prinz Felix erhob sich. »Kommt, Zeta und Dmitri ... lassen wir diesen liederlichen Burschen allein – und wenn ich du wäre, Wassilij, würde ich dasselbe tun!«

Plötzlich ergriff Rasputin Prinz Felix' Handgelenk und umklammerte es wie ein Schraubstock. »Trink den Wodka, Felix, oder trink mein Blut ... was wählst du?«

»Fahr zur Hölle ...!« Prinz Felix versuchte, sich aus Rasputins eisernem Griff zu winden.

Der Mönch war ein großer und kräftiger Mann, und obwohl er noch von seiner Krankheit geschwächt war, war er bedeutend stärker als Prinz Felix. Er hielt Felix die Flasche Wodka unter die

Nase. »Trink!« Er zwang ihm die Flasche zwischen die Lippen, woraufhin der Prinz würgen und spucken musste. Rasputin gab dem Prinzen die Flasche wie einem Baby, kippte ihm die brennende Flüssigkeit in den Hals und sang dabei: »Trink, trink, trink! Mehr, mein Junge, weiter, trink wie ein Mann ... mehr, mehr, mehr!« Der Wodka spritzte auf die aufwendige Tracht.

Felix' Augen quollen hervor, und er lief blau an. Wodka strömte ihm aus Mund und Nase, und immer noch hörte der Heilige Mann des Zaren nicht auf mit seiner sadistischen Folter. Das Leben schien still zu stehen, die Kunsthandwerker und Kellner schienen zu Salzsäulen erstarrt, während Rasputin ein Mitglied der Adelsfamilie Yussupow erniedrigte und damit bewies, dass er immer noch über eine gewisse Macht am Hofe verfügte.

Zeta, die zwischen Michal und dem Mönch saß, lehnte sich vor und wartete auf ihren Moment. Irene wusste sofort, was Zeta vorhatte, denn sie war die Einzige, die sehen konnte, dass Zetas Hand sich langsam nach einem der Rapiere neben Rasputins Stuhl ausstreckte. Im selben Moment, als Zeta das Rapier ergriff, um es gegen Vater Grigorij zu erheben, sprang Irene auf und fasste ohne nachzudenken nach der Klinge, ohne die tödliche Kraft der schlanken weidenähnlichen Rute im Geringsten zu berücksichtigen, die Rasputin zuvor durch seine Hand gezogen hatte, ohne sich zu verletzen.

Der Mönch wirbelte herum. Irene schnappte entsetzt nach Luft und fiel gegen ihn. Zeta ließ die Waffe los, die klirrend auf den Tisch fiel. »Herr im Himmel! Sieh, was du getan hast, Zeta!«, schrie Michal außer sich. Die anderen Kunsthandwerker sprangen eilig auf, um weiterem Ärger zu entfliehen.

Blut strömte aus Irenes aufgeschnittener Hand und tropfte auf den Tisch. Sie schaute voller Staunen auf die tiefen Schnitte und murmelte schwach: »Es ist alles in Ordnung ... es tut nicht weh ...« Ihr war schwindelig und übel.

Während Zeta und die beiden Prinzen eilig aus dem Club flüchteten, trat Rasputin vor und nahm die Zügel in die Hand.

»Rühren Sie sie nicht an!« Michal stieß ihn zur Seite. »Jemand soll einen Arzt rufen!« Er griff nach einer Serviette und band sie um Irenes Hand. Er sagte bitter zu Rasputin: »*Sie* haben das provoziert. Warum tun Sie so etwas? Warum lassen Sie zu, dass der Alkohol Ihr Gehirn umnebelt und die guten Dinge, zu denen Sie fähig sind, verdirbt? Warum konnten Sie Felix und Dmitri nicht in Ruhe lassen? Gehen Sie ... bitte gehen Sie! In meiner Eigenschaft als Ausschussvorsitzender dieses Clubs bitte ich Sie, den Club jetzt zu verlassen.«

»Seien Sie still, Michal Andrejwitsch Wassilij«, sagte Rasputin und schob Michal zur Seite. Er nahm Irenes verletzte Hand in die seine. »Pst! Dumme Engländerin! Jemand soll mir eine Schüssel voller Schnee bringen ... los! Es gibt genug von dem verdammten Zeug vor der Türschwelle. Nun denn, Irene Druce, es wird nicht mehr wehtun. Ich bin Meister darin, eine Blutung zu stillen. Und machen Sie sich keine Sorgen, Ihre feinen, damenhaften Künstlerhände werden morgen schon wieder einwandfrei funktionieren, und es wird nicht einmal eine Narbe zurückbleiben.«

Irene war nicht der Lage, ihre Augen von seinen zu lösen, sie war wie hypnotisiert von diesem außergewöhnlichen Mann, der sie auf eine Art und Weise ansah, der sie nichts entgegenzusetzen hatte. Während sie auf den Kellner warteten, der den Schnee holte, presste er seinen Daumen in ihre Handfläche und sprach leise zu ihr: »Meine Zeit ist noch nicht gekommen, sonst würde ich Ihnen dafür danken, dass Sie mir das Leben gerettet haben, liebes Kind. Aber ich kenne den genauen Tag und die Stunde meines Todes, und das ist nicht heute. Außerdem kann Zeta genauso theatralisch wie Felix und Dmitri sein, und alle drei geben gerne an. Haben Sie gesehen, wie sie abgehauen sind und ihre Waffen hier gelassen haben, nachdem sie die falsche Person verletzt haben? Feiglinge, Memmen!«

Irene dachte, er würde zu ihr sprechen, aber die Worte waren in ihrem Kopf wie ein stumme Vision von etwas, das nicht das Geringste mit ihr zu tun hatte.

»Ich war ein Pilger, der durch ganz Russland reiste, und auf meinen zahlreichen Reisen lernte ich vieles über die Kunst des Heilens von sibirischen Bauersfrauen. Haben Sie sich nie darüber gewundert, warum ein Schnitt im Mund viel schneller heilt als ein Schnitt an einem anderen Körperteil? Nein, wahrscheinlich haben Sie sich darüber noch nie Gedanken gemacht, meine Kleine. Speichel enthält ein heilendes Element. Das Gleiche gilt für den Samen eines Mannes, die Spermien. Da ich jedoch nicht noch weiterer liederlicher Praktiken beschuldigt werden möchte, besonders nicht von unserem korrekten und aufrechten Wassilij, werde ich mich lieber der konventionellen Methode bedienen und die Blutung durch ein Vereisen der Wunde stillen. Misshandelt man den Körper, bricht er zusammen und wird nutzlos. Misshandelt man den Geist, wird die Krankheit niemals heilen. Sie sind eine Frau mit reinem Herzen und reinem Geist, die Hand wird problemlos heilen, das verspreche ich Ihnen.«

Einer der verängstigten Kellner erschien mit einer Schüssel voller Schnee, den Rasputin in Irenes Handfläche drückte. Dann küsste er die Wunde, presste ihr das Kreuz in die Hand, schloss die Augen und begann zu beten.

Michal sah Rasputins Handlungen zu und hörte ihm zu. Des *Starez* Lippen bewegten sich, während sie tonlose Worte formten. Auf seiner Stirn erschienen Schweißperlen, und er schwankte, als wollten seine Beine ihn nicht mehr tragen.

Michal stützte ihn, und Rasputin öffnete die Augen. Er sammelte sich, nahm eine saubere Stoffserviette zur Hand und verband Irenes Hand schnell und geübt. Dann küsste er sie auf die Stirn und sagte: »Es wird nicht weiter bluten. Morgen wird man nur einige dünne rote Streifen sehen, wo das Fleisch sich wieder zusammengefügt hat. Sie werden im Laufe der Zeit verblassen. Es wird keine Schmerzen, keine Schwellung, keine Infektion und keine Behinderung geben.«

Prinz Dmitri und Zeta Yuan standen neben Felix, der halb bewusstlos in einem Sessel in der Nähe der Tür hing, und warteten auf seinen Wagen. Der Klub leerte sich schnell, weil jeder bestrebt war, möglichst rasch das Weite zu suchen, um nicht in Rasputins finstere Angelegenheiten verwickelt zu werden.

Prinz Dmitri, der wegen der Geschehnisse außer sich war, kreischte in den Raum hinein, als er im Begriff war abzufahren: »Nur ein weiterer Nagel für Ihren Sarg, Grigorij Jefimowitsch Rasputin! Felix und ich werden morgen in aller Frühe beim Zar vorstellig werden, um ihm Bericht über Ihr übles Benehmen heute Abend zu erstatten. Sie werden ein zweites Mal verbannt werden, ich schwöre es!«

»Hau ab, du hübscher kleiner Junge, und lutsch an deinem Daumen. Und wenn mir jemals zu Ohren kommen sollte, dass jemand aus eurer kleinen geschwätzigen Gruppe böswilligen und verräterischen Klatsch über mich und meine deutschstämmige Monarchin verbreitet, werde ich selbst persönlich bei unserem Kleinen Vater vorstellig werden. Der Zar über ganz Russland wird euch für immer in die Krim verbannen! Das schwöre ich, so wahr ich Grigorij Rasputin bin!«

Er hob die beiden Rapiere hoch und zerbrach sie mit seinen kräftigen Händen wie Zweige über seinem Knie; die vier Teile übergab er einem Kellner, der sie in die Mülltonne werfen sollte. »Gute Nacht, Irene Druce aus England. Gute Nacht, Michal Wassilij. Gott segne euch beide in der Zukunft.«

Otyets Rasputin nahm seinen Umhang und verließ die Örtlichkeiten, kurz nachdem die beiden Prinzen und Zeta Yuan abgefahren waren.

Nachdem er gegangen war, lehnte Irene sich erschöpft an Michals Schulter und weinte. »Russen sind grausam und verrückt!«

»Ja, sie sind sehr grausam und verrückt«, stimmte er ihr zu. »Aber nicht so verrückt wie eine Engländern, die ein Rapier bei der Klinge anfasst. *Otjets* Grigorij hat sich nicht verletzt, weil seine Haut dicker als deine ist, oder durch die Kraft des Gebets, ich weiß es nicht. Aber du hättest nicht versuchen sollen, ihn nachzuahmen oder deine Kräfte mit Zeta Yuan zu messen.«

»Zeta wollte ihn umbringen.«

»Zeta hätte ihn nicht umgebracht, genauso wenig wie Felix oder Dmitri. Sie haben sich lediglich aufgespielt. Wahrscheinlich hätten sie ihm eine leichte Verletzung zugefügt, aber sicherlich hätte der Mord an Rasputin vor den Augen der ganzen Zuschauer im Raum bedeutet, dass sie sich selbst die Schlinge um den Hals gelegt hätten, dafür hätten der Zar und die Zarin gesorgt. Sowohl Felix als auch Zeta hängen zu sehr am Leben, als dass sie darum bitten würden, in der Festung ›Peter und Paul‹ aufgeknüpft zu werden.«

Als sie sich etwas beruhigt hatte, führte Michal sie die Stufen hinauf auf die Straße, wo eine Reihe von *Koljaskas* wartete. Obwohl Irene in ihren Pelzmantel eingehüllt war, klapperten ihre Zähne als Folge des Schocks und einer verspätet einsetzenden Reaktion auf die Ereignisse. Im Wagen legte er den Arm um sie und zog sie an sich, um sie zu wärmen. Sie konnte sich immer noch nicht daran erinnern, was eigentlich genau passiert war, nachdem sie in die Klinge gegriffen hatte. Und der Himmel weiß, wie sie auf die Idee gekommen war, so etwas Dummes zu tun! »Ich möchte niemals wieder dorthin gehen.«

»Ich werde dich niemals mehr dorthin mitnehmen. Es ist alles meine Schuld, und es tut mir leid. Es ist seltsam, dass Zeta jedes Mal, wenn sie weiß, dass ich dich mitbringe, für Ärger sorgt. Ich befürchte, dass Rasputin wohl immer irgendjemandem als Zielscheibe dienen wird, sei es nun verschuldet oder unverschuldet, aus dem einfachen Grund, weil der Zar immer tun wird, was die Zarin möchte, die immer tut, was Rasputin möchte. Man muss sehr einsam sein, wenn man von den Mächtigsten im Lande verehrt wird. Ich beneide unseren Pilgervater nicht im Geringsten!«

Irene schniefte und lächelte kläglich durch die Tränen. »Vielleicht versucht Zeta, uns etwas mitzuteilen. Mir insbesondere – lass Michal in Ruhe, sonst passiert etwas!«

Er grunzte etwas, was sie nicht ganz verstand.

Michal machte sich Sorgen. Er befürchtete, dass, sollten Prinz

Felix und Prinz Dmitri den Zaren aufstacheln, Rasputins absichtliche Erniedrigung eines seiner angeheirateten Verwandten im einfachen Kunsthandwerker-Club zu untersuchen, dies dem Meister zu Ohren kommen könnte. Das würde das Ende von Michals Arbeit bei Fabergé und das Ende von Irenes Lehre bedeuten.

29. Kapitel

Irene wachte um sechs Uhr auf, war aber nicht imstande aufzustehen. Sie fühlte sich schwerfällig und lethargisch. Und dann fiel ihr ein, dass Samstag war und sie überhaupt nicht aufstehen musste. Offiziell war die Werkstatt an den Wochenenden nicht geöffnet, obwohl manchmal auch dann jemand arbeitete, wenn wichtige Aufträge zu erledigen waren und um Werkzeuge und Maschinen zu überholen. Sie drehte sich auf die andere Seite und versuchte weiterzuschlafen.

Im Zimmer war es bitterkalt, und ihre Füße froren. An der Innenseite des Fensters und auf dem Marmorwaschtisch befanden sich dünne Eisschichten. Sie rollte sich zusammen und wickelte ihr Nachthemd um ihre Füße. Wahrscheinlich hatte es erneut geschneit. Am Vorabend hatte sie vergessen, die Rollos herabzulassen, sodass der Raum jetzt von strahlend hellem Licht erfüllt war.

Träumerisch fragte sie sich, ob Michal heute wohl in die Werkstatt kommen würde. Manchmal arbeitete er samstags vormittags, wenn er viele Aufträge gleichzeitig hatte. Er hatte es nicht weit von der Gorkohovaja Straße ...

Auf einen Schlag war sie hellwach und setzte sich auf, als ihr die Ereignisse des vergangenen Abends, die in Blutvergießen geendet hatten, wieder einfielen. Irene sah auf ihre rechte Hand hinab, die mit einer Stoffserviette aus dem Kunsthandwerker-Club verbunden war. Wie sollte sie dem Meister und seiner Frau am Frühstückstisch *diese* Verletzung erklären?

Versuchsweise beugte und streckte sie die Finger. Sie empfand keinen Schmerz und kein steifes Gefühl, obwohl sie damit gerechnet hatte, ihre Hand nicht mehr benutzen zu können. Die Schnitte waren garstig tief gewesen, sie hätte daran verbluten können ... sie nahm den provisorischen Verband ab, der seltsamerweise nicht einmal blutdurchtränkt war.

Sie hielt sich die Handfläche vors Gesicht und sank dann zurück in die Kissen. Kalter Schweiß brach auf ihrem Gesicht und ihrem Hals aus, sie konnte kaum atmen, es war unglaublich: Die Schnitte waren tatsächlich verheilt, jeder Einzelne von ihnen.

Unmöglich, sie konnten nicht über Nacht verheilt sein!

Jetzt erlebte sie den Beweis für Rasputins Heilkräfte am eigenen Leib. Alles, was von den tiefen Wunden noch zu sehen war, waren die roten Narben, die der Pilgermönch erwähnt hatte. Die Geschehnisse des vergangenen Abends schienen nur ein unmöglicher Traum, ein Albtraum, gewesen zu sein. Unter normalen Umständen hätte der Heilungsprozess mindestens eine Woche gedauert und Schmerzen, Schwellungen und sogar eine Infektion nach sich ziehen können.

Oh Gott ... oh nein! Er ist tatsächlich ein Teufel! Er hat schwarze Magie angewandt ... oh Gott! Sie taumelte aus dem Bett und zog sich an, wobei ihr die Hände zitterten, jedoch vor Nervosität, nicht vor Kälte oder wegen der Verletzung. Ihre rechte Hand fühlte sich völlig normal an, obwohl sie befürchtet hatte, dass sie sie wochenlang nicht würde gebrauchen können. Sie konnte sich nicht erinnern, was geschehen war, nachdem das Blut von ihrer Hand auf den Tisch, in die Aschenbecher und in die Gläser mit Champagner und Wodka getropft war. Geschieht dir recht, Irene Druce, Mr. Jarvis hatte geraten, dass eine wahre Lady sich immer an Tee oder Wasser halten solle!

Aber sie hatte lediglich ein paar Schlucke Champagner und überhaupt keinen Wodka getrunken – es hatte sich so ergeben. Hatten der Meister und Madame Augusta gemerkt, wie spät sie heimgekommen war? Wie hatte Michal sie nach Hause gebracht?

Als ihre Panik nachließ, kam die Erinnerung wieder und Irene fiel fast die Stufen ins Erdgeschoss hinunter ... der Wagen, sie erinnerte sich jetzt, ein von Pferden gezogener Wagen, Pferdehufe, die auf Eis und Schnee knirschten, der Nachtwächter, der sie eingelassen hatte und ihr erzählte, dass der Meister und Madame Augusta mit ihrer Familie und Freunden zum Abendessen ausgegangen waren, da Freitag war, und dass sie nicht vor Mitternacht heimkehren würden. Es war eine Viertelstunde vor Mitternacht gewesen ... Michal war sehr erleichtert gewesen, weil keine Erklärungen notwendig gewesen waren. Nachdem er sie sicher zu Hause abgeliefert hatte, war er in seine eigene Wohnung in der Gorokhovaja Straße gegangen ... sie musste ihn sehen.

Der Nachtwächter schlief hinter der Glasscheibe. Sie klopfte hartnäckig. »Monsieur ... Monsieur, bitten wachen Sie auf!«

Er schnaufte, grunzte und wachte schließlich auf. Als er sie durch das Fenster blicken sah, nahm er die Füße vom Tisch und zog das Schiebefenster auf. »Was ist los, Mam'selle Druce? Wie spät ist es? Meine Güte ... ich habe verschlafen, der Meister wird mich hinauswerfen ...«

»Es ist alles in Ordnung, Gospodin Ratzel, es ist erst halb sieben.«

»Dann kann ich die Werkstatt noch nicht öffnen, Mam'selle, erst wenn der Manager da ist, wegen all der kostbaren Juwelen und angefangenen Arbeiten, die überall herumliegen.«

»Sie sollen die Werkstatt nicht aufmachen. Würden Sie bitte einen Blick auf Ihre Tafel werfen und mir sagen, welche Kunsthandwerker heute arbeiten werden ... steht Michal Wassilij auf der Liste?«

Er nahm die Tafel vom Haken und las mit gerunzelter Stirn die Namen durch. »Nein, Mam'selle, Monsieur Wassilij wird heute nicht kommen.«

»Oh!«

Sie könnte zu seiner Wohnung gehen. Sie wusste, wo er wohnte. Aber falls jemand sie sehen würde, würde man sie beide sofort entlassen; es war sowieso erstaunlich, dass es ihnen bislang gelungen war, ihre Beziehung geheim zu halten. Es war allein schon ein Wunder, dass sie gestern Abend noch einmal davongekommen waren. Es war lächerlich, ständig herumschleichen zu müssen, um hier und da einen Augenblick zu erhaschen, in dem sie sich ungestört unterhalten und zusammen sein konnten. Sie wünschte, sie könnte mit dem Versteckspiel aufhören und dem Meister und Madame Augusta sagen, dass sie ihn liebte und dass sie ihn treffen würde, wann immer es ihr passte.

Aber sie wusste, dass das nicht möglich war.

»Stimmt etwas nicht, Mam'selle Druce?« Gospodin Ratzel war aufgefallen, wie unruhig und erregt sie war. »Manchmal kommen die Lehrmeister auch unerwartet rein, besonders Monsieur Wassilij.«

Aber angenommen, er kam nicht! Sie konnte nicht bis Montag warten. Sie fragte den Nachtwächter: »Wann kommt der Laufbursche, um die Räume zu kehren?«

»Jeden Moment, Mam'selle. Aber er kann auch nicht in die Werkstatt. Nicht bis einer der Kunsthandwerkermeister auftaucht.«

»Haben Sie einen Stift und ein Blatt Papier für mich?«

Er reichte ihr einen Notizblock und einen Bleistift.

Irene kritzelte hastig folgende Notiz: ›*Monsieur Wassilij, ich muss Sie sehr dringend wegen meines Hopfenzapfen-Ostereis für Madame Belsh sehen. Könnten Sie bitte heute in die Werkstatt kommen. Irene Druce, Lehrling.*‹

Das sollte genügen, um sie beide zu decken. Sie faltete die Notiz und gab sie Gospodin Ratzel. »Könnten Sie das bitte von Podarki in die Gorokhovaja Straße Nr. 96A zu Monsieur Wassilij bringen lassen. Es ist wichtig – hat mit einem seiner Aufträge zu tun.«

»Ja, Mam'selle, selbstverständlich. Sobald der Junge kommt, werde ich ihn mit Ihrer Nachricht losschicken.«

»Vielen Dank.«

Irene ging wieder hinauf. Da es noch zu früh fürs Frühstück war, kletterte sie wieder ins Bett und zog die Decke bis zum Kinn. Sie ließ den Wecker auf dem Nachttisch nicht eine Sekunde aus den Augen, und sobald die Uhr acht anzeigte, ging sie wieder hinunter zur Werkstatt. Michal war gerade hereingekommen und stampfte den Schnee von seinen Stiefeln.

»Gott sei Dank!«, seufzte Irene.

»Was ist los? Ich habe mir solche Sorgen gemacht, hat es etwas mit gestern Abend zu tun?«

»Es *hat* etwas mit gestern Abend zu tun ... sieh nur!« Sie hielt ihm ihre Handfläche hin.

Er starrte verständnislos darauf nieder.

»Meine verletzte Hand, Wassilij! Sie ist heute Morgen wieder völlig in Ordnung. Habe ich nur geträumt, oder habe ich dieses Rapier ergriffen und meine Hand in Stücke geschnitten?«

Er wurde blass und presste die Lippen zusammen. »Vielleicht nicht in Stücke ... vielleicht waren die Schnitte nicht so tief, wie wir dachten.«

»Hat meine Hand geblutet?«

»Wie ein angestochenes Schwein.«

»Was ist danach passiert? Ich kann mich nicht erinnern, was danach passiert ist, erst wieder an die Heimfahrt.«

»Du kannst dich nicht erinnern? Keine Schmerzen?«

Sie schüttelte den Kopf »Nicht im Geringsten, nicht einmal heute Morgen. Sieh, ich kann meine Finger problemlos bewegen.« Sie führte es ihm vor.

Er zuckte die Schultern und hängte gemächlich seinen Mantel, seinen Schal und seine Pelzkappe auf, zog die dicken Stiefel aus, zog seine Arbeitsschuhe und den Overall an. »Er verfügt tatsächlich über außergewöhnliche Kräfte ... ich habe oft gesehen, wie seine Anhänger vor seiner Tür Schlange stehen. Es gab eine junge Witwe in seiner Heimatprovinz, die behauptete, er habe an ihr ein Wunder vollbracht; man hatte sie geschlagen, mit Steinen beworfen und hinter einem Pferd hergeschleift, und der Priester des Ortes und die Bauern jagten sie aus dem Dorf, nachdem man sie mit ihrem Untermieter im Bett erwischt hatte ...« Er lächelte und kratzte sich an der Oberlippe. Seine Rasur am heutigen Morgen war etwas zu hastig ausgefallen. »Sie hatte danach keine einzige Narbe und keine Blutergüsse mehr. Unser Freund hatte ihren ganzen Körper über Nacht geheilt. Ich habe diese Geschichte schon oft gehört. Aber wenn darüber gesprochen wird, wie er den Sohn des Zaren geheilt hat, kann ich es nicht glauben und denke, dass viel Hokus-Pokus um seine fantastischen Heilkräfte gemacht wird. Aber jetzt glaube ich es.«

»Michal ...«

»Nenn mich nicht Michal, nicht hier drin ...« Er warf einen Blick über die Schulter, aber bisher war noch kein weiterer Kunsthandwerker eingetroffen.

»Es tut mir leid. Aber er ist ein verkleideter Teufel – er muss es sein! Es ist schwarze Magie! Eine üble Macht, die er nach Belieben heraufbeschwören kann!«, flüsterte Irene heftig.

»Lass uns das alles nicht überbewerten.«

»Es ist beängstigend, Mi ...« Beinahe hätte sie ihn wieder Michal genannt.

»Es ist nicht beängstigend«, entgegnete er männlich und überlegen. »Wahrscheinlich gibt es eine ganz einfache Erklärung. Gesundbeten, das ist alles. Du hast an ihn geglaubt, und deshalb wurde die Heilung vollzogen.«

»Bleibst du heute Vormittag hier?«, wollte sie wissen.

»Da du mich schon aus meinem warmen Samstagmorgen-Bett geworfen hast und ich bei Minusgraden durch die Straßen laufen musste, bleibe ich wohl besser. Ich habe sowieso jede Menge zu tun. Was hast du vor?«

»Möchtest du, dass ich arbeite?«

»Wenn deine Hand es zulässt.« Er rieb sich gedankenvoll die Wange. »Seltsam ... ausgesprochen seltsam.« Er ging zu seiner Werkbank, blickte zurück über die Schulter, zwinkerte ihr zu und sagte auf Englisch: »Es wäre sehr hübsch, wenn ich an diesem kalten russischen Morgen neben mir hätte meine kleine heißblütige Engländerin, Miss Druce.«

»Dann werde ich arbeiten. Ich muss aber zuerst noch frühstücken. Sonst würden der Meister und Madame Augusta denken, ich fühle mich unwohl, und ich müsste Medizin einnehmen und würde verhätschelt werden. Nicht, dass ich undankbar wäre, sie sind beide reizend zu mir. Aber Madame mag es nicht, wenn ich das Frühstück oder eine andere Mahlzeit auslasse. Sie sagte, das sei ungesund. Aber nichts kann ungesünder für mich sein als Ras ...«

Er flüsterte hastig: »Nicht ... erwähne seinen Namen hier nicht, Irene. Er hat viele Feinde, die auch seine Freunde und Anhänger als ihre Feinde ansehen.« Inzwischen waren weitere Kunsthandwerker eingetrudelt, die sich vom Schnee befreiten, über das bitterkalte Wetter nörgelten und sich über den Mangel an Lebensmitteln in den Geschäften beschwerten. Michal sagte laut zu Irene: »Also dann, Miss Druce. Gehen Sie jetzt frühstücken. Ich erwarte Sie um neun Uhr, um an Madame Belshs Auftrag weiterzuarbeiten.«

Fast hätte sie salutiert, aber sie ließ es dann doch sein. Die Aussicht auf einen Vormittag in Michals Gegenwart verbesserte Irenes Laune erheblich.

Im Laufe der Woche ließ Eugène Fabergé Irene zu sich rufen. Irene hatte eine gewisse böse Vorahnung, als sie sich auf den Weg ins Designstudio machte.

Hatte der Zar sich bei Carl Fabergé beschwert, weil zwei seiner Kunsthandwerker in den Aufruhr um Rasputin im Kunsthandwerker-Club verwickelt gewesen waren? Irene wusste, dass Michal wie auf glühenden Kohlen gesessen und damit gerechnet hatte, dem Meister erklären zu müssen, was es mit der Geschichte auf sich hatte, in die Prinz Dmitri Pawlowitsch und Prinz Felix Yussupow verwickelt gewesen waren. Als die Tage vergingen und nichts passierte, ließ die Anspannung bei Irene und Michal langsam nach. Vielleicht hatten sich die beiden Prinzen entschlossen, in ihrem eigenen Interesse Stillschweigen über ihren Streit mit *Otjets* Rasputin zu bewahren. Aber jetzt warf Michal ihr einen ängstlichen Blick zu, als sie ins Designstudio ging.

Sie hätten sich keine Sorgen machen müssen, denn Eugène Fabergé empfing Irene freundlich lächelnd. »Miss Druce, ich freue mich sehr, Ihnen mitteilen zu dürfen, dass ich einen weiteren Auftrag für Sie habe – sogar einen wichtigen Auftrag. Nein, eigentlich einen sehr wichtigen. Die Zarin, Alexandra Feodorowna, hat sich unseren neuesten Katalog angesehen, und am besten hat ihr Ihr ›Frostdiadem mit Halskette aus brasilianischen Diamanten in vergoldeter Fassung‹ sowie Ihre Brosche ›Blatt mit Regentropfen‹ gefallen. Sie hat entsprechende Aufträge für 1918 erteilt.«

Irene fiel die Kinnlade herunter.

»Ich bin froh, dass Sie sich so freuen, Miss Druce«, sagte Eugène Fabergé. »Und ich freue mich für Sie. Die Aufträge sind wichtig für Ihre Karriere. Im Laufe nächster Woche werden wir uns die Diamanten im kaiserlichen Vorrat ansehen, um zu schauen, was zur Verfügung steht. Dazu müssen wir dem Alexander-Palast einen Besuch abstatten. Ich werde es Sie wissen lassen, wenn unser Büro einen Termin mit der Zofe der Zarin vereinbart hat. Ach ja, fast hätte ich es vergessen: Der Bericht meines Bruders Alexander in Moskau über Ihre Fortschritte bezüglich Silberarbeiten ist hervorragend. Sie machen sich gut, Miss Druce, meinen Glückwunsch.«

Irene ging wie in Trance zurück in die Werkstatt. Ein Auftrag von der Zarin höchstpersönlich! Alexandra Feodorowna hatte Gefallen an ihrem Frostdiadem und der dazu passenden Halskette gefunden! Und an ihrer Brosche ›Blatt mit Regentropfen‹! Wunder geschehen immer wieder! Sie würde sich für immer einen Ruf machen, wenn es ihr gelang, die Arbeiten zur Zufriedenheit der Zarin auszuführen. Und eines Tages würde sie Tante Martha erzählen, dass es keineswegs eine sinnlose Beschäftigung gewesen war, an einem Weihnachtsmorgen in der Waterloo die Eisblumen auf dem Fenster zu betrachten.

Neben ihr legte Wassilij sein Werkzeug aus der Hand, nahm das Okular herunter, bedeckte seine Arbeit mit einem Tuch, wandte sich Irene zu und warf ihr einen schrägen Blick zu. Auf Englisch sagte er: »Die heißen Schwingungen, die von meiner heißblütigen Engländerin ausgehen, bringen wieder meine Hände zum Zittern, sodass ich nicht in der Lage bin, weiter zu arbeiten an der Puderdose. Was ist es, das Monsieur Eugène dir mitgeteilt hat, dass du so aufgeregt bist? Es kann nichts zu tun haben mit den Ereignissen im Kunsthandwerker-Club, *njet*?«

»Njet.« Irene erzählte ihm die Neuigkeiten.

Er sagte nichts, aber sein Gesichtsausdruck veränderte sich. Er stand auf, ging aus der Werkstatt, kam zurück, verschwand ein zweites Mal. Schließlich kam er zu ihr, beugte sich über ihre Werkbank und flüsterte: »Können wir uns heute in der Mittagspause im Park treffen?«

»Ein Spaziergang im Park in dem hohen Schnee? Warum?«

»Ich sage es dir später. Ist es möglich?«

»Alles ist möglich. Ich bin keine Gefangene. Ich bin kein Kind. Der einzige Grund, warum es nicht möglich sein könnte, ist der, dass der Meister und Madame Augusta nicht möchten, dass ich ›zu vertraut‹ mit meinem Lehrmeister umgehe! Das solltest du inzwischen wissen.«

»Ich will jetzt nichts hören über dein Leben oben beim Meister. Ich will ein sehr ernstes Gespräch mit dir führen. Wenn ich der Mann bin, der eine besondere Bedeutung in deinem Leben hat, dann müssen wir reden – wenn *ich* sage, wir reden!«

Nie zuvor hatte er dermaßen persönliche Dinge – selbst auf Englisch – am Arbeitsplatz erwähnt; nie zuvor hatte sie ihn so ärgerlich gesehen, wirklich ärgerlich!

Er verließ die Werkstatt. Den Rest des Vormittags bekam sie ihn nicht mehr zu Gesicht.

Michal wartete am Eingangstor zum Park auf sie. Er war dick eingepackt und trug eine Pelzkappe mit Ohrenklappen, einen dicken Wintermantel, Wollschal und Wollhandschuhe. Als er sie kommen sah, nahm er die Zigarette aus dem Mund und zertrat sie mit dem Absatz. Er schlug die Hände gegeneinander, um sie zu wärmen.

Ihre rechte Hand begann zu pochen und erinnerte sie an die Wunde, die sie sich selbst zugefügt hatte. Irene wusste nicht, ob es an der Kälte oder an Michals Verhalten heute Morgen lag. Sie fragte sich vergeblich, was ihn wohl gebissen haben mochte. Freute er sich nicht über ihre kaiserlichen Aufträge? War er etwa eifersüchtig?

»Komm, gehen wir ein Stück«, sagte er. »Es ist zu kalt, um herumzustehen.« Er führte sie in den Park hinein. Ihr Atem hing in nebligen Wolken in der eiskalten Luft.

»Hat das alles mit dem Auftrag der Zarin zu tun, Michal?«

»Ja!«

»Ich habe es mir schon gedacht! Bist du eifersüchtig?«

Er blieb abrupt stehen und starrte sie an. »Nein!«

»Schnauz mich nicht so an – ich bin schließlich nicht deine Ehefrau, noch nicht einmal deine Geliebte!«

»Du benimmst dich blöd.«

»Du bist unhöflich«, sagte sie. »Und wenn du mich hergebracht hast, um zu streiten, gehe ich wieder.« Sie drehte sich um und wollte gehen. Er ergriff ihren Arm und wirbelte sie herum.

»Verstehst du denn nicht? Du kannst den Auftrag der Zarin nicht annehmen. Wenn du es tun würdest, würdest du dich selbst mit dem Mann, der sie führt, kompromittieren!«

»Ras ...« Sie sah sich nervös um, als würde sie erwarten, ihn hinter dem nächsten Baum auftauchen zu sehen wie eine unheilvolle Erscheinung. »Was hat *er* damit zu tun?«

»Alles. Er steckt hinter diesem Auftrag – wie sonst hätte die Zarin von deiner Existenz erfahren sollen? Er hat sie auf dich aufmerksam gemacht. Vielleicht wegen der Geschichte, die neulich passiert ist. Aber wenn du den Auftrag annimmst, stehst du in seiner Schuld – und das sollte man *niemals* riskieren, Irene. Zeta ist es passiert ...«

»Ich bin nicht Zeta«, stieß sie hervor. »Warum bist du immer so besorgt um *sie*? Ich dachte, du würdest dich für *mich* freuen. Ich dachte, du liebst mich. Ich dachte, du wärst auf *seiner* Seite!«

»Ich bin auf der Seite von niemandem! Muss ein Mann immer Stellung beziehen?«, fragte er. »Ich bin ein Mann, der einen freien Willen hat und frei wählen kann. Ich versuche lediglich, dir einen Rat zu geben. Wenn du den über Rasputin erteilten Auftrag annimmst, bedeutet das, dass du dir großes Missfallen einer anderen sehr mächtigen Clique am Hof zuziehst. Die Schwester der Zarin, die Großfürstin Elizaveta Feodorowna, und die Kaiserwitwe Maria Feodorowna – die nicht nur die Großmutter von Prinz Felix' Frau Irina, sondern auch die Mutter des Zaren ist – werden gemeinsam mit dem Minister Rodzianko, Vorsitzender der Duma, ebenfalls ein Yussupow-Verwandter, jede weitere Karriere, die du als Schmuckdesignerin am kaiserlichen Hof haben könntest, zerstören. Sieh das doch ein! Wenn du die Gunst der Zarin verdienen und ihre Aufträge haben willst, dann musst du das *ohne* Rasputin schaffen!«

Er hatte sie inzwischen eingeholt. »Hast du vergessen, was Walter Ruwenzori zugestoßen ist?«

Sie war nicht fähig, ihm zu antworten.

»Nun, dann werde ich deinem Gedächtnis auf die Sprünge helfen«, sagte Michal ärgerlich. »Er wurde hingerichtet, weil er verdächtigt wurde, ein deutscher Agent zu sein. Weil er im Vergleich zu Rasputin nur ein kleiner Fisch war, konnten sie ihm das antun. Und sie werden das Gleiche mit dir machen, sie werden dich beschuldigen, eine ausländische Spionin zu sein.«

»Ich bin *britisch*, nicht deutsch!«, erinnerte sie ihn.

»Das würde keinen Unterschied machen. Wenn du zulässt, dass Rasputin als dein Vermittler agiert, wird man dich seinen Anhängern zurechnen und dich zerstören.«

»Wie steht es mir dir, bist du nicht auch einer von seinen Anhängern?«, fragte sie mit starrem Blick.

»Nein, bin ich nicht. Ich höre ihm zu, manchmal bin ich seiner Meinung, manchmal nicht. Ich bewundere ihn als religiösen Lehrer, ich verachte seine Gewohnheiten.«

»Du bist doch ein Mitglied der Vereinigung der wahren russischen Männer, oder etwa nicht?«

»Ich bin kein Mitglied, ich bin ein Zuhörer. Und die Vereinigung hat nichts mit Rasputin zu tun, sie wurde von anderen Mitgliedern des orthodoxen Klerus gegründet – als staatliche Institution!«

»Es fällt dir leicht, mir das alles zu erzählen. Du bist parteiisch, was die Familie Yussupow angeht, die ja immerhin dein Gönner ist!«

»Oh, manchmal könnte ich an dir verzweifeln, *Anglichanka*!« Er hob hilflos die Hände und wusste nicht, wie er fortfahren sollte.

Sie lehnte es ab, sich von ihm beeinflussen zu lassen. »Du sagst, du vertrittst keine politische Richtung, Michal Wassilij, dass du ein Pazifist und aus diesem Grund Kriegsdienstverweigerer bist, aber du ergreifst *doch* Partei! Du versuchst, mich mit deinen sowjetischem Argument zu beeinflussen. Ich weigere mich, diesen Auftrag als politische Angelegenheit anzusehen. Ich werde den kaiserlichen Auftrag annehmen. Du kannst mich nicht daran hindern. Diese Gelegenheit, meine Fähigkeiten unter Beweis zu stellen, wird sich mir nie wieder bieten. *Alle* werden meinen Schmuck haben wollen, wenn ich einen Auftrag der Zarin von Russland ausgeführt habe. Dafür habe ich mein ganzes Leben gearbeitet. Ich werde darum bitten, dass ich einem neuen Lehrmeister zugewiesen werde ...«

Er umfasste ihre Taille und schloss ihr den Mund mit einem Kuss, der sie völlig überraschte.

Aber sie wollte sich auch durch diese Taktik nicht umstimmen lassen und erwiderte seinen Kuss nicht.

»In Ordnung, du halsstarriges Frauenzimmer, du wirst ja sehen, was passiert, wenn die Kaiserwitwe und der Rest von Rasputins Feinden dich zerreißen werden! Ich will dich nur warnen, mit dieser so genannten kaiserlichen Gönnerschaft vorsichtig zu sein, das ist alles.« Er ließ sie stehen und schlurfte mit hängenden Schultern und hängendem Kopf davon.

»Wassilij!«, rief sie ihm nach und stampfte mit dem Fuß auf. »Das kannst du nicht mit mir machen! Ich fertige den Schmuck für *sie*, nicht für ihn! *Sie* wird die Tiara tragen, *meine* Tiara!«

Er drehte sich um und sagte spöttisch: »Ach ja? *Er* ist derjenige, der sie tragen wird, weil er euch *beide* besitzen wird!«

Um vier Uhr ging Irene geradewegs ins Designstudio. »Monsieur Eugène, ich habe lange über den kaiserlichen Auftrag nachgedacht und auch mit meinem Lehrmeister darüber gesprochen. Leider kann ich den Auftrag nicht annehmen. Ich habe momentan zu viel zu tun – da ist auch noch der Auftrag von Madame Belsh. Außerdem glaube ich, dass ich noch nicht weit genug für solch einen wichtigen Auftrag bin.«

Er sah ihr ruhig in die Augen. Seine Stimme und sein Verhalten waren freundlich. »Bitte überlassen Sie es mir, Ihre Fähigkeiten zu beurteilen, Miss Druce. Aber ich verstehe Sie. Sie haben Nervenflattern, das ist alles. Bedenken Sie, was Sie sich damit entgehen lassen. Die Zarin hat die Entwürfe in unserem Katalog gesehen. Das Haus Fabergé muss die Wünsche der Zarin erfüllen; unsere Auftragslage in dieser politisch unruhigen Zeit ist nicht stabil genug, um Aufträge ablehnen zu können. Wenn Sie die Stücke nicht selbst fertigen können – obwohl ich kein Problem darin sehen würde, vor allem nicht aufgrund der Unterstützung durch Ihren hervorragenden Lehrmeister –, müssen wir Ihre Entwürfe an einen anderen Kunsthandwerker weitergeben. Sie werden natürlich eine kleine Provision für die Entwürfe an sich erhalten, die aber verschwindend gering sein wird im Vergleich zu dem, was Sie bekommen würden, wenn Sie die Arbeiten selbst ausführen. Bitte denken Sie noch einmal sorgfältig darüber nach. Sprechen Sie mit meinem Vater darüber. Es besteht kein Grund zur Eile.«

»Es tut mir leid, Monsieur Eugène, aber ich habe bereits sehr sorgfältig darüber nachgedacht. Bitte geben Sie meine Entwürfe zur Ausführung weiter.«

Irene ging zurück in die Werkstatt. Sie konnte die Tränen kaum zurückhalten. Sie flüsterte Michal zu. »Sie haben gewonnen, Monsieur Wassilij. Bitten Sie mich nie wieder, Sie außerhalb der Arbeitszeit zu treffen. Es ist vorbei.«

Er sah nicht auf, sondern konzentrierte sich weiterhin auf die Puderdose für Felix Yussupow. *»Tak i bit«*, antwortete er kurz angebunden.

30. Kapitel

Tak i bit – So sei es! Oh, sie könnte Michal Wassilij umbringen!

Carl Fabergé, dem beim Frühstück am folgenden Morgen auffiel, wie traurig und unglücklich Irene aussah, kam gleich zur Sache: »Eugène hat mir erzählt, dass Sie sich entschlossen haben, den kaiserlichen Auftrag abzulehnen, Irene.«

»Ja, Meister. Es tut mir leid.«

»Können Sie mir den Grund nennen?«

»Aus persönlichen Gründen, Meister.«

Er sah sie traurig an, wischte sich den Mund mit seiner Serviette ab und tätschelte ihr beruhigend die Hand. »Als Sie hierher kamen, habe ich Sie gewarnt, Mademoiselle Yuan und ihren Freunden von der dritten Genossenschaft nicht zu viel Beachtung zu schenken. Ovtchinnikov, der Gründer der dritten Genossenschaft, hat immer Probleme mit seinen Angestellten. Wir kennen uns schon seit ewigen Zeiten, und wir sind gute Freunde. Seine Angestellten stehen ihm jedoch nicht immer freundschaftlich gegenüber, was immer wieder zu Zerreißproben in seiner Werkstatt führt. Gerechtigkeit hat zwei Seiten, meine Liebe. Natürlich haben die jungen Leute in unserer Stadt das Recht, gegen das, was heutzutage in Russland passiert, zu protestieren. Natürlich gibt es hungernde und heimatlose Massen ohne Stimmrecht. Aber wenn die Bolschewiki, Menschewiki und Sowjets von Kannibalismus in Russland sprechen, weil die Bauern nichts außer ihren Nachbarn zu essen hätten, dann gießen sie damit Öl ins Feuer und fügen eine weitere Lüge hinzu. Russen waren einst Kannibalen, aber das liegt sehr lange zurück; solch irreführende Propaganda hilft niemandem.«

Madame Augusta verließ den Frühstückstisch. Ihrer Meinung nach war Irene sehr dumm gewesen, als sie den Auftrag der Zarin abgelehnt hatte, der jedermanns Prestige, einschließlich Irenes, gefördert hätte. Aber die Vorstellungen der jungen Leute heutzutage unterschieden sich grundlegend von jenen ihrer Vorfahren. Augusta wollte jetzt jedenfalls ihre Enkelkinder sehen und nicht arbeitspolitischen Überlegungen zuhören, die übrigens immer mehr außer Kontrolle gerieten, armer Carl!

»Sehen Sie die Sache einmal von dieser Warte aus, Irene. Die Romanows, die Belshs, die Yussupows, die Rothschilds und auch die königliche Familie von Großbritannien verteilen ihren Reichtum wieder, indem sie anderen Aufträge erteilen, mir zum Beispiel, oder Ihnen. Eines Tages in der Zukunft werden Sie in der Lage sein, Ihre Fertigkeiten weiterzuvermitteln und selbst Leute anzustellen, und zwar dank der großzügigen Gönnerschaft jener, die von Leuten wie Zeta Yuan als Schmarotzer der Gesellschaft angesehen werden. Es wird immer Reiche und es wird immer Arme geben. Es ist nur so, dass die gebildeteren Angehörigen der Mittelschicht diese radikalen Ideen entwickeln, die Natur der Dinge ändern zu wollen, weil sie sich selbst als politische Vermittler sehen. In der Realität helfen sie jedoch niemandem, am wenigsten sich selbst, wenn sie flammende Reden schwingen, Massenhysterien heraufbeschwören und durch Streiks, Protestmärsche und Demonstrationen allgemeine Unruhe verbreiten. Das ist der Weg zu Krieg und Revolution, nicht jedoch zu Frieden.«

»Welchen anderen Weg gibt es denn, Meister? Vielleicht sind die Superreichen und Mächtigen zu sehr damit beschäftigt, ihren Reichtum und ihre Macht zu halten, während die Bauern zu sehr damit beschäftigt sind, Nahrung aufzutreiben. Deshalb hat sich die Mittelschicht entschlossen einzugreifen«, sagte Irene. »Ja, ich hätte ein schlechtes Gewissen, wenn ich den Auftrag der Zarin annehmen würde, es tut mir leid. Ich weiß, was es bedeutet, in einem Umfeld voll sozialer Entbehrungen zu leben, obwohl ich das anscheinend manchmal aus dem Auge verliere.«

»Aber Sie haben sich über die Grenzen der Klassen hinweggesetzt, meine Liebe, und zwar aus eigener Kraft und aus keinem anderen Grund. Darum geht es bei der Kunst. Hat Wassilij Ihre Entscheidung auf irgendeine Art und Weise beeinflusst?«

»Wassilij?« Oh Gott, dachte Irene, jetzt stand sowohl Michals als auch ihre eigene Stelle auf dem Spiel. »Nein«, log sie, »es ist allein meine Entscheidung.«

»Machen Sie sich keine Sorgen. Ich weiß genau, was in meinen eigenen Geschäften vor sich geht. Seien Sie nur vorsichtig, wenn die Politik mit der Kunst kollidiert – insbesondere russische Politik. Denken Sie darüber nach. Ich werde Eugène bitten, Ihre ›Frostdesigns‹ für Alexandra Feodorowna eine Weile auf Eis zu legen.« Er zwinkerte ihr zu. »Wir werden den Auftrag ›versuchsweise‹ annehmen, jedoch ohne feste Terminzusage. Wenn Sie Ihre Meinung nicht ändern, können wir die Entwürfe immer noch an einen anderen Kunsthandwerker weitergeben. Sie sind zu gut, um sie überhaupt nicht auszuführen.«

Es war schon schlimm genug gewesen, Seite an Seite mit Wassilij zu arbeiten, als sie beide ihre Gefühle füreinander entdeckt hatten, diese aber nicht offen zeigen durften. Jetzt war es noch schlimmer.

Wenn Irene Michals Beziehung zu Zeta betrachtete, fand sie, dass diese nicht so vielen Rückschlägen unterworfen und Problemen ausgesetzt gewesen war. Er und Zeta waren beide Russen, hatten denselben sozialen Hintergrund, die gleichen Ideen und Ideale, waren beide Kunsthandwerker, arbeiteten jedoch in verschiedenen Werkstätten und waren nicht Lehrling und Lehrmeister unter demselben Dach.

Es wäre soviel einfacher für Michal und Irene gewesen, wenn sie sich zum Beispiel im Kunsthandwerker-Club kennen gelernt und in verschiedenen Häusern gearbeitet hätten. Es gab so viele Störfaktoren für ihre Liebe, nicht zuletzt die Vorurteile, die aus Irenes Erziehung resultierten, und die Tatsache, dass sie Engländerin war und nur vorübergehend in Russland lebte. Sie musste sich noch einen Namen in der Arbeitswelt machen, sie, die ›engagierte Karrierefrau‹, wie Randolph sie einst genannt hatte. Michal war immer noch ein hart arbeitender Kunsthandwerker, der von seinen Provisionen abhängig war, um seine alten Eltern finanziell unterstützen zu können. Er war so russisch, wie man nur sein konnte. Einer von ihnen müsste sein Land, seine Kultur, seine Familie und seine Freunde aufgeben, und in diesem Zusammenhang hatte Michal einmal zu Irene gesagt: »Man kann eine Person aus ihrem Land herausnehmen, man kann aber kein Land aus einer Person nehmen.«

Irene wusste, dass das der Grund war, warum Michal sich nie ganz an sie gebunden hatte, weil das nämlich ihnen beiden gegenüber unfair gewesen wäre; sie war schließlich noch in der Ausbildung und plante ihre Rückkehr nach England.

Irene erkannte jetzt, warum er ihr gegenüber anfangs so kalt, zurückhaltend und sogar feindselig gewesen war. Er war klüger als sie gewesen und hatte gewusst, welche Konsequenzen es haben würde, wenn sie beide die Grenzen ihrer Arbeitsbeziehung als Lehrmeister und Lehrling überschreiten würden.

Und es war trotzdem passiert, nicht wahr? Es stimmte, dass man dort bleiben sollte, wo man hingehört.

Es gab jedoch auch ein Sprichwort, das besagte: ›Liebe überwindet jede Grenze!‹

In der Woche vor dem russisch-orthodoxen Osterfest war im Hause Fabergé immer viel zu tun. Gemäß russischer Sitte wurden Ostereier ausgetauscht; bescheidene bemalte Eier oder reich mit Juwelen verzierte Kunstwerke, die die Mitglieder der Zarenfamilie einander schenkten. Die Zarenfamilie verbrachte die Osterwoche traditionsgemäß auf der Krim, wo sie ihr Haus für alle, seien es Bauern oder Prinzen, öffnete. Die kaiserlichen Ostereier mussten in den Palast geliefert werden; die anderen in Auftrag gegebenen Ostereier wurden zu den jeweiligen Auftraggebern gebracht.

Irene wurde zum ›Botenjungen‹ und erledigte Botengänge in der ganzen Stadt für Monsieur Eugène und ihren Lehrmeister – der übrigens immer noch schmollte und nur das Allernötigste mit ihr sprach.

Irene besuchte die Belshs. Madame Barbara umarmte und küsste sie und überreichte ihr ein kleines Perlenosterei, das als Anhänger an einer Halskette oder einem Armband befestigt werden konnte. Sie erkundigte sich auch, ob ihr ›Hopfenzapfen-Osterei‹ Fortschritte machte, und Irene versprach, dass es für das *nächste* Osterfest fertig werden würde.

Danach begab sie sich zum Palast der Familie Yussupow am Fluss Fontanka und lernte Prinz Felix Senior, einen militärisch aufrechten Mann, sowie Prinzessin Zénaide kennen. Sie hatte Michals Warnung bezüglich verschiedener ›Cliquen‹ im Palast noch im Ohr und achtete sehr darauf, wie sie ihre höflichen Fragen beantwortete; sie war dankbar, dass sie sich hauptsächlich darauf beschränkten, sie nach ihrem englischen Hintergrund zu befragen. Sie lieferte die Fabergé-Ostereier ab und verließ den Palast mit ihrem ›Trinkgeld‹, einem kleinen polierten Steinosterei mit einem silbernen Haken, an dem das Ei an einer Kette oder einem Armband getragen werden konnte.

Als Nächstes ging Irene zu den jüngeren Yussupows in ihren Palast am Moika-Kanal ganz in der Nähe des Geschäftes Fabergé. Ein Bediensteter in gelbbrauner Livree teilte ihr mit, dass Prinzessin Irina indisponiert sei und keine Besucher empfange und dass Prinz Felix nicht zu Hause sei. Mit einem Seufzer der Erleichterung übergab Irene ihr Paket und verließ den Palast, diesmal ohne Trinkgeld. Sie hätte nicht gewusst, was sie zu Prinz Felix und seiner Frau Irina hätte sagen sollen angesichts der Dinge, die sie über den Gatten der armen Frau wusste. Wahrscheinlich wusste Prinzessin Irina nicht, dass ihr Gatte sich für Männer interessierte und was für einen schmutzigen Lebensstil er führte, wenn er nicht zu Hause war. Sollte sie es doch wissen, war sie umso mehr zu bemitleiden.

Ihr Lehrmeister legte ein kleines Geschenk auf ihre Werkbank. Er sagte kein Wort.

Er hatte ihr nochmals gesagt, sie solle ihn nicht ansprechen, während er sich auf seine Arbeit konzentrierte, außer es habe etwas mit der Arbeit zu tun.

Irene öffnete die kleine Schachtel; auf dem Seidenpapier lag ein exquisites kleines silbernes Osterei – das an einer Halskette oder einem Armband getragen werden konnte. Mach weiter so, mein Mädchen, dachte Irene, dann musst du nicht mehr arbeiten, um deinen Lebensunterhalt zu verdienen. Du wirst bald genug russische Kleinode besitzen, um einen Marktstand in Poplar eröffnen zu können – direkt neben der armen alten Dot Fennel!

Man konnte das kleine Ei aufschrauben; es enthielt ein winziges silbernes Küken.

Offensichtlich bedeutete sie ihm immer noch so viel, dass er sich die Mühe gemacht hatte, eigens für sie dieses Ei zu entwerfen. Sie war wütend, weil sie verletzt und verwirrt war wegen seiner Haltung bezüglich des Auftrags der Zarin, und sie war gleichzeitig glücklich, weil er ihr nach einer längeren Zeit des Schweigens dieses Zeichen seiner Zuneigung gegeben hatte. Dieser launische Kerl, warum hatte sie sich nicht in einen Eskimo verlieben können!

Irene legte ihr Geschenk für ihn auf seine Werkbank: Ein hart gekochtes Ei, auf das sie zwei Gesichter des Bären Mischka gemalt hatte, ein trauriges unter einem Regenschirm mit einer dunklen Regenwolke und ein glückliches unter einer strahlenden Sonne. Darunter hatte sie folgende Widmung angebracht: ›*Für Mischka Michal, den hart gesottenen Bären, von seinem englischen Lehrling, Ostern 1916*‹.

Am folgenden Tag sagte Michal: »Danke für das Osterei mit dem ärgerlichen Bären.«

»Danke für dein hübsches silbernes Osterei. Aber Mischka war auch glücklich und lachte – manchmal.«

»Ich habe ihn heute Morgen zum Frühstück gegessen.«

Irene gab sich große Mühe, keine Miene zu verziehen.

Er gab sich große Mühe, ihre berufliche Arbeitsbeziehung aufrechtzuerhalten. Die erschreckte Schildkröte, die sich in ihrem Schutzpanzer verkrochen hatte, streckte den Kopf wieder heraus. »Warum benehmen wir uns so kindisch?«, fragte er.

»Ich weiß nicht, sag du es mir.«

»Ich glaube nicht, dass ich jemals eine Engländerin verstehen werde.«

»Ich glaube nicht, dass ich jemals einen gewissen Russen verstehen werde.«

»Du bist noch sauer auf mich wegen der Tiara für die Zarin.«

»Das stimmt nicht. Darüber bin ich seit Wochen hinweg.«

»So sieht es aber nicht aus.«

»Das liegt an deinem schlechten Gewissen, das dir sagt, dass du möglicherweise meine Karriere zerstört hast.«

»Du streitest schon wieder mit mir.«

»Du streitest.«

»Nein, du.«

»Dann ist es wohl am besten, wenn wir nicht miteinander reden – ausgenommen über die Arbeit.«

»Prima! Gut!« Er drehte sich um und ging, kehrte aber bald zurück. Er lehnte sich über sie und gab vor, ihren Hopfenzapfen für Barbara Belsh zu begutachten. Auf Englisch sagte er leise: »Ich möchte dich gerne nächsten Samstag oder Sonntagnachmittag mit auf die Wassilij-Insel nehmen.«

»Warum?«

»Weil nicht viele Männer eine Insel benannt haben nach ihrem Namen, und, bevor du wieder fragst warum, ich vermisse dich, ich will mit dir da draußen reden.«

»Nur zum Reden?«

»Was sonst, du hast ja Angst vor anderen Dingen.« Er zwinkerte ihr vielsagend zu und verließ die Werkstatt.

Sie nahmen ihre gewohnte Routine wieder auf, sowohl am Arbeitsplatz als auch in ihrer Freizeit. Sie trafen sich am Wochenende und besichtigten St. Petersburg, und er brachte ihr vieles über russische Architektur, Design und Kultur bei. Sie begleitete ihn jedoch nie wieder in den Kunsthandwerker-Club. Eines Morgens wurde sie von Eugène Fabergé beauftragt, einen Botengang zum Alexander-Palast am Zarskoje Sjelo zu erledigen. Eugène sagte ihr, dass der Wagen des Hauses Fabergé sie dorthin bringen werde.

Michal ging davon aus, dass Irenes Besuch im Palast mit der Ablehnung der Aufträge der Zarin zusammenhing und verabschiedete sie mit den beunruhigenden Worten: »Offensichtlich wird man dir eine Standpauke halten, weil du im Wagen des Meisters hingebracht wirst. Anderenfalls hätte die Zarin die kaiserliche Limousine geschickt. Monsieur Eugène schickt gerne einen seiner jüngeren Angestellten, wenn eine heikle Anfrage aus dem Palast ansteht. Und wenn es dann ein kaiserlicher Schneeball im silbernen Samowar sein sollte, weiß er von nichts, weil er die Angelegenheit nicht persönlich abgewickelt hat.«

»Schneeball im silbernen Samowar?«, wiederholte Irene, die dieses Sprichwort noch nicht kannte.

»Ich denke, es gibt ein Äquivalent – in des Teufels Küche geraten!«

Irene fuhr nach Zarskoje Sjelo am Stadtrand von St. Petersburg.

Der Wagen fuhr durch ein riesiges schmiedeeisernes Tor, das mit den Insignien des russischen Zaren geschmückt war, eine unglaublich lange Auffahrt hinauf, vorbei an den Posten der kaiserlichen Wache. Irene dachte, wenn nur Mama und Tante Martha mich jetzt sehen könnten! Auch Dot Fennel würde wohl der Mund offen stehen bleiben! Irene Druce auf dem Weg zum Alexander-Palast, um die Kaiserin zu treffen, wow!

Ein junger Page öffnete die Tür des Wagens für Irene und geleitete sie zu den Privatgemächern der kaiserlichen Familie. Dort wurde sie von einem Diener in blauer Livree empfangen, der sie durch Korridore, deren Böden mit Plüschteppichen ausgelegt und deren Wände mit Mahagoni vertäfelt waren, in den privaten Empfangsraum führte, wo ein Majordomus sie bat zu warten, die Baronin Buxhoeveden würde bald erscheinen.

Irene war enttäuscht. Sie hatte erwartet, die Zarin selbst kennen zu lernen. Es schien kein gutes Zeichen zu sein, weshalb Irene zunehmend nervös wurde, während sie auf diese Baronin Buxhoeveden wartete.

Als der Majordomus die Hofdame der Zarin meldete, die wie ein plumpes Rebhuhn voller Federn und Rüschen hereinschwebte, knickste Irene höflich, wie man es ihr beigebracht hatte.

Baronin Buxhoeveden bot Irene keinen Platz an und schlich auch nicht lange wie die Katze um den heißen Brei herum, sondern sagte, was zu sagen war, in gerade einmal dreißig Sekunden. Sie sprach Französisch mit kehligem deutschen Akzent.

»Ihre kaiserliche Majestät, die Kaiserin Alexandra Feodorowna, bittet Sie, Monsieur Fabergé mitzuteilen, dass sie mit dem kaiserlichen Osterei dieses Jahres *nicht* zufrieden ist. Insbesondere missfällt ihr das militärische Motiv. Sie ist sich darüber im Klaren, dass der Mangel an geeigneten Materialien Monsieur Wigströms Stil beeinträchtigt haben könnte, aber ein geschwärztes Stahlei auf einem Sockel aus vier Patronenhülsen ist trotz der goldenen Krone *kein* schöner Gegenstand, an dem man sich für immer erfreuen kann. Alexandra Feodorowna hätte ein Ei mit dem Kreuz des Heiligen Georg vorgezogen, wie das der Großfürstin Xenia, oder ein Ei mit einem ähnlichen Motiv wie das der Kaiserwitwe Marie Feodorowna im vorigen Jahr, das

Rote-Kreuz-Osterei mit den Portraits der geliebten Familie. Daher bittet Ihre kaiserliche Majestät, Monsieur Fabergé mitzuteilen, dass sie hofft, im *nächsten* Jahr ein besseres Ei zu bekommen.«

Die Baronin rauschte aus dem Audienzzimmer, und Irene wurde von dem livrierten Majordomus, dem blau gekleideten Diener und dem kleinen Pagen wieder aus dem Alexander-Palast geleitet. Oh je, dachte sie mit einem nervösen Kichern auf dem Rückweg in die Morskaja Straße, das war wohl einer der größeren Schnitzer des Hauses Fabergé!

Michal hatte Recht gehabt, es war tatsächlich ein Schneeball im silbernen Samowar! Sie war froh, dass sie nicht diejenige war, die das ›Stahlkugel-Osterei‹ entworfen hatte. Armer Mr. Wigström! Und er war der beste Kunsthandwerker und Schmuckdesigner direkt nach Carl Fabergé. Irene fragte sich, ob die schroffe Abfuhr von Alexandra Feodorowna damit zusammenhing, dass sie keine sofortige Bestätigung für die Frost-Tiara und die Kette aus brasilianischen Diamanten und die Smaragdbrosche ›Blatt mit Regentropfen‹ erhalten hatte, deren Herstellung Irene selbst wegen der Prinzipien ihres Lehrmeisters abgelehnt hatte!

Irene meinte später zu Michal: »Siehst du! Weil du mich nicht meine Kollektion ›Glitzern im Mondlicht‹ für die Zarin hast machen lassen, bekommen wir *alle* Ärger!«

»Wer sagt denn, dass du die Kollektion nicht machen kannst«, antwortete er. »Du könntest sie zum Beispiel stattdessen für die Kaiserwitwe oder eine der Großfürstinnen fertigen.«

»Was? Und damit der Grund für einen Riesenkrach in der kaiserlichen Familie werden, für den ich möglicherweise in der Festung ›Peter und Paul‹ lande?«

»Das wäre möglich«, meinte er mit einem boshaften Lächeln.

Zu ihrem 20. Geburtstag im Juni erhielt Irene ein weiteres silbernes Amulett von ihrem Lehrmeister, ein winziges Medaillon mit dem Fabergé-Trademark in Buchstaben des kyrillischen Alphabets und einer Widmung ebenfalls in kyrillischen Buchstaben.

»Es ist wunderschön, Mich ... Monsieur Wassilij. Vielen, vielen Dank.«

»Es ist mir ein Vergnügen.«

»Und, tust du es?«

»Tue ich was?«

»Mich lieben?«

»Das ist es, was das Amulett sagt.«

»Warum sagst *du* es dann nicht?«

»Weil wir uns in der Werkstatt befinden, Miss Druce.«

»Das ist nicht der Grund. Du hast Angst, es zu sagen.«

Irene sah zu, wie seine gewandten und geschickten Hände wunderschöne Details erstellten und war wie immer fasziniert von seinem Fingerspitzengefühl. Er brachte gerade die Initialen auf der Puderdose für Prinz Yussupow an.

»Ich kann wieder deinen Atem in meinem Nacken spüren«, grummelte er, ohne den Blick von seiner Arbeit zu wenden.

»Z.Y. Zeta Yuan, oder nicht?«, fragte sie herausfordernd.

»Ja – aber nicht von mir.«

»Wenn ich sehe, mit welcher liebevollen Sorgfalt du dieses Geschenk für *sie* herstellst, könnte ich glauben, dass du mich zum Narren gehalten hast.«

»Auch ich muss essen. Manchmal. Eines Tages werde ich für dich etwas viel Schöneres als ein billiges Silberamulett oder eine Puderdose machen.«

»Eine Halskette und eine Tiara aus brasilianischen Diamanten, die einer Kaiserin würdig wären?«

»Vielleicht.«

»Machen Sie keine Versprechungen, die Sie nicht halten können, Monsieur Wassilij.«

»Das ist der Grund, warum ich es vorziehe, die Klappe zu halten, Miss Druce.«

Oh, manchmal war es, als versuche sie einen Tunnel durch Granit zu graben! Irene ging ins Designstudio, um ihrer eigenen Arbeit nachzugehen; dort war die Atmosphäre entspannter.

Unter den Briefen, die Irene zu ihrem Geburtstag aus England erhielt, befand sich auch ein Brief von Lady Catherine. Randolph war auf Heimurlaub gewesen und hatte auch Sam mitgebracht. Beide waren in einer Schlacht ›leicht‹ verletzt worden; nichts Ernstes, schrieb Lady Catherine, nur Schrapnellwunden an Randolphs Schulter und an Sams Bein. Nachdem sie eine Zeit lang im Krankenhaus gewesen waren, hatten sie sich in Hopeworthy Hall erholt, bevor sie nach Frankreich zurückkehren mussten. Dann fügte Lady Catherine hinzu: ›*Ich hoffe, du kannst die fünfzig britischen Pfund, die ich dir als Geburtstagsgeschenk beigelegt habe, gut gebrauchen. Monsieur Fabergé hat mir versichert, dass du gute Fortschritte in deiner Ausbildung machst und schon einige sehenswerte Kunstwerke hergestellt hast. Ich bin stolz auf dich. Gott segne und schütze dich, bis wir uns wiedersehen, mein Kind. Liebe Grüße, Gräfin Catherina Nataly Marya Balashov.*‹

Und Gott segne Lady Catherine, dachte Irene dankbar, das Geld war tatsächlich ein sehr willkommenes Geschenk. Seit Carl Fabergé ihr ein kleines Monatsgehalt zahlte, hatte Lady Catherine ihre ›Kleidergeldzahlungen‹ eingestellt. Aber Irenes Geld war immer knapp, obwohl sie freie Kost und Logis beim Meister und seiner Frau genoss. Sie würde das Geschenk von Lady Catherine dazu verwenden, ihre magere Garderobe etwas zu ergänzen und das Material für die vergoldeten Manschettenknöpfe für ihre Brüder und für Michal Wassilij zu bezahlen; die Manschettenknöpfe für Michal sollten ihr Abschiedsgeschenk werden, wenn sie Russland schließlich verlassen würde.

Irene hatte keine Ahnung, wie sie Lady Catherine jemals für ihre Freundlichkeit danken könnte.

Dann hatte sie ganz plötzlich die Idee, für ihre Wohltäterin die Smaragdbrosche ›Blatt mit Regentropfen‹ aus ihrer Kollektion

›Glitzern im Mondlicht‹ herzustellen, deren Entwurf Lady Catherine damals in Hopeworthy Hall so gut gefallen hatte.

Ja, sie würde sofort mit der Arbeit beginnen, zum Teufel mit der Zarin!

Mit wiedererwachtem Enthusiasmus stürzte Irene sich noch am gleichen Nachmittag in die Arbeit im Designstudio und überließ ihren Lehrmeister seinen Vermutungen.

31. Kapitel

Wassilij und Irene lagen sich wieder einmal in den Haaren. Irene hatte aus zwei Gründen Herzklopfen, erstens aus Liebe für ihren Lehrmeister und zweitens wegen des Interessenkonflikts mit ihm. Die beiden Punkte waren manchmal schwer miteinander vereinbar.

Er hielt ihr ein Blatt Papier unter die Nase. »Was ist das, wofür ich hier abzeichnen soll?«

»Ich weiß es nicht. Du hast es mir noch nicht gezeigt.«

»Dann schau es dir an!« Ungeduldig schob er ihr das Papier zu. »Aus der Edelsteinschleiferei. Hiermit genehmigt Lehrmeister Michal Wassilij im Namen des Lehrlings Irene Druce, 2. Klasse, die Entnahme von einem Dutzend brillantgeschliffener Diamanten, einem Dutzend sibirischer Smaragde, Gold und Blattsilber!«

»Ja, stimmt, aber die Diamanten und Smaragde sind nur winzig klein. Und der Rest – wenn du dir die Bestellmengen ansiehst – es handelt sich nur um allerkleinste Mengen an Gold und Silber ...«

»Sieh dir das an!« Wieder schlug er auf die Rechnung. »Kunsthandwerkerauftrag: Eine Diamant- und Smaragdbrosche! Wenn diese Anfrage für deine Blattbrosche an das Fabergé-Büro gegangen ist ...«, er starrte sie an, »dann werden diese Materialien aus dem kaiserlichen Vorrat geliefert, *nicht* aus den Beständen des Hauses Fabergé.«

»Das weiß dich. Beruhige dich wieder. Es handelt sich um einen privaten Auftrag.«

»Ich weiß, dass es sich um einen privaten Auftrag handelt. Die Zarin von Gesamtrussland ist *sehr* privat!«

»Es ist nicht für die Zarin.«

»Oh! Wer wird all diese Diamanten und Smaragde bezahlen?«

»Ich.«

»Du!« Er nickte und versuchte mühsam, seinen englischen Lehrling zu verstehen. »Bist du auch die Geliebte eines Prinzen geworden?«, fragte er in englischer Sprache, »oder vielleicht die Geliebte des heiligen Vaters von Sibirien, der solch ein Wunder vollbracht hat mit deiner Künstlerhand?«

Irene starrte ihn sprachlos an. Dann stand sie auf und sagte schneidend auf Russisch: »Das war eine ausgesprochen billige Bemerkung, meines Lehrmeisters und Freundes Michal Wassilij völlig unwürdig.«

Sie verließ die Werkstatt und ging hinauf in ihr Zimmer.

Am Nachmittag befand er sich nicht an seinem Arbeitsplatz, hatte aber eine kleine in englischer Sprache verfasste Notiz für sie hinterlassen.

›Ich habe gebeten Monsieur Eugène um eine vorübergehende Versetzung in die Werkstatt von Monsieur Wigström. Ich bin nicht länger in der Lage mit dir zusammenzuarbeiten, es reißt in Stücke meinen Geist, meine Seele und meinen Körper. Monsieur Eugène wird dir einen neuen Lehrmeister zuteilen. Immer der Deine, Michal Wassilij, Fabergé Kunsthandwerker.‹

Irene hätte am liebsten geweint.

Es wurde Sommer. Die Straßen waren nicht länger schneebedeckt, sondern trocken und staubig. Die Farbe der Blätter an den Bäumen wandelte sich von mintgrün zu smaragdgrün. Die Inseln, die im Winter nebelverhangen gewesen waren, lagen nun unter einem dunstigen Hitzeschleier, Winter und Sommer gingen ineinander über. Die Arbeiter der Stadt St. Petersburg drängten sich an den Stränden, um eine frische Brise zu erhaschen.

Ein furchtbarer Sommer für Irene. Sie hatte es immer gewusst, hatte es geahnt von dem Moment an, als der Krieg ausbrach, dieser Krieg, der nicht enden wollte. Versprechungen von Politikern, die sich von Winter zu Winter hangelten, nächstes Weihnachtsfest kommt der Sieg, nächstes Weihnachtsfest ganz bestimmt.

In späteren Jahren nannten sie es ›Die Schlacht an der Somme‹. In ›späteren Jahren‹, als Russland nur eine kurze Episode in Irenes Lebens darstellte.

Carl Fabergé ließ sie in sein privates Wohnzimmer rufen, wo er immer sein Nachmittagsnickerchen hielt; Augusta nannte es die ›Ruhezeit‹ des Meisters.

Irene sah Gegenstände, ohne sie wahrzunehmen. Die Couch mit der quastenverzierten Decke, wo der Meister sein Nickerchen zu machen pflegte. Das Familienportrait über der Couch, das den jungen Peter Carl Fabergé mit seinen Eltern zeigte. Die Gipsstatue von Limberg, die den Mönch Don Ugo darstellte, auf dem Kaminsims über der Couch. Den Suppentopf in der Zimmerecke, den die Mitglieder der Familie Fabergé, die während der Hugenottenverfolgung aus Frankreich geflohen waren, mitgebracht hatten.

Madame Augusta drückte Irene die nüchterne telegrafische Nachricht in die Hand und legte ihr eine tröstende großmütterliche Hand auf die Schulter.

Aus England von Doreen: ›*Charlie und Don Stopp Gefallen am selben Tag Stopp Flandern Stopp. Mama tapfer Stopp Brief folgt Stopp Doreen.*‹

Irene stand allein auf der Palastbrücke nach Wasilevskij Ostrov, der Insel, die Michal und sie gemeinsam erkundet hatten.

Hatte das alles wirklich noch eine Bedeutung?

Sie hatte so vieles verloren in ihrem kurzen Leben; Charlie und Don; Michal, den sie nicht mehr gesehen hatte, seit er beschlossen hatte, in Wigströms Werkstatt zu arbeiten.

Wie, warum und wann war das alles passiert?

Mama war nicht tapfer. Mama war wie Irene. Und das hieß, dass Mama Höllenqualen litt.

Irene kehrte von ihrem einsamen Spaziergang zurück, von Lena und Jurij Chechenskij, ihren ersten russischen Freunden, von Barbara Belsh, den Fabergés, von Olga Tushkina, von allen, die sie in Russland kennen gelernt und mit denen sie Freundschaft geschlossen hatte.

Und in diesem Augenblick, als sie einsam und allein auf der Palastbrücke mitten in Russland stand, so weit entfernt von England, wusste sie, dass sie nach Hause fahren musste, jetzt sofort, vor dem Abschluss ihrer Lehrzeit. Mama und Doreen brauchten sie.

»Ich will zu ihm, ich *brauche* ihn!«

Ich brauche ihn, damit er den schmerzlichen Verlust des Todes heilt, wie er meine Hand geheilt hat ... Irene machte sich auf den Weg zu dem Mönch Rasputin in der Gorokhovaja Straße Nr. 64.

Ein Gebet formte sich in ihrem Kopf, als sie vom Fluss Newa in die Gorokhovaja Straße ging. Sie wusste nicht, woher die Worte kamen.

Es war eine vollkommen ehrbare, normale Straße, in der vollkommen ehrbare, normale Menschen lebten – wäre da nicht die Geheimpolizei gewesen, die im Schatten der Hauseingänge lauerte. Das Haus lag etwas zurückgesetzt hinter einer Mauer und einem Hof. Ein Torweg führte in den Hof, der voll gestopft war mit Leuten, die den Mönch sprechen wollten. Irene fiel ein, dass Michal etwas von einem Hinter- und einem Vordereingang erzählt hatte. Sie bahnte sich ihren Weg an der Schlange vorbei und stieg die Hintertreppe zu der Wohnung im dritten Stock hinauf. Die Tür stand offen, und zwei Leute befanden sich in der Küche, die gerade eine Mahlzeit vorbereiteten, eine Bauersfrau mit einem Kopftuch und ein kleines Mädchen, das Gemüse putzte. Frau und Tochter?

Die Frau drehte sich um und sah Irene fragend an: *»Da? Shto vi khatitye?«*

»Ya ishchu ... Otyets Grigorij ...«

»Anglichanka?«

»*Da.* Irene Druce.« Irene fragte sich, woher die Frau wusste, dass sie Engländerin war. Wahrscheinlich hatte ihr Akzent sie verraten.

Die Frau wischte sich die Hände an ihrer Schürze ab, verließ den Raum und kam nickend und lächelnd zurück. *»Da ... Ja Dunia«*, sagte sie und deutete auf sich selbst. Sie führte Irene in ein Zimmer am Ende des Flurs, wo *Starez* Grigorij sie empfangen würde.

Trotz all der Menschen, die draußen auf ihn warteten, saß er allein an dem großen Tisch, der mitten im Raum stand. *Otjets* Rasputin hatte entweder gebetet oder vor sich hin gedöst, Irene war sich nicht sicher. Die Frau namens Dunia spürte Irenes Zögern und schubste sie einfach in den Raum, bevor sie zurück in die Küche watschelte. Er saß dort mit gefalteten Händen und geschlossenen Augen, aber sobald Irene nervös den Raum betrat, öffnete er die Augen, setzte seine Brille ab, erhob sich und umarmte sie, wobei er sie nach russischer Sitte dreimal auf die Wange küsste.

Der Tisch war sein Schreibtisch, auf dem verstreut Bücher und Papiere, Stifte und zahllose Geschenke lagen. Einige der Geschenke waren noch nicht ausgepackt. Auch Geld lag herum, unbeachtet zwischen den Büchern und Papieren, dem Käse und den Konservendosen. Auf dem Boden und auf weiteren Tischen, auf Stühlen und einem bequem aussehenden Sofa – überall befanden sich Geschenke, Körbe mit Obst und Gemüse, Blumensträuße, sogar ein toter Hase und ein paar Fasane, die an dem Knauf einer Schranktür hingen. Madeiraflaschen, einige gefüllt, andere leer, lagen achtlos auf dem Boden. Auf einem Beistelltischchen mit einer Spitzentischdecke standen Teetassen und ein Samowar; in einer Ecke war ein kleiner Altar aufgebaut, auf dem vor einem Bild der Heiligen Jungfrau von Kazan eine Kerze brannte. Die großen Fenster des Raums gingen zur Straße hinaus, aber es war kein Lärm von den wartenden Leuten zu hören; sie warteten schweigend und geduldig, bis er geruhte, seine Bittsteller der Reihe nach zu empfangen.

»Bitte setzen Sie sich. Ich habe gewusst, dass Sie heute kommen würden.«

»Sie haben es gewusst? Wie, warum?«

Er zuckte die Schultern. »Ich habe es einfach gewusst, das ist alles. Sie haben schlechte Neuigkeiten erhalten, meine Kleine?«

Sie war wie erstarrt, nicht in der Lage zu atmen, zu weinen, sich von dem schrecklichen Gefühl in ihrer Brust zu befreien.

»Ganz ruhig«, sagte er. »Erst werden wir uns ein wenig unterhalten, und dann werden wir ein wenig beten. Erzählen Sie mir, was Sie plagt, und vielleicht fällt mir etwas ein, um Ihnen zu helfen.«

Sie erzählte ihm vom Tod ihrer Brüder und von ihrem Bruch mit Michal.

Als sie Michal erwähnte, lächelte er. »Wegen ihm müssen Sie sich keine Sorgen machen, er ist frei von jeder Arglist. Ein durch und durch ehrlicher Mensch, aber sehr festgefahren in seiner Denkweise. Es sind die Menschen in seinem Umfeld, die ihn zerstören werden, wenn nicht Sie auf ihn aufpassen. Und was Ihre toten Brüder angeht, so ist Ihr Leid im Augenblick groß, aber es wird sich abschwächen, denn es gibt die Auferstehung, und ich verspreche, dass Sie Ihre geliebten Brüder wiedersehen werden. Nun beten wir gemeinsam. Fragen Sie sich nicht, warum Ihnen dieses Leid auferlegt wurde, fragen Sie sich nicht, was Sie sich in Ihrem Leben ersehnen, sondern bitten Sie um die Kraft, durch Gottes Kraft die auferlegten Prüfungen und Leiden zu meistern, um die üblen Mächte, die uns umgeben, zu bezwingen.«

Er betete mit ihr gemeinsam und segnete sie danach mit dem Kreuzzeichen. Irene musste die Frage jetzt stellen, bevor ihr Mut sie wieder verließ: »Vater Grigorij ... ich weiß, dass sie über diese ... diese außergewöhnlichen übersinnlichen Kräfte verfügen; sagen Sie mir, soll ich jetzt nach Hause zurückkehren, bevor ich meine Ausbildung abgeschlossen habe, und wird es für Michal und mich eine Zukunft geben, wenn ich tatsächlich nach England zurückkehre?«

Er starrte sie traurig an und nahm sich Zeit mit seiner Antwort. Auf ihre erste Frage sagte er dann mit Nachdruck: »*Da*, Sie sollten auf jeden Fall in Ihr Land zurückkehren. Russland ist kein geeigneter Ort mehr für Sie.« Dann fügte er hinzu: »Meine Kleine, was Ihre Zukunft angeht, so ist es, als würde ich in einen blinden Spiegel starren. Er ist leer und schwarz, was bedeutet, dass ich nicht die Macht habe vorherzusagen, was Ihnen und den Ihren widerfahren könnte, nachdem meine eigene Stunde geschlagen hat.« Er küsste sie zum Abschied dreimal auf die Wangen und gab ihr einen letzten sanften Kuss auf die Stirn. »Gehen Sie, Irene Druce, seien Sie stark und versöhnen Sie sich mit Wassilij.«

Der starke Duft seines Eau de Cologne verfolgte sie auf ihrem Weg zu dem Haus, in dem Michal wohnte.

Aus dem Haus Nr. 94A kam gerade eine Frau, eine ausgesprochen attraktive, blonde Frau in eleganter Kleidung, offensichtlich von edler Herkunft, der Kleidung, der Haltung und dem Benehmen nach zu urteilen. Er begleitete sie.

Sie konnte ihm eigentlich keinen Vorwurf machen. Wie er schon gesagt hatte, er war kein Priester.

Irene fiel nichts Besseres ein, als die Straßenseite zu wechseln und so zu tun, als hätte sie die beiden nicht bemerkt. Michal deutete in die Richtung, aus der Irene gerade gekommen war und schien seiner Freundin Anweisungen zu geben. Die blasse blonde Dame sagte etwas zu ihm, küsste ihn dreimal auf die Wange und ging.

Er drehte sich um und wollte durch die offen stehende Tür zurück ins Haus gehen, als sich ein Mann auf einem Fahrrad näherte und bei ihm anhielt. »Wassilij, ich habe gehört, dass du jetzt bei Wigström arbeitest. Beilin könnte auch einen guten Goldschmiedemeister wie dich brauchen.«

Michal drehte sich um und begann sich mit seinem Freund zu unterhalten: »Danke Fedor ...«, und dann: »Entschuldige mich bitte ...« Er rannte über die Gorokhovaja Straße, während der

Mann auf seinem Fahrrad weiterfuhr. »Irene ... Irene, bleib stehen!« Er holte sie ein und keuchte: »Ich habe mir doch gedacht, dass du es bist, der Hut kam mir bekannt vor ... was zum Teufel tust du hier?«

»Ich ... ich ...«, stammelte sie, wandte sich ab und versuchte mit ihren behandschuhten Fingern die Tränen wegzuwischen. »Ich wollte mich von dir verabschieden, aber dann habe ich dich gesehen mit ... mit ...«

»Fedor Pravi? Er ist ein ehemaliger Arbeitskollege. Wir haben zusammen unsere Lehre gemacht.«

Sie schüttelte den Kopf. »Es ist nicht so wichtig.«

»Oh, dann meinst du Prinzessin Irina? Sie hat sich gefreut mich zu sehen, und ich ...«

»Du bist mir keine Erklärungen schuldig, Michal. Ich hätte dich nicht belästigen sollen ... aber ich musste dich sprechen, bevor ich Russland verlasse.«

»Irene, ich weiß nicht, was das alles soll, aber wir können uns nicht hier mitten auf der Straße unterhalten. Die Geheimpolizei vor dem Haus des *Starez* beobachtet und überwacht alles. Lass uns ins Haus gehen.«

»Nein. Es ist in Ordnung. Lass dich nicht aufhalten, ich muss zurückgehen.« Sie fühlte sich albern und durchwühlte ihre Tasche nach einem Taschentuch.

Er sah, wie feucht das Taschentuch war und wie verheult ihre Augen aussahen und wie rot ihre Nase leuchtete. »Irene, was ist passiert? Ich schwöre, dass Prinzessin Irina und ich uns nur begrüßt haben, das ist alles. Sie macht sich große Sorgen wegen ihres Mannes und will mit Vater Grigorij reden – das hat sie mir eben erzählt. Ich kam gerade nach Hause und hatte eben den Schlüssel ins Schloss gesteckt. Der Schlüssel steckt noch, falls du mir nicht glaubst. Ich war überrascht, sie allein ohne Zofe oder sonstige Begleitung zu sehen, das tut sie sonst nicht ...«

Sie lächelte unter Tränen. »Tja, er wird heute förmlich von seinen Bittstellern erdrückt. Er sieht recht mitgenommen aus ...«

Michal runzelte die Stirn. »Woher willst du das wissen?«

»Weil ich gerade bei ihm war. Schau nicht so böse!«

»Warum warst du bei ihm?«

»Ich weiß es nicht ... vielleicht wollte ich ihn unbewusst fragen, ob er die Zarin tatsächlich beeinflusst hat, als sie sich *meine* Schmuckentwürfe ausgesucht hat. Nein, es ist nicht wahr ... ich ... ich wollte, dass er ... dass er ...«

»Dass er was?« Michal konnte keinen Sinn hinter ihren wirren Worten und ihrem seltsamen Verhalten erkennen.

»Dass er den Schmerz wegnimmt!«, weinte sie hilflos.

Er legte erschrocken den Arm um sie. »Irene ...«

Sie hob die Hände in einer unglücklichen Geste und winkte ab, als wolle sie ihr sichtbares und ihr unsichtbares Elend zur Seite wischen. Sie schluchzte: »Heute ist die telegrafische Nachricht aus England gekommen ... Meine beiden Brüder Charlie und Don sind in Frankreich gefallen ...«

»Oh mein Gott, es tut mir so leid ... wie entsetzlich für dich.« Er zog sie eng an sich und drückte ihren Kopf an seine Schulter, und plötzlich machte sie sich nichts mehr daraus, aus gar nichts mehr. Was für eine Rolle spielte es noch? Sie würde nach England heimreisen, sie musste sich von ihm verabschieden.

»Komm.« Er führte sie auf die andere Straßenseite, fort von den neugierigen Blicken. »Vielleicht sind Gottes Wege unergründlich ... aber du hättest zuerst zu mir kommen sollen ... obwohl ich ein sehr unordentlicher Mann bin und mein Zimmer sich in einem Zustand befindet, der nicht für die Augen einer Dame geeignet ist.« Sein Schlüsselbund steckte tatsächlich noch im Schloss der Haustür. Er zog ihn ab, führte sie die Treppe hinauf, schloss seine Zimmertür mit demselben Schlüsselbund auf, steckte ihn die Tasche und ließ sie eintreten.

Er bewohnte eine bescheidene kleine Mansarde ganz oben in dem Gebäude; durch ein großes Dachfenster fiel Licht auf seinen Arbeitstisch, auf dem seine noch nicht fertig gestellten Fabergé-Werkstücke und sein Werkzeug lagen. Irene empfand Schuldgefühle, weil es ihm so schwer gefallen war, mit ihr zusammenzuarbeiten.

»Ich dachte, du arbeitest für Mr. Wigström?«

»Das tue ich auch. Aber auch in seiner Werkstatt besteht Platzmangel, weil auch er Zivilisten beschäftigen muss, um seinen Beitrag zum Krieg zu leisten. Und da ich kein Interesse daran habe, mich mit Infusionsspritzen und -nadeln oder Transfusionsflaschen zu beschäftigen, und kein Regierungslakei bin, arbeite ich nachmittags und abends zu Hause. Ich habe noch einige wichtige Aufträge fertig zu stellen, die meinen Lebensunterhalt sicherstellen.«

Er half ihr aus dem Mantel. Er hängte ihren Mantel an einen Haken hinter der Tür, während sie die Handschuhe auszog. Um ihr ihre Befangenheit zu nehmen, fügte er munter hinzu: »Da komme ich gerade aus Wigströms Werkstatt zurück, und schon werde ich gleich von zwei hübschen Damen namens Irene angesprochen. Ich muss vom Glück begünstigt sein ... setz dich ... tut mir leid, dass das Bett die einzige Sitzgelegenheit ist und dass ich es heute Morgen noch nicht einmal gemacht habe.«

Er hob die mit Quasten versehene Tagesdecke vom Boden auf und drapierte sie hastig über die zerwühlte Bettdecke.

Sie setzte sich, und er kniete sich vor sie und nahm ihre Hände zwischen seine. Er merkte, wie kalt ihre Hände waren. »Du bist ja eiskalt! Ich werde einen Tee kochen ...« Er sprang wieder auf die Füße. »Die Küche ist unten, ich bin gleich wieder da ...«

Irene hielt ihn zurück. »Ich möchte keinen Tee ... ich brauche dich. Oh, ich brauche dich so sehr ...« Sie weinte verzweifelt an seiner Schulter. »Oh, Michal, es tut mir leid! Es tut mir leid, dass ich dein Leben auf den Kopf gestellt habe. Ich weiß, dass es dir schwer gefallen ist, mit mir zu arbeiten, aber jetzt kannst du zurück zu Fabergé gehen. Ich muss nach Hause zu Mama und Doreen fahren. Sie brauchen mich jetzt mehr als jemals zuvor.« Sie hob ihr tränenüberströmtes Gesicht, schniefte und wischte sich das Gesicht mit dem fadenscheinigen feuchten Überrest ihres Taschentuchs ab.

Er ging zu einer Kommode und gab ihr ein frisches größeres Taschentuch.

»Oh Gott ...«, stöhnte sie, »ich kann es nicht glauben ... Charlie und Don! Ich kann einfach nicht akzeptieren, dass sie nie wiederkommen ... dass sie vielleicht eines langsamen qualvollen Todes gestorben sind. Dass sie beide gestorben sind, beide am selben Tag ... es ist einfach zu grausam. Doreen sagt, dass sie einen Brief geschrieben hat. Ich glaube, ich will nicht wissen, wie sie gestorben sind. Ich möchte, dass du den Brief an dich nimmst, ich werde nicht mehr hier sein, wenn er eintrifft ...«

»Ist ja gut, ist ja gut!« Er hielt sie fest und ließ sie an seiner Schulter weinen. Sie klammerte sich an ihn, legte ihm die Arme um den Hals und erstickte ihn beinahe mit ihren Gefühlen. Sie wollte nicht zulassen, dass er aus ihrem Leben verschwand wie Charlie und Don, ohne Abschied zu nehmen.

Nach einer Weile ließ sie ihn los und zerrte nervös an den Ecken ihres Taschentuchs. Ohne ihn anzusehen, sagte sie: »Michal ... bitte, ich weiß, dass du mich für schlecht halten wirst ...«

»Ich könnte niemals etwas Schlechtes über dich denken, Irene. Ich respektiere dich so, wie du bist. Ich habe zu Wigström gewechselt, weil ich nicht geschafft habe, unsere private Beziehung mit meiner Arbeit zu vereinbaren, nicht weil ich nicht einverstanden war mit dem, was du tun wolltest.«

»Nein, hör zu ... ich möchte hier bei dir wohnen, bis ich Russland verlasse.« Sie legte ihm wieder die Arme um den Hals, war plötzlich schüchtern und gleichzeitig beharrlich. »Ich liebe dich so sehr, und ich brauche dich ... du sollst mich lieben, um mir zu beweisen, dass es auf der Welt nicht nur Tod, Schmerz und Leid, sondern auch Liebe gibt. Liebe mich. Bitte.«

Er holte tief Luft und befreite sich sanft von ihren Armen. Er hockte sich auf die Fersen und schaute in ihr verzweifeltes Gesicht. Nüchtern antwortete er: »Ich denke, dass du jetzt erst einmal einen kleinen Brandy brauchst, damit du wieder auf die Beine kommst, ich muss irgendwo welchen haben ... und dann solltest du dich hinlegen und ein bisschen schlafen. Wenn ich jetzt mir dir schlafen würde, würde ich mich schlecht fühlen, weil du so unglücklich bist, dass du nicht weißt, was du sagst ...«

»Doch, ich weiß es ...«

»Pst!« Er legte ihr seinen Finger auf die Lippen. »Ich möchte nicht, dass du es später bedauerst, mit mir geschlafen zu haben.« Er küsste sie auf die Stirn und erhob sich. »So, während du den Brandy trinkst und schläfst, gehe ich zum Meister und seiner Frau, um ihnen zu sagen, dass du in Sicherheit bist. Sie werden sich sonst Sorgen um dich machen. Sicher fragen sie sich schon, wo du sein könntest.«

»Nein – bitte, tu das nicht. Es würde deine Lage nur komplizierter machen. Sie denken, dass ich bei den Chechenskijs bin – ich war auch dort, also ist es keine Lüge. Lena und Jurij wollten, dass ich bei ihnen bleibe, aber ich habe ihnen erzählt, dass ich Olga besuchen will. Sie ist für ein paar Tage in der Stadt im Hotel *Astorija*, wo diese Woche der Internationale Kunstkongress stattfindet. Aber ich habe meine Meinung geändert und bin zu den Inseln gegangen – unserer Insel. Bitte, bleib bei mir, geh nicht fort.« Sie klopfte mit der Hand auf das Bett. »Michal, halt mich einfach fest ... sonst nichts.«

Aus der Schublade seines Arbeitstisches holte er den Brandy, der für Notfälle gedacht war. Er goss ein wenig in ein Glas und hielt es ihr hin. »Nimm einen ganz kleinen Schluck, sonst bekommst du einen Erstickungsanfall wie damals, als zu versucht hast zu rauchen.« Er lächelte liebevoll. »Der Brandy wird dir gut tun – und mir ebenfalls. Ich hasse es, wenn du so aufgewühlt und unglücklich bist. Aber es ist keine gute Idee, neben dir auf dem Bett zu sitzen und dich festzuhalten ... wahrscheinlich hast du schon lange nichts mehr gegessen, ich werde ...«

»Ich möchte nichts essen. Mir würde schlecht werden ... gib doch einfach der Versuchung nach ...«

»Nein! Du weißt wirklich nicht, was du sagst ... und was du mir antust!« Er drehte sich ärgerlich um und starrte ein großes

Poster von Cezannes ›*La Montagne Sainte-Victoire*‹ an, das an der schmuddeligen Wand hing. »Irene ... es tut mir leid, dass ich dich angeschrien habe. Ich habe es nicht so gemeint, ich weiß ja, wie schlecht es dir geht. Sieh dir nur dieses Zimmer an: Es ist schäbig, aber mehr kann ich mir im Moment nicht leisten. Schon seit langer Zeit wünsche ich mir, dich zu fragen, ob du mich heiraten willst, aber unsere Lage macht es unmöglich. Ich kann dir nichts bieten. Ich glaube, dass es falsch wäre, jetzt eine emotionale Entscheidung zu treffen, und ich möchte, dass du das verstehst – eine Entscheidung wegen der Liebe, wegen uns, wegen deiner Rückkehr nach England. Du hast schon die Hälfte deiner Lehrzeit hinter dich gebracht. Es wäre dumm, jetzt alles aufzugeben, weil du dich hin- und hergerissen fühlst durch den Tod deiner Brüder und bei dem Gedanken daran, wie deine Mutter und deine Schwester leiden. Aber vielleicht wäre es ihnen gar nicht recht, wenn du zurückkehrst. Sie sind bislang ohne dich zurechtgekommen. Deine Brüder sind tot, und wenn du jetzt deine Karriere aufgibst, dann bringt sie das nicht wieder zurück, und es hilft auch niemandem – am wenigsten deiner Familie, die eine Menge Opfer gebracht hat, um dir diese Chance in deinem Leben zu geben. Glaube mir, solche Chancen gibt es nicht oft. Sobald du eine ausgelernte Kunsthandwerkerin bist, kannst du nach Hause reisen und ihnen zurückgeben, was du ihnen zurückgeben möchtest.«

»Ich muss zurück nach England.«

»Was willst du dort tun?« Er stand der Frustration, die sie in sein Leben brachte, hilflos gegenüber.

»Egal was – Kranke pflegen. Sie brauchen Krankenschwestern. Ich bin egoistisch geworden, ich denke nur an mich selbst und daran, was *ich* will, während viele andere Frauen meines Alters ihr Leben für andere aufgeben.«

»Quatsch! Du bist keine Krankenschwester, sondern eine hochtalentierte Kunsthandwerkerin. Du willst vielleicht jetzt eine Kriegsheldin sein, aber was ist mit später? Mit dem Gehalt einer

Krankenschwester wirst du niemals in der Lage sein, für deine Familie zu sorgen. Eines Tages kannst du selbst das Honorar für deine Arbeit festlegen.«

»Wie du? Du hast mir eben noch erzählt, dass du dir keine bessere Wohnung leisten kannst ... oh, ich weiß, dass du auch deine Eltern in Archangelskoe unterstützt. Aber angesichts deiner ganzen Aufträge hätte ich gedacht, dass du dich bald selbstständig machen könntest.«

»Genau das plane ich. Ich versuche so viel wie möglich zu sparen. Meine Eltern sind alt und werden nicht mehr ewig leben. Danach habe ich keine Verpflichtung mehr ihnen gegenüber. Danach bin ich in der Lage, eine Frau und eine Familie zu versorgen. Aber das einzige Mädchen, das ich heiraten möchte, bist du. Wir könnten gemeinsam wundervolle Arbeiten in unserem eigenen Geschäft erstellen. Diese Pläne schmiede ich schon die ganze Zeit, aber ich konnte es dir bislang nicht sagen.«

Er durchquerte den Raum, setzte sich neben sie und legte ihr den Arm um die Schultern. »Süßes Mädchen, Krieg ist etwas Schreckliches, der Tod von lieben Menschen, zum Beispiel Brüdern, ist eine Tragödie, die ich genauso entsetzlich finde wie du. Aus diesem Grund wollte ich nichts mit dem Krieg und dem Töten von Deutschen zu tun haben – Männer, die auch Familien haben, die sie lieben. Russland führt nicht nur einen externen Krieg, sondern es findet auch ein interner Krieg statt. Heutzutage ist es sehr schwierig, einen eigenen Betrieb zu haben. Falls die Bolschewiki die nächsten Wahlen gewinnen, ist es in Russland vorbei mit Privatbetrieben. Der Staat wird alle Fäden ziehen, und Carl Fabergé ist sich dessen auch bewusst. Viele Kunsthandwerker verlassen Russland wegen der unsicheren politischen Lage. Und jetzt komme ich zu dem, was ich dir eigentlich sagen will: In zweieinhalb Jahren, wenn du deine Lehre abgeschlossen hast, komme ich mit dir nach England. Vielleicht können wir in London ein eigenes Geschäft eröffnen, nach dem Krieg, ja, *Balovjen*?« Er hob ihr Kinn und sah ihr in die Augen.

Irene starrte ihn ungläubig an. »Du ... du wärst bereit, dein Land, deine Eltern, alles zu verlassen ... für mich?«

»Ja. Ich habe sorgfältig darüber nachgedacht, schon seit längerem. Es gab in meinem Leben niemanden – keine Frau – bis du in mein ruhiges und geordnetes Leben in der Morskaja Straße getreten bist und alles durcheinander gewirbelt hast. Aber nachdem es dir gelungen ist, mein Leben dermaßen erfolgreich auf den Kopf zu stellen, will ich dich für immer in meinem Leben haben, und in meinem Bett – aber nicht heute. Heute musst du zu den Fabergés zurückkehren und sorgfältig darüber nachdenken, was ich gesagt habe. Warte ab, bis der Brief deiner Schwester eintrifft, warte ab, was deine Mutter von einer vorzeitigen Rückkehr nach England hält. Ich bin davon überzeugt, dass sie möchte, dass du bleibst und deine Ausbildung beendest. Bis dahin wirst du deine Gedanken und Gefühle etwas geordnet haben und in der Lage sein, die Dinge mit Vernunft zu überdenken.«

Sie nahm sein Gesicht in ihre Hände. »Du machst es mir umso schwerer, weil du mir das alles jetzt erzählst.«

»Ich hatte es eigentlich nicht vor. Aber ich bin nicht stark genug, um dich gehen zu lassen, ohne dir zu sagen, was mein Herz schon seit langem bewegt und warum ich nicht immer nett zu dir war. Verzeih mir.« Er nahm ihre Hand und küsste die Handfläche. »Wenn du immer noch zu deiner Familie zurückkehren möchtest, verstehe ich das. In dem Falle werde ich mit dir kommen. Aber wir müssen unsere Entscheidungen rational treffen.« Er stand auf und nahm ihren Mantel vom Haken. »Trink den Brandy aus – und iss auf jeden Fall etwas zu Abend, sonst wird dir übel und Madame Augusta wird böse auf mich sein, weil ich dir auf leeren Magen Brandy gegeben habe!«

»Michal, bitte versprich mir eins«, bat sie. Sie fühlte sich zwar nicht besser, aber um vieles ruhiger, eher in der Lage, sich der Zukunft zu stellen, dann, wenn er bei ihr sein würde, wie er versprochen hatte.

Er half ihr in den Mantel. »Was?«, fragte er.

»Komm zurück zu Fabergé.«

»Warum? Magst du deinen neuen Lehrmeister nicht?«

»Nicht so sehr wie dich.«

»Wir werden sehen«, meinte er. »Im Moment musst du selbst entscheiden, was du an deinem Arbeitsplatz tun willst, ohne von mir beeinflusst zu werden. Es ist besser für uns beide – jedenfalls bilde ich mir das ein.«

Er küsste sie. Irene fragte sich, ob es ihr möglich sein würde, nach Hause zu fahren und ihn zurückzulassen, wie Vater Grigorij es ihr geraten hatte.

Michal begleitete sie zurück in die Morskaja Straße und versprach, sie am folgenden Nachmittag im Park zu treffen.

32. Kapitel

Doreens Brief war sehr kurz und verriet nichts. Charlie und Don waren gemeinsam gestorben – ein schwacher Trost, dachte Irene.

Die Deutschen waren gut verschanzt gewesen; sie hatten die britischen Schützengräben unter ständigem zielgenauen Artilleriebeschuss gehalten. Am 1. Juli fand die Schlacht von Albert statt, der Beginn der alliierten Offensive an der Somme. Dreizehn britische Divisionen traten aus den Schützengräben ›zum Sturmangriff‹ an, ›in der Nähe eines Ortes namens Ovillers‹.

Der britische Angriff scheiterte völlig. Charlie und Don waren augenblicklich ›im Maschinengewehrfeuer‹ der Deutschen gestorben. An diesem einen Tag fielen 19.000 Männer, und 57.000 wurden verwundet.

›*Ich glaube nicht, dass Charlie und Don es vorgezogen hätten, für den Rest ihres Lebens gelähmt, verkrüppelt oder blind zu sein, Irene. Mama sagt, du sollst bleiben wo du bist, momentan bist du in Russland am besten aufgehoben. England ist jetzt kein geeigneter Ort für dich. Sie hätte nur ein schlechtes Gewissen, wenn du jetzt deine Ausbildung abbrechen würdest, obwohl es wirklich nicht nötig ist. Wir werden uns bald sehen, davon bin ich überzeugt. Lou scheint der Einzige zu sein, der heil herausgekommen ist, er hat die Schlacht, in der Charlie und Don gestorben sind, überlebt. Er hat Joan einen Brief geschrieben und sagt, sie solle sich keine Sorgen machen, er würde an Weihnachten nach Hause kom-*

men. Pam ist glücklich, dass Stevie nicht zurück an die Front kann, aber es geht ihm immer noch so schlecht, dass er nicht arbeiten kann. Ansonsten ist in der Waterloo Road alles beim Alten, nur dass die Zeppelins die Hafenanlagen bombardieren. Pass auf dich auf, Gott segne dich, in Liebe Doreen.‹

Ein trauriger kurzer kleiner Brief. Irene war untröstlich.

Sie erhielt einen weiteren Brief von Lady Catherine. Sie schrieb: *›Liebes Kind, deine Tante Martha, die sich durch nichts davon abhalten lässt, zur Hopfenernte nach Goudhurst zu kommen, hat mir von dem traurigen Verlust deiner beiden Brüder erzählt. Was soll ich sagen, mir fehlen die Worte. Ich weiß, wie sehr du an den beiden gehangen hast, besonders an Donald. Ich bin zutiefst traurig, und mein Herz und meine Gedanken sind bei dir in Russland, wo du allein bist und keine Familie dir Trost bieten kann. Deine Tante wünscht, dass ich dir den Wunsch deiner Mutter mitteile, dass du deine Ausbildung im Hause Fabergé nicht abbrechen sollst, um nach Hause zurückzukehren. Damit wäre niemandem geholfen. Ich neige dazu, ihr zuzustimmen. Bleibe wo du bist, beende deine Lehre in Russland und dann komm nach Hause mit Kenntnissen, die es dir ermöglichen werden, eine lohnende Karriere zu beginnen. Dieser Krieg hat alles auf den Kopf gestellt. Von jetzt an werden die Frauen in allen Berufen gefragt sein, um die Lücke zu schließen, die die gefallenen Männer lassen. Die Entscheidung liegt jedoch ausschließlich bei dir. Niemand kann dich zwingen, entgegen der Stimme deines Herzens und deines Gewissens zu handeln. Randolph geht es zufrieden stellend, und er befindet sich im Moment in relativer Sicherheit, Gott sei Dank. Aber jeder neue Tag ist ein Geschenk des Himmels, wenn man weiß, dass jeder dritte Gefallene ein Offizier ist. Er ist zum Oberst befördert worden – was erstaunlich ist, wenn man seinen Mangel an Tapferkeit berücksichtigt! Randolphs Regiment hat an der Schlacht von Albert teilgenommen …‹*

Eine seltsame Vorstellung, dachte Irene, dass Randolph und Sam sowie Charlie und Don sich möglicherweise begegnet waren, während sie versucht hatten, den verdammten deutschen Stacheldraht zu überwinden! Ganz England schien sich in den Schützengräben an dieser vierzig Kilometer langen Frontlinie zwischen Hölle und Erlösung eingegraben zu haben ... sie sammelte ihre Gedanken wieder und las weiter: *›Man muss seine Kräfte für alle Eventualitäten sammeln und auf alles vorbereitet sein. Drei Millionen Männer an der Front – was für eine entsetzliche Verschwendung der Jugend Englands in der Blüte ihrer Jahre.‹*

Das Gleiche konnte man von Russland sagen; ja, das war in der Tat nur ein schwacher Trost, wenn sie tot waren und nicht wiederkommen würden, dachte Irene. Sie wischte sich die Tränen aus den Augen.

»Also, Irene Druce, das bringt dich auch nicht weiter«, sagte sie laut zu sich selbst, nahm entschlossen den Stift zur Hand und versuchte sich zusammenzureißen, um die Briefe zu beantworten; am besten fing sie gleich damit an, um bald wieder in die Werkstatt zurückkehren zu können.

Arbeit, gute solide harte Arbeit, das war das Beste, um auf andere Gedanken zu kommen und nicht ständig an Krieg und Tod, Familie und Freunde, Liebe und Hoffnungslosigkeit zu denken. Alle schienen der Meinung zu sein, dass es eine große Dummheit wäre, ihre Lehre, die sie schon zur Hälfte hinter sich gebracht hatte, abzubrechen. Offensichtlich würde sie damit zu viele Menschen enttäuschen – einschließlich der Toten, nämlich Papa, Charlie und Don.

Michal kehrte nicht in die Werkstatt des Hauses Fabergé zurück. Irene konnte es ihm nicht verdenken. Ein Kunsthandwerkermeister wie er konnte sich seine Arbeitsstelle aussuchen, und eigentlich konnte auch sie gut auf weitere ›Werkstattkonflikte‹ verzichten. Da sie nun seine wahren Gefühle für sie kannte, war es sinnvoll, die Dinge so zu belassen, wie sie waren.

Weil Michal jetzt nicht mehr ihr Lehrmeister war, konnte ihre Beziehung ungehindert ihren Lauf nehmen. Irene konnte sich mit ihm treffen, ohne Schuldgefühle haben zu müssen.

Ihr neuer Lehrmeister war Finnlandschwede. Er hieß Monsieur Johan Livjoki und war ein liebenswerter ältlicher Junggeselle, der auf Teilzeitbasis in der Werkstatt arbeitete, wodurch Irene mehr Zeit als vorher für ihre eigene private Arbeit blieb.

Johans Arbeiten waren hervorragend. Er war geduldig und langmütig, wohingegen Michal zu sehr persönlich involviert gewesen war und sich aus diesem Grunde oft zu sehr in ihre Kreationen ›eingemischt‹ hatte.

Mit Johans Hilfe brachte sie bald die kleinen Objekte wie Sonnenschirmgriffe, Tablettenröhrchen, Brieföffner, Spangen, Bilderrahmen, Zigarettenetuis, Parfumflaschen und all die anderen üblichen Stücke, die ein Lehrling zum Erwerb seines Zertifikats erarbeiten musste, hinter sich und konnte sich dem zuwenden, was sie eigentlich tun wollte – *naturgetreue Blumenstudien.*

Ihre ›Kerbholz-Kette‹ und ihren ›Marienkäfer-Ring‹ hatte sie fertig gestellt; beide Objekte waren in den Fabergé-Katalog für das Jahr 1918 aufgenommen worden. Nun konzentrierte sie sich auf die Brosche ›Blatt mit Regentropfen‹ und das ›Hopfenzapfen-Osterei‹ und machte Skizzen für die wunderschönen Entwürfe ›Fantasieblumen und Pflanzen auf dem Lande‹, die auf den Zeichnungen basierten, die sie rund um das Gut Hopeworthy und rund um das Gut Archangelskoe, Michals eigene ›Grundschule‹, angefertigt hatte.

Aus dem Gedächtnis hatte Irene eine farbige Skizze einer purpurleuchtenden Distel, auf der ein wunderschöner Schmetterling saß, angefertigt. Nachdem sie die Idee im Designstudio auf Zelluloid umgesetzt hatte – tief purpurfarbene Distel auf dunkelgrünem Stängel, rotbraune Schildpattmusterung auf dem Schmetterling –, war sie sicher, dass die Idee in die Realität umgesetzt werden konnte, und zeigte Eugène Fabergé den Entwurf. Ihr Konzept, die Wahl der Farben und die Zerbrechlichkeit des Objekts gefielen ihm. Er bat sie, ihre Idee weiterzuentwickeln, damit sie in einen zukünftigen Fabergé-Katalog aufgenommen werden könne.

Die politische Lage in Petrograd wurde zunehmend angespannter. Nachdem die Streiks, Protestmärsche, Demonstrationen und Krawalle der Anfangszeit des Kriegs aufgehört und alle Klassen sich zusammengeschlossen hatten, um den Zar zu unterstützen, hatte sich ein Gefühl von Zusammengehörigkeit und Patriotismus breitgemacht. Die damit verbundene Hoffnung auf einen baldigen Sieg schlug nun in Enttäuschung um, die wie ein hässliches Krebsgeschwür anwuchs.

Die dreizehn Millionen Männer an der Ostfront ließen die drei Millionen an der Westfront wie einen Tropfen im Ozean wirken. Der Großfürst Nikolaj Nikolajewitsch wurde des Oberbefehls enthoben – manche behaupteten, auf Betreiben von Grigorij Rasputin. Der Zar übernahm die Rolle des Oberbefehlshabers und kontrollierte somit sämtliche Truppen. Die Sterberate war immens. Der Zar verlor die Kontrolle über seine Armee und sein Volk. Soldaten desertierten scharenweise, und überall in den Straßen der Stadt sah man in Lumpen gekleidete, halb verhungerte, gequälte Gestalten, die große Ähnlichkeit mit Vogelscheuchen hatten: Männer und Jungen, die die Nase voll von Tod, Vernachlässigung und Patriotismus hatten. Russland befand sich am Scheideweg. Durch die Lebensmittelknappheit waren die Menschen kurz vor dem Verhungern, und sie hatten kein Heizmaterial mehr. Wieder einmal ging das Volk auf die Straße, um zu protestieren.

Die Zeitungen waren voll von Meldungen über die wachsende Unzufriedenheit. Irene las alles, und jeder schien Otjets Grigorij dafür verantwortlich zu machen, was mit Russland geschah. Irene verstand nicht warum, er hatte auf sie den Eindruck eines ausgesprochen harmlosen Mannes gemacht, sicherlich konnte er nicht das Ungeheuer und der Blutsauger sein, zu dem die Zeitungen ihn machten. Er mochte vielleicht sexuell überaktiv sein, obwohl sie auch dafür keinen Beweis hatte. Jedenfalls hatte er sie immer mit großem Respekt und Anstand behandelt.

Zugegeben, bei ihrer ersten Begegnung hatte er ihr einen Riesenschrecken eingejagt; aber nachdem sie ihn besser kennen gelernt und selbst erfahren hatte, dass er zu großer Güte, Liebe und Mitgefühl fähig war, als er sich in ihrer Not väterlich um sie gekümmert hatte, war sie der Meinung, dass Vater Grigorijs Motive von seinen Feinden völlig falsch beurteilt wurden.

Er verfügte über eine magnetische Anziehungskraft, wurde vom Zar und der Zarin geliebt, aber war das ein Verbrechen? Irene nahm an, dass Vater Grigorijs großer Appetit auf Zigeunerinnen, Tänzerinnen und Madeira nicht in das Bild eines geistigen und geistlichen Vorbilds passte. Jedoch hatte Michal ihr immer gesagt, sie solle sich eine eigene Meinung bilden, und wenn sie selbst wie die Zarin und viele andere Frauen, gleich ob adelig oder nicht, in den Bann des großen Mannes geraten war, dann *tak i bit*!

Irene hatte auch inzwischen verstanden, dass es die Beziehungen zur Familie Yussupow waren, die Michal bislang vor der Front bewahrt hatten. Prinz Felix und Prinz Dmitri waren zu einer Militärakademie geschickt worden, um sie vor Schaden zu bewahren; es war auf Betreiben der Zarin geschehen, die die Heimatfront zusammenhielt, während der Zar sich bei seinen Truppen befand. Es wurde berichtet, dass Prinz Felix, der inzwischen neunundzwanzig Jahre alt war, immer noch in den Tag hinein lebte und sich eher für ungebundene Geschlechtsbeziehungen als für Beförderungen interessierte.

Irene fragte sich, was Michal wohl für Gedanken hatte, wenn so viele seiner Landsmänner für ihr Vaterland starben und er selbst sich hartnäckig aus dem Konflikt heraushielt. Der junge Jan und andere Kunsthandwerker aus der dritten Genossenschaft waren Soldaten geworden und an die russische Front geschickt worden wie viele andere, die täglich die Werkstätten verließen.

Obwohl es ihr das Herz gebrochen hätte, wenn Michal eingezogen worden wäre und täglich dem Tod ins Gesicht blicken müsste, hatte sie trotzdem ein unbehagliches Gefühl bei dem Gedanken, dass er ein Feigling sein könnte, der sich hinter seinen adeligen Gönnern und dem Erlass des Zaren versteckte, der besagte, dass der einzige Sohn einer Familie von der Militärpflicht befreit war.

Wieder einmal neigte sich ein Jahr dem Ende zu und Weihnachten rückte näher. Ein Ende des Krieges war immer noch nicht abzusehen.

Gerade als ihr Leben in ruhigeren Bahnen zu verlaufen schien, was ihre Arbeit und ihr Liebesleben anging, verschwand Michal, geheimnisvoll und ohne Vorankündigung. Nachdem Irene über eine Woche nichts mehr von ihm gehört hatte, ging sie zu seiner Wohnung. Eine Mieterin des Hauses erzählte ihr, dass Wassilij nach Archangelskoe gefahren war, weil seine Mutter sehr krank war und möglicherweise im Sterben lag.

Oh, armer Michal! Irene verließ das Haus wieder und hatte ein schlechtes Gewissen wegen ihrer misstrauischen Gedanken. Aber er konnte manchmal so verschlossen und launisch sein, dass sie nicht wusste, wie sie mit seinem Verhalten umgehen sollte. Sie hätte sich gewünscht, dass sie ihm so viel bedeutete, dass er ihr von der Krankheit seiner Mutter erzählt hätte. Sie wusste, wie sehr er seine Mutter liebte und dass Vater und Sohn am Boden zerstört sein würden, falls Anna starb.

Irene kehrte in die Morskaja Straße zurück und schrieb Michal einen tröstenden Brief nach Archangelskoe, in dem sie sagte, wie leid es ihr tue, dass Anna krank war und ihr gute Besserung wünschte. Sie ließ Anna und Andrej ganz lieb grüßen und versprach, sie zu besuchen, sobald sie ein paar Tage frei haben konnte.

Die Gelegenheit bot sich nicht. Andere, schockierendere Ereignisse vereitelten ihre Pläne.

Am 16. Dezember wurde Grigorij Jefimowitsch Rasputin ermordet. Die Nachrichten über die Art und Weise von Vater Grigorijs Tod erschütterten die Stadt. Das Thema war in aller Munde.

Der folgende Tag war in England der Neujahrstag des Jahres 1917. Die Tatsache, dass der russische Kalender dem julianischen Kalender um sechzehn Tage hinterher hinkte, hatte Irene immer verwirrt, wenn sie an die Ereignisse in England dachte. Da die Chechenskijs eine Zeit lang in England gelebt hatten und viele englische Freunde besaßen, luden sie Irene ein, den ›britischen‹ Neujahrstag mit ihnen zu verbringen.

Die Ermordung Rasputins stellte die Nachrichten über den Krieg und Geschehnisse auf der Welt in den Schatten. Auf der Lunchparty der Chechenskijs erfuhr Irene Einzelheiten: Die Zarin war in einem schrecklichen Zustand, nachdem sie die Neuigkeit erfahren hatte, dass der Mann, der dem Thronfolger einige Male das Leben gerettet hatte, tot war. Sie hatte nun niemanden mehr, an den sie sich wenden konnte, um die zerbrechliche Hoffnung ihres Sohnes auf eine Zukunft zu bewahren. Der Zar hatte seine Truppen verlassen und befand sich auf dem Weg nach Petrograd, um sofortige Untersuchungen des Verbrechens in die Wege zu leiten.

Lena hatte Irene gebeten, zum Tee zu bleiben. Nach dem Mittagessen schnappte Irene sich die jüngsten Ausgaben der Zeitungen, sobald Jurij sie gelesen hatte. Das Hauptthema war natürlich der kaltblütige Mord an dem ›heiligen Mann‹, der die rechte Hand des Zaren und der Zarin gewesen war. Die Zeitungen wussten noch keine Details zu berichten, da die Untersuchungen noch nicht abgeschlossen waren. Sie berichteten lediglich, dass die schrecklich verstümmelte Leiche Rasputins um zehn Uhr morgens aus dem Fluss Newa gezogen worden war.

»Oh ... wie entsetzlich!«, hauchte Irene und griff sich an die Kehle. Ihr war übel und sie fühlte sich schwindelig. »Wie barbarisch ...«

»Ja, das ist wahr«, murmelte Lena über ihrer Stickerei. »Wo soll das alles noch hinführen! Sie sollten nicht diese blutrünstigen Einzelheiten lesen, Irene, sie vergiften nur das Gemüt eines so jungen und unschuldigen Mädchens.«

»Bitte, so jung bin ich nicht mehr ...« Irene las weiter. Ein anderer Zeitungsartikel erwähnte, dass der Zar und die Zarin am Boden zerstört waren. Der Zar bekräftigte nochmals seinen Befehl, die Umstände des Todes von Vater Grigorij genauestens zu untersuchen.

Dann, als Irene die Zeitung gerade zur Seite legen wollte, erregte eine weitere Schlagzeile ihre Aufmerksamkeit:

»Kunsthandwerker in die Verschwörung verwickelt«

»Eine junge Frau von französisch-mongolischer Abstammung hilft der Polizei bei den Nachforschungen bezüglich der Ermordung von Grigorij Jefimowitsch Rasputin. Eine Puderdose, die ein anderer Kunsthandwerker der Stadt, Michal Andrejwitsch Wassilij, im Auftrag des Prinzen Felix Yussupow angefertigt hatte und die der Prinz seiner Freundin Mademoiselle Zeta Yuan am Abend des 16. Dezember soeben auf einer Party überreichen wollte, wurde zum Gegenstand einer Meinungsverschiedenheit. Die Streitigkeit wurde zum Vorspiel der Ermordung Rasputins. War die Puderdose aus Lapislazuli speziell zu dem Zweck gefertigt worden, das Zyankali, dessen Reste in Rasputins Weinglas gefunden worden waren, zu verstecken? Das ist es, was die Polizei herausfinden möchte. Mitglieder und Bedienstete des Kunsthandwerker-Club in der Moika Straße werden auch zu einem Streit befragt, der angeblich in dem Club zwischen Rasputin, Prinz Felix Yussupow und Prinz Dmitri Pawlowitsch stattgefunden haben soll. Die beiden Prinzen hatten gedroht, Otjets Rasputin mit ihren Rapieren, die Teil ihrer Kostüme waren, zu erdolchen. Die jungen Männer hatten zuvor ein Kostümfest besucht. Zeugen behaupten jedoch, dass sich die beiden wohlhabenden Aristokraten lediglich einen unbeschwerten ›Spaß‹ auf Kosten des Wandermönches erlaubt hätten, der den Vorfall

selbst aus einem Spaß in einen unheiligen Aufruhr verwandelte. Monsieur Wassilij und Mademoiselle Yuan, die offensichtlich einmal ein Paar gewesen waren, waren beide bei dem angeblichen Streit zwischen den beiden Prinzen und dem persönlichen Freund und Vertrauten des Zaren und der Zarin, Grigorij Jefimowitsch Rasputin, im Kunsthandwerker-Club anwesend.«

»Oh nein!« Irene warf die Zeitung in einem unordentlichen, zerknitterten Haufen zur Seite und sprang auf.

»Was ist los, meine Liebe?« Lena Chechenskij sah Irene über den Rand ihrer Brille hinweg fragend an.

»Ich muss gehen ... es tut mir leid. Ich muss zurück.«

»Aber wir haben noch gar nicht Tee getrunken.«

»Es tut mir so leid, aber ich habe wirklich keinen Hunger nach dem hervorragenden Mittagessen.«

»Ich habe Ihnen doch gesagt, Sie sollen die Zeitungen nicht lesen, meine Liebe. Sie regen einen zu sehr auf. Wenn Sie in die Morskaja Straße gehen, wird Jurij Sie begleiten ...«

»Oh, nein danke, das ist nicht nötig, wirklich nicht. Es ist doch gleich um die Ecke.«

»Aber es wird schon dunkel, Irene.«

»Na ja, in Ordnung«, sagte Irene und hoffte, dass sie sich nicht zu undankbar angehört hatte. Sie wollte das Thema nicht aufbauschen, um nicht den Argwohn der Chechenskijs zu erregen. »Auf Wiedersehen, Lena ... vielen Dank für Ihre Gastfreundschaft.« Sie nahm ihren Mantel und ihren Muff und eilte hinaus.

Jurij Chechenskij begleitete sie in die Morskaja Straße. Irene betete, dass er sich nicht lange aufhalten möge, um sich möglicherweise noch mit dem Meister und seiner Frau zu unterhalten.

Aber an der Tür sagte er lediglich: »Grüßen Sie bitte Carl und Augusta von mir, ich möchte gleich zurück zu Lena. Schade, dass es Ihnen nicht gut geht, Irene.« Er küsste sie dreimal nach russischer Sitte und eilte zurück zum Voznesenskij Prospekt.

Irene wartete, bis Jurij hinter der Straßenecke verschwunden war. Sie ging nicht in ihr Zimmer und sagte auch dem Meister und Madame Augusta nicht Bescheid, dass sie zurück war, sondern verließ das Haus wieder und rannte in die Gorokhovaja Straße, halb schlitternd und halb rutschend auf dem eisglatten Pflaster.

Vor Rasputins Haus gelang es der Polizei nur mit Mühe, die neugierigen Menschenmassen zurückzuhalten. Ein Polizist fragte sie: »Wohnen Sie in dieser Straße, Miss?«

»Nein.«

»Was wollen Sie hier?«

Sie wusste nicht, was sie antworten sollte, und log dann: »Ich besuche eine kranke Verwandte.«

»Wen?«

»Die ... die Schwester meiner Mutter ... sie ist sehr krank.«

»Welche Hausnummer?«

»96A, ein Mietshaus.«

»Wie heißen Sie?«

»Ir ... Irina Chechenskij.«

»Wo in der Stadt wohnen Sie?«

»Voznesenskij Prospekt.«

Die Polizei – es konnte sich nur um die Geheimpolizei handeln – hielt alles schriftlich fest. Dann erlaubten sie ihr, durch die Absperrung zu gehen.

Irene schlug laut gegen die schmutzige braune Haustür von Michals Mietshaus. Einer der Mieter öffnete ihr schließlich missmutig die Tür und murmelte vor sich hin, weil er so früh geweckt worden war, obwohl es sechs Uhr abends war. Vielleicht arbeitete er Nachtschicht, aber Irene war das völlig egal. Sie stürmte die Treppen hinauf ins Dachgeschoss. Michals Zimmertür war abgeschlossen. Auch diese Tür war schmutzig braun, und der Lack blätterte ab. Irene schlug mit der Faust dagegen. »Michal ... Michal ... bist du da drin?«

Keine Antwort, die Tür blieb geschlossen.

Sie verbrachte eine ganze Stunde auf dem Treppenabsatz, flehte ihn an, sie hereinzulassen, weinte, verlor die Nerven, kaute auf den Fingernägeln. Schließlich ging sie, als andere Mieter ihr sagten, dass er nicht da sei, warum wollte sie ihnen nicht glauben?

Sie konnte nichts anderes tun, als in die Morskaja Straße zurückzukehren. Der Meister und seine Frau machten sich sicherlich schon Sorgen um sie, und sie wollte nicht, dass sie Jurij und Lena anriefen, um sich nach ihrem Verbleib zu erkundigen.

33. Kapitel

Der folgende Morgen war ein Albtraum für Irene. Beim Frühstück las sie die Zeitungen des Meisters.

Zwei Tage nach dem Mord waren mehr Beweise aufgetaucht, hauptsächlich aufgrund der Aussagen von Rasputins Tochter Marya, das junge Mädchen, das Irene in der Küche gesehen hatte, als sie Vater Grigorij nach dem Tod ihrer Brüder um seelischen Beistand gebeten hatte.

Irene bemerkte kaum Madame Augustas missbilligende Blicke, weil sie sich mehr um die Zeitungen als um ihr Frühstück kümmerte.

Die Polizei hatte dem Zaren und der Zarin Folgendes mitgeteilt: Nachdem das Gift Vater Grigorij Jefimowitsch Rasputin nicht getötet hatte, war er erschossen und mit mehreren Messerstichen verletzt worden, und selbst dann hatte er den Geist nicht aufgegeben. Die Verschwörer waren daraufhin in Panik geraten und hatten befürchtet, es mit der ›Wiedergeburt des Teufels‹ zu tun zu haben. Sie hatten Rasputins blutenden und verstümmelten Körper in ein Laken gewickelt, es fest geschnürt, das Paket in den Kofferraum einer schwarzen Limousine getragen, waren aus der Stadt gefahren und hatten den Körper von der Petrouskj-Brücke aus in den Fluss Newa geworfen. Sie hatten gehofft, dass die Strömungen die Leiche hinaus ins offene Meer tragen würden ...

Irene konnte es kaum glauben, es war zu grauenhaft, um es in Worte zu fassen! Sie entschuldigte sich beim Meister und Madame

Augusta und verließ hastig den Frühstückstisch, ohne ihr Frühstück auch nur angerührt zu haben.

Es war ein Arbeitstag. Irene bemühte sich verzweifelt, ihre zitternden Hände zu beruhigen. Sie hatte die ganze Nacht nicht geschlafen und fühlte sich krank; ihre Gedanken kreisten ständig um Michal und die Rolle, die er bei Rasputins Ermordung gespielt hatte. Sie konnte nicht sagen, warum sie glaubte, er habe etwas mit der Sache zu tun; der einzige Anhaltspunkt war das alte Sprichwort ›Schlechte Gesellschaft verdirbt den Charakter‹.

Nach dem Mittagessen sagte sie Madame Augusta, dass sie einige Sachen einkaufen wolle. Madame Augusta bat sie, Brot zu kaufen, falls sie welches auftreiben konnte, und gab ihr Geld. Irene entschloss sich, das Brot sofort zu kaufen, damit sie es später nicht vergessen konnte. Mit einem Korb am Arm erledigte sie zuerst ihre Einkäufe, bevor sie wieder in die Gorokhovaja Straße ging.

Dieselben Menschenmassen, aber andere Polizisten bevölkerten die Straße. Irene wiederholte ihre Geschichte vom Vortag und deutete auf ihren Einkaufskorb. »Für meine Tante.« Sie ließen sie passieren.

Oh ja, sie hatte dazugelernt! Aber sie fühlte sich nicht wohl bei ihrer Lüge.

Sobald sie sich im Haus Nr. 96A befand, hämmerte sie an seine Tür. »Michal, lass mich rein ... Michal, bist du da drin? Ich weiß, dass du da bist, ich rieche Zigarettenrauch ...«

Er kam zur Tür und öffnete sie mit einem Ruck. »Irene!«

Sie sah den Bluterguss auf seiner Wange, den Schnitt in seiner Lippe, sein zugeschwollenes Auge. Sie ließ ihren Korb fallen. Sie war hergekommen, um zu schimpfen und zu toben, aber plötzlich war sie sich nicht mehr so sicher, ob er der Typ Mann war, der sich mit Mördern einließ – oder war er es doch? Sie wusste nicht mehr, was sie denken sollte.

»Was ist denn mit dir passiert?«, fragte sie kurz angebunden, hob ihren Korb auf und marschierte in sein Zimmer. Er schloss die Tür und warf sich auf sein Bett. »Wirklich, Michal, wie konntest du nur? Wie konntest du das tun?«

»Was meinst du?« Er sah verwirrt aus. Seine Stimme klang schneidend, als er fragte: »Du warst gestern auch schon hier, nicht wahr? Du denkst, dass ich etwas mit Rasputins Mord zu tun habe, stimmt's?«

»*Archangelskoe, Archangelskoe!* Wie konntest du es wagen, deine arme Mutter als ... als Ausrede zu benutzen für ... für was auch immer du getan hast!«

»Hör auf, hör auf damit!« Er nahm die silberne Brandy-Flasche von seinem Nachttisch. »Wenn du hier bist, um mich zu verdammen, dann kannst du gleich wieder gehen!«

»Du hast getrunken!« Sie streckte die Hand aus, um ihm die Flasche abzunehmen, aber er packte Irene, warf sie aufs Bett und hielt sie mit seinem Gewicht fest.

Er stellte die Brandy-Flasche zurück auf den Nachttisch. »Ich habe nicht getrunken! Ich bin nur müde und ausgelaugt, und du mit deinen wirren Anschuldigungen machst die Sache auch nicht besser.«

»Wo bist du in den vergangenen beiden Wochen gewesen?«

»In Archangelskoe ...«

»Lügner! Oh, du ... geh sofort von mir runter! Wie kommst du dazu, mich so zu behandeln ...«

Er fasste sie an den Schultern und schüttelte sie leicht, um sie wieder zur Vernunft zu bringen. Dunkle Stoppeln zierten sein Kinn, sein Kopf schmerzte, seine Augen waren rotgerändert vor Müdigkeit und von dem Schlag, den man ihm verpasst hatte, als er anderen zu erklären versuchte, wo er gewesen war. Er konnte gut auf Irenes Anschuldigungen verzichten. »Meine Mutter ist vor zehn Tagen gestorben. Ich bin noch bei meinem Vater geblieben ...«

Sie starrte ihn an. Er war zu erschöpft, zu angespannt und zu entkräftet, um zu lügen. »Es ist also wahr?«

»Als ob ich den Tod meiner Mutter vortäuschen würde!« Er

wandte sich von ihr ab, ließ sich auf den Rücken sinken und legte einen Arm über sein Gesicht.

»Oh Gott. ... oh, Michal! Es tut mir so leid. ... so schrecklich leid.« Sie hörte auf, sich gegen ihn zur Wehr zu setzen.

»Das sollte es auch«, murmelte er. Er bewegte seinen Arm, öffnete die Augen, nahm ihr den Hut ab und ließ ihn zu Boden fallen. »Ich habe meine Zeit damit verschwendet, meinen Vater überreden zu wollen, mit mir nach Petrograd zu kommen, aber er ist genauso störrisch wie du. Er wollte in der Nähe von Anna bleiben und sagte, in der Stadt würde er sterben. Ich glaube, er hat Recht. Nun weißt du, wo ich gewesen bin. Auf dem Friedhof von Archangelskoe!«

»Oh, mein lieber Schatz ...« Sie streichelte sein Gesicht und sein staubiges, wirres Haar. Sie küsste ihn auf die Stirn und auf die wunden Lippen. »Ich bin so traurig, dass deine Mutter tot ist, ich weiß, wie viel sie dir bedeutet hat. Vielleicht wird Andrej seine Meinung ändern. Wir werden ihn überzeugen, dass es besser ist. Ohne sie kommt er nicht klar.«

»Genau, deshalb mache ich mir solche Sorgen.«

»Hast du meinen Brief bekommen?«

»Ja, er ist in meiner Tasche – zusammen mit dem Trauring meiner Mutter. Sie wollte, dass du ihn bekommst – wenn wir heiraten! Aber ich glaube, ich habe meine Meinung über dich geändert, Miss Druce. Du misstrauische, eifersüchtige Engländerin, die immer das Schlechteste von mir annimmt!«

Mama hatte immer gesagt, Männer würden nie erwachsen, sie würden nur größer. Irene hätte am liebsten über Wassilijs schuljungenhafte, emotionale Erpressungsversuche gelacht, war aber gleichzeitig den Tränen nahe, weil Wassilij manchmal so rührend pathetisch sein konnte – wenn er nicht gerade den Lehrmeister markierte. »Warum hast du mir keine Nachricht zukommen lassen, als du nach Archangelskoe gefahren bist?«

»Ich war in solcher Eile, um den Zug zu erwischen. Ich bin sofort losgestürmt, nachdem ich von der Arbeit nach Hause gekommen war. Ich habe nur ein paar Sachen in eine Tasche geworfen und bin aufgebrochen. Erst im Zug habe ich mich gefragt, was ist mit Irene, Wassilij? Sie wird sich Sorgen machen. Du hättest ihr eine Nachricht hinterlassen sollen. Ich hätte dich vom Bahnhof aus angerufen, aber ich hatte Angst, dass der Meister oder seine Frau ans Telefon gehen – was siehst du mich so an?«

Sie sah ihn bewundernd an. »Kein Wunder, dass Zeta mich vor dir gewarnt und gesagt hat, was für ein Lügner du bist. Du hast keinen Gedanken an mich verschwendet, stimmt's?«

Er schenkte ihr ein schiefes Lächeln. »Bitte erwähne nie wieder den Namen dieser Frau. Sie ist ein wandelndes, redendes mongolisches Feuerwerk.«

»Warum hast du mir nicht gesagt, wohin du fährst!«, sagte sie hartnäckig. Er tat ihr leid, und gleichzeitig war sie böse auf ihn.

»Weil ich gehofft hatte, wieder zurück zu sein, bevor du merkst, dass ich überhaupt weg war. Dann starb meine Mutter, und ich dachte nur noch daran, mich um meinen Vater zu kümmern.«

Irene konnte ihm deswegen nicht böse sein. Sie berührte vorsichtig den Bluterguss auf seiner Wange. »Wer hat das getan?«

»Mein Vater war es sicherlich nicht.« Der Scherz ging daneben.

Er hatte das Gefühl, dass sein Vater seiner Mutter bald auf den Friedhof folgen würde, was für den alten Mann wohl eine Gnade wäre. »Die Polizei«, sagte er. »Zeta hat ihnen von dem Streit im Kunsthandwerker-Club erzählt. Sie wollten mir Fragen stellen, insbesondere über die Puderdose. Aber sie haben ihre Fragen nicht auf nette Art und Weise gestellt.«

»Michal, hat Felix Yussupow Rasputin umgebracht?«

»Ich weiß es nicht! Ich war nicht auf der Party. Aber nach allem, was man hört, scheint es so zu sein. Ich bin gestern am späten Vormittag aus Archangelskoe zurückgekehrt, etwa zu der Zeit, als man Rasputins Leiche aus dem Fluss Newa zog. Man hatte einen blutbefleckten Überschuh von Rasputin auf dem Eis unter der Petrovskj-Brücke gefunden. Seine Tochter Marya und die Frau Dunia, seine Geliebte, haben den Schuh identifiziert.«

»Woher weißt du so viele Einzelheiten?«

»Ich habe gerade die letzten vierundzwanzig Stunden auf der Polizeiwache verbracht. Jeder spricht davon. Zeta hat mir das eingebrockt, weil sie erwähnt hat, dass ich die Puderdose für Felix angefertigt habe.«

»Sie hat die dumme Angewohnheit, dir alles Mögliche einzubrocken! Ich glaube, es ist wegen mir. Sie ist eifersüchtig – und verschlagen. Warum ist sie wegen dir zur Polizei gegangen?«

»Ist sie nicht. Sie sind zu ihr gekommen, um sie wegen Felix' Party zu befragen, bei der sie angeblich aber nicht war. Natürlich haben sie ihr nicht geglaubt, weil andere Leute sie in Felix' Arbeitszimmer gesehen hatten, bevor Rasputin kam. Sie hat dann behauptet, sie sei zu Felix gegangen, um die Puderdose in Empfang zu nehmen, die Felix für sie hatte anfertigen lassen. Die Polizei wurde sofort misstrauisch wegen dieses elenden Teils. Sie hat ihnen erzählt, wie Felix und Dmitri versucht haben, Rasputin mit ihren Rapierspielen zu ärgern und wie Rasputin dann Felix den Wodka in die Kehle geschüttet hat, bis er fast erstickt wäre. Weshalb die beiden Prinzen ein Motiv hatten, es Rasputin heimzuzahlen, weil er sie öffentlich beleidigt hatte. Als Prinz Felix zu der Puderdose befragt wurde, sagte er, es handele sich um großes Durcheinander, die Dose sei ursprünglich für seine Mutter bestimmt gewesen. Zeta hatte die Dose gesehen, und weil sie ihr so gut gefiel, hatte er sie Zeta geschenkt.«

»Z.Y. ... lustig, dass sie dieselben Initialen wie Prinzessin Zénaide Yussupow hat. Was wollte sie damit überhaupt beweisen?«

»Keine Ahnung. Offensichtlich stand Felix unter Schock und redete einfach darauf los, sagte Zeta. Nichts macht einen Sinn. Dann kam die Geheimpolizei hierher und schleppte mich zur Polizeiwache. Es hat lange gedauert, ihnen begreiflich zu machen, dass ich nicht bei der Party der Yussupows war, sondern im Zug von Archangelskoe nach Petrograd gesessen habe. Ich habe ihnen meine Zugfahrkarte als Beweis gezeigt. Sie sind losgezogen, um zu überprüfen, ob ich tatsächlich im Schlafwagen gewesen bin, und Gott sei Dank konnte sich der Schaffner des Zuges an mich erinnern und bezeugte, dass ich im Zug gewesen bin – die ganze Nacht! Ich konnte nicht schlafen und habe deshalb mit ihm Karten gespielt. Dann stellten sie mir Fragen wegen der Puderdose für Zeta. Hatte sie ein Geheimfach? Habe ich gewusst, für welchen Zweck sie bestimmt war? Könnte sie für die Aufbewahrung von Blausäuresalz verwendet worden sein?«

»Und, könnte sie?«

Er zuckte die Schultern »Ich habe ihnen gesagt, dass ich es für zweifelhaft halte. Das Innere der Puderdose besteht aus Sandelholz, das von Blausäuresalz sicherlich zerfressen worden wäre. Falls sich jemand an der Dose zu schaffen gemacht haben sollte, dann muss es ohne mein Wissen geschehen sein. Wenn Rasputin mit Zyankali vergiftet worden sein sollte, hätten die Mörder die farblose flüchtige Flüssigkeit sicherlich in seinen Wein getan, weil sie dann nicht entdeckt worden wäre. Jedenfalls streiten alle alles ab. Felix hat ihnen offensichtlich gesagt, dass Rasputin nie in den Moika-Palast kam, auch nicht wegen Prinzessin Irinas schrecklicher Kopfschmerzen. Das stimmt zufällig. Felix ging immer zu Rasputins Haus – Irina nur ein einziges Mal, soweit ich weiß.«

»Warum? Warum ging Felix zu jeder beliebigen Zeit zu ihm, sogar um Mitternacht? Ich dachte, er hasste Rasputin? Und er konnte wohl nicht *so* sehr besorgt um das Wohlergehen seiner Gattin gewesen sein, nicht vor dem Hintergrund seines sonstigen Verhaltens?«

Michal zögerte.

»Ach du meine Güte!«, rief sie aus. »Warum kannst du es mir nicht erzählen?«

»Du weißt, wie sie sind ... Rasputin war nicht verdorbener als Felix und Dmitri. Felix hat oft versucht, Rasputin zu verführen; ob er Erfolg hatte, werden wir wohl niemals erfahren.«

»Aber warum kennst *du* den Grund für Felix' häufige Besuche bei Rasputin?«

»Jeder in dieser Straße wusste es. Anna Aleksandrovna, die

Zofe der Zarin, war eine glühende Anhängerin Rasputins. Sie besuchte ihn praktisch jeden Tag. Rasputin hat ihr nach einem schrecklichen Zugunglück, seit dem sie behindert ist, das Leben gerettet. Ohne seine heilenden Kräfte wäre sie mit ziemlicher Sicherheit gestorben – die Funktion ihrer Beine konnte er jedoch nicht retten; wahrscheinlich waren sie vorher schon nicht ganz in Ordnung. Egal, das tut jetzt nichts zur Sache. Anna kannte den Grund für Felix' Besuche, und es war nicht wegen der Kopfschmerzen seiner Frau. Anna tratschte ständig darüber.«

»Wird Zeta mit dem Mord in Verbindung gebracht?«

»Vielleicht – vielleicht auch nicht. Prinz Yussupow, der Vater, ist ein sehr reicher Mann und verfügt über großen Einfluss in Moskau und Petrograd. Er wird seinen Sohn und auch Dmitri ›heraushauen‹. Was Zeta angeht, vermute ich, dass die Yussupows sie unauffällig nach Odessa oder Kiew oder an einen anderen Ort, der weit genug von Felix und Dmitri entfernt ist, abschieben werden. Ich bin sicher, dass die ganze Geschichte schon bald in Vergessenheit geraten wird. Rasputin hatte viele mächtige Feinde in Hofkreisen und weniger mächtige Freunde außerhalb des Hofes. Niemand konnte ihn leiden, und, um die Wahrheit zu sagen, die meisten werden unendlich erleichtert sein, dass jemand ihn um die Ecke gebracht hat.«

»Hast du gewusst, dass Felix und die anderen, die in den Zeitungen erwähnt werden, sich verschworen hatten, um Rasputin umzubringen?«

»Ich habe nichts von Rasputins Ermordung und nichts von Zyankali gewusst – falls das der Zweck der Puderdose war, die ich für Felix angefertigt habe ...« Michal streichelte ihre Wange. »Können wir nicht aufhören, über Rasputin zu reden, und stattdessen über uns sprechen?«

»Ich werde niemals mehr am Fluss Newa spazieren gehen können, ohne an die Grausamkeit seines Todes zu denken und daran, wie freundlich er zu mir an dem Tag war, an dem ich erfuhr, dass Charlie und Don in Frankreich gefallen waren.«

»Es ist nun einmal geschehen. Wir können nur hoffen, das Felix, Dmitri und die anderen, die in den Fall verwickelt sind, das bekommen, was sie verdienen. Ich bin bestürzt, dass du mich für schlecht genug gehalten hast, um in den Mord verwickelt zu sein.«

»Ich habe nicht ...«

»Pst!« Er legte ihr einen Finger auf die Lippen. »Die Frau von unten hat mir erzählt, dass du gestern Nachmittag an meine Tür geschlagen hast, als wäre der Teufel hinter dir her. Warum hättest du das tun sollen, wenn du nicht geglaubt hättest, ich sei ein Komplize? Aber ich schwöre, Irene, ich hatte nichts damit zu tun. Ich mochte *Otjets* Grigorij, genau wie du.«

»Hat er wirklich seine weiblichen Anhänger erst verführt und ihnen dann Erlösung versprochen, wie die Zeitungen schreiben?«

»Oh je«, sagte er und wünschte sich, sie würde endlich von dem Thema Rasputin ablassen. »Nun wirst du selbst zum Spanner.«

»Ich muss es einfach wissen, das ist alles.«

»Warum?«

»Ich nehme an, weil es den heiligen Segen, den er über mich gesprochen hat, beschmutzen würde, und weil ich nicht mehr an ihn glauben könnte.«

»Darum hat sich bei ihm doch alles gedreht, nicht wahr? Um den Mythos, den er um seine Person aufgebaut hat. Christus oder Teufel? Nicht mit seinen außergewöhnlichen Kräften, sondern mit seiner Ausstrahlung und der Wirkung seiner Persönlichkeit hat er die Leute – auch dich – so prächtig an der Nase herumgeführt. Nun zieh deine eigenen Schlüsse, mein Liebling. Ich war nicht sein Hüter, obwohl ich einen Teil seiner Buchführung für die Vereinigung russischer Männer für ihn erledigt habe. Ich habe keine Ahnung, was er mit Felix oder anderen Männern mit ähnlichen Vorlieben anstellte. Ich kann dir höchstens erzählen, was geschah, als wir viel jünger waren und Felix das Gleiche, was er mit Dmitri macht, mit mir versuchte: Ich habe ihm gesagt, dass ich ihm den Arm brechen würde, falls er es jemals wieder wagen sollte, mir die Hand aufs Knie zu legen. Zufrieden?«

Irene konnte sich Wassilijs Entsetzen über einen Annäherungsversuch von Felix gut vorstellen.

»Das passierte in Archangelskoe. Felix war ungefähr vierzehn und ich zwölf. Danach habe ich ihn in den Fluss geworfen – wir waren bei einem Badepicknick am Flussufer. Du hast gesehen, wie das in Archangelskoe Sitte ist. Felix hat mich nie wieder angefasst und ist immer ein freundlicher Gönner für mich gewesen ... und jetzt will ich dir eine Frage stellen.«

»Was denn?«

»Hören wir jetzt mit dieser blöden Unterhaltung auf, oder muss ich dich hinauswerfen? Du scheinst dich mehr für den toten Rasputin als für den halblebendigen Wassilij zu interessieren.«

Sie zauste sein unordentliches, staubiges Haar. »Oh ... Michal ist eifersüchtig!«

»Ja, das bin ich. Wenn der heilige Mönch nicht das Zeitliche gesegnet hätte, hätte ich es für möglich gehalten, dass du dich auch in ihn verliebt hättest. Ich weiß nicht, was er mit dir angestellt hat, du hattest wohl ein zweites Wunder erwartet. Du wärst besser zu mir gekommen. Ich zähle jetzt bis zehn, und wenn du bis dahin nicht geflüchtet bist, werde ich dich verführen.« Langsam zog er eine Haarnadel aus ihrem Haar. »Jetzt müsstest du weglaufen.«

»Hat die Polizei dir geglaubt, wegen der Puderdose, die du für Felix angefertigt hast? Dass du keine Ahnung hattest, für wen sie bestimmt war und für welchen Zweck?«

»Ich glaube schon. Nachdem sie mich nicht in Verbindung mit den Ereignissen vor oder nach dem 16. Dezember bringen konnten, haben sie mich hinausgeworfen. Ich war gerade erst heimgekommen und hatte mich mit dem Brandy ins Bett gelegt, um wieder warm zu werden und wenn möglich etwas zu schlafen, nachdem ich eine schlaflose Nacht im Zug und eine schlaflose Nacht auf der Polizeiwache hinter mir habe. Und dann bist du gekommen, um mir eine weitere Tracht Prügel zu verabreichen. Und jetzt bin ich an der Reihe.« Er küsste sie leidenschaftlich, ohne Rücksicht auf sein lädiertes Gesicht, den Schnitt in seiner

Lippe und sein blaues Auge. Er hob den Kopf und sah ihr tief in die grauen Augen. »Willst du mich heiraten?«

»Jetzt?«

»Ja, jetzt sofort!«

»Was soll das heißen?« Ihr Herzschlag beschleunigte sich.

Er breitete ihr Haar auf dem Kopfkissen aus und sagte: »Du bist sehr hübsch, und du bist eine Verführerin. Ich lechze nach dir wie Mischka der Bär. Du willst doch nicht, dass ich verhungere, oder? Ich denke, dass ich heute Erlösung verdient habe. Und du kannst jetzt alle deine bösen Gedanken über mich wieder gutmachen.« Er zog ihr den Mantel aus, den sie immer noch trug, und begann die lange Reihe der Knöpfe ihrer dunkelblauen Kostümjacke zu öffnen.

Angesichts der Erregung, die das plötzlich gefährlich gewordene Spiel entflammte, war ihr Protest halbherzig. »Madame Augusta wartet auf ihr Brot ...«

»Sie kann von Brot allein leben, wenn sie will, ich kann es nicht. Ich brauche viel Liebe und Zärtlichkeit, nachdem ich so in der Gegend herumgestoßen wurde.«

Er fuhr fort, sie langsam und entschlossen auszuziehen. Er streichelte ihr Haar, ihr Gesicht, ihren Hals und ihre Schultern, betrachtete entzückt die Kurve ihrer Brust, ihren flachen Bauch, ihre Schenkel; ihr leises wohliges Stöhnen gefiel ihm wesentlich besser als die vorangegangenen Anschuldigungen und Fragen.

Sie konnte nur noch an ihr Verlangen nach ihm denken; sie hatte ihn immer begehrt, und jetzt ergriff das Verlangen übermächtig Besitz von ihr, intensiver als je zuvor. Er hatte alle ihre Zweifel zerstreut, nichts anderes zählte. Entschlossen öffnete sie die Knöpfe seiner *Bluza* und küsste seine starken Schultern und die breite Brust. Leise murmelte sie: »Du kannst bis zehn zählen, so oft du willst, Lehrmeister Wassilij! Ich glaube nicht, dass du mich dieses Mal in die Flucht schlägst.«

»Warum glaubst du das?«

»Ich weiß es einfach.«

Seine Augen wurden weich und dunkel, und er zog sie leidenschaftlich an sich. Der folgende Kuss ließ sie spüren, dass der heutige Tag zum wichtigsten in ihrem Leben werden würde. *»Ja ti ijubjó«*, sagte er.

34. Kapitel

Grigorij Rasputin, der große Heiler, hinterließ in seinem Kielwasser ein Vermächtnis des Todes, während er zu Lebzeiten der gefeierte Lebensretter gewesen war. Es war nicht messbar, wie viel von den folgenden Geschehnissen seinem Eingreifen in die Machtpolitik zuzuschreiben war, nachdem er als Leiche aus dem Fluss Newa gefischt worden war. Seine schillernde Verbindung mit dem Zaren und der Zarin von Russland sowie dem jungen Alexej, Erbe des Throns der Romanows, Opfer einer unheilbaren Bluterkrankheit, die er von der britischen Königin Viktoria geerbt hatte, rückte in den Vordergrund. Sie wurde sein Totengedicht. Die wichtigeren Themen im politischen Leben Russlands, Strategien, mit denen Rasputin sich befasst hatte und an deren Umsetzung er mitgewirkt hatte, gerieten nach seinem Tod schnell in Vergessenheit.

Michal behielt Recht. Mächtige Leute trafen die Entscheidungen, und die Familie Yussupow war mächtig. Es waren zu viele Adelige in Vater Grigorijs Ermordung verwickelt gewesen, und wer hatte sich überhaupt etwas aus ihm gemacht, außer seinen Anhängern und der Zarin?

Wenn Irene zurückblickte, sah sie, dass sie ein Teil der Geschichte geworden war. Sie hielt alles in ihrem Tagebuch fest, jeden Tag, jede Nacht, ihr Leben mit Michal Wassilij. Sie lebte ihr Leben durch Michal, so wie Lady Catherine ihr Leben in ungeschmälerten Erinnerungen an Agathon Fabergé verbracht hatte, aufgezeichnet in dem Tagebuch des Geistes, des Herzens und der Seele.

Und während Prinz Felix und Prinz Dmitri jetzt als Helden des Tages bejubelt wurden, eskalierten die anti-deutschen Gefühle. Deutsche Geschäftsinhaber wurden gequält und belästigt, Schaufenster wurden eingeworfen, Plünderungen wurden am helllichten Tag durchgeführt, Deutsche und Juden wurden von militanten Elementen aus der Stadt gejagt, die Zarin selbst erhielt Drohbriefe.

»Der Zar drückt ein Auge zu«, behauptete die Presse und veröffentlichte eine herzlose Karikatur von Zar Nikolaus II. inmitten des Tumultes, eine Hand auf den Rücken gebunden, ein Auge durch ein Fernrohr nach dem toten Rasputin suchend.

Angesichts der angespannten Situation in der Stadt wurde die Werkstatt vorübergehend geschlossen.

Augusta stand am Wohnzimmerfenster in der Morskaja Straße Nr. 12 und sah auf die Demonstranten unten auf der Straße hinab, die Spruchbänder mit Schlagworten und Beschimpfungen gegen den Zaren, gegen die Unterdrückung des Volkes aufgrund der Regierungsform und gegen die totale militärische Inkompetenz des Zaren während des Krieges trugen.

»Kommen Sie weg vom Fenster, Irene«, sagte Augusta. »Sonst könnte man denken, wir stünden auf der Seite dieser Quertreiber.«

Waren sie wirklich Quertreiber?, fragte Irene sich. Sie waren trotz allem nur normale Menschen, die gegen die Politik der Regierung protestierten, die schuld daran war, dass die Bevölkerung fror und Hunger litt, dass Millionen russischer Soldaten gefallen waren, dass eine hungernde Armee nicht ausreichend mit Lebensmitteln, Stiefeln, Decken, Waffen und Medikamenten versorgt wurde.

In späteren Jahren dachte Irene an jene Zeit ihres Lebens in Petrograd als den ›Winter der russischen Unzufriedenheit‹ zurück.

Die Ereignisse in der Stadt überschlugen sich nach Rasputins

Tod, sodass Irene immer mit Staunen und Verwunderung an die wenigen verstohlenen kurzen Momente mit Michal Wassilij dachte, die so kurz und so süß waren. Sie und Michal lebten in ihrer eigenen Welt; es war, als würden sie allein auf einer eigenen Insel in der Sonne leben. Ein selbstsüchtiger Wunsch, für den nur die Freude aneinander und die Freude an ihren künstlerischen Schöpfungen zählte, während um sie herum der Krieg und das Blutvergießen ihren Tribut forderten.

»Ich wünschte, wir könnten heimlich heiraten«, sagte Irene eines Tages, als sie gerade miteinander geschlafen hatten und glücklich und erfüllt auf seinem Bett lagen.

»Wie Zar Paul, der seine Geliebte Catherine heiratete, obwohl seine Frau noch lebte?« Er liebte es, sie aufzuziehen, genoss es, wenn sie versuchte, ihre Londoner Logik ins Russische zu übertragen; ihr englischer Akzent klang in seinen Ohren einfach bezaubernd.

»Du hast eine Ehefrau?«

»Dutzende.«

»Hat er ein schlimmes Ende genommen? Dieser Zar Paul?«

»Jeder in Russland nimmt ein schlimmes Ende – besonders, wenn er sich Dinge wünscht, die er nicht haben kann. Außerdem *sind* wir ja schon heimlich verheiratet – im Grunde genommen.«

»Ich meine, richtig verheiratet, vor dem Gesetz.«

»Und wenn wir tatsächlich jetzt heiraten würden und ich mich in unseren Flitterwochen vergessen würde und du vor Ende deiner Lehrzeit schwanger würdest, würdest du mich umbringen und wärst eine unglückliche schwangere Witwe.«

»Das ist wahr«, murmelte sie. Seine zynischen Bemerkungen waren manchmal einfach unmöglich.

Er war bislang sehr vorsichtig gewesen, aber trotzdem blieb immer das Restrisiko einer ungewollten Schwangerschaft, die ihre strategischen Pläne durcheinander wirbeln würde.

»Mir gehen allmählich die Ausreden aus, wenn ich dich besuchen will«, sagte sie. »Augusta wird langsam misstrauisch. Wenn ich ihr sage, dass ich einkaufen gehe, will sie sehen, was ich gekauft habe. Ich muss dann behaupten, dass ich nur einen Schaufensterbummel gemacht habe, weil ich kein Geld habe.« Sie lachte schuldbewusst. »Ich hasse es, die Chechenskijs oder die Museen, Büchereien und Theater als Alibi zu benutzen. Die einzige Lüge, mit der ich leben kann, ist die, dass ich in der Stadt herumlaufe und Skizzen anfertige, um mich für meine Entwürfe inspirieren zu lassen. Ich hasse es, so hinterlistig sein zu müssen, weil die Fabergés immer so gut zu mir gewesen sind. Mama würde verrückt werden, wenn sie das wüsste, ganz zu schweigen von Lady Catherine.« Sie strich mit der Hand über seine Brust und seufzte gereizt angesichts der schwierigen Umstände. »Tante Martha würde mich als ›gefallene Frau‹ bezeichnen, was sie zweifellos immer schon geargwöhnt hat ... ich habe mich immer schon gefragt, wie eine gefallene Frau sich fühlt.«

»Für mich fühlt sie sich gut an«, sagte er mit einem verschmitzten Lächeln.

»Schon wieder ein billiger Scherz!«

»Entschuldige. Wie fühlt man sich denn?«, fragte er mit unbewegtem Gesicht.

»Gut. Sehr gut«, lachte sie und schlang die Arme um ihn.

Er zog sie auf sich und spielte mit ihrem langen, glänzenden, kastanienbraunen Haar, rieb eine seidige Strähne zwischen seinen Fingern. Er liebte es, wenn ihr Haar offen war und ihr Gesicht umrahmte. Sein Blick wanderte über ihre Schultern und ihre Brüste, aber er behielt seine Gedanken wohlweislich für sich. »Weißt du, du hältst mich jeden Nachmittag von meiner Arbeit ab.«

»Nicht jeden Nachmittag – jeden *zweiten* Nachmittag!«

»Du bist eine gierige Frau.«

»Ich bin auch eine sehr glückliche Frau, zum ersten Mal seit langer Zeit. Willst du mir dieses kleine bisschen Glück verwehren?«

»Ich dachte eigentlich, es wäre mehr als ein kleines bisschen ...«

Er verschränkte die Arme hinter dem Kopf. »Jedenfalls bedeuten Aufträge Geld, und Geld bedeutet Sicherheit, und Sicherheit bedeutet, ein großes Haus, jede Menge zu essen und ein Dutzend hübscher Kinder zu haben, wohlgenährt, gut erzogen, gebildet – etwas, was wir beide nie gehabt haben.«

»Ich habe eigentlich nur zwei geplant.«

»Und schon sind wir unterschiedlicher Meinung! Also werden wir uns scheiden lassen.« Er stand auf und suchte nach seinen Kleidern und seinen Zigaretten.

»Wenn du nicht so viel rauchen würdest, hätten wir viel mehr Geld für unsere *Sicherheit*, Wassilij.«

»Jetzt hörst du dich wie eine richtige Ehefrau an, nicht bloß wie eine Geliebte. Nimm mir nicht das Hauptvergnügen in meinem Leben.«

Sie warf ein Kissen nach ihm.

Er fing es auf, warf es zurück und setzte sich an seinen Arbeitstisch. »Rauchen hilft mir, mich zu konzentrieren, was man von nackten Damen nicht gerade behaupten kann. Beeil dich und zieh dich an. Du kommst sonst zu spät zur Arbeit.«

»Du bist nicht mehr mein Lehrmeister«, erinnerte sie ihn.

»Armer Johan Livjoki.«

»Du hast einen rührenden Humor, Michal Wassilij.« Sie fing an sich anzuziehen, um zurück an ihren Arbeitsplatz zu eilen. »Aber um dir nicht unrecht zu tun, du warst ein guter Lehrmeister. Du hast mich immer mit eiserner Hand regiert. So langsam denke ich, dass du es in böser Absicht getan hast. Du wolltest mich mit deiner unanfechtbaren Herrschaft über mich so wütend auf dich machen, dass ich keine Zeit hatte, andere Männer anzusehen.«

»Aha, du hast deine eigene Auslegung gefunden. Aber du hast Unrecht. An deinem ersten Tag in der Werkstatt dachte ich, hier kommt ein hässlicher englischer Besenstiel mit einem Herzen aus Stein und Gefühlen aus Eis. Tu ihr einen Gefallen, Wassilij, und tau sie ein bisschen auf, damit sie nicht als alte Jungfer endet.«

»Haha! Die Arroganz in Person! Monsieur Livjoki ist mir gegenüber rücksichtsvoll und bescheiden. Er ist ganz anders als du.«

»Das will ich auch hoffen. Er ist siebenundneunzig, ich erst siebenundzwanzig.«

»Er ist fünfundfünfzig, hat er mir gesagt. Aber er ist immer noch recht ansehnlich.« Sie zog eine Grimasse, weil sie mit dem Fingernagel an ihren Strümpfen hängen geblieben war und eine Laufmasche auftauchte. »Mist, ich kann mir keine kaputte Strumpfhose leisten. In der Morskaja Straße ist alles anders geworden. Herz und Seele des Ganzen scheinen verloren gegangen zu sein. Ich werde nicht einmal mehr richtig kontrolliert.«

»Jetzt widersprichst du dir selbst. Du hast gesagt, dass Augusta dich überwacht.«

»Ja, das stimmt, aber auch nur halbherzig. Ich glaube, sie weiß von dir, will sich aber nicht in meine Privatangelegenheiten einmischen. Was könnte sie auch tun, außer es dem Meister zu erzählen, der mich entlassen könnte? Das würde sie nicht tun, weil er ohnehin schon genug Sorgen hat und weil es ein schlechtes Licht auf sie als meinen Vormund werfen würde.«

»Was wieder beweist, dass man keiner Frau trauen kann. Sie machen, was sie wollen.«

»Ich weiß nicht, wie du auf so etwas kommst, Wassilij! Aber ich werde gnädig mit dir sein. Man kann tatsächlich keiner Frau trauen, jedenfalls nicht, wenn sie in den Mann ihrer Träume verliebt ist. Bilde dir bloß nichts ein. Ich könnte noch jemanden kennen lernen, der meine Meinung über dich ändert ... im Grunde genommen ist Augusta romantisch veranlagt. Sie weiß, was es heißt, jemanden zu lieben, und hofft nur, dass wir vernünftig genug sind, um diskret zu bleiben.«

»Weißt du«, sagte er mit dem Rücken zu ihr. »Es gibt jetzt keinen Grund mehr, nicht mit der Arbeit an deiner ›Frost-Tiara‹ und der Brosche ›Blatt mit Regentropfen‹ für die Zarin zu beginnen, schließlich ist Rasputin tot.«

Er sah den Blick nicht, den sie ihm hinter seinem Rücken zuwarf. »Ich habe schon mit der Arbeit an der Smaragdbrosche begonnen – für Lady Catherine.«

»Und was schlägst du vor, wie du das Material bezahlen willst?«

»Kümmer dich um deinen eigenen Kram – ich bin bloß eine Geliebte, wenn du dich erinnerst. Nicht deine Ehefrau.«

»Und schon habe ich Schulden!«, entgegnete er mit einem tiefen Seufzer.

Sie setzte ihren Hut auf und nahm ihren Mantel von dem Haken an der Tür. Sie war bereit, der Kälte außerhalb der Behaglichkeit ihrer eigenen kleinen privaten Welt entgegenzutreten, ihrer kleinen Welt mit der alten Tapete, den Wasserflecken an der Decke und dem Staub auf den Möbeln, da er seit einem Monat nicht mehr Staub gewischt hatte. Irene küsste ihn auf seinen verletzlichen Nacken. *»Dosvidanija, Andrejwitsch.«*

Er wandte sich um und nahm ihre Hand. »Warte, ich habe etwas für dich.«

Er nahm einen Ring aus der Schublade des Arbeitstisches und streifte ihn über ihren Ringfinger. »Mehr kann ich nicht tun, ein Verlobungsring, weil du dauernd davon sprichst.«

Es war ein silberner Treuering aus zwei miteinander verschränkten Händen, ähnlich dem Trauring seiner Mutter. »Oh, Michal ... er ist wunderschön.« Sie gab ihm einen Kuss und zerzauste sein Haar. »Hast du ihn speziell für mich angefertigt?«

»Nein, für die Großfürstin Tatjana, die mir so viele Gefälligkeiten im Bett erweist.«

Sie drehte ihn zu sich, damit er sie ansah, und starrte ihm in die Augen. »Du hast solche Angst, ich könnte merken, was für ein hoffnungsloser russischer Romantiker zu bist, stimmt's, Wassilij?«

»Pass auf, dass Augusta den Ring nicht sieht. Sie könnte möglicherweise ihre Meinung ändern und doch dafür sorgen, dass du gefeuert wirst.«

»Ich werde ihn tagsüber an meinem Armband und nachts am Finger tragen ... vielen Dank, mein Liebling. Du bist ein wundervoller Mann. Ich habe solches Glück!«

»Ich weiß. Soll ich dich nach Hause bringen?«

»Zu Hause ist England. Falls du die Morskaja Straße meinst, ich bin jetzt ein großes Mädchen. Ich denke, ich kenne den Weg dorthin – und den in meinem Leben.«

»Tatsächlich?«

»Nein, nicht ohne dich.«

Er grummelte vor sich hin und wollte aufstehen, aber sie schubste ihn zurück auf seinen Stuhl. »Sei nicht albern, ich habe dich nur aufgezogen. Du bleibst hier und arbeitest. *Au revoir, artisan extraordinaire.*«

Sie warf ihm eine Kusshand zu, glücklich darüber, von einer gefallenen Frau zu einer verlobten Frau aufgestiegen zu sein.

Am nächsten Morgen ließ Carl Fabergé alle seine Angestellten zusammenrufen. Sein Gesicht war ernst. Er sprach in der Werkstatt zu ihnen allen, angefangen vom Laufburschen bis hin zu den Verkäufern und den Designern.

»Ich habe schlechte Nachrichten. Ich habe erfahren, dass die Garnisonen und Fabriken den Streik ausgerufen haben. Das Waffen- und Munitionslager wurde geplündert, und Waffen wurden unter der Bevölkerung verteilt. Die Gefängnisse sind geöffnet und Polizeiwachen beschossen worden. Bitte seien Sie heute vorsichtig, wenn Sie nach Hause gehen. Mit Bedauern muss ich Ihnen mitteilen, dass ich mich entschlossen habe, das Geschäft in der Morskaja Straße vorübergehend zu schließen. Bis die Lage sich entspannt hat, wird dieses Haus geschlossen bleiben. Es werden keine neuen Aufträge angenommen. Stücke, die bereits in Arbeit sind, können in einer der anderen Werkstätten, die mit diesem Hause verbunden sind, fertig gestellt werden, oder die begonnenen Arbeiten verbleiben hier bis zur Wiedereröffnung. Lehrlinge erhalten Ausbildungsplätze woanders, wo sie ihre Ausbildung unter anderen Lehrmeistern fortsetzen können. Nur ein kleines Team wird weiterarbeiten, um unsere fertig gestellten Stücke zu katalogisieren, bis wir das Geschäft wieder eröffnen können. Mein Sohn Agathon wird damit fortfahren, die kaiserlichen Kronjuwelen und die kaiserlichen Ostereier zu reinigen und zu katalogisieren. Ich bedauere es zutiefst, Ihnen diese Mitteilung machen zu müssen, aber ich bin überzeugt, dass Sie mir zustimmen, dass es nicht möglich ist, weiterhin Luxusartikel für einen sehr begrenzten Markt herzustellen, weil unsere wohlhabenden und einflussreichen Auftraggeber derzeit herber Kritik ausgesetzt sind. Wenn unser Haus wieder geöffnet wird, werden Sie alle wieder eingestellt. Das ist alles. Sie können jetzt gehen.«

Er begab sich in seine Privatwohnung, nicht in sein kleines Büro hinter dem Verkaufsraum. Irene und die anderen hatten bemerkt, wie schwer es dem Meister gefallen war, sein Geschäft zu schließen, wenn auch nur vorübergehend.

Nachmittags ließ Carl Fabergé Irene zu sich rufen. Er saß neben Augusta auf dem Sofa. Es war derselbe Raum, und es herrschte dieselbe düstere und schwermütige Stimmung wie an dem Tag, als Thronfolger Ferdinand von Österreich in Sarajevo ermordet worden war.

»Irene, ich habe arrangiert, dass Sie Ihre Ausbildung im Haus von Henrik Wigström, wo Ihr vorheriger Lehrmeister jetzt beschäftigt ist, fortsetzen können. Wassilij wird sie während der noch verbleibenden Lehrzeit betreuen. Wigströms werden die Aufträge zur Herstellung der kaiserlichen Ostereier abwickeln, während mein Haus geschlossen bleibt. Sie können sehr gerne weiterhin hier bei uns wohnen, aber vielleicht wollen Sie auch zu den Chechenskijs ziehen. Lena und Jurij wären gerne bereit, die Vormundschaft für Sie zu übernehmen, da meine Frau und ich voraussichtlich nach Dresden reisen werden, bis das Geschäft hier wieder geöffnet werden kann. Die Entscheidung liegt ganz bei Ihnen, meine Liebe. Es tut mir leid, dass es so gekommen ist. Sie haben sehr gute Arbeit geleistet.«

»Danke schön, Meister – für alles. Ich werde Ihnen mitteilen, ob ich zu den Chechenskijs ziehen werde. Ich werde erst einmal mit den beiden darüber sprechen.«

»Aber nicht heute«, warf Augusta ein. »Auf der Straße ist es heute zu gefährlich.«

»Nein, Madame Augusta. Ich werde die Chechenskijs heute nicht aufsuchen.«

Irene rannte die Treppe hinauf in ihr Zimmer; sie fühlte sich leicht wie eine Feder.

Im Wohnzimmer der Fabergés sagte Carl mit einem müden Lächeln zu seiner Gattin: »Ich habe immer schon den Verdacht gehabt, dass Mam'selle Druce und Monsieur Wassilij nicht nur eine Beziehung an der Werkbank, sondern darüber hinaus auch noch eine heimliche private Beziehung hatten.«

Augusta tätschelte seine Hand und ließ ihn in dem Glauben, dass dies *seine* Beobachtung war. »Ich finde, du hast die richtige Entscheidung getroffen, Carl. Ich weiß, dass Henrik nicht so eigen ist wie du, was Beziehungen zwischen Lehrmeistern und Lehrlingen außerhalb der Arbeitszeit angeht, aber in Herzensangelegenheiten kann man sich nicht einmischen. Lass Lena jetzt auf Irene aufpassen. Und schließlich wird Irene in diesem Jahr einundzwanzig Jahre alt. Eine Frau, die in der Lage ist, ihr Leben selbst in die Hand zu nehmen. Es war von vorneherein dumm, sie in der Werkstatt neben Wassilij zu platzieren. Das Unvermeidliche musste einfach geschehen.«

»Ich habe nie an so etwas gedacht. Ich habe den besten Lehrling dem zurzeit besten verfügbaren Lehrmeister zugeteilt.«

»In mehr als einem Sinn, was, Carl?« Sie streichelte ihm liebevoll über die Wange. »Mein Lieber, du solltest dich jetzt ausruhen. Ich werde die Läden schließen und die Vorhänge zuziehen, damit du nicht vom Lärm des Pöbels auf den Straßen gestört wirst.«

Wigströms Werkstatt und Michal wieder ihr Lehrmeister! Irenes Hände zitterten, als sie ihr Kopftuch festband. Sie schnappte sich ihren Mantel und ihren Muff. Sie war entlassen worden, das Haus Fabergé war geschlossen, der Meister und seine Frau würden wahrscheinlich nach Dresden gehen, und auch die Chechenskijs könnten es in Erwägung ziehen, die Stadt zu verlassen, wenn die Unruhen nicht bald aufhörten. Sie könnte zu Michal ziehen, auf ihre Insel in der Sonne, in ihre eigene private kleine Welt – das war so gut, wie verheiratet zu sein! Sie musste ihn sehen, ihm erzählen, dass sie wieder mit ihm zusammenarbeiten würde – wahrscheinlich würde er sich die Haare raufen, wenn er es erfuhr. Sollte er ruhig!

Sie hatte zwar Madame Augusta versprochen, heute nicht die Chechenskijs zu besuchen, aber sie hatte nicht versprochen, nicht zu ihrem wieder eingesetzten Lehrmeister zu gehen. Irene hielt sich nicht lange damit auf, über weiße oder schwarze Lügen nachzudenken.

Sie versuchte, ihre überschwänglichen Gefühle wieder in den Griff zu bekommen. Wahrscheinlich würde er sowieso nicht wollen, dass sie zu ihm zog, nicht, wenn er auf dem Boden schlafen musste!

Außerdem, sagte sie sich streng, bist du jetzt eine ehrbare verlobte Frau, Irene Druce, und kein leichtes Mädchen! Wenn du Lena und Jurij erzählst, dass du mit Michal verlobt bist, werden sie sicherlich Verständnis haben und erlauben, dass er dich auf schickliche Weise besucht. So wie Mama es wollen würde, so wie sie dich erzogen hat!

Sie fühlte sich besser, nachdem sie eine Lösung gefunden hatte, die sie ihren guten Ruf bewahren ließ. Sie machte sich auf den Weg in die Gorokhovaja Straße, um ihm die guten Neuigkeiten zu überbringen.

Er war nicht zu Hause. Die Frau, die Irene die Tür geöffnet hatte, sagte, er sei mit einer mongolischen Frau fortgegangen.

»Mit Mam'selle Zeta Yuan?«, fragte Irene.

»Ich bin mir nicht sicher, obwohl der Name mir bekannt vorkommt. Sie hat früher mit Wassilij zusammen hier gewohnt – oh, das war vor Ihrer Zeit, Mam'selle.«

Vielen Dank!, dachte Irene errötend, genau das wollte ich jetzt hören, Madame! Was mochte die Frau von ihr denken, wenn sie die Nachmittage in Wassilijs Zimmer verbrachte? Egal, wen kümmerte das schon! Irene verdrängte das schlechte Gewissen. Ihre Liebe zu Wassilij war zu wundervoll, um sich schuldig zu fühlen, weil sie vor der Ehe mit ihm geschlafen hatte.

»Sie trug einen Overall, ein Kopftuch und ausgesprochen undamenhafte Stiefel, Mam'selle«, fügte die Frau hinzu.

Ja, das hörte sich nach Zeta Yuan an, aber was tat sie in Petrograd? Irene dachte, Zeta wäre nach der Rasputin-Affäre nach Kiew verbannt worden. Und was hatte sie überhaupt bei Michal zu suchen? Trafen sie sich wieder wie früher als Liebhaber und Geliebte? Oh, hör auf damit, Irene! schimpfte sie. Du bist eifersüchtig und misstrauisch, der sicherste Weg, deinen Michal zu verlieren.

Irene merkte, dass die Frau auf der Türschwelle vor Kälte zitterte, dankte ihr und wandte sich zum Gehen. Aber sie drehte sich noch einmal um und fragte: »Wissen Sie zufällig, wohin die beiden gegangen sein könnten?«

»Wahrscheinlich zum Taurischen Palast, Mam'selle. Wenn es sich um dieselbe Frau handelt, die hier mal gewohnt hat, dann hat sie immer an allen Protestmärschen teilgenommen. Sie hat ihre Spruchbänder immer hier im Hauseingang aufbewahrt, deshalb ist es mir wieder eingefallen. Aber ich würde Ihnen davon abraten, ohne Begleitung in die Stadt zu gehen, Mam'selle, es ist zu gefährlich. Jeder schießt auf jeden, man kann das Gewehrfeuer in der ganzen Stadt hören. Heute findet ein großer Protestmarsch zur Duma statt. Ich habe davon gehört, als ich heute Morgen vor der Bäckerei in der Schlange stand. Wenn Sie mich jetzt entschuldigen würden, ich erfriere ohne Schal in der Kälte.« Sie schloss die Haustür, deren brauner Anstrich traurig abblätterte.

35. Kapitel

Der Taurische Palast befand sich auf der anderen Seite der Stadt, am anderen Ufer des Flusses Fontanka. Irene zögerte und stand unentschlossen vor Michals Haus. Ihre Vernunft sagte ihr, dass es am besten wäre, unverzüglich in die Morskaja Straße zurückzukehren.

Aber sie war nie vernünftig, wenn es um Michal ging. Sie wollte wissen, was Zeta vorhatte und warum sie in Michals Leben zurückgekehrt war. Hatte diese Frau nicht schon genug Unruhe und Ärger in Michals Leben gebracht? Und falls Michal an irgendwelchen Demonstrationen teilnahm, wollte Irene ihn davon loseisen. Wenn er sie unter den Demonstranten entdeckte, würde er vielleicht seine Meinung ändern und sie zurück in seine Dachkammer schleppen, um sie wieder einmal auszuschelten! Das wäre es ihr wert. Aber hatte sie eine Chance, ihn in der Menschenmenge zu finden?

Straßenbahnen und Busse hatte ihren Betrieb eingestellt. Irene wusste, dass sie die Hauptstraßen, wo die Unruhestifter versammelt waren, eigentlich meiden sollte, aber sie hatte Angst, allein durch die Nebenstraßen und engen Gassen an den Kanälen zur Duma zu laufen. Wahrscheinlich war es für eine Frau ohne Begleitung weniger gefährlich, sich auf den offenen Straßen mit den versammelten Menschenmassen als in den engen unbevölkerten Gassen am Kanal aufzuhalten, wo sie im Falle einer Gefahr niemand hören würde.

Irene hob entschlossen den Kopf und ging mutig los, bog in den Newskij Prospekt ein, überquerte die Kanalbrücke und ging den Alexksandrowskij Prospekt entlang. Sie hielt sich im Schutz der Gebäude, überquerte hastig die Fahrbahn, und eilte unter Säulengängen weiter, um Schutz vor möglichen Querschlägern zu suchen.

Überall auf den Straßen rannten Menschen und schrien Parolen wie: »Nieder mit der Regierung, nieder mit dem Zaren!« Sie schwenkten Spruchbänder und ballten die Fäuste, warfen Steine und Ziegel auf Regierungsgebäude, Banken, Gerichtsgebäude und alle anderen Gebäude, die die Macht des Zaren repräsentierten. Irene schlüpfte zwischen den Demonstranten hindurch. Niemand beachtete sie, was ein Segen war.

Die berittene Kosakenwache tat nichts, um die Massen aufzuhalten, die in Richtung des Taurischen Palastes stürmten; sie schwangen lediglich halbherzig ihre Knüppel und Säbel, wenn sie sich einen Weg durch den Mob bahnen mussten.

Irene geriet in Panik und wünschte, sie hätte auf ihre innere Stimme gehört.

Sie wurde vom Strom der Menschen, die zum Sitz der Regierung marschierten, mitgerissen. Es war unmöglich, gegen den Strom zu schwimmen, sie konnte nicht zurück. Verdammt seist du, Michal, dachte sie den Tränen nahe. Sie war so wütend, dass sie ihn auf jeden Fall finden wollte, um ihn, wenn nötig, an den Haaren von dieser Kreatur, Zeta, wegzuziehen!

Je mehr sie sich den Wintergärten und dem Taurischen Palast näherte, desto dichter wurden die Menschenmassen und desto furchteinflößender wurden die Demonstranten. Der einschüchternde Mob geriet mehr und mehr außer Kontrolle und brüllte mit geballten Fäusten: *»Lwow, Lwow, Lwow!«*

Das lange gelbe Gebäude mit seiner niedrigen Kuppel über dem Säulengang in der Mitte mit den schönen Seitenflügeln, die den Hof flankierten, war ein Objekt, das sie zusammen mit Michal bei einer ihrer Stadtbesichtigungen gezeichnet hatte. Heute präsentierte sich ihr ein völlig anderes, schreckliches Bild.

Die Lichter hinter den Fenstern, wo die Regierung eine Sondersitzung abhielt, brannten. Auf dem Hauptplatz vor dem Gebäude schrien die Leute: »Nieder mit dem Zaren! Nieder mit der Duma! Alle Macht den Sowjets!«

Irene dachte verzweifelt, dass sie Michal nie finden würde, nicht in diesem Gewühl. Sie hatte keine Ahnung, in welche Richtung sie sich wenden sollte.

Sie ergriff einen alten Mann am Ärmel und schrie: »Was wollen sie? Was tun sie?«

»Missy, das, was wir alle wollen! Lebensmittel, Kleidung, ein Dach über dem Kopf, das Ende dieses blöden Krieges. Das Ende der zaristischen Regierung.«

Irene wurde gegen den breiten Rücken eines anderen Mannes gestoßen, ein großer, dicker Mann mit einem schwarzen Hut und einem schwarzen Talar. Als er sich umdrehte, sah sie den langen buschigen Bart und das glänzende Kreuz. »Oh ...!«, hauchte sie und starrte ihn an, als wäre er eine Erscheinung. »Vater Grigorij!«

»Vater Kronstadt, mein Kind, nicht Vater Grigorij, denn er hat uns verlassen.«

Sie sah nun, dass es nicht Rasputin war. Bart und Augenbrauen des Priesters waren silbrig weiß, und er war zu alt, um Vater Grigorij sein zu können, der in der Blüte seines Lebens gestanden hatte. Das Gesicht von Vater Kronstadt war zu rosig und zu gütig, um auch nur die geringste Ähnlichkeit mit der verlebten Stattlichkeit des sibirischen Wandermönches aufzuweisen. Irene fühlte sich albern. Rasputin war tot.

Der Priester lächelte ihr aufmunternd zu und deutete auf die Demonstranten, die den Zugang zum Taurischen Palast erzwingen wollten. »Ich wünsche ihnen viel Glück, all diesen dummen mutigen jungen Leuten, die hoffen, der Duma eine Petition vorlegen zu können.«

»Was wollen sie?«, fragte Irene.

»Dass Prinz Lwow eine provisorische Regierung einrichtet.«

»Wer sind ›sie‹?«

»Die *Zemstovo* – die Partei des Volkes.«

»Sowjets?«

»*Da!* Sie versuchen, die derzeitige Regierung abzusetzen ... Mam'selle, Sie sollten nicht hier hineingezogen werden. Sie müssen nach Hause gehen. Verzeihen Sie mir, dass ich Ihnen Vorschriften mache, aber ich glaube, Sie sind keine Russin. Deshalb ist hier nicht der richtige Ort für Sie, eine junge Frau, eine Ausländerin. Ich bin alt genug, um Ihr Vater sein zu können, wäre ich nicht ein orthodoxer Priester. Ich spreche zu Ihnen als Ihr geistiger Vater, gehen Sie bitte jetzt nach Hause. Ich habe erlebt, was passieren kann, wenn die Stimmung eines misshandelten Volkes umschlägt.«

»Was tun Sie denn dann hier?«

»Beten – ich bete, dass der Zar sie anhören wird, bevor es zu einem Blutvergießen kommt. Gehen Sie, verlassen Sie diesen Platz.«

»Ich suche jemanden. Ich möchte, dass er mit mir zusammen nach Hause geht!«

»Dann werde ich bei Ihnen bleiben, meine Tochter, und auch nach ihm suchen.«

Aber in dem Gedränge dauerte es nicht lange, bis Irene den Priester aus den Augen verlor.

»Michal, Michal!«, schrie Irene, während die Stimme des Volkes brüllte: »Lwow, Lwow, Lwow!«

Wenn die Sowjets eine Bittschrift überreichen wollten, dann war Zeta bestimmt in ihrer Mitte, und Michal würde auch nicht weit entfernt sein, dachte Irene, die immer näher zu den Stufen des Palastes gedrängt wurde.

Dann sah sie die Kosakensoldaten, die in das Gedränge vorstießen, um Recht und Ordnung wiederherzustellen, und die winzige Zeta, die auf den Stufen des Duma-Gebäudes stand und ein Spruchband in die Höhe hielt. Die Straßenlaternen tauchten die Szene in ein unwirkliches Licht, sodass sie wie ein Schauspiel wirkte, in dem die Hauptakteure versuchten, sich einen Weg durch die Polizisten, Wachen und Soldaten zu erkämpfen.

Irene drängte und schob, um zu Zeta Yuan, der Sowjetin, und Michal Wassilij, ihrem Helfershelfer, zu gelangen. Sie schluchzte und schnappte nach Luft, ihre Kleider wurden zerrissen, und ihr Kopftuch ging verloren, als angesichts der Kosakenwache mit ihren gezogenen Säbeln und schussbereiten Waffen unter den Demonstranten eine Massenpanik ausbrach.

Zeta und andere Demonstranten wurden von der Fronttreppe des Palastes geworfen.

»Michal ... wo bist du? Oh, wo bist du nur?«

Jemand ergriff ihren Arm. Sie schlug panisch um sich und versuchte sich zu befreien.

»Irene ... um Gottes willen, was machst du nur!« Er war schmutzig, zerzaust und blutete. Sie warf sich in seine Arme. »Michal ... oh, Michal, Gott sei Dank habe ich dich gefunden ... ich kann gar nicht glauben, dass ich dich gefunden habe. Komm mit nach Hause, bitte komm mit ... bitte bleib nicht hier ... ich dachte, du wärst Pazifist, aber du hast gelogen, du hast mich belogen!«

Sie führte sich auf wie eine Wildkatze, klammerte sich an ihn, kämpfte mit ihm, umarmte ihn. Sie wollte ihn nicht loslassen, zu glücklich, dass sie ihn endlich gefunden hatte und dass ihre Gebete erhört worden waren.

»Irene!«, zischte er wütend. »Ich bin kein Menschewik, Bolschewik und auch kein sozialistischer Revolutionär! Ich bin *Russe*! Ich kann nicht einfach fortgehen, wenn in meinem Land die Demokratie geboren wird!«

»Oh, du und deine wunderlichen Ideale! Durch sie ... diese Frau! Was bedeutet sie dir, dass du uns das antun musst!« Sie schlug heftig nach ihm.

»Ich muss Fürst Lwow und seine Partei unterstützen – die Vereinigung russischer Männer! Er ist der Anführer der *Zemstovo*. Es soll eine provisorische Regierung eingesetzt werden, die auf die Stimme des Volkes hört – dies *ist* die Stimme des Volkes. Ich will sie hören!«

»Dann wirst du dich selbst zerstören ... und mich! Bedeutet unsere Liebe dir denn nichts ... bedeute ich dir nichts? Bedeuten Zeta und ihre verrückten Ideale dir mehr?«

»Geh nach Hause, Irene, bitte geh. Das hier ist nicht die richtige Zeit und der richtige Ort, um über solche Dinge zu diskutieren ... warte in meiner Wohnung auf mich ...«

»Nein! Wenn du unbedingt bleiben willst, dann bleibe ich auch. Ich werde Zetas dummes Spruchband, die Bittschrift, oder was auch immer zur Duma tragen ... Oh, du bist manchmal unfassbar dumm. Warum nur habe ich mich jemals mit dir eingelassen?«

»Oh Gott!«, stöhnte er. Er hob hilflos die Hände. Das Gedränge vor den Stufen des Palastes wurde immer wilder und unangenehmer. »Mir wird nichts passieren, niemandem wird etwas passieren! Wir versuchen nur, den Politikern unsere Bittschrift zu überreichen. Im Moment hält die Polizei uns davon ab. Es ist ein friedlicher Versuch, die Regierung dazu zu bewegen, uns anzuhören!«

»Uns?«

»Eine Abordnung der Arbeiter und der Soldaten – wir wollen mit Fürst Lwow sprechen.«

»Auf mich macht das hier keinen besonders friedvollen Eindruck! Was tun die Kosaken hier?«

»Nichts – sie wagen es nicht. Die Partei des Volkes findet breite Unterstützung. Alle Fabriken und Garnisonen werden heute bestreikt, sogar die kaiserliche Garde steht hinter uns, und zwei Regimenter befürworten die Bittschrift des Volkes an die Regierung. Also, hau ab. Irene ... bitte geh! Misch dich nicht in meine Angelegenheiten ein ...« Er drehte sie um und stieß sie kräftig zurück in das Gedränge.

»Michal!«, kreischte sie, »Michal!« Er rannte zurück in den Hof vor dem Palast zu seinen protestierenden Freunden, zu Zeta.

Die Mitglieder der Volkspartei erzwangen sich den Zugang zum Duma-Gebäude und wandten Gewalt an, als man sie daran hindern wollte. Gegen das helle Licht hinter den langen Fenstern im ersten Stock konnte man die Silhouetten der ersten Demonstranten sehen, die die Flure entlang liefen zu dem Saal, in dem die Duma ihre Sitzung abhielt. Ohne Vorwarnung eröffneten die Kosaken-Soldaten das Feuer auf diejenigen, die sich in den ersten Reihen vor dem Gebäude befanden.

Der Lärm brach ab, das einzige Geräusch, das die plötzliche Stille durchschnitt, war das schnelle Gewehrfeuer.

Dann schien ein tiefer Seufzer durch den Reihen der Menschen zu wogen, als hätten alle gleichzeitig die Luft angehalten. Es klang wie ein verwundetes Tier, das sich bereitmacht, sich bis zum Letzten zu verteidigen.

Die Kosaken waren entschlossen, die Rebellion niederzuschlagen, bevor sie zu einer Revolution werden konnte.

In der Furcht erregenden Unwirklichkeit dieses Februarnachmittags musste Irene zusehen, wie Michal und andere Demonstranten von Kosaken umringt wurden, die auf die Männer und Frauen in der Mitte des Rings einschlugen.

Ihre Beine drohten den Dienst zu versagen, aber reine Willenskraft trieb sie nach vorne, um Michal zu verteidigen.

Wieder ertönte eine Gewehrsalve, ein ohrenbetäubender Krach, der jedoch irgendwie nicht bis zu ihr vordrang. Sie sah, wie er taumelte, sein Körper drehte sich unwirklich um die eigene Achse, die Hände waren erhoben, um die Kugeln abzuwehren, bevor er langsam auf dem gefrorenen Boden zusammensackte.

Irene ließ sich neben ihm auf die Knie fallen; sie nahm nichts wahr von dem Tumult, dem Gewehrfeuer und dem Tod um sie herum. »Michal ... Michal?«, flüsterte sie. Sie nahm seinen Kopf in den Schoß und wiegte ihn hin und her. Überall war Blut, in seinem Gesicht, auf seiner Brust. Auf seinen Beinen lag ein anderer Mann, der mit ihm zu Boden gefallen war.

Blut, überall war Blut, auf ihren Händen, auf ihrer Kleidung, es tränkte den Boden unter und neben ihm. Überall lagen tote Menschen, verwundete Menschen, überall stöhnten Leute und krümmten sich vor Schmerzen, aus Furcht, ungläubig und fassungslos. Die kreischenden Massen ergriffen die Flucht, und diejenigen, die das alles begonnen hatten, lagen tot zu Füßen der Kosaken des Zaren. Der Zar hatte folgende Anordnung erteilt: »Erstickt jeglichen Aufruhr in der Stadt im Keim, solange ich mich im militärischen Hauptquartier befinde.« Frisch rekrutierte Soldaten aus den Garnisonen der Stadt befanden sich unter den Toten.

»Michal, sprich mit mir, öffne die Augen ... sag etwas, irgendetwas ... Oh Gott! Tu mir das nicht an ...«

Nichts zählte mehr, wenn man des Liebsten im Leben beraubt wurde. Sie hielt ihre Liebe, ihr Leben, ihre Zukunft, ihren Grund zu leben, tot in ihren Armen.

Irene war sich nicht bewusst, wie lange sie neben ihm gekauert hatte, ob es Sekunden, Stunden oder Tage waren, denn Zeit hatte keine Bedeutung mehr. Irgendwann merkte sie, dass der Priester mit dem Kreuz neben ihr kniete und ein Gebet für Michal und den anderen Mann sprach.

Grobe Hände griffen nach ihr und zogen sie von Michals Leiche fort. Irene schlug wild um sich und schüttelte sie ab; es war ihr gleichgültig, ob es sich um Kosakensoldaten, Polizisten oder die Geheimpolizei handelte. »Fasst ihn nicht an ... lasst mich los ... ich will bei ihm bleiben!« Sie drehte sich um, um den Priester um Hilfe zu bitten, aber er war schon weitergegangen zu anderen, die blutüberströmt auf dem hellerleuchteten Platz vor dem Taurischen Palast lagen.

Polizisten mit Lieferwagen erschienen, sammelten die Toten ein und warfen sie auf die Pritschen der Wagen, als wären sie Tierkadaver. »Kommen Sie, stehen Sie auf ... er ist tot ...« Sie versuchten, sie zur Seite zu schieben, aber sie wehrte sich weiterhin heftig. Sie trugen den anderen Mann, der auf Michals Beinen gelegen hatte, fort. Er war ebenfalls tot.

Irene kauerte inmitten einer großen Blutlache, die im Licht der Lampen schwarz glänzte, auf dem Boden.

Ein Soldat packte sie an den Haaren, zog ihren Kopf zurück und versetzte ihr eine Ohrfeige. »Er ist tot, lassen Sie ihn los ... Sie hätten nicht zulassen dürfen, dass er sich einmischt. Anordnung des Zaren, tut mir leid. Sowjets sind jetzt tote Sowjets; sie sind entweder im Leichenschauhaus oder im Gefängnis. Kommen Sie später wieder und identifizieren Sie ihn, wenn Sie wollen, aber jetzt müssen wir die Straßen aufräumen.«

»NEIN! NEIN! NEIN! Ihr könnt ihn nicht mitnehmen, lasst ihn mir, er gehört mir ... das ist grausam! Bitte nehmt ihn nicht mit ... bitte! Wir müssen einen Arzt rufen ...«

»Er ist tot, er braucht keinen Arzt mehr.«

Irene rannte hinter dem Wagen her, auf den man Michals Leiche geworfen hatte. Erst als der brennende Schmerz in ihrer Seite und in ihrem Herzen unerträglich wurde, hielt sie an.

Jemand holte sie ein. Er keuchte und war völlig außer Atem von seinem Bemühen, sie aufzuhalten und davor zu bewahren, sich selbst noch mehr Schaden zuzufügen. Er hielt sie fest und stützte sie. Zorn, Traurigkeit und Verzweiflung spiegelten sich in seinem Gesicht wider; er hatte so etwas schon zu oft gesehen. Die grausame Zerstörung menschlichen Lebens, als gäbe es nicht schon genug Blutvergießen auf den Schlachtfeldern. »Die Schatten des blutigen Sonntags ... ich habe das Gleiche schon einmal erlebt, vor zwölf Jahren, als eine friedliche Demonstration vor dem Winterpalast in einem Blutbad endete. Wird dieser Zar nie dazulernen? Wird das Volk es jemals begreifen? Wohin möchten Sie gehen?«, fragte er sie.

»Mit ihm ... mit Michal. Ich möchte mit ihm gehen.«

»Später ... später werde ich mit Ihnen zusammen zu ihm gehen. Jetzt ist es zu gefährlich. Die Kosaken treiben alle Dissidenten zusammen. Überall in der Stadt wird geschossen, man würde sie erschießen. Haben Sie Eltern ... oder jemand anderes, zu dem Sie gehen können?«

»Vor ... Vor ...«, stammelte sie, würgte und übergab sich in den Rinnstein. Als sie wieder in der Lage war, zu sprechen, sagte sie: »Vormund. Morskaja.«

»Bolshaja Morskaja?«

Sie versuchte nachzudenken, schüttelte den Kopf und schlug die vom Blut klebrigen Hände vors Gesicht. »Ich weiß nicht ... ich kann mich nicht erinnern ...«

Der Priester brachte sie in die Morskaja Straße. An der Straßenecke schien sie wieder aufzuwachen. »Sie dürfen mich nicht in diesem Zustand sehen ... bitte, Vater, bringen Sie mich zu den Chechenskijs ... Voznesenskij Prospekt.«

Später konnte Irene sich nicht mehr daran erinnern, was dann geschah. Sie sah lediglich Lenas und Jurijs geschockte Gesichter vor sich, als sie mit blutdurchtränkter Kleidung und mit blutbeflecktem Gesicht und Händen auf ihrer Türschwelle auftauchte. Sie überließ es Vater Kronstadt, die notwendigen Erklärungen zu liefern.

Als sie die Augen wieder öffnete, war es heller Tag. Man hatte sie gewaschen und in ein sauberes Nachthemd gesteckt. An ihrem Bett saß eine Frau und besserte Wäsche aus. »Mama ...? Oder bist du es, Doreen, Liebe?«

Das Hausmädchen der Chechenskijs verstand kein Englisch.

Irene erinnerte sich an eine Frau, eine kleine rundliche Frau mit leuchtenden Knopfaugen, rosigen Wangen und einer Brille, die mit einem Mann ins Zimmer kam ... »Michal?« Sie setzte sich auf und versuchte aus dem Bett zu steigen, um ihn zu suchen, bevor es wieder dunkel wurde. Sie würde Michal in der Werkstatt der Wigströms helfen.

Sie sah Charlie und Don, sie lächelten sie durch wundervoll weiß leuchtenden Regen an; sie trugen khakifarbene Umhänge und Helme und verabschiedeten sich, um mit Papa zur Arbeit zu gehen. Sie wunderte sich, warum sie so lustige Arbeitskleidung trugen anstelle ihrer dunkelblauen Arbeitsoveralls und der Lederwesten. Charlie sagte zu Don, wie er es immer montags tat, nachdem sie den Sonntag im Pub mit Dartspielen und Biertrinken verbracht hatten: »Tja, so ist das, Donny Boy, wieder Montagmorgen, zurück zum Hafen ...« Und dann sagte Don etwas sehr Seltsames: »Tja, so ist das, Charlie Boy, lass uns zum Sturmangriff antreten.«

Sturmangriff, Sturmangriff, Sturmangriff ...

Später, lange Zeit später, erzählte Lena ihr, dass der Arzt ihr ein Beruhigungsmittel spritzen musste.

Irene mit ihrem benebelten Gehirn lächelte und fragte sich, ob die Spritze wohl in der Fabergé-Werkstatt hergestellt worden war. *»Sam, Sam der Zigeunerjunge, wohnt wie ein König in einem goldenen Wohnwagen ...«* Sie sang sich selbst in den Schlaf, rollte sich zusammen wie ein kleines Kind und hoffte, dass Tante Martha nicht gemerkt hatte, dass sie sich im Mondlicht fortgestohlen hatte, um silberne Fische zu fangen.

Carl und Augusta Fabergé besuchten Irene; sie hatten sich sehr über die Geschehnisse aufgeregt. Sie machten ihr nicht einmal Vorwürfe, dass sie trotz der Warnungen an jenem Tag aus dem Haus gegangen war. Irene empfand keine Schuldgefühle, sie bereute auch ihre Lügen nicht; sie war jenseits aller Gefühle.

Augusta tätschelte ihr tröstend die Hand. »Armes liebes Kind! Russland hat Ihnen Schreckliches angetan.«

»Nein, Madame Augusta, Russland war sehr gut zu mir«, entgegnete Irene. Sie war in eine Decke eingehüllt und sah aus dem Wohnzimmerfenster. Die Straßen erschienen ihr seltsam friedlich, weshalb wie fragte: »Ich habe keine Zeitungen gelesen. Haben die Sowjets ihr Ziel erreicht?«

»Teilweise«, erklärte der Meister. »Fürst Lwow steht an der Spitze einer Übergangsregierung. Die Sowjets in Petrograd unterstützen ihn, jedenfalls vorläufig. Aber die Regierung wird wohl keinen Fortbestand haben, weil Fürst Lwow zu wenig Unterstützung hat. Die Truppen, das Kommunikations- und das Transportwesen werden von dem sowjetischen Rat der Arbeiter und Soldaten kontrolliert.«

»Wie viele Menschen sind umgekommen?«

»Ungefähr tausend, und zweitausend weitere wurden verletzt. Gemäß der Propagandapresse. Man weiß heutzutage nicht mehr, was man glauben kann.«

Was für ein entsetzlicher Preis für die Freiheit, dachte Irene. »Und der Zar?«

»Er ist vom militärischen Hauptquartier, wo er die Truppen für die Front überprüft hat, zurückgekehrt. Er hat zugunsten seines Bruders, des Erzherzogs Michael, abgedankt, der wiederum das Amt abgelehnt hat, weil es ihm zu risikoreich war.« Carl Fabergé schien zu unglücklich zu sein, um die Ironie dessen, was er gesagt hatte, schätzen zu können. Er war in seine eigenen Gedanken vertieft.

»Der Zar und die kaiserliche Familie wurden in Zarskoje Sjelo unter Hausarrest gestellt. Zu ihrem eigenen Schutz, wie die Bolschewiki behaupten«, erklärte Madame Augusta. »Sie haben ihren im Exil lebenden Führer zurückgerufen ... ich glaube, er heißt Lenin. Aber Sie sollten sich jetzt nicht über Politik den Kopf zerbrechen, Irene. Wir sind gekommen, um über andere Dinge zu sprechen.«

»Michal?«

Hilflos sah Augusta ihren Gatten an.

»Irene, Vater Kronstadt, Jurij und ich sind zu jedem Leichenschauhaus und in jedes Krankenhaus in der Stadt gegangen, um Michals Leiche zu suchen. Man hat uns gesagt, dass seine Leiche bereits identifiziert und zur Bestattung mitgenommen worden sei. Wir wissen nicht, auf welchem Friedhof sie bestattet wurde. An jenem Tag herrschte ein derartiges Chaos, dass niemand uns weiterhelfen konnte.«

»Wer ... sollte ihn identifiziert haben?«

»Prinz Yussupow«, antwortete der Meister sanft.

Irene starrte hilflos aus dem Fenster. Es war also wahr. Es musste wahr sein, wenn Prinz Yussupow hinzugezogen worden war. Michal war tot; Vater Grigorij hatte Recht behalten, sie und er waren von seinen Gefährten zerstört worden. Sie hätte nach Hause zu Mama und Doreen reisen sollen, nachdem Charlie und Don gefallen waren. »Der Zar kann das nicht machen!«, sagte sie. »Er kann nicht einfach den Befehl erteilen, ›die Stadt aufzuräumen‹, ohne Rücksicht auf das Leben der Menschen zu nehmen ... geliebte Menschen, Familienangehörige!«

»Der Zar konnte bis zum Tag seiner Abdankung tun und lassen, was er wollte, meine Liebe«, erinnerte sie Augusta melancholisch.

»Ein Totenschein ... es muss doch sicher einen Totenschein geben«, sagte Irene flehend. Sie zitterte und fühlte sich plötzlich sehr schwach. Sie stützte den Kopf in die Hände, um die Welle der Übelkeit in den Griff zu bekommen.

Augusta versuchte sie zu trösten, aber es war hoffnungslos. Irene nahm jedoch dankbar ein Glas Wasser an und nippte daran. Augusta sagte: »Vater Kronstadt hat den Totenschein, Irene, ausgestellt vom Leichenschauhaus. Michal ist tot, Irene; auch Zeta Yuan lebt nicht mehr.«

»Warum haben Sie es mir nicht früher gesagt?«, flüsterte Irene.

»Weil wir dachten, Sie wären noch nicht stark genug. Der Arzt hat uns gebeten, nicht über die Bestätigung von Michals Tod zu sprechen, weil er das Gefühl hatte, dass Sie hofften, er könne doch überlebt haben. Wir sollten es Ihnen erst sagen, wenn Sie sich ausreichend von dem schrecklichen Schock erholt hatten. Er befürchtete, dass Sie in eine noch tiefere Depression verfallen könnten. Aber Michal ist von uns gegangen, meine Liebe, und Sie müssen nun damit beginnen, die Scherben Ihres Lebens aufzulesen, und ein neues Leben anfangen.«

»Was ist mit seinem Vater? Man muss es ihm sagen. Ich muss nach Archangelskoe fahren ...«

»Vater Kronstadt ist nach Archangelskoe gefahren und kümmert sich um alles. Sie müssen sich keine Gedanken machen ...«

»Aber ich mache mir Gedanken! Michal war auch meine Sache! Wir wollten direkt nach Abschluss meiner Lehrzeit heiraten. Es wird ihn umbringen, Andrej ... er ist so ein zerbrechlicher alter Mann. Seine Frau starb kurz vor Weihnachten ... jetzt wird er auch sterben, er kann nicht ohne Anna und Michal leben. Ach, was soll das alles! Es ist schon Vergangenheit. Ich sollte mich langsam daran gewöhnt haben, dass die Menschen in meiner Umgebung sterben. Sie leben alle nicht mehr, sie sind fort ...« Sie raufte sich die Haare und schlug die Hände wieder vor das Gesicht. Aber es kamen immer noch keine Tränen. Der Schmerz saß so tief, dass sie kaum atmen, sprechen und weiterleben konnte.

Wieder wechselten Carl Fabergé und seine Gattin bestürzte Blicke. Schließlich räusperte der Meister sich. »Irene, Sie müssen aus Russland ausreisen. Das ist kein Ort mehr für Sie. Wenn die Bolschewiki unter Lenin an die Macht kommen, werden sie alle Geschäfte im Privatbesitz schließen. Ich fürchte, dass ich mein Haus in der Morskaja Straße nicht wieder eröffnen kann. Ich treffe Vorkehrungen, Russland den Rücken zu kehren, sobald es möglich ist. Aber ich habe vorher noch so viele Dinge zu klären und zu ordnen. Sobald es Ihnen wieder gut genug geht, müssen Sie abreisen, meine Liebe. Wir werden die Einzelheiten besprechen, wenn es Ihnen wieder besser geht.«

Mir wird es nie wieder besser gehen, dachte Irene, und sah zum Fenster hinaus in den grauen Winternachmittag. Schatten krochen ins Wohnzimmer der Chechenskijs, und die Straßenlaternen wurden angezündet. Wieder sah sie vor ihrem inneren Auge den Widerschein der Straßenlaternen auf Michals blassem, toten Gesicht – ein Bild, das sie niemals vergessen würde.

Lena Chechenskij kam geschäftig mit dem silbernen Samowar ins Zimmer; das Dienstmädchen folgte mit dem Teetablett, und Jurij tauchte mit den neuesten Ausgaben der Zeitungen auf. »Jurij, würdest du bitte das Licht anmachen, es ist so dunkel, dass unsere Gäste sich gegenseitig kaum erkennen können. Nun, Irene, ein bisschen Brot und Butter, meine Liebe? Sie haben seit Tagen nichts mehr gegessen.«

Nein, es stimmte. Ihre Diät hatte aus Schmerz und Trauer und einer unstillbaren Sehnsucht nach ihm bestanden. Wenn Michal tot war, dann wollte sie auch sterben.

Vorkehrungen für ihre Abreise wurden in die Wege geleitet. Andere Leute trafen die Vorbereitungen für sie. Es gab keinen Grund, warum sie länger in Russland bleiben sollte.

Vater Kronstadt kehrte aus Archangelskoe zurück und brachte Irene einen Brief mit, den er selbst nach Andrej Wassilijs Diktat niedergeschrieben hatte. ›*Liebe Tochter, denn ich wünsche mir, dass du mir eine Tochter bist, da ich nun keinen Sohn mehr habe. Anna und ich lieben dich, wie unser Sohn dich geliebt hat. Gott ist immer noch mit uns, Kind, trotz des Leids, und er wird deinem Leben wieder einen Sinn geben. Leider bin ich zu alt, um mich noch auf irgendetwas zu freuen, nur auf den Tod, weil ich dann Anna und Michal wieder die Hände reichen kann. Es geht mir gut. Der Garten erinnert mich an dich, Anglichanka Irene, an den glücklichen Sommer, in dem wir gemeinsam Gemüse gepflanzt haben. Schmerz verblasst, Erinnerungen nicht. Anna und ich möchten, dass du uns immer in Erinnerung behältst; du bist eine mutige und außergewöhnliche englische Dame, die Freude in unser Leben gebracht hat und die von unserem Sohn geliebt wurde, der Miss Irene Druce aus England heiraten wollte. Ich sende dir einen Segenswunsch, ich wünsche dir alles Gute, in Liebe, Mam'selle Irene. Dein Andrej Wassilij.*‹

Irene wollte von Vater Kronstadt wissen: »Wie geht es ihm? Wie hat er die schlechte Nachricht aufgenommen?«

»Mit bemerkenswerter Fassung, Mam'selle. Russen verfügen über eine bemerkenswerte Kraft und Gelassenheit, wenn es um den Tod geht. Er ist ein stoischer alter Mann, der viel Leid in seinem Leben gesehen hat. Wie alle Russen akzeptiert er den Tod als Teil des Lebens. Andrej Wassilijwitsch Wassilij hat keine Angst um sich selbst, sondern sorgt sich um Sie. Der Priester in der Kirche des Erzengels Michael kümmert sich um ihn. Er wartet nicht mit Gram, sondern mit Freude auf seinen Tod. Er geht jeden Tag zum Grab seiner Frau und zündet Kerzen vor den Bildnissen seiner toten Frau und seines toten Sohnes an. Er ist zufrieden in seiner eigenen kleinen Welt der Erinnerungen und lebt mit Gott. Er hat mich gebeten, mich um Sie zu kümmern.«

»Ich kann Ihnen gar nicht genug danken, Vater Kronstadt.«

»Ich verlange keinen Dank, ich bete nur darum, dass Sie von Ihrer Traurigkeit befreit werden, mein Kind.«

»Ich fürchte, das wird niemals geschehen.«

»Doch, eines Tages wird das Glück zurückkehren. Sinn und Zweck Ihres Leben werden wiederhergestellt. Vielleicht nicht in der gleichen Intensität wie zuvor, aber in der Fülle des Lebens beschreiten wir alle den Pfad in Richtung eines besseren Verständnisses des Wortes Erlösung. Mein Kind, Monsieur Fabergé lässt Ihnen mitteilen, dass Sie Russland in einer Woche verlassen können. Es ist mir gelungen, eine Reisegruppe mit schweizerischen Schulkindern aufzutun, die nach Lausanne in der Schweiz zurückkehren. Sie werden in der Verkleidung einer neutralen, französischsprachigen Schweizer Lehrerin gemeinsam mit den Schülern und Lehrern des Klosters Loretto reisen.«

»Warum kann ich nicht nach England zurückkehren?«

»Das müssen Sie mit Ihrem ehemaligen Vormund und Arbeitgeber besprechen. Ich habe Ihnen nur das mitzuteilen. Andere Angelegenheiten müssen Sie mit Monsieur Fabergé klären, der darum bittet, dass Sie ihn so bald wie möglich besuchen. Es bleibt nicht mehr viel Zeit, wenn Sie Russland nächste Woche verlassen. Die Bolschewiki bekommen die Stadt langsam in ihre Hand. Sie haben eine Geheimpolizei namens Cheka gegründet, die noch viel schlimmer als die bisherige Geheimpolizei ist. Die Cheka wird meine und Ihre Seele zu erforschen suchen, liebes Kind, um jeglichen Widerstand gegen die kommunistische Partei Russlands auszumerzen; deshalb ist es am besten, wenn Sie Petrograd ohne Verzögerung verlassen.«

»Aber was hat das mit mir zu tun? Ich bin Britin. Ich war nie in die russische Politik involviert.«

»Wer kann sagen, dass sie nicht herkommen werden, um Sie wegen Ihrer Verbindung zu Michal Wassilij und Zeta Yuan zu befragen? Oder wegen Ihrer Verbindung zu Grigorij Rasputin, dem verhassten Mönch? Oder wegen Ihrer Besuche im Alexander-Palast und den Häusern der Aristokratie im Zusammenhang mit Ihrer Arbeit für das Haus Fabergé? Oh, sie würden auf jeden Fall etwas finden, Mam'selle Irene, das möglicherweise Ihre Abreise auf unbestimmte Zeit verschieben würde.«

»Gut, also lassen Sie uns sofort zu Carl Fabergé aufbrechen.« Irene war an einem Punkt angelangt, an dem sie es gar nicht mehr erwarten konnte, Russland den Rücken zu kehren.

Vater Kronstadt lieferte Irene in der Morskaja Straße ab und versprach ihr, sie vor ihrer Abreise noch einmal zu besuchen, um sich zu verabschieden. Er hatte seit Michals Tod so viel für sie getan, dass sie ihm gar nicht genug danken konnte.

Der Meister erklärte ihr die Einzelheiten ihrer geplanten Reise, die komplett von Vater Kronstadt und dem Kloster Loretto organisiert worden war. Der Weg sollte über folgende Städte führen: Über Riga, Berlin und Frankfurt nach Wiesbaden, von Wiesbaden aus über die Grenze nach Basel und Lausanne. Während der Durchquerung von Deutschland würde die Hauptgefahr darin liegen, ihre britische Nationalität zu verheimlichen, damit die Deutschen nicht auf die Idee kommen konnten, sie als britische oder russische Agentin festzunehmen.

Irene war es gleichgültig, das Schlimmste, was die Deutschen tun konnten, war, sie zu erschießen; das hatten sie ja bereits mit Charlie und Don getan. »Warum muss ich in die Schweiz fahren? Sicherlich könnte ich doch von Wiesbaden aus nach England weiterreisen?«

»Zu gefährlich, Irene. In Belgien und Nordfrankreich finden heftige Kämpfe statt. Außerdem wollte ich Sie um einen großen Gefallen bitten. Es könnte gefährlich sein, weshalb ich zuerst gezögert habe, Sie zu fragen.«

»Erzählen Sie mir, was ich tun soll.«

»Meine wertvollsten Kataloge und Entwürfe mitnehmen, damit sie den Kommunisten nicht in die Hände fallen.«

»Nichts leichter als das. Ich stecke sie einfach in meinen Koffer.«

»Es wäre nicht leicht für Sie, wenn man die Sachen entdecken würde. Man würde Sie beschuldigen, russisches Eigentum außer Landes zu schmuggeln.«

»Falls das Problem auftreten sollte, werde ich zum gegebenen Zeitpunkt darüber nachdenken.«

»Gehen Sie zum Hotel Bellevue, La Rosiez. Ich gebe Ihnen genug Geld mit, um alle entstehenden Kosten zu decken. In diesem Hotel wird ein Repräsentant des Hauses Fabergé auf Sie warten.«

»Und wie soll ich ihn erkennen?«

Der Meister lächelte. »Sie haben ihn bereits in der Bond Street in London kennen gelernt. Es ist mein Sohn Nicholas. Übergeben Sie ihm die Kataloge und die Bücher mit den Entwürfen. Ich möchte gerne, dass Sie in der Schweiz bleiben, bis Augusta und ich eintreffen.«

»Warum?«

»Das werde ich Ihnen erklären, wenn wir uns auf neutralem Boden befinden und wenn Sie über ... wenn Sie Michal Wassilijs Tod akzeptiert haben.«

»Ich werde niemals darüber hinwegkommen, Meister.«

»Nein«, sagte er traurig. »Ich nehme nicht an, dass Sie jemals ganz darüber hinwegkommen werden. Wie Catherina, Ihre Wohltäterin, als mein Bruder Agathon plötzlich starb ... nun, wir müssen nach vorne schauen, nicht zurück, meine Liebe. Ich weiß, dass dies das Ende des Hauses Fabergé in Russland bedeutet. Augusta und ich müssen uns woanders etwas Neues aufbauen, und das ist in unserem Alter kein leichter Schritt. Sie sind noch jung, und das ganze Leben liegt noch vor Ihnen, trotz allem, was Sie momentan empfinden. Aber ich will Ihnen keine Predigt halten, ich wollte Sie lediglich um diesen großen Gefallen bitten – nur für den Fall, dass es mir nicht gelingen sollte, in die Schweiz zu kommen.«

»Es könnte auch mir misslingen, Meister.«

»Ja, aber Ihren Chancen stehen besser. Russische und deutsche Soldaten werden kein Interesse daran haben, eine Gruppe von Schulkindern, die in ihre Heimat evakuiert werden sollen, aufzuhalten. Sie werden sie so schnell wie möglich weiterschicken, um nicht lärmende und wilde Rangen am Hals zu haben, für die sie auch noch große Mengen an Lebensmitteln zur Verfügung stellen müssten.« Er zwinkerte Irene zu, aber das fröhliche Funkeln von früher fehlte seit ein paar Monaten. »Sie werden eine hervorragende Lehrerin sein, Miss Irene Druce. Ihre Französischkenntnisse sind für diese Aufgabe ausreichend, meine Liebe.«

»Ich würde *Sie* auch gerne um einen Gefallen bitten, Meister.«

»Worum geht es, Irene?«

»Michal hat einige noch nicht fertig gestellte Stücke hinterlassen. Kann ich diese Stücke mitnehmen und später versuchen, sie fertig zu stellen, wo auch immer ich landen werde?«

»Unbedingt. Nehmen Sie auch Ihre eigenen Arbeiten mit.«

»Aber ich habe die Steine und die anderen Materialien, die ich verwendet habe, noch nicht bezahlt.«

»Wer braucht jetzt noch kostbare Steine, mein Kind? Man kann keine Smaragdbrosche essen, wenn man am Verhungern ist.«

»Nein, aber man kann mithilfe einer Smaragdbrosche Essen kaufen, wenn man am Verhungern ist.«

Er drückte ihr die Schulter. »Nehmen Sie mit, was Sie wollen. Meinen Segen haben Sie. Ich weiß, dass Sie mir eines Tages zurückzahlen werden, was ich in den vergangenen drei Jahren in Sie investiert habe; *wenn* – und nicht etwa falls – wir uns in der Schweiz wiedertreffen, werden wir über die verbleibende Lehrzeit sprechen. Dann wird, so Gott will, dieser entsetzliche Krieg endlich vorüber sein.«

Es blieb nun Irene nichts anderes mehr zu tun übrig, als traurig Abschied von den Freunden zu nehmen, die sie in Russland gewonnen hatte und die ihr viel bedeuteten: Die Familie Fabergé, Jurij und Lena Chechenskij, Olga Tushkina und Vater Kronstadt.

Noch eine letzte Geste, ein letzter Abschiedsgruß: *»Proshchaitje, Michal Andrejwitsch Wassilij.«* Irene legte eine einzelne rote Rose auf Michals Werkbank in der Gorokkovaya Straße Nr. 96A: *»Ja tebja ljublju.«*

Rue Thérèse, *Paris*

36. Kapitel

Die Beaufsichtigung von zwanzig Schulkindern im Alter zwischen acht und vierzehn Jahren war keine einfache Aufgabe für zwei Nonnen mittleren Alters aus dem Kloster Loretto und eine Kunsthandwerkerin, die mehr Erfahrung mit Goldschmiedearbeiten denn als Kindermädchen hatte.

Irenes Zeit mit Tante Marthas Kindern, Dot Fennels Kindern und ihren kleinen Geschwistern in Kent kam ihr nun in Russland zugute, aber trotzdem waren ihre Nerven oft bis zum Zerreißen gespannt.

Die Tränen in ihr und die Gefühle im täglichen Leben schienen versiegt zu sein. Jeder Tag wartete mit einer Liste von Aufgaben auf sie, die sie so schnell und effektiv wie möglich abarbeitete, um sich abends hinlegen zu können, nicht etwa um zu schlafen, sondern um jeden gemeinsamen Augenblick mit Michal Wassilij wiederaufleben zu lassen – insgesamt vierunddreißig kurze Monate, nur etwas mehr als tausend Tage.

»Mam'selle, Mam'selle!« Die Kinder überschütteten Irene mit einem unaufhörlichen Schwall an Fragen, die beantwortet werden wollten, eine Aufgabe, die Irene sehr anstrengte.

Die Reise von St. Petersburg nach Riga war einigermaßen gut verlaufen; die Kinder gewöhnten sich langsam an Irene. Frustrierend und lästig waren hingegen die ständigen Fahrtunterbrechungen; Fahrpläne schien es nicht mehr zu geben.

Der Zug hatte außerdem zahlreiche Pannen, sodass sie manchmal stundenlang mitten auf dem Land in Lettland, Estland oder Litauen festsaßen, bis die Panne schließlich behoben war oder sie in einen anderen, ebenfalls reparaturbedürftigen Zug umsteigen mussten.

Weitere Verzögerungen wurden durch zahllose Flüchtlinge verursacht, Leute, die ohne Ziel flüchteten und nichts bei sich hatten außer ihren Kindern und den Kleidern, die sie am Leib trugen; es war ein hoffnungsloser, hilfloser, hungernder und schutzloser Strom von Menschen, traurige Überbleibsel des Krieges, die schreiend Sitzplätze von Russland nach irgendwo forderten.

Zusätzlich zu dem Flüchtlingsproblem kamen die Truppenbewegungen russischer Soldaten in den baltischen Staaten, die sich entweder auf dem Weg an die Ostfront oder als Verwundete auf dem Rückweg nach Russland befanden. Die Schweizer Kinder hatten stumm die Bilder des Horrors verfolgt, die sich ihren Augen boten: Ärzte und Krankenschwestern überwachten den Transport der verstümmelten Körper, wechselten durchgeblutete Verbände und halfen den Verwundeten, so gut es möglich war.

Wenn sie nicht durch Truppenbewegungen, Flüchtlingsströme oder technische Pannen aufgehalten wurden, wurde der Zug angehalten, um Kontrollen der Ausweise, Reisedokumente und des Gepäcks durchzuführen.

Die russischen Beamten hatte sich nicht sonderlich um ihre Reisegruppe und ihr Gepäck gekümmert; der Meister hatte insofern Recht gehabt, als dass man erpicht darauf war, die Kinder so schnell wie möglich zurück in die Schweiz zu schicken. Irene machte sich nur Sorgen, wenn die Weiße Armee oder die Bolschewiki auftauchten.

Einer der Mitarbeiter des Meisters hatte geschickt einen doppelten Boden in dem Metallkoffer angebracht, den die Chechenskijs ihr gegeben hatten. Die Veränderung des Koffers war nicht zu entdecken, und nur mithilfe eines Dosenöffners hätte man das geheime Versteck für die kostbaren Fabergé-Kataloge und Entwürfe des Meisters sowie die Arbeiten, mit denen Irene und Michal zuletzt beschäftigt gewesen waren, öffnen können. Irene wusste, dass sie ihre Hoffnungen auf eine Weiterreise in die Schweiz begraben müsste, falls die Kommunisten entdecken sollten, was sie außer Landes schmuggelte. Man würde sie für die Dauer des Krieges gefangen halten – wahrscheinlich sogar noch viel länger.

Der qualvollste Gedanke jedoch, der sie marterte, war nicht etwa die Furcht vor einer möglichen Festnahme, sondern die Frage, warum Michal zu Zeta zurückgekehrt war. Er war von Irene weggelaufen, um zu Zeta zu gelangen, als er im Kugelhagel der Kosaken niedergestreckt wurde. Dieser Betrug an ihrer Liebe wegen der politischen Einstellung dieser sowjetischen Frau nagte bis zur Verzweiflung an Irene. Offensichtlich hatte ihm nicht so viel an Irene wie an Zeta und das, wofür sie stand, gelegen. Parteipolitik war ihm wichtiger als ihre Liebe gewesen, trotz seines Lippenbekenntnisses und trotz des Verlobungsringes. Sie drehte den silbernen Treuering mit den verschränkten Händen um ihren Finger; er war das einzige greifbare Erinnerungsstück an Michal, das sie besaß.

»Mam'selle ... Mam'selle Irène!« Ein Junge zupfte sie am Ärmel, um ihre Aufmerksamkeit auf sich zu ziehen. Er sprach ihren Namen auf französische Art aus, wie auch Michal das getan hatte.

»Was gibt es schon wieder, Robert?«, fragte Irene müde.

Robert, der einer der älteren Schüler der Gruppe war, sagte feixend: »Mam'selle Irène, Monika hat sich im Gang übergeben. Schwester Germaine und Schwester Mary wollen nicht sauber machen; sie sagen, *Sie* sollen das machen, weil Sie unsere Junglehrerin sind. Der Aufseher sagte, irgendjemand muss sauber machen, sonst wirft er uns in Rostock aus dem Zug.«

»Um Gottes willen!« Irene sprang auf und machte sich auf die Suche nach einem Putzeimer und einem Putzlappen. Sie beseitigte das Malheur in Windeseile.

Sie war weniger besorgt bei dem Gedanken, in Rostock aus dem Zug geworfen zu werden, als bei dem Gedanken, in Preußen angelangt zu sein.

Preußische Beamte stiegen in den Zug, um ihn nach Deserteuren, blinden Passagieren, illegalen Flüchtlingen und nicht zuletzt nach Schmuggelware zu durchsuchen. Sie wollten jedes Gepäckstück und sämtliche Papiere überprüfen.

Irene schlug das Herz bis zum Hals, während die Preußen sorgfältig und systematisch jedes einzelne Gepäckstück untersuchten.

»Öffnen bitte.«

»Pardon, Monsieur?«

»Open it, please.«

Wieder reagierte Irene nicht.

»Kein Deutsch, kein Englisch?«

»Nein, nur Französisch und Russisch«, antwortete Irene auf Französisch.

Er deutete auf ihren großen, schweren Metallkoffer, der wie ein Kindersarg aussah. Gute solide Handarbeit, mit einem schweren Vorhängeschloss und zwei Metallgriffen an beiden Seiten. »Öffnen, open, ouvrir, Mam'selle!«

Irene öffnete den Koffer. Zuoberst auf ihren Kleidern lagen eine Bibel und ein Gebetbuch in französischer Sprache, ihre Zeichenmaterialien, Michals silberne Brandy-Flasche und ihre russischen Winterstiefel. Sie durchsuchten systematisch den gesamten Inhalt des Koffers. Dann rief der hauptverantwortliche Beamte einen weiteren Beamten zur Hilfe, um den Koffer hochzuheben, wobei sie offensichtlich versuchten, das Gewicht abzuschätzen. Sie stöhnten vor Anstrengung. Sie setzen den Koffer wieder ab. Der Hauptverantwortliche schloss das Vorhängeschloss wieder zu. Er sagte zu Irene: »Einen Moment, bitte«, und verschwand mit dem Schlüssel.

Irene fragte sich bang, was das wohl bedeuten mochte.

Nach kurzer Zeit kehrte der Mann in Begleitung eines eindrucksvollen preußischen Offiziers in Uniform zurück.

Ach du lieber Gott, was kommt jetzt?, fragte Irene sich wieder. War das Kaiser Wilhelm? Er sah jedenfalls so aus. Außerdem erinnerte er sie verblüffend an den Ehrenwerten Captain Gerald

Throgmorton-Fince von der Coldstream-Garde Ihrer britischen Majestät. Groß, kräftig, blond, mit einem eindrucksvollen Schnurrbart.

Der Offizier sprach perfekt Französisch. »Ich bin Hauptmann von Kepp, Mam'selle«, stellte er sich vor. »Der deutsche Zoll macht sich etwas Sorgen, weil Sie Übergewicht haben.«

Sie versuchte, Zeit zu gewinnen. »Übergewicht? Ich dachte, ich hätte in Russland an Gewicht verloren, Hauptmann von Kepp.«

Die trockene Spitzfindigkeit ihrer Antwort schien ihn zu amüsieren. Sein Lächeln ließ seine stahlblauen Augen strahlen und seinen Schnurrbart zucken. Irene war erleichtert. Ein Mann mit Sinn für Humor konnte nicht so schlimm sein. »Nicht Sie selbst, Mam'selle, sondern Ihr Gepäck. Der Zollbeamte möchte gerne Ihre Papiere sehen.«

Sie reichte sie ihm.

Der Schaffner und die Preußen unterhielten sich miteinander, während sie Irenes Reisedokumente überprüften. Dann fragte Hauptmann von Kepp: »Mam'selle Dupont, wie viele Abteile hat ihre Schülergruppe belegt?«

»Drei.«

»Wie viele Lehrer sind dabei?«

»Drei.«

»Wie viele Schüler?«

»Zwanzig.«

»Also haben Sie alle Hände voll zu tun?«

»Ja, das stimmt.«

»Wohin reisen Sie?«

»Lausanne in der Schweiz.«

»Welche Staatsangehörigkeit besitzen Sie?«

»Schweizerisch.«

»Aus welchem Teil der Schweiz kommen Sie?«

»Aus der französischen Schweiz.«

»Was haben Sie in Russland gemacht?«

»Die für unsere Gruppe verantwortliche Lehrerin, Hauptmann, ist Schwester Germaine vom Kloster Loretto. Sie sollten besser Ihre diese Fragen stellen.«

»Der Zoll interessiert sich für *Ihr* Gepäck, Mam'selle Dupont, und nicht für das Gepäck von Schwester Germaine. Was haben Sie in Russland gemacht?«

»Ich habe russische Schüler in französischer Sprache und französischsprachige Schüler in russischer Sprache unterrichtet. In Lausanne gibt es wie in St. Petersburg ein Kloster namens Loretto. Wir haben an einem Schüleraustausch teilgenommen. Jetzt kehren wir nach Lausanne zurück. Gibt es ein Problem, Herr Hauptmann?«

»Sie möchten wissen, warum Ihr Koffer so schwer ist.«

»Weil eine Menge Gepäck darin ist, Hauptmann von Kepp.«

Er wuchtete den Koffer ohne Hilfe hoch, um sein Gewicht selbst beurteilen zu können. Er streckte seine starken Arme nach Gewichthebermanier aus, wobei die Nähte seiner schmucken deutschen Uniform ächzten.

Mit hochrotem Gesicht setzte er den Koffer wieder ab. Dann forderte er Irene auf, den Koffer wieder zu öffnen.

Sie hielt den Atem an.

»Sehen Sie, Hauptmann von Kepp, das sind meine Sachen. Eine Frau reist immer mit vielen weiblichen Accessoires. Die beiden anderen Männer konnten den Koffer nicht so hochheben wie Sie, weil sie nicht so groß und stark wie Sie sind. Deshalb dachten Sie, dass der Koffer zu schwer sei.«

Ihr war nicht nach Lachen zumute, aber trotzdem schenkte sie ihm ein gewinnendes Lächeln, das ihre großen grauen Augen strahlen ließ.

Er nahm Michals leere Brandy-Flasche in die Hand. »Ist das ein weibliches Accessoire, Mam'selle Dupont?«

»Sie gehörte Vater Kronstadt aus dem Mönchskloster Loretto, das dem Nonnenkloster Loretto in St. Petersburg angeschlossen ist. Vater Kronstadt ist preußischer Abstammung. Seine Mutter stammte aus Norddeutschland, sein Vater war Russe.« Sie dachte, es wäre vielleicht hilfreich, wenn sie weiterquasselte und so das Hauptthema verschleierte. »Vater Kronstadt hat mir die Flasche als Glücksbringer geschenkt.«

»Glücksbringer? Ein leerer Glücksbringer, Mam'selle!« Hauptmann von Kepp steckte Michals silberne Flasche in die Tasche. Er wandte sich an die misstrauischen preußischen Beamten: »Es ist alles in Ordnung.«

Der Hauptmann und die preußischen Zollbeamten wandten sich zum Gehen, während der Zugschaffner ihr den Kofferschlüssel zurückgab. Irene durfte zu den Schulkindern zurückkehren. Eine halbe Stunde später verließ der Zug Berlin; er hatte bereits drei Tage Verspätung.

Als die Kinder einfach nicht ruhig und folgsam sein wollten, erzählte Schwester Germaine ihnen, dass die Deutschen Babys essen. Sie behauptete weiterhin, dass die Zeitungen von zahlreichen Fällen berichteten, in denen deutsche Soldaten auch ältere Kinder gegessen hatten. Die Geschichten erfüllten ihren Zweck. Die Jungen und Mädchen waren so brav, als könnten sie kein Wässerchen trüben. Auf Irenes Schoß saß die kleine Monika, die unter Reiseübelkeit litt. Sie hatte Irenes ganzes Mitgefühl. Monika war acht Jahre alt, ein hübsches kleines Mädchen mit blauen Augen und schwarzem Haar; so ähnlich hätte ein Kind von ihr und Michal aussehen können ... Irene versuchte, sich nicht mit Gedanken über Dinge zu beschäftigen, die es nicht mehr geben konnte.

Irene las den Kindern gerade eines der Märchen der Gebrüder Grimm vor, als Robert sie auf die beiden deutschen Soldaten aufmerksam machte, die vor der Tür ihres Abteils standen.

Die Kinder sahen erschreckt auf.

»Komm!« Einer der beiden Soldaten winkte mit dem Finger.

Monika kreischte und versteckte ihr Gesicht an Irenes Schulter, weil sie dachte, man wolle sie holen. Irene wünschte, Schwester

Germaine hätte den Kindern nicht den Bären aufgebunden, dass die Deutschen Babys aßen.

»Ich glaube, sie meinen Sie, Mam'selle Irène«, sagte Robert, der alt und intelligent genug war, um die Lage zu erfassen. »Wahrscheinlich wollen Sie auch ein Geschenk aus Ihrem Riesenkoffer, Mam'selle, wie der andere Deutsche.«

»Ja, Robert ... bitte sei ein guter Junge und kümmere dich um die Kinder, bis ich zurückkomme.« Sie setzte Monika auf ihren Sitz. »Es ist alles in Ordnung, Monika, hör auf zu schreien. Deutsche essen keine kleinen Kinder. Schwester Germaine wollte euch nur necken.«

»Werden sie Sie denn essen?« Sie hob ihr Gesichtchen etwas, um zu Irene aufschauen zu können. In ihren riesigen blauen Augen standen große Fragezeichen.

»Ich glaube, ich wäre sehr schwer verdaulich, meinst du nicht auch, Monika? Hänsel und Gretel wurden auch erst gemästet, bevor die Hexe sie essen wollte.«

Die Kinder sahen erleichtert aus; sicherlich war Mam'selle Dupont viel zu dünn. Die Kinder waren beruhigt und verbannten den Gedanken an den Appetit der Deutschen aus ihren Köpfen.

Irene schloss die Tür zu ihrem Abteil. »Oui, Messieurs?«

»Komm!«, wiederholten sie.

Im Grunde genommen waren sie nur ein paar pickelige Jugendliche, die sich als starke Männer fühlten, weil sie eine Uniform trugen. Irene folgte ihnen durch den gesamten Zug bis zu den Militärwaggons, die in Berlin angehängt worden waren. Irene fiel auf, wie stolz ein Mann auf sich selbst sein konnte, nur weil er eine Uniform trug. Zum ersten Mal war sie plötzlich froh, dass Michal an seinen Prinzipien festgehalten hatte, kein gedungener politischer Mörder sein zu wollen – Prinzipien, über die sie bis zum Tod ihrer Brüder oft mit ihm gestritten hatte.

»Komm!« Sie stießen sie durch den Speisewagen, wo eine lautstarke Feier in vollem Gange war. Bier und Champagner flossen in Strömen, und die Luft war zum Schneiden dick vor lauter Zigaretten- und Zigarrenqualm. Die Soldaten sangen, lachten, tranken, rauchten, spielten Karten und amüsierten sich mit Frauen. Die anwesenden jungen Frauen waren offensichtlich genau wie Irene hierher geschleppt worden, um die Soldaten zu unterhalten, bis der Zug in Frankfurt eintraf.

Das war der Feind. Deutsche, die ihre Brüder umgebracht hatten. In diesem Augenblick fiel es ihr sehr schwer, ruhig zu bleiben und ihre Gefühle in den Griff zu bekommen; es fiel ihr mehr als schwer, sich gegenüber Deutschen, die Charlie und Don auf einem schlammigen Schlachtfeld namens Somme erschossen hatten, fügsam und unterwürfig zu verhalten. Am liebsten hätte sie sie beschimpft, verflucht und getötet für das, was sie ihrer Familie angetan hatten ... bleib ruhig, Irene, ermahnte sie sich selbst, das ist das andere Gesicht des Krieges; behalte die Nerven, und wenn man dich betatschen will, so liegen genug Pistolen herum, um deine Tugend zu bewahren.

»Komm!«

Irene verschloss ihre Ohren vor den anzüglichen Bemerkungen, verschloss ihre Augen vor dem Benehmen einiger der jungen Frauen – nicht alle, nur einige. Aber wahrscheinlich waren diese Frauen ebenfalls Deutsche.

Irene hatte halbwegs damit gerechnet, dass sie ihr Ziel erreicht hatten; deshalb war sie überrascht, als man sie durch den in ein Bordell verwandelten Speisewagen hindurch in einen anderen Wagen führte.

Die beiden jungen deutschen Soldaten blieben vor einem der Privatabteile stehen. Einer der beiden klopfte an die polierte, holzvertäfelte Tür des Schlafwagenabteils.

»Herein!«, rief eine Stimme.

Irene wurde in das Abteil geschoben. Hinter ihr fiel die Tür ins Schloss.

37. Kapitel

Hauptmann von Kepp saß in der Ecke seines privaten Erste-Klasse-Abteils und hielt einen kleinen Hund auf dem Schoß.

Auf einem kleinen Tisch mit einem weißen Tischtuch war eine Mahlzeit angerichtet. Der Tisch war mit Silberbesteck, gestärkten weißen Servietten, Champagner in einem Kühler und zwei schönen Kristallgläsern gedeckt.

Er stand mit dem Hund auf. Das Tier begann wild zu jaulen und erschreckte Irene, die bestürzt zurückwich. Hauptmann von Kepp hielt dem Hund die Schnauze mit den winzigen scharfen weißen Zähnen zu und versuchte, ihn zu beruhigen. »Stopp, Katzi! Kommen Sie, Fräulein Dupont, Sie müssen keine Angst vor ihr haben. Katzis Bellen ist schlimmer als ihr Beißen. Sie ist unser Maskottchen. Katzi ...«, redete er dem Hund auf Deutsch gut zu. »Das ist meine Freundin Irène.«

Nun, sie war froh, dass er sie als Freundin betrachtete und auch den Hund darauf aufmerksam gemacht hatte. Sie hatte genug verstanden: Manchmal vereinheitlichten sich alle Sprachen, wenn es um Leben, Tod und bedrohte Tugend ging.

Irene war immer noch argwöhnisch, wenn es um Hunde ging, aber noch argwöhnischer war sie in Bezug auf Katzis Herrchen; dieser aalglatte, aristokratisch wirkende, preußische Offizier war um keinen Deut besser als seine Männer weiter hinten im Zug.

»Kommen Sie, Irène ...«, sagte er in deutscher Sprache, wechselte dann aber ihr zuliebe ins Französische. »Bitte nehmen Sie

Platz. Ich finde, Sie sehen halb verhungert aus, was sicherlich den Russen zuzuschreiben ist ... warum lächeln Sie so?«

»Ich habe gerade darüber nachgedacht, wie sinnträchtig, wirksam und herrisch Ihr einfaches deutsches Wort *komm* mit seinen vier Buchstaben klingt. Seit ich durch den ganzen Zug gelaufen bin, habe ich das Wort mindestens ein Dutzend mal gehört, immer mit entschlossener Bestimmtheit.«

»Ich bin erstaunt, dass Sie als Sprachlehrerin weder Deutsch noch Englisch sprechen.«

»Ich verstehe ein wenig Englisch, aber ich spreche es nicht sehr gut. Diese englischen Laute ›th‹ und ›s‹ sind so schwierig auszusprechen, wenn man an die lateinische und die kyrillische Aussprache gewöhnt ist.« Sie hielt es für besser, abzuwiegeln, was ihre Englischkenntnisse anging, bevor sie in eine Falle tappte.

Irene setzte sich. Man hatte ein kaltes Buffet mit Lachs in Aspik, Huhn in Aspik, Trüffeln, Wachteleiern, Kaviar, verschiedenen Salaten, frischem Obst und Käse vorbereitet.

Aristrokratische preußische Offiziere mit ihren kleinen Hunden verstanden es zweifellos zu leben, bevor sie starben. Irene staunte über das Festessen an Bord eines trägen Zuges, der nach Gott weiß wohin unterwegs war, bevor er schließlich Frankfurt erreichen würde.

Katzi knurrte leise, und Irenes Magen antwortete beim Anblick des Essens mit einem ähnlichen Knurren.

»Ich würde Sie gerne etwas besser kennen lernen«, sagte Hauptmann von Kepp, während er Irene ein Glas Champagner einschenkte.

Er hatte alle Zeit der Welt, dachte Irene, die sich fragte, wie in aller Welt sie sich bei all diesen sexuellen Untertönen aus der Affäre ziehen könnte. Sie schob den Gedanken erst einmal zur Seite, eins nach dem anderen.

»Prost!«, sagte er und stieß mit ihr an. »Auf eine bessere Zukunft – für uns beide.«

Darauf konnte sie trinken.

Das Essen, zu dem er sie nötigte, war köstlich; der russische Borschtsch, den sie in St. Petersburg häufig gegessen hatte, konnte mit diesem preußischen Festmahl nicht mithalten. Irene aß wie ein zum Tode Verurteilter am Abend vor der Hinrichtung. Er was ein unterhaltsamer Gefährte, der es verstand, Konversation zu machen. Das Gleiche galt für Katzi, die immer wieder mit ihren gejaulten Beiträgen das Gespräch unterbrach. Wie Tinsy-Winsy, der Irische Wolfshund in Hopeworthy Hall, wurde Katzi auch am Tisch verwöhnt. Das preußische Maskottchen war jedoch am Tisch weniger gewöhnungsbedürftig als Tinsy-Winsy mit ihren großen Pfoten, die sie bei einem Frühstück mit Randolph in die Butter gelegt hatte.

Irene dehnte das Essen so lange wie möglich aus, damit sie Zeit hatte, sich ihre Kampfstrategie zurechtzulegen. Sie würde Hauptmann Hans von Kepp so lange wie möglich hinhalten und sich von ihm mit Champagner versorgen lassen. Gleichzeitig musste sie jedoch einen klaren Kopf bewahren. Sie würde sein wundervolles Essen genießen und vorgeben, dass sie endlos weiteressen könnte, nachdem sie in Russland den Gürtel hatte enger schnallen müssen. Aber sie war fest entschlossen, dass Michal Wassilijs Hände die einzigen Hände eines Mannes sein würden, die sie je berühren durften.

Irene streichelte den kleinen Hund. Langsam fand sie Gefallen an Katzis Gesellschaft, die nicht halb so einschüchternd war wie die des Mannes, der ihr gegenüber saß und sie beäugte, als wäre sie die Nachspeise seines Menüs.

»Mögen Sie Hunde, Irène?«

»Erst seit heute.«

»Sie sind so anders als die anderen, ziemlich langweiligen Schweizer Frauen, denen ich bisher begegnet bin.«

»Haben Sie viele langweilige Schweizer Frauen kennen gelernt, Herr Hauptmann?«

»Bitte nennen Sie mich Hans.«

Wahrscheinlich würde ich Sie sowieso früher oder später Hans nennen, Hauptmann von Kepp, dachte Irene in Anbetracht des Sprachenproblems.

Die sorgfältig gearbeitete Pickelhaube des Hauptmanns, die so deutsch aussah, lag im Gepäckfach über ihren Köpfen. Direkt daneben lag aufgerollt wie eine Schlange der Ledergürtel des Offiziers mit seinem Armeerevolver. Ein beruhigender Anblick für Irene.

»Sie sind eine sehr hübsche und anziehende Frau, Irène.«

»Danke, Herr Hauptmann.«

»Hans.«

In Irenes Kehle stieg plötzlich ein unwiderstehliches Kichern auf, wie sie es nicht mehr erlebt hatte, seit Tante Martha an dem Abend, an dem Sam ihr im Clubhaus in Hopeworthy Hall die schöne Holzschnitzerei von zwei Dachsen im Mondlicht geschenkt hatte, wie ein leerer Hopfensack rückwärts umgefallen war.

Wie weit weg ihr das alles jetzt erschien. Wer hätte jemals vermutet, dass sie mit einem preußischen Offizier auf halbem Weg durch Norddeutschland zu Abend essen würde, nachdem Charlie und Don wegen des deutschen Kaisers gekämpft hatten und gefallen waren. Es könnte durchaus sein, dass auch Sam und Randolph in eben diesem Augenblick tot in einem der wassergefüllten Schützengräben lagen, erschossen von deutschen Soldaten. Wie weit weg erschien ihr dieser Krieg in diesem Augenblick.

»Wo werden Sie Ihre nächste Schlacht schlagen, Hans?«, fragte sie ihn mit verführerischem Augenaufschlag.

»Wenn ich Ihnen das verraten würde, Irène, wäre ich ein Landesverräter, und Sie würden eine britische Mata Hari genannt werden.«

»Mata Hari?«

»Sie haben noch nie etwas von ihr gehört?«

»Nein. Ist sie eine Deutsche?«

»Sie ist eine Spionin, die einen russischen Liebhaber hat.«

Vorsicht, Irene, sagte sie sich, trink nichts mehr von diesem guten Champagner, zu dem er dich verführen möchte. »Ist sie eine Deutsche?«, wiederholte sie ihre Frage völlig gelassen.

»Ich glaube ...«, sagte er, während er ihre Hand nahm und mit dem Daumen über ihren silbernen Ring strich, »dass auch Sie einen russischen Liebhaber hatten.«

Irene versuchte die Ruhe zu bewahren.

Sie zog ihre Hand zurück. »Ich hatte viele Liebhaber ... Hans.«

»Das überrascht mich nicht. Sie sind eine außergewöhnliche Frau.«

»Erzählen Sie mir von Mata Hari.«

»Sie ist eine javanische Hindu-Tempeltänzerin.«

»Da muss ich passen.« Irene war so nervös, dass sie sich beharrlich an die Mata Hari-Fährte klammerte. Sie erinnerte sie an die Zigeunerin Vara Panina, von der Michal Wassilij ihr erzählt hatte. »Erzählen Sie mir mehr von der Hindu-Tempeltänzerin Mata Hari, Hans.«

»Sie ist eine verführerische Frau, die ich einmal in einem Nachtclub in Berlin kennen gelernt habe.«

»Eine andere Umgebung als ein Zug, denke ich.« Wieder lachte sie nervös.

»Leider sitzt diese entzückende Dame jetzt in Frankreich in Haft, weil sie eine deutsche Spionin sein soll.« Er schlug elegant die Beine übereinander, wobei er darauf achtete, die Bügelfalten seiner Uniformhose nicht zu zerstören.

»Erzählen Sie mir von sich, Hans – oh, natürlich nichts, was Sie nicht erzählen dürfen. Etwas über Ihr Leben vor dem Krieg.« Sie hatte plötzlich den dringenden Wunsch, das Thema Mata Hari nicht weiter zu vertiefen.

»Ich bin ein preußischer Offizier unter General von Ludendorff. Wenn wir in Frankreich ankommen, wird General von Ludendorff sicherlich ziemlich interessiert an einer schweizerischen französischsprachigen Lehrerin aus Russland sein, die ganz und gar nicht das ist, was sie vorgibt zu sein. Sie haben zu viel Feuer und zu viel Ausstrahlung für eine Schweizerin. Ich glaube, dass

Sie Engländerin sind. Vielleicht eine britische Agentin, die für die Russen arbeitet?«

Irene hielt dem forschenden Blick seiner stahlblauen Augen stand; ihre Nerven lagen blank.

»Warum glauben Sie, dass ich Engländerin sein könnte?«

»Ich habe so ein Gefühl. Weil ich vor dem Krieg viele englische Frauen in London kennen gelernt habe. Weil Schweizerinnen keinen Esprit und kein Format haben. Weil eine vom Hause Fabergé gefertigte Brandy-Flasche nicht zu den Gegenständen gehört, die eine Schweizer Lehrerin in ihrem Gepäck mit sich führen würde, wäre sie nicht eine wohlhabende Alkoholikerin. Dieses Bild passt einfach nicht. Erzählen Sie mir von Ihrem reichen russischen Liebhaber, Irène Dupont – was sicherlich ein falscher Name ist. Ich glaube auch nicht, dass sein Name Vater Kronstadt ist, ein preußisch-russischer orthodoxer Priester.«

Er versuchte ihr durch seine Willenskraft ihr ganzes Leben zu entlocken. Um ein Haar hätte sie ihm die Wahrheit erzählt; Katz- und Mausspiele waren nicht gerade ihre Stärke. Ihre Erziehung hatte sich auf die grundlegenden Dinge des Lebens konzentriert, und selbst Lady Catherine hatte sie nicht auf eine Schmuggler- und Spionagetätigkeit vorbereitet. »Ich bin eine französischsprachige Schweizer Lehrerin, Hans. Eine neutrale Bürgerin. Ich kehre mit einer Gruppe von Schülerin des Klosters Loretto nach Lausanne zurück. Vater Kronstadt war reich und hatte gute Beziehungen. Die Fabergé-Flasche gehörte ihm. Ich weiß nicht, wie sie in seinen Besitz gelangt ist, ich habe ihn nicht danach gefragt. Sie sollte eigentlich für die Reise mit Brandy gefüllt sein, aber ich habe ihn vorher ausgeschüttet, damit meine Kleider nicht verdorben werden, wenn etwas ausläuft.«

»Und dieser Ring?«, fragte er und nahm wieder ihre Hand in die seine.

»Mein Verlobter ist tot. Ich trage ihn zum Andenken an ihn.«

»Er war Russe?«

»Nein, Schweizer.«

»Wie ist er gestorben?«

»Bei einem Unfall.«

»Was für ein Unfall?«

»Ein Lawinenunglück.«

»Er war Bergsteiger.«

»Ja – Bergführer für reiche Touristen.«

»Wie schade! Mein Beileid. Dann sind Sie also als Lehrerin nach Russland gereist, um über seinen Tod hinwegzukommen?«

»So in der Art.«

Er drückte seine Zigarre im Aschenbecher aus.

Als er die Arme nach ihr ausstreckte, womit sie die ganze Zeit schon gerechnet hatte, als sein Schnurrbart sie am Hals kitzelte, seine Hände streichelnd ihre Brust erkundeten, sein starker Körper sie in einer Umarmung festhielt, aus der sie sich niemals würde befreien können, sagte sie: »An Ihrer Stelle würde ich nicht weitergehen, Herr Hauptmann.«

»Was können Sie mir schon antun, Sie *englische* Frau?«, fragte er und sah ihr in die kühlblickenden grauen Augen. »Außer mich als Feind zu erschießen? In dem Fall würde man Sie auch erschießen.«

»Das spielt keine Rolle mehr für mich. Wissen Sie, ich müsste Sie nicht erschießen, um Sie umzubringen – ich könnte Sie auf sehr unangenehme Art und Weise ganz langsam töten.«

Er lachte ihr ins Gesicht. »Und wie würden Sie das tun?«

»Sind Sie ein gebildeter Mann?«

»Ich hoffe es.«

»Dann haben Sie sicherlich von einem Russen namens Rasputin gehört, nicht wahr?«

Er runzelte die Stirn. »Ja, ich habe von ihm gehört. Er war ein verdorbener Schurke, auf den die russische Kaiserfamilie versessen war.«

»Ganz genau! Sie haben Recht, was mich angeht. Ich bin keine Schullehrerin, ich bin eine Kunsthandwerkerin, die für das Haus Fabergé in St. Petersburg gearbeitet hat. Sie haben Recht, ich hatte tatsächlich einen russischen Liebhaber – er ist an der russischen Front gefallen.«

Für die Russen war der taurische Palast zu jenem Zeitpunkt sicherlich eine Art Front gewesen, oder nicht? Weiße Lügen, schwarze Lügen – ihr ganzes Leben schien aus Lügen zu bestehen. Irene atmete tief durch und holte zum entscheidenden Schlag aus.

»Durch meine Kontakte zu der sehr reichen Klientel des Hauses Fabergé, insbesondere zur russischen Kaiserfamilie, habe ich zufällig den Mönch Rasputin kennen gelernt. Wie auch die Zarin von Russland und viele unbedeutende Frauen wurde auch ich von ihm verführt. Aber nicht aus eigenem Antrieb. Er hat mich vergewaltigt. Er war ein schlechter Mensch. Ich war eine unschuldige junge Frau, die gerade in St. Petersburg angekommen war; zu jener Zeit war ich nichts weiter als ein weiblicher Botenjunge des Hauses Fabergé, der russische Ostereier im Winterpalast ablieferte. Dort habe ich den großartigen Liebhaber der Zarin zum ersten Mal getroffen.«

Er schenkte ihr jetzt seine volle Aufmerksamkeit.

Irene startete voll durch, um ihre einzige Chance auf ein Entkommen zu nutzen. »Es ist ein Vermächtnis des Todes, Hans, für das bislang keine Heilungsmöglichkeit bekannt ist. Selbst der schlechte Mönch Rasputin, der imstande war, die Bluterkrankheit des jungen Thronfolgers Alexeij zu heilen, wusste kein Mittel. Die Deutschen haben in ihrer Meinung über die Russen Recht, sie sind tatsächlich verdorbene Kannibalen und Monster, und der Kaiser, der eine solch verdorbene Menschenrasse vernichten will, hat meine volle Unterstützung. Die Deutschen sind eine solch überlegene Rasse. Ihnen käme es niemals in den Sinn, sich an einem jungen unschuldigen Mädchen zu vergehen und sie mit einer unheilbaren Krankheit anzustecken, die auf andere Menschen weiterübertragen werden kann.«

»Eine ansteckende Krankheit?«

Irene bat Michal und alle anderen Russen, einschließlich Rasputin, um Vergebung. Rasputin, obwohl schon lange tot, lieferte ihr jetzt eine Möglichkeit, sich vor dem Feind zu retten – auf der Grundlage dessen, was Zeta Yuan ihr im Vertrauen über Rasputin und einige Mitglieder der russischen Aristokratie erzählt hatte. Wieviel Wahres darin steckte und wie viel gelogen war, war angesichts ihres eigenen Dilemmas egal. Sie konnte nur hoffen, dass Hans von Kepp nicht bereits zu einem schlimmeren Schicksal als dem Tod verdammt war, in welchem Fall ihre eigene Kriegsstrategie sich als nutzlos erweisen würde.

»Syphilis, Hans. Russlands heiliger Mönch hatte Syphilis. Eine Krankheit, die einen Menschen erblinden lässt, geisteskrank macht; seine Körperteile fallen nach und nach ab – Nase, Finger, Zehen, muss ich fortfahren? Eine Krankheit, die das Leben eines Menschen und das seiner Nachkommen beenden wird. Sie wird von infizierten Frauen weitergegeben, genau wie die Bluterkrankheit.«

»Bluterkrankheit?«

»Ich bin sicher, dass Sie sich nicht ein Vermächtnis des Todes einhandeln wollen, Hans. Nicht nur Sie, sondern auch Ihre deutsche Ehefrau – ich weiß, dass Sie verheiratet sind, denn Sie tragen einen Ehering. Ihre Kinder, Ihr Erbe, Ihre siegreiche Zukunft in Deutschland, wenn General von Ludendorff diesen Krieg gewinnt, all das wäre umsonst. Die Sünden der Väter, Hans, die die Kinder heimsuchen, bis zur dritten oder vierten Generation, wollen Sie das? Ich bin Schweizerin, es ist mir gleichgültig, *wer* diesen Krieg gewinnt. Ich bin eine neutrale Bürgerin. Aber ich fühle mich verpflichtet, Ihnen diese Fakten mitzuteilen, bevor Sie mich zu sich in Ihr Bett nehmen.«

Sie hatte mit einem Ausdruck des Abscheus in seinem fein geschnittenen aristokratischen Gesicht gerechnet. Mit irgendeiner Art von Verurteilung. Stattdessen lachte er. Er lachte und lachte und konnte gar nicht wieder aufhören.

»Ja ... ja, natürlich. Vielen Dank«, sagte er schließlich und ließ sie los, um sich die Lachtränen aus dem Gesicht zu wischen. Er griff nach der Champagnerflasche und schenkte ihre Gläser wieder voll; sie lehnte das Glas jedoch ab.

»Sie sind einfach wunderbar, Mam'selle Irène Dupont! Ich hätte es nicht besser machen können, wenn ich vom britischen Feind bedroht worden wäre. Ich bin in der Lage, mit russischen Kugeln fertig zu werden, tatsächlich habe ich es bereits mit ihnen aufgenommen. Aber ich bin bisher noch nicht mit der Gefahr einer russischen Ansteckung durch eine solch wundervolle, außerordentliche einfallsreiche Kunsthandwerkerin konfrontiert worden. Vielen Dank, dass Sie mir meine Todesaussichten weniger qualvoll ausgemalt haben. Es ist nur zu schade, dass Sie mich nicht mit den gleichen Augen sehen, wie ich Sie sehe. Ich kann nicht mit einer Frau schlafen, die mich nicht will. Erzwungenes Vergnügen kann kein Vergnügen sein – nicht für mich jedenfalls. Nachdem Sie mich durch Ihre überlegene Argumentation besiegt haben, werde ich Sie von meinen Adjutanten sicher zurück in Ihr Abteil begleiten lassen.«

Irene streckte die Hand aus, wie sie es dem russischen Adel abgeschaut hatte, hoheitsvoll und mit perfekter Gelassenheit. »Vielen Dank, Hans, für diesen wundervollen Abend, der ansonsten extrem langweilig nach Schweizer Art abgelaufen wäre.«

Er beugte sich wie ein Kavalier alter Schule über ihre ausgestreckte Hand und schlug dann die Hacken zusammen. »Ich danke *Ihnen* für das Vergnügen Ihrer Gesellschaft, Mam'selle. Ich würde mich freuen, wenn wir eines Tages unsere Bekanntschaft in London erneuern könnten, wenn der Krieg vorüber ist. Eines Tages, wenn Künstlerinnen und Männer, die es bei weitem vorziehen würden, Herr ihres eigenen Grundbesitzes statt Kanonenfutter zu sein, zu der feinen Kunst der Verführung zurückkehren können. Oh, eine letzte Sache, Mam'selle Dupont ... wenn Sie Ihre Schweizer Scharade während Ihrer restlichen Reise durch Deutschland aufrechterhalten wollen, sollten Sie dies am Körper und nicht im Koffer aufbewahren.« Er gab ihr Michals silberne Brandy-Flasche zurück.

Sie hatte niemals zu hoffen gewagt, einen deutschen Gentleman zu treffen.

Wie tief eine Frau sinken konnte, um ihre Ehre zu retten! Hauptmann von Kepp war gar kein Schurke, obwohl er Preuße war. Sogar der ehrenhafteste Mann auf Erden hatte Bedürfnisse, bevor er vom Tod eingeholt wurde. Von Kepp hoffte trotz der hohen deutschen und britischen Verluste in diesem Krieg zu überleben. Irene wünschte ihm, dass er nicht irgendwo in Belgien, Frankreich oder an irgendeinem anderen Ort sterben würde.

»Ist alles in Ordnung, Mam'selle Dupont?«, fragten Schwester Germaine und Schwester Mary besorgt.

»Mir geht es gut«, antwortete Irene und lächelte aufmunternd. »Hauptmann von Kepp hat sich als perfekter Gentleman erwiesen. Er wollte nur mein persönliches Gepäck inspizieren, und nachdem er sich versichert hatte, dass ich tatsächlich diejenige bin, die ich behaupte zu sein, ließ er mich gehen.«

Nach den flachen Ebenen Russlands, den baltischen Staaten und Norddeutschland hatte Irene damit gerechnet, die ersten Berge zu sehen, sobald sie von Wiesbaden aus die Grenze in die neutrale Schweiz überquerten; die Schweiz war schließlich berühmt wegen ihrer Berge.

Die Landschaft war jedoch weiterhin flach wie ein Pfannkuchen. Schwester Germaine versicherte Irene glücklich, dass sie nun tatsächlich in der Schweiz waren und nichts mehr vom Rest Europas zu befürchten hatten. Aber wo waren bloß die Berge?

Ein paar Tage später schlug Irene morgens die Augen auf und sah einen See, über dessen Oberfläche Nebel schwebte. Am Horizont entdeckte sie die Schweizer Alpen und Nadelwälder wie in Archangelskoe, ein Versprechen auf eine bessere Zukunft. Hier herrschte Frieden, perfekter Frieden nach den Schrecken in Russland und Deutschland. Im Hotel Bellevue in La Rosiez am Ufer des Genfer Sees traf Irene sich mit Nicholas Fabergé und übergab ihm die kostbaren Kataloge und Entwurfsbücher seines Vaters. Danach verbrachte sie einige Tage damit, Schlaf nachzuholen, bevor sie eine Entscheidung treffen wollte, ob sie nach England zurückkehren sollte, ohne auf den Meister zu warten oder nicht.

Allmählich vermisste sie die Schulkinder, mit denen sie die vergangenen sechs Wochen verbracht hatte, und wurde von Rastlosigkeit erfasst. Aber Nicholas Fabergé brachte sie dazu, ihre Zukunft neu zu überdenken. Er war dreiunddreißig Jahre alt, genauso alt wie sein Onkel Agathon Fabergé, als dieser gestorben war; Agathon war der Mann, den Lady Catherine von Hopeworthy Hall immer noch in ihrem Herzen trug, und wenn Agathon eine gewisse Ähnlichkeit mit seinem Neffen Nicholas hatte, konnte Irene verstehen, warum ihre Gönnerin Agathon so sehr geliebt hatte.

Nicholas, der wie sein Vater Designer und Kunsthandwerkermeister war, zeichnete ihr einen neuen Weg für ihre Zukunft. »Wenn mein Vater hierher kommt, wird er Sie mit Sicherheit bitten, Ihre Ausbildung in Paris fortzusetzen, Irene. Ich bin sicher, er wird Ihnen raten, Ihre Ziele nicht aus dem Auge zu verlieren. Designerinnen mit Ihrem kreativen Talent sind rar. Das Haus Fabergé hat in Russland keine Zukunft mehr. Die Bolschewiki werden es auf jeden Fall schließen. Aber ich habe das Gefühl, dass das Haus Fabergé nach dem Krieg noch größer werden wird als je zuvor. Bitte beenden Sie Ihre Lehre für das Haus Fabergé und nehmen Sie Ihre Kenntnisse eines Tages mit nach London.«

38. Kapitel

Es war Juni. In der Schweiz blühten blutrote Alpenrosen, veilchenblaue Enziane und reinweiße Edelweiß; sie füllte ihren Skizzenblock mit Ideen für eine neue Kollektion und neue Entwürfe. Aber sie war immer noch nicht in der Lage, irgendwelche Entscheidungen zu treffen.

Im Frühling ihres einundzwanzigsten Sommers hatte sie kein silbernes Amulett von Michal Wassilij erhalten.

1917, das dunkelste Jahr des Krieges.

Einer von Doreens Briefen, die ihr aus St. Petersburg nachgesandt worden waren, versetzte Irene einen Schock: Das Haus ihrer Familie in der Waterloo Road war bombardiert worden. Es war ein Zeppelin-Luftangriff auf den Hafen gewesen. Das Haus gab es nicht mehr. Aber es ging allen gut. Mama und der kleine Ken waren auf dem Markt an Tante Marthas Stand gewesen, während Tante Martha wie immer zu dieser Zeit in Kent Hopfen und Obst geerntet hatte. Zillah und Zeb waren in der Schule gewesen, und Doreen selbst hatte als Busfahrerin gearbeitet, als die Bombe fiel. Auch die beiden Nachbarhäuser und das Haus der Fennels gegenüber waren zerstört worden. ›*Es bedeutet, dass wir jetzt bei Tante Martha wohnen müssen*‹, schrieb Doreen, ›*aber wenigstens haben wir ein anderes Loch, in das wir uns verkriechen können, im Gegensatz zur armen alten Dot und Joe, die in ihrem Loch gestorben sind, als die Bombe fiel ...*‹ Oh Gott, Doreen, hör doch endlich auf, mir zuliebe so verdammt fröhlich zu tun, dachte Irene.

Die Liste der Menschen, die gestorben waren, wurde immer

länger. Aber nicht einmal der Tod von Dot und Joe Fennel berührte Irene, weil ihre Gefühle gegenüber den täglich neuen Horrorgeschichten so abgestumpft waren.

»Ich muss nach Hause fahren, *dieses* Mal muss ich wirklich fahren!«, sagte Irene sich immer wieder. Nacht für Nacht lag sie wach und starrte in der Dunkelheit an die Decke ihres unpersönlichen Hotelzimmers und lauschte den gedämpften Geräuschen der unpersönlichen Stadt Lausanne jenseits der Fenster. Stunde um Stunde starrte sie aus dem Fenster auf die Wasser des Genfer Sees und die Berge am Horizont, sah jedoch nichts, nichts außer dem Tod in ihrer Umgebung. Sie konnte sich selbst jedoch nicht überzeugen, dass es das Richtige war, jetzt nach Hause zu fahren; sie hatte Angst, ›nach Hause‹ zu reisen – plötzlich schien es für sie kein Zuhause mehr zu geben.

Sie machte stundenlange einsame Spaziergänge. Aber selbst das Zeichnen und Skizzieren von Dingen, die als Grundlage für ihre Kreativität dienen könnten, verschaffte ihr keine Befriedigung mehr. Es bereitete ihr keine Freude, schöne Schmuckentwürfe zu zeichnen, weil es keinen Ort gab, wo sie diese hätte umsetzen können. Der Krieg hatte den Markt für Luxusartikel zerstört; den Menschen war es wichtiger, genug zu essen und ein Dach über dem Kopf zu haben und einfach nur zu überleben.

Im Hotel Bellevue beobachtete Nicholas Fabergé, der immer noch auf die Ankunft seiner Eltern aus Russland wartete, wie Irene immer dünner wurde und sich ganz in sich zurückzog. Ein innerer Schmerz schien sie aufzufressen. Er kannte den Grund. Sein Vater hatte ihm von der geheimen Liebesgeschichte zwischen Michal Wassilij und Irene und von Wassilijs Tod geschrieben. Nicholas konnte die Geschichte weder verdammen noch gutheißen. Eine der Fabergé-Regeln war gebrochen worden, was für Irene schlimme Folgen nach sich gezogen hatte. Er betrachtete die Situation als Unparteiischer; etwas anderes konnte er unter diesen Umständen kaum tun.

»Irene, was Sie brauchen, ist Arbeit, um Sie von Ihren traurigen

Gedanken abzulenken. Im Moment tut sich nichts. Ich bezweifele, dass mein Vater sein Geschäft wieder eröffnen kann, sodass Sie Ihre Lehre beenden könnten. Es tut Ihnen nicht gut, Tag für Tag hier in diesem Hotel herumzuhängen und auf meinen Vater zu warten. Es kann Monate dauern, bis es ihm gelingt, aus Russland zu fliehen. In seinem letzten Brief an mich hat er vorgeschlagen, dass Sie nach Paris reisen könnten, um Ihre Ausbildung im Atelier von René Lalique zu beenden.«

»Auch in Frankreich herrscht Krieg«, antwortete Irene träge.

»Überall herrscht Krieg. Sie haben sich doch immer besonders für die Stilrichtung ›Art Nouveau‹ interessiert, die eine Spezialität von Lalique ist.«

»Ich habe gelesen, dass ›Art Nouveau‹ nicht länger in Mode ist.«

»Ja, das stimmt, aber Erfahrungen können nie schaden. ›Art Nouveau‹ könnte durch einen ähnlichen Stil ersetzt werden – die ›Art Déco-Bewegung‹, die zurzeit modern wird.«

»Ich möchte Schmuck herstellen, keine Lampenschirme und moderne Möbel!«

»Dann ist René Lalique genau der Richtige. Die Fähigkeiten, die Sie bei uns erworben haben, werden nicht vergeudet sein, weil Sie auf ihnen aufbauen können. Lalique in Paris ist immer noch im Geschäft, wie auch einige andere angesehene Juwelierwerkstätten wie Gaillard, Fouquet und Cartier. René Lalique ist einer der besten Schmuckdesigner in Frankreich, und er experimentiert auch viel mit Glasarbeiten. Ich weiß, dass Sie das interessiert und dass auch dort Ihre Fähigkeiten liegen. Es wird eine wertvolle Erfahrung für Sie sein, direkt zu Beginn an einem neuen Trend mitzuarbeiten.«

»Vielleicht will er gar keinen Lehrling übernehmen, und dazu noch eine Frau.«

Oh je, sie befand sich wirklich in einer tiefen Depression, dachte Nicholas. Er sagte freundlich: »Lassen Sie das bloß nicht meinen Vater hören. Er würde denken, dass er bei Ihrer Ausbildung versagt hat.«

»Oh, Nicholas ...« Irene drückte ihm die Hand. »Es tut mir leid, so habe ich das nicht gemeint. Ich will auch nicht undankbar erscheinen, aber Paris ... und der Krieg ... Ich möchte keinen Neuanfang machen und dann möglicherweise wieder fliehen müssen, weil die Deutschen Paris einnehmen.«

»Jetzt hören Sie sich wie ein Miesmacher an. Das klingt überhaupt nicht nach Ihnen!«, sagte er ernst. »Sie wollen nach London zurückkehren, das von den Deutschen bombardiert wird. Sie werden Ihre Ausbildung dort nicht abschließen können, weil alle Juwelierfirmen in London schon lange geschlossen sind. Ihre Zeit in St. Petersburg wäre reine Verschwendung gewesen.«

»Ja, ja, das habe ich schon einmal zu hören bekommen.«

»Darf ich für Sie mit Lalique Kontakt aufnehmen? Ich würde auch meinen Vater bitten, ein gutes Wort für Sie einzulegen.«

»Sie sind zu freundlich, und ich bin außerordentlich dankbar, dass Sie sich um mich kümmern wollen ... obwohl für das Haus Fabergé alles verloren zu sein scheint ... ich war so glücklich in St. Petersburg ...«

Jetzt fang bloß nicht an zu heulen, Irene Druce, ermahnte sie sich selbst. Jeder hat in diesem furchtbaren Krieg Verluste zu beklagen, nicht nur du. Nicholas zum Beispiel wird seine Eltern vielleicht nie wiedersehen!

Konnte sie es sich wirklich leisten, ein solches Angebot auszuschlagen? Eigentlich nicht. Sie lebte von der Wohltätigkeit der Fabergés in diesem Hotel. Sie musste einfach die Scherben ihres Lebens auflesen und einen Neubeginn wagen. Zweieinhalb Jahre in Paris zur Beendigung ihrer Ausbildung würden sie ablenken und auf andere Gedanken bringen; sie konnte nicht ständig an Michal, Mama und den Rest ihrer Familie denken. Nicholas Fabergé war hier in Lausanne bereits so gut zu ihr gewesen. Es war nicht fair, von ihm zu verlangen, sich noch länger um sie zu kümmern; er hatte seine eigenen Sorgen und Probleme.

»Gut, bitte schreiben Sie an Monsieur Lalique, es kann jedenfalls nichts schaden. Wenn er mich als Lehrling ablehnt, werde ich trotz der Zeppelins nach London zurückkehren.«

Einige Wochen später traf ein Brief in französischer Sprache aus Paris für sie ein: ›*Liebe Miss Druce, ich habe Briefe von Peter Carl Fabergé und seinem Sohn Nicholas erhalten, die mich beide bitten, Sie in meine Juwelierwerkstatt aufzunehmen, damit Sie Ihre in St. Petersburg begonnene Lehre abschließen können. Ich habe Ihre Beurteilungen vorliegen, denen ich entnehme, dass das Haus Fabergé von Ihren künstlerischen Entwürfen sehr angetan war. Sie interessieren sich für die Goldarbeiten und den ›Art Nouveau‹-Stil des Hauses Lalique. Ich stimme Monsieur Fabergé zu, dass es eine Schande wäre, wenn Ihre Zeit in St. Petersburg verschwendet würde. Unter normalen Umständen hätte ich keinen Platz für Sie frei, aber der Krieg hat Opfer unter meinen Lehrlingen gefordert, weshalb ich eine Stelle für jemanden habe, der über eine ungewöhnliche Kreativität verfügt. Ich entnehme den Unterlagen, dass Sie fließend Französisch sprechen. Wenn Sie bereit sind, Ihre Ansprüche etwas herunterzuschrauben und sich von der Herstellung kostbarer Schmuckstücke der Herstellung von Glaswaren zuzuwenden, würde ich Ihnen gerne eine Lehrstelle in unserem Hause in der Rue Thérèse Nr. 20 in Paris anbieten, damit Sie beenden können, was Sie angefangen haben. Sobald ich Ihre Zusage erhalte, wird mein Büro die notwendigen Vorbereitungen treffen und Reiseunterlagen, Papiere usw. vorbereiten. Ich kann Ihnen leider nur ein kleines monatliches Gehalt anbieten, bis Ihre Lehre abgeschlossen ist. Mit freundlichen Grüßen, René Jules Lalique.*‹

Im März hatte auch Amerika Deutschland den Krieg erklärt, und langsam fing das Blatt an, sich zu wenden, während Irene in der Schweiz saß und nichts tat, außer ihre eigenen Verluste zu betrauern. Die schrecklichen britischen Niederlagen schlugen plötzlich ins Gegenteil um. Im April war es den Kanadiern gelungen, einen wichtigen Sieg zu erringen. Im März errangen die Briten einen wichtigen Sieg bei Messina. Im Juni trafen die ersten amerikanischen Soldaten in Frankreich ein. Im Juli wurde die lang erwartete britische Offensive gestartet, die so genannte dritte Schlacht von Ypres, und im September wurde in Russland die Republik ausgerufen.

Irene verließ im Juli die Schweiz, vier Monate nach ihrer Abreise aus Russland.

Paris gab ihr neuen Antrieb. Sie nahm ihr Leben wieder in die Hand, um ihre Lehre abzuschließen und danach ihr Leben als qualifizierte Kunsthandwerkerin neu zu überdenken.

Paris war noch nicht wie London in die Knie gezwungen worden; das Nachtleben, die Oper, das Theater, Tanzcafés und Konzerte waren Zeugnis des lebenssprühenden Esprits der Franzosen, die den Deutschen ins Gesicht zu lachen schienen.

In Paris gab es genug zu sehen und zu tun, ganz anders als in Lausanne. Sie war zwar alleine, fühlte sich aber nicht einsam. Museen, Kunstgalerien, historische Gebäude – das waren die Ziele ihrer Ausflüge, ähnliche Ausflüge wie jene, die Michal und sie zusammen in St. Petersburg so sehr genossen hatten. Sie erkundete den Louvre, schaute, lernte und definierte ihre eigenen künstlerischen Entwürfe neu. Oh, wie sehr wünschte sie sich ... und an diesem Punkt unterbrach sie sich selbst gerade noch rechtzeitig; Sam hatte Recht behalten, sich etwas zu wünschen brachte nur Unglück. Sie hatte sich eine heimliche Hochzeit mit dem Mann ihrer Träume gewünscht, und jetzt sah sie, was dabei herausgekommen war.

Die Werkstatt von Lalique in der Rue Thérèse lag mitten im Herzen von Paris, an der Ecke der Avenue de l'Opéra. René Lalique besaß ein Einzelhandelsgeschäft in der Rue de la Paix und hatte vor kurzem eine große Glasfabrik in Wingen-sur-Moder erworben. Irene schrieb sich an der ›Ecole des Arts Décoratifs‹, der Kunsthochschule, ein, um ihre Studien in Zeichentechniken fortzusetzen, die sie in Hopeworthy Hall begonnen hatte. In der Glaswerkstatt in der Rue Thérèse arbeitete Irene an einem neuen

Konzept für Schmuck, einer aufregenden Form des Expressionismus, die ihrer Vorstellungskraft freien Lauf ließ.

René Lalique bevorzugte die einfachen Formen des kreativen Designs, die auf der Natur basierten, und Irenes eigenen ›Stil‹ der Kollektion ›Glitzern im Mondlicht‹, der ihn bewogen hatte, sie als Lehrling anzustellen. Ihre Mappe mit Entwürfen war ihm über den Meister und seinen Sohn Nicholas zugesandt worden; besonders hatte ihm ihre Distel mit Schmetterling gefallen. René ermutigte Irene, über eine Ausführung in Glas nachzudenken.

»Das Glas von Lalique, Irèn«, erklärte er ihr, »enthält 24 Prozent Bleioxid und sollte daher korrekterweise ›Bleikristall‹ genannt werden.«

Sie lernte die Zusammensetzungsmöglichkeiten und das Schmelzverhalten von Bleikristall im Gegensatz zu normalem Glas kennen. Sie sah, wie das Kristall das Licht fing und mit atemberaubendem metallischem Glanz reflektierte.

»Sehen Sie, im Gegensatz zu Bleikristall funkelt normales Glas nicht.« Er schnippte mit dem Finger gegen die Vase, die er ihr gerade zeigte, und lauschte dem Ton. »Hören Sie, wie das Glas singt. Es produziert einen langanhaltenden schönen Ton, den gewöhnliches Glas nicht hat. Kristallglas ist schwerer, aber auch weicher, weshalb es sich leichter schneiden und gravieren lässt.«

Das im Hause Lalique gefertigte Glas war ›anders‹, weil es in Pulverform hergestellt und dann in heiße Metallgussformen gegeben wurde; danach wurde es durch Blasen oder durch Pressen so geformt, dass es nicht wie normal geblasenes Glas wirkte. Sie lernte den Umgang mit den verschiedenen Metalloxiden: Goldoxid produzierte feuriges und bläuliches Schillern bis hin zu Rubintönen; Silberoxid produzierte Grüntöne; Platin produzierte Grautöne.

René Lalique gab Irene die Möglichkeit, seine Coty-Parfumflaschen genau zu untersuchen, mit denen er sich seinen guten Ruf als Glasbläser erworben hatte. Sie waren wunderschön, und wieder wurde Irene von der Erinnerung an Michal eingeholt, mit dem sie alle schönen Dinge hatte teilen wollen.

Schmuck und Düfte, beides Kunstformen, beides Teile einer Welt, die den Frauen gehörte; Irenes Vorstellungsvermögen wurde allmählich größer, und sie versuchte, mithilfe Laliques einzigartigen Parfumflakons auf ihre Kollektion ›Glitzern im Mondlicht‹ zu schauen. Sie spürte, dass sie diese ›duftenden Bilder‹ in ihre Kollektion integrieren konnte, es war einen Versuch wert!

Auf der Grundlage ihrer bei Fabergé erworbenen Kenntnisse konnte sie sich nun weiterentwickeln. Dies brachte viele Erinnerungen an ihre Lehrzeit in St. Petersburg mit Michal als ihrem Lehrmeister mit sich, seine Art zu lehren, die sie anfangs verdammt hatte, die sich aber als sehr brauchbar erwiesen hatte. Sie vermisste ihn so sehr, fühlte sich allein in der Stadt Paris.

René erteilte ihr ihren ersten ›Lalique-Auftrag‹, eine einfache Halskette, die sie selbst entworfen hatte und die den einzigartigen Stil und die einzigartige Technik seines Hauses widerspiegeln würde. Irene stürzte sich in die Arbeit, die auf dem neuen Stil ›Art Déco‹ basierte, die langsam die ›Art Nouveau‹-Bewegung der vergangenen zwanzig Jahre ersetzte.

Irene teilte sich eine Wohnung in der Rue Montmartre nicht weit vom Lalique-Atelier entfernt mit einer anderen Kunstdesignerin, die für das Haus LaCloche arbeitete. LaCloche fertigte und vertrieb Schmuck in Paris.

»Wie kommst du zu deinem französischen Namen – Irèn?«, wollte Madeleine Montand wissen, kurz nachdem sie sich kennen gelernt hatten. Sie waren schnell zum ›Du‹ übergegangen, denn sie waren beide jung und hatten durch ihre berufliche Tätigkeit ähnliche Interessen. Das Mietshaus war Irene von Laliques Büro empfohlen worden, weil es günstig, sauber und nahe gelegen war.

»Im Englischen wird es Ei-rien ausgesprochen, Mami.«

Madeleines Spitzname hätte eigentlich ›Maddy‹ sein müssen, was besser zu ihr gepasst hätte. Mami war verrückt nach amerikanischen Soldaten, die ihren Urlaub in Paris verbrachten, und die Amerikaner waren verrückt nach ihr. Sie verbrachten viel Zeit mir ihr und gaben viel Geld für sie aus. Niemand hätte vermuten können, dass ein Krieg im Gange war, wenn Mademoiselle ›Mami‹ Montand sich in der Nähe befand.

Bei so viel Schwung und Lebensfreude konnte Irene nicht mithalten; Mami war Tag und Nacht unterwegs und bekam ständig Besuch von einem nicht abreißenden Strom amerikanischer Freunde. Mami entsprach nicht dem üblichen Bild, das man sich von einer Pariserin machte: Sie war nicht schick, brünett, gepflegt und heißblütig. Sie war im Gegenteil ein groß gewachsener Rotschopf mit einem üppigen Busen und äußerst ungewöhnlichen gelbbraunen ›Pantheraugen‹ und bevorzugte sehr seltsame Kleidung, sie kleidete sich wie ein Bohemien – Mami *war* ein Bohemien!

Sie liebte riesige baumelnde Ohrringe, leuchtende indische, arabische oder orientalische Stoffe, trug Stirnbänder mit Reiherfedern, Federboas, Armreifen und Umhängetücher. Sie sah oft aus, als hätte sie kopfüber in ihrem Kleiderschrank gewühlt und wahllos angezogen, was ihr gerade zwischen die Finger gekommen war.

Mamis Geschmack spiegelte sich auch in ihren ungewöhnlichen und wundervoll bemalten Emaille-Schmuckstücken wider; sie hatte sich von dem ›Art Nouveau‹-Stil den auffallenderen ›Art Déco‹-Stilrichtungen zugewandt. Ihr außergewöhnlicher Schmuck, der auf indischer oder japanischer Kunst basierte, wurde oft ausgestellt, und sie verdiente recht gut an ihren Provisionen.

Im Hause Lalique gab es keine strengen Benimmregeln wie im Hause Fabergé, sondern es herrschte die wundervolle französische Freiheit in jeder Beziehung. Solange Irene tagsüber vernünftig arbeitete, konnte sie abends und an den Wochenenden tun und lassen, was sie wollte; sie konnte gehen, wohin sie wollte, und treffen, wen sie wollte.

Aber hier in Paris hatte Irene kein Interesse an den Unternehmungen, an denen Mami sich erfreute, und widmete ihre Freizeit ihrem Kunststudium und nicht dem Studium amerikanischer Soldaten.

Eines Tages fragte Irene Mami: »Mami, würdest du mir einen großen Gefallen tun?«

»Du möchtest dir Ben für den nächsten Abend ausborgen? Ja, ich leihe ihn dir gerne aus, denn ich habe jetzt einen neuen Liebhaber. Max ist köstlich ...«

»Ich will mir keinen deiner Freunde ausborgen, Mami, ich will dich ausleihen.«

Mami machte große Augen. »So eine bist du?«

Irene musste lachen. »Nein, Mami, ich glaube kaum. Ich muss ein Gesellenstück für die Werkstatt Lalique entwerfen. Ganz plötzlich kam mir eine Idee, was für eine Art von Schmuckstück ich erstellen will. Du selbst hast mich auf die Idee gebracht.«

»Ich bin geschmeichelt, Chérie. René ist berühmt für die nackten Frauen auf all seinen Kunstwerken. Soll ich nackt für dich Modell stehen?«

Irene hob in gespielter Enttäuschung die Hände. »Schon wieder, Mami! Du nimmst meine Ideen vorweg!«

»Deshalb verstehen wir beide uns so gut, I-reen! Wir sind beide Designer mit einem außergewöhnlichen Geschmack. Kennst du das Sprichwort, dass große Persönlichkeiten ähnlich denken?«

»Genau wie Idioten!«

»Nur gescheite Idioten.« Mami fuhr fort, ihre Scheibe Toast mit Marmelade zu kauen. Sie hatten das Brot auf dem Ofen in Irenes Zimmer geröstet; Irene hatte ihn selbst am Morgen angezündet. Es grenzte fast an Luxus, denn mit einem Eimer Kohle musste man die ganze Woche auskommen. »Wie kann ich dir helfen?«, erkundigte sich Mami.

»Versprichst du mir, dass du meine Idee nicht klauen wirst?«

»Das ist nicht mein Stil. Ich bin ein Original. Ich bin Mami Montand, qualifizierte französische Kunsthandwerkermeisterin, besser als der englische Lehrling Irèn Druce.«

»Das ist wahr.«

Mami lächelte. Sie stopfte sich den Rest ihres Toasts in den Mund und wischte die Krümel von ihren Händen an dem wackeligen Lehnstuhl in Irenes Zimmer ab. »Also, schieß los.«

»Ich möchte ein Medaillon mit einem Tierkreiszeichen fertigen. Fische und die Mondgöttin. Ich möchte gerne, dass du mir Modell für die Mondgöttin stehst, für die erste Skizze.«

»Silberfische im Mondlicht?«, sagte Mami, die die Details von Irenes Idee wieder im Voraus erraten hatte.

»Ganz genau, Mami!«

»Das ist eine wundervolle Idee für ein mattiertes Glasornament, Chérie. Vielleicht können wir beide gemeinsam nach dem Krieg ein Studio eröffnen.«

»Das wäre lustig, Mami. Aber momentan denke ich nicht weiter als bis zum jeweiligen Arbeitstag – ich wage es nicht.«

»Du hättest zu LaCloche kommen sollen«, meinte Mami. »Bei Lalique vergeudest du nur dein Talent. LaCloche hat sich auf eleganten kostbaren Schmuck spezialisiert, genau das, was du bei Fabergé gelernt hast.«

»Ich bin recht zufrieden, wo ich jetzt bin«, entgegnete Irene. »Ich lerne, wie man mattierte Glasornamente herstellt und wie klares Kristallglas mit milchigem Schimmern produziert wird, was René so hervorragend beherrscht.«

»Er sieht toll aus, nicht wahr?«

»Wer?«

»René Lalique natürlich!«

»Er ist in Ordnung.«

»Dreiundvierzig, in der Blüte seines Lebens stehend, talentiert, künstlerisch veranlagt und reich!« Mami, deren frisch gewaschenes prächtiges Haar in einem Handtuchturban auf ihrem Kopf aufgetürmt war, seufzte. »Genau die Sorte Liebhaber, bei der ich schwach werden könnte. Ich hatte immer schon ein Faible für ältere Männer.«

»Die meisten Männer, mit denen ich dich bislang gesehen habe, waren milchgesichtige amerikanische College-Jungs, die sich als Soldaten verkleidet haben. Übrigens ist René verheiratet und hat einen Sohn.«

»Ich mache mir Sorgen um dich, weißt du, Chérie«, sagte Mami mit traurigem Blick.

»Warum solltest du dir Sorgen um *mich* machen?«

»Für eine Frau deines Alters und mit deinem Aussehen bist du nicht normal. Jedes Mal, wenn ich dir einen Tanzpartner mit nach Hause bringe, bist du so unhöflich zu ihm, dass er sich fragt, was er dir getan hat. Du solltest ins Kloster gehen. Du nimmst dich selbst zu ernst. Du machst nichts anderes als arbeiten. Wenn du nicht für Lalique arbeitest, arbeitest du für dich selbst an deinen übrig gebliebenen unmodernen Fabergé-Stücken.«

»Fabergé wird niemals unmodern werden. Seine Arbeiten sind zu schön.«

»Und zu teuer«, sagte Mami gedehnt.

»Das mag sein. Aber es gibt nichts umsonst, nicht einmal den Tod.«

»Du bist zu tiefgründig für mich, Chérie, und deshalb mache ich mir Sorgen um dich.«

Irene lächelte. »Ich stelle lediglich ein paar Arbeiten fertig, die ich in St. Petersburg nicht mehr vollenden konnte. Ich muss meine Lehre abschließen, was du bereits hinter dir hast. Ich muss auf der Hut sein, damit ich nicht rausgeschmissen werde.«

Mami lachte immer wie eine rostige Drehorgel, weil sie zu viel rauchte. Nachdem sie ihr Frühstück beendet hatte, steckte sie eine Zigarette in ihren langen kunstvollen Zigarettenhalter, zündete sie an und blies einen Rauchring in die Luft. »Chérie, du hättest nicht zu mir in dieses Haus ziehen sollen, wenn du nichts tun willst außer arbeiten! Du musst auch lernen, dich zu amüsieren. Ich weiß, dass du immer noch nicht über den Tod deines russischen Verlobten hinweg bist; deshalb trägst du weiterhin seinen Ring am Finger, statt einen Neubeginn zu machen.«

»Ich möchte keinen Neubeginn machen. Ich möchte auch nicht darüber sprechen.«

»Es tut dir nicht gut, wenn du deinen ganzen Kummer in dich hineinfrisst. Du solltest dein Haar auch mal offen tragen ... apropos Haar, ich glaube, ich lass meins abschneiden, weil es so lange zum Trocknen braucht.«

»Oh nein, bloß nicht!« Irene war entsetzt. »Du hast solch wunderschönes Haar mit Naturwellen – und diese leuchtende Farbe! Ich würde alles dafür geben, um dein Haar zu haben; mein Haar ist so glatt wie Sauerkraut.«

»Aber du hast die klassischen Gesichtszüge, die zu glattem Haar passen, Chérie. Ich würde mein Haar mit Freuden gegen deine Wangenknochen und deinen Teint eintauschen. Die neuen Kurzhaarschnitte sind so schick. Frauen müssen kein langes Haar mehr haben – die Frauen in den Fabriken und die Krankenschwestern haben den Weg für das neue Aussehen der Frauen bereitet, *›Liberté!‹*«, lachte sie lauthals und fiel beinahe von der Rücklehne des Sessels, auf der sie saß, während ihre nackten Füße auf der durchgesessenen Sitzfläche ruhten. »Kommst du heute Abend mit uns zum Tanzen? Es ist Samstag – *tout le monde aime Samedi soir, chérie*!«

»Nein, ich glaube nicht.«

»Dann zum Tanztee heute Nachmittag im Café de Paris?«

»Nein, Mami«, antwortete Irene bestimmt.

»Du musst auch kein Geld ausgeben. Ben und seine Freunde werden für uns bezahlen.«

»Nein!«

Mami, die immer gutmütig blieb, auch wenn sie Irene und ihre Art nicht verstehen konnte, sagte achselzuckend: »Nun gut, es ist deine Sache, Chérie. Ich finde, das Leben ist zu kurz, um es nicht mit reinem Vergnügen verlängern zu wollen. Lieutenant Bennet O'Rourke aus Kentucky, mein Exfreund, da ich inzwischen einen noch attraktiveren Mann als Ben gefunden habe, will dich heute Abend zum Tanzen ausführen. Ich kann ihn nur empfehlen. Er hat eine außergewöhnliche Technik, die immer weiter andauert und nicht aufhört ...«

»So wie du. Halte bitte die Klappe und geh!«

»Ich dachte, ich sollte mich für dich ausziehen?«

»Doch nicht sofort, Mami.« Irene warf ein Kissen nach ihr. Mami sprang zur Seite, und das Kissen fiel mit einem Plumps zu Boden. »Morgen. Und bitte lass dein Haar dran. Mondgöttinnen haben keinen Pagenschnitt.«

Mami lachte wieder lauthals und sagte: »Du bist so *englisch*, Irene! Seine Familie züchtet Pferde und andere Dinge ...«

»Wessen Familie? Was für andere Dinge!«

»Ben, der Amerikaner! Er hat auch eine ganze Reihe Brüder. Er hat einen wundervollen Körper – warte, bis du ihn siehst, Irèn. Du wirst deine Meinung wegen heute Abend bald ändern.«

»Ich habe ihn schon lechzend vor deiner Tür stehen sehen. Er beeindruckt mich nicht, also spar dir die Mühe. Außerdem will ich nicht deine abgelegten Liebhaber übernehmen.«

»Glaub mir, wenn du eine Nacht mit diesem erotischen, braun gebrannten, blauäugigen Zuchthengst aus Kentucky verbracht hast, wirst du all deine früheren Liebhaber vergessen. Er sieht so gut aus, und er wird dir Seidenstrümpfe, Schokolade und Parfum mitbringen. Du wirst zittern und beben vor lauter Hingabe, solche Höhen der Ekstase kannst du dir in deinem nonnengleichen Leben überhaupt nicht vorstellen.«

»Hau ab, Mami! Geh in dein eigenes Zimmer!« Irene schubste sie zur Tür hinaus. Mami redete und benahm sich immer in Superlativen. Sie konnte nicht ausschließlich französisch sein, sie musste auch irisches Blut in sich haben. Manchmal konnte sie Irene regelrecht in Rage bringen mit ihrer Behauptung, dass eine Frau ohne einen Mann unvollkommen war.

Mami öffnete die Tür wieder und streckte den Kopf ins Zimmer. »Was soll ich ihm sagen?«

»Sag ihm, dass ich Foxtrott hasse. Sag ihm, er soll zurück nach Amerika gehen.«

»Möglicherweise stirbt er bald auf irgendeinem Schlachtfeld. Du könntest wenigstens nett zu ihm sein, bevor es so weit ist.«

»Genau aus diesem Grund will ich keine Beziehung mehr eingehen. Man handelt sich nur Kummer und Schmerz ein. Jetzt mach bitte die Tür zu, aber diesmal wirklich. Ich möchte allein sein. Du kannst morgen als Mondgöttin für meine Fische wiederkommen.«

39. Kapitel

In der französischen Zeitung *Paris Soir* und in den englischen Zeitungen las Irene von der ›Oktoberrevolution‹ in Russland. In einer Nacht- und Nebelaktion hatten bolschewistische Arbeiter zusammen mit der Besatzung des Kriegsschiffes *Aurora*, die im Hafen von St. Petersburg lag, die Regierungsgebäude und das Winterpalais gestürmt. Die *Aurora* hatte einige Signalschüsse abgefeuert und damit das Zeichen zum Angriff gegeben.

Die Regierungsgewalt übernahm ein vom Sowjetkongress bestätigter bolschewistischer Rat der Volkskommissare. Lenin, der aus seinem Exil in der Schweiz zurückgekehrt war, übernahm den Vorsitz. Die Bolschewiki übernahmen die Kontrolle in den Fabriken. Alle Banken wurden verstaatlicht. Die neue Regierung wollte ein Friedensangebot mit Deutschland aushandeln, um endlich den russischen Krieg zu beenden. Die russische Kaiserfamilie wurde nach Sibirien gebracht – zu ihrem eigenen Schutz, wie es hieß.

Acht Monate waren bereits seit Michals Tod vergangen. Irene konnte es kaum ertragen, daran zu denken. Die Sowjets hatten gewonnen.

Lady Catherine schickte ihr einen Brief.

›Meine liebe Irene, das ist das Ende einer Ära und das Ende des Hauses Fabergé. Aber es ist auch der Beginn einer neuen Ära für dich. Ich bin stolz auf dich. Der Meister hat mich davon in Kennt-

nis gesetzt, mit welcher Kraft du den unglücklichen Umständen begegnet bist. Ich bin stolz auf dich, weil du gezeigt hat, dass du sowohl mit Triumph als auch mit Verlust umgehen kannst. Ich bin so froh, dass du dich entschieden hast, deine Lehre beim Haus Lalique in Paris zu abzuschließen. Ich habe von Lalique gehört, obwohl ich nur sehr wenig über deren Arbeiten weiß. Aber ich weiß, dass Fabergé dir viel beigebracht hat. Ich war entzückt über die Smaragdbrosche ›Blatt mit Regentropfen‹, die du mir zum Geburtstag geschickt hast. Sie ist eines meiner Lieblingsstücke aus deiner Kollektion ›Glitzern im Mondlicht‹. Dass ich diese Brosche jetzt tatsächlich tragen kann, die damals vor sechs Jahren nichts weiter als eine Zeichnung in einem alten Skizzenblock war, Irene Druce, lässt mir die Tränen der Rührung in die Augen steigen. Vielen Dank, meine Liebe, weil du mir bewiesen hast, dass es auf dieser Welt einige Menschen gibt, die es wert sind, etwas für sie zu riskieren.

Und weil man im Alter seltsame kleine Vorahnungen hat, habe ich das Gefühl, dass wir uns nicht wiedersehen werden. Deshalb treffe ich jetzt Vorkehrungen für die Zeit, wenn du deine Qualifikation haben wirst. 1.000 britische Pfund sind zur Gründung eines eigenen kleinen Geschäfts für dich, meinen Segen hast du. Der Rest geht an meinen geliebten Großneffen …‹

Lady Catherines Brief war stellenweise verwischt. Mrs. Howarth hatte den Brief geschrieben, da Lady Catherine nicht mehr in der Lage war, selbst zu schreiben. Irene ahnte, dass Lady Catherines Tränen auf den Brief gefallen waren, während sie ihn Korrektur las.

›Randolph wird zurzeit als in Frankreich ›vermisst‹ gemeldet. In diesen Tagen bedeutet der Begriff ›vermisst‹ eher eine Untertreibung der Tatsachen. Das sechste Bataillon hatte am 30. November in Cambrai große Verluste zu beklagen. Ich habe in Erfahrung gebracht, dass die Offensive des Feindes ausgesprochen erfolgreich war. Randolphs kleine Truppe kämpfte im Nahkampf mit dem Feind an einem Ort namens Pam-Pam-Wald. Vierzehn

Offiziere und 317 Soldaten niedrigeren Rangs sind gefallen. Der Himmel weiß, wie viele Vermisste wie Randolph und seine Männer mehr als drei Stunden lang die Stellung hielten, bis die Deutschen vorrückten und Pam-Pam-Wald wieder zurückeroberten, wobei sie auch Giftgas einsetzten.

Wenn mein Großneffe tatsächlich tot sein sollte, Irene, hinterlasse ich dir auch Randolphs Anteil – dir, die du mir die Tochter bist, die ich niemals hatte, so wie Randolph mir der Sohn ist, den ich nie hatte. Ich bin sicher, dass du damit dem Namen des Hauses Fabergé zur Ehre gereichen wirst – durch dein eigenes Talent und deinen wendigen Geist. Agathon Fabergé war einer der besten Designer auf der Welt; er hat die Idee zur Erstellung der kaiserlichen Ostereier für Zar Alexander III. gehabt. Sein Bruder, der ›Meister‹, hat die Idee aufgegriffen und weiterentwickelt. Ich möchte, dass du, Irene Druce, all die Hoffnungen und Träume erfüllst, die ich je gehabt habe. Für immer die Deine, Gräfin Catherina Nataly Marya Balashov.‹

Lady Catherine wusste nichts von Michal, keiner in England wusste von ihm, aus dem einfachen Grund, weil Irene diesen Teil ihres Lebens in Russland als kostbares privates Geheimnis zwischen Michal und ihr für sich behalten hatte. Wäre die Zeit für ihre geplante Heirat und für die Eröffnung eines Geschäfts in London reif gewesen, hätte sie ihnen von ihm erzählt. Aber es hatte nicht sein sollen, und jetzt hätte sie das Geld, nach dem sie beide gestrebt hatten, oder besser gesagt, er hatte gestrebt, und sie hatte davon geträumt ... die Tränen, die sie bisher nicht hatte vergießen können, begannen zu fließen; Lady Catherines Brief hatte die Schleusen geöffnet.

Mami und zwei ihrer amerikanischen Freunde hörten das Schluchzen, als sie die Treppe heraufkamen. Während Mami den Schlüssel ins Schloss steckte, spitzte sie die Ohren. Den beiden amerikanischen Soldaten zuliebe, die kaum Französisch sprachen, sagte sie in gebrochenem Englisch: »Das sein mein sehr gutes Freundin, Irène ...« Sie deutete mit dem Kopf auf Irenes Zimmertür. »Ich sie haben nie gehört weinen. Sie war gewesen in Russland, und sie niemals hat weinen um die Mann, die sie haben geliebt und die ist tot. Sie hat gehabt ... schockiert, oder wie das heißen, Max?«

»Einen Schock?«

»Oui, einen Schock. Ich muss sehen nach ihr, warum sie jetzt so weinen ...« Mami drehte sich eilig um und klopfte an Irènes Tür. »Chérie, wir hören dir weinen, du hast großer Pein ... Irène?« Mami öffnete die Tür und spähte in das Zimmer.

Irene saß auf dem Fußboden und versuchte, ihr Schluchzen mit einem Kissen zu ersticken.

»Oh, Irène!«, sagte Mami auf Französisch, schlang die Arme um Irene und versuchte sie zu trösten. »Iréne, warum weinst du so? Es bricht mir das Herz! Was ist passiert, Chérie?«

»Ch-charlie, D-don ... Lou ... alle sind tot ... sie sind alle tot und kommen nie wieder ... Mike ... Michal.« Ihr Körper zuckte und wand sich wie in Krämpfen, und sie stieß immer wieder dieselben Namen hervor wie eine Litanei, während sie mit den Fäusten auf das Kissen schlug, auf dem ihr Kopf ruhte. »U-und jetzt Randolph ... S-sam ...«

Einer der beiden amerikanischen Soldaten beugte sich zu Mami runter, die Irene liebevoll im Arm hielt, um sie zu trösten; aber Irene wollte nicht im Arm gehalten werden: »Lass mich allein, Mami, bitte geh ...«

»Hier, gib ihr einen Schluck hiervon«, sagte der Amerikaner und gab Mami eine Feldflasche aus Chrom. »Brandy hilft verdammt gut bei Trauer.«

Mami versuchte Irene dazu zu bringen, einen Schluck Brandy zu trinken, aber Irene hob ihr Gesicht nicht aus dem Kissen. Mami zog eine Grimasse in Richtung der beiden Männer, die sich angesichts solch weiblicher Theatralik recht unwohl fühlten. »Sie sein Engländerin ... vielleicht ihr sprechen besser ihre Sprache als ich, *mais non*? Versuch zu finden heraus, warum sie weinen wie eine Springbrunnen in Versailles, Bo.«

»Hör zu, Süße«, sagte der Soldat namens Bo und ließ sich auf einem Knie neben Irene nieder. »Du wirst krank werden, wenn du so weiter machst. Hier ... nimm einen kräftigen Schluck aus der Flasche, und du wirst dich gleich viel besser fühlen.«

Nach einer Weile ließ das Schluchzen nach. Irene hob den Kopf; ihre Augen waren rot, und ihr Gesicht war geschwollen. Ihr Haar war offen und klebte feucht an ihrer Stirn. Der Weinkrampf hatte volle zwei Stunden gedauert, obwohl sie jedes Zeitgefühl verloren hatte. Das Kissen war durchnässt von ihren Tränen. »Mike ...?« Der Name blieb ihr fast im Hals stecken. Sie starrte ihn verwundert an, während er ihr auffordernd die Brandy-Flasche hinstreckte. Sie streckte die Hand aus, um das vertraute Gesicht zu berühren, warme braune Augen, schwarzes Haar, das leicht schiefe Lächeln, das zigeunerhafte Aussehen ... »Michal?« Sie warf dem amerikanischen Soldaten die Arme um den Hals und erwürgte ihn fast mit ihrer Umarmung.

Er war überrascht und verwirrt.

»Oh, Michal ... ich habe gewusst, dass du nicht tot bist, ich hab' es die ganze Zeit gewusst! Ich habe gewusst, dass du zur Armee gegangen bist wie Jan und die anderen, deshalb trägst du diese Uniform ... wie Charlie und Don, Randolph und Sam ... Oh, du hättest es mir sagen sollen, du hättest es mir sagen müssen!« Sie bedeckte sein Gesicht mit Küssen, während Mami und ihr neuer Freund Max nicht wussten, was sie davon halten sollten; Irene war sonst immer so englisch, so reserviert und so zurückhaltend gewesen.

»Wenn es dir hilft, kleine Lady, kannst du mich ruhig Mike oder wie auch immer nennen. Hier ...« Er hielt ihr die Flasche an die Lippen und hob sie etwas an.

Sie trank und schüttelte sich, als die brennende Flüssigkeit ihr in der Kehle brannte. Er schraubte die Flasche wieder zu und steckte sie weg. »So ist es gut. Eigentlich heiße ich Bo, nicht Mike.« Er streckte ihr die Hand hin. »Lieutenant Roberto Rucci, gewöhnlich Bo genannt, aus Millville, New Jersey, 77. Bataillon, amerikanisches Expeditionskorps. Ich bin erfreut, dich kennen zu lernen.«

Irene, die immer noch ganz benommen war, stand mit seiner Unterstützung auf und schüttelte ihm die Hand. »Irene Druce«, sagte sie, und fiel prompt vor Erschöpfung und vor lauter Unglück in Ohnmacht.

Und wieder ein Jahreswechsel: Das Jahr 1918 stand vor der Tür. Vier Jahre lang dauerte dieser blutige Krieg jetzt schon an, jener Krieg, der die Landkarten der Welt verändert und das Leben der Menschen beeinflusst hatte, sodass nichts mehr so wie vorher sein würde. Hunderttausende junger Männer hatten ihr Leben verloren. Wofür? Für ein paar Morgen aufgewühlten Bodens in Flandern?

Wenn Irene an Bo und seine Freunde dachte, die nun auch vom Wirbelwind des Todes erfasst wurden, wurde sie so deprimiert, dass sie versuchte zu ignorieren, was anderenorts in Frankreich passierte, indem sie Mamis Philosophie übernahm – wenn du sie nicht schlagen kannst, tu dich mit ihnen zusammen!

Der russisch-deutsche Waffenstillstand hatte zur Folge, dass Tausende deutscher Soldaten an der Ostfront frei für neue Aufgaben wurden. Diese Situation stellte eine neue und unheilvolle Bedrohung an der Westfront unter General von Ludendorff dar. Im März trafen die Armeen des Kaisers auf die alliierten Kräfte. Die Deutschen standen weniger als hundert Kilometer vor Paris, und das Dröhnen der Kanonen, die Reims, Amiens und Cambrai bombardierten, war ein Geräusch, das Schlimmes verhieß und man schwer ignorieren konnte.

Lady Catherines Brief stellte einen Wendepunkt in Irenes Leben dar; sie suchte nun Zuflucht in jenen trivialen Beschäftigungen, an die sie vorher keinen Gedanken verschwendet hatte, einfach, weil es niemanden mehr gab, der sie inspirierte.

Lange Zeit hatte Michal irgendwie in ihrer Vorstellung weitergelebt. Lieutenant Rucci war der Katalysator gewesen, der einen

Traum von einem Albtraum trennte; vorher hatte sie Michals Gesicht in jedem Mann gesehen, der zufällig braune Augen und schwarzes Haar hatte und jenem, den sie verloren hatte, nur ein wenig glich.

Sie schloss die Augen und versagte sich jedes Gefühl, aber die Schuld drückte sie nieder. Jedes neue Männergesicht, jede neue Liaison verursachte ihr Schuldgefühle; sie fühlte sich schuldig, weil Michal tot war, weil ihre Brüder tot waren, schuldig, weil ihre Schwestern in England Männerberufe ausübten, Joan und Pam in der Waffenproduktion und Doreen als Busfahrerin, während sie, Irene, ihre Zeit mit Tanzen, Feiern und Flirten vertat. Sie war eine neutrale Person in der Mitte eines tobenden Krieges, die vorgab, die Freuden eines unabhängigen Lebens zu genießen.

Sie fühlte sich schuldig, weil Nicholas Fabergé den Samen einer neuen Neutralität in ihren Geist eingepflanzt hatte. Kunst vermittelt keine vorgefasste Meinung darüber, was falsch und was richtig ist. Kunst existiert außerhalb solcher Begrenzungen.

Im April unterzeichnete Rumänien einen Friedensvertrag, und plötzlich schien das Ende des Kriegs absehbar.

Wieder verbrachten amerikanische Soldaten ihren Urlaub in Paris. Mami und ihren Freundinnen war es wieder gelungen, ein paar einsame Soldaten aufzulesen. Der Frühlingssonnenschein wärmte bereits, und die Laune der Amerikaner verbesserte sich beträchtlich, weil die Alternative zu einem hübschen Straßencafé am Montmartre ein matschiger, wassergefüllter, rattenbevölkerter Schützengraben in nur einigen Kilometern Entfernung gewesen wäre.

»Jetzt hast du schon zum dritten Mal Glück gehabt, was, Bo!« Der groß gewachsene Ben O'Rourke, Mamis Exhengst aus Kentucky, der einer von Mamis Freundinnen den Arm um die Schultern gelegt hatte, da Irene ihm die kalte Schulter gezeigt hatte, boxte Bo mit seiner freien Hand gegen die Schulter. »Nächstes Mal werden sie dich bestimmt erwischen, die Deutschen.«

»Ich nehme an, wir müssen alle irgendwann einmal sterben.«

»Jesus! Warum reden wir vom Sterben, wo es uns morgen schon treffen kann!«, sagte Mamis derzeitiger Liebhaber, Sergeant Max. Er stand auf und leerte den Inhalt seines Rucksacks auf den Tisch. Die Französinnen kreischten begeistert und stürzten sich auf die Geschenke.

Mami klatschte in die Hände und rief in ihrer eigenen Sprache: »Die gehören mir – ihr habt eure eigenen Jungs, die euch Geschenke mitbringen können.«

»Warum nennt man die Franzosen ›Froggy‹?«, fragte Ben.

»Keine Ahnung«, antwortete Bo.

»Seht her.« Ben nahm seinen Arm von der Schulter des französischen Mädchen und zeichnete mit dem Finger eine dreiblättrige Pflanze auf das weiße Leinentischtuch. »Was ist das?«

»Keine Ahnung«, antworteten alle im Chor.

»Eine Lilie, Fleur-de-lis, die französische Bourbonenlilie.« Er zeichnete einen weiteren Umriss auf das Tischtuch. »Und was ist das?«

»Ein Frosch«, sagte Irene.

»Richtig – diese Lady hat eine rasche Auffassungsgabe! Aber eigentlich ist es eine Kröte.« Er zeichnete drei weitere Kröten, die genau in die Umrisse der Fleur-de-lis passten. »Was ist das?«

»Drei Kröten!«, sagte Max schleppend.

»Mami, was heißt ›toad‹ auf Französisch?«, wollte Ben wissen.

»Crapaud«, antwortete sie, worauf die amerikanischen Soldaten in Gelächter ausbrachen.

»Genau, Mami«, sagte Big Ben und zeigte mit dem Finger auf sie. »Dafür kämpfen wir, Jungs, für *craupauds*!«

Amerikaner sprachen eine Sprache für sich. Irene konnte sie meistens nicht verstehen. Die Amerikaner waren so anders als ihre Brüder, als die Männer, die sie bisher kennen gelernt hatte, Randolph, Sam, Michal. Sie waren so kultiviert und so weltoffen; die Pariser Frauen stürzten sich auf sie und verschlangen sie regelrecht wie gierige kleine Spatzen und nahmen bereitwillig die

Schokolade, Parfums, Nylonstrümpfe und Zigaretten als Gegenleistung für ihre kleinen Gefälligkeiten entgegen.

Was tue ich bloß hier?, fragte Irene sich. Plötzlich stand sie auf und ging ohne eine Wort.

Der amerikanisch-italienische Soldat Rucci ging ihr nach und holte sie eine. Sie hatte ein paar Mal mit ihm getanzt, wenn er Freigang hatte, aber das war auch alles. Sie war nun froh, dass sie alle auf Abstand gehalten hatte, indem sie ihre Geschenke ablehnte, auf die Mami und die anderen Mädchen so scharf waren. »Hey, Irene, was ist los?«

»Auf Wiedersehen, Bo.«

»Auf Wiedersehen? Aber wir reisen doch erst morgen nach Arras ab.«

»Auf Wiedersehen, Bo«, wiederholte sie fest und eilte fort, um nicht sehen zu müssen, wie das Leuchten in seinen Augen erstarb.

Er holte sie wieder ein und hielt sie am Ärmel fest, um ihr ins Gesicht sehen zu können. Er schob seine Mütze zurück und streckte Irene seine geballten Fäuste hin. »Wähl eine aus«, sagte er.

»Auswählen?«, sagte sie zögernd und starrte seine Fäuste an.

»Ja, mach schon, such eine aus.«

»Warum?«

»Tu es!«

»Vergiss es, wenn das ein weiterer dummer amerikanischer Witz sein soll; ich teile euren Sinn für Humor nicht.«

»Tu es für mich.«

Sie klopfte auf seine linke Faust. Er öffnete die Hand und hielt die Handfläche nach oben. Das Word ›Yes‹ war mit Tinte auf seine Handfläche geschrieben. »›Yes‹ bedeutet, dass ich nach Paris zurückkehren werde.« Er zeigte ihr seine rechte Hand, auf die er ›No‹ geschrieben hatte. Er sagte: »Der deutsche Fritz wird mich noch nicht kriegen, sei es nun in Arras oder sonst wo! Danke, Süße, du bist mein Glücksstern.« Er drehte sich um und kehrte zu seinen Freunden zurück.

Bo schrieb ihr aus Arras: Granatlöcher, in denen Schlamm und Wasser einen Mann ertrinken ließen, dessen Spuren völlig ausgelöscht wurden, wenn die nächste Welle von Panzern über ihn hinwegrollten oder die Geschütze von beiden Seiten ihn zu Knochenstaub pulverisierten.

Der Tod eines unbekannten Soldaten: Was war Randolph und Sam zugestoßen?

Irene wollte es gar nicht wissen.

Sie erfuhr über Doreen, die ihr die Nachricht im Auftrag von Tante Martha mitteilte, dass Lady Catherine friedlich in Hopeworthy Hall gestorben war. Von Randolph und Sam gab es keine Neuigkeiten. Irene zerknüllte Doreens Brief in ihrer Hand. Wenigstens war ihre Wohltäterin nun von ihrer unheilbaren Krankheit erlöst.

Am 14. Juli, dem französischen Nationalfeiertag, hatten Bo Rucci und seine Männer wieder einmal Ausgang in Paris, sehr zu Mamis Freude. Sie waren wie zuvor in der Stadt einquartiert und nahmen halbherzig an den Feierlichkeiten *dieses* Jahres teil; die Amerikaner waren sehr still, weil sie inzwischen erfahren hatten, was es bedeutete, in den Schützengräben zu leben wie die britischen Streitkräfte, die in den vergangenen vier Jahren Höllenqualen erlitten hatte. Sie wussten nun, was es bedeutete, um gefallene Kameraden zu trauen. Sie waren Teil des Wahnsinns in Europa geworden.

Das 77. Bataillon hatte nicht wie sonst vierzehn Tage, sondern nur vier Tage Urlaub. Am letzten Abend saßen sie nach der Sperrstunde in einem kleinen verdunkelten Café und tranken mit Madame und Monsieur Pernod und Wein. Sie unterhielten sich oberflächlich, während ein seltsames ›Gefühl‹ in der Luft lag, wie Bo ihr hinterher erzählte.

Eine geisterhafte Nacht, wie Irene sich später erinnerte. Sie erinnerte sich sehr deutlich an jenen 20. Juli. Die Nachrichten über Kampfhandlungen wurden verdrängt von der schockierenden Neuigkeit, dass die russische Zarenfamilie einige Tage zuvor in Katerinenburg ermordet worden war. Die Bolschewiki hatten sie kaltblütig in dem Keller erschossen, in dem sie das vergangene Jahr gefangen gehalten worden waren, seit dem Jahr, in dem ihr auch Michal genommen worden war.

Juwelen, sibirische Diamanten, eine Frost-Tiara und eine Smaragdbrosche – sie waren wie die Tränen eines russischen Traums, mit denen sie selbst im Hause Fabergé gespielt hatte, wie die Zarin von ganz Russland, der Juwelen mehr als menschliches Leben bedeutet hatten.

Irene sah auf und fing wieder den Blick aus Bos dunklen Augen auf. Der animalische Instinkt wurde verstärkt vom erbarmungslosen Ticken der Uhr des Todes, die das, was man heute hatte, von dem, was man morgen nicht haben konnte, trennte.

Die Benommenheit legte sich nicht. Als Bo ihre Hand nahm, waren Leben und Tod für sie untrennbar geworden. »Sollen wir gehen?«

Irene nickte.

Er brachte sie zurück zu ihrem Haus. Auf der Schwelle ihres Zimmers zögerte sie einen Moment und griff dann in ihre Handtasche. »Ich möchte dir das hier geben ... sie waren für meinen Bruder Don bestimmt ...«

Er sah auf die ungewöhnlichen silbernen Manschettenknöpfe, die auf seiner Handfläche glitzerten, eines von drei Paaren, die Irene in St. Petersburg für ihre Brüder und Michal erstellt hatte. Er steckte sie ohne ein Wort des Dankes ein; es war ein Moment, der keine Worte erforderte.

Sie wollte nichts anderes als den Trost, den sein Körper ihr bieten konnte, und ihm ging es genauso. Er stieß sie in den Raum, und sie ließ es zu. Er schob die Tür mit dem Fuß zu und drückte sie gegen die Wand, hielt ihre Hände über ihrem Kopf fest. Ihre hungrige Begierde hatte nichts mit Liebe zu tun, sondern nur mit dem Wunsch, das Heute zum Wichtigsten machen.

Später, als sie beide ihre Begierde gestillt hatten, lagen sie erschöpft in ihrem schmalen Bett. Sie hielten sich in einer tröstenden Umarmung umschlungen. Er erzählte ihr alles über sein Leben in Millville in New Jersey, seine Eltern, das Mädchen, mit dem er verlobt war. Sie erzählte ihm von sich.

Am nächsten Morgen, nachdem er gegangen war, um nach Château Thierry zu fahren, wo der nächste große ›Vorstoß‹ alliierter Kräfte stattfinden sollte, weinte Irene.

Bo hatte ihr Michal weggenommen, schnell, sauber, wie die Amputation eines Armes, und sie weinte, weil sie immer noch die Schmerzen jener nächtlichen Amputation dessen, was ihr Leben gewesen war, spüren konnte.

Sie war nicht in der Lage, zur Arbeit zu gehen, und bat Mami, Monsieur René ihre Krankmeldung zu überbringen.

Bo Rucci schickte Irene Briefe, die sie eigentlich nicht beantworten wollte, weil sie nicht den Wunsch verspürte, ihre Beziehung fortzusetzen. Aber er war so nett, so freundlich und so jung, und sie brachte es nicht über sich, ihm nicht zu antworten, einem Mann, der möglicherweise bald sterben würde.

›*Liebe Irene*‹, schrieb er, ›*der Weizen auf den Feldern reift heran, während die Bäume wie kopflose Wächter aussehen, die das tote und geisterhafte Land bewachen. Château Thierry liegt in Trümmern. Heftige Kämpfe haben in der Stadt und den umliegenden Dörfern stattgefunden. Die Deutschen haben alles kurz und klein geschlagen, bevor wir eintrafen. Sie haben Statuen, Denkmäler und Brunnen zerstört, und danach haben sie die Häuser geplündert. Es ist entsetzlich, was sie den Zivilisten angetan haben. Die Deutschen leisten erbitterten Widerstand mit Maschinengewehrfeuer, Artillerie und Flugzeugen, obwohl sie sich auf dem Rückzug befinden. Wir haben ein paar ›Cockney Tommies‹ getroffen, die mich daran erinnert haben, was du mir über deine Brüder erzählt hast.*

Ihr Kauderwelsch bringt uns zum Lachen, wenn wir es überhaupt verstehen können. Sie nennen die Deutschen ›Jerrys‹, und als wir den Grund dafür wissen wollten, sagten sie, es sei we-

gen der Helme, die wie Tante Gertrudes Nachttopf unter dem Bett aussehen – was sie wirklich gesagt haben, kann man einer Dame nicht schreiben.

Wir marschieren Tag und Nacht. Es regnet immer noch wolkenbruchartig, und die Sanitäter mit ihren Tragen schaffen es in dem Matsch kaum, die Verwundeten zu tragen. Es besteht allgemeine Verwirrung. Eigentlich sollten wir ein Ruhelager aufschlagen, aber die Organisation war so schlecht, dass wir stattdessen weiter marschierten nach …‹

An dieser Stelle hatte der Zensor den Namen der Stadt, zu der die Amerikaner unterwegs waren, ausgestrichen. Der Brief ging folgendermaßen weiter: ›*Max und Ben haben beide Bauchschüsse erlitten. Ich hatte mehr Glück. Ich habe Schrapnellwunden am Bein, derentwegen ich ein paar Tage im Feldlazarett verbringen musste. Aber jetzt bin ich wieder dabei, obwohl ich nicht behaupten kann, dass es besonderen Spaß macht, mit den Verbänden, die von oben bis unten mit Schlamm bedeckt sind, herumzuhoppeln. Wenn der Schlamm trocknet, werden die Verbände zu einem Schraubstock, aber der Arzt sagt, ich muss sie tragen, da die Wunden sich sonst infizieren würden. Wahrscheinlich werden mir wegen der schlechten Durchblutung bald die Zehen abfallen. Die Nächte sind am schlimmsten. Man muss aufpassen, dass man in der Dunkelheit seine Leute nicht verliert und sich am Ende hinter den feindlichen Linien wieder findet. Ich möchte in meinem Leben nie wieder Stacheldraht sehen, nur dich.*‹

Eine ungeplante Liebesnacht hatte immer eine Kehrseite, insbesondere für eine Frau. Es wäre einfach entsetzlich, wenn eine einzige Nacht voller Leidenschaft, die nur wegen Irenes Trauer zustande gekommen war, ihr weiteres Unglück bringen würde. In den folgenden drei Wochen schwitzte Irene in der Glaswerkstatt bei dem Gedanken, dass sie für den Rest ihres Lebens an einen Fremden namens Bo Rucci gebunden sein würde, nur weil sie in einem schwachen Moment einem Mann, der dem Tode ins Gesicht blickte, ein Paar Manschettenknöpfe geschenkt hatte.

Ob es nun daran lag, dass sie Stress hatte, viel arbeitete, wenig aß oder immer zwei Treppenstufen auf einmal nahm, blieb dahingestellt; auf jeden Fall war sie zum ersten Mal in ihrem Leben froh, als ihre Periode einsetzte. Ihre langfristigen Pläne wurden nicht über den Haufen geworfen, Gott sei Dank. Sie schwor sich, dass sie in Zukunft nie wieder schwach werden würden gleichgültig in welchen Gefühlszustand es sie versetzte, wenn Russen von Bolschewiki erschossen wurden.

Sie ging mit einer Flasche Rotwein in Mamis Zimmer, die im Bett lag und grunzte: »Warum schaust du so fröhlich? Mir ist schlecht, also sei bitte nicht zu fröhlich.«

»Ich möchte mit dir die Fertigstellung meines Medaillons ›Fische und Mondgöttin‹ feiern. Meine nackte blaue Göttin umgeben von schillernden Fischen gefällt Monsieur Lalique so gut, dass er sie bei der nächsten Ausstellung der schönen Künste zeigen möchte.«

»Herzlichen Glückwunsch, Chérie«, sagte Mami, die immer noch sehr unter dem Tode von zweien ihrer amerikanischen Freunde, Max und Ben, litt. »Warum tun wir Frauen das, Irène?«, fragte sie. Ihr neuer Haarschnitt, kurz und gekräuselt, stand ihr überhaupt nicht. Zum Glück hatte Mami ihr Haar erst abschneiden lassen, nachdem Irene ihre Skizzen für ihr Lalique-Gesellenstück abgeschlossen hatte.

»Was tun wir, Mami?«

»Uns in die Liebe verlieben.«

»Vielleicht weil alle Frauen gierig nach Vergeltung sind.«

»Das macht Sinn. Gib mir diese Flasche und den Korkenzieher. Daran, wie du die Flasche öffnen willst, erkenne ich, dass du eine Engländerin bist. Keine Französin trinkt gerne Kork in ihrem Wein ... ich habe die Gläser von gestern noch nicht gespült.«

Das war nicht zu übersehen. Die Gläser standen zwischen den vollen Aschenbechern auf dem Tisch verstreut, Überreste von

Mamis letzter Fete. Da das Badezimmer und die Küche sich ein Stockwerk tiefer befanden und Irene keine Lust hatte, dorthin zu gehen, wischte sie einfach zwei Gläser mit einem Tuch aus, während Mami im Bett sitzend den Wein öffnete. Die Zigarette, diesmal ohne Zigarettenhalter, hing ihr im Mundwinkel. Sie kniff die Augen zusammen, damit sie keinen Rauch hineinbekam, und schenkte den Wein ein. »Ich bin am Boden zerstört. Ich habe die Nase voll. Ich hasse die Deutschen. Ich hasse die ganze Welt.«

»Sag das nicht.«

»Warum nicht?«

»Weil du es nicht so meinst.«

»Wohin gehen wir heute Abend, um ein paar neue Liebhaber aufzutun?«

»Nirgendwohin. In einem halben Jahr werde ich meine Lehre abgeschlossen haben. Danach werde ich mein Leben neu überdenken. Vorher werde ich es nicht riskieren, mich mit irgendeinem Mann einzulassen.«

»Liebst du Roberto Rucci?«

»Nein.«

»Interessiert es dich, wie es ihm ergeht?«

»Ja, natürlich.«

»Dann sprich nie vom Sterben.« Mami machte eine Handbewegung in Richtung eines hölzernen Kastens, der auf dem Tisch stand. »Max hat mir ein Sterbegeschenk hinterlassen.«

»Was ist es?«

»Das ideale Gerät für den Campingplatz oder den Schützengraben. Es ist ein modernes amerikanisches Grammophon, Irène! Zehn Schallplatten gehören dazu. Unter den Liedern, die unser galantes 77. Bataillon gesammelt hat, sind auch zwei für dich. Wie Max in seinem letzten Brief geschrieben hat, hat Bo Rucci sie ausgesucht – für den Fall des Todes, der ja dann für den armen Max eingetreten ist.« Mami ließ sich vom Bett gleiten und zog das tragbare Grammophon auf. »Es gibt eine besondere Schallplatte, die Ben und Max extra für das 77. aufgenommen haben, damit sie es im Schützengraben singen konnten. Es ist sehr lustig, Chérie, hör zu ...« Mami summte die Melodie zu ›*If you were the Only Girl in the World*‹. Der Text der Soldatenversion lautete anders:

›*Wenn du der einzige Deutsche im Schützengraben wärst*
Und ich die einzige Bombe hätte,
Wäre an diesem Tag alles andere auf der Welt egal,
Denn ich würde dich in die Ewigkeit schicken.
Eine Folterkammer, nur für uns zwei,
Und nichts kann uns den Spaß verderben;
Man könnte so wundervolle Dinge tun,
Ich würde auch dein Gewehr und dein Bajonett bekommen,
Wenn du der einzige Deutsche im Schützengraben wärst
Und ich die einzige Bombe hätte.‹

Eine andere Schallplatte, die nicht mit der Soldatenversion eines bekannten Songs überspielt war, war das Lied von Joe McCarthy und James Monaca: ›You made me love you, I didn't want to do it ...‹

Aber als der Song ›First Love, Last Love, Best Love‹ erklang, ließ Irene Mami mit ihrer amerikanischen Nostalgie allein.

40. Kapitel

Der alliierte Vormarsch, den Bo in seinen Briefen als ›Vorstoß‹ bezeichnet hatte, dauerte von Juli bis September. General Allenby hatte die türkische Armee in der Schlacht von Meggido geschlagen, und Bulgarien hatte ein Friedensabkommen unterzeichnet. Dann, im September, begann die Offensive der Alliierten. Die Deutschen standen nun ›mit dem Rücken zur Wand‹, wie Bo schrieb.

›*Ich bin jetzt Major, Donnerwetter! Es ist eine große Sache, hier zu sitzen, wo vorher das von den Deutschen besetzte Gebiet war. Wenn ich lange genug lebe, werde ich es vielleicht sogar noch bis zum General bringen; die Beförderungen werden schnell und wahllos durchgeführt, wenn es sonst niemanden gibt, um die Lücke zu füllen. Ich hätte sogar ein Verwundetenabzeichen bekommen können, wenn man die nicht nach dem Bürgerkrieg abgeschafft hätte. Nein – wahrscheinlich weißt du darüber nichts, zu amerikanisch. Vielleicht führen sie das Abzeichen speziell für uns Jungs vom 306. Infanterieregiment, 77. Bataillon, amerikanisches Expeditionskorps, wieder ein, nach allem, was wir in der letzten Zeit durchgemacht haben! Ich hätte nie gedacht, dass ich Europa einmal aus dem Inneren eines Granattrichters sehen würde.*‹

»Tu nicht so verdammt fröhlich um meinetwillen, Roberto!« Irene schüttelte den Kopf und lächelte unter Tränen. Sie saß allein mit einer einsamen Scheibe Toast am Tisch; Mami war schon auf dem Weg zur Arbeit, sodass sie Bos Brief nicht an sich reißen konnte.

›Die Pioniere haben neue Stacheldrahtzäune aufgestellt, um unser Land zu markieren – wie kann man nur so besitzergreifend werden, wenn es nur um ein paar Quadratmeter Schlamm geht! Wir haben sechzehn Kilometer eines kahlen, baumlosen Plateaus gewonnen. Alles ist tropfnass, und der Wind heult um unseren Unterstand wie ein Rudel Baskerville-Hunde.

Am 12. September haben wir durch dunkle Wälder einen Vorstoß auf St. Michiel durchgeführt, wobei wir bis zu den Knien im Matsch versunken sind. Die Jungs waren von diesem schrecklichen Marsch entlang einer Route, die von Panzern, Lastwagen und Karren in eine dicke Suppe verwandelt worden war, völlig erschöpft. Die Franzosen versuchten einen letzten Angriff auf Fritz, und die Granaten schlugen die ganze Nacht in unserer Nähe ein. Um fünf Uhr morgens gingen wir gemeinsam mit den ›Crapauds‹ zum Sturmangriff über. Unser Zug folgte der dritten Angriffswelle. Die französischen Panzer schlugen eine Bresche in die deutschen Linien, und sie fuhren ihre Geschütze aus, sodass der Himmel vor uns aussah wie beim Feuerwerk am französischen Nationalfeiertag! Wie rückten so schnell vor, dass wir unseren Küchenwagen hinter uns ließen. Die Deutschen wurden entweder in ihren Maschinengewehr-Nestern ausgehoben oder während ihres Rückzugs gefasst. Wir haben an einem Tag 13.000 Gefangene genommen. Entlang unseres Weges lagen tote Deutsche und tote Amerikaner, tote Pferde, tote Esel, der Tod war überall – obwohl es viel mehr tote Deutsche als tote Amerikaner gab. Es war seltsam, aber ich habe nichts empfunden, ich war wie betäubt von dem, was wir ihnen angetan und von dem, was sie uns angetan hatten. Präsident Wilson schickte ein Glückwunschtelegramm. Der Sieg von St. Michiel stellte einen großen Erfolg dar. Ich habe oft an dich gedacht, Irene, seit wir aus Paris abgereist sind. Schreib bald, liebe Grüße. Bo.‹

Ein Sieg – in St. Michiel! Irene spürte, wie ihr ein unheilvoller Schauder den Rücken hinunterlief; es war in der Tat ein seltsamer Gedanke, dass sich Major Bo Rucci an einem Ort namens St. Michiel befand. Das Leben war merkwürdig. Wenigstens hatte er den Sturmangriff unbeschadet überstanden.

Ende September erhielt Irene eine weitere gute Nachricht, die sich von den Neuigkeiten während der vergangenen vier Jahre positiv abhob. Carl und Augusta Fabergé war es gelungen, aus Russland zu fliehen. Das teilte Nicholas ihr aus Lausanne mit. Augusta hatte Russland vor ihrem Mann verlassen. Carl Fabergé war in der Verkleidung eines zu einer ausländischen Botschaft gehörigen Kuriers außer Landes gereist. Wahrscheinlich würde er die gleiche Reiseroute wie Irene nehmen, aber genau wusste er es noch nicht. Seine Mutter konnte nun jeden Tag in Lausanne eintreffen. Er teilte ihr auch mit, dass die Bolschewiki das Geschäft Fabergé in der Morskaja Straße Nr. 12 endgültig geschlossen hatten; man hatte jedoch seinen Bruder Agathon gebeten – nein, ihm ›befohlen‹, in Russland zu bleiben, um die kaiserlichen Kronjuwelen und die kaiserlichen Ostereier, die das Haus Fabergé seit 1884 gefertigt hatte, zu katalogisieren.

Im Oktober kapitulierte die Türkei, und kurz darauf nahm Österreich die auferlegten Vertragsbedingungen an. Die revolutionäre Bewegung in Deutschland erzwang die Abdankung von Kaiser Wilhelm, der daraufhin nach Holland flüchtete.

Mamis amerikanische ›Jungs‹ hatten es geschafft und waren in Sicherheit! Mami und Irene weinten. Mami hatte eine Flasche von Max' Champagner für diesen Tag aufbewahrt. Die beiden Mädchen köpften die Flasche und stießen auf das ersehnte Kriegsende an.

Am 11. November um fünf Uhr morgens unterzeichnete Deutschland den Waffenstillstandsvertrag, gemäß dem alle Kriegshandlungen ab elf Uhr eingestellt werden sollten. Die Glocken von Notre Dame und jeder anderen Kathedrale und Kirche sowohl in Frankreich als auch in London und ganz England läuteten und verkündeten den Frieden. Paris stand Kopf. Mami wollte ausgehen und mit den Menschenmassen auf den Champs Elysées feiern und die französische Nationalhymne singen, die französische Flagge schwingen und jubeln. Jetzt musste sie die Deutschen nicht mehr verfluchen, die ›bekommen haben, was sie verdienen; schließlich haben sie das alles angefangen!‹.

Irene war nicht nach Singen und Feiern zumute. Sie dachte an Charlie, Don und Lou. An Tante Marthas tote Söhne, Dot Fennels Sohn Bert. An Dot und Joe selbst, Opfer eines deutschen Luftangriffs. An Randolph und Sam. An Michal und Zeta, getötet während der russischen Revolution. An Jan aus der dritten Genossenschaft, gefallen an der Ostfront. An Walter Ruwenzori, hingerichtet, nur weil er Deutscher gewesen war. An Mamis amerikanische Freunde Ben und Max, an Lady Catherine, die kurz nach ihrem letzten Brief an Irene, in dem sie Randolphs Schicksal in Frankreich betrauert hatte, gestorben war.

Namen, die jetzt nur noch Teil einer Statistik waren, Menschen, die einst Teil des täglichen Lebens von anderen Menschen gewesen waren. Und zwischen all den Erinnerungen tauchte das Bild des Mannes Rasputin auf, der alle Geschehnisse so genau vorhergesagt hatte.

So viele Leben waren für immer beendet; eine Generation junger Männer und Frauen, Irenes Generation, hatte Tribut gezollt. Sie stellte sich den armen Bo vor, der immer noch auf einem mit Stacheldraht umgebenen Feld saß, nachdem die Kanonen und Geschütze plötzlich verstummt waren. Es regnete immer noch, und diejenigen aus dem 77. Bataillon, die schließlich überlebt hatten, kamen sich in dieser Stunde des Triumphs verloren vor und wussten nichts mit sich anzufangen, nachdem keine Notwendigkeit mehr bestand, sich ein besseres Loch zu suchen.

Aber wäre es nicht noch brutaler, wenn nicht alle Soldaten beider Seiten die Nachricht vom Waffenstillstand erhalten hätten und Bo und seine Männer – eigentlich jeder kämpfende Soldat – dort draußen neben den Stacheldrahtzäunen um elf Uhr in die Luft fliegen würde? Wieder erschauderte sie. Sie konnte den schrecklichen Gedanken an eine solche Ironie des Schicksals nicht ertragen und beschloss auszugehen.

»Wo willst du hin?«, fragte Mami.

»Zum amerikanischen Militärkrankenhaus.«

»Du bist etwas zu spät dran, wenn du jetzt noch Krankenschwester werden willst«, sagte Mami.

Im Krankenhaus in der Rue Puccini fragte Irene die Dienst habende Schwester, ob sich neben den verwundeten französischen und amerikanischen Soldaten auch Engländer dort befanden, und erhielt zur Anwort: »Jede Menge. Wen suchen Sie denn?«

»Einen Soldaten aus einem der Londoner Regimenter«, antwortete Irene, »der gerne die Siegesparade sehen würde.«

Die amerikanische Schwester warf ihr einen forschenden Blick zu. »Warum?«

Irene wäre fast vor diesem strengen, eindringlichen Blick davongelaufen. Ja, sie war selbstsüchtig gewesen, sehr, sehr selbstsüchtig. Während sie in den vergangenen vier Jahren einem Traum hinterher gelaufen war, hatte diese Frau, diese Krankenschwester, eine wirklich nützliche Arbeit verrichtet, indem sie anderen Menschen geholfen hatte.

Aber da war nicht nur das Schuldgefühl. Randolphs Erbschaft – die laut Lady Catherines Wunsch nun ihr gehörte, nachdem Randolph auch nur ein weiterer ›unbekannter Soldat‹ war – war eine Sache, über die sie ernsthaft nachdenken musste. Irene konnte diese Erbschaft genauso wenig annehmen, wie sie die Toten zurückbringen konnte.

»Weil dies das Geringste ist, was ich tun kann. Meine beiden Brüder sind 1916 an der Somme gefallen. Sie waren in einem Londoner Regiment.«

»Ich werde sehen, wen ich auftreiben kann, meine Liebe – und danke.«

Mami und Irene holten ihren ›Soldaten für einen Tag‹ vom Militärkrankenhaus ab. Sie waren früh dran, damit sie, wie Mami richtig festgestellt hatte, einen Platz in der ersten Reihe bekämen, falls er im Rollstuhl saß.

Der gewöhnliche Soldat Jim Turner, siebzehn Jahre alt, hatte in Arras beide Beine verloren. Es war völlig egal, ob sie einen guten Blick auf die Parade hatten oder nicht. Jim war auch erblindet.

Er wollte gerne bei der Siegesparade dabei sein, um ›zu sehen, wie unsere Jungs die Champ Elsie runterrollen, Miss Irene‹, verkündete er fröhlich aus seinem Rollstuhl. Sie schenkte ihm das zweite Paar silberner Manschettenknöpfe, die sie für Don gemacht hatte. »Du meine Güte, danke, Miss, Sie sin' ein tolles Mädel, wirklich«, sagte Jim und betastete die Manschettenknöpfe voller Freude, bevor er sie prüfend in seiner Handfläche wog. »Ich glaub', die sin' wirklich wunderschön un' sicher das ein oder andere Pfund wert ... ich will sie jetzt tragen, Miss, damit ich zwischen all den Generälen auch elegant ausseh'.«

Über seinen Kopf hinweg murmelte Mami: »Mon Dieu!«, und wischte sich eine Träne aus dem Augenwinkel. Resolut schob sie den gewöhnlichen Soldaten Jim Turner die Rue Puccini entlang zu den Champs Elysées, damit er die britischen, amerikanischen und französischen Panzer und Fahrzeuge ›sehen‹ konnte, die durch Paris rollten.

Jim und Irene sangen ›God Save the King‹, schwenkten ihre britischen Flaggen und taten in Paris das, was sie auch in London getan hätten. Sie zeigten sich patriotisch angesichts der viel größeren Zahl von Franzosen und Amerikanern, die das Ende des Krieges feierten.

Bo hatte auch an der Siegesparade auf den Champs Elysées teilgenommen. Irene hatte ihn jedoch nicht gesehen, weil sie und Mami zu sehr damit beschäftigt gewesen waren, dem blinden Jim alle Details zu beschreiben. Später, als sie ihn zurück zum Krankenhaus brachten, hatte Jim – typisch Mann – versucht, nicht zu weinen, sondern stattdessen in sein Taschentuch geschnaubt und den Beginn einer Erkältung vorgetäuscht. »Danke, Miss Irene, und auch Ihnen, Miss Mami. Vielleicht werd' ich Sie mal besuchen, wenn ich wieder zu Hause bin, Miss Irene.«

»Tun Sie das, Jim. Und kommen Sie gut nach Hause.«

»Sie auch, Miss Irene. Sie sin' ein tolles Mädel.« Er zwinkerte ihr mit seinen blinden Augen zu. »Un' wenn Sie in fünfzig Jahren noch nich' verheiratet sin', kommen Sie zum alten Jim in der Flecknoe Street Nr. 45 in Whitechapel. Ich will nich' unhöflich sein, denn sicher sin' Sie hübsch genug, um den Prinzen von Wales selbst zu heiraten! Un' Sie auch, Mam'selle Mami – Sie sin' sicher hübscher als die Polizei erlaubt.«

Mami gab dem Jungen einen dicken schmatzenden Kuss auf die Wange. »Jimmy, Sie sind der tapferste Mann, den ich je geküsst habe!«

Am gleichen Abend klopfte Bo an Irenes Tür. »Hallo, Major, ich habe schon auf Sie gewartet ...«

»Willst du mich heiraten?«

Sie starrte ihn an. »Wie bitte?«

»Du hast richtig verstanden. Willst du mich heiraten und mit mir nach Millville in New Jersey kommen?«

»Ich ... ich ... Bo, komm erst mal rein. Lass uns darüber reden ...«

»Ich möchte nicht reden. Ich möchte eine Antwort haben. Ich liebe dich, ich möchte dich heiraten. Wenn du für mich nicht dasselbe empfindest, dann sag es mir jetzt, ganz ehrlich.«

Oh Gott ... sie hob hilflos die Hände.

Der Tag des Sieges. Konnte sie ihn wirklich abweisen, nach dem, was er durchgemacht hatte?

Irene holte tief Luft. »Bo, ich liebe dich nicht genug, um dich zu heiraten. Ich liebe dich als ... als Freund. Ein sehr lieber, ganz besonderer Freund. Ich wünschte, ich könnte mehr für dich empfinden, ganz ehrlich. Ich kann dich nicht heiraten ... ich gehöre auch nicht nach Amerika.«

Er lächelte und gab ihr einen Kuss auf die Wange. »Mehr wollte ich nicht wissen, Honey.« Er hob eine Hand zum Abschiedsgruß. »Ich behalte die Manschettenknöpfe als Erinnerungsstück an meinen Urlaub in Frankreich. Tschau, Irene.« Er salutierte und verschwand, ein weiterer Mensch, der ihren Lebensweg für kurze

Zeit gekreuzt hatte. Er rannte die Treppe hinunter, als wären die Geister von St. Michiel hinter ihm her.

Irene schlug die Tür zu.

Die Geister von St. Michiel verfolgten nicht ihn, sondern sie. Sie warf sich in den Lehnstuhl und heulte sich die Augen aus dem Kopf. Mami konnte sie nicht schluchzen hören, weil sie immer noch mit dem Rest von Paris auf den Straßen feierte.

Irene stellte fest, dass sie eine Gefangene ihrer Kunst geworden war, ein gefangener Lehrling, der seine Zeit bis zum Tag seiner Freilassung absitzen musste. Der Krieg war vorüber, sie könnte jetzt jederzeit nach London zurückreisen.

René Lalique wollte, dass sie bis zum Sommer des Jahres 1919 blieb, um die in der Schweiz verlorenen Monate ihrer Lehrzeit nachzuholen. Was waren schon drei oder vier zusätzliche Monate, wenn man diese in Relation zu einem ganzen Leben setzte? Das Wichtigste ist, dass du dein Diplom bekommst, Irene Druce, sei es nun im April, Mai oder Juni!

Im April gewann Irene den ersten Preis bei der Pariser Ausstellung der schönen Künste für zwei ihrer Ausstellungsstücke, ihr Glasmedaillon ›Fische und Mondgöttin‹ und ihre ›Distel mit Schmetterling‹ aus ihrer Kollektion ›Glitzern im Mondlicht‹.

Das Leben hatte einen vollständigen Kreis geschlagen. Silberfische im Mondlicht, der Fluss Teise, ein Zigeunerjunge namens Sam Smart, Hopeworthy Hall, die Windmühlen von Hope Mill und der dazugehörige Bahnhof – ›Nach Lamberhurst und Goudhurst‹, und Lady Catherine, die ihr das alles ermöglicht hatte.

Glitzern im Mondlicht, das sie von Kent zum russischen Archangelskoe, zu den Schweizer Bergen und Seen und zu einem Platz in Paris mit altmodischen Windmühlen und Weizenfeldern, Montmartre fünfzig Jahre zuvor, geführt hatte.

Montmartre auf dem Hügel, Goudhurst auf dem Hügel. Irene

wusste, dass Lady Cath, wenn sie noch leben würde, eine solche Parallele äußerst amüsant gefunden hätte; und trotzdem war es nicht so weit hergeholt: Moulin Rouge war nach einer Windmühle benannt, und Hope Mill war ebenso nach einer Windmühle benannt.

Wenn man nur genau genug hinsah, ließen sich überall Parallelen ziehen – das hatte Michal ihr in St. Petersburg beigebracht.

Nachdem die Amerikaner Paris verlassen hatten, war das linke Seine-Ufer, abgesehen von den Trümmern des Krieges, wieder französisch geworden: Moulin de la Galette, Théâtre Liebe, Cité Internationale des Arts.

Mami und Irene suchten alle Plätze am linken Ufer auf, an denen sie mit den amerikanischen Soldaten gewesen waren.

Sie waren auf dem Weg zu einem kleinen Restaurant am Quai Malaquais, das die Amerikaner bevorzugt hatten. Der Abend war warm für die Jahreszeit. Der trockene und heiße Geruch von Paris vermischte sich mit dem Duft nach Reseda und Lindenblüten. Oder war es nur der Duft einer quälenden Erinnerung?

Mami blieb abrupt stehen, aus der Fassung gebracht durch die lange Reihe von beinlosen, armlosen und blinden Männern, die sich fünf Monate nach dem Waffenstillstand ihren Lebensunterhalt erbettelten.

»Oh, mein Gott, Irène! Das ist entsetzlich, fürchterlich! Sieh sie dir an! Unsere Retter!« Mami, ein ausgesprochen leidenschaftlicher Mensch, fragte: »Wieviel Geld hast du dabei?«

»Nicht viel.«

»Mehr als genug!« Mami zog Irene über die Straße. »Gib es ihnen – alles, was du in deiner Geldbörse hast!«

»Sei nicht albern, Mami. Ich muss doch die Restaurantrechnung bezahlen.«

»Mein Herz blutet ... ich habe keinen Hunger mehr. Ich kann den Gedanken, dass diese armen Männer, die ihr Leben für mich riskiert haben, hungern und leiden, nicht ertragen. Was tun unsere Politiker und Generäle bloß!«

»Beruhige dich, Mami. Dein kleiner Protest wird keine Veränderung bewirken.«

»Ohhh! Ich bin am Boden zerstört.« Mami hob hilflos die Hände. »Ich ... ich schäme mich so!«

»Erzähl das den Generälen, Mami.« Irene bückte sich und ließ einige Münzen in die flache Bauernmütze eines vom Krieg gebeutelten Franzosen fallen.

Sie erstarrte. Ihr Blick richtete sich auf das Tablett mit kleinen geschnitzten Tierfiguren, die der Mann verkaufte. Sie sah forschend in das bärtige Gesicht des Mannes, ein Gesicht, das sie aus lang vergangenen Tagen wieder zu erkennen glaubte.

Nicht schon wieder!, sagte Irene warnend zu sich selbst. Du bildest dir schon wieder ein, die Gesichter von Toten zu sehen. Du bist übergeschnappt! Aber sie konnte sich nicht zurückhalten. »Randolph?«, flüsterte sie.

Er starrte sie mit leerem Blick an.

»Was ist los, Irène?« Mami legte ihr die Hand auf die Schulter.

Irene richtete sich wieder auf. »Randolph ist tot ... er starb an einem Ort namens Pam-Pam. Sie hat es gesagt.«

»Wer?«

»Lady Catherine.«

»Oh, *Mon Dieu*! Ich glaube nicht, dass ich hören will, was jetzt kommt«, stöhnte Mami.

Irene wandte sich wieder dem Mann auf der Straße zu. Sie betrachtete seine zerrissene Kleidung, sein schmutziges ruheloses Gesicht, seine dreckigen Hände mit den krallengleichen Fingernägeln. Ausdruckslose Augen erwiderten ihren Blick; sie waren blau, tiefblau, die Farbe von Vergissmeinnicht. Sie wandte sich hilflos ab. »Mami ... Mami, komm mit mir ...« Irene zog Mami zu dem Straßencafé auf der gegenüberliegenden Straßenseite. Sie setzten sich und warteten.

»Irène, was ist los mit dir?«, wollte Mami wissen.

Irene antwortete angespannt: »Warte!«

»Das ist nicht das Restaurant, in dem wir ...«

»Warte, Mami, bitte!«

»Kann ich in der Zwischenzeit etwas zu trinken bestellen?«

Irene hob die Hand. Mami fasste die Geste als Zustimmung auf und bestellte einen doppelten Cognac für sich und ein Glas Wasser für ihre Freundin.

Es war Essenszeit – französischer Apéritif und französisches Essen. Das Café füllte sich allmählich. Nichts, aber auch gar nichts, konnte die Mahlzeiten in Frankreich stören, nicht einmal ein Krieg, nicht einmal die Nachwehen eines Krieges. Das hatte Irene während ihrer Zeit in Frankreich gelernt. Die Mahlzeiten waren heilig, sei es nun eine trockene Brotkruste, eine Bauernsuppe oder ein opulentes Mahl Auge in Auge mit dem Feind.

Die Reihe der armen zerlumpten Soldaten auf dem Gehweg begann sich aufzulösen. Alle außer dem Mann, den sie für Randolph W. Aspen hielt – entweder war er es selbst oder aber sein Geist – verschwanden. Er blieb benommen auf dem Boden sitzen; die hübsch geschnitzten Tierfiguren waren alle verkauft worden.

Jemand machte sich ein schönes Leben auf Kosten seines vorgesetzten Offiziers!

»Wer ist das?«, flüsterte Mami hinter ihrem Brandy-Glas durch den Zigarettenqualm.

»Ein sehr reicher Engländer, Mami – falls er der ist, für den ich ihn halte.«

»Du bist selbst sehr englisch, Irené. Wenn er so reich ist, wie du sagst, würde ich nicht hier sitzen und ihn aus der Ferne betrachten, sondern ich wäre bei ihm und würde ihm schöne Augen machen.«

»Ich glaube, dass er unter Schock steht und an Gedächtnisverlust leidet, Mami.«

Mami hob die Hände und sagte mit ihrer rostigen Stimme: »Ich auch!«

41. Kapitel

Eineinhalb Stunden später konnte Mami vor lauter Brandy nicht mehr geradeaus schauen. Sie hatte die Hoffnung aufgegeben, dass sie jemals noch das gute Essen, das Irene ihr versprochen hatte, bekommen würde, ganz zu schweigen von dem netten Tanzabend, den sie sich gönnen wollten. Sie hatte auch alle Hoffnung aufgegeben, die Briten jemals zu verstehen.

Irenes Geduld wurde belohnt. Genau wie sie erwartet hatte, erschien Sam – er war also tatsächlich Randolphs Hüter.

Sams Zigeunerpfeifen war unverkennbar; seine geschnitzten Tierfiguren auf Randolphs Tablett waren ebenfalls unverkennbar gewesen. Sams Stil war einzigartig, sodass man ihn wie van Gogh, Renoir, Fabergé und Lalique auf den ersten Blick zuordnen konnte. Sam verfügte über ein einzigartiges Talent. Ein Talent, das ihn an die Schwelle eines Königreiches gebracht hatte; bis er selbst dieses Königreich von Sandringham abgelehnt hatte. Sam hatte es wieder getan.

Von dem Augenblick an, als sie die Schnitzereien gesehen hatte, war Irene klar gewesen, dass Sam Smart hinter den Figuren steckte, die sein unter einer Kriegsneurose leidender Vorgesetzter, Oberst Randolph W. Aspen, Kronanwalt, für Sam verhökerte.

Der arme Randolph, der nicht wusste, ob er sich im Himmel oder in der Hölle befand, manipuliert von seinem Burschen. Warum, Sam, warum? Und wenn sie Recht behielt, hatte sie eine Menge Fragen an Sam Smart, bevor sie ihn der Militärpolizei wegen

Fahnenflucht übergeben würde – ganz zu schweigen von der Entführung eines unter Gedächtnisverlust leidenden höheren Offiziers!

In diesem Augenblick entdeckte Irene, dass ihre romantischen Mädchenerinnerungen an Sam Smart sie getäuscht hatten. Das träumerische Bild, das sie sich von ihm gemacht hatte, hatte nie existiert. Kalte Wut trat an die Stelle von Vertrauen, Hoffnung und Güte. Verdammt sei Sam!

Er schlenderte die Straße entlang, Hände in den Hosentaschen, und pfiff sorglos vor sich hin. Irenes Erinnerungen an Silberfische und geisterhaftes Mondlicht zwischen kahlen Hopfenstangen, die sie nie ganz vergessen hatten, traten zutage, als sie sah, wie er gut gelaunt und kess auf Randolph zuging, um seine Tageseinnahmen abzuholen.

Mit Tränen in den Augen sprang Irene auf und überraschte Sam: »Wie konntest du das nur tun! Wie konntest du! Wie konntest du das nur tun, Sam Smart!«

Mami saß wie gelähmt an ihrem Tisch, während Randolph mit leerem Blick ohne das geringste Anzeichen des Erkennens oder des Verständnisses aufblickte. Irene hatte das verwirrende Gefühl, dass sie Teil einer Unwirklichkeit war, die zu seltsam war, um unecht zu sein.

»Um Gottes willen ... Miss Irene! Kaum zu glauben, dass du hier bis'!«

»Sam ... oh, Sam! Wie ... warum?«

»Ich hab's getan, Miss Irene, aus Gründen, die du nie versteh'n wirst.«

»Dann erklärst du es mir besser schnell, Sam Smart, oder ich melde dich verdammt noch mal sofort der Militärpolizei!«

Sein herausforderndes Benehmen war verschwunden. Er wurde blass und schluckte einige Male nervös. »Bitte nich', Miss Irene – ich schwör', dass ich die Wahrheit sag'n werde, die ganze Wahrheit, nix als die Wahrheit!«

»Das solltest du auch!«

»Ich hab's getan, um ihn vor'm Verhungern zu retten ...«

»*Er* ist zufällig dein Oberst, du verachtenswerter Mensch!«

»Oberst Randolph, Miss Irene, tut mir leid. Aber wenn du jetzt gehst un' die Militärbullen rufst, werd'n sie mich vor Sonnenaufgang erschießen ... sie nennen uns Deserteure. Es is' überhaupt nich' so, aber sie hör'n dir nie zu!«

Irene fühlte sich plötzlich wie eine dieser Strohpuppen im Trainingscamp, von denen Charlie und Don geschrieben hatten – eine Strohpuppe, deren Füllung nach einer Bajonettübung herausquoll. »Der Krieg ist vorbei Sam – er ist vorüber.«

»Nich' für uns, Miss Irene, nich' für uns.«

»Man wird dich nicht erschießen, aber sie werden dich möglicherweise ins Gefängnis stecken, weil du Spielchen mit der Armee gespielt hast, als der Krieg noch im Gange war. Lady Catherine hat geglaubt, dass ihr Neffe in der Schlacht von Cambrai gefallen wäre, als sie starb.«

»Ich bin tief betrübt, Miss Irene, wirklich!«

»Nein, bist du nicht! Wenn du auch nur ein bisschen Anstand besitzen würdest, hättest du Oberst Aspen nicht auf die Straße gesetzt, um für dich zu betteln! Ich will alles wissen, was seit Pam-Pam passiert ist. Und weil hier nicht der richtige Ort zum Reden ist, werden wir das in meiner Wohnung tun. Bring ihn mit ... ja, bring ihn mit! Du und er, ihr beide! Folgt mir einfach, und glaub bloß nicht, dass du abhauen kannst, sonst werde ich tatsächlich die Militärpolizei auf dich ansetzen, Sam Smart. Du kannst dein garstiges kleines Herz in meiner Wohnung ausschütten.« Irene ging zu Mami hinüber und zog sie am Arm hoch. »Komm, Mami, reiß dich zusammen. Wir gehen nach Hause.«

Mami sah ihre Begleiter trübe an; Randolphs Arm ruhte schwer auf Sams Schultern, das Tablett hing an Randolphs Hals. »Chérie ... gibst du tatsächlich gut aussehenden Amerikanern einen Korb wegen dieser Gestalten?«, sagte sie undeutlich und taumelte gegen Sam, der Randolphs Gewicht trug.

»Halt den Mund, Mami, und geh anständig! Ich werde dich nicht nach Hause tragen!«, sagte Irene wütend.

Mami, die völlig blau war, plumpste auf ihr Bett. Irene war ausgesprochen erleichtert, weil sie nicht wollte, dass Mami dabei war, während sie mit Sam sprach. Randolph bekam den Ehrenplatz in ihrem einzigen Lehnstuhl am offenen Fenster, aber ihm zuliebe musste sie das Fenster bald schließen.

Die Geräusche, die von der Straße hereindrangen, beunruhigten ihn. Er hielt sich die Ohren zu, seine rechte Gesichtshälfte begann schrecklich zu zucken, und seine Augen zwinkerten heftig in nervösem Entsetzen. Randolph, der einst so stolz, gut aussehend und schmuck gewesen war, war jetzt eine Spottfigur geworden, mit der Mentalität eines Idioten, der Haltung einer schmuddeligen Vogelscheuche und mit Läusen in Haar und Bart. Irene empfand bei seinem Anblick Trauer und Hilflosigkeit.

Auf dem Weg durch Montmartre war ihr nicht bewusst gewesen, wie schlecht Randolphs Zustand tatsächlich war. Sam hatte ihn halb geschleift und halb getragen, während sie selbst zu sehr damit beschäftigt war, Randolph, Sam und Mami zu ihrer Wohnung zu leiten. Jetzt hatte sie das dringende Bedürfnis, Sam mit dem Besen windelweich zu schlagen!

Während Sam seine Version des Krieges zum Besten gab, schnitt Irene Randolph die langen, schmutzigen Fingernägel; Gott sei Dank, musste sie denken, war er so sanft wie ein Lamm. Kein Wunder, dass Sam die Situation ausgenutzt hatte.

»Schieß los, erzähl mir alles«, sagte sie kurzangebunden zu Sam. »Die Schlacht von Cambrai fand vor siebzehn Monaten statt. Was habt ihr seitdem getan?«

»Tja, Miss Irene«, antwortete er, während er sich rittlings auf den Holzstuhl an ihrem Arbeitstisch setzte, »das war so. Auf'm Weg nach Cambrai sin' wir in Artillerieformation vorgerückt, um die erste Verteidigungslinie, die Hindenburglinie genannt wurde, zu überschreiten. Es war ganz schön schrecklich, all das Kämpfen un' so. Obwohl ich auf dem Gut Hopeworthy immer die Kaninchen un' ...«

»Bleib beim Thema, Sam!«

»Also, wir sollten diesen Ort Pam-Pam erobern, aber vorher gab es Gasangriffe un' was sonst noch alles. Dann, am 30. November – im Jahr neunzehn siebzehn, Miss Irene – rückte das 6. Bataillon von Goosycor vor ...«

»Von welchem Ort?«

»Goosycor.«

»Ich glaube, du meinst Gouzeaucourt.«

»Kann sein, Miss Irene. Ich spreche die Sprache nich' so gut wie du. Jedenfalls, bei Pam-Pam Farm gab's mehr Kämpfe mit den Deutschen. Wir hab'n über drei Stunden ohne Verstärkung ausgehalt'n, und die ganze verdammte Zeit gab's Gasangriffe.«

»Habt ihr beide auch Gas abgekommen?«

»Oh, nein, Miss Irene, dann wär'n wir verreckt, aber wir hab'n die ganze Zeit unsere Masken angehabt. Der Feind war überall, vorne, an der Seite un' hinten. Dann wurde Major Cattley in den Bauch geschossen und is' vor meinen Augen gestorben. Es sin' vierzehn andere Offiziere gefallen an dem Tag un' Gott weiß, wie viele andere Soldaten. Da war ich dann mit Hauptmann Aspen, mittendrin. Mit den Gasmasken an konnten wir nich' seh'n, wer Feind war un' wer uns war. Es war 'nen Riesendurcheinander, Miss Irene, das kann ich dir sag'n. Wir haben Hunderte von Männern verlor'n. Mr. Randolph un' ich war'n mitten im Kugelhagel, un' ihn hat's am Knie erwischt un' wir konnten nich' abhauen. Da lag dieser kaputte Karren mit toten Ochsen, die sich in der Hitze aufgebläht ham, also hab' ich Mr. Randolph gepackt un' ihn hinter den verdammten Karren un' die Ochsen geschleift, für'n bisschen Schutz. Da war überall der Rauch von dem Sperrfeuer um uns 'rum, un' es war finster wie die Nacht, un' schlimmer als inner Hölle. Tausende von Leichen um uns 'rum, die in der Hitze angeschwollen sin' ...«

»Du kommst wieder vom Thema ab, Sam! Außerdem war es kalt und hat gegraupelt, wie Lady Catherine mir geschrieben hat. Ende November ist es in der Regel immer kalt – wenn du dich nicht bis in die Sahara verlaufen hast. Halte dich bitte an die Tatsachen!« Irene wusste nicht, wie viel von Sams Geschichte sie Glauben schenken konnte. Da Sam sowohl ein Lügner als auch ein Märchenerzähler war, war sein Bericht mit Vorsicht zu genießen.

»Na ja, wahrscheinlich war's so, wie du sagst, Miss Irene, aber es war so verdammt schrecklich, dass ich mich nich' mehr richtig erinnern kann. Mein Gewehr war mit Blut un' Matsch verstopft, un' wegen den ganzen Innereien, die am Stacheldraht hingen, is' mir schlecht geworden. Un' dann is' direkt neben uns 'ne Granate eingeschlagen un' hat 'nen Riesenkrater gemacht, was unser Glück war. Wir hatten so 'ne Angst, dass es wieder Gas is'. Ich hatte Schrapnellwunden am ganzen Körper un' hab' überall geblutet. Ich dachte schon, jetzt hat's mich auch richtig erwischt.«

Sam holte tief Luft und trank den Tee, den Irene bereitet hatte. Randolph rührte seinen Tee nicht an, obwohl sie ihm die Tasse in die Hand gedrückt hatte.

Sam fuhr fort: »Aber ich bin nich' verblutet, Miss Irene. Ich un' Mr. Randolph un' ein paar andere Verwundete sin' in den Krater gekrochen, aber die anderen Burschen war'n am nächsten Tag alle hinüber. Un' die armen Kerle, die verwundet war'n, ham nach den Krankenträgern geschrien, aber später ham die Deutschen uns gesagt, dass man uns einfach liegen gelassen hat, weil verwundete Soldaten nutzlos sin'. Aber das war nur Propaganda, weil es war in Passchendaele, wo sie unsere Verwundeten liegen gelassen ham, weil es zu viele war'n.«

»Aber ihr wart nicht in Passchendaele.«

»Ich weiß, Miss Irene. Aber die Deutschen ham immer Lügengeschichten erzählt.«

»Wie das?«

»Dazu komm' ich später, Miss Irene. Die vom 6. Bataillon, die konnten, sind links den Berg hoch zum Couillet-Wald gelaufen, während die deutschen Flugzeuge ständig Bomben abgeworfen ham. Als die Kanonen endlich still war'n und die Gasangriffe aufgehört ham, bin ich aus dem Krater gekrochen, um die anderen zu suchen. Wir wussten nich', wo wir waren, Miss Irene, auch Mr. Randolph nich'. Wir waren vom Rest des 6. Bataillons abgeschnitten worden. Später hat Jerry, das sin' die Deutschen, Miss Irene, uns erzählt, dass wir hinter den deutschen Linien waren, un' der Rest vom 6. Bataillon war zurückgegangen, um auf Verstärkung zu warten. Un' dann, als wir gefangen waren, ham wir Gerüchte gehört, dass das 6. Bataillon weg war, um eine Ruhepause zu machen.«

»Willst du damit sagen, dass ihr das 6. Bataillon verloren habt und von den Deutschen gefangen genommen worden seid?«

»Ja, un' das is' mehr oder weniger alles, Miss Irene.«

»Nein, Sam, das kann nicht alles sein. Was ist passiert, nachdem die Deutschen euch gefangen genommen haben?«

»Man hat uns zu Jerrys Kriegsgefangenenlager hinter der Hindenburg-Linie gebracht, Miss Irene, wo wir Gott weiß wie lange hinter Stacheldraht gesessen ham. Da war Mr. Randolph schon richtig krank im Kopf, mit der Kriegsneurose un' mit der Wunde am Knie, 'un Fieber hat er auch gehabt. Deshalb hat Jerry ihn ins Krankenhaus gesteckt. Sie ham uns nich' so übel behandelt, un' es war viel besser, als bis zum Hals in einem Granattrichter im Wasser zu stecken. Sie ham uns wieder zusammengeflickt un' ham uns dann weiter nach hinten gebracht, als unsere Jungs vorgerückt sin'. Es hat sechs Monate gedauert, bis Mr. Randolph mit seinem Knie wieder laufen konnte, un' dann konnte er sich an nix mehr erinnern. Ich glaub', sein Kopf hat was abbekommen, Miss Irene. Bis dahin, ich meine bis Cambrai, war Mr. Randolph richtig gut un' er wurde auch in den Berichten rühmend erwähnt, wie es heißt.«

»Was mehr ist, als man von dir behaupten kann, Sam Smart!«

»Ich weiß, Miss Irene, es war nich' gut, was ich getan hab', aber ich hatte keine andere Wahl! Vielleicht hab' ich mich nich' deutlich genug ausgedrückt. Siehst du, es war nämlich so. Ich hatte irgendwann die Schnauze voll davon, hinter Stacheldraht in dem stinkenden Lager zu sein, un' da bin ich zu uns'ren Offizieren gegangen un' hab' ihnen gesagt, dass ich abhaue – den britischen Offizieren, Miss Irene, weil ich ja Jerry nix von dem Plan erzählen konnte. Ich hab' ihnen gesagt, dass ich Mr. Randolph mitnehme, weil wir ja Kumpel war'n. Sie ham uns viel Glück gewünscht, Miss. Als Mr. Randolph dann gut genug laufen konnte mit seinem Knie, hab' ich mit 'ner Drahtschere den Weg freigeschnitten un' wir sin' abgehauen. Es war ganz einfach, Miss, ein Kinderspiel.«

»Du warst schon immer gut darin, durch Zäune zu gelangen; es muss wohl an deiner Erfahrung im Wildern liegen«, erinnerte sie ihn.

Er grinste dämlich. Er trug seinen goldenen Ohrring nicht mehr, aber sein Anzug war um einiges besser als die Kleidung, die der arme Randolph trug. »Was ist dann passiert?«, wollte Irene wissen.

»Tja, ich hab' Mr. Randolph – Hauptmann – entschuldige, Miss Irene, aber ich seh' ihn immer als Mr. Randolph un' nich' als Militärhauptmann. Mr. Randolph war immer zu sehr ein Gentleman, um ein Soldat zu sein. Also, wir sin' aus dem Lager weggelaufen in die Wälder un' sin' nachts auf dem Bauch gekrochen, bis wir zu einem französischen Bauernhaus gekommen sin', was nich' zerstört war. Weil die Franzosen die Jerrys genauso sehr hassen wie wir, ham sie uns Bauernkleider un' ein bisschen Geld gegeben un' ham uns nach Cambrai gebracht, das die amerikanischen Yankees inzwischen erobert hatten. Von da aus war es einfach genug, nach Paris zu kommen un' außer Reichweite von Jerry zu gelangen.«

»Und dann hast du beschlossen, in Paris zu bleiben, statt dich bei deinem Hauptquartier zurückzumelden, was, Sam?«

»So ähnlich, Miss Irene.« Er rutschte unbehaglich hin und her und sah sie nicht an. »Ich wusste ja nich', wo das Hauptquartier jetzt war.«

»Wie lange wart ihr in Paris?«

»Seit dem Waffenstillstand. Siehst du, es war so. Als Jerry uns erwischt hat, war der 3. Dezember, ich meine Dezember neunzehn siebzehn. Wir war'n zehn Monate lang in irgendwelchen deutschen Kriegsgefangenenlagern. Un' als dann die Jerrys angefangen haben zu verlieren, ham sie Panik gekriegt, un' die Situation hab' ich ausgenutzt un' bin mit Mr. Randolph getürmt, Miss Irene.«

»Ich verstehe. Aber du hättest dich melden sollen, sobald es möglich war; dann würden die Dinge für dich jetzt anders liegen.«

»Jetzt weiß ich das, Miss Irene. Aber ich hab' ja nich' wissen können, dass der Krieg bald aus war, sonst wär' ich doch in dem stinkenden Lager geblieben, bis unsere Jungs gekommen wären un' uns befreit hätten. Wir ham gedacht, dass die Jerrys uns erschießen würden, wenn die Yankees zu nahe kommen. Ich glaub', wenn der General die Schlacht bei Cambrai nich' verloren hätte, hätte der verdammte Krieg nich' noch ein Jahr gedauert.«

Irene dachte sich, dass es am besten wäre, wenn die zuständige britische Behörde sich um Sam und seine Geschichte kümmerte. »Mit deinem strategischen Geschick, Sam, wärst du am besten selbst General geworden!«

»Ach nee, Miss Irene! Dazu bin ich nich' klug genug.«

»Also warst du gerade mit Hauptmann Aspen auf dem Weg nach Paris, als der Waffenstillstand geschlossen wurde?«

»Wir war'n schon hier in Paris, Miss Irene. Aber wir konnten nich' mitfeiern, weil wir nich' fit genug waren.«

Sam hatte auf jede Frage eine passende Antwort. Irene fragte: »Warum seid ihr dann nicht zum Roten Kreuz gegangen? Dort hätte man dafür gesorgt, dass du und dein Vorgesetzter in seinem verwirrten Zustand sicher nach Hause gebracht worden wären.«

»Ich weiß nich', Miss Irene.« Sam zuckte sorglos die Schultern. »Wahrscheinlich bin ich einfach der Eingebung des Augenblicks gefolgt.«

»Sechs Monate sind ein langer Augenblick. Du weißt, was du getan hast, nicht wahr? Du hast den armen Mr. Randolph *benutzt*! Er hätte sofort nach Hause gebracht werden müssen, nachdem es euch gelungen war, aus diesem deutschen Lager zu fliehen – im Oktober, wenn du mir die Wahrheit gesagt hast ...«

»Du kannst mich schlagen, Miss Irene! Ich habe die Wahrheit gesagt, ich könnte doch nich' 'ne anständige Lady belügen.«

»Nimm mich nicht auf den Arm, Sam! Ich bin sehr böse und sehr enttäuscht. Wenn du Hauptmann Aspen sofort nach Hause gebracht hättest, statt ihn auszunutzen, wäre er in ärztliche Behandlung gekommen, und seine Tante wäre vielleicht nicht an gebrochenem Herzen gestorben.«

»Ich habe dir doch erzählt, Miss Irene, dass wir Gefangene waren.«

»Aber ihr seid geflüchtet – hast du jedenfalls behauptet. Wenn es dir gelungen ist, aus einem deutschen Kriegsgefangenenlager zu fliehen und nach Paris zu gelangen, hättest du auch zurück nach England gehen können – mit ihm!« Sie deutete auf Randolph, der nun die Hände in die Taschen gesteckt hatte. Sie schauderte, als sie daran dachte, wie seine Fußnägel wohl aussehen und wie die zu kleinen Schuhe wohl drücken mochten. »Warum hast du es nicht versucht?«

»Tja, Miss Irene, wahrscheinlich wollte ich noch ein bisschen länger von meinem Stiefvater wegbleiben.«

»Warum, Sam?«

Er sprach zu einem Punkt über Irenes Kopf. »Er ist ein Tunichtgut, Miss Irene. Das war er immer schon, un' das wird er auch bleiben. Du bis' jetzt erwachsen, un' deshalb kann ich es dir jetzt sagen. Mein Alter is' in einer, wie sie sagen, ›kompromittierenden Situation‹ in Hopeworthy Hall erwischt worden. Aber nich' etwa mit einem Dienstmädchen oder so 'was. Es war mit 'nem anderen Typ, 'nem Diener, den sie auch rausgeschmissen ham. Mein alter Stiefvater is' etwas merkwürdig, Miss Irene, un' weil ich mich so geschämt hab, als ich ein Junge war, bin ich bei ihm geblieben, damit er nich' im Kittchen endet. Ich hab' es getan, obwohl es nich' gerade lustig mit ihm war.«

Irene atmete tief durch. Aber obwohl sie Sam als erste Reaktion spontan bemitleiden wollte, sagte sie: »Nun, wahrscheinlich hat es dich viel Mut gekostet, mir das zu erzählen, aber ich denke trotzdem, dass du ihn sein eigenes Leben hättest leben lassen können.«

»So einfach war das nich', Miss Irene. Ich hab' ihn gemocht, un' ich war ihm dankbar, dass er mich aufgenommen hatte, nachdem erst mein Pa un' dann meine Ma gestorben sin'. Aber dann is' er mir immer gefolgt. Das is' der Grund, warum ich in Paris geblieben bin, Miss Irene. Ich komme gut klar, ohne dass er sich immer in mein Leben einmischt.«

»Was aber nicht rechtfertigt, dass du Mr. Randolph daran gehindert hast, nach England zurückzukehren. Er braucht dringend medizinische Behandlung. Übrigens, unten gibt es ein Badezimmer. Ich möchte, dass du deinen Hauptmann ordentlich badest, ihm die Fußnägel und das Haar schneidest und seinen Bart abrasierst. Dann kaufst du ihm einen anständigen Anzug und ein Paar Schuhe. Du musst in den vergangenen sechs Monaten mit deinen Schnitzereien ganz gut verdient haben, deshalb kannst du dich jetzt erkenntlich zeigen für das, was er für dich getan hat. Dann kannst du wieder abhauen. Ich will gar nicht wissen, wo ihr beide hier in Paris gehaust habt. Mr. Randolph bleibt hier bei mir. Ich werde zu meiner Freundin ins Zimmer gegenüber ziehen, und er kann mein Zimmer haben. Ich schäme mich für dich, Sam Smart, und dein Verhalten ekelt mich an. Du bist eine Strohpuppe, sonst nichts. Ich hatte eigentlich vor, dich zu melden, aber ich werde es doch nicht tun – diesmal nicht. Aber wenn du auch nur einen falschen Schritt machst, werde ich es tun – sobald ich nach England zurückkehre. Und jetzt geh mir aus den Augen und kümmere dich um Hauptmann Aspen.«

»Ja, Miss Irene ... es tut mir leid ...«

»Geh, Sam. Geh und bade ihn. Ich will allein sein, um darüber nachzudenken, was ich als Nächstes tun werde – und ich weiß wirklich nicht, warum ich deinen Hals rette, wirklich nicht.«

Sie konnte hören, wie Sam im Badezimmer vor sich hin pfiff,

während er Randolph gründlich abschrubbte. Armer Randolph, in was für einem Zustand er sich befand, ohne es zu wissen! Sobald er wieder in England war, würde sie dafür sorgen, dass er die beste medizinische Versorgung erhielt.

Sie würde René Lalique bitten müssen, ihr die drei zusätzlichen Monate, die sie noch bleiben sollte, zu erlassen. Das würde bedeuten, dass sie die Abschlussprüfungen ziemlich bald ablegen musste. Sie hatte fünf Jahre Ausbildungszeit plus ein Jahr mit einem Arbeitstag wöchentlich in der Bond Street in London hinter sich gebracht. Darauf würde sie René Lalique hinweisen. Das Jahr müsste eigentlich auch zu ihrer Ausbildung zählen.

Irene war zuversichtlich, dass René Lalique ihr Diplom unterzeichnen würde, insbesondere vor dem Hintergrund der beiden ersten Preise, die man ihr bei der Pariser Kunstausstellung verliehen hatte. Auch der Meister und Nicholas Fabergé waren sicherlich einverstanden. Sie hoffte, dass sie das letzte theoretische Examen an der *Ecole Nationale des Beaux Arts* auch bestehen würde, wenn sie sofort mit dem Lernen begann.

Auch würde es wahrscheinlich Randolphs Gesundheitszustand verbessern, wenn jemand sich richtig um ihn kümmerte. Sie selbst würde ihn zurück nach England bringen, und Sam mochte der Teufel holen!

Bond Street, *London*

42. Kapitel

Wo einst ein halbes Dutzend terrassenförmig angelegte Häuser in der Waterloo Road gestanden hatten, befand sich jetzt nur noch ein riesiger wassergefüllter Krater. Wo sie einst wie ein Storch auf einem Bein geschwankt und Himmel und Hölle zwischen den Quadraten des Pflasters gespielt hatte, war nun nur noch das Echo von Kinderstimmen übrig geblieben. Irene konnte sich und ihre Spielgefährten in ihrer Erinnerung singen hören.

Und sie hörte die sanfte Stimme eines alten Mannes, der zu ihr gesagt hatte: ›*Schöne Dinge sind voller Licht und Freude, Irene ... das höchste Gefühl dessen, was du entwirfst, das ist es, wonach du streben musst – aber die Seele, die eine Kreation lebendig werden lässt, kann einem Gegenstand nur von dir eingehaucht werden!*‹

»Es ist gut, wenn du träumen kannst und nicht zulässt, dass die Träume dich beherrschen«, sagte die verkrüppelte alte Dame mit dem juwelenbesetzten Opernglas, die nur noch Erinnerungen als Gesellschaft hatte, »wenn du nachdenken kannst – ohne ein Grübler zu werden; wenn du mit Triumph und Unglück umgehen kannst und beide gleichermaßen als Schwindler erkennst.«

Irene überquerte die Straße, um zu Tante Martha Mannerings Haus zu gehen.

Zwischen den Wäscheleinen, die über die Straße gespannt waren, hing eine Reihe von britischen Nationalflaggen und ein selbst gemachtes Spruchband: ›WILLKOMMEN ZU HAUSE, IRENE‹.

Es war seltsam, sie alle wiederzusehen; der Krieg und der Tod hatte sie verändert. Mama und Tante Martha sahen sehr viel älter aus, mehr graue Haare, mehr Sorgenfalten, Tante Martha mit einem weiteren Doppelkinn, Mama mit tieferen Kuhlen neben dem Schlüsselbein. Onkel Norman war im Vorjahr gestorben, weshalb eine weitere Lücke in die Familie gerissen worden war. Doreen war eine richtige junge Dame geworden – kaum zu glauben, dass sie nun achtzehn war. Ken, Zeb und Zillah waren in den vergangenen fünf Jahren gewaltig gewachsen, genauso wie Percy und Peg. Irenes Schwester Joan, eine weitere Kriegswitwe, war mit ihren Kindern da. Pam war mit ihren Kindern und ihrem Mann Steve da, Irenes Schwager, der nur noch ein Bein hatte und unter Atembeschwerden litt seit einer Senfgasvergiftung im Jahr 1916. Steve war nun das Familienoberhaupt, obwohl Zeb es darauf anlegte, ihn möglichst bald von diesem Ehrenposten zu verdrängen.

Mama hatte einen Kuchen gebacken, während Tante Martha auf dem Markt gewesen war. Auf dem Kuchen stand mit pinkfarbenem Zuckerguss: ›WILLKOMMEN ZU HAUSE, IRENE‹, und sie sangen ›*For She's a Jolly Good Fellow*‹. Später, als alle Irene begrüßt hatten und die Tränen und das Gelächter, die Umarmungen und die Küsse vorüber waren, sagte Mama, dass sie und Irene jetzt in Tante Marthas Küche gehen würden, um sich allein in aller Ruhe zu unterhalten. Lorna schloss die Küchentür mit Nachdruck.

»Du bist zu dünn«, sagte Lorna, während sie zwei Tassen frischaufgebrühten Tees einschenkte.

»Du auch, Mama.«

»Das kommt daher, weil ich hier in Marthas Haushalt mehr zu tun habe als früher in meinem eigenen«, antwortete Lorna abwehrend und strich sich mit der gleichen vertrauten Geste wie immer das Haar aus der Stirn.

Irene lächelte. »Du siehst immer noch großartig aus, Mama.«

Lorna rührte gedankenverloren in ihrer Teetasse. »Also, was ist geschehen?«

»Was meinst du, Mama? Ich habe dir doch alles geschrieben.

Ich habe mein Abschlussexamen mit Bravour bestanden und habe mein Diplom und mein Zertifikat sowohl von Fabergé als auch von Lalique erhalten ...«

»Das meine ich nicht, ich meine, was mit *ihm* geschehen ist.«

Irene starrte ihre Mutter an.

Lorna drückte Irenes Hand. »Ich bin auch ein Frau, Irene. Ich schätze, ich habe schon etwas über die Liebe erfahren, bevor es dich überhaupt gab. Ich sehe es, wenn die Liebe einer anderen Frau ihren Stempel aufgedrückt hat. Insbesondere, wenn es sich um meine Tochter handelt. Ist er auch im Krieg gefallen?«

Irene stand auf und ging in die Spülküche. Sie lehnte sich an das steinerne Spülbecken und grub ihre Fingernägel in die harte Kante des Beckens. Und dann begannen die Tränen zu fließen. Leise und aus ganzem Herzen. Es schmerzte immer noch so sehr, dass sie weinen musste, sobald sie nur daran dachte.

Lorna trat zu ihrer Tochter und schlang die Arme um sie. Eng umschlungen weinten sie beide um das, was sie verloren hatten. Später versuchten sie beide durch ihre Tränen zu lächeln. »Ich hatte mir eigentlich vorgenommen, nicht so rührselig zu sein, Mama«, schniefte Irene und wischte sich mit ihrem Taschentuch die Tränen aus dem Gesicht. »Nicht vor der Familie. Nicht, wo doch jede andere Frau auf der Welt auch ihren Mann verloren hat.«

»Komm her, Liebes. Setz dich und erzähl mir von ihm.« Lorna ging zum Küchenschrank und kehrte mit einer Flasche und zwei kleinen Gläsern zurück. »Martha liebt ihr Schlückchen Sherry – der Rest ihres Vorrats von Abschiedsgeschenken vergangener Jahre von Lady Cath, wie sie behauptet! Es schadet nichts, wenn wir uns zu dieser Gelegenheit etwas davon gönnen ... wie hieß er? Wo hast du ihn kennen gelernt? Was ist passiert? Erzähl mir davon, Irene, Liebes.«

Es bedeutete eine Erleichtung für Irene, mit ihrer Mutter über ihn zu sprechen, von Frau zu Frau, nicht länger von Mutter zu Tochter. »Er hieß Michal ... Michal Wassilij. Du hättest ihn gemocht, Papa auch, und die Jungs, obwohl er Russe war. Lustig, er war wie einer von uns, seine Eltern ebenfalls.« Irene erzählte ihrer Mutter die ganze Geschichte von Michal Wassilij, ihrem russischen Lehrmeister, und wie sehr sie ihn geliebt hatte – und immer noch liebte.

Irene konnte ihrer Tochter auch nicht helfen. Sie konnte ihr nur aus ihrer eigenen Erfahrung sagen: »Es wird im Laufe der Zeit besser, Irene, man lernt es, mit dem Schmerz umzugehen. Der Schmerz wandert vom Herzen zum Kopf, wenn du an deinen Verlust denkst. Ich versuche, nicht mehr an Vergangenes zu denken. Ich denke über die Zukunft von uns allen nach, dann geht es ganz gut. Du musst jetzt an dich selbst denken, Liebes, an deine eigene Zukunft, weil wir die Vergangenheit nicht zurückbringen können außer durch unsere eigenen schmerzvollen Erinnerungen. Also ist es am besten, sie zu vergessen.«

Später sprachen sie über Randolph.

»Was wird mit ihm geschehen, wenn er den Verstand verloren hat?«, wollte Lorna wissen.

»Er hat nicht im eigentlichen Sinne den Verstand verloren. Er leidet an zeitweiliger Amnesie, und Sam Smart, der sein Bursche war, hat ihm nicht gerade geholfen. Der kommandoführende Offizier von Randolphs Regiment versucht gerade, Klarheit in die Angelegenheit zu bringen. Im Moment befindet Randolph sich in einem Militärkrankenhaus in Shorncliffe in der Nähe von Folkestone. Die Ärzte dort lassen ihm die beste psychiatrische Behandlung zukommen. Randolph ist jetzt wohlhabend genug, um sich die besten Londoner Spezialisten leisten zu können.«

»Was wird mit Sam Smart geschehen?«

»Oh, Sam kann seinen Kopf immer aus der Schlinge ziehen. Als wir Paris verließen, dachte ich, ich würde ihn nie wieder sehen, aber dann ist er mit demselben Zug wie wir gefahren. Das Rote Kreuz ist immer noch damit beschäftigt, die letzten der schwer verletzten britischen Soldaten aus Frankreich nach England zu bringen. Sogar noch acht Monate nach Kriegsende ist es schrecklich, die Opfer zu sehen. In Paris betteln verwundete Soldaten, die niemand mehr will, um ihren Lebensunterhalt. Auf diese Weise habe ich Hauptmann Aspen und Sam Smart wieder gefunden. Es hat mir den Schock meines Lebens versetzt, Mama. Jedenfalls ist Sam mit Randolph nach Shorncliffe gereist. Wahrscheinlich wird Sam der Militärpolizei erzählen, dass er ebenfalls an einer Kriegsneurose in Verbindung mit Gedächtnisverlust litt. Ich nehme an, dass er mit einer Disziplinarstrafe davonkommen wird angesichts der Tatsache, dass er schließlich doch noch wie ein falscher Penny wieder aufgetaucht ist.«

»In welches Chaos der deutsche Kaiser uns gestürzt hat«, sagte Lorna traurig und fügte hinzu: »Was ist mit Mr. Randolphs Gattin?«

»Ach die! Sie ist ein noch größerer Schandfleck als Sam. Ich habe Camilla geschrieben, was Randolph zugestoßen ist, aber sie machte sich nicht einmal die Mühe zu antworten. Ich habe auch an Sir Angus geschrieben, der vorgab betroffen zu sein, aber er war ebenfalls nicht an Randolphs Wohlergehen interessiert. Vermutlich ist er eingeschnappt, weil Lady Catherine ihr Vermögen nicht ihm, sondern Randolph hinterlassen hat. Als ich noch in der Schweiz war, hat sie mir geschrieben, dass ihr Vermögen, falls Randolph wirklich tot sein sollte, an mich fallen würde. Ich habe nie wirklich darüber nachgedacht. Es war, als ob ... als ob man mir gesagt hätte, dass ich Königin von England werde. Irgendwie konnte ich die Tatsache nicht begreifen, dass ich so reich sein könnte, dass ich mir nie wieder Gedanken über den Kauf von Strümpfen oder Unterwäsche machen müsste. Tja, es ist sowieso anders gekommen, und ich bin mächtig froh darüber. Weißt du, Mama, wenn ich Mr. Randolphs Anteil geerbt hätte, hätte ich alles einem Krankenhaus für Kriegsveteranen gestiftet – für Männer wie der arme kleine Jim aus Whitechapel, der beide Beine und das Augenlicht verloren hat in ... in diesem verdammten Krieg, den die Männer angefangen haben, sodass wir Frauen hinterher die Scherben auflesen können!«

»Ganz ruhig, Irene!« Lorna legte ihr tröstend die Hand auf die Schulter.

Nach einer Weile sagte Irene: »Ich glaube, es hat auch nichts genützt, dass Lady Catherine mich als nächsten Erben benannt hat. Sir Angus besitzt immer noch Hopeworthy Hall und das Gut, aber er hat eine neue Freundin und lebt jetzt in Schottland. Hopeworthy Hall befindet sich in den Händen eines Immobilienmaklers, weil Sir Angus das Gut verkaufen will. Er hat es Randolph zum Kauf angeboten, aber Randolphs Zustand erlaubt es ihm momentan nicht, sich um seine geschäftlichen Angelegenheiten zu kümmern. Ich werde mich mit Sir Angus in London treffen, um die Dinge zu besprechen. Ich muss auch zu Camilla gehen, um herauszufinden, was sie hinsichtlich ihres Mannes zu tun gedenkt.«

»Und was ist mit dir, Irene? Du machst dir Sorgen um die Angelegenheiten anderer Leute, obwohl sie sich selbst darum kümmern können. Was wirst *du* jetzt machen?«, fragte Lorna und drückte wieder Irenes Hand; sie war so froh und dankbar, dass zumindest eines ihrer ›Kriegskinder‹ wieder zu Hause war, war aber gleichzeitig bedrückt, weil Irene so unglücklich war.

»Tja, Mama«, antwortete Irene mit einem zittrigen Lächeln. »Ich mache ein Geschäft auf. Mit den tausend Pfund, die Lady Cath mir hinterlassen hat, mehr als ich mir jemals erträumt hätte. Ich möchte versuchen, ein Geschäft zu kaufen oder zu mieten und mich selbstständig zu machen. Aber es würde nichts bringen, ein Geschäft in der Poplar High Street aufzumachen; es muss in der Bond Street sein, wo der Meister sein eigenes Londoner Geschäft aufgebaut hatte. Ich möchte, dass ihr mir helft, geeignete Räumlichkeiten zu finden, du und Doreen.«

»Aber ist ein Geschäft in der Bond Street nicht sehr teuer, Irene?«

»Das ist zu erwarten. Aber wenn ich die Beste werden will, muss ich auch mit dem Besten beginnen, was, Mama? War nicht schon Lady Catherine die Beste für mich?«

»Nun, mein liebes Mädchen, du bist klug genug, um es zu schaffen ... ich bin so stolz auf dich, Irene, und wenn Papa und deine Brüder hier sein könnten, würden sie dasselbe sagen.« Und weil sie nicht schon wieder anfangen wollte zu weinen, stand Lorna auf und setzte den Wasserkessel auf. »Du kannst zusammen mit Doreen in meinem Bett schlafen, Irene. Ich werde bei Joan wohnen, bis du dich zurechtgefunden hast. Ich wäre schon früher zu ihr gezogen, aber da sind ja noch Doreen und die jüngeren Kinder. Es ist nicht leicht für Joan, drei Kinder mit einer Witwenrente großzuziehen.«

»Nein, Mama, ich ziehe zu Joan. Aber es ist sowieso nur für ein paar Tage. Am Montag werde ich alles regeln, für mich, für Randolph, für alle. Ich werde dann in Mr. Fords Hotel wohnen. Ich habe schon ein Zimmer für nächste Woche reserviert. Ich habe vom Bahnhof Charing Cross aus telefoniert. Mein Gepäck wird direkt ins Hotel gebracht. Schau, Mama, ich weiß, dass es dir eigentlich nicht gefällt, hier bei Tante Martha zu wohnen; wie du selbst immer gesagt hast, funktioniert es nicht, wenn zwei Frauen in *einer* Küche schalten und walten. Ich möchte etwas suchen, wo ihr, du, Doreen und die Kinder, euch wohlfühlen könnt. Überlass das mir, ich regle das schon. Jetzt bin ich an der Reihe, euch zu helfen.«

Tante Martha steckte den Kopf in die Küche. »Habt ihr zwei immer noch nich' genug gequasselt? Kann ich jetzt endlich in meine Küche kommen? Ich hab' Sehnsucht nach meinem Gute-Nacht-Kakao ...« Ihr Blick fiel auf die Sherry-Flasche, die auf dem Tisch stand. »Nun, ich kann genauso gut auch ein Schlückchen von meinem eigenen Gift nehmen.« Sie griff nach der Flasche und Lornas leerem Glas. »Prost, Irene. Auf uns!« Sie kippte den Sherry in einem Zug herunter und schenkte sich ein zweites Glas ein. »Schade, dass die alte Dot nicht hier ist. Ihr würden die Augen aus dem Kopf fallen, wenn sie wüsste, wie stolz du uns gemacht hast, Irene.«

»Ich habe etwas für dich, Tante Martha!« Irene verließ die Küche, um ihre Tasche zu suchen.

In Tante Marthas winzigem Wohnzimmer saß die Familie zusammengequetscht wie die Sardinen. Es war genauso wie damals in der Waterloo Road Nr. 10, nur dass die große walisische Anrichte zusammen mit allem, was Mama und Papa auf dieser Welt besessen hatten, dank einer Zeppelin-Bombe in Rauch aufgegangen war.

Alle wollten Tante Marthas besonderes Geschenk sehen.

»Ihr anderen müsst noch auf eure Geschenke warten, bis ich alles ausgepackt habe«, verkündete Irene. »Ich habe die Geschenke gleichmäßig in meinen Gepäckstücken verteilt, aber dieses hier musste ich jetzt mitbringen, weil ich es Tante Martha schon vor einer halben Ewigkeit versprochen hatte.«

Sie überreichte Tante Martha das Fantasieobjekt, einen ›Bramley Apfel‹ aus hartem Naturstein, den sie als Scherzartikel in der Lalique-Werkstatt hergestellt hatte. Wie für ihre anderen Gesellenstücke hatte sie auch dafür mit Blut, Schweiß und Tränen gezahlt. Auf dem runden Apfelgesicht saß ein schwarzer Strohhut, und als Irene den Knopf drückte, der zufällig die Nase war, sprang ein Schachtelmännchen aus der Hutkrone und winkte mit einem Union Jack, auf dessen Rückseite das Wort ›Kontakte‹ stand.

Alle brachen in schallendes Gelächter aus, und Tante Martha sah erfreut aus, obwohl sie sagte: »Du freche Göre!«

»Ich denke, dein Kopf ist das ein oder andere Pfund wert, Tante Martha«, sagte Zeb, »Jetzt, da Irene so berühmt ist.«

»Glaub bloß nich', dass du genauso unverschämt sein kannst wie Charlie un' Don es war'n, Jung-Zeb!« Tante Martha musste wie immer das letzte Wort haben.

Es tat so gut, sie alle wieder lachen zu hören, dachte Lorna und wischte sich heimlich eine Träne aus dem Augenwinkel.

Irene hatte mit Camilla ein Treffen im Brown's Hotel vereinbart, rechnete aber halb damit, dass sie nicht kommen würde. Camilla erschien jedoch pünktlich um ein Uhr zum Mittagessen.

Der Krieg schien sie nicht im Geringsten berührt zu haben. Sie trug einen senffarbenen, dreiviertellangen, knappsitzenden Rock, der ihre schmalen Hüften betonte. Der Rock hatte vorne einen gewagten Schlitz bis zum Knie, der ihre Beine in den schwarzen Spitzenstrümpfen zeigte. Dazu trug sie eine mit silbernen Militärknöpfen besetzte enge schwarze Samtjacke, die das tiefe V ihres Ausschnitts und den Ansatz ihres Busens enthüllte, auf welchem eine Kette aus großen schwarzen Perlen ruhte, die ein halbes Königreich gekostet haben musste. Camillas blassgrüne ›Tangoschuhe‹ waren mit schwarzen Samtbändern an ihren Knöcheln befestigt, und ihr goldenes Haar trug sie in dem neuen kurzen Marcel-Stil, bei dem die Dauerwellen von einem glitzernden Stirnband mit blassgrünen Reiherfedern gehalten wurden. Ihre Wimpern waren stark getuscht, wodurch sie immer etwas überrascht aussah, ein Eindruck, der durch die blassen gezupften Augenbrauen noch verstärkt wurde.

Camilla hatte sich angewöhnt, ihre Zigarette, wie es jetzt modern war, in einem extrem langen Zigarettenhalter aus Ebenholz und Silber zu rauchen, den sie theatralisch zwischen ihren rotlackierten Fingernägeln hielt.

»Liebling, es ist so entzückend, dich wiederzusehen!« Camilla hauchte Irene einen lauwarmen Kuss auf die Wange, wobei sie ihr mit ihrer Reiherfeder und dem Zigarettenhalter fast die Augen ausstach. Sie nahm an dem Tisch Platz, den Mr. Henry Ford eigens für sie reserviert hatte. Mr. Ford wollte sich später zu den Damen gesellen, nachdem Irene ihm gesagt hatte, dass sie zuerst unter vier Augen mit Cammy reden wollte. Mr. Ford ließ ihnen mit den besten Wünschen des Hauses Champagner an den Tisch bringen.

»Nun, Darling, erzähl mir, was du während dieses schrecklichen Krieges, der Gott sei Dank endlich vorbei ist, mit dir angefangen hast?« Camilla überflog die Speisekarte und zog ein Gesicht. »Austern – schon wieder! Es heißt, Austern seien ein Aphrodisiakum, aber ich betrachte sie immer als Futter für die

Arbeiterklasse. Vielleicht sind Austern dafür verantwortlich, dass Arbeiter so viele Kinder haben.«

Irene versuchte sich zusammenzureißen, damit ihr Temperament nicht mit ihr durchging: Camilla war es nicht wert. Sie sagte knapp: »Würdest du bitte bestellen, das ist kein Essen, das ich bis zum Abend ausdehnen möchte, Camilla. Ich bin hier, weil ich mit dir über Randolphs Wohlergehen sprechen möchte.«

»Warum?« Camilla hob die gezupften Augenbrauen. »Du willst mir doch nicht etwa erzählen, dass du ihn heiraten willst, weil er jetzt so wohlhabend ist?«

»Nein. Aber ich schulde ihm und seiner Großtante etwas für all das, was sie für mich getan haben. Angesichts der Tatsache, dass es dir anscheinend egal ist, was mit deinem Mann geschieht, muss sich jemand anderes um seine Angelegenheiten kümmern.«

»Oh-oh, die harte Geschäftsfrau! Deine Arbeiterklasse-Wurzeln zeigen sich, Irene. Nun gut, da ich tatsächlich im Moment ein sexuelles Stimulans brauchen kann, werde ich die Austern nehmen, danach Henrys exquisites Châteaubriand und als Nachspeise frischen Obstsalat, *sans crème*! Wer bezahlt übrigens, du oder Henry?«

»Das ist meine Sache, Camilla. Such dir etwas aus, iss, rede und dann geh zurück zu deinem Gerry.«

»Er hasst es jetzt, wenn man ihn Gerry nennt. Verständlich, der Arme. Gerald und ich werden nächste Woche nach Südfrankreich reisen. Wir wohnen jetzt übrigens zusammen in Belgravia. Es hat sich so ergeben, als Randy tot war und all das. Trauer lässt einen Menschen seltsame Dinge tun. Wir mieten uns ein Haus und eine Jacht in Cap d'Antibes, damit er sich von den grässlichen Qualen der vergangenen vier Jahre erholen kann.«

»Ich dachte, er war ein Schreibtisch-General?«, sagte Irene, die sich den Sarkasmus nicht verkneifen konnte.

»Brigadegeneral«, sagte Camilla mit einem kleinen Lächeln. »Er ist noch nicht alt und hinfällig genug, um General zu sein! Darling, deine Halskette ist einfach hinreißend!« Sie beugte sich vor und berührte den Glasanhänger, der eine nackte Frau umrahmt von Fischen darstellte. »Wie verwegen, wie exotisch! Ich nehme an, dass es ein Lalique-Stück ist und dass du es selbst gefertigt hast. Fertige eins für mich, Darling. Natürlich werde ich es dir bezahlen. Du siehst übrigens heute entzückend und so französisch aus.«

Irene wusste, dass diese gefühllose Schlange vom Thema ablenken wollte. Sie trug einen einfachen langen sandfarbenen Rock, eine kragenlose weiße ›Gretchen‹-Bluse, einen roten Wildledergürtel mit einer Schließe, die sie selbst entworfen hatte, und offene russische Wildlederstiefel, die so bequem und so praktisch waren, weil man sie sommers wie winters tragen konnte. Dazu trug sie einen einfachen Strohhut mit roten Chiffonrosen, kein Vergleich zu Camillas teurer und moderner Kleidung.

»Wie ich sehe, trägst du dein Haar immer noch in dieser altmodischen Frisur, Darling. Aber es passt zu deiner sommerlichen Erscheinung an einem solch schwülen Tag. Erzähl mir doch, meine Teure, wo du dein ungewöhnliches Outfit erworben hast.« Camilla gab dem Oberkellner die Speisekarte zurück.

»Paris.«

»Nur das Beste für unsere Irene, was, Darling? Dank Lady Cath.«

»Darüber möchte ich mir dir reden, Camilla – Randolph!«

»Oh, wie langweilig. Warte, bis ich meinen Champagner habe, bevor wir davon reden.«

»Er ist krank, Camilla. Er braucht dich.«

»Und ich, meine Teure, brauche ihn wie ein Loch im Helm. Ich lasse mich von ihm scheiden. Gerald und ich wollen heiraten, sobald die Scheidung durch ist. Randolph war so rücksichtslos mir gegenüber. Er hat mir kein einziges Mal geschrieben, als er in Frankreich war.«

»Hast du ihm geschrieben?«

»Nein, Darling, wohin hätte ich schreiben sollen? Ich wusste ja nicht, wo er war.«

»Er war ein Kriegsgefangener, Camilla.«

»Waren wir das nicht alle! Ich wusste es nicht, bis ich deinen Brief aus Paris erhielt. Ich dachte, er wäre mit irgendeinem Bauernmädel von Pam-Pam abgehauen. Natürlich muss die Scheidungsabfindung beträchtlich sein, wenn man berücksichtigt, unter welchem Trauma ich gelitten habe. Ich hatte keine Nachricht, wo er ist, außer der Meldung, dass er vermisst sei, wahrscheinlich bei einem Giftgasangriff der Deutschen ums Leben gekommen. Stell dir einmal vor, wie es ist, ein solches Telegramm zu erhalten! Ohne Geralds Hilfe hätte ich das alles nicht überstanden, ohne den Verstand zu verlieren. Gerald hat getan, was er konnte, um meinen Ehemann durch das Kriegsamt und durch das Rote Kreuz suchen zu lassen.«

Das glaube ich, dachte Irene. Sie sagte: »Soll ich Randolph und Sir Angus mitteilen, dass du beabsichtigst, dich von Randolph scheiden zu lassen, um den ehrenwerten Gerry, Verzeihung, Brigadegeneral Throgmorton-Fince zu heiraten?«

»Erzähl ihnen, was du willst, Darling.« Camilla stocherte mit ihrer Austerngabel in den Austern, zog ein Gesicht und schob den Teller zur Seite, ohne eine einzige Auster gegessen zu haben. »Darling, du hättest keine Austern bestellen müssen, nur weil ich welche wollte!«, gluckste Camilla auf Irenes Teller.

»Habe ich nicht. Ich mag sie zufällig. Einmal im Jahr, wenn wir Arbeiterklasse-East Ender in Margate Urlaub gemacht haben, gab's immer welche – natürlich ohne Gabel.«

»Es ist mir einerlei – wegen Randy, meine ich. Er ist ein Langweiler. Er war ein Langweiler in unserer Hochzeitsnacht und ist auch seitdem einer geblieben. Kannst du dir vorstellen, dass er tatsächlich um meine *Erlaubnis* gebeten hat, mich in unserer Hochzeitsnacht in der Hochzeitssuite im Claridge's lieben zu dürfen, bevor wir nach Paris abgereist sind? Dann stellte er fest, dass er gar nicht konnte! Er entschuldigte sich damit, dass er soo müde sei – der Ärmste.« Camilla brach in hysterisches Gelächter aus.

»Warum hast du ihn überhaupt geheiratet?«, fragte Irene mit steinerner Miene.

»Weil ich bis zur Hochzeitsnacht nicht wusste, was für ein Langweiler er ist, Darling.« Camilla gähnte und hielt sich ihre blassgrün-behandschuhte Hand vor den Mund. »Außerdem wusste ich, dass er schrecklich reich sein würde, wenn diese alte Vettel von Tante endlich starb. Und er sah so gut aus und war so galant, dass ich dachte, er ist der Richtige für mich. Ein reicher, gut aussehender und erfolgreicher Anwalt als Mann, ein reicher, gut aussehender und tapferer Soldat als Liebhaber – ich spreche von Gerry – ...« Sie zuckte die Schultern. »Was könnte ein Mädchen mehr wollen? Jetzt weiß ich allerdings, dass sie viel mehr will. Randy hat meine Beziehung zu Gerry – Gerald, meine ich – nie gebilligt, nachdem Gerald ungebeten an der Schwelle zu unserer Hochzeitssuite auftauchte, um den Verlust meiner Unschuld mit einer Flasche Dom Perignon zu begießen nach altem elisabethanischem Brauch; so alt ist Gerrys Familie nämlich, Darling, man kann sie genauso weit zurückverfolgen wie meine. Hab doch Verständnis, Irene! Gerald ist viel aufregender und stimulierender als der arme spießige Randy, der nicht einmal wie ein Gentleman durch den Krieg gekommen ist, sondern seine Männer so feige im Stich gelassen hat. Deshalb versuche ich jetzt, den Schaden für mich zu begrenzen.«

»Ich nehme an, dein Brigadegeneral hat dir das erzählt, oder? Nun, Camilla, ich sage dir, dass Randolph nicht desertiert ist. Er wurde verwundet und leidet seit Cambrai an Gedächtnisverlust. Er wurde von den Deutschen gefangen genommen, als sein Zug drei Stunden bei Pam-Pam unter ständigem Giftgasbeschuss ausgehalten hatte. Sein Bursche ist mit ihm aus dem Kriegsgefangenenlager hinter der Hindenburg-Linie geflüchtet und hat ihn nach Paris gebracht. Randolph, falls du es nicht wissen solltest, wurde in den Kriegsberichten rühmend erwähnt. Man wird ihm eine Tapferkeitsmedaille verleihen, und Tapferkeitsmedaillen werden nicht an Feiglinge und Deserteure verliehen.«

»Du verehrst ihn so offensichtlich, Irene Darling, warum heiratest *du* ihn nicht, meinen Segen hast du!« Camilla steckte eine neue Zigarette in ihre extravagante Zigarettenspitze. Sie lächelte hinter ihrem Feuerzeug, bevor sie es wieder in ihrer schwarzen, mit Perlen bestickten Samthandtasche verschwinden ließ. »Wenn ihr, du und Sir Angus, es schriftlich haben wollt, gebe ich es euch gerne. Es ist mir gleichgültig, wie tapfer oder reich Randolph ist, ich will mich von ihm scheiden lassen. Es war ziemlich rücksichtslos von ihm, nach dieser langen Zeit doch noch aufzutauchen. Ich liebe Gerald, und ich habe ihn immer geliebt. Ich weiß jetzt, dass ich Gerald anstelle von Randy hätte heiraten sollen, aber ein Mädchen muss erst ein bisschen Spaß haben, bevor sie einen Hausstand gründet. Ich habe einen Fehler begangen, als ich Randy anstelle von Gerry – Gerald – ausgewählt habe. Jetzt weiß ich das. Es tut mir leid, aber jeder macht mal Fehler. Jedenfalls möchte ich jetzt, da dieser Krieg endlich vorüber ist, nicht für den Rest meines Lebens an einen geistig behinderten Ehemann gefesselt sein, und Mammy und Daddy stimmen mir da völlig zu!« Camilla warf ihre Serviette auf den Tisch, nahm ihre Handtasche und stand auf. »Auf Wiedersehen, Irene. Danke für die Austern. Sie haben mich in die richtige Laune für den heutigen Nachmittag gebracht.« Sie lachte dümmlich. »Sag Randolph einfach, er soll die Papiere für unsere Scheidung unterschreiben, und sorge bitte dafür, dass er mir genug gibt, damit ich nicht vor Gericht gehen muss.«

Irene seufzte erleichtert auf. Sie war glücklich, Camilla von hinten zu sehen. Camilla war die verwöhnteste, selbstsüchtigste und herzloseste Kreatur, der sie je begegnet war. Randolph hatte Glück, sie loszuwerden. Und es war eine Schande, dass ein Mann wie Randolph W. Aspen dafür *zahlen* musste, um ein solches Luder von Ehefrau wie Camilla loszuwerden.

43. Kapitel

Im Herbst, nachdem Irene mit Mamas und Doreens Hilfe jede Menge Immobilienmakler aufgesucht und Listen von zu mietenden oder zu kaufenden Gebäuden durchforstet hatte, um dann die ganze Bond Street auf- und abzuwandern, fand sie schließlich Räumlichkeiten, die ihren Anforderungen entsprachen. Da man mit 1.000 Pfund nicht sehr weit kam, wenn man Werkzeug und Material kaufen und Löhne zahlen musste, mietete Irene die Räumlichkeiten erst einmal für zehn Jahre. Steve hatte ihr dazu geraten, da er aus Erfahrung wusste, dass es mindestens drei Jahre dauerte, um ein kleines Geschäft aufzubauen.

Das Geschäft befand sich nicht weit von den ehemaligen Geschäftsräumen des Meisters entfernt, wo Irene früher einmal die Woche gearbeitet hatte. Sie war mit ihrer Wahl zufrieden: Es gab einen kleinen Ausstellungsraum, dahinter eine große Werkstatt und ein Büro sowie eine Toilette.

Die Mannerings und ihr zwölfjähriger Bruder Zeb halfen ihr, die Räumlichkeiten zu renovieren und in einen vernünftigen Zustand zu versetzen. Steve, der wegen des Zustands seiner Lunge und anderer Kriegsverletzungen nicht viel tun konnte, erstellte ein Firmenschild, das über der Tür aufgehängt werden sollte: ›*Claire de Lune*‹.

»Hört sich an wie ein Boxring für Homos«, kommentierte Tante Martha, die noch nie richtig lesen konnte. Sie stand mit verschränkten Armen vor dem Geschäft und musterte kritisch das neue Schild. »Was bedeutet das?«

»Es ist französisch und heißt ›Mondlicht‹ – der Name steht für die Kombination meiner Lehrzeiten bei Fabergé und Lalique«, erklärte Irene. »Meine erste Entwurfsmappe, die ich auf einem alten Skizzenblock gezeichnet hatte und die der Startschuss für meine Karriere war, hieß ›Glitzern im Mondlicht‹!«

»Warum nennst du dann dein Geschäft nich' einfach so, statt so 'nen hochnäsigen ausländischen Namen auszusuchen?«, fragte Tante Martha verständnislos. Sie konnte dieses Jahr nicht zur Hopfenernte nach Kent fahren, weil Hopeworthy Hall zum Verkauf stand und niemand sich um das Gut kümmerte, seit Lady Catherine gestorben war.

»Weil der Name werbewirksam ist, Tante Martha!« Irene tauchte ihren Pinsel in die blässliche dünne Farbe, die aussah wie der Rest der armen alten Stadt London. Die Zukunft würde sich nicht sofort rosig gestalten, das war ihr klar. »Werbung ist sehr wichtig, wenn ein Geschäft erfolgreich werden soll. ›Claire de Lune‹ – die Leute werden über diesen Namen zweimal nachdenken, und wenn man ein zweites Mal an irgendetwas denkt, bedeutet das, dass es im Gedächtnis haften bleibt! Außerdem ist die Klientel, die ich erreichen will, hoffentlich reich und gebildet genug, um ein wenig französisch zu verstehen!«

»Das weist dich in deine Schranken, was, Mama!«, sagte Percy, der mit seinen sechzehn Jahren um Haaresbreite der Wehrpflicht entgangen war. Percy tat das, was sein Vater, sein Onkel und seine Cousins vor ihm getan hatten: Er arbeitete unten am Hafen, wo seit Kriegsende viel zu tun war.

Tante Martha zog Percy am Ohr, weil er so frech war. Irene tätschelte ihm zum Ausgleich den Kopf. »Perce, kannst du Stevie, dem einbeinigen Cowboy, helfen, mein neues Firmenschild zu befestigen? Er hört sich wie eine Dampflokomotive an, und ich möchte nicht, dass er sich wegen mir übernimmt; Pam würde mich umbringen!«

»Und es wäre doch sehr schade um eine Kriegsveteranin wie die gnädige Frau, nicht wahr?«, sagte Percy und sprang schnell zu Seite, um Irenes Farbpinsel auszuweichen. »Du hast Farbe auf der Nase, Irene!«

Kurz vor Weihnachten des Jahres 1919 zog Irene in ihr Geschäft ein. Bevor sie Paris verließ, hatte René Lalique ihr dasselbe gesagt, was auch Carl Fabergé und Michal Wassilij, ihr Lehrmeister, ihr schon gesagt hatten: »Ihre Lehrzeit ist nicht vorbei, Irene. Das ist erst der Anfang. In der Kunst ist die Lehrzeit nie zu Ende. Sie geht immer weiter und baut sich auf Ihren ersten Kreationen auf. Ich begann mein Leben als ein Niemand, dann wurde ich Goldschmied, danach Emailleur; dann wurde ich Gläsbläser, ein einfacher Glasbläser, bis ich schließlich den Punkt erreicht hatte, an dem ich mich heute befinde. Weil ich auf dem ersten Grundstein aufbauen konnte, habe ich das erreicht, was ich heute bin. Aber Selbstzweifel gibt es immer. Sagen Sie niemals ›Ich kann nicht‹, sagen Sie stattdessen ›Ich kann es, und ich werde es schaffen!‹.«

Diese Feststellung war zu hochtrabend, um auf sie zuzutreffen, aber wie auch René Lalique und Carl Fabergé von einem unwiderstehlichen Drang angespornt worden waren, wollte auch Irene ihr Ziel erreichen und das tun, was *sie* tun musste.

Sie wusste nicht warum, und sie wusste auch nicht wie. Wenn sie lange genug darüber nachdenken und ihren Antrieb analysieren würde, würde sie sich wahrscheinlich selbst nicht verstehen.

Sie hegte immer noch ihren Traum, den sie schon mit fünf Jahren geträumt hatte. Heute war sie zweiundzwanzig.

Ihr englisches Hopfenzapfen-Osterei für Barbara Belsh, das in St. Petersburg begonnen und niemals fertig gestellt worden war wie so viele andere Kunstwerke und Schmuckstücke vor der russischen Revolution, fand zusammen mit Michal Wassilijs unvollendeten Stücken den Weg in ihre Werkstatt in der Bond Street.

Per Anzeige suchte Irene nach Kunsthandwerkern, die nach dem Krieg eine Arbeit suchten. Sie wollte ihnen eine Chance geben, wie Carl Fabergé und René Lalique ihr die Chance gegeben hatten, Fuß zu fassen.

Die Kunsthandwerker sollten sich selbst ihre Lehrlinge suchen und diese auch bezahlen; Irene würde es für sich genauso handhaben.

Sie richtete ihre besondere Aufmerksamkeit auf die Bedürfnisse von Frauen, weil sie wusste, wie schwierig es für eine Frau war, in einer Männerwelt Karriere zu machen.

Leider bewarben sich in den ersten Monaten keine Frauen in ihrer neu eröffneten Werkstatt. Irene stellte in ihrer neuen Eigenschaft als Arbeitgeberin fest, dass die meisten Frauen die Sicherheit einer Ehe den gefährlichen Wagnissen einer eigenen beruflichen Karriere vorzogen. Es schien immer noch Männersache zu sein, arbeiten zu gehen, um den Lebensunterhalt zu verdienen.

Es gab jedoch auch keine männlichen Kunsthandwerker, die auf ihre Anzeigen in *The Times* oder *Le Bijou* reagierten.

Zum Glück hatte Irene ihre Schwester Doreen, auf deren Unterstützung sie zählen konnte. Sie machte Doreen zu ihrer Managerin, und Doreen stürzte sich sofort mit Feuereifer in die neue Aufgabe.

Irene ließ sich in ihrem eigenen Büro häuslich nieder und konnte nun, wie der Meister, aus ihrem Versteck heraus jeden sehen, der durch die Eingangstür trat, ohne selbst gesehen zu werden. Sie erwartete ihre Kunden.

Leider trat niemand über die Schwelle ihrer Träume.

Nur ihre eigene Schwester betrat jeden Morgen das Geschäft, Doreen aus der Waterloo Road Nr. 27 in Poplar. Irene verbrachte schlaflose Nächte auf der Couch in ihrem Büro.

Als im ersten Monat nach der Geschäftseröffnung kein einziger Kunde auftauchte, brach Irene in Panik aus. Nach zwei Monaten stand sie kurz vor einem Herzanfall.

»Mein Gott, Reen, was habe ich bloß getan?«, heulte Irene in ihren leeren Räumlichkeiten. »Kein einziger Kunde! Ich habe schon Schulden! Mama wird verrückt werden, wenn ich Schulden habe! Ich bin Künstlerin, keine Geschäftsfrau. Das ganze Geld von Lady Cath geht den Bach hinunter. Ich habe nicht einmal einen Kunsthandwerker, den ich an der Miete beteiligen könnte. Ich muss schließen, bevor ich überhaupt richtig eröffnen konnte! Wenn ich keine Kunden finde, die sich für meine Erzeugnisse interessieren, bin ich am Ende, bevor ich nur anfangen konnte!«

»Irene, Irene!« Doreen zog Irene sanft hoch. »*Du* kümmerst dich um das Handwerk, überlass *mir* den Rest! Kunden muss man erst finden, dann muss man sich um sie kümmern und ihnen den Hof machen, das ist genauso wie mit den Fahrgästen im Bus. Das ist erste Priorität im Geschäftsleben!« Doreen durchstreifte mit in die Hüften gestemmten Händen den Ausstellungsraum. »Steigen Sie ein, steigen Sie ein, Sir, Madam! Laufen Sie doch nicht, wenn Sie fahren könnten! Sie kommen viel schneller an Ihrem Ziel an, und teuer ist es auch nicht!« Doreen zwinkerte Irene zu. »Eine Halskette, eine Brosche, ein Armband von Irene Druce? Du meine Güte, Sir, Madam, Sie sehen einfach *entzückend* aus mit dieser Kreation von Irene Druce – Fabergé und Lalique, Sir, Madam! Kommen Sie zu Irene Druce, *Claire de Lune* in der Bond Street! Sie finden bestimmt etwas für Ihre Lieben, und es ist gar nicht teuer, aber handgefertigt von einer meisterlichen Kunsthandwerkerin!«

Irene rempelte ihre Schwester an, und sie fielen beide lachend zu Boden. Doreen hatte ein altes Stück nachgeahmt, das Charlie und Don in der Schule gespielt hatten – bevor die Jungs alt genug gewesen waren, um in einem ungewollten Krieg getötet zu werden.

»Wahrscheinlich hätte Don gesagt, Reen, du hörst dich an wie die hochnäsige Miss Lily in ihrem Kurzwarenladen, die versucht, Cluny-Spitze anzupreisen!«

Sie und Doreen saßen auf dem Fußboden und lachten, bis ihnen die Tränen kamen.

»Tja, Irene, wir müssen uns unsere Kunden wohl selbst suchen. Sie fallen nicht einfach so vom Himmel. Man muss den Leuten auch sagen, dass es besser ist, mit dem Bus zu fahren, statt mit Gummistiefeln im Regen durch die Gegend zu stapfen, um einen halben Penny zu sparen. Man muss die Kunden umwerben, sie notfalls zwingen, damit sie ›Irene Druce‹ akzeptieren, den besten verdammten Bus überhaupt. Pünktliche Lieferung, kein Durcheinander, keine Warteschlange, Lieferung gemäß Vereinbarung.«

»Wovon sprichst du, Doreen?«

»Es wird nicht funktionieren, wenn wir nichts unternehmen, Irene.«

»Und was?«

»Wir müssen unseren Hintern hochkriegen und etwas tun.«

»Wie?«

»Wir müssen uns selbst anpreisen.«

»Wie?«

»Wir müssen unsere vornehmen Freunde für unser Geschäft interessieren. Wir müssen eine große Eröffnungsparty geben.«

»Ich kann mir keine große Party leisten!«, jammerte Irene.

»Nun, ich denke, man muss Geld ausgeben, um welches zu verdienen. Man muss Werbung machen, wenn die Zeiten gut sind, und wenn die Zeiten schlecht sind so wie jetzt, muss man noch mehr Werbung machen. Wie viele ›Objets d'art‹ und wie viele Schmuckstücke hast du bis jetzt fertig gestellt?«

»Nicht genug.«

»Es muss reichen. Wir arrangieren sie so, dass es nach mehr aussieht. Dann gehen wir zum alten Sid aus dem Pub ›Duke‹ und kaufen ihm ein paar Dutzend Flaschen Wein zu einem guten Preis ab; er hat schließlich schon genug an den Druces und den Mannerings verdient in den letzten hundert Jahren. Mama und Tante Martha können belegte Brötchen und kleine Snacks vorbereiten, und dann feiern wir eine Party. Stevie kann uns günstig gedruckte Flugblätter herstellen lassen, die ich in allen Kunsthochschulen und in anderen Juweliergeschäften in London verteilen werde.

Und jetzt sollten wir am besten gleich damit anfangen, Briefe an alle Leute, die wir kennen, zu schreiben!«

»Du meine Güte! Du bist so praktisch veranlagt, Reen!«, sagte Irene voller Bewunderung.

»Bleibt mir nichts anderes übrig, nicht wahr? Ich habe keine Lust, wieder Busfahrerin zu werden, nachdem wir im Schweiße unseres Angesichts dieses elegante Geschäft eingerichtet haben!«

Irene und Doreen stürzten sich eifrig in die Arbeit und schrieben Briefe an alle Freunde und Bekannten, und auch an Leute, die sie nicht im eigentlichen Sinne kannten: Irene schrieb an Königin Alexandra, die Königinmutter, und erinnerte sie an ihr erstes ›königliches‹ Bild von vor siebzehn Jahren, das ihr den Weg zu Fabergé geebnet hatte. Sie schickte Ihrer Majestät die Entwürfe ihrer Frost-Tiara und der passenden Kette, die die russische Zarin bestellt, aber traurigerweise nie erhalten hatte. Angespornt von ihrer Schwester Doreen, ließ Irene hier und da wichtige Namen fallen, um damit die Gründung ihres Geschäfts zu unterstützen.

Doreen verteilte jede Menge Flugblätter und lief dabei ein Paar Schuhsohlen durch. »Oh, mein Gott«, stöhnte sie jeden Abend, während sie ihre Füße in Salzwasser badete. »Es ist einfach unglaublich, was ich im vergangenen Monat für Irene getan habe!«

»Nun, die Party-Häppchen für morgen Abend sind fertig«, sagte Lorna. »Wir müssen uns überlegen, wie wir das alles in die Bond Street befördern.«

»Irene hat sich schon darum gekümmert. Mr. Henry Ford leiht ihr sein Automobil samt Chauffeur. Ich hoffe nur, dass er nicht der Einzige sein wird, der zur Eröffnungsparty kommen wird«, sagte Doreen bange.

Irene und Doreen verbrachten den Tag der Eröffnungsparty damit, in Mr. Henry Fords Rolls Royce zwischen der Waterloo Road und der Bond Street hin- und herzufahren. Am Morgen hatte Irene ihre Ausstellungsstücke so arrangiert, dass sie den besten Eindruck machten, und am Nachmittag hatte sie noch einmal von vorne begonnen. Sie arrangierte die Stücke auf bunten Seidentüchern, die sie sich von Miss Lily geliehen hatte – Miss Lily war mit einer Einladung zu der Eröffnungsparty bestochen worden, die sie begeistert annahm – und auf Tante Marthas weißer Spitzentischdecke, weil Mamas eigene Tischdecke bei dem Bombenangriff verbrannt war. Kunstvoll drapierte Irene die Seidentücher und die Tischdecke über Pappkartons, die sie in Form einer Pyramide auf einem Tisch in der Mitte des Raums aufgebaut hatte. Die farbenfroheren Stücke kamen auf dem weißen Tischtuch gut zur Geltung, während die Stücke aus blassen Steinen, Kristall und Elfenbein sich gut von der farbigen Seide abhoben. Ihre Entwurfsbücher lagen auf einem separaten Tisch, damit neugierige – und hoffentlich reiche und berühmte Leute – sie durchblättern konnten. Irene betete, dass die Party ein Werbeerfolg und keine reine Zeit- und Geldverschwendung werden würde.

Irene trug das Kostüm, das sie zu Randolphs Hochzeit getragen hatte, und legte aus Werbezwecken einige Schmuckstücke an. Ihr dunkles Haar war zu einem eleganten Knoten geschlungen; dazu trug sie ein diamantenbesetztes Stirnband, das sie selbst entworfen hatte. Miss Lily hatte ihr eine Reiherfeder geliehen, die gut zu dem Stirnband passte.

»Du siehst wie ’ne verdammte Indianersquaw aus«, kommentierte Tante Martha ungnädig.

»Ich finde, sie sieht sehr gut aus«, sagte Mama.

»Meinst du, ich sollte die Feder besser vorne tragen – so?« Irene betrachtete sich in Tante Marthas Garderobenspiegel und steckte die Reiherfeder probeweise vorne statt hinten in das Stirnband.

»Jetzt sieht sie wie ein verdammter Strauß aus, Lorn«, sagte Tante Martha.

»Reiher, nicht Strauß, Tante Martha. Ich muss mich beeilen ... Mr. Henrys Chauffeur wird zurückkommen, um dich, Mama, Stevie und Miss Lily abzuholen ... sag Stevie, er soll seinen Demobilisierungsanzug tragen – er ist hochmodern und erregt das Mitgefühl der Frauen. Komm, Reen, hör auf dich herauszuputzen, du siehst großartig aus. Wir müssen los.«

»Man könnte denken, Irene würde heute heiraten!«, grummelte Tante Martha. Sie war angeschnupft, weil ständig ein solcher Trubel in ihrem Haus herrschte.

Irene stürmte aus dem Haus zu dem wartenden Rolls Royce, während die Nachbarschaft sie und das auffällige Auto samt Chauffeur mit offenem Mund anstarrte. Irene winkte ihnen zu, als wäre sie die Königin von England, während ihre Hofdame neben ihr, Doreen, loskicherte und fast die letzte Platte mit belegten Häppchen fallen ließ.

Am Abend kümmerten sich Mama und Doreen um das Essen und Stevie um die Getränke. Der Wirt des Pubs ›Duke of Wellington‹ hatte ihnen seine besten hochglanzpolierten Weingläser zur Verfügung gestellt. Sie hatten ihm eine Kiste guten französischen Weißwein und eine Kiste Rotwein abgekauft; außerdem hatte er ihnen noch eine zusätzliche Kiste ›auf Rechnung des Hauses‹ geschenkt, worüber Irene sich sehr freute.

Tante Martha war ›als Raumfüller‹ eingeladen worden, und Irene hatte ihr ihren rosafarbenen Bonbonhut geliehen, damit sie nicht auf die Idee kam, mit ihrem schwarzen Strohhut zu erscheinen. Mama hatte ihrer Schwester taktvoll beigebracht, dass sie während der Party ihre Handschuhe tragen sollte, nachdem Irene ihrer Mutter das ins Ohr geflüstert hatte, während sie sich in Tante Marthas Schlafzimmer anzog.

Mama sah sehr gut aus; sie trug das schwarze Kleid und den schwarzen Hut, die sie zuletzt zu der Beerdigung ihres Mannes angehabt hatte. Das Kleid hatte sich in einem Metallkoffer befunden, der wunderbarerweise den Bombenangriff auf das Haus Nr. 10 überstanden hatte und aus den Trümmern geborgen werden konnte. Mama hatte immer noch eine gute Figur und hielt sich sehr gerade. Irene nahm dem Kleid ihrer Mutter seine Strenge, indem sie ihrer Mutter ein paar Schmuckstücke überließ.

»Mama, du siehst umwerfend aus!«, sagten Doreen und Stevie

bewundernd, und Lorna fühlte sich auch so. Sie hatte in der Tat Mühe, sich Mr. Henry Ford mit seiner dicken Zigarre und seiner lauten Stimme vom Leib zu halten.

Irene stellte Mr. Ford Tante Martha in ihrem pinkfarbenen Bonbonhut und dann Miss Lily vor, die einen purpurfarbenen Hut und eine malvenfarbene Federboa trug. Miss Lily saß stocksteif und nervös neben Tante Martha, die auf einem der roten Polsterstühle in Irenes Ausstellungsraum saß, als hätte sie einen Stock verschluckt. Tante Martha ahmte Miss Lily nach und spreizte ebenfalls elegant den kleinen Finger ab, während sie an ihrem Weißwein nippte – der ihr überhaupt nicht schmeckte, wie Irene ihr am Gesicht ablesen konnte. Tante Martha hätte viel lieber ein anständiges Bier aus Kent getrunken.

Irene betrachtete sie mit einem heimlichen Kichern. Tante Martha und Henry schienen sich prächtig zu verstehen. Ausnahmsweise kam Tante Martha kaum zu Wort. Miss Lily lächelte alle nervös, aber höflich an und nippte wie ein Vögelchen an ihrem halben Glas Weinschorle.

Wunderbarerweise erschienen nach und nach weitere Gäste im *Claire de Lune*, größtenteils Kunststudenten und andere Juweliere, die die ›Konkurrenz ausspionieren wollten‹, wie Doreen Irene verstohlen zuflüsterte. »Und ich glaube, dahinten ist ein Herzog aus dem Buckingham Palast – der Mann da drüben mit dem großen schwarzen Hut und dem silberbeschlagenen Spazierstock aus Ebenholz. Wahrscheinlich will er das silberne Kästchen zum Aufbewahren von Visitenkarten haben, Irene.«

»Ich wette, der da drüben mit dem Turban ist der Prinz von Steinland, der Juwelen für seinen Harem aussuchen will.«

»Und ich bin mir ganz sicher, dass das Mr. Tiffany aus Amerika ist, der dort bei Mr. Henry Ford steht.« Doreen, die all die berühmten Namen von Irene gelernt hatte, kicherte.

»Er ist tot!«

»Wer – doch nicht etwa Mr. Ford?«

»Das war bestimmt Tante Martha, Reen. Sie quasselt alle zu

Tode, sobald sie den Mund aufmacht! Wie sieht's mit Cartier aus? Ich hätte nichts dagegen, wenn die Gebrüder Cartier heute Abend kommen würden! Wenn ich daran denke, dass sie ihr Geschäft direkt neben den alten Räumlichkeiten des Meisters eröffnet haben! Um Fabergé willen würde ich ihnen gerne ein bisschen Konkurrenz machen – Lady Cath hätte das bestimmt auch gewollt!«

»Ich wette, das wirst du auch tun, Irene!«, sagte Doreen, loyal wie immer. »Und ich nehme an, dass die Frau mit dem Turban in dem Mantel, der wie ein Samttischtuch aussieht, die gerade eine Zigarette aus dieser abflussrohrähnlichen Zigarettenspitze raucht, Sarah Bernhardt ist.«

»Du hast wirklich Fantasie! Aber sie ist zu jung, um Sarah Bernhardt zu sein, es ist in Wirklichkeit Randolphs Gattin ... was zum Teufel tut Camilla hier? Du hast ihr doch nicht etwas auch eine Einladung geschickt, Reen? Doch, du hast es getan! Du meine Güte ...« Ein Herr kam auf sie zu, bevor sie einen Streit mit ihrer Schwester beginnen konnte. »Miss Irene Druce?«

»Ja, die bin ich«, sagte Irene mit weichen Knien, schaffte es aber trotzdem, anmutig und gelassen zu lächeln. »Kann ich Ihnen weiterhelfen, Sir?«

»Ich komme von Murrle Bennett and Company, einem Schmuckhersteller und Juweliergeschäft in der Charterhouse Street.« Er überreichte ihr seine Visitenkarte. »Ich hatte damit gerechnet, eine gute Portion Nachahmung in Ihren Arbeiten vorzufinden, Miss Druce, angesichts der Tatsache, dass Sie sowohl bei Fabergé als auch bei Lalique ausgebildet wurden. Ich bin jedoch positiv überrascht, dass es Ihnen gelungen ist, einen eigenen Stil in Ihren Schmuckstücken zu verwirklichen. Besonders beeindrucken mich Ihre Metallarbeiten. Falls Sie Interesse daran haben sollten, uns einige Ihrer Kreationen zu überlassen, setzen Sie sich doch bitte mit uns in Verbindung. Mein Name steht auf der Visitenkarte.« Er verbeugte sich höflich und wandte sich zum Gehen. Doreen versetzte Irene einen Rippenstoß.

Camilla erschien vor ihnen, paffte an ihrer Zigarette und begrüßte Irene überschwänglich und gönnerhaft. »Was für eine himmlische Party, Irene ... das muss deine Schwester Doreen sein, sie sieht dir so ähnlich Darling!« Sie hielt Doreen zierlich die Hand hin, die Camillas Hand mit dem zupackenden Händedruck einer Busfahrerin schüttelte.

»Ich bin erfreut, Sie kennen zu lernen, Mrs. Aspen!«

Irene konnte nicht sagen, ob Camilla wegen des kräftigen Händedrucks zusammenzuckte oder weil sie an Randolph erinnert wurde. »Entzückend ... schrecklich süß von dir, mich zu der Eröffnungsshow einzuladen. Göttliche Sachen, und was für ein kleines Juwel von einem Geschäft, Irene. Wie clever von dir, Darling. Ich kenne nicht einmal den Unterschied zwischen einem Malerpinsel und einer Zahnbürste. Ich habe mich gerade mit deinem Bruder unterhalten – Stevie? Er ist auch ganz süß. Und so tapfer, gleichzeitig ein Bein zu verlieren und einem Gasangriff ausgesetzt zu sein ... das erinnert mich an etwas, Irene, Darling, hast du schon mit Randolph wegen der Scheidungsabfindung gesprochen?«

»Noch nicht, ich hatte zu viel zu tun.«

»Natürlich! Sag mir auf jeden Fall so bald wie möglich Bescheid, Süße. Jetzt muss ich mich beeilen. Gerry – das heißt, Gerald – und ich sind noch zu einer anderen Party eingeladen. Er sagte, ich soll nicht zu spät nach Hause kommen, aber, aber! Danke für die Einladung, Darling, und vergiss die Halskette mit der nackten Frau nicht, die du mir versprochen hast, Irene, und ich verspreche dir, dass ich allen von deinen göttlichen Kreationen erzählen werde ... tschüssi!« Sie winkte herablassend mit den Fingern und rauschte zu Irenes großer Erleichterung hinaus.

Ein anderer Herr wollte ihr Edelsteine verkaufen und hinterließ seine Visitenkarte. Er war von Hatton Garden. Als der Abend vorbei war, hatte Irene auch ihren ersten Kunsthandwerker gefunden, ein junger Mann, der vor kurzem seine Ausbildung abgeschlossen hatte und nun Arbeit suchte. Sein Name war Leonard Herron. Er sagte zu, eigenes Werkzeug und eigene Materialien mitzubringen.

»Ich hab' dir doch gesagt, dass es klappen wird!«, jubelte Doreen. »Es nützt nichts, wenn man Talent hat, Irene Druce, und sein Licht unter den Scheffel stellt!«

Irene lächelte ihre kleine Schwester liebevoll an. »Danke, Reen.«

Die Party war ein uneingeschränkter Erfolg und hatte einen Schneeballeffekt für Irenes Geschäft, ihren Namen und ihren Ruf. Leonard, ihr erster ›Angestellter‹, war ein netter ruhiger junger Mann, sehr schüchtern, und er arbeitete sehr hart. Es gelang ihm, zwei weitere Kunsthandwerker für sie ausfindig zu machen, und schließlich fanden er und seine Freunde auch Lehrlinge.

Schließlich und endlich begannen auch die Aufträge ins Haus zu flattern.

Mit Staunen lasen Irene und Doreen das Schreiben aus Marlborough Haus, der Residenz der Königinmutter. Die Zofe von Königin Alexandra bat um Zusendung der »Irene Druce-Mappe mit den Entwürfen der Kollektion ›Glitzern im Mondlicht‹ zur Durchsicht für Ihre Majestät«.

Danach versandten sie Briefe und Mappen mit Entwürfen an die Rothschilds, die Vanderbilts, die Gattin des Premierministers, die Gattinnen von anderen Politikern, Lords und Ladys, ganz zu schweigen von den zahlreichen Mitgliedern des europäischen Adels, die durch Revolution, Krieg, Heirat und andere Umstände ihren Weg nach London gefunden hatten.

»Irene«, sagte Doreen eines Tages, immer noch überrascht vom Geschäft ihrer Schwester, das trotz der schlechten wirtschaftlichen Lage so florierte, nachdem sie kühn und unbekümmert an die Öffentlichkeit gegangen waren, »diese Woche haben wir Anfragen von einer arabischen Prinzessin, einer indischen Prinzessin und Baron Louis Rothschild aus der Euganstraße erhalten, die alle Termine mit dir vereinbaren wollen.«

Irene lächelte. »Dann mach Termine mit ihnen aus, Reen. Baron Rothschild, dessen Name mir bekannt ist, ist Österreicher; er kann eine Weile warten, denn schließlich waren die Österreicher unsere Feinde.«

»Oh«, sagte Doreen mit großen Augen, »wenn er irgendetwas mit den Deutschen zu tun hat, werde ich ihm sagen, dass du zu beschäftigt bist, um ihn zu treffen, wenn er nach London kommt.«

»Reen, meine Liebe, nicht alle Österreicher, Preußen und Deutschen sind Wölfe im Schafspelz. Vielleicht kann dieser österreichische Baron Rothschild uns zurückgeben, was die Deutschen uns genommen haben.«

Doreen sah verwirrt aus und konnte kaum glauben, dass Irene so verräterisch sein konnte, Geschäft hin und Geschäft her.

»Mach einfach einen Termin aus. Der Krieg ist vorbei, und es ist kein Schaden entstanden.«

»Kein Schaden entstanden? Charlie und Don sind von der Hand von Österreichern, Preußen und Deutschen gestorben.«

»Ein preußisch-deutscher Offizier hat mir das Leben gerettet, Reen, im Zug von Berlin nach Frankfurt.«

»Ohh!« Doreen schüttelte bestürzt den Kopf und sagte dann: »Es ist deine Sache, Irene. Ich vereinbare einen Termin mit diesem Baron für den halben Tag, den ich frei habe!«

»Reen, Reen!« Irene rief sie zurück. »Eine Münze hat immer zwei Seiten. Wenn man sie in die Luft wirft und wieder auffängt, ist eine Seite oben, entweder die richtige oder die falsche. Ich habe den Krieg nicht gewollt, und du auch nicht. Auch nicht Charlie und Don, Lou und Stevie, Tante Marthas Söhne, Dot und Joe Fennel und ihr Sohn Bert und all die anderen Männer aus der Waterloo Road und im Hafen. Aber irgendjemand muss dem Tod und dem Verfall um uns herum Einhalt gebieten, und ich denke, dass wir Frauen die Einzigen sind, die noch in der Lage sind, vernünftig zu denken. Wir müssen den Krieg und den Rest abhaken. Ich habe in Russland einen weisen Wanderprediger namens Rasputin kennen gelernt. Jeder dachte, dass er ein schlechter Mensch war. Aber er hat mir etwas gesagt, das ich nie vergessen habe – der Feind ist in uns selbst. Wir können verzeihen, oder wir können weiterhin hassen. Ich sehe es so, dass, wenn dieser österreichische Baron Louis Rothschild jemandem ein Geschenk machen will, dies ein Schritt in die richtige Richtung ist. Jedes Geschenk ist ein Zeichen der *Liebe*!«

»Außer es handelt sich um eine Zeppelin-Bombe«, erwiderte Doreen mit schmalen Lippen.

»Wenn wir ihn abweisen, wird er zu einem anderen Juwelier gehen.«

»Das ist nur eine Art, die Deutschen zu betrachten, Irene. Du hast mich noch nicht überzeugt. Aber ich will nicht, dass du meinetwegen einen wohlhabenden Kunden verlierst. Ich werde einen Termin vereinbaren, aber ich will nicht dabei sein, wenn du ihn herumführst und ihm deinen Schmuck zeigst, den er irgendeiner kleinen österreichischen Schlampe schenken will!«

Oh je, ihre kleine Schwester hatte immer noch starke Hassgefühle gegenüber den Deutschen. »Liebes Mädel«, sagte Irene nur, »es ist deine Sache.«

Doreen hielt an ihrem Standpunkt fest. »Du bist hart geworden, Irene. Hat Russland dir das angetan?«

»Nein, Reen.«

»Was denn?«

»Der Tod der Liebe.«

44. Kapitel

Irene erhielt die heiß ersehnte Nachricht von Nicholas Fabergé, dass sein Vater endlich in Lausanne eingetroffen war, eineinhalb Jahre nach seiner Flucht aus Russland.

Es war Juni im Jahr 1920, der Sommer ihres dreiundzwanzigsten Geburtstages; sie hätte inzwischen drei weitere Silberamulette haben können, um sie an ihrem Armband zu befestigen – wenn die Dinge anders gelaufen wären.

Bislang hatte Irene bei ihrer Schwester Joan und deren drei Kindern gewohnt, ganz in der Nähe von Mama und den anderen, und war mit dem Bus zwischen der Waterloo Road und der Bond Street hin- und hergefahren; aber langsam hatte sie das Gefühl, dass sie eine eigene Wohnung brauchte.

Joan sagte Irene, dass sie es wunderbar fand, wenn Irene bei ihnen wohnte, und sie könnte so lange bleiben wie sie wollte; dafür war eine Familie schließlich da.

»Ich weiß, ich weiß!«, sagte Irene. »Aber es ist nicht fair, wenn ich das Kinderzimmer belege, während du dich mit ihnen in ein Zimmer zwängen musst.«

»Es ist schön, sich über dem Gute-Nacht-Kakao mit einem Erwachsenen unterhalten zu können, Irene.«

»Danke, aber ich will dir nicht auf die Nerven fallen, nach all dem, was du nach Lous Tod durchgemacht hast.«

»Du gehst mir nicht auf die Nerven, du bist meine Schwester.«

»Ich schaue mich trotzdem nach einer eigenen Wohnung um«,

sagte Irene. »Nach einer großen Wohnung, wo Mama, Doreen, die Zwillinge und Ken mit einziehen können. Mama hasst es, bei Tante Martha wohnen zu müssen. Sie würde es nie zugeben, aber ich kann es ihr am Gesicht ablesen.«

»Dein Problem ist es, Irene, dass du es für deine Selbstachtung brauchst, die Probleme der ganzen Welt auf deine Schultern zu laden.«

»Wie bitte?« Irene starrte Joan an.

»Es ist wahr. Es ist dir immer schon gelungen, seit du ein kleines Mädchen warst. Du hast dich immer zur Märtyrerin gemacht, sodass alle nur dir und nicht uns anderen Beachtung geschenkt haben. Du willst immer die Kontrolle über alles übernehmen!«

Irene umklammerte ihre Kakaotasse und starrte auf die trüb schillernden Ringe aus Milchpulver und lauwarmem Wasser, während sie versuchte, ruhig zu bleiben. Joan und sie hatten sich nie besonders gut verstanden, und jetzt wünschte sie, dass Mama hier wohnen würde und nicht sie. »Tatsächlich?«

»Ja, es stimmt. Tut mir leid, aber es ist wahr.«

Irene wusste, dass ihre Schwester die Miete, die sie ihr zahlte, gut brauchen konnte, weil sie nur eine kleine Witwenrente bezog. Aber Joan könnte mehr Geld von einem Mieter aus der Rollschuhfabrik bekommen, als Irene ihr jetzt zahlte. Joan hatte Irenes Motive immer schon missverstanden, genau wie Tante Martha. Sie hatten sie immer für selbstsüchtig und überehrgeizig gehalten. Sie sagte: »Es tut mir leid. Ich ziehe aus, sobald ich kann.«

Irene verbrachte die meiste Zeit in ihrem Geschäft und übernachtete auch manchmal in ihrem Büro, obwohl es den Vereinbarungen ihres Mietvertrags widersprach.

In ihrem Kopf war eine Idee herangereift, und sie wollte Randolph und Sir Angus wiedersehen.

Randolph, dem es durch die Therapie und die besondere medizinische Behandlung, die er während des vergangenen Jahres erhalten hatte, so viel besser ging, lebte inzwischen wieder in Hopeworthy Hall, jedoch als Mieter von Sir Angus. Irene hatte Hopeworthy Hall für Randolph gemietet; wie wusste, dass Randolph ihr die Mietkosten zurückzahlen würde, sobald es ihm wieder gut genug ging, sich um seine eigenen Angelegenheiten zu kümmern. Sie hatte auch eine gute und zuverlässige Pflegerin gefunden, die in Hopeworthy lebte und sich um Randolph kümmerte.

Sam hatte sich Randolphs missliche Lage zum Vorbild genommen und behauptet, auch unter Kriegsneurose, Kriegsmüdigkeit und allem anderen gelitten zu haben, was er vorher gehört hatte. Er wurde von einem aus Armeeoffizieren und Ärzten bestehenden Ausschuss befragt. Irene hatte dem Regimentsoffizier einen Brief wegen Sam geschickt, in dem sie darauf hinwies, dass Sam in dem heftigen Kreuzfeuer der Schlacht von Cambrai Hauptmann Aspens Leben gerettet hatte. Außerdem hatte er ihm aus dem deutschen Kriegsgefangenenlager zur Flucht verholfen und ihn in Paris vor dem Verhungern bewahrt.

›*Und obwohl es unverzeihlich ist, dass der gewöhnliche Soldat Smart sich nicht beim Hauptquartier der Armee gemeldet hat, ist er dennoch nicht vorsätzlich desertiert. Nachdem er gefangen genommen worden war, ist er aus dem Kriegsgefangenenlager geflüchtet und hat seinen vorgesetzten Offizier mitgenommen, womit er dessen Leben zu retten hoffte angesichts der fürchterlichen Entbehrungen, unter denen sie beide während der Gefangenschaft zu leiden hatten. Ich glaube, dass der gewöhnliche Soldat Smart das Leben von Hauptmann Aspen nicht nur einmal, sondern zweimal oder sogar dreimal gerettet hat, wenn man an das Schicksal so vieler verwundeter Soldaten denkt, die nach dem Krieg hilflos in Frankreich zurückgelassen wurden. Hochachtungsvoll, Irene Druce.*‹

Sie hatte sich für Sam eingesetzt, obwohl sie nicht glaubte, dass er es verdient hatte.

Nicht zuletzt aufgrund ihres Briefes war Sam mit einem blauen Auge davongekommen. Man erteilte ihm einen strengen Verweis.

Man teilte ihm mit, dass er wegen Fahnenflucht erschossen worden wäre, wäre der Waffenstillstand nicht unterzeichnet worden. Er sollte sich glücklich schätzen, dass er nur zu drei Monaten Haft in einem Militärgefängnis verurteilt würde.

Sam verbüßte seine Freiheitsstrafe, wurde unehrenhaft aus der Armee entlassen und kehrte als Randolphs Diener nach Hopeworthy Hall zurück. »Und wenn du dir nicht ein für alle Mal Mühe gibst, Sam Smart«, hatte Irene ihn bei ihrem letzten Besuch bei Randolph gewarnt, »dann kannst du was erleben!«

»Ja, Miss Irene«, hatte er unterwürfig geantwortet.

»Beweis mir, dass du kein Strohmann bist, ja, Sam?«

»Ja, Miss Irene.« Er lächelte sie mit seinem Zahnpastalächeln an und sagte: »Verdammt noch mal, Miss Irene, du bist schlimmer als ein Feldwebel!«

Irene fuhr mit dem Zug am Samstagmorgen nach Hopeworthy Hall, und es war, als würde sie von der Vergangenheit eingeholt. Dieselbe Routine, derselbe alte verrauchte Zug, dasselbe alte Dritte-Klasse-Abteil, nichts hatte sich geändert und trotzdem war alles verändert. Soldaten, die sich auf dem Weg zur Front in Frankreich befunden hatten, hatten sich verewigt, nicht nur auf den Schlachtfeldern in Flandern, sondern auch auf den alten Holzsitzbänken der Züge.

Bei ihrem letzten Besuch in Hopeworthy Hall waren ihr die unzähligen Erinnerungen an die Vergangenheit nicht so sehr aufgefallen wie jetzt. Letztes Mal war erst wenig Zeit seit ihrer und Randolphs Heimkehr nach England vergangen gewesen, und sie war zu sehr damit beschäftigt gewesen, Randolph vernünftig unterzubringen und dann zur ihrer Arbeit in London zurückzukehren. Jetzt lief das Geschäft gut, und sie hatte die Chance, all das, was ihrer Aufmerksamkeit entgangen war, mit neuen Augen zu sehen.

Es war irgendwie noch schwieriger, mit den Nachwirkungen

des erbarmungslosen und teuren Krieges zurechtzukommen als mit dem Krieg selbst. Während des Krieges hatte es ein erklärtes Ziel gegeben, nämlich den Kampf ums Überleben! Jetzt gab es dieses Ziel nicht mehr, weshalb das Leben in sein altes lethargisches Muster zurückverfallen war.

Bei ihrem letzten Besuch in Kent war Irene durch die Alleen und die Obst- und Hopfengärten nach Hopeworthy Hall gewandert. Diesmal hatte Randolph das Auto zum Bahnhof geschickt, um sie abzuholen. Am Bahnhof in Hope Mill wartete der Chauffeur Bridges mit Lady Catherines altem Rolls Royce; sowohl Auto als auch Chauffeur waren nach einer erzwungenen Zeit des Nichtstuns wegen Treibstoffmangels abgestaubt und poliert worden. Aber der Glanz aus der Vorkriegszeit fehlte irgendwie.

»Es ist schön, Sie wiederzusehen, Miss Irene«, sagte Bridges, der seine alte Arbeit wieder aufgenommen hatte, seit Hauptmann Aspen nach Hause gekommen war.

»Danke gleichfalls, Mr. Bridges«, antwortete Irene.

Die Abnutzungserscheinungen der Kriegsjahre, die an Zügen, Häusern und Menschen zu erkennen waren, hatten auch ihre offenkundigen Spuren in Hopeworthy Hall hinterlassen, das zeitweilig in ein Erholungsheim für Offiziere umgewandelt worden war.

Mr. Jarvis war gestorben, Maisy hatte inzwischen gekündigt, weil sie geheiratet hatte, und es gab keine wild herumspringenden Hunde mehr, die Irene früher begrüßt hatten. Tizzy-Wizzy und ihre Nachkommen waren zu Beginn des Krieges fortgegeben worden. Die Krankenpflegerin öffnete Irene die Haustür.

Sir Angus hatte die schönsten der antiken Möbel, Gemälde, Teppiche, Porzellan, Gläser und Tafelsilber in sein neues Heim in Aberdeenshire bringen lassen, sodass das Haus jetzt still, düster, kahl und vernachlässigt wirkte. Auch die Armee hatte traurige Spuren hinterlassen. Die Eichentreppen und die Holzböden waren zerkratzt worden, und die Politur war durch die schweren Stiefel abgetragen worden. Mithilfe von Taschenmessern waren die Namen von Offizieren und ihren Geliebten in die Holzarbeiten geschnitzt worden. Das Musikzimmer hatte als Klubraum gedient, und die Dartscheibe hing immer noch an der holzvertäfelten Wand, die mit holzwurmähnlichen Löchern von verirrten Dartpfeilen übersät war. Im ganzen Haus herrschte eine Atmosphäre des Verfalls, der dringend aufgehalten werden musste.

Als Erstes erkundigte Irene sich bei der Pflegerin nach Randolphs Gesundheitszustand.

»Sein Zustand verbessert sich langsam, Miss Irene, obwohl er noch sehr abwesend wirkt. Er kann sich immer noch nicht daran erinnern, was unmittelbar nach der Schlacht von Cambrai geschehen ist. Er leidet noch unter Albträumen und nervösen Zuckungen, wenn laute Geräusche oder Unruhe auftreten. Er ist einmal zusammen mit seinem Diener Sam auf die Jagd nach Kaninchen und Fasanen auf dem Gut gegangen. Der Lärm eines einzigen Schusses hat aus dem Hauptmann ein zitterndes Nervenbündel gemacht und ihn um einen Monat zurückgeworfen. Leider hat er auch immer noch erschreckende Wutanfälle, auf die Anfälle akuter Depression folgen. Der Neurologe sagt, dass das unberechenbare Verhalten von Hauptmann Aspen auf Frustration zurückzuführen ist. Das ist ein gutes Zeichen, weil es zeigt, dass der Hauptmann nach der langen Phase der Teilnahmslosigkeit damit beginnt, seine Vergangenheit zu bewältigen. Da Mr. Randolph ein intelligenter Mann ist, ist er böse auf sich selbst, weil ihm so etwas passiert ist und er sich nicht einmal mehr an die Gründe erinnern kann. Nur die Zeit und eine vorsichtige Behandlung können seinen Geist wieder heilen.«

Nach diesem langen traurigen Vortrag über Randolphs Geisteszustand wollte Irene sich ein eigenes Bild vom Zustand des Patienten machen.

Randolph saß in einem Lehnstuhl am Fenster im Wohnzimmer, wo Lady Catherines Rollstuhl immer gestanden hatte. Über Randolphs Knien lag Lady Catherines alte Decke, und neben ihm auf einem kleinen Beistelltischchen befanden sich ein Glas mit Whisky und die aktuelle Tageszeitung.

Wenigstens zwei Schritte in die richtige Richtung, dachte Irene. Irgendwelche Gefühle musste er schließlich haben, wenn er versuchte, die Langeweile seiner Tage mit Whisky und Zeitungen zu vertreiben.

»Hallo Irene, wie wundervoll dich zu sehen, mein liebes Mädchen!« Er schob die Decke zur Seite und wollte aus seinem bequemen Sessel aufstehen, um sie zu begrüßen, aber sie legte ihm die Hand auf die Schulter und drückte ihn wieder in seinen Sessel zurück.

»Ich freue mich auch, dich zu sehen, Randolph ... bleib sitzen, du musst wegen mir nicht aufstehen.« Sie gab ihm einen Kuss auf die blasse Wange, woraufhin seine eine Gesichtshälfte nervös zuckte, als sie ihn berührte.

Er hielt die nervöse Gesichtshälfte von Irene abgewandt, während sie sich unterhielten. Die Pflegerin brachte Tee und Kekse und ließ sie dann allein.

»Wie fühlst du dich, Randolph?«

»Besser, viel besser. Immerhin sind die verflixten Kopfschmerzen verschwunden.«

»Das ist ja wunderbar.«

»Es ist ein seltsames Gefühl, das Leben durch den Nebel in meinem Kopf zu sehen – es ist nicht der Whisky! Während ich Medikamente nehmen musste, durfte ich keinen Alkohol trinken. Ich nehme immer noch krampflösende Medikamente gegen dieses verdammte Zucken in meinem Gesicht und auch Schlaftabletten, die aber anscheinend nicht die geringste Wirkung haben. Den Whisky heute Morgen trinke ich dir zu Ehren. Ich glaube, dass das viel effektiver als irgendwelche dummen Pillen ist, die der Arzt mir verschreibt!«

Er hörte sich an wie Carl Fabergé und sein ›Doktor aus Bernkastel‹, womit er seinen Moselwein gemeint hatte.

»Hast du Camilla in London getroffen?«, wollte Randolph wissen.

»Ja, zweimal. Sie ist zu meiner Eröffnungsfeier gekommen.«

»Erzähl mir davon.«

Sie erzählte. Sie versuchte, ihn aufzumuntern, weil er so freudlos und verloren wirkte. Irene beschrieb alle kleinen lustigen Begebenheiten, die sich auf der Party ereignet hatten. »Und seit jenem Abend flattern die Aufträge ins Haus, dank Doreen. Ich habe nun drei Kunsthandwerker angestellt und ein halbes Dutzend Lehrlinge. Und weißt du was, Randolph?«

»Was denn, liebes Mädchen?«

»Ich bin im Marlborough House gewesen! Meine alte Schirmherrin, die süße alte Queen Mum, hat eine Tiara und eine Halskette aus meiner ersten Kollektion ›Glitzern im Mondlicht‹ in Auftrag gegeben. Natürlich habe ich die Queen Mum nicht persönlich gesprochen, sondern nur ihre Zofe. Aber ich war ganz nah dran. Die russische Zarin wollte die Tiara und die Halskette auch haben, aber es hatte nicht sein sollen. Jetzt hat unsere eigene Königin Alex sie bestellt.«

»Aber das ist ja fantastisch, Irene! Ich wusste, du würdest es schaffen; Tante Catherine hat es auch gewusst. Ich freue mich so für dich. Wo wir gerade von Schmuck sprechen, im Safe befindet sich noch eine Schmuckschatulle. Angus wollte sie schon an sich nehmen, aber ich habe ihm gesagt, dass sie zu den Besitztümern meiner Tante gehört, und ihr Besitz gehört nun mir. Ich möchte, dass du den Schmuck bekommst. Wahrscheinlich befindet sich auch die Smaragdbrosche, die du ihr aus Russland geschickt hast, unter den Stücken. Die Brosche hat ihr mehr bedeutet als die anderen Schmuckstücke, die nach dem Diebstahl übrig geblieben sind.«

»Das kann ich nicht annehmen! Der Schmuck gehört dir und deiner Frau!«

»Zum Teufel mit Camilla!«, sagte er grimmig, und Irene wünschte, sie hätte dieses heikle Thema nicht angesprochen! Sie hatte Randolph nie zuvor wütend gesehen oder ihn fluchen hören. Er war immer so ruhig, gelassen und freundlich gewesen. Offensichtlich belastete ihn seine unglückselige Ehe mehr als alles andere. »Sie ist mir keine Ehefrau gewesen, Irene. Mit diesem ... diesem verachtenswerten Liebhaber davonzulaufen, dessen Namen ich nicht über die Lippen bringe! Sie dachten, ich wäre tot und beschlossen deshalb, die Situation auszunutzen, verflixt noch mal! Ich werde ihnen tüchtig Bescheid sagen, wenn ich sie das nächste Mal sehe – obwohl ich eigentlich hoffe, ihnen nie wieder begegnen zu müssen. Wenn ich daran denke, dass ich ihn gebeten habe, mein Trauzeuge zu sein – das hat Camilla eingefädelt. Ich bin mir jetzt sicher, dass sie schon eine Affäre miteinander hatten, als ich ihr noch den Hof gemacht habe. Sie hat mich nur wegen Tante Catherines Vermögen geheiratet – sie wird nicht einen Penny davon bekommen, das schwöre ich! Ich werde sie vor das Scheidungsgericht zerren und sie als Ehebrecherin anklagen. Zum Teufel mit ihrem Ruf als Lady!«

»Reg dich nicht auf ...«

»Ich kann nichts dafür ... tut mir leid ...« Er legte die Hand an die Wange, um das Zucken zu beenden.

»Die beiden sind es nicht wert, Randolph.«

»Da hast du Recht. Ich weiß, dass du Angus Miete gezahlt hast, damit ich hier wohnen kann, bis ich mein Leben wieder im Griff habe. Nimm den Schmuck, Irene. Es ist das Mindeste, was ich für dich tun kann. Ich bin dabei, Inventur zu machen, aber es kostet mich sehr viel Mühe. Ich bin froh, dass du gekommen bist, es gibt viel zu besprechen. Bleibst du übers Wochenende?«

»Natürlich.«

»Gut! Kannst du reiten?«

Sie schaute ihn verblüfft an. Zum ersten Mal seit Monaten entdeckte sie eine Spur seines alten Lächelns.

»Oh ja!«, sagte er. »Ich reite wieder! Es ist das einzige Vergnügen, dass ich mir zurzeit gönne. Es ist sehr entspannend für mich, einfach auf Snickers, der langsam in die Jahre kommt, über die Felder zu trotten. Ich ... ich gehe aber nicht mehr auf die Jagd. Ich weiß nicht warum, aber es macht mir keinen Spaß mehr. Ich fürchte mich regelrecht vor der Jagd. Ich kann auch kein rotes

Fleisch mehr anrühren, seit ... seit mir in Frankreich nicht anderes übrig geblieben war, als Pferdefleisch zu essen. All das Töten ...« Er hustete und zappelte nervös in seinem Sessel herum.

Nachdem die ungewollten Erinnerungen, die er so lange verdrängt hatte, auftauchten, wechselte Randolph schnell das Thema.

»Es macht mich verrückt, Tag für Tag hier zu sitzen und nur den verflixten Sam und die Pflegerin als Gesellschaft zu haben. Wenn ich nicht so verdammt Angst hätte, dass du mich abweist, würde ich dich fragen, ob du mich heiraten willst. Nein, antworte nicht, Irene, hör mir einfach nur zu. Ich weiß, dass du mit deiner Karriere verheiratet bist, und ich freue mich für dich. Ich weiß auch, dass du wahrscheinlich nicht das Gleiche für mich empfindest wie ich für dich – ich weiß nicht. Vor diesem Hintergrund will ich nicht alles verderben, indem ich dich um deine Hand bitte. Es wäre nicht fair, dich zu bitten, eine alte Krücke wie mich zu heiraten.«

»Oh, Randolph!« Irene betrachtete ihn zärtlich. »Du bist alles andere als eine alte Krücke!«

»Doch, ich bin eine alte Krücke, und ich falle mir selbst zur Last ... also, was ich sagen wollte, ist, dass ich Hopeworthy Hall kaufen und dir schenken möchte. Für all das, was du für mich getan hast – und für meine Tante. Du hast ihrem Leben in jenen letzten schmerzvollen Jahren einen Sinn gegeben, und du hast uns nie im Stich gelassen, anders als meine Frau und Sam Smart.«

»Danke, Randolph«, sagte sie leise und ging zu ihm hin, kniete neben seinem Stuhl nieder und legte die Arme um ihn. »Darf ich über deine beiden Vorschläge nachdenken?«

»Natürlich«, er strich ihr zärtlich über den Kopf.

»Ich habe einen eigenen Vorschlag, was Sir Angus angeht, Randolph«, sagte Irene.

Irene stand wieder auf; sein indirekter Heiratsantrag rührte sie, aber sie erkannte, dass Randolph Dinge sagte, ohne darüber nachzudenken. Camilla hatte die letzten Reste seines Selbstvertrauens zerstört, aber Irene würde sich und Randolph keinen Gefallen damit tun, wenn sie seinen Heiratsantrag und Hopeworthy Hall annahm.

Wie die Krankenpflegerin gesagt hatte, würde die Zeit die Wunden heilen; und die Zeit würde auch zeigen, was geschehen sollte. Im Augenblick wollte Irene nur, dass Randolph ihre zweite Jugendliebe blieb, ihr ›großer Bruder‹, ihr Freund, aber nicht ihr Ehemann.

Randolph sagte abrupt: »Es ist Zeit für das Mittagessen, würdest du bitte klingeln, Irene. Nach dem Essen werde ich dir beibringen zu reiten. Ich bin so froh, dass du hier bist.«

»Ich auch. Es ist, als würde ich nach Hause kommen.« Irene läutete nach der Pflegerin und freute sich, dass es ihr gelungen war, Randolph durch ihren Besuch aufzuheitern. »Es ist seltsam, dass es mein Zuhause nicht mehr gibt. Papas alte walisische Anrichte existiert nicht mehr, und viele andere Dinge aus unserem Leben sind einfach ausgelöscht. Wir wollten sie immer loswerden – ich spreche von der alten Anrichte. Und jetzt erkenne ich, dass sie eine Art Symbol in unserem Leben darstellte – für Beständigkeit, Loyalität, Akzeptanz. Nun ist alles anders. Arme Mama, es war ihr Heim, und jetzt ist nichts mehr davon übrig. Für mich war eher Hopeworthy Hall mein Zuhause. Als ob ich *immer* hier gelebt hätte, und als ob ich immer hierher zurückkehren würde. Ein unheimliches Gefühl, *déjà vu*! Wie das erste Mal, als ich vom Schreien einer Eule über diesen hohen Schornsteinen aufgeweckt wurde. Als Kinder glaubten wir, dass eine Eule, die nachts kreischend über dein Haus flog, ein Vorbote des Todes war.«

Ihr eifriger Gesichtsausdruck erinnerte ihn an lange vergangene Tage, als sie ihm auf der Zugreise ihre Ideen bezüglich ihrer Kollektion ›Glitzern im Mondlicht‹ zu erklären versucht hatte. »Dann müsste dieses Haus mit Leichen übersät sein! Ich glaube, mein Mädchen, dass du Fledermäuse mit Eulen verwechselst.«

Sie erzählte ihm nichts von jener Nacht an Weihnachten 1910, als die Eule über dem Haus Nr. 10 in der Waterloo Road gekreischt hatte und Papa am nächsten Tag gestorben war; oder als sie eine Eule in St. Petersburg gehört hatte, und der Engel des Todes gekommen war, um ihre Seele mitzunehmen, Michal, Charlie, Don; Randolph würde über ihre dummen abergläubischen Anwandlungen nur lachen, und sie wollte auch nicht wieder alte traurige Geschichten aufrühren. »Fledermäuse, Eulen, du und ich, also hat sich nichts geändert, Randolph!« Sie sah ihm in die Augen und lächelte.

»Nun denn«, sagte er nach einem längeren unangenehmen Schweigen, in dem beide sich plötzlich einer Veränderung in ihrer Beziehung bewusst wurden. »Da die Schwester meinen Wunsch nach einem weiteren kleinen Whisky nicht erfüllt hat – sie geht sehr knauserig damit um und lässt die Flasche nicht hier, damit ich nicht zu einem Alkoholiker werde – lass uns zum Essen gehen, mein liebes Mädchen.« Er hielt ihr galant die Tür auf.

45. Kapitel

Irene hatte immer noch das Bild vor Augen, wie Lady Catherine am Kopf der langen Tafel saß, Miss O'Crikey Tizzy-Wizzy mit einer Silbergabel fütterte, der alte Jarvis um sie herumschlurfte und die Bediensteten ihnen aufwarteten.

Heute würden sie sich selbst bedienen müssen; auf dem Sideboard befand sich ein kaltes Mittagessen. Randolph erzählte Irene, dass nur ein Koch, ein Küchenmädchen und ein Hausmädchen sowie die Krankenpflegerin, die normalerweise mit ihm zusammen aß, im Haus wohnten.

»Heute habe ich ihr gesagt, dass ich dich ganz für mich allein haben möchte und dass sie in der Küche essen möge«, fügte Randolph hinzu. »Ich glaube, sie ist deshalb verärgert. Aber sie hat die schreckliche Angewohnheit, sich an meine Fersen zu heften, als wäre ich ein geistig zurückgebliebenes Kind.«

Irene lächelte. »Das ist wahrscheinlich der Grund dafür, dass sie nicht auf deinen Wunsch nach einem zusätzlichen Whisky reagiert hat, Randolph. Nennst du sie immer Krankenschwester?«

»Ich kann mir ihren Namen einfach nicht merken – Ramsbottom oder Ravensbottom ... oder so ähnlich.«

»Sie heißt Miss Margaret Raybeam, Randolph, und sie ist eine ehemalige Nightingale-Schwester.«

»So sieht sie auch aus!«

»Sei vorsichtig«, sagte sie scherzhaft, um ihn aus seiner traurigen Stimmung herauszuholen, die ihrer Meinung nach eine Kombination aus Kriegsschrecken und Wut über die Ehegattin war, »sonst endest du noch als mürrischer alter Kriegsveteran. Einsam, ungeliebt, schwer zu ertragen.«

»Oh, Irene«, er holte tief Luft, »es tut mir leid. Du hast Recht, Mädchen, ich bin ein übler Zeitgenosse geworden – für mich und für andere.«

In vergangenen Zeiten, wenn sie mit Randolph zusammen gefrühstückt hatte, war die Atmosphäre warm, gemütlich und gesellig gewesen, obwohl sie meistens am Montagmorgen die einzigen gewesen waren, die im Speisezimmer gefrühstückt hatten. Aber sie waren sich bewusst gewesen, dass Lady Catherine im Haus war, die für beide eine Wohltäterin gewesen war, und dass überall im Haus Bedienstete ihre Aufgaben verrichteten. Irene konnte das Gefühl nicht verdrängen, dass ein Haus ohne anerkannten Hausherrn und ohne Hausherrin eine traurige Sache war.

Trotz des warmen Sommertages fröstelte Irene. In dem großen leeren Speisezimmer spukten die Gespenster der nach Erholung suchenden Soldaten und von Lady Catherine, die vor dem Krieg von ihrem Rollstuhl aus die Fäden gezogen hatte.

»Irene, ich bin kein Landwirt, sondern Rechtsanwalt«, sagte Randolph. »Ich bin immer gerne am Wochenende hergekommen, solange das alte Mädchen noch lebte, aber im Grunde genommen bin ich ein Stadtmensch. Es dauert mehrere Generationen, um Landwirte hervorzubringen. Meine Tante verfügte über eine lebenslange Erfahrung, weil sie von einer langen Reihe von russischen Großgrundbesitzern abstammte, die die so genannten Leibeigenen überwachten.«

Irene musste an Anna und Andreij Wassilij denken, die von Bauern abstammten, die sich ehemals im ›Besitz‹ der Familie Yussopow befunden hatten, bevor Zar Alexander II. die Leibeigenschaft abgeschafft hatte. Wo blieb da die Gerechtigkeit, wenn reichere, mächtigere und korruptere Menschen andere Menschen mit Leib und Seele kaufen konnten?

Randolph runzelte die Stirn. »Ich möchte wieder zurück in

mein altgewohntes Büro in der Chancery Lane. Nicht sofort natürlich ... wenn ich wieder so weit bin. Was mich zur Wiederholung meines Vorschlags bringt: Wenn ich Hopeworthy Hall kaufen würde, würdest du dann hier leben wollen und das Gut verwalten? Du musst mich nicht heiraten, um ja zu sagen. Ich weiß, dass deine Familie ihr Haus in London bei einem Luftangriff verloren hat. Du kannst ihnen zurückgeben, was sie verloren haben. Mrs. Mannering, die so viel mehr als ich von Hopfen, Gemüse und Obst versteht, könnte das tun, was Tante Catherine schon einmal getan hat: Sie könnte das Gut, das Angus brach liegen lässt, wieder auf Vordermann bringen. Er hatte ein Riesenglück, dass er sie damals in Paris aufgegabelt hat, der alte Hund.«

Nach einer weiteren gedankenvollen Pause fügte er hinzu: »Seltsam, dass mir dasselbe passieren sollte – ich meine, dass du mich in Paris gefunden hast.«

»Manchmal schreibt das Leben seltsame Geschichten, Randolph.«

»Ich weiß, was du meinst. Irene, du bist eine gute Geschäftsfrau, wie Tante Catherine. Ich würde es vorziehen, dass du Hopeworthy Hall hast, statt dass meine Ex-Frau das ganze Geld von Tante Catherine als Scheidungsabfindung bekommt. Du würdest mir einen Gefallen damit tun, wenn du das Gut wieder in Schwung bringen könntest.«

Irene wusste nicht, was sie sagen sollte. Sie wollte weder seine Gefühle noch seinen Stolz verletzen. Auf lange Sicht wäre es wohl am besten, wenn sie ihm ehrlich die Wahrheit sagte. »Lieber Randolph. Was du gesagt hast, ist sehr aufmerksam und lieb, aber ich muss dir hier und jetzt sagen, dass ich nur noch etwas von irgendjemand annehmen werde, wenn ich es selbst bezahlt habe. Es spricht nichts dagegen, dass du Hopeworthy Hall und das Gut von Sir Angus kaufst und es mir dann später weiterverkaufst, oder?«

»Wie meinst du das?«

»Ich kann es mir leisten – sobald Queen Mum mir den bestellten Schmuck bezahlt. Sobald man sie in der Öffentlichkeit mit meinem Schmuck sehen wird, habe ich eine Art königliches Patent! Du wirst dich vor mir verbeugen müssen, wenn du über meine Schwelle in der Bond Street trittst! Ich mache nur Spaß. Man soll sich nicht zu früh freuen. Erst einmal muss ich den Schmuck anfertigen und darauf hoffen, dass sich Königin Alexandra, die inzwischen in die Jahre gekommen ist, nicht vorher aus dem Staub macht. Aber ich hätte diese königliche Garantie schon in Russland haben können, von der Zarin, wenn nicht ... wenn nicht ...«

»Wenn nicht was?«

»Wenn nicht die Revolution dazwischen gekommen wäre«, beendete sie ihren Satz lahm. Sie war nicht in der Lage, Randolph gegenüber den Namen ihres widersprüchlichen Lehrmeisters zu erwähnen. »Ich kann jetzt von der Bank einen Kredit bekommen und habe meine Aufträge als Sicherheit. Ich kann sagen, dass Irene Druce es geschafft hat, und zwar auf ihre eigene Art und Weise. Du kaufst das Gut von Sir Angus zu einem guten Preis, ich kaufe es von dir zu einem noch besseren Preis. Und ich brauche einen guten Rechtsanwalt, der mich in geschäftlichen Dingen berät. Dein erster Auftrag nach dem Krieg, Randolph – was hältst du davon?« Sie lächelte ihn an.

Sie sah ihn mit großen, grauen, unschuldigen Augen an. Er sagte bewundernd: »Beim Jupiter! Erzähl mir nicht, dass du keine harte Geschäftsfrau bist!«

»Gesunder Menschenverstand hat mich dahin gebracht, wo ich jetzt bin. Eine Hand wäscht die andere! Jetzt sollten wir über unsere gemeinsame Strategie bezüglich des alten Angus sprechen.«

»Erzähl mir, welche ›Gesunde-Menschenverstand-Strategie‹ du dir ausgedacht hast, Mädchen mit der roten Strickmütze.«

»Oh!«, rief sie erfreut. »Du erinnerst dich!«

»Natürlich erinnere ich mich«, sagte er mürrisch. »Ich erinnere mich an alles. Es ist nur manchmal schwierig, sich alles einzugestehen und sich nicht dafür zu schämen.«

»Warum schämen? Du hast eine Auszeichnung wegen Tapferkeit bekommen. Du hast deine Männer zum Sturmangriff geführt, sie in Sicherheit gebracht und den Deutschen Paroli geboten. Mein Gott, unterschätze dich nicht, Hauptmann!«

»Nenn mich nicht so. Ich hasse es. Ständig bitte ich die Schwester, mich nicht mehr den lieben langen Tag Hauptmann Aspen zu nennen, aber sie besteht darauf. Ich bin nicht mehr in der Armee. Sam hätte die Auszeichnung verdient, nicht ich.«

»Um Gottes willen, du konntest nichts dafür, dass die Deutschen dich gefangen genommen haben!«, sagte Irene. »Dein Neurologe hat mir geschrieben – nachdem ich ihn um eine Auskunft über deinen Gesundheitszustand gebeten hatte. Er sagte mir, dass du Schuldgefühle hattest, weil du in Gefangenschaft geraten warst. Deshalb hast du dich in dich selbst zurückgezogen. Tu es nicht, Randolph, setze dich selbst nicht herab. Du warst sehr mutig ...«

Sein Atem wurde unruhig, das nervöse Zucken verschlimmerte sich. Er legte Messer und Gabel nieder und hob eine Hand zum Gesicht, um seine Schwäche vor Irene zu verbergen. Sie wandte den Blick ab und gab vor, mit ihrem Essen beschäftigt zu sein, um ihn nicht noch nervöser zu machen.

Irene wartete, bis er sich wieder in der Gewalt hatte.

Sie verstand jetzt, was die Krankenschwester gemeint hatte. Er hasste es, an den Krieg erinnert zu werden, weil es ihn zu sehr aufregte. Er redete zusammenhangslos vor sich hin. »Sam, Irene, nicht ich. Ich ... ich war alles andere als mutig, mein Gott! Wäre ich mutig gewesen, hätte ich dich anstelle von Camilla gebeten, mich zu heiraten. Hätte dich in meiner Nähe behalten und dich nicht nach Russland gehen lassen. Wäre ich mutig gewesen, wäre ich nicht zusammengebrochen, nach ... nach ...«

»Sag es, sag es endlich! Damit du es ein für alle Mal loswirst, *Pam-Pam, Lateau Wood, Couillet Wood, Cambrai, deutsches Kriegsgefangenenlager*!«, drängte Irene.

»Wenn ich stark genug gewesen wäre, hätte ich es nicht zugelassen, dass Sam Smart mich als Gefangener meiner selbst in Paris festhielt, obwohl ...«

Er schob seinen Teller zur Seite und ließ den Kopf auf die Arme sinken.

Es war schrecklich, einen Mann weinen zu sehen. Irene stand auf, ging ein zweites Mal zu ihm und nahm ihn wie eine Mutter, Schwester oder Tante in den Arm, küsste ihn auf die Wange und strich ihm das Haar aus der Stirn. Diesmal zuckte er nicht zurück.

»Schhh, Randolph! Schreckliche Dinge sind im Namen von Patriotismus, Nationalismus und Heldentum getan worden. Aber das zählt jetzt nicht mehr. Ich weiß das, und du weißt es auch. Tief in uns drin ist uns bewusst, dass nicht der deutsche Fritz unser Feind war, sondern unsere eigene Seite. Regierungen, Politiker und Generäle machen den Krieg, königliche Familien streben nach Macht, indem sie Ehen arrangieren, durch die Länder in nicht zu verteidigende, kleine Gebiete aufgeteilt werden, ohne Rücksicht auf das gewöhnliche Volk, das zum Beispiel in Grenznähe bei Pam-Pam, Cambrai, Arras Passchendaele, Mons, Somme, Ypres usw. lebt. Weine nicht. Weine nicht um sie, Randolph!« Sie hielt ihn fest, schüttelte ihn leicht und führte ihn zurück ins Leben, wollte ihn dazu bringen, eine neue Art von Leben zu akzeptieren, fern von seinen Erinnerungen an den Krieg und an Camilla.

»Wenn sie sich nicht um uns kümmern, warum sollten wir uns mit ihnen abgeben? Ich will nie wieder in meinem Leben einen Union Jack schwenken und auch keine russische oder französische Flagge oder irgendetwas anderes ›Patriotisches‹ sehen. Ich empfinde nur Verachtung für das, was unser Land uns angetan hat. Der britische Heeresminister Kitchener und der deutsche Kaiser haben für niemanden irgendetwas getan, Randolph, weder für meine Brüder noch für Tausende anderer Männer, nicht für verwundete Soldaten vor und nach dem Waffenstillstand, nicht für die Kriegswitwen oder die Familien der toten Soldaten, die den Entscheidungen der Politiker ausgeliefert sind. Wir sollten allen zukünftigen Kitcheners und Kaisern eine lange Nase machen –

sie sind jetzt ohnehin tot oder abgesetzt. Lass uns einfach durch den Rest unseres Lebens tanzen und glücklich sein, lass uns nicht in die Vergangenheit, sondern in die Zukunft schauen, was, Randolph? Sieh zu, dass es dir wieder besser geht und du zurück in die Chancery Lane kannst, mir zuliebe, ja?«

»Ein Krieg, um alle Kriege zu beenden, was, kleine Schwester Irene?« Er zog sie an sich und küsste sie auf die Stirn wie ein Vater, Bruder oder Onkel. »Es genügt mir schon, wenn ich dich zur Hälfte habe. Camilla hat mir nichts gegeben.«

»Sollen wir uns gegenseitig versprechen, uns nie wieder als Feiglinge zu bezeichnen, Hauptmann Aspen?«

»Jetzt hörst du dich an wie die verflixte Krankenschwester!« Er putzte sich geräuschvoll die Nase und steckte das Taschentuch wieder in die Tasche. Er schämte sich für seine dumme Vorstellung. Er zog seinen Teller wieder zu sich und griff nach Messer und Gabel.

Irene kehrte an ihren Platz zurück und schenkte ihm ein altvertrautes Lächeln; sie zwinkerte ihm zu, wie nur sie es konnte, was wahrscheinlich auf ihre Cockney-Wurzeln zurückzuführen war. Es war ihr nicht bewusst, wie unschuldig einerseits und wie sexy andererseits sie wirkte. Etwas an ihr hatte ihn von Anfang an gefesselt, schon, als sie noch ein kleines Mädchen mit einer roten Strickmütze gewesen war.

Nach dem Essen ging Irene mit Randolph zum Reiten. Der Stalljunge hatte irgendwoher einen alten Klepper für sie aufgetrieben, der für ihre ersten Versuche genau das Richtige war. »Wir sollten uns gemeinsam auf dem vernachlässigten Gut umschauen, Randolph, um festzustellen, wie wir den Preis drücken können«, meinte Irene und fügte hinzu: »Sobald du dich fit genug fühlst, kommst du nach London. Ich werde ein Essen mit unserem Freund Mr. Henry Ford in dessen Hotel arrangieren, bitte Angus dazu und mache den Deal fest, sobald er zu tief ins Glas geschaut hat!«

Später machte sie sich auf die Suche nach Sam.

Sie fand ihn im Keller, wo er damit beschäftigt war, Schuhe und Stiefel zu putzen. »Sam, ich möchte mit dir reden.«

»Bevor du mich wieder ausschimpfst, Miss Feldwebel Irene ... sei nich' beleidigt, Irene ...« Er schaute ihr nicht in die Augen. »Ich hab' 'was für dich als Dankeschön für das, was du für mich getan hast, bei der Armee, meine ich. Es tut mir wirklich leid, was Mr. Randolph in Frankreich zugestoßen is', aber ich hab' mich in 'nem Irrtum befunden, wegen dem Krieg und all dem. Dachte, ich wär' ein freier Mann. Jedenfalls is' jetzt alles vorbei, un' hier is' mein Dankeschön.« Er überreichte ihr einen großen Gegenstand in einer braunen Papiertüte.

Irene zog Sams Friedensangebot aus der Tüte. Es war eine zirka zwanzig Zentimeter hohe Holzschnitzerei, die eine nackte Göttin aus weißem Stechpalmenholz darstellte, die mit erhobenen Armen mit ein paar Fischen jonglierte, die einen Heiligenschein über ihrem Kopf bildeten.

»Auf die Idee hast du selbst mich gebracht«, sagte Sam und spuckte auf Randolphs schlammbedeckten Reitstiefel, »durch das Medaillon an deinem Hals, als du mich damals durch halb Paris zu deiner Wohnung gezerrt hast, um dem Hauptmann das erste Bad seit sechs Monaten zu verpassen.«

Irene hatte plötzlich einen Kloß im Hals. Ihre Augen füllten sich mit Tränen. Sams Göttin war so wundervoll und bewegte sie auf eine Art und Weise, die nur Carl Fabergé, René Lalique oder Michal Wassilij verstanden hätten. Sie erkannte sofort, wie brillant die Statue war; sie übertraf bei weitem die maschinengefertigten Kreationen, die heutzutage üblich waren.

»Es ... es ist wunderschön, Sam, wirklich wunderschön. Kannst du die Statue auch aus Stein fertigen?«

»Klar, Miss Irene, aus allem, wenn du willst. Kohle zum Beispiel. Ja! Keine schlechte Idee, eine glänzende schwarze Göttin anstatt der weißen!«

»Sam ... oh, Sam, genau darüber wollte ich mit dir sprechen!«

Irene saß zu Sams Füßen, er hockte auf einem niedrigen Schemel, und sie saß auf dem Boden zwischen den Stiefeln, Schuhen und dem alten Zeitungspapier, das Sam unter den Schuhen ausgebreitet hatte. »Ich habe immer noch deine Schnitzerei ›Dachse im Mondlicht‹, die du mir damals geschenkt hast. Ich hatte sie immer dabei, egal wo ich war.«

Sam räusperte sich. Er trug wieder seinen Zigeunerohrring, der im Licht der einfachen Glühbirne, die über ihren Köpfen baumelte, glänzte. »Ich hab's gemerkt, Miss Irene. In deiner Wohnung in Paris.«

»Oh, tatsächlich! Nun, ich habe jetzt ein kleines Geschäft in London aufgemacht, und ich möchte, dass du für mich arbeitest.«

»Das geht nich', Miss Irene.«

»Mr. Randolph wird einen anderen Diener finden, der ihn nicht auf den Straßen von Paris um seinen Lebensunterhalt betteln lässt.«

»Das tut weh, Miss Irene!« Er hielt inne, um ihr einen äußerst ergreifenden Blick zuzuwerfen.

»Ach, hör auf, Sam!«, sagte sie brüsk. »Du und ich, Sam, wir sind aus dem gleichen Holz geschnitzt. Wir verstehen uns. Arbeite für mich. Ich möchte, dass du es tust. Ich bezahle dich auch, wenn du dich gut benimmst.«

»Nein, Miss Irene.« Er schüttelte nachdrücklich den Kopf. »Trotzdem vielen Dank. Die Armee war die Hölle, genau wie dieser verdammte Krieg und das verflixte Lager der Deutschen. Ich konnte kaum atmen, es hat mich fast erstickt. Deshalb musste ich da raus. Ich brauch' meine Freiheit. Ich könnt' nicht in irgend 'ner Werkstatt in London arbeiten, tut mir leid. Es würd' mich umbringen, wenn ich regelmäßig zur Arbeit gehen müsste.«

Irene dachte kurz nach. Sie schürzte die Lippen und runzelte die Stirn. »Dann arbeite von zu Hause aus für mich«, sagte sie schließlich lockend.

»Von zu Hause, Miss Irene?«

»Ja, hier. Hopeworthy Hall. Ich denke darüber nach, das Haus zu kaufen. Such dir einen Schuppen, ein Nebengebäude, eine alte Hütte, mir ist es egal, was; aber richte dir eine Werkstatt ein, Sam Smart. Du wirst Stein- und Holzschnitzereien für mich anfertigen, so wie das hier.« Sie hob die Göttin auf ihre Knie. »Wie diese Mondgöttin mit den Silberfischen, deine Dachse, alles was dir gefällt und deine Fantasie anregt. Ich werde dir deine Arbeiten bezahlen. Ich werde sie für dich verkaufen, Sam Smart, in meinem Geschäft in London.«

Er schaute sie fest an und vergaß seine Schuhbürste und die schmutzigen Schuhe. Er schüttelte den Kopf und sagte bewundernd: »Miss Irene, die Einzige, die jemals meine Fantasie angeregt hat, bist zufällig du. Ich denke, auf so 'ner Basis können wir ins Geschäft kommen. Ich hab' kein Problem damit, zu Hause zu arbeiten, aber nich' in London.«

Sie streckte die Hand aus. »Dann ist es abgemacht?«

Sam nahm ihre Hand, aber statt sie zu schütteln, hob er sie an seine Lippen. »Du wärst 'ne verdammt gute Soldatin geworden, Miss Irene! Sam Smart is' stolz, dir auf den leisesten Wink zu gehorch'n.«

46. Kapitel

Im Oktober erhielt Irene wieder eine Nachricht von Nicholas Fabergé aus dem Hotel Bellevue in La Rosiez in der Schweiz. Am 24. September war der Meister friedlich im Hotel gestorben, nur drei kurze Monate, nachdem er endlich in der Schweiz angekommen war.

Irene vergoß heiße Tränen um den großen alten Meister und setzte sich sofort, um Nicholas und Madame Augusta ihr Beileid auszudrücken. All ihre russischen Freunde verschwanden nach und nach, entweder durch Tod oder durch Unterdrückung. Sie hatte seit über zwei Jahren nichts mehr von den Chechenskijs gehört und fragte sich, ob sie ihre Briefe jemals erhalten hatten. Sie konnte froh sein, dass es ihr rechtzeitig gelungen war, aus Russland auszureisen; sonst würde sie jetzt wahrscheinlich unter einem kommunistischen Regime in Petrograd festsitzen.

Irene konzentrierte sich auf ihr Geschäft und arbeitete hart daran, es weiter aufzubauen, indem sie das Beste, wenn auch nicht das Billigste, anbot. Immerhin genoss sie die Gönnerschaft der Königinmutter, was ihre Arbeiten für reiche und einflussreiche Persönlichkeiten aus England und Amerika attraktiv machte; auch die reichen kleinen Kinostars und ›Vamps‹ wie Theda Bara, Pola Negri, Lilian Gish und Gloria Swanson interessierten sich für ihren Schmuck.

Irenes alter Freund Mr. Henry Ford tat auch sein Bestes, um Irenes Geschäft bekannt zu machen. Königin Wilhelmina aus den

Niederlanden, Königin Elizabeth aus Belgien, die griechische Königsfamilie, die im Exil im Brown's Hotel lebte – sie alle wollten etwas ›Besonderes‹, um es an ihre Verwandten und Freunde zu verschenken. Henry würde hinter seiner Zigarre und seinem Champagner hervor beispielsweise sagen: »Warum gehen Sie dann nicht zu Irene Druce, die ihre Lehre bei Fabergé und Lalique gemacht hat? Ihre Adresse? Natürlich *Claire de Lune* in der Bond Street! Miss Druce darf Ihre Majestät, die Königinmutter Alexandra, zu ihren Kunden zählen.«

Gott segne den alten Henry, dachte Irene, wenn das Telefon wieder klingelte und man sie bat, mit ihren Entwurfsbüchern ins Brown's oder St. George's Hotel zu kommen, weil eine Königin, eine Prinzessin oder eine Maharani diesen Wunsch geäußert hatte.

Leonard Herron, ihr erster Angestellter, gewann einen Preis bei der Londoner Kunst- und Handwerksausstellung für seine exquisiten Goldschmiedearbeiten. Auch Irene gewann einen Preis, und zwar für ihr ›Hopfenzapfen-Osterei‹, das zuerst für Barbara Belsh in Russland bestimmt gewesen war.

Auch die anderen Kunsthandwerker in ihrer Werkstatt waren sehr umgänglich und kamen gut mit einer Frau als ›Chefin‹ klar – oder sogar zwei Frauen, wenn man Doreen, ihre Geschäftsmanagerin, mitzählte. Die sorgfältige Auswahl ihrer Angestellten und ihrer Kunden zahlte sich aus; Irene entdeckte dabei ein bisschen etwas von Tante Martha in sich selbst – den Hang zum Perfektionismus. Mit dem Unterschied, dass Tante Marthas Äpfel und Birnen essbare Kunstwerke waren!

Sam hatte einige wunderschöne Stücke in seiner baufälligen ›Werkstatt‹ in einer alten Hütte auf dem Gut Hopeworthy angefertigt. Er hatte sich offensichtlich häuslich niedergelassen und war ganz zufrieden, obwohl das Geld, was er jetzt verdiente, ihn wenig interessierte. Sams verrufener Stiefvater war von der Bildfläche verschwunden.

Irene war sich jedoch nicht so sicher, ob Fred Flint tatsächlich für immer verschwunden war. Sie hatte den Verdacht, dass Fred Flint eines Tages wieder auftauchen würde, wobald er erfuhr, dass sein Stiefsohn jetzt ›im Geld schwamm‹.

Sam war gerade dabei, Randolphs Rolls Royce zu polieren, als er zu Irene, die übers Wochenende gekommen war, sagte: »Ich hab' ein bisschen nachgedacht, Miss Irene.«

»Nun, das ist ja schon eine mal eine gute Neuigkeit, Sam Smart!«

Er grinste und fuhr fort, den Lack des Fahrzeugs mit energischen Bewegungen zu polieren. »Siehst du diese tolle silberne Lady, Miss Irene.« Er deutete auf die Kühlerfigur des Rolls Royce. Ich denke, in nächster Zeit gibt's bestimmt viel mehr tolle Autos als nur diesen Rolls Royce hier; deshalb solltest du mit der Zeit gehen und Accessoires für Autos herstellen.«

»*Bouchons de Radiateur?* René hat davon gesprochen, diese Verschlüsse für den Motorraum herzustellen, als ich in Frankreich war. Er könnte denken, dass ich ihm seine Idee klaue, Sam.«

»Nö, Miss Irene, nicht, wenn du eigene machst. Was sollte dich davon abhalten, deine eigenen Ideen zur Autodekoration zu entwickeln. Jeder hat Ideen. Nur das Kopiern is' illegal.«

»Und du kennst dich mit dem Gesetz aus, nicht wahr, Sam?«

Sie grübelte jedoch über Sams Idee nach und erkundigte sich bei Randolph über Gesetze zum Schutz des Copyrights. Er klärte sie auf, dass es sich im Falle von Kunstwerken wie Skulpturen, Statuen, Modellen und Ähnlichem nicht um eine Verletzung der Urheberrechte des Eigentümers handelte, wenn die Form, der Abdruck, die Zeichnung, der Plan oder das Modell der Arbeit benutzt wurde, vorausgesetzt man wiederholte oder imitierte das Hauptdesign dieser Arbeit nicht. »Deshalb dürftest du keine eigene silberne Lady für Rolls Royce machen oder Laliques *Bouchon de Radiateur* kopieren, aber nichts kann dich davon abhalten, dein eigenes Design für ein Werbesymbol eines Autoherstellers zu entwerfen«, erklärte er ihr.

»Das ist meine Absicht, Randolph!«, sagte sie wichtigtuerisch.

»Ich bin nicht darauf aus, anderen Leuten ihre Designs oder Ideen zu stehlen! Es schien mir nur eine Marktlücke zu sein, die sich lohnen könnte.«

»Ich stimme dir zu. Sam ist kein Hohlkopf – jedenfalls nicht immer.« Randolph lächelte.

Und aus dieser Idee entstand eine weitere, die Herstellung von Art Déco-›Irene Druce‹-Trophäen für verschiedenste Anlässe.

Im November ging die ganze Familie zum Gedenkgottesdienst in Westminster Abbey und zur Enthüllung des neuen ›Ehrengrabmals‹ für die gefallenen Soldaten in Whitehall durch König George V. zum Gedenken an jene, die in dem großen Krieg gekämpft hatten und gefallen waren.

Stevie und Randolph würden an der Parade der Kriegsveteranen, die der Lafette mit den Überresten des unbekannten Soldaten zur Westminster Abbey folgten, teilnehmen. Sam, der nie wieder in militärischer Gesellschaft sein wollte, konnte nicht überzeugt werden, teilzunehmen.

Irene, die wie Sam eigentlich nie wieder an einer öffentlichen Zurschaustellung von patriotischen Gesten hatte teilnehmen wollen, wie sie in ihrer leidenschaftlichen Rede für Randolph erwähnt hatte, hatte schließlich ihre eigenen persönlichen Gefühle zum Thema des ›Unbekannten Soldaten‹ begraben. Schließlich könnte es sogar einer ihrer Brüder sein.

Vier Leichen aus vier Ecken der Schlachtfelder, Aisne, Somme, Arras und Ypres, waren von einem Militäroffizier in Frankreich ausgesucht worden. Nur einer der vier nicht identifizierten Soldaten war schließlich ausgewählt worden; seine Überreste blieben für immer ›unbekannt‹, und dieser ›Soldat‹ symbolisierte jeden Soldaten, Seemann und Flieger, der sein Leben in Frankreich verloren hatte.

Der Sarg mit den Überresten des unbekannten Soldaten wurde zusammen mit sechs Eimern voll französischer Erde, die den Boden symbolisieren sollte, auf dem so viele Männer gestorben waren, auf einem britischen Zerstörer nach England gebracht.

Dieser Soldat, der – bedeckt – mit französischer Erde in seinem Grab in Westminster Abbey lag, könnte Charlie, Don, Lou oder Doug sein; dieser Gedanke spendete Irene, Mama, Joan, Tante Martha und dem Rest der trauernden Hinterbliebenen, die vor Whitehall Schlange standen, ein gewisses Maß an Trost.

Irene war aus dem winzigen Reihenhaus ihrer Schwester Joan in Poplar ausgezogen und hatte eine Wohnung in Marylebone gemietet.

Die ›Krankenschwester‹ war entlassen worden, weil es Randolph nun gut genug ging, um allein mit der Hilfe von Sam klarzukommen. Ein neues Medikament, das das Pfeilgift Kurare enthielt, um die Muskeln zu entspannen, hatte Wunder an Randolphs nervösen Zuckungen bewirkt, die ihn so verlegen gemacht hatten.

Zu Beginn des Jahres 1921 kehrte Randolph nach London zurück und zog wieder in seine frühere Wohnung in der Chancery Lane; langsam nahm er auch sein Berufsleben als Anwalt wieder auf. Irene und er trafen sich oft zum Mittag- oder Abendessen, gingen zusammen ins Theater oder in die Oper, aber sie wollte ihn immer noch nicht heiraten – jedenfalls noch nicht, solange sie noch ihre ganze Kraft in den Aufbau ihres Geschäftes investierte.

Er war geduldig und versuchte nicht, eine Entscheidung zu erzwingen; sie führten ihre Beziehung auf derselben Grundlage weiter wie zuvor und waren beste Freunde. Er war auch ihr Rechtsberater in allen geschäftlichen Belangen.

An einem Freitagabend nach Geschäftsschluss fuhr Irene mit Doreen in die Waterloo Road. Sie wollte, dass auch Tante Martha erfuhr, was sie zu sagen hatte, und schloss sie diesmal nicht aus dem Gespräch mit ihrer Mutter aus.

»Mama, Tante Martha, ich habe Sir Angus Hopeworthy Hall und das Gut abgekauft.«

Sie starrten Irene mit offenem Mund an. Doreen wusste natürlich schon länger Bescheid.

»Du hast was!?« Tante Martha hatte schließlich ihre Stimme wieder gefunden. »Wie kannst du dir das leisten?«

Mama schaute besorgt. »Du hast aber deswegen nicht etwa Schulden gemacht, oder, Irene? Das wäre dumm, was passiert dann mit deinem Geschäft und deiner neuen Wohnung?«

»Nein, Mama. Mr. Randolph hat alles für mich geregelt und die Kaufvereinbarung mit Sir Angus besprochen.«

»Aber sicher!«, schnaubte Tante Martha verächtlich. »Ich hab' dir immer schon gesagt, Lorn, Irene hat hochgestochene Ideen! Du bis' verrückt, Mädel, wenn du glaubst, dass du jetzt zum Landadel gehörst und all das! Als Nächstes willst du sicher einen Rolls Royce, um dich herumchauffieren zu lassen.«

Irene lächelte. »Angus ist überglücklich, es loszuwerden – ich meine Hopeworthy Hall. Der Rolls gehört Randolph, den brauche ich nicht auch noch.«

»Na Gott sei Dank!«, sagte Tante Martha. »Was willst du mit so 'nem Riesenhaus in Kent überhaupt anfangen, schließlich lebst du doch in London?«

»Tja, genau darüber wollte ich mit euch reden.«

»Das hat keinen Sinn, wir haben nich' einen Penny übrig, um *deine* Schulden zu zahlen, Irene Druce! Und nur interessehalber, was hast du eigentlich dafür bezahlt, deinen dummen Kopf in die Schlinge zu stecken?«

»Sechstausendfünfhundert Pfund, Tante Martha.«

»Ach, du meine Güte!« Tante Martha fiel fast vom Stuhl, und sogar Irenes Mutter wich die Farbe aus dem Gesicht. »Schnell, Reen, hol den Sherry, ich glaube, ich und deine Mutter fallen gleich in Ohnmacht.« Tante Martha klatschte in die Hände. Doreen erhob sich, um die Sherry-Flasche zu holen, eine gute Ausrede für Tante Martha, die sich wieder an Irene wandte: »Bist du jetzt völlig übergeschnappt, Irene? Wo zum Teufel hast du das ganze Geld her?«

»Von Randolph.«

»Habt ihr zwei denn geheiratet, nachdem er von seiner ersten Frau geschieden wurde?«, wollte Tante Martha misstrauisch wissen, und auch Mama sah verwirrt aus.

»Sei nicht blöd, Tante Martha. Mr. Randolph und ich sind lediglich gute Freunde, wie wir es immer gewesen sind. Keiner von uns will Hopeworthy Hall verlieren, nachdem Lady Cath so viel in es investiert hat. Aber weil ich sein Geld nicht annehmen will, haben wir uns für einen Kompromiss entschieden – das heißt, für eine geschäftliche Vereinbarung. Er steuert sein Vermögen bei, ich meine Geschäftserfahrung. Randolph hat den vollen Kaufpreis für das Haus und das Gut an Sir Angus gezahlt. Er wird auch die Kosten für die Instandsetzung tragen, und ich werde das Gut leiten. Jeglicher Gewinn, den ich erzielen werde, dient zur Rückzahlung des Kredits, den Randolph mir für meine Hälfte gewährt hat – ohne Zinsen, da Randolph kein gewinnsüchtiger Mensch ist. Wenn ich erfolgreich bin und ihm meinen Anteil innerhalb der nächsten Jahre abbezahlen kann, wird Randolph mir auch die andere Hälfte verkaufen.«

»Und was passiert, wenn es nicht klappt, Irene?«, fragte Mama besorgt. »Wenn du nicht genug Geld hast, um Mr. Randolph für deinen Anteil zu zahlen? Vergiss nicht, dass du auch noch die Miete für deine schöne Wohnung und das Geschäft zahlen musst – nicht zu vergessen die Löhne für deine Mitarbeiter.«

»Mama, es wird klappen! Wir haben es sehr günstig von Angus erworben, wenn man bedenkt, wie viel Land dazugehört. Wie ich schon gesagt habe, hat Randolph sich um die rechtliche Seite gekümmert. Ich werde es schaffen, da bin ich mir ganz sicher!«

»Und was ist das für ein fantastisches Vorhaben, von dem du immer sprichst, Mädchen?«, wollte Tante Martha wissen.

»Ein Landhotel, Tante Martha.«

Doreen brachte den Sherry genau zum richtigen Zeitpunkt. Tante Martha schenkte sich einen doppelten Sherry ein und schob Lorna das andere Glas zu, die jedoch den Kopf schüttelte. »Ich hätte lieber eine Tasse Tee, Reen.« Doreen verschwand wieder in der Küche.

»Wir haben den Preis gut gedrückt, mit allem Drum und Dran, einschließlich der Felder. Sir Angus wollte zwölftausend Pfund haben, der alte Halunke! Mama, Reen und die Kinder haben kein eigenes Heim. Joan hat keinen Ehemann mehr, der sie und die Kinder unterstützen könnte. Stevie kann nicht mehr arbeiten wegen seiner Behinderung. Ich möchte das Landhotel Hopeworthy Hall als Familienbetrieb führen. Aber wenn meine eigene Familie mir nicht helfen kann, muss ich Außenstehende einstellen.«

»Erpressung, Lorn«, sagte Tante Martha. »Das kann sie!«

»Pst, Martha, wir sollten sie erst einmal ausreden lassen, bevor wir ein Urteil fällen«, meinte Lorna beschwichtigend.

Irene erklärte: »Mama kann gut kochen, auch für eine große Anzahl Leute, und wenn Joan, Pam und Stevie nicht mit uns kommen wollen, werden wir zu ihrer Unterstürzung Personal einstellen. Zeb und Zillah kommen dieses Jahr aus der Schule, und Ken wächst heran. Die Zwillinge können Mama helfen, und Ken kann zu Fuß in die nahe gelegene Schule gehen, ohne dass Mama sich Sorgen machen muss, dass er von einem Bus oder einer Straßenbahn überfahren wird. Wenn wir alle zusammenarbeiten, wird es klappen; als finanzieller Rückhalt dient mein Geschäft *Claire de Lune* in London. Mr. Henry Ford wird uns Gäste vermitteln, und ich ihm – ein klassischer Fall von ›Eine Hand wäscht die andere‹.«

»Pass auf, dass du dafür nicht bluten musst!«, sagte Tante Martha und schnaubte missbilligend.

Irene ignorierte den Sarkasmus ihrer Tante. »Reen und ich werden natürlich das Geschäft in der Bond Street weiterführen, und du, Tante Martha ...«

»Ich!«, kreischte Tante Martha. »Lass mich aus dem Spiel, Irene Druce! Ich habe mein eigenes Geschäft auf dem Markt von Poplar, um das ich mich kümmern muss.«

»Nun, ich habe mir gedacht, dass du vielleicht auf dem Land leben möchtest. Hier hat sich so viel verändert, und Dot lebt nicht mehr. Du könntest dich um den Hopfen, das Obst und das Gemüse kümmern und die Sachen auf dem Markt verkaufen lassen.«

»Ich werd' die Waterloo Road nich' verlassen, Irene Druce, und das is' mein letztes Wort! Und was kommt verdammt noch mal als Nächstes? Ich hab' all meine Freunde und Nachbarn hier, die mich vermissen würden.«

»Aber ich dachte, dass sie alle zur Hopfenernte nach Kent reisen, oder nicht?«, fragte Irene unschuldig. »Du könntest sie auch in Kent herumkommandieren – und du könntest sie mit frischem Obst und Gemüse versorgen, wie Sir Angus und Lady Catherine es auch bei dir gemacht haben.«

»Du kannst gut reden, Mädel, aber ich fall' nich' auf deinen Unsinn rein, und ich geb' auch nich' mein Haus auf für deine verrückten Ideen!«

»Macht nichts. Pam und Stevie können in das kleine Bauernhaus ziehen, wenn du es nicht willst. Stevie arbeitet nicht und bezieht Invalidenrente, er würde sicher gerne das Gut verwalten; er wäre viel an der frischen Luft, die besser für seine Lungen ist als der Smog von London. Du kannst aber trotzdem noch mal darüber nachdenken, es besteht keine Eile. Zuerst muss der rechtliche Papierkram erledigt werden. Für Mama wäre es ein Neubeginn, und sie könnte ihre bösen Erinnerungen an den Krieg vergessen. Ich bin mir übrigens sicher, dass Papa, Charlie und Don mit beiden Händen zugegriffen hätten, wenn sie die Möglichkeit gehabt hätten, vom Hafen wegzukommen!«

Irene zog ihren Mantel an und griff nach ihrer Handtasche. »Ich muss gehen, Mama, sonst verpasse ich den letzten Bus. Ich muss auch noch einen Auftrag fertig stellen. Ich fürchte, ich werde wieder bis spät in die Nacht arbeiten müssen ... übrigens, das ›Hopfenzapfen-Osterei‹ aus Smaragden, Gold und Diamanten, mit dessen Herstellung ich in Russland für eine russische Dame begonnen hatte, hat einen ersten Preis auf der Londoner Kunst- und Handwerksausstellung gewonnen. Ein reicher Sammler aus den Vereinigten Staaten will es als Geldanlage erwerben. Er hat mir ein Angebot in Höhe von einhundert Guineen gemacht. Kein schlechter Preis fürs ›Sterngucken‹, was, Tante Martha?«

Tante Martha schnaubte wieder nur verächtlich.

Lorna dagegen sagte erfreut: »Das ist aber schön, Irene. Du bist ein gescheites Mädchen.«

»Siehst du, ich kann mir Hopeworthy Hall leisten, und du brauchst dir keine Gedanken um die finanzielle Seite der Angelegenheit zu machen, Mama. Du weißt doch, dass ich keine Dummheiten machen würde.«

»Von wegen!«, knurrte Tante Martha finster und trank den Sherry, den Lorna abgelehnt hatte.

Irene gab allen einen Gute-Nacht-Kuss. »Tschüss, Reen, bis morgen früh.«

»Morgen is' Samstag«, sagte Tante Martha.

»Ich weiß, Tante Martha. Aber ich muss auch samstags arbeiten, wenn ich die neue Besitzerin von Hopeworthy Hall und dem Gut werden will.«

»Du übertreibst es, Irene, Liebes«, sagte Lorna bange.

»Nein, Mama. Nicht, wenn meine Familie mir hilft. Du kannst morgen mit Stevie und den anderen reden. Frag sie, was sie davon halten würden, in einem prächtigen Haus zu leben!« Sie zwinkerte Doreen zu und eilte aus dem Haus, um mit dem Bus zurück nach Marylebone zu fahren.

Die Wochen vergingen wie im Fluge, zu schnell für Irene, die alle Hände voll zu tun hatte: ihre künstlerische Arbeit, Geschäftstermine, Geschäftsreisen wie zum Beispiel nach Amsterdam, um Edelsteine zu einem vernünftigen Preis zu erwerben, und vor allem die Abwicklung der Formalitäten beim Erwerb von Hopeworthy Hall und der Umsiedlung ihrer Familie. Mama war natürlich von Irenes Vorschlag begeistert. Genauso ging es Stevie und Pam, aber Joan und Tante Martha zögerten immer noch, ihre Heimat in London East End zu verlassen.

Irenes Mutter stürzte sich voller Schwung und Begeisterung in die neue Aufgabe; sie fuhr mit den Zwillingen nach Hopeworthy Hall, inspizierte das Haus und erstellte eine Liste mit allen Gegenständen, die für die Einrichtung eines Landhotels nötig waren. Vernünftig meinte Lorna zu ihrer Tochter: »Ich sehe es so, Irene, dass man zur Führung eines Hotels genau wie jede Hausfrau eine Einkaufsliste braucht, die jedoch etwas länger und etwas teurer ist. Lebensmittel, Geschirr, Besteck, Töpfe und Pfannen, allgemeine Utensilien, Tageszeitungen und Zeitschriften, Wein und Spirituosen, bequeme Sofas und Stühle, ein ausreichend großer Esstisch ...«

»Ist schon da, Mama. Sir Angus konnte den Tisch nicht durch die Tür bringen, ohne ihn zu zerlegen; sonst hätte er Lady Caths Esstisch auch mitgenommen.«

»Also, Irene« Lorna fuhr fort, ihre Liste abzuhaken, »Bequeme Betten, saubere Bettwäsche, vernünftige Matratzen und Federbetten, schöne Möbel und eine warme anheimelnde Atmosphäre. Jede Menge heißes Wasser und elektrische Beleuchtung, überall gut geheizte Öfen und genug Leute, um die wichtigsten Arbeiten zu erledigen ... Das Gleiche habe ich mehr oder weniger schon mein ganzes Leben lang getan. Alleine, ohne Hilfe, deshalb denke ich, dass das Einzige, was fehlt, das Geld ist, um alles einzukaufen, meine Tochter!«

Irene umarmte ihre Mutter. »Und du wirst es bekommen, Mama, du wirst uneingeschränkte Vollmacht erhalten! Lass dir nur für alles, was du kaufst, Quittungen geben und schick sie mir. Ich werde bezahlen, und du erledigst die Einkäufe – ich weiß, dass du darauf brennst. Danke, Mama, ab jetzt lege ich die Verantwortung in deine fähigen Hände.«

In jenen ersten Wochen der Einrichtung des Landhotels Country Hall schien es, als wäre Lorna mit einem Schlag zehn Jahre jünger geworden. Sie, Zeb, Zillah und der junge Ken hatten den größten Spaß, als sie die Maler, Dekorateure, Polsterer und Möbelpacker organisierten und koordinierten. Sie suchten Vorhänge und Tagesdecken aus, stimmten die Farben ab, richteten die Küchen und den Aufenthaltsraum ein, und Lorna musste nichts dafür bezahlen!

»Wie schön es ist, sich nicht ständig um Geld Gedanken machen zu müssen!«, sagte Lorna eines Tages zu Martha und seufzte glücklich; sie war froh, wieder eine eigene Küche und einen eigenen Haushalt zu haben.

Tante Martha rümpfte skeptisch die Nase und unterließ es, Lorna ein Kompliment für ihr neues marineblaues Kostüm mit der weißen Borte, für den blauweißen Hut mit dem Schleier, den schicken Schuhen, Handschuhen und der Handtasche zu machen.

»Wahrscheinlich wird meine eigene Schwester mich zur nächsten Hopfenernte bestellen!«

»Muss nicht sein, Martha, wenn du nicht willst. Stevie, Pam und die Kinder sind begeistert von der landwirtschaftlichen Arbeit.« Lorna nahm mit unschuldigem Gesichtsausdruck einen Schluck von ihrem Tee.

»Oh, tatsächlich!« Martha stemmte die Hände in die Hüften. »Und was versteh'n sie von Hopfen und Landwirtschaft, das würd' ich gern' wissen! Lady Cath würd' sich im Grab umdreh'n, wenn sie wüsste, dass ihr in ihrem Haus wohnt.«

»Ich glaube, sie würde sich eher freuen, dass Irene etwas tut, um dem Verfall Einhalt zu gebieten, Martha, nachdem Sir Angus es in desolatem Zustand hinterlassen hat. Und da es Mr. Randolph offensichtlich nicht stört, sollte es dich auch nicht stören, Martha. Ich muss jetzt gehen, danke für den Tee.« Lorna streifte ihre Handschuhe über und ergriff ihre Handtasche. »Ich muss noch ein paar Bestellungen für Irene aufgeben – eine größere Möbelbestellung bei einem Londoner Möbelhaus. Ich kann doch nicht zulassen, dass sie und Mr. Randolph mit billigem Kram von einem Versandhaus abgespeist werden, deshalb schaue ich mir die Möbel selbst an, bevor Irene ihr hartverdientes Geld dafür ausgibt.«

»Hartverdient!«, spottete Martha. »Wenn ich nich' die Initiative ergriffen hätte, würd' deine Irene immer noch vor sich hin träumen! Sie wär' nich' da, wo sie heute is' ohne meine Kontakte!«

»Deshalb bietet sie dir jetzt einen Job an, Martha. Weil sie dir dankbar ist, dass du Lady Caths Aufmerksamkeit auf sie gerichtet hast. Irene möchte, dass du die landwirtschaftliche Seite leitest. Mit deiner guten Nase für Vermarktung wärst du eine große Hilfe. Macht nichts, du kommst uns besuchen, wenn du magst.«

Tante Martha tauchte am Ende der Woche mit ihrem Koffer und Percy und Peggy im Schlepptau in Hopeworthy Hall auf.

»Willkommen im Landhotel Hopeworthy Hall, Martha«, sagte Lorna affektiert, aber ihre Augen leuchteten.

»Wenn du se nich' schlagen kannst, tu dich mit ihnen zusammen! Ich bin gekommen, um dir zu sagen, Lorn, dass ich die Miete für das Haus Waterloo Road Nr. 27 gekündigt hab'. Es is' ja keiner mehr da außer mir, Perce un' Peg. Fran und Myrtle sin' nach Norms Tod ihre eigenen Wege gegangen. Ich will nich' von Irenes Wohltätigkeit leben, deshalb werd' ich mich um das Obst und das Gemüse kümmern, und du kannst Perce und Peg da einsetzen, wo du sie brauchen kannst. Es is' heutzutage verdammt hart, in London Arbeit zu finden, und was wir brauchen is' Geld und nich Wohltätigkeit. Und jetzt wollen sie einen neuen Häuserblock bauen, wo die alten Häuser war'n, die die Bombe zerstört hat. Seit Dot und ihre Familie und du und deine Familie nich mehr da sin, is' nichts mehr so wie's mal war in der Waterloo Road. Und dann sin' auch noch überall Flüchtlinge.«

»Nun, ich bin mächtig froh, dass du deine Meinung geändert hast, Martha. Ich kann zusätzliche Hilfe in so einem großen Haus gut gebrauchen. Was würdest du von einer Tasse Tee in meiner neuen Küche halten?«

Percy und Peggy schleppten die Koffer und Taschen aus dem Wagen, der sie vom Bahnhof Hope Mill zum Gut gebracht hatte. Tante Martha folgte Lorna die frisch gebohnerten Flure zu der mit grünem Stoff überzogenen Tür, die den Privatbereich von dem Hotelbereich abtrennte – falls denn Gäste auftauchen sollten!

»Und du kannst Irene sagen, Lorn, dass diese alten Hütten für die Erntearbeiter 'ne Zumutung sin'«, sagte Tante Martha, die schon das Zepter ergriff, bevor sie richtig angekommen war. »Man muss sie niederreißen und neue bauen. Wir müssen unseren Leuten aus London 'ne anständige Unterkunft bieten, wenn sie im Sommer und Herbst zur Ernte kommen. Und die alten Hopfenpflanzen gehör'n ausgerissen, und neue müssen angepflanzt werden. Sie sin' verdammt vernachlässigt worden – wie der Rest von diesem verflixten Schandfleck!«

47. Kapitel

Ein weiterer Geburtstag, wieder ein Jahr vergangen, und wieder fehlte ein silbernes Amulett an ihrem Armband. Sie versuchte, nicht darüber nachzudenken. Sie widmete sich voll ihrem Geschäft *Claire de Lune* und dem *Landhotel Hopeworthy Hall.*

Seit Tante Martha ihr Haus in der Waterloo Road aufgegeben hatte, wohnte Doreen unter der Woche in Irenes Wohnung in Marylebone, und am Wochenende fuhren sie beide nach Kent, eine willkommene Pause von der Stadt.

Die ganze Familie war jetzt in Kent, sogar Joan und ihre Kinder. Mama hatte alle zur Arbeit eingeteilt, damit die Hotelgäste zufrieden waren – größtenteils reiche Amerikaner, die über das Brown's Hotel in London von den guten Jagd- und Angelmöglichkeiten in Kent erfahren hatten.

»Es ist nicht nötig, bis nach Schottland zu reisen«, sagte Henry Ford mit einer dicken Zigarre in der Hand. »In Kent ist es bedeutend wärmer! Außerdem ist man näher an der Stadt, yes, Sir! Es ist wirklich keine Entfernung, man kann nach der Jagd mit dem Rolls ins Theater, ins Restaurant und zum Sightseeing nach London fahren. Und was das Beste ist, mein Freund, gnädige Frau, sie bekommen das Beste aus beiden Welten, gutes Landhausessen und Leben auf dem Land, eine gemütliche familiäre Atmosphäre und gute Einkaufsmöglichkeiten in der Bond Street in London! Ja, beim Jupiter, und meine junge Freundin, Miss Irene Druce, leitet beides mit einzigartigem Talent!«

Ein Hurra auf Henry! Irene hat guten Grund, ihm wieder einmal für seine Loyalität zu danken, mit der er die warme Familienatmosphäre des Landhotels anpries – zu warm manchmal, denn Tante Martha versuchte, auch innerhalb des Hauses das Zepter zu schwingen. Tante Martha bewohnte das Bauernhaus, weil, wie Irene zu ihrer Mutter sagte, sonst ständig die Fetzen fliegen würden.

»Wir Geschäftsleute müssen zusammenhalten!«, sagte Henry, der seit mehr als vierzig Jahren Hoteleigentümer war, als er ein Wochenende zum Entspannen in Hopeworthy Hall verbrachte.

»Da haben Sie Recht, Henry!«, antwortete Irene fröhlich.

Percy und Peggy wohnten mit ihrer Mutter Martha im Bauernhaus. Die beiden waren inzwischen achtzehn Jahre alt, und Percy arbeitete in der Landwirtschaft mit, während Peggy im Hotel als Zimmermädchen tätig war und überall aushalf, wo Not am Mann war. Pam, Stevie und ihre Kinder wohnten in einem Pächterhaus, das zum Gut gehörte. Stevie half Tante Martha bei der Leitung des Guts. Joan und ihre Kinder wohnten im Dachgeschoss, wo sich früher die Räume der Bediensteten befunden hatten. Sie arbeiteten ebenfalls im Hotel mit.

Irene hatte Joan zur Empfangsdame ernannt, eine Arbeit die gut zu Joan mit ihrer etwas hochnäsigen Haltung passte. Und Irene Druce war nicht die Einzige in der Familie, die die Nase hochtrug, wie Tante Martha bemerkte.

Joan fand sich in ihrer neuen Aufgabe gut zurecht, was ein Segen war. Es lenkte sie von ihren grüblerischen Gedanken an den Verlust ihres Mannes im Krieg ab.

Irenes jüngere Nichten und Neffen gingen zusammen mit Irenes kleinem Bruder Ken in die nahe gelegene Schule. Alles in allem schienen die Dinge wunderbar zu laufen.

Bis zu jenem Sommer des Jahres 1922, als Irene den Schock ihres Lebens erlebte.

Doreen stand auf der Schwelle der Werkstatt, wo ihre Schwester mit ihrer Arbeit beschäftigt war. Dann beschloss sie, gegen die Regeln zu verstoßen und Irene in ihrer Konzentration zu stören. Sie stellte sich dicht hinter Irene, bis diese sie bemerkte.

»Was ist los, Reen?« Sie war gerade dabei, ein Wachsmodell für ein Schmuckstück herzustellen, und sie hasste es, bei dieser Arbeit unterbrochen zu werden. »Nicht wieder unser österreichischer Baron Rothschild, der dich nervös macht?«

»Kein Österreicher, Irene, ein russischer Flüchtling. Er sucht Arbeit. Das hier ist ein von ihm erstelltes Muster. Er sagte, es sei eine Silberarbeit aus St. Petersburg – eine Silberarbeit von Fabergé.« Doreen reichte Irene das Stück.

Irene untersuchte die Prägung und wog die hübsche kleine silbergraue Zigarettendose in der Hand. Sie gab Doreen die Dose zurück. »Sag ihm, ich weiß nicht, wo er das her hat, aber es ist eine Fälschung. Es stammt mit Sicherheit nicht aus St. Petersburg, und es ist auch nicht von Fabergé. Der Stempel stimmt nicht überein, und es fehlen die Initialen des Kunsthandwerkers und das Datum. Sag ihm, es tut mir leid, aber ich kann ihm nicht helfen. Kein selbstständiger St. Petersburger Kunsthandwerker hatte das Recht, das kaiserliche Monogramm zu benutzen, sondern lediglich die Kunsthandwerker in Moskau, die für Fabergé arbeiteten. Die Zigarettendose stammt aber auch nicht aus Moskau. Ich finde, sie sieht osmanisch aus. Ganz hübsch, aber nicht wertvoll. Und ich bin sicherlich nicht an einem russischen Flüchtling interessiert, der seine Empfehlung fälscht – aber sag ihm das nicht, Reen. Sieh zu, dass du ihn schnell wieder los wirst.«

Nach kurzer Zeit stand Doreen schon wieder in der Werkstatt. »Es tut mir leid, dich noch einmal stören zu müssen, Irene, aber er besteht darauf, mit dir persönlich zu sprechen. Er sagt, dass du dich offensichtlich mit deinem Kram auskennst …«

»Spricht er Englisch?«

»Ein bisschen. Er hat nicht das Wort ›Kram‹ benutzt. Ich konnte ihn nicht so gut verstehen. Aber er sagte, wenn es tatsächlich eine echte Fabergé-Arbeit gewesen wäre, hätte er nicht zu Fuß aus Russland fliehen müssen – und so sieht er auch aus. Er hätte das Stück an den Meistbietenden verkaufen und dann stilvoll reisen können. Er sagte auch, er wäre froh, dass du in Russland etwas gelernt hast, und du hättest Recht, er hätte die Dose in einem türkischen Basar gekauft ... warum starrst du mich so an? Habe ich einen schwarzen Punkt auf der Nase?«

Irene hatte die Hände an ihre Wangen gelegt. »Agathon ... Agathon Fabergé! Vielleicht ist es ihm gelungen, aus der Hand der Kommunisten zu entkommen ... wie sieht er aus, Reen?«

»Weiß nicht. Zerlumpte Kleidung, schmutzig, dichter Bart, dürr wie ein Besenstiel, wie ein Penner. Willst du trotzdem mit ihm sprechen?«

»Ich muss sagen, das hört sich interessant an. Gib mir eine Minute, ich muss meinen Overall ausziehen ... bring ihn in mein Büro, Reen.«

Irene ging zu ihrem Büro und spähte durch den Türspalt ins Geschäft. Sie erkannte den Mann nicht, der stark hinkend in ihrem Ausstellungsraum umherging und jedes Stück genauestens unter die Lupe nahm. Er hatte die Hände hinter dem Rücken verschränkt und bot einen seltsamen Anblick in ihrem schicken Geschäft. Es war mit Sicherheit nicht Agathon Fabergé. Und jeden Moment würde Prinz Paul erscheinen, um ein Geschenk für eine besondere Freundin abzuholen, sodass sie diesen beharrlichen russischen Flüchtling so schnell wie möglich loswerden musste.

Irene trat mit einem aufgesetzten Lächeln aus ihrem Büro. *»Dobraje utra ... ochin'zha, kto vi?«*

Er starrte sie an, als würde er träumen. Dann drückte er ihr etwas in die Hand, einen altmodischen goldenen Ring, der zwei ineinander verschränkte Hände darstellte, einen Ehering.

Irene wurden die Knie weich. Ein merkwürdiges Gefühl ergriff von ihrem ganzen Körper Besitz.

Die Chemie war in Konflikt mit dem Verstand. Ja, er war ihr bekannt vorgekommen, irgendwie vertraut. Sie starrte in seine braunen Zigeuneraugen, die verschleiert blickten; unmöglich, sie war dabei, den Verstand zu verlieren, sie beschwor seinen Geist herauf, wie sie es schon so oft getan hatte. »W ... wo«, sie räusperte sich, »wo haben Sie das her? Wer sind Sie?«

»Meine Mutter, Anna Wassilij, hat es mit gegeben, als sie in Archangelskoe starb ... ich bin Michal, Irene ...«

Ihr wurde schwarz vor Augen. War sie in Ohnmacht gefallen? Sie war sich nicht sicher. War sie umgekippt, und jemand hatte sie aufgefangen? Sie hatte das unwirkliche Gefühl, in Michal Wassilijs Armen zu liegen.

Doreen verschwand, um schnell ein Glas Wasser zu holen. Sie stellte es auf Irenes Schreibtisch ab und schloss dann schnell die Tür des Büros. Doreen dachte sich, dass es sicher nicht gut fürs Geschäft wäre, wenn Prinz Paul die ohnmächtige Eigentümerin in den Armen eines russischen Penners zwischen den Schmuckstücken und Kunstgegenständen sehen würde.

Einer musste einen kühlen Kopf bewahren, das hatte sie inzwischen gelernt. Aus Erfahrung wusste sie, dass im Geschäftsleben immer alles auf einmal geschah. Es war manchmal, als würde man mitten auf der Hauptgeschäftsstraße seinen Schlüpfer verlieren. Der Trick bestand darin, nicht einmal mit der Wimper zu zucken, wenn man aus dem Schlüpfer stieg, als wäre nichts passiert.

Doreen schob ihr Haar zurecht, lächelte den königlichen Kunden freundlich an und bot ihm den rotgoldenen Sessel im Ausstellungsraum an. Sie nahm seinen Hut in Empfang und sagte, es würde nicht lange dauern, ob er in der Zwischenzeit eine Tasse Tee haben wolle – sie war gerade im Begriff, einen zu kochen.

Er meinte, dass er einen Whisky vorziehen würde, was Doreen für eine gute Idee hielt. Irene sorgte immer dafür, dass verschiedene alkoholische Getränke für die reichen männlichen Kunden bereitstanden, während sie darauf warteten, dass ihre Damen ihre Auswahl trafen. Doreen goss etwas Bourbon für alle in die Teetassen, sollte gut gegen Schock wirken.

Irene öffnete die Augen. In ihrem Kopf drehte sich immer noch alles. Die Vergangenheit hatte sie wieder eingeholt, sie träumte wohl.

Der Traum wurde deutlicher.

Michal kauerte ihr zu Füßen und rieb ihr besorgt die eiskalten Hände. Er bot ihr das Glas Wasser an. Sie nahm es in die Hand, trank langsam und begann sich besser zu fühlen. Die dunklen Augen über dem wuchernden Bart waren unverwechselbar. Er sagte auf Englisch: »Es mir tut sehr leid, Irene, dass ich dich überfallen habe auf diese Art und dass du hast einen solchen Schock.«

»Oh ...« Ihre Gefühle überwältigten sie, und sie brach in Tränen aus. Sie wiegte sich vor und zurück, als würde sie sich in einem Zustand höchster Qual befinden. »Ich dachte, es wäre Agathon Fabergé ... du hast keine Ahnung, was ich durchgemacht habe ... ich bin immer noch nicht sicher, ob das nicht ein grausamer Scherz ist. Wie? Warum?« Sie schüttelte wütend den Kopf. »Beweis mir erst, dass du der bist, der du behauptest zu sein! Vorher wage ich es nicht zu glauben.«

Er wechselte in seine Muttersprache, in der es für ihn viel einfacher war, seine Gedanken und Gefühle auszudrücken. »Ich könnte dich küssen, damit du es glaubst, oder dir die Narbe der Verletzung zeigen, die man mir vor dem Gebäude der Duma zugefügt hat.« Er schob die unordentlichen Haare aus seiner Stirn.

Sie sah die rote Strieme an seiner Schläfe und am Haaransatz, den die Kugel hinterlassen hatte. »Oh Michal!« Sie zog seinen Kopf zu sich und küsste die Narbe. Sie war sprachlos, wollte es immer noch nicht glauben.

»Meine Verletzungen waren ernst, aber nicht tödlich – wie du siehst.« Seine Stimme klang etwas dumpf aufgrund ihrer Umarmung. »Ich war nicht richtig tot, als sie mich in die Leichenhalle brachten. All das hat man mir später erzählt, als ich wieder unter die Lebenden zurückgekehrt war ...«

»Unter die Lebenden, unter die Lebenden!«, kreischte sie hysterisch und stieß ihn zurück. Sie schlug auf ihn ein, sodass der

Staub aus seiner schmutzigen Jacke aufstieg. »Ich bin tausend Tode gestorben während der vergangenen fünf Jahre, Michal Wassilij! *Fünf Jahre*! Und kein einziges Wort, keine einzige Zeile, um mir mitzuteilen, dass du noch lebst. Ich kann nicht glauben, wie du mir das antun konntest ... dein unmenschliches Schweigen und jetzt dein grotesker Wiedereintritt in mein Leben.«

»Warte, warte doch ab! Lass dir erklären ... du bist so eine gefühlsgeladene englische Lady ...«

»Wie kannst du es wagen! Wie kannst du es wagen, so etwas zu sagen. Du hast eine alte Frau aus mir gemacht!«

»Mach dir keine Gedanken«, sagte er augenzwinkernd, »du siehst immer noch ganz passabel aus.«

Sie konnte nicht glauben, dass er so gleichgültig und so lässig sein konnte! Aber bevor sie ihn weiter beschuldigen konnte, beugte er sich zu ihr, nahm ihr tränennasses Gesicht in die Hände und küsste sie hart und lang, leidenschaftlich und zärtlich, alles gleichzeitig. Nicht einmal sein abscheulicher Bart störte sie.

Sie ließ sich schwach in ihren Sessel zurücksinken, als er sich schließlich aufrichtete und ihr eigenes kleines Reich durchstreifte, um ihr die Situation vernünftig zu erklären, bevor sie ihn am Ende noch hinauswarf. »Ich hatte mehrere Verwundungen, am Kopf, an der Schulter und an den Beinen. Außerdem hatte ich eine Menge Blut verloren; ja, ich wäre tatsächlich gestorben, wenn nicht einer der Angestellten in der Leichenhalle ein Freund von mir gewesen wäre. Er erkannte mich, und er sagte den Behörden, das ist Wassilij, er ist weder ein Terrorist noch ein Sowjet, was hat er hier zu suchen? Er gehört ins Krankenhaus.«

»Also gehören zu deinen Freunden auch Leichenbestatter?«, unterbrach sie ihn.

»Ich hatte viele Freunde in St. Petersburg – das weißt du doch! Kunsthandwerker, Leichenbestatter, Ärzte und Prinzen ... und ja, bevor du mich wieder unterbrichst, und Freunde wie Zeta und ihre Bande. Während ich im Sterben lag und die Kosaken und die Polizei ihr Bestes taten, um auf Befehl des Zaren die Stadt aufzuräumen, entdeckte mein Freund, dass ich noch nicht tot war – er war eigentlich ein Medizinstudent, der an Leichen praktizierte. Deshalb war er zu dem Zeitpunkt im Leichenschauhaus. Er wusste, dass Leichen kein frisches Blut bluten.«

»Was für ein Glück für dich!«

»Ja – ich weiß, dass du mir böse bist, wenn du in diesem missbilligenden Ton der Engländerin mit mir sprichst. Ich habe deine ›entzückende‹ Art so sehr vermisst, nachdem du Russland verlassen hattest. Hoffentlich magst du mich wieder, wenn ich diesen Bart abrasiert habe und wieder saubere Kleidung trage.«

»Und nach einem Bad, hoffe ich. Du riechst fürchterlich. Aber lass uns nicht vom Thema abkommen. Ich möchte den Rest hören.«

»Meinem guten Freund ist es gelungen, meine Blutungen zu stillen – nein, es war nicht unser Freund Vater Grigorij, der wiederauferstanden ist.«

»Wie alle anderen«, sagte Irene.

»Wie bitte?'Ich kann dir nicht folgen.«

»Ich glaube inzwischen an die Auferstehung ... Ach, um Himmels willen!« Sie sackte verzweifelt in sich zusammen, nicht mehr in der Lage, irgendetwas zu glauben. Es war alles zu merkwürdig, unglaublich. Sie wusste nicht mehr, woran sie war.

»Irene, Irene!« Er beugte sich wieder über sie und nahm ihre Hände fest in die seinen. »Bitte sei stark, für mich, *Milochka*! Ich habe zwei Kontinente durchwandert, immer dein Bild vor Augen ...«

Das Gebet, das ihr in den Sinn gekommen war, als ihre Brüder starben, war wieder in ihrem Kopf.

Sie wandte sich ihm zu. »Randolph – ein guter Freund von mir, ich habe oft von ihm gesprochen. Der Neffe meiner Gönnerin, Lady Catherine. Randolph kämpfte im Jahr 1917 an der Westfront in Frankreich – im November 1917. Er wurde auch für tot gehalten und tauchte dann wie eine Vogelscheuche wieder auf. Man sagt, 1917 war das dunkelste Jahr des Krieges. Für mich ist es nicht dunkel, sondern hell erleuchtet! Deshalb glaube ich jetzt an die Wiederauferstehung. Wenn du mir jetzt erzählen würdest, dass auch Rasputin lebt und es ihm gut geht, würde ich dir auch das glauben!«

Irene lehnte ihre Stirn gegen seine; sein Gesichtsausdruck war jetzt ebenfalls verwirrt.

»Er muss dir doch auch von ihr erzählt haben! Von der Jungfrau von Kazan. Ich wollte so viele Dinge glauben und nicht glauben. Aber Vater Grigorij sagte mir, dass er jenseits des Spiegels seines eigenen Todes nichts sehen konnte. Und jetzt wird alles wahr. Ich wollte wohl glauben, dass alles möglich ist – wie zum Beispiel, dass ich meine Lehre beendet habe, mein eigenes Geschäft aufgebaut habe, dich in der Realität und nicht nur in meinen Träumen lieben kann. Und er sagte mir auch, ich sollte nie für mich selbst oder für die Dinge, die ich vom Leben wollte, beten, sondern nur um die Kraft, meine Probleme zu meistern.«

Irene berührte sein Gesicht, wollte fühlen, dass er aus Fleisch und Blut war und nicht nur in ihren Träumen existierte. »Deshalb bin ich froh, dass es *mein* Gesicht war, wegen dem du zwei Kontinente durchquert hast – nicht das der Jungfrau von Kazan – sonst würde ich mir Sorgen machen. Es tut mir leid, Michal, dass ich dich unterbrochen habe. Ich habe nur Angst, dass ich auf einmal verrückt werde. Erzähl mir, was passiert ist, nachdem dein Leichenbestatterfreund entdeckt hatte, dass du doch nicht tot warst.«

»Die Verletzung am Kopf war oberflächlich. Die Kugel hat meine Schädeldecke lediglich gestreift, das war alles. Aber ich wäre trotzdem gestorben, wenn die Blutungen meiner anderen Wunden nicht gestillt worden wären. Mein Bein war zweifach gebrochen, und mein Arm. Aber das meiste Blut stammte von meinem toten Freund, der auf meinen Beinen gelegen hatte. Er war wirklich tot! Sein Blut verteilte sich auf mir, und deshalb sah ich so schlimm aus. Die Polizei hat mich dann ins Krankenhaus gebracht, und bevor mein Gesundheitszustand sich weiter verschlechtern konnte, schickte mein guter Freund nach einem anderen guten Freund von mir, meinem Freund Prinz Felix Yussopow.«

»Ich dachte, Felix wäre von der Zarin auf die Krim verbannt worden?«

»Du vergisst, dass es keine Zarin mehr gab. Er flatterte von Stadt zu Stadt, wie es ihm beliebte. Er war wohlhabender als der Zar. Er tauchte wieder in Petrograd auf, sobald die Lage für die Aristrokaten ernster wurde. Er war reich genug, um sich sogar aus jeder brenzeligen Situation mit den Kommunisten mithilfe von Bestechungsgeldern freikaufen zu können. Er wollte sichergehen, dass er sein Vermögen mitnehmen konnte, falls er kurzfristig aus Russland fliehen müsste. Als er erfuhr, dass ich mich in Schwierigkeiten befand, kam er mir sofort zu Hilfe. Er war mein Kamerad, seit ... seit ich zwölf war! Im Krankenhaus befahl Felix den Ärzten, mich zu operieren und wieder zusammenzuflicken und dann in seinen Palast am Moika-Kanal bringen zu lassen, er würde die Rechnung bezahlen. Deshalb gaben die Ärzte ihr Bestes, damit sie mehr verdienten, indem sie mich am Leben erhielten.«

»Warum?«

»Du meinst, warum Prinz Felix das für mich getan hat?«

»Ja.«

»Weil er mein Kindheitsfreund war, und der Freund meiner Eltern, und sein Vater war meines Vaters Landsmann. Felix war mein Gönner, und er hatte mir zu viele teure Aufträge erteilt, um mich einfach so sterben zu lassen. Ich weiß es nicht. Felix war immer ein Fall für sich. Ich kann ihn nicht für das verurteilen, war er Vater Grigorij Rasputin möglicherweise angetan hat. Das Fällen von Urteilen bleibt Gott überlassen. Jedenfalls ist es manchmal sehr nützlich, mächtige Freunde zu haben. Zu anderen Zeiten können sie auch eine Verpflichtung darstellen, besonders in Russland. Wenn ich in dem Krankenhaus geblieben wäre, hätten die Bolschewiki mich am Wickel gehabt, sobald ich die Augen aufgeschlagen hätte, und mich in eines ihrer schmutzigen Gefängnisse gesteckt, wo ich sicher gestorben wäre.«

»Aber warum? Ich dachte, die Bolschewiki und die Sowjets haben für dieselbe Sache gekämpft.«

»Oh, nein! Nein, nein, nein! Die Sowjets haben sich für das Volk eingesetzt, wohingegen die Bolschewiki nur darauf aus waren, an die Macht zu gelangen. Ich habe es auch erst gemerkt, nachdem sie nach der Oktoberrevolution die Oberhand gewannen – zwei Revolutionen in einem Jahr, ich bin sicher, das kann es nur in Russland geben! Jedenfalls hatten die Bolschewiki die Wahrheit so verdreht, wie es ihnen passte. Meine Verbindungen zur Zarenfamilie und anderen russischen Aristrokraten, den reichen ›Dekadenten‹ von St. Petersburg, wie sie sie nannten, war ihnen ein Dorn im Auge. Auch die Rasputin-Affäre sowie meine Beziehung zum Hause Fabergé und die Tatsache, dass ich nicht an der Front war wegen meines Glaubens an den Pazifismus, hätte mir einen Strick drehen können. Oh, ich wünschte ich hätte eine Zigarette zur Beruhigung, während ich dir meine Geschichte erzähle.«

»Hast du keine?«

»Ich konnte sie mir in Russland nicht mehr leisten, deshalb habe ich aufgehört zu rauchen.«

»Gut.«

»Jetzt wünsche ich mir, ich hätte es nicht getan«, sagte er. Er konnte es nicht zulassen, dass sie das letzte Wort hatte – ganz der Alte, ihr Lehrmeister!

Er fuhr fort: »Die Kommunisten hätten einiges gegen mich benutzen können, weshalb Prinz Felix mich aus dem Verkehr gezogen hat, bis ich wieder auf meinen eigenen Füßen stehen konnte.«

»Warum zum Teufel hast du dich mit Zeta Yuan und ihren politischen sowjetischen Freunden eingelassen? Du bist zu ihr zurückgekehrt, Michal, und hast mich in dieser zerstörerischen und aufgebrachten Menge allein gelassen. Das werde ich dir nie verzeihen!«, erinnerte Irene ihn weinerlich.

»Ich habe an der Demonstration teilgenommen, weil ich Russe bin, Irene, nicht wegen Zeta oder der Zugehörigkeit zu einer politischen Partei. Ich habe geglaubt, dass die Sowjets Russland in eine bessere Zukunft führen könnten, eher als die zaristische Autokratie. Unglücklicherweise merkte jeder wahre Russe nach der Revolution und nach dem, was mit der kaiserlichen Familie in Katerinenburg geschehen ist, was Bolschewismus und Leninismus in Wirklichkeit bedeutete. Die provisorische Regierung von Prinz Lwow und der Partei des Volkes wurde abgesetzt, und die Bolschewiki griffen überall hart durch. Sie nahmen nicht nur Einfluss auf jedermanns Leben, sondern auch auf ihre Gedanken, Worten und Taten. Ihre schrecklichste Einrichtung war ihre Geheimpolizei, die viel, viel schlimmer als die Geheimpolizei des Zaren war. Das war nicht das Russland, das ich wollte, das wollten auch Zeta und ihre Freunde nicht. Unser Wunschbild war in weniger als einem Jahr seit der Februarrevolution völlig zerstört. Unter Lenin wurde der Traum des russischen Volkes über Nacht begraben, und ein furchterregendes Russland entstand.«

»Es war der Wille des Volkes«, sagte Irene. »Leute wie Zeta. Die Bolschewiki hatten eine größere Anzahl von Vertretern in einem gewählten Parlament. Russland hat das bekommen, worum es gebeten hat. Aber jetzt sind wir hier. Du bist hier, und ich bin hier, im guten alten England! Du hast dich also entschlossen, Russland zu verlassen. Wie kam es dazu?«

»Ja. Ich habe Russland zu Fuß verlassen, mit nichts außer den Kleidern, die ich am Leib trage.«

»Wann?«

»Vor achtzehn Monaten. Solange habe ich gebraucht, um zu dir zu kommen.«

»Vorher, als du bei Prinz Yussopow warst, um deine Verletzungen auszukurieren, war dir da nicht bewusst, dass auch dein Vater glaubte, du wärst tot? Vater Kronstadt, ein russisch-orthodoxer Priester, hat ihm die Nachricht in Archangelskoe überbracht. Das war nicht lustig, Michal!«

»Ich weiß ... der Statthalter von Moskau, Prinz Yussupow Senior, ein weiterer Gönner von mir, hat meinem Vater die gute Nachricht überbracht, nachdem sein Sohn Felix ihm gesagt hatte, dass ich überleben und an meinen Verletzungen nicht sterben würde – die übrigens sehr schmerzhaft waren und lange brauchten, um zu heilen.«

»Nicht so lange wie mein gebrochenes Herz!«

»Es tut mir leid, Irene.« Er unterbrach seine humpelnde Wanderung und blieb neben ihrem Stuhl stehen, um ihr sanft übers Haar zu streichen. »Aber du wirst es verstehen, wenn ich dir alles erzählt habe. Es war ein immenser Schock für meinen Vater, dass ich lebte, nachdem er so viele Kerzen für mich angezündet hatte ...«

»Wie kannst du nur so herzlos damit umgehen?«, sagte Irene anklagend und schüttelte den Kopf über das, was er ihr und seinem Vater angetan hatte.

»Nicht herzlos – das darfst du nicht denken, Irene. Du wirst nie erfahren, was ich wegen dir und der Geschehnisse durchgemacht habe, und weil ich keine Möglichkeit hatte, dich wissen zu lassen, dass ich lebte, dass es mir gut ging, dass du dir keine Sorgen machen brauchtest und dass ich zu dir kommen würde, sobald ich konnte.«

»Dann *erzähl* es mir! Und was ist mit den Chechenskijs? Und meinen anderen russischen Freunden?«

»Die meisten von ihnen haben Russland im Oktober 1918 verlassen, als die Bolschewiki die absolute Kontrolle über Russland erlangten. Der Meister, die Yussupows, Alexander und Barbara Belsh, die Chechenskijs. Sobald Russland sich aus dem Krieg ausgeklinkt hatte, verließen die Aristrokraten, unsere früheren Gönner, Russland und flüchteten in die Schweiz oder nach Frankreich. Das letzte, was ich durch Agathon Fabergé erfahren habe, war, dass die Chechenskijs im *Hotel Cap d'Antibes* wohnten, wo so viele wohlhabende russische Emigranten nach der russischen Revolution abstiegen. Sie wussten nichts über mich – einen armen Kunsthandwerker – außer, dass ich tot war, was du ihnen wahrscheinlich an dem Abend der Februarrevolution gesagt hast. Ich für meinen Teil war zu jenem Zeitpunkt über nichts informiert.«

»Ich kann einfach nicht glauben, dass in den ganzen fünf Jahren niemand, nicht einmal ein Kunsthandwerker aus der ehemaligen Fabergé-Werkstatt, mir mitteilen konnte, dass du lebst.«

»Wie viele Leute wussten etwas von unserer Beziehung, Irene? Wie viele Leute würden dich mitten in der Revolution mit mir in Verbindung bringen? Wir haben unsere Beziehung so geheim wie möglich gehalten, nicht wahr, *Petroushka*? Die, die Bescheid wussten, hatten Russland entweder schon den Rücken gekehrt oder waren tot.«

»Der Meister und Agathon Fabergé müssen es gewusst haben. Ich selbst war nach der Februarrevolution noch drei Wochen lang in Russland. Du magst zwar schwer verletzt gewesen sein, aber du hast noch gelebt. Warum hast du nicht versucht, mich vom Moika-Palast aus zu erreichen?«

»Das wollte ich dir als Nächstes erklären. Es ging mir in diesem ersten Monaten und in den folgenden Monaten zu schlecht, und ich war kaum bei Bewusstsein. Ich kämpfte um mein Leben. Ich hatte Fieber und Infektionen. Es hat lange gedauert, bis die Ärzte sicher waren, dass ich mich wieder erholen würde. Ich bezweifle, dass ich in der Lage gewesen wäre, auch nur einen Finger zu heben oder ein einziges Wort zu sagen, selbst wenn ich es versucht hätte. Ich kann mich an diese ersten Wochen und sogar Monate nicht mehr erinnern. Ich hätte mit dir Kontakt aufgenommen, wenn ich dazu in der Lage gewesen wäre.«

»In Ordnung, ich verstehe. Du hättest es getan, wenn du gekonnt hättest. Ich glaube dir. Was geschah, als es dir wieder besser ging? Ich war zwar inzwischen nicht mehr in St. Petersburg, aber die Chechenskijs befanden sich gerade um die Ecke, genauso wie der Meister in der Morskaja Straße; beide Häuser waren nur ein Steinwurf vom Palast am Moika-Kanal entfernt. Jemand hätte mir über die Chechenskijs oder Carl Fabergé eine Nachricht zukommen lassen können, denn sie wussten, wohin ich reiste, nachdem du mich im Stich gelassen hattest.«

»Ja, das ist wahr«, gab er traurig zu. »Aber es ist anders gekommen. Zu dem Zeitpunkt, als ich wieder in der Lage war, mich aufzusetzen und etwas Suppe zu essen, waren die meisten der adeligen russischen Familien bereits nach Antibes, in die Schweiz, nach Paris oder nach London geflüchtet. Auch Prinz Yussopow traf gerade Vorkehrungen, um Russland zu verlassen. Als ich schließlich auf Krücken laufen konnte und vorhatte, über den Meister mit dir Kontakt aufzunehmen, änderte der Oktober-Coup alles. Ich kann dir nicht sagen, was für ein Chaos in Petrograd herrschte, nachdem die Bolschewiki die Macht übernommen hatten. Felix hielt es für das Beste, dass ich zu meinem Vater nach Archangelskoe ging. Ich wollte Russland verlassen, aber nicht ohne meinen Vater. Prinz Felix hatte mir die notwendigen Ausreisedokumente verschafft, um über das Schwarze Meer in die Türkei zu reisen.«

»Warum hast du nicht mit mir Kontakt aufgenommen, als du in Archangelskoe warst?«

»Weil ich keine Gelegenheit hatte. Es war inzwischen Winter – und du kennst die russischen Winter, nicht wahr? Außerdem war Russland zu dem Zeitpunkt schon ein totalitärer Staat, der unter Polizeiüberwachung stand. Ich konnte nicht tun, was ich wollte, konnte nicht gehen, wohin ich sollte, konnte nicht treffen, wen ich wollte, und konnte auch nicht schreiben, an wen ich wollte. Es ist unmöglich, die Lage zu beschreiben, du würdest es nicht verstehen!«

»Versuch es!«

»Oh, Irene! Ich habe alles versucht! Verurteile mich nicht für das, was geschehen ist. Ich habe dich die ganze Zeit geliebt, das musst du doch fühlen.« Er unternahm einen weiteren Erklärungsversuch. »Während ich in Archangelskoe auf den Frühling und besseres Wetter wartete, damit die Reise für meinen Vater in seinem angegriffenen Gesundheitszustand leichter sein würde, erschienen die Bolschewiki, um das Gut Archangelskoe als ›staatliches Eigentum‹ zu übernehmen. Sie brachten meinen Vater und mich nach Moskau. Sie fragten mich aus, wollten wissen, was ich in Archangelskoe gemacht hatte und in welcher Beziehung ich zu den Yussupows stand. Sie fragten, woher meine Verletzungen stammten, weil ich immer noch auf Krücken lief. Ich erzählte ihnen, es wären Kriegsverletzungen. Ich weiß, dass das dumm von mir war, aber ich wollte nicht, dass sie mich mit den Sowjets und den Ereignissen vor der Duma am Tag des Aufstands in Verbindung brachten. Aber sie fanden schnell heraus, dass ich nie an der Front gekämpft hatte. Daraufhin wurde ich von der Gemheimpolizei verprügelt, weil ich gelogen hatte. Danach zwang man meinen Vater und mich, nach Petrograd zurückzukehren.«

Doreen hatte ihnen heißen, süßen Tee gebracht, der einen seltsamen Beigeschmack hatte. Irene hatte nicht einmal bemerkt, dass ihre Schwester hereingekommen war.

48. Kapitel

Michal fuhr mit seiner langen Geschichte fort – sie dauerte so lange, weil er so viele Erklärungen bezüglich seines unverzeihlichen Schweigens und seines verblüffenden Wiederauftauchens aus dem Reich der Toten liefern musste.

»Die neuen Behörden zwangen mich, wieder in der Morskaja Straße Nr. 12 zu arbeiten; die Werkstatt hieß jetzt *Leningradskoe Juvelirnoe Tovarishchestvo*. Agathon war auch noch da und arbeitete an der Katalogisierung der kaiserlichen Ostereier. Mein Vater und ich wohnten in dem einen Zimmer in der Gorokhovaja Straße, in dem ich auch vorher gewohnt hatte ... ich betete für meinen Vater, dass er endlich sterben durfte und von seinem Elend erlöst wurde und ich dann fliehen konnte ...« Michal unterbrach seine Erzählung wieder, wandte sich ab und rieb sich mit einer abwesenden Geste die Nase, während er den Albtraum noch einmal durchlebte.

Irene ließ ihm Zeit, sich wieder zu fassen. Er tat ihr leid, aber sie fragte sich immer noch verwirrt, warum er fünf Jahre gebraucht hatte, um mit ihr Kontakt aufzunehmen und ihr zu sagen, dass er noch lebte.

»Ich ging zu Leo Trotzkij, der Volkskommissar des Äußeren unter Lenin war, und bat ihn um Erlaubnis, Russland zusammen mit meinem Vater verlassen zu dürfen. Trotzkij machte mir einen Vorschlag – er bot mir die Freiheit an, wenn ich in anderen Ländern die soziale Revolution vorantrieb. Das war Trotzkijs Philosophie, seine Maxime der ›ständigen Revolution‹, nach der der Sozialismus in Russland nicht ohne Revolutionen im Rest der Welt erreicht werden konnte. Ich lehnte ab.«

»Oh, sie haben dich aber nicht wieder geschlagen, oder?«, fragte Irene entsetzt.

»Das spielt jetzt keine Rolle mehr.« Er räusperte sich und trank den inzwischen kalt gewordenen Tee, den Doreen serviert hatte.

Er vergrub die Hände in den Taschen und nahm seine rastlose Wanderung durch den Raum wieder auf, wobei er zu seinen abgerissenen Stiefeln zu sprechen schien. »Danach wurde ich strenger überwacht. Meine Briefe wurde zensiert, und mein Bewegungsspielraum wurde stark eingeschränkt. Alle meine Briefe an dich und an Nicholas Fabergé in der Schweiz wurden von der Post mit dem Vermerk ›Adressat unbekannt‹ zurückgesandt. Mein Vater starb schließlich im Dezember des Jahres 1920.«

Irene beugte sich vor und nahm seine Hand. Sie hielt sie lange und ließ sie los, als sie spürte, dass er frei sein musste, um ihr den Rest zu erzählen.

Michal nahm das Hin- und Hergehen quer durch den Raum wieder auf; sogar nach fünf Jahren war sein Humpeln noch sehr ausgeprägt. Alle Männer um sie herum schienen an irgendetwas zu leiden, Stevie an seiner gasvergifteten Lunge und dem amputierten Bein, Randolph an seiner lädierten Kniescheibe und an seiner kriegsverletzten Seele, Michal an seinen Verletzungen aus der Februarrevolution; und was hatte das alles schließlich gebracht? Nichts außer Kummer und Gram für die Frauen, soweit Irene es beurteilen konnte.

Michal nahm den Faden wieder auf. »Der Tod meines Vaters war meine Chance zur Flucht. Man hatte mir Erlaubnis erteilt, seine Leiche zurück nach Archangelskoe zu bringen, um ihn neben meiner Mutter beerdigen zu lassen. Mithilfe von Betrügereien, Bestechung, Korruption und den Reisedokumenten, die Prinz Felix mir 1918 besorgt hatte, ging ich zu Fuß von Moskau über Orel, Charkow und Saporoschje, knietief durch Schnee und Eis, bis ich schließlich Sewastopol auf der Halbinsel Krim am Schwarzen Meer erreichte. Von der Krim aus gelangte ich auf einem türkischen Schiff über das Schwarze Meer in die Türkei, und von dort aus auf einem anderen türkischen Schiff nach Marseille. In Marseille gelang es mir schließlich, ein Schiff zu finden, mit dem ich nach London fuhr.«

»Also bis du doch nicht den ganzen Weg zu Fuß gegangen!«, sagte Irene mit einem zittrigen kleinen Lächeln und Tränen in den Augen.

»Nein, ich habe auch eine Seereise unternommen, weshalb du auf meinen Kleidern nicht nur Straßenstaub, sondern auch Salzwasser bewundern kannst.« Er schaute kläglich an sich hinunter und strich verlegen mit den Händen über seine braune Kordjacke, plötzlich befangen wegen seines schäbigen Aussehens an diesem vornehmen Ort.

»Wie ist es dir denn gelungen, mich schließlich doch noch zu finden?«, wollte Irene wissen.

»Ich ging zu der ›Road‹, wo du gewohnt hattest – Waterloo, den Namen konnte ich gar nicht vergessen! Und als ich das Haus nicht finden konnte, ging ich zu dem Pub an der Ecke, *Duke of Wellington*. Der Wirt sagte mit, dass deine Familie nach Kent gezogen sei. Und dass du ein Geschäft in der Bond Street hättest. Er wusste allerdings nicht, wo in der Bond Street. Ich bin diese Straße ewig auf- und abgegangen, bis ich schließlich das Firmenschild *Claire de Lune* entdeckte. Ich war mir sicher, dass es das sein musste, denn wer außer Irene Druce würde sein Geschäft *Mondlicht* nennen!«

»Du bist ein guter Detektiv!«

»*Da*! Revolutionen und Entbehrungen lassen uns seltsame Dinge tun!«

Irene konnte Michal das Elend, das sie selbst in den vergangenen fünf Jahren durchlebt hatte, nicht zum Vorwurf machen. Sie war so froh, dass Michal überlebt hatte. Die Unstimmigkeiten in seiner Geschichte, insbesondere, dass er von der Türkei aus nicht mit ihr in Kontakt getreten war, ließ sie auf sich beruhen, weil er so viel durchgemacht hatte. Er hatte zu ihr kommen wollen, und das war jetzt alles, was zählte.

Michal fügte hinzu: »Die *Leningradskoe Juvelirnoe Tovarishchestvo* ›erbte‹ einige fertig gestellte und unfertigte Fabergé-Objekte, die sie mit ihrem eigenen Stempel versehen haben.« Er griff in die Innentasche seiner Jacke und zog ein kleines in Sackleinen eingewickeltes Päckchen hervor. Er legte es auf ihren Schreibtisch. »Mach es auf. Es ist mir gelungen, die Sachen verschwinden zu lassen, bevor sie sie mit ihrem Stempel versehen konnten.«

Verwundert wickelte Irene die Verpackung auf. »Oh!«, keuchte sie, »ich hätte nie gedacht, dass ich sie wiedersehen würde!«

»Agathon hat sie versteckt, und als die Kommunisten danach fragten, hat er behauptet, sie wären vor der Revolution an einen unbekannten Käufer verkauft worden. Er hat sie mir gegeben, nachdem er von meinen Fluchtplänen erfahren hatte. Er hoffte, auch bald fliehen zu können.«

Traurig sagte Irene: »Dann weißt du wahrscheinlich noch gar nicht, Michal, dass der Meister kurz nach seiner Ankunft in Lausanne gestorben ist – vor zwei Jahren.«

»Nein, das habe ich nicht gewusst. Es tut mir sehr leid. Und das nach seiner aufsehenerregenden Flucht aus St. Petersburg! Ich werde dir bei Gelegenheit davon erzählen.«

Auf Irenes Schreibtisch lagen ihre Kerbholz-Kette und der Marienkäfer-Siegelring aus ihrer Kollektion ›Glitzern im Mondlicht‹. Sie stand auf und umarmte ihren ehemaligen Lehrmeister und brachte ihn mit ihrer Begeisterung fast aus dem Gleichgewicht. »Danke ... vielen Dank ... *ja tebja ljublju*, so sehr!«

Er küsste sie und meinte: »Oh je, ich glaube fast, du empfindest mehr für deine kostbare Halskette als für mich. Wahrscheinlich wirst du jetzt keinen aus Russland geflüchteten armen Mann heiraten wollen, in Anbetracht der Tatsache, wie reich und berühmt du inzwischen geworden bist. Ich würde dich gerne auch so viele Dinge fragen ...«

»Warte, warte!« Sie legte ihm den Finger auf die Lippen. »Ich auch. Ich habe noch so viele Fragen, ich glaube nicht, dass ich heute noch einmal arbeiten kann. Doreen wird mich vertreten müssen.«

Irene ging zur Tür, steckte den Kopf hinaus und flüsterte, weil gerade Kunden im Geschäft waren: »Doreen, kannst du bitte mal kurz herkommen?« Als Doreen ins Büro trat, sagte Irene: »Reen, ich gehe nach Hause. Ich kann heute nicht mehr arbeiten, könntest du mich vertreten, Liebes?«

»Na klar.«

»Übrigens, das ist Michal Wassilij. Mama hat dir wahrscheinlich von ihm erzählt. Sie ist die Einzige, der ich erzählt habe ...«

Doreen schüttelte verblüfft den Kopf: »Was soll sie mir erzählt haben, Irene?«

»Macht nichts, offensichtlich hat sie es nicht getan.« Irene drehte sich zu Michal um. »Mama ist die einzige Frau auf der ganzen Welt, die wirklich ein Geheimnis für sich behalten kann.« Und während Doreen sich erstaunt fragte, wer der zerlumpte Fremde war, der ihrer Schwester offenkundig viel bedeutete, wollte Irene wissen: »Was war mit Prinz Paul?«

»Oh, er war sehr zufrieden. Ich konnte ihn überzeugen, ein kleines Schmuckstück für seine Freundin zu kaufen.«

»Eins von meinen?«

»Nein, von Leonard.«

»Wer ist dieser Leo-nard?«, fragte Michal, der plötzlich ganz erschrocken aussah. »Sie ist doch nicht etwa mit diesem Leo-nard verheiratet, deine Schwester, oder?«, wollte er von Doreen wissen.

»Sag es ihm nicht, Reen, er ist ein sehr eifersüchtiger Mann – darum werde ich mich in Zukunft kümmern müssen.«

Aha, so stand es also zwischen den beiden!

Doreen konnte es Irene vom Gesicht ablesen, ihre Augen leuchteten, wie sie es nicht getan hatten, seit sie aus Paris zurückgekehrt war.

Aber sie hätte sich auch einen weniger abgerissen aussehenden russischen Freund aussuchen können, dachte Doreen bei sich, aber sie wollte die Chance ihrer Schwester, dass endlich ein Mann in ihr Leben trat, nicht vereiteln, weshalb sie sagte: »Er ist nur ein Lehrmeister, Michal, also mach dir keine Sorgen wegen ihm!«

Doreen konnte nicht verstehen, warum die beiden in lautes Gelächter ausbrachen, schob es aber auf Liebeskrankheit oder den Bourbon in ihrem Tee.

Irene und Michal fuhren mit einer Mietsdroschke zu Irenes Wohnung in Marylebone. Während der Fahrt hielt er ihre Hand festumklammert, als hätte er Angst, sie könnte davonlaufen, nachdem er sie endlich gefunden hatte.

»Sag mal«, sagte er auf Russisch, während der Fahrer einen neugierigen Blick über die Schulter warf.

»Was denn?«

»Warum hast du keinen anderen Mann geheiratet, wenn du geglaubt hast, dass ich tot wäre?«

»Ich wollte keinen anderen Mann heiraten.«

»Es gibt keinen besonderen Mann in deinem Leben?«

»Doch, jede Menge.«

»Dann bin ich sehr eifersüchtig.«

»Dafür gibt es keinen Grund. Sie sind besonders, aber nicht *so* besonders!« Sie gab ihm einen Kuss auf die bärtige Wange.

Auf dem Weg zu ihrer Wohnung dachte Irene angestrengt nach. Wie sollte sie Mama, Tante Martha und dem Rest Familie seine Existenz erklären? – Und Randolph! Mama dachte, Michal wäre tot.

»Worüber denkst du nach, Irene?« Michal sah sie fragend an und legte ihr den Arm um die Schultern. »Du siehst so ... so nachdenklich und abwesend aus. Freust du dich vielleicht nicht, mich zu sehen?«

»Oh, sag das nicht!« Sie streichelte sein Gesicht. »Ich kann immer noch nicht richtig glauben, dass du tatsächlich wieder da bist. Ich schotte mich nicht ab, sondern ich versuche zu überlegen, was ich jetzt mit dir anstelle.«

»Willst du mich nicht heiraten?«

Sie lächelte. »Ich weißt nicht, wie ich dein Auftauchen erklären soll. Nachdem ich so lange geglaubt habe, du wärst tot ... und außer meiner Mutter weiß auch niemand, dass es in meinem Leben einen Mann gab beziehungsweise gibt. Ich weiß einfach nicht, wie ich dich vorstellen soll!«

»Oh, du meinst meine Kleidung, meinen Körper, mein Gesicht!« Er strich über seinen verfilzten, schmutzigen Bart. »Ich werde ihn abrasieren und mir neue Kleider kaufen ... lass uns kaufen gehen, bevor ich bade.«

»Und womit willst du bezahlen?«

»Mit meinem gefälschten silbernen Fabergé-Zigarettenetui aus der Türkei natürlich, ich habe ja sowieso keine Zigaretten, die ich hineintun könnte.« Er klopfte selbstsicher auf seine Tasche und lachte sie an. »Ich habe meine Aufgabe als dein Lehrmeister gut erfüllt, und es war gut, dass ich dich nach Moskau geschickt habe, damit du alles über Silberarbeiten und Fälschungen lernst, *njet*?«

»Idiot! Das war nicht lustig, dass du mich testen wolltest! Inzwischen kenne ich dich, Michal Wassilij! Übrigens, ist das dein ganzes Gepäck?« Sie deutete auf seinen Rucksack, den er auf dem Schoß hielt.

»*Da*! Das ist alles! Ich habe die meisten Sachen gegen Lebensmittel eingetauscht.«

»Armer Schatz. Du hättest meine Kerbholz-Kette verkaufen können.«

Er schaute sie entsetzt an. »Ich sollte meine Seele verkaufen, nach all dem Ärger, den du mir in der Fabergé-Werkstatt in St. Petersburg gemacht hast? *Njet, njet, njet*!« Er schüttelte heftig den Kopf.

Irene war gerührt von seiner Wertschätzung ihrer Kreationen. Sie drückte seinen Arm. »Nun, wie dem auch sei. Du siehst jedenfalls schlimmer aus als die meisten, die aus Russland herausgekommen sind. Ich fürchte, dass du ganz dringend neue Kleider und neue Schuhe brauchst.«

»Ich werde es dir zurückzahlen, eines Tages, Irene«, sagte er ernsthaft.

»Ich bin mir sicher, dass du das tun wirst. Ich bestehe darauf. Du kannst etwas in mein Geschäft beisteuern, was kein anderer kann. Dein eigenes Markenzeichen, M.W., zu meinen Gunsten, Monsieur Wassilij!«

»Du bist so ... so geschäftstüchtig geworden, so reif ... so anders! Ich finde kein englisches Wort, um dich zu beschreiben, Irene, nur ein russisches.«

»Welches russische Wort?«

»Vodki.«

»Vodki?«

»*Da*! Ungesehen, ungerochen, unentdeckt, aber dennoch stark!«

»Wie wäre es mit pariserisch, kosmopolitisch? Mit Krieg, Tod, dem Wunsch zu vergessen, Arbeit, um zu vergessen? Mit dem Traum von dem Mann, der tot, aber doch nicht tot war, im Kopf! Deshalb denkst du, dass ich mich verändert habe, das ist es, was mich verändert hat!«

»Ja, das auch. Du musst mir von Paris und deiner Zeit bei Lalique erzählen.«

»Woher weißt du, dass ich bei Lalique war? Und warum hast du mich dann dort nicht kontaktiert?«

»Ich weiß erst seit heute, dass du bei Lalique gearbeitet hast. Seit ich den Fabergé-Lalique-Stil in deinen Arbeiten gesehen habe.«

Sie war außer sich. »Sie sind Irene Druce!«

»Natürlich sind sie Irene Druce! Aber bei jedem Kunsthandwerker kann man den Stil seines Lehrmeisters erkennen. Deine Arbeiten spiegeln wider, was dein Fabergé-Lehrmeister dir beigebracht hat – man erkennt das Markenzeichen M.W. in deinen Sachen wieder. Es lässt sich nicht leugnen.«

»Mein Gott! Du bist ein richtiger Bolschewik!« Irene musste lachen.

»Warum sagst du das?« Er runzelte die Stirn, weil ihm der Vergleich nicht im Geringsten gefiel.

»Weil du private Unternehmungen ablehnst, Michal Wassilij!«

»Wirst du mich heiraten?«

»Ja. Aber nicht heute. Morgen. Wenn ich mich wieder von dem Schock erholt habe.«

Während er badete, zog sie das Grammophon auf. ›*First Love, Last Love, Best Love.*‹

Während das sentimentale Lied aus dem Jahr 1918 im Hintergrund spielte, rief sie bei dem Herrenausstatter Moss Bros. an und bat darum, *tout de suite* jemanden vorbeizuschicken, um die Maße eines Gentlemans für einen Anzug, ein Paar Schuhe und einen Zylinder zu nehmen, und für all das, was der Anstand forderte.

Morgen früh war das früheste tout de suite, das der Herrenausstatter einrichten konnte.

Danach rief Irene Randolph an und verabredete sich mit ihm zu einem Mittagessen unter vier Augen im Brown's Hotel. Und dann rief Doreen gerade in dem Moment an, als Michal mit abrasiertem Bart aus dem Badezimmer auftauchte.

Irene konnte nur vermuten, dass er entweder einen stumpfen Rasierer in seinem russischen ›Sack‹ hatte, den er aber nie benutzt hatte, oder dass er sich ein Küchenmesser geliehen hatte. Er sah dünner, magerer und älter aus als vor fünf Jahren, aber trotzdem war er ihr gut aussehender arroganter Russe Wassilij, der jetzt viel besser roch als vor seinem Bad. »Irene, ich habe keine Kleider ...« Es war verwirrend, ihn auf einmal wieder nackt zu sehen, während Doreen am Telefon zu ihr sagte: »Irene, heute ist viel zu tun ... Buchführung und so weiter, worum ich mich kümmern muss. Ich glaube, ich schlafe heute in deinem Büro, wenn es dir nichts ausmacht.«

»Sei doch nicht so verdammt taktvoll, Reen!«, hörte Michal Irene sagen. »Aber ich bin dir dankbar ...«

»Mama wird es nicht verstehen«, sagte Doreen, und das konnte Michal nicht hören. »Auch der Rest der Familie nicht. Weil er doch ein Ausländer ist und all das.«

»Nein, natürlich nicht, Reen! Ich weiß Bescheid. Wir werden heiraten.«

»Ich will keine Zimperliese sein, Irene, aber ist das nicht ein bisschen plötzlich?«

»Nein, Reen! Er hat mir vor fünf Jahren einen Heiratsantrag gemacht. Aber wir haben es mitten im Krieg und der Revolution in Russland nicht geschafft. Er ist der einzige Mann, den ich jemals geliebt habe – der einzig Richtige für mich! Nein, du musst dich nicht entschuldigen. Ja, wir sehen uns morgen, und dann erkläre ich dir alles.« Irene legte auf und drehte sich zu ihm um. »Das war Reen – sie ist immer so taktvoll und so zuverlässig. Sie wird heute nicht hier übernachten – wir haben die Wohnung für uns allein!«

Er streckte die Arme nach ihr aus. »Was kann ein Mann mehr verlangen?«

Am nächsten Morgen streckte Irene den Arm aus, um sich zu vergewissern, dass der Platz neben ihr tatsächlich nicht länger leer war. Sie konnte nur über die Launen des Schicksals staunen. Sie kuschelte sich an ihn und schwelgte in dem zurückgekehrten Vergnügen und dem Genuss, den sie geteilt hatten. Sie hoffte nur, dass Mama nicht auf die Idee kommen würde, heute in die Stadt zu fahren und unerwartet vorbeizuschauen.

Irene rief Doreen an, um ihr zu sagen, dass sie heute doch nicht ins Geschäft kommen würde – vielleicht morgen.

Doreen verstand. Sie war immerhin eine aufgeschlossene, tolerante junge Dame. Irene wusste, dass sie ihrer Schwester vorbehaltlos vertrauen konnte. Doreen hielt sich diplomatisch von der Wohnung in Marylebone fern, bis Irene einen Hochzeitstermin festgelegt hatte.

Irene erklärte ihrer Schwester die Zusammenhänge, als sie schließlich ins Geschäft zurückkehrte. Sie überließ Michal einen Tag lang sich selbst, nachdem die erste Sehnsucht, Leidenschaft,

Romantik, Begierde, Entzücken und Ungeduld gestillt worden waren.

»Oh, mein Gott, Reen, nun ist meine Badewanne schon wieder von einem fremden Mann benutzt worden! Erst Randolph und Sam in Paris, und jetzt Michal in Marylebone. Ich bekomme langsam einen schlechten Ruf, wenn ich nicht bald diese Sache, die sich Heiraten nennt, durchziehe, bevor Tante Martha Wind von der Sache bekommt!«

In Henry Fords vornehmem, altmodischem Speisesaal begann Irene ihre Rede folgendermaßen: »Liebster Randolph, ich muss dir etwas sehr Wichtiges sagen, und ich bin sicher, dass du es verstehen wirst.«

Sie erzählte Randolph Michal Wassilijs ganze Geschichte, das war sie ihm schuldig. »Du warst immer mein Bruder und mein bester Freund, den ich innig liebe, aber auf eine andere Weise als Michal oder Sam oder sonst jemanden auf der ganzen Welt. Aber jetzt habe ich das Bedürfnis, eine ehrbare Ehefrau zu werden, und ich brauche dich immer noch an meiner Seite. Als meinen Partner und meinen besten Freund, was meinst du, Randolph?«

»Irene«, sagte er und nahm ihre Hand. Seine leuchtend blauen Augen blickten klar und ehrlich. »Ich fühle mich geehrt, dass du mich das fragst. Natürlich verstehe ich dich. Ich freue mich so für dich, liebes Mädchen, und ich muss sagen, dass ich unendlich erleichtert bin.«

»Erleichtert, warum das?«, fragte sie erstaunt.

»Michal Wassilij hat mich einer großen Verantwortung enthoben. Du und ich alleine umherdriftend in der Welt, und das für immer? Ich hätte es früher oder später unumgänglich gefunden, dich zu heiraten, damit du nicht als karrieresüchtige, mürrische alte Jungfer endest, trotz all deiner damenhaften Zurückweisungen – und wider besseren Wissens!«

»Wider besseren Wissens, warum das?«

Durch ihren Glauben an ihn hatte sie dazu beigetragen, dass er seine nervösen Zuckungen und psychischen Probleme überwunden hatte; sie gehörten jetzt der Vergangenheit an. Sie wartete auf sein ›besseres Wissen‹ – wie sie es immer getan hatte, seit sie fünfzehn war.

»Wir wären beide voneinander enttäuscht worden, was ein Riesenunglück wäre, liebes Mädel!« Er lehnte sich zurück und sah sie mit seinen Vergissmeinnicht-blauen Augen liebevoll an. »Ich bin nicht für die Ehe geeignet, das weiß ich jetzt. Ich liebe dich als kleine Schwester, als Freundin fürs Leben, und ich bin glücklich, dass die Worte Geliebte, Ehefrau, Ehemann, Versorger oder ähnlich Bedrückendes nie für uns Anwendung finden werden. So wie es jetzt ist, haben wir die Freiheit, uns aus angemessener Entfernung zu lieben. Ich benutze das Wort ›Liebe‹ in seinem reinsten Sinn, wenn es sich auf dich bezieht, liebes Mädchen. Möge der würdigste Mann gewinnen. Er hat ein Riesenglück, dieser Russe, und mehr kann ich zu diesem Thema nicht sagen, bevor ich ihn nicht kennen gelernt habe.«

Jetzt ergriff sie seine Hand und drückte sie, ein wohlerzogener Gentleman, der von einer wohlerzogenen Kinderfrau aus Wimbledon erzogen worden war! Und Camilla würde sicher eines Tages noch darauf kommen, was für einen Schatz sie weggeworfen hatte. Sie hatte solides Gold gegen mit Messingknöpfen verzierten Unrat eingetauscht. »Du wirst ihn kennen lernen, Randolph, sehr bald schon! Ich ... ich bin überwältigt. Und ich fürchte mich plötzlich, ich habe aus unerklärlichen Gründen Angst.«

»Weil du zum Sturmangriff übergegangen bist, Irene. Es ist keinesfalls das Ende, Irene, sondern der Anfang. Wir können unsere Blicke nun auf weiter entfernte Ziele richten. Das habe ich gelernt, als ich über weite Flächen kahlen Landes marschieren musste, mit Stacheldraht und Baumstümpfen als einzigen Wegweisern. Es ist dir gelungen, dein kahles Land zu überwinden, jetzt nimm dein nächstes Ziel in Angriff, auch wenn es dir im Moment noch etwas verschwommen erscheint.«

»Ich liebe dich, Randolph, aber nicht im gleichen Sinn wie *ja ti ijubjo* – und ich weiß, dass du Russisch verstehst, du alter Schwindler!«

In einer stillen kleinen Zeremonie auf dem Standesamt von Marylebone heirateten Irene und Michal. Randolph fungierte als Irenes ›Brautvater‹, Doreen war ihre Brautjungfer und der gute alte Mr. Henry Ford war Trauzeuge. Als sie endlich den altmodischen goldenen Ring mit den verschränkten Händen, der Anna Wassilij gehört hatte, am Finger trug, war der einzige Wermutstropfen für Irene, dass sie Mama, Tante Martha und den Rest der Familie um eine große Hochzeit in Weiß betrogen hatte, wie Joan und Pam sie gehabt hatten.

Aber weder sie noch Michal hätten das ganze Brimborium ausgehalten.

Es war die einzige Möglichkeit, wie sie ihrer Familie mutig die Stirn bieten konnte; sie war sich den Urteilen ihrer Familie bewusst, wenn es darum ging, ein Zusammenleben vor der Hochzeit und Hochzeitsnächte vor der Hochzeit erklären zu müssen.

Nach der Trauung fuhren Irene und Michal nach Hopeworthy Hall zu einer kurzen Wochenend-Hochzeitsreise, um Mama und der Familie von der Hochzeit zu berichten, zu der sie nicht eingeladen worden waren.

Und weil Sommer war und weil sie sich auf Hochzeitsreise befanden, trug sie ein blassblaues Chiffonkleid, dessen schwingender Saum nach aktueller Mode nur bis knapp unters Knie reichte, neue weiße Schuhe und Strümpfe und einen großen Sommerhut. Michael sah auch sehr adrett aus in seinem neuen dunklen Anzug, seinen neuen glänzenden Schuhen und dem Hut; im Knopfloch trug er eine große rosaweiße Margerite, die zusammen mit Butterblumen, Gänseblümchen und anderen Blumen neben dem Geländer vor dem Bahnhof wuchs.

Jemand war Irene zuvorgekommen, jemand hatte alles ausgeplaudert; jemand hatte ihnen den Weg geebnet – Doreen, Henry, oder war es Randolph gewesen? Irene hatte alle drei im Verdacht.

Mr. Bridges wartete am Bahnhof auf sie, und an der silbernen Kühlerfigur des Rolls Royce war ein lustiges weißes Band befestigt. »Guten Morgen, Madam, Sir!«, sagte er und hob den Finger grüßend an seine Chauffeursmütze. Er sah verlegen aus, weil er nicht wusste, wie er sie anreden sollte, als er ihr mit puterrotem Kopf die Tür öffnete.

Und als sie in Hopeworthy Hall eintrafen, öffnete ihnen Sam mit seinem Ohrring, der vorübergehend den Butler mimte, mit einem breiten Lächeln die Tür und geleitete sie ins Haus, wo ein richtiger Hochzeitsempfang vorbereitet war. Es gab eine dreistöckige Hochzeitstorte, die Mama selbst gebacken hatte, Champagner, Hochzeitsgäste, Hochzeitsgeschenke und alles, was dazu gehörte.

Irene hob hilflos die Hände. »Tut mir leid, Michal. Was auch immer ich getan habe in meinem Leben, dieser Haufen hat es immer geschafft, es herauszufinden.«

Er breitete die Arme aus und lächelte sein anziehendes Lächeln. »Mach dir keine Gedanken, *Petroushka*! Dafür bin ich tausend Meilen gelaufen. Um zu tanzen und *Vodki* in so netter Gesellschaft zu trinken!«

»Und das war der einzige Grund?«

»Natürlich! Was sonst?«

In diesem Augenblick stolperte Tante Martha, die vorsichtig die Stufen herabstieg, nachdem sie sich in Lornas Schlafzimmer die Nase gepudert hatte, und schlitterte den Rest der Stufen der frisch gebohnerten Holztreppe hinunter. Sie landete mit einem wahrhaft feierlichen Plumps zu Irenes und Michal Füßen. Irene hob den rosafarbenen Bonbonhut auf. Tante Martha nuschelte vor sich hin: »Ich weiß nich', Lorn, was zum Teufel wir getan hab'n, um das zu verdienen ... oh, du bis' es, Miss Hochnäsig! Wie konntest du nur, Mädel, wie konntest du nur 'nen Ausländer heirat'n?«

Michal half ihr wieder auf die Beine. »Ich bin entzückt, dich kennen zu lernen, Tante Martha.«

Sie setzte den Hut wieder auf und ordnete ihren Rock und ihren Unterrock. »Woher wusstest du, dass ich die bin, die ich bin, junger Mann?« Sie ließ seine Hand los und betrachtete ihn misstrauisch.

»Irene, sie mir hat viel erzählt von dir, Tante Martha.« Er beugte sich zu ihr hinunter und flüsterte ihr ins Ohr: »Besonders, weil Irene und ich dieses besondere Stück in Russland entworfen haben, das Irene in Paris fertig gestellt hat. ›*Tante Martha, Bramley-Apfelkopf*‹ – was nicht zu ernst genommen werden sollte, sondern als Kunstobjekt anzusehen ist. Jetzt, wo ich dich sehe zum ersten Mal, du trägst einen viel schöneren Hut ... Habe ich etwas Falsches gesagt?« Er sah sie besorgt an.

»Zum Teufel, Irene«, sagte sie. »Du hätt'st mir auch sag'n können, das er 'en Ausländer is', der Englisch spricht!« Sie trat einen Schritt zurück, stemmte die Hände in die purpurfarbenen Taft-Hüften und begutachtete kritisch den Bräutigam. »Wo wir gerade beim Thema sin', er sieht gar nich' übel aus, dein Bräutigam, und er hat bessere Manieren als sein Doppelgänger, Sam Smart, mit dem du immer bei Mondschein abgehau'n bis', Mädchen!« Mit einem Nicken und einem Augenzwinkern ergriff Tante Martha Michals Arm. »Pass auf, mein Junge, Irene is' nich' einfach, bestimmt auch nich' als Ehefrau, es liegt an diesen kreativen Zielen, die sie immer schon hatte ...«

Er warf einen verzweifelten Blick über die Schulter.

Im Hintergrund spielte das Grammophon Jazz-Musik wie Al Jolsons ›Ma Blushin' Rose‹ und ›They Go Wild, Simply Wild Over Me‹. Irene lächelte Michal zu und drohte ihm mit dem Finger. »Ich hab's dir gesagt, Michal. *Meine Familie wird deine Familie sein!* Hast du deine Meinung geändert?«

Irene war glücklich. Sie war nur traurig, dass Papa, Charlie und Don nicht hier sein konnten, um zu sehen, was sie erreicht hatte. Rückblickend konnte sie nicht sagen, woher die Antriebskraft gekommen war oder wie sie den Wendepunkt in ihrem Leben erkannt hatte. Vielleicht war es etwas gewesen, das Don gesagt hatte, über Bezugspunkte in jedermanns Lebens. Chancen, die man beim Schopf ergreifen musste, und das Wissen, wann man sich vorwärts und wann man sich rückwärts wenden musste.

Irene sagte zu Michal, als sie auf dem Hügel standen und hinab ins Tal schauten: »Dieser Abschnitt meines Lebens beginnt gerade erst. Ich habe keine Ahnung, wie das Hotel laufen wird, oder das Gut. *Claire de Lune* wurde aufgebaut – und finanziert – durch meine eigenen Fähigkeiten und mit ein wenig Hilfe von meinen Freunden. Im Schmuckgeschäft kannte ich mich aus und wusste, was ich tun kann. Das hier ist ein ganz neuer Bereich für mich. Ab jetzt vertraue ich auf mein Glück – es war schließlich Glück, das mich auf die richtige Fährte gebracht hatte, direkt vor Lady Catherines Tür. Du hattest dein Archangelskoe, das hier ist meins. Ich weiß jetzt, dass Gott das, was er wegnimmt, ersetzt. Er hat mir vieles genommen, aber dafür hat er mir dich gegeben. Er hat mir andere nette Menschen gegeben, um Papa, Charlie und Don zu ersetzen. Menschen, von denen ich vielleicht sonst nie Notiz genommen hätte.«

Er legte den Arm um sie und zog sie an sich. »Du bist etwas ganz Besonderes für mich, Irene Druce. Was immer du tust, ich werde bei dir sein.«

Sie lächelte zu ihm auf, und er nahm ihr Bild in sich auf.

Ein neues Land, eine neue Kultur, eine neue Sprache, neue Leute, eine neue Ehefrau, neue Probleme – er hatte das alles unerschrocken auf sich genommen! Sie wollte dafür sorgen, dass er nie bedauern würde, was er getan und was er für sie aufgegeben hatte.

Irene zeigte ins Tal hinunter: »Siehst du diese Leute unten im Tal? Es sind Erntehelfer aus London. Sie ernten Hopfen. ›Ein Hopfenzapfen‹, damit fing alles an, Michal, das war der Beginn meiner Träume und Hoffnungen. Ich war damals einer von jenen Hopfenpflückern und sah zu diesem großen Haus auf dem Hügel auf und träumte große Träume, die niemand verstand. Ich weiß, dass du sie verstehst. *Unser* Archangelskoe, Michal. Unser Wunder des Himmels!«

Ein wunderschönes Buch über die Liebe, das die Farben, Düfte und Klänge Australiens auf magische Weise entfaltet

Vor der atemberaubenden Wildnis Australiens verknüpft Tamara McKinley die Geschichte zweier Frauen, deren Schicksal sich auf wundersame Weise kreuzt: Schnittpunkt ist Chirunga, eine einsame Schaffarm im Südosten des Landes. Dort findet Jenny, eine Malerin aus Sidney, die die Farm postum von ihrem Mann geschenkt bekommen hat, ein Tagebuch, dessen Inhalt sie nicht mehr loslässt. Denn es erzählt auf ergreifende Weise von dem Schicksal Matilda Thomas', der Chirunga einst gehörte, von ihrem Kampf um die Farm und von ihrer großen tragischen Liebe. Noch weiß Jenny nicht, was sie mit Matilda verbindet, aber sie fühlt, dass ein dunkles Geheimnis auf Chirunga lastet – ein Geheimnis, das auch ihr Leben verändern wird ...

»Tamara McKinley versteht es nicht nur, ein spannendes Familienepos in der Tradition der Dornenvögel zu erzählen – vor allem sind ihr herrliche Schilderungen von Land und Leuten gelungen ...« *NDR, Bücherwelt*

ISBN 3-404-14655-7

BASTEI LÜBBE

Zusammen mit seinem Vater versucht der zwölfjährige Danny den Tod seiner Mutter zu verarbeiten. Wenn die Sehnsucht allzu groß wird, dann träumt er von einem Ort, an dem er sich der Mutter am nächsten fühlt: der Fels zwischen Himmel und Meer.
Als sein Vater die Amerikanerin Helen kennen lernt, kommt Danny nicht damit zurecht, dass eine andere Frau den Platz seiner Mutter einnehmen soll. Mit allen Mitteln versucht er, das zu verhindern ...

Wem „Schlaflos in Seattle“ gefallen hat, der wird diesen Roman lieben!

„Eine wundervolle Vater-Sohn-Beziehung, eine einmalige Liebe, eine nie erlebte Trauer – und ein Finale, das zu tausend Tränen rührt.“ SUNDAY TIMES

ISBN 3-404-14651-4

BASTEI LÜBBE

Als der jähzornige Lord von Glengarth, Vater von Rory und Lindsay, im indischen Dschungel einen Einheimischen fast zu Tode prügelt, belegt ein Yogi das Schloß der schottischen Familie mit einem Fluch.
Dieser Fluch legt sich wie ein schwarzer Schatten auf das Leben der ungleichen Brüder. Zurück in der nebligen, kühlen Heimat, zieht sich der menschenscheue Lindsay, Erbe des Lordtitels, auf das Schloß zurück. Rory dagegen, heißblütig und allergisch gegen jede Bevormundung, ist als Unternehmer erfolgreich.
Eines Tages taucht die schöne Annie auf, und beide Brüder ent-brennen in heißer Leidenschaft für die junge Frau. Die Familienbande drohen nun endgültig auseinanderzubrechen, es sei denn, Annie gelingt es, Schloß Glengarth von dem elenden Fluch zu befreien ...

»Eine bewegende Geschichte, geschrieben mit Leidenschaft und Scharfblick.« MANCHESTER EVENING NEWS

»Ein Klasse-Schmöker!« BRIGITTE

ISBN 3-404-14329-9

BASTEI LÜBBE